U0369144

陈　越　解志熙　编校

卞之琳集外诗文辑存（下卷）

北京大学出版社
PEKING UNIVERSITY PRESS

目　录

五　序跋文论辑录

六　书简辑存

编后记 / 927

五 序跋文论辑录

卞之琳发表创作或译文的时候，常在文前文后加上简短的"题记""前言"或"附记""附注""按语"之类，既说明写作的动机或翻译的依据，也表达自己的文学趣味；谦虚的卞之琳很少有畅论自己文学观的长篇大论，但也有少量文章略述一己的文艺心得，并且他有时也不得不介入一些文学讨论和文学论争，从而也就留下了一些可称为文论的文章；此外，在长期的写作生涯中，卞之琳也为自己的和朋友的著译写过一些序言。诸如此类的文字，乃是卞之琳文艺思想之见证。对此类文字，《卞之琳文集》收集甚少，更多的仍散佚在外。这里尽可能将它们打捞出来汇编为一辑，按刊出的时间录存于此。应该说明的是，个别作品在作为佚文辑录时，其文前后的"题记"或"附记"已随文录出，为免重复，会于文末加注说明在"序跋文论辑录"里不再录存。

《梵哑林小曲》译者附注①

此诗转译自 Hispanic Anthology②。英译名为 Ballad of the Violin，译者 E.L.Elliot。关于作者 Vcitor Domingo Silva③，我除了这本西班牙诗选上说的，他大约于一八八三年生在 Chile④ 的 Tongqoy⑤，出过三本诗集，以外无所知。诗选中还有他的一首《归来》，情调十分忧郁。这一音⑥，不知原来如何，英译文中没有用韵，我这里差不多据英译文完全直译的，有几处可又想不出恰合一点的字来代上去，那也没有法子。

十月二十三日，译者附

---

① 《梵哑林小曲》原载《华北日报副刊》1930 年 11 月 30 日第 321 号，署"林子译"，"林子"是卞之琳的笔名。这则"附注"就附载于《梵哑林小曲》诗后。此据《华北日报副刊》本录存。

② *Hispanic Anthology*，西班牙语作品选集。

③ Victor Domingo Silva，维克多·多明戈·西尔瓦，1882 年出生于智利，西班牙语剧作家和诗人，1960 年去世，有剧作《潘帕草原的艾利斯》（*Aires de la pampa*）等。

④ Chile，智利。

⑤ 此处"Tongqoy"原报排印有误，当为"Tongoy"。

⑥ 此处"音"是原报误排，当作"首"。

《夜正深》附记①

　　此文初作于一九二九年三月。那时候作者在上海近郊某校，有一天傍晚在校外蹓跶，偶见如篇中说到的那种小纸条。那天深夜里，从乱梦里醒，辗转不能成寐，听着房间里的鼾声，听着屋外的更声，不觉生起了胡思乱想，第二天依稀地录在纸上，就是这篇底初稿。去年，也是这个新秋的时候，偶然翻出了它，一时高兴，想再涂上一些旧日的梦痕，毕竟心有余力不足，弄得真是"一塌糊涂"。而且这篇东西根本就不像小说，也不像小品。失望之余，把它一搁，又过了一年。可是在百无聊赖的时候，却难免要想起它。现在想起它，就把它抄起来了。

一九三一年八月二十五日附记

---

　　① 《夜正深》是卞之琳的短篇小说，原载《华北日报副刊》1931 年 9 月 9 日第 588 号，署名"季陵"，卞之琳的笔名。这则"附记"就附载于《夜正深》之后。此据《华北日报副刊》本录存。

译拉马丁诗《孤寂》附记[①]

　　闲来无事，偶读法国浪漫派诗人 Lamartine 这首 L'Isolement 觉得最后一节非常可爱，因把它先行译出，现在又把全首译出了。译得既不忠实，说不定还有谬误之处，并且那么笨，因为原诗很整齐，每行十二音，把它译成了这样的"方块诗"，允中[②] 兄见到，一定要笑话的。原诗作于一八一九年。

八月四日，香山

---

① 这首译诗原载《进展》创刊号，1931 年 8 月 15 日出刊，目录页署"Alphonse de Lamartine 作 老卞译"，正文署"老卡 译 Alphonse de Tamartine"——"老卡"当作"老卞"，"Tamartine"系"Lamartine"之误。按，"老卞"是卞之琳的同学朋友对他的戏称，也是卞之琳曾用过的笔名之一。这则"附记"就附载于《进展》创刊号所刊译诗《孤寂》之后。此据《进展》创刊号录存。

② 此处"允中"可能是袁允中（1910—1971），浙江海门人，1932 年从北京大学毕业，他是卞之琳的同乡和北大同学。

《白石上》后记①

　　九月八日草②。经闻一多先生指正数点，十日改。九日夜访闻先生，静聆谈诗，涉及诗与时代问题，私衷愧怍，暗思有所振作，但即说当晚环境吧，奈此满屋古书，一窗冷雨，深巷三弦，远处疏钟何？此际只合望洋兴叹耳。惟闻先生亦未予深责，盖以年龄关系也。真的，韶华易逝，当兹尚未踏上另一条大道之前，在此荒僻小径上，遇有幻影来时，也不妨一把揪住它，问它要些痕迹吧。

一九三二。

---

　　① 《白石上》原载《清华周刊》第 39 卷第 5—6 期合刊号，1933 年 4 月 19 日出版，第 470—472 页，署名"卞之琳"。作者的这则附记就附载于《白石上》之末。此据《清华周刊》本录存。

　　② 指写出《白石上》的初稿。

《玛拉美散文诗两篇》译者附记[①]

　　关于这两篇散文诗，Huysmans 在他的 A Rebours[②] 中有几句倾倒的话。他说这两篇诗"是玛拉美的杰作，而且是散文诗中的杰作，它们调和了辞藻，安排得那么宏丽，简直像哀伤的咒语，迷醉的曲调一样的催眠感觉，氤氲着蛊惑的情思，叫易感的读者无法抵抗，震澈了心灵，叫神经颤动，受不了锐感的袭人，以至恍惚，以至痛。"他以为一篇最好的散文诗应该是一部缩成了一二页的小说：话不在多，几句就够，可是要集有几百页描写背景，刻画人物，叙述琐事的菁华；每个形容词要站得非常稳，无论如何，推敲不动，"要展开一片辽阔的远景，足使读者费几个礼拜的工夫来体会它又正确又多方面的含义，足使他深晓现在的，再造过去的，推测将来的这一部人物的心灵史，全部显示出来了，单靠这个形容词的一闪耀。"这两篇和玛拉美别的几篇以及波特莱的几篇是能符合他的理想的。可是，理想的作者固难得，理想的读者也极少，他以为，世界上也许有十个八个吧。George Moore[③] 却自认为一个，（他曾把这两篇译成英文，见 Confessions of a Young Man）Huysmans 的话仅指原文而言，对于译文当然不能负责。而且译者——中文译者——只是一个极平凡的人，简直觉得他老先生这种话太玄妙，只因为觉得原诗有趣，译来玩玩罢了。

　　　　　　　　　　　　　　　　　五月十八日，一九三二。

---

　　① 《玛拉美散文诗两篇》（指《秋天的哀怨》《冬天的颤抖》）原载《大公报》（天津）1933 年 10 月 7 日第 12 版"文艺副刊"第 5 期、1933 年 10 月 11 日第 12 版"文艺副刊"第 6 期，译者署"卞之琳"。这则"译者附记"就附载于《玛拉美散文诗两篇》之后。此据《大公报》（天津）本录存。

　　② Huysmans 全名 Joris-Karl Huysmans（1843—1907），通译于斯曼，法国小说家，著有 A Rebours（《逆流》）等。

　　③ George Moore（1852—1933），通译乔治·摩尔，爱尔兰小说家、诗人，下文所说 Confessions of a Young Man（《一个青年人的自白》）即是他的代表作。

《中暑》（伊凡·蒲宁著）译者按[①]

　　Ivan Bunin，一九三三年诺贝尔文学奖金得者，最长于短篇小说，文字单纯，感情丰富。就从这一个短篇中也可以看出他作风的一斑；这里充满着伏尔加下游含有诗意的乡土气息，这里也呈现着斯拉夫民族性的一方面—— 一种傻劲儿，我们聪明的（讲实际的）中国人也许会说。

---

　　① 《中暑》原载《大公报》（天津）1934 年 2 月 3 日第 12 版"文艺副刊"第 39 期，伊凡·蒲宁著，署"卞之琳译"。这则译者按附在《中暑》译文前。此据《大公报》（天津）本录存。伊凡·蒲宁（Ivan Bunin，1870—1953），俄国作家，著有小说《乡村》《米佳的爱情》等。

《玛拉美诗两首》译者附记[①]

这两首诗原名 Soupir 与 Brise Marine，常被选入法文诗选集，译者根据 Marllarmé: Vers et Prose 译出，（第一首曾参照 Symons 英译）二三年前曾分载《诗刊》与《北平晨报》，因在字句上已加以修改，似有再发表一下的必要，至少在译者自己。

[①] 《玛拉美诗两首》（指《太息》《海风》）原载《大公报》（天津）1934 年 2 月 10 日第 12 版"文艺副刊"第 41 期，译者署"卞之琳"。这则译者附记附于《玛拉美诗两首》后。此据《大公报》（天津）本录存。

《睡眠与记忆》译者前言①

　　Marcel Proust（1873—1922）前曾盛极一时，现在似乎差了些，但仿佛一二年前还听说在苏俄流行的外国作家中占很高的地位呢。

　　有人说卜罗思忒是用象征派手法写小说的第一人。他惟一的巨著《往日之追寻》（A la Recherche du Temps Perdu）可说是一套交响乐，象征派诗人闪动的影像以及与影像俱来的繁复的联想，这里也有，不过更相当于这里的人物，情景，霎时的欢愁，片刻的迷乱，以及层出不穷的行品的花样；同时这里的种种全是相对的，时间纠缠着空间，确乎成为了第四度（the fourth dimension），看起来虽玄，却正合爱因斯坦的学说。

　　至于这篇短文呢，原是《往日之追寻》第一部《史万家这一边》（Du Côté de chez Swann）楔子头几段文字，正好像全部小说的楔子，当作小说看当然不行，当作小品看，却未尝不是一篇华妙的文章吧。译者的节略，系根据 Gallimard 版《卜罗思忒作品选粹》（Morceaux Choisis de Marcel Proust）题目也现成，原名 Le Sommeil ei la Mémoire。

　　去夏本报文学副刊曾刊载曾觉之先生长文介绍卜罗思忒，读者可参阅。

　　　　　　　　　　　　　译者，癸酉除夕前一夕（一九三四）。

---

① 《睡眠与记忆》（卜罗思忒的小说片段）原载《大公报》（天津）1934 年 2 月 21 日第 12 版"文艺副刊"第 43 期，卜罗思忒（Marcel Proust，1873—1922，今通译普鲁斯特，法国小说家）著，译者署"卞之琳"。这则译者前言附于《睡眠与记忆》译文前。此据《大公报》（天津）本录存。

《我们的父亲》译者前记[①]

　　James Stern，英国新进小说家，常在各大刊物上发表短篇小说，一九三二年第一次出版短篇集 Heartless Land。本篇原载 London Mercury，现已入选一九三三英国小说年选，编者 O'Brien 对作者且特加推许（编者照例每年在卷首题献一作者以示敬意）。其实本篇的好处大概就在用孩子的口吻把故事说得娓娓动听罢了。O'Brien 在年选序上慨叹近年来英国短篇小说不景气，不迎合时好而登载有价值小说的刊物一天天减少。伦敦《泰晤士文学副刊》上也有人同意此说，也说英国短篇小说日趋陈腐，千篇一律化；一般人写小说总不出几种固定的老套；大家不注重故事而注重讲故事，所以英国人写小说大多数就病在太当作小说写了吧。

---

　　① 《我们的父亲》原载《大公报》（天津）1934 年 4 月 14 日第 12 版"文艺副刊"第 58 期，詹姆士·史陡著，译者署"季陵"，卞之琳的笔名。这则译者前记附刊于《我们的父亲》译文前。此据《大公报》（天津）本录存。詹姆士·史陡（James Stern，1904—1993），今译詹姆斯·斯特恩，英国作家。

《浪子归家》译者前记[①]

译者在这儿，私心快慰，译出了纪德先生的这一篇名文（原名 Le Retour de l' Enfant Prodigue）。吟味着作者的深意，译者不想插嘴，不过得声明一句：译者并非在宣传宗教，虽然宗教或宗教的变相如何重要正是一个值得注意的问题。浪子归家的喻言见《新约·路加福音》第十五章，今将圣经译文抄出，以资参考：

一个人有两个儿子，小儿子对父亲说，父亲，请你把我应得的家业分给我。他父亲就把产业分给他们。过了不多几日，小儿子就把他一切所有的都收拾起来，往远方去了，在那里任意放荡，浪费赀财。既耗尽了一切所有的，又遇着那地方大遭饥荒，就穷苦起来。于是去投靠那地方的一个人；那个人打发他到田里去放猪。他恨不得拿猪所吃的豆荚充饥，也没有人给他。他醒悟过来，就说，我父亲有多少雇工，口粮有余，我倒在这里饿死吗！我要起来，到我父亲那里去，向他说，父亲，我得罪了天，又得罪了你，从今以后，我不配称为你的儿子，把我当作一个雇工吧。于是起来往他父亲那里去。相离还远，他父亲看见，就动了慈心，跑去抱住他的颈项，连连吻他。儿子说，我得罪了天，又得罪了你，从今以后，我不配称为你的儿子。父亲却吩咐仆人说，把那上好的袍子拿出来给他穿；把戒指戴在他指头上，把鞋穿在他脚上；把那肥牛犊牵来宰了，我们可以吃喝快乐：因为我这个儿子是死而复活，失而又得的。他们就快乐起来。那时候大儿子正在田里，他回来离家不远，

---

① 《浪子归家》译文最初连载于《大公报》（天津）1934 年 4 月 25 日第 12 版"文艺副刊"第 61 期、4 月 28 日"文艺副刊"第 62 期，署"卞之琳译"。这段译者前记附刊于《浪子归家》译文的开首。按，《浪子归家》是法国作家纪德（Andre Gide，1869—1951）的小说。卞之琳的这篇译文曾被《沙漠画报》1940 年第 3 卷第 29 期转载。此篇也曾收入卞之琳的译文集《浪子回家》（文化生活出版社，1937 年 5 月出版），该集 1947 年 6 月又作为"西窗小书"之二由文化生活出版社改名《浪子回家集》再版，《浪子回家集》又收入《卞之琳译文集》。检点《浪子回家集》和《卞之琳译文集》，都没有收录刊发本的这段译者前记。此据《大公报》（天津）1934 年 4 月 25 日第 12 版录存。

听见作乐跳舞的声音，便叫过一个仆人来，问是什么事。仆人说，你兄弟来了；你父亲因为他无灾无病的回来，把肥牛犊宰了。大儿子却生气，不肯进去：他父亲就出来劝他。他对父亲说，我服事你多年，从来没有违背过你的命；你并没有给我一只山羊羔，叫我和朋友一同快乐；但你这个儿子，和娼妓吞尽了你的产业，他一来了，你倒为他宰了肥牛犊。父亲对他说，儿阿，你常和我同在，我一切所有的，都是你的，只是你这个兄弟，是死而复活，失而又得的，所以我们理当欢喜快乐。

《史密士小品》译者附记^①

译者真名"卞之琳"向署三字，仅上数期本刊揭载《史密士小品》署"之琳"二字^②，至于北平新出版《文化批判》创刊号发表诗作之"之琳"^③并非本人，日来常有友人问及，上海方面且有误传为本人者，特附笔声明。

---

① 《史密士小品》包括《沙漏》《蜡像》《哪儿?》《形容词》《单调》《不舒服》《月亮》《等候》《暖床》《时机》《胡子》《辞句》数则小品，原载《大公报》（天津）1934 年 5 月 26 日第 12 版"文艺副刊"第 70 期，作者史密士（L.P. Smith, 1865—1946），英国现代散文家，署"卞之琳译"，译者的这则简短附记也附载于这篇《史密士小品》刊发本后。按，卞之琳翻译的史密士小品有二十篇，收入《西窗集》和《卞之琳译文集》。这则译者附记则从未入集。此据《大公报》（天津）本录存。

② 如《大公报》（天津）1934 年 5 月 12 日第 12 版"文艺副刊"第 66 期所载《史密士小品（一）》，即署"之琳译"。

③ 此处当指发表于《文化批判》1934 年第 1 期上题为《被弃的愁息》的诗作，其作者也署名"之琳"。

《霜夜》译者前记[①]

Joaquin Arderius 一八九〇年生，一九〇五年到列日学工程，受革命俄侨影响，三年后回西班牙，与一吉卜西友人合伙贩马。流浪五年后，初次发表作品，诗一卷，名 Mis Mendigos（我的乞丐们），自后退隐家乡 Lorca 附近母家，潜心耕读。四年后迁居法国，在里昂一玻璃厂当匠人。一九二三年回马德里后，陆续出版长篇小说十余种，最著者如 Los Principes Iquales（双生公子），Justo el Evangelico（就是传教士），El Comedor de la Pension Venecia（威尼斯公寓的食堂）等。影响阿尔代利乌思作品最深者为俄国小说家（高尔基，柴霍夫，杜思妥依夫斯基，）德国哲学家（尼采，叔本华）及战前无政府主义巴罗哈。阿尔代利乌思今为西班牙知识界前进份子，左翼周刊 Nueva Espasa（新西班牙）编辑人之一。

---

① 《霜夜》译文连载于《国闻周报》第 11 卷第 19 期（1934 年 5 月 14 日出刊）和第 11 卷第 20 期（1934 年 5 月 21 日出刊）"文艺"栏，原作者是西班牙作家阿尔代利乌思，署"卞之琳译"。这则译者前记附载于译文开头，此前从未收集，此据《国闻周报》第 11 卷第 19 期录存。

《鱼目集》题记①

　　多承书店不弃，可以这样说，答应印我的所谓诗者，这已是第四次，可是这本小书的出版也许还要算我的第一次示众。只登预告，只发表题记，倒自有其好处，出书瘾也算过了，胡诌的东西又可以不借手他人，而由自己让时间去淘汰。尤其从去年年底因为要与朋友何其芳李广田凑一本《汉园集》（现在商务，尚未出版）把内容较为调和的一部分抽去了以后，更想任一切都石沉大海了。现在却有一个意外的机会又要我把这些贱骨头捞出来，仿佛孽缘未尽，活该显丑。缘，实际上倒真有一点，是一笔小债，但并非如去年生活②出版《我与文学》中我那篇《印诗小记》上所说的"诗债"，那是印错的，我并未欠什么人什么"诗债"，我的意思倒是"书债"，当时写的是"宿债"，因为屡次宣传出书，朋友们要，答应了又不能送，仿佛欠了债，其实无所谓。但自从写了那篇小记后，我倒为了这些小玩意儿欠了一小笔钱债。现在这笔小债就成了一口网，一口怪网，大约如蜘网可以捞露珠。捞出来的说得好听是"鱼目"，其实没有那么纯，也无非泥沙杂拾而已。想像到这儿，我仿佛站在一片潮退后的海滩上。

一九三五年十月九日卞之琳记

　　最近忽然又写了几首诗，索性连同今年早先写就的二三首一起收在这里，作为第一辑。这些算是新作，但搁过几时自己再看到，当又觉得生疏了。

十月底补记

---

　　① 这是卞之琳为其诗集《鱼目集》（文化生活出版社，1935 年 12 月初版，系巴金主编文学丛刊第一集之一种）所写的题记，此文未曾入别集，《卞之琳文集》也未收录。此据《鱼目集》本录存。

　　② 此处"生活"是生活书店的简称——下面所说的《我与文学》即由生活书店 1934 年 7 月出版。

《道旁》附注^①

最后两行^②的意象实系年前璆^③自海外归来随便取笑我而给了我的，珍惜的藏在记忆里，不觉又信手挂在这儿了，倒还想给远方人看到，现在还怕人笑吗。

八月四日，显龙山^④。

---

① 卞之琳的诗《道旁》初刊《水星》第 1 卷第 2 期，1934 年 11 月出刊，后收入《汉园集》（商务印书馆，1936 年 3 月初版，第 207 页）时于此诗后加上了这个附注，但此诗收入《雕虫纪历 1930—1958》（人民文学出版社，1979 年 9 月初版）和《卞之琳文集》时，都略去了这个附注。此据《汉园集》本录存。

② 《道旁》的最后两行是："像家里的小弟弟检查 / 远方回来的哥哥的行箧。"

③ "璆"当指作者的好友吴廷璆。

④ 显龙山在今北京海淀区温泉村，属西山余脉，1934 年夏天卞之琳曾在西山温泉疗养院住了一个月。

《失去的美酒》译者附注①

　　Valery 的论文《精神的危机》(La Crise d'Esprit) 中有一段说："一点葡萄酒满在水里，差不多不能使水变色，呈蔷薇色的薄晕以后，即自行消失。这是物理现象。现在，在消失了复归澄清以后，假定在似乎又变成纯粹的瓶水中，我们看见，这里那里，有几点暗沉沉的而且纯粹的葡萄酒现形，——那多么可惊异！……这种迦拿的现象（即耶苏②水变葡萄酒的奇迹）在精神界物理上未始不可能。……"这是本诗最好的注脚。这种物理现象在精神界，小者即人与人之间叡智的浸渐，大者即民族与民族之间文化的扩散。诗中措辞尽简洁之能事，譬如最后两行③，由于两个形容词不习惯的应用，"咸苦"(amer)平常大多形容海水，"深湛"(profondes)大多形容水里的东西，搁在这里，使④仿佛把世界点化成了诗中所说的大海。这是一首道地的象征诗。——译者。

---

　　① 《失去的美酒》原载《大公报》（天津）1936 年 4 月 15 日第 12 版"文艺"第 128 期，作者 Paul Valery（1871—1945，通译保尔·瓦雷里），法国现代诗人，署"卞之琳译"。这段译者附注附刊于此诗后。此诗后来收入《英国诗选 附法国诗十二首》（湖南人民出版社，1983 年 3 月出版）和《卞之琳译文集》时对附注有删削，只保留 Valery 论文中的话作为此诗注脚。其实这则附注集中表达了卞之琳的象征诗学，是很珍贵的诗学文献。此据《大公报》（天津）本完整录存。

　　② "耶苏"通译耶稣。

　　③ 《失去的美酒》最后两行是"我看见咸苦的风中／跳着最深湛的姿容…"。

　　④ 此处"使"疑是原报误排，或当作"便"。

《赝币制造者》第一部第二章译者附记[①]

我于去春约定给《世界文库》译纪德这部书，当时因赶译史式刺奇《维多利亚女王传》，没有工夫译，直到暑后把女王传译完（但尚未注完），才开始把这部书译了一部份。史式刺奇的文章是一路；纪德的又是一路。但我都喜欢。我之译《赝币制造者》也可以说是练习写文章，所以总想慢慢的译完它。

长篇小说，尤其像《赝币制造者》这样的妙构，本不该片断的发表，但本章写卜罗费当度一家人的，似不无独立欣赏的价值。

---

① 《赝币制造者》（纪德著）第一部第二章译文原载《国闻周报》第 13 卷第 16 期，1936 年 4 月 27 日出刊，第 6 页，署"卞之琳译"。这则译者附记附刊于《赝币制造者》第一部第二章之末。《赝币制造者》第一部第二章译文后来收入《西窗集》增订版和《卞之琳译文集》，但略去了这则译者附记。此据《国闻周报》本录存。

关于《鱼目集》：致刘西渭先生[①]

西渭先生：

您解释《寂寞》，说"禁不起寂寞，'他买了一个夜明表'，为了听到一点声音，那怕是时光流逝的声音。"又说"为了回避寂寞，他终不免寂寞和腐朽的侵袭"，觉得出我意料之外的好，因为我当初只是想到这么一个乡下人，简单的写下了这么一个故事，然后在本文里找了这么两个字作为题目，自己原不曾管有什么深长的意义。

可是您起初猜"圆宝盒象征现时"，因为"桥"指"结连过去与未来的现时"，显然是"全错"。既然时光是河流，则过去与未来当为河流的本身，上游和下游，勉强的说。您后来说是"我与现时的结合"，似乎还可以，但我自己以为更妥当的解释，应为——应为什么呢？算是"心得"吧，"道"吧，"知"吧，"悟"吧，或者，恕我杜撰一个名目，'beauty of intelligence.'。"舱里人永远在蓝天的怀里"解释为"永远带有理想"仿佛还差不多。我前年春天写过一首诗，从未发表过，现在完全抛弃了，其结尾三行，虽然意思不同，但可以帮助理解如何可以说"永远在蓝天的怀里"，特录在这里：

> "让时间作水吧，睡榻作舟，
> 仰卧舱中随白云变幻，
> 不知两岸桃花已远。"

---

① 本文是卞之琳致刘西渭（李健吾）的公开论诗函，原载《大公报》（天津）"文艺"第 142 期星期特刊，1936 年 5 月 10 日出刊，署名"卞之琳"。此函后来以《关于〈圆宝盒〉》为题作为附录全文收入了刘西渭的《咀华集》（文化生活出版社，1936 年 12 月出版）。又经过删削、保留部分内容，以《关于〈圆宝盒〉》为题作为附录收入新版《十年诗草》（大雁书店有限公司，1989 年 3 月出版）和《卞之琳文集》。此处作为诗论，据《大公报》（天津）本完整录存，并参校以《咀华集》本。

《圆宝盒》中有些诗行本可以低徊反覆，感叹歌诵，而各自成篇，结果却只压缩成了一句半句。至于"握手"之"桥"呢，明明是横跨的，我有意的指感情的结合。前边提到"天河"，后边说到"桥"，我们中国人大约不难联想到"鹊桥"。不过我说的"感情的结合"不限于狭义的，要知道狭义的也可以代表广义的。在感情的结合中，一刹那未尝不可以是千古。浅近而不恰切一点的说，忘记时间，具体一点呢，如黎尔克（R.M.Rilke）所说，"时间崩溃了"，"开花在废墟以外"。[①] 然而，其为"桥"也，在搭桥的人是不自觉的，至少不能欣赏自己的搭桥，有如台上的戏子不能如台下的观众那样的欣赏自己的演戏，所以，说这样的桥之存在还是寄于我的意识，我的"圆宝盒"。而一切都是相对的，我的"圆宝盒"也可大可小，所以在人家看来也许会小到像一颗珍珠，或者一颗星。比较玄妙一点，在哲学上例有佛家的思想，在诗上例有白来客（W.Blake）的"一砂一世界"。合乎科学一点，浅近一点，则我们知道我们所看见的天上一颗小小的星，说不定要比地球大好几倍呢；我们在大厦里举行盛宴灯烛辉煌，在相当的远处看来也不过"金黄的一点"而已：故有此最后一语，"好挂在耳边的珍珠——宝石？——星？"此中"装饰"的意思我不甚着重，正如在《断章》里的那一句"明月装饰了你的窗子，你装饰了别人的梦"，我的意思也是着重在"相对"上。至于"宝盒"为什么"圆"呢？我以为"圆"是最完整的形相，最基本的形相，《圆宝盒》第一行提到"天河"，最后一行是有意的转到"星"。

然而，我写这首诗到底不过是直觉的展出具体而流动的美感，不应解释得这样"死"。我以为纯粹的诗只许"意会"，可以"言传"则近于散文了。但即使不确切，这样的解释，未尝无助于使读众知道怎样去理解这一种所谓"难懂"的，甚至于"不通"的诗。

这首诗一开始就来了一个"幻想"（其实我用"幻想"者，是因为怕

---

① "如黎尔克（R.M.Rilke）所说"至此句，《咀华集》里的《关于〈鱼目集〉》改为"如纪德（Gide）所说，'开花在时间以外'"。新版《十年诗草》（大雁书店有限公司，1989 年 3 月出版）及《卞之琳文集》所收《关于〈圆宝盒〉》仍作"如黎尔克（R.M.Rilke）所说"云云。

人家看"死"了，以为我是告诉他我当真有一次在哪一条河流上"捞到了一只圆宝盒"，而骂我说梦话)，您竟没有说"没有内容"。(一句多么时髦的评语!) 这一点真是难得。写诗本来是很容易的事情，十行八行固无论矣，百行千行也不难一挥而就，不比写小说，写戏剧，抄满十张稿纸也得化许多时间，而现在，大概特别在中国，评诗是更容易的事情了。您翻开一本诗集，不必体会诗中的意义，一目十行的专注意用字，倘若其中用风花雪月的字眼多，您不妨舍去其他字眼，单把这种字眼录下来，再挑一本用"痛苦"，"饥饿"，"压迫"，"奋斗"这一类字眼多的诗集，把其中用的这些字眼也录下来，比较一下，统计一下，就可以下结论了，说前者"没有内容"(或者，为的周到起见，不妨补充一句，说虽然技巧还圆熟)，不如后者。可是这个"内容"上并无任何形容词，我不知道怎么讲。我们可以说橘子没有栗子的内容，可是我们可以说橘子没有内容而栗子有内容吗? 随便您怎样骂莎士比亚，可是我从未听说过有人骂他的《仲夏夜梦》没有内容。您可以说李太白诗没有内容而白居易的一部份诗有内容吗? 我以为材料可以不拘，忠君爱国，民间疾苦，农村破产，阶级斗争，果然可以入诗，风花雪月又何尝不可以写呢? 风花雪月到底是适于写诗的材料。要不然，既然写"泪"了，为什么又说是"珠"[①]? 既然写"血"了，为什么又说是"花"? 既然写现代工厂的浓烟，为什么又形容为"黑牡丹"或比为"乌龙"? 旧材料，甚至于用烂了的材料，不一定不可以用，只要您能自出心裁，安排得当。只要有新的，聪明的安排，破布头也可以造成白纸。"化腐朽为神奇"并非绝对不可能。所以我们说"有内容"，不如说"言之有物"，说"有物"毋宁说"有独到之处"。但"独到之处"，并非标新立异，在文字上故弄玄空或者把字句弄得支离灭裂，叫人摸不着头脑。假若您自己感觉不具体，思路不清，不能操纵文字，不能达意，那没有话说，要不然，不管您含蓄如何艰深，如何复杂的意思，一点窗子，或一点线索总应当给人家，

---

① 此处"为什么又说是'珠'"一句，《咀华集》中作"为什么又说是'花'"，与下面一句"为什么又说是'花'"重复，当是《咀华集》误排。

如果您并非不愿意他理解或意会或正确的反应。话又说回来，如无独到之处，吟风月也罢，咏血泪也罢（譬如南京一家书店就有一本书叫做《国难吟咏集》），其为不关痛痒，其为无病呻吟，其为无内容，则一。譬如，现在您正着手写一首诗，题材定为水深火热中的农民。如果您没有痛切的感觉一点什么，那怎么办呢？不要紧，您不是已经有了一点新经济学的常识吗？那就行了，把你所理想的他们之所以陷入惨境的原因说明一下（自然要分行写，要押几个脚韵的），把他们的痛苦（记好，是"痛苦"！）详详细细而笼统的，概念式的，用许多明喻，暗喻，描写一番，花言巧语一番，数数诗行，已经很不少了，可以结束了，可是未免太悲观了，于是请出了啼晓的公鸡，最后结以一句有声有色的"东方涌出了一轮红日"（这一点上写诗也比写小说，写戏剧容易，写小说，写戏剧，写到希望来了的地方，就不能如此简单的用象征笔法）。这样写出来的诗算有血肉吗？有内容吗？退一步说，即使用某一种标准来估量，您的材料很好——选择很精，认识很深，感觉很切，想像很丰富，——倘若没有经过适当的安排，适当的调度，——该曲的地方曲，该直的地方直，该粗的地方粗，该细的地方细，——则决不会成器（坏者更无非是垃圾堆）。凡未经艺术过程者不能成为艺术品。我相信内容与外形不可分离。

还有，我觉得奇怪，有些评诗者竟如此幼稚。譬如，我写诗，有时候也竟有完全用自己现成的经验或感觉，一剪裁即成的，不过总是很少，还有很少的一些时候，虽用第一人称，却完全如你们写小说，写戏剧，例如我写《鱼目集》中的《过节》和《春城》。然而当我说：

> "蓝天白鸽，渺无飞机，
> 飞机看景致，我告诉你，
> 决不忍向琉璃瓦下蛋也"，

难免人家说我太没出息，骂我丧心病狂了。这何异于戏子在台上演曹操，台下的剧评家把他拉下来痛打一顿？其心甚善，奈其见未免太孩子气乎！这自然不值一笑。可是现在很有些并不幼稚的批评家把一篇写"空虚生活"的文章，评为"内容空虚"呢。

总之，随便人家骂我的作品无用，不合时宜，颓废，我都不为自己申辩，惟有一个罪状我断然唾弃，就是——斩钉截铁的"没有内容"。

四月十六日

注：刘西渭先生评《鱼目集》文见四月十二日本刊。[①]

---

① 此句当是《大公报》（天津）"文艺"编者所加以提示读者参考的。

《不如归去谈》附记①

写完后一看，小说不成，论文又不成，到底成了散文。两个心愿就算并作一次还了吧，只要过几天自己再见到而尚能不发觉这是一对孪生子小产。阿弥陀佛。

杆石桥②，五月十二日，一九三六。

---

① 《不如归去谈》原载《文季月刊》第 1 卷第 2 期，1936 年 7 月 1 日出刊，第 490—492 页，署名"卞之琳"，此则作者附记附刊于文后。《不如归去谈》后来收入《沧桑集（杂类散文）1936—1946》(江苏人民出版社，1982 年 8 月出版) 和《卞之琳文集》时都略去了此则附记。此据《文季月刊》本录存。

② 《不如归去谈》重刊于香港《八方文艺丛刊》第 2 辑 (1980 年 2 月 10 日出刊) 时，于"杆石桥"前加括号标明〔济南〕。

《长成》附记①

说来惭愧，我直到现在，还没有读过《论语》本书，因为我的启蒙时期已早非读经时代，最初读的是"人手足刀尺。……"虽然很小就神往于别人口中的"有朋自远方来"的境界；至于《南华经》呢，我只在中学里听国文老师讲过《逍遥游》《齐物论》等篇，在春天下午的教室里，听听讲，做做梦，实在没有懂多少：现在居然谈孔子，庄子，自然是荒悖可笑。不过我也无非叫他们代表我心目中的两种思想而已；而且，我以平凡人眼睛看他们，至少有一点好处，没有把他们歪曲成神圣或妖怪。

五月末日，一九三六。

---

① 《长成》原载《文季月刊》第1卷第4期，1936年9月出刊，第814—817页，署名"卞之琳"。此则附记附于文后。《长成》后来改题为《成长》重刊于香港《八方文艺丛刊》第2辑（1980年2月10日出刊）、收入《沧桑集（杂类散文）1936—1946》（江苏人民出版社，1982年8月出版）和《卞之琳文集》时都删去了原文最后一句话"耶和华，列宁，琵亚兹丽思，Mr. W.H 拿挞拿哀，你的妹妹的名字或者你的哥哥的名字）"，也略去这则附记。此据《文季月刊》本录存。

关于"你"①

我的《关于〈鱼目集〉》引起了人家古怪的误会，以为我在骂你。这次看了你《答〈鱼目集〉作者》的题目，人家一定又以为你在回骂了。这也难怪，中国是一个善骂的国度。我本来又②想再写这种文字了，省得再被人家误会，不过有一点小问题似还有声明一下的必要。

问题的中心是诗中的"你"。

先讲一点浅近的道理。写小说的往往用第一人称"我"来叙述故事，而这个"我"当然不必是作者自己，有时候就代表小说里的主人公。其所以这样用者，或者是为了方便，或者是为了求亲切，求戏剧的效力……写诗的亦然，而且，为了同样的目的，也常用"你"来代表"我"，或代表任何一个人，或只是充一个代表的听话者，一个泛泛的说话的对象。

这个道理也可以应用到《圆宝盒》的解释。这首诗里，我自己觉得，"人"与"物"的界限不算不清楚。这里所谓"物"不是物质，也包括精神的，抽象的东西，比如理想，希望。先明白了这一点，就不易误会诗中的"你"指"感情"了。（我在《关于〈鱼目集〉》中只说"握手"指感情的结合，并未说"你们的握手"指感情的结合。顺便说了一句，我也并未把"圆宝盒"解释为"理智"，因为"心得"，"道"，"悟"，"知"等都并不等于"理智"，尤其是"心得"，这在字面上正可以解释"捞到"呢。）这首诗里的"我你他"都是指人。"我"无问题。"你"呢？"含有你昨夜

---

① 本文是卞之琳致刘西渭（李健吾）的论诗函，曾与刘西渭的回信同载《大公报》（天津）"文艺"第 182 期"诗歌特刊""诗讨论"栏，1936 年 7 月 19 日出刊，分署"卞之琳""刘西渭"；随后卞之琳此函被刘西渭作为附录收入其《咀华集》（文化生活出版社，1936 年 12 月出版）。再后来卞之琳将此函的最后一段合并于（但删去了此段的最后两句："我前几天还写过一句：解释一首诗往往就等于解剖一个活人。"）《关于〈圆宝盒〉》，作为附录收入新版《十年诗草》（大雁书店有限公司，1989 年 3 月出版）和《卞之琳文集》。此处作为诗论，据《大公报》（天津）本完整录存，并参校以《咀华集》本。

② 此处"又"，原报误排，当作"不"。《咀华集》已改正为"不"。

的叹气"里的"你"也可以代表"我",也可以代表"任何"个人。至于

> "别上什么钟表店
> 听你的青春被蚕食,
> 别上什么骨董铺
> 买你家祖父的旧摆设",

　　这是"悟"出来的教训(虽然不是严重的教训),可以教训随便那一个人。"你看我的圆宝盒跟了我的船顺流而行了"的"你",更是随便那一个人了。我们平常写一个叙述句,譬如说"潮水涌来了",为的增加一点戏剧的效力,不是会加上一个"你看"吗? 其次说"你们"。全诗中只有两个。"你们的握手"的"你们",其实可以写作"两个人",我现在想。一个人自然也可以握手,左手握右手,但这样意思便不同了;三个人也可以握手,但这又不是普通的习惯:两个人是双方的意思。而这两个人又是随便两个人。不过在这里若说了"两个人",便显得平易了,而且写到"我的圆宝盒在你们"的"你们",就得写"那两个人"或"他们",那未免太板,因为到这里,从原句上看得出,意思转而着重在"相对"上,不如说"你们或他们"可以代表随便那些人,随便一个"我"的对方。
　　这首诗我相信字句上没有什么看不懂的地方,倘真如此,那就够了,读者去感受和体会就行了,因为这里完全是具体的境界,因为这首诗,果如你所说,不是一个笨谜,没有一个死板的谜底搁在一边,目的并不要人猜。要不然只有越看越玄。纪德在《纳蕤思解说》的开端与结尾都说"一点神话本来就够了"。我前几天还写过一句:解释一首诗往往就等于解剖一个活人。

六月七日

《爱尔·阿虔》译者附记[①]

他[②]篇原名 El Hadj ou le Traite du faux Prophete 为《浪子回家集》（Le Retour de L'Enfant prodigue precede de cinq autres traites）中第三篇。按亚拉伯文 El Hadj 有"巡礼者"的意思，Bab-el-Khour 或可依义译作"谷门"。作为提要，译出法国批评家苏岱（Paul Souday）的一段话如次：

"《爱尔·阿虔》是一篇极端象征的故事，讲一个先知，以至诚的诓骗自慰，领回到城市来一群迷失在沙漠里的人民，他们本来在追寻一个空幻的迦南，随了一位神秘的王，他永远藏在自己的轿子里，或自己的篷帐里，他的面孔谁也看不见（只有这个先知终得许可，接近王侧，可是他愈加走近，王愈加萎靡：然而他不能向人民宣告他终于死了，假算他真正存在过的话。我们知道这位王就是信心，势足以出动万民，力可以移山。但不堪耐玩然的好奇心。这篇故事有一点异端的气息。可是风格是属于一种圣经的抒情体。"

---

① 《爱尔·阿虔》（法国作家 A. 纪德的作品）译文原载《文季月刊》第 2 卷第 1 期，1936 年 12 月 1 日出刊，第 66—74 页，署"卞之琳译"。这则译者附记附于译文末。《爱尔·阿虔》译文后来收入《浪子回家》（文化生活出版社，1937 年 5 月出版，后来改题为《浪子回家集》、作为"西窗小书"之二，由文化生活出版社于 1947 年 6 月再版）和《卞之琳译文集》，但都略去了这则译者附记。此据《文季月刊》本录存。

② 此处"他"疑是原刊误排，或当作"此"。

《恋爱试验》译者前记[①]

本篇原名 La Tentatiue[②] amoureuse ou le Taité du vain désir，曾于一八九三年单独出版于巴黎独立艺术书店，于一九一二年收入《浪子回家集》（Le Retour de L'efant Prodige Précédé cing[③] autres traités）。法国批评家苏岱（Paul Souday）的评语是如此：

> 《恋爱试验或浮念解说》是一篇精致的小故事，可是不能述其概要。这是一串生动的，心理的素描，其中冷嘲的，深刻的妙处特别在于风格与细节的挑选。路克遇见拉结，在林边，离海不远，在一个春天的早晨。他们相爱了。他们差不多欢聚了一整个夏天，到秋天就分手了。如此而已。当拉结感觉路克开始沉思的时候，她第一次感到不安。欢乐是短的，而广大生活的诱惑决不许淹留于恋情。一件定局的关键，分裂的先驱，是一次散步，这当时两个情人沉默的，胸有成竹的走着，因为这一次他们另有自己以外的目的了。他们进不了想去观看的那所庭园。可是没有多大关系。将要拆散他们的也许是一个错误动作的幻想：他们的分离不如此也并不比较的可以避免。"有一天两个灵魂相遇了，而且，因为它们[④]都在采花，双方都自以为相同了。它们[⑤]互相牵了手。想继续走路。"妄想！各人将继续走各自的路。各人会屈服于各自的本性，于新的欲念。纪德先生要大家一点也不勉强的，不掉眼泪的分别，故事完了。这个表面的安详里有多大的哀

---

① 《恋爱试验》（法国作家 A. 纪德的作品）译文原载《时事类编》第 5 卷第 1 期，1937 年 1 月 1 日出刊，第 158—167 页，署"卞之琳译"。这则译者前记附载于正文前。《恋爱试验》译文后来收入"西窗小书"之二《浪子回家集》（文化生活出版社，1947 年 6 月出版）和《卞之琳译文集》，但都略去了这则译者附记。此据《时事类编》本录存。

② 此处"Tentatiue"，原刊排印有误，当作"Tentative"。

③ 此处"cing"，原刊排印有误，当作"cinq"。

④ 此处"它们"，疑是原刊误排，或当作"他们"，上文"他们"可证。

⑤ 此处"它们"，疑是原刊误排，或当作"他们"，上文"他们"可证。

愁呵！一出悲剧的收场也没有如此伤惨。"起来吧，我的思想的风，你将会吹散这些灰烬！"纪德先生归结说。华美的智慧上的画廊派主义①，带一种比雷奈（René）②有名的"可欲的风暴"更高超的德性。可是这些灰烬并不是那么容易吹散的，间或有最强的意志也要在那里撞翻呢。

---

① "画廊派主义"，古希腊的哲学流派之一，通译"斯多葛派"（Stoics）。

② "雷奈（René）"，可能指弗朗索瓦 – 勒内·德·夏多布里昂（François-René de Chateaubriand，1768—1848），法国浪漫派作家，著有小说《阿达拉》和《勒内》。

朱滋萃著《文章写作论》序①

一个难题：修辞学。我有什么话可说呢？还记得自己从前教到修辞学的时候，常在班上一边讲一边打自己的嘴巴，我总喜欢找例子跟自己所讲的为难，固用不着等到学生听讲了以后在文章里发见疑问以相质也。逢到这等时机，我倒欣然色喜了，盖我大可以说一句："孺子可教也。"不过，十足狂妄，那是洋修辞学，我是土老儿，实际上不配置喙。至于国文方面呢，则我从未读过文法，更无论修辞学。然而，今年来到了这个八九年未来过的地方，终于读到了四五年未见面的老同学朱聚之先生新著的一本关于修辞学的稿子。出乎意料之外，读这本稿子，竟比读时下一般小说更能使我消遣。因为里边讲的都是我们平日习用的文字，而现在才怪好玩的发见它们原来也有这么些讲究，正如朝夕聚首的熟朋友，在分别了几年以后，一旦相见的时份，忽然发见了友谊的美处。这也算得一种读法。因此读法，对于修辞学心平气和了，我乃想起了，对于一般青年学生，修辞学实在当不仅限于为打倒修辞学而读修辞学这一种消极的读法：这好比爬楼梯，一步步踩下阶段，一把把按下栏干，人就上来了。为便利起见，他们对于它至少当还有一种积极的读法，那该就是最普通的读法：信任它，理解它，然后脱出它，好像竹笋脱出原先保护它的笋箨。说得高一点，修辞学的事情，一言以蔽之：无中生有，有而无之，则进于自觉而用。现在是重离开老朋友，交还稿子的时候了，作为纪念，像在手迹本上留下几个字，在书前胡乱的写下这几句话，是为序。

民国二十六年六月 卞之琳记

① 朱滋萃著《文章写作论》，商务印书馆，1939 年 1 月出版，卞之琳序载于该书之首。按，朱滋萃，本名朱聚之，浙江省嘉兴市秀洲新塍镇人，生卒年不详，北京大学毕业，是与卞之琳同级的北京大学国文系同学，其年龄当与卞之琳相若，除此序外，朱滋萃还译有《欧人之汉学研究》（日人石田干之助著），中法大学，1934 年 12 月出版。朱滋萃 1949 年后任教于杭州实验中学。卞之琳此序从未入集。此据《文章写作论》录存。

《论周作人事件》编者后按[①]

按：周案[②]在报上揭露后，差不多已经弄得举国骚然。事情既然真的做错了（虽然还缺少本国方面的确实的报告），扼腕而外，大张挞伐，于情于理，当然都没有什么说不过去，即使话说得过火一点，在敌忾同仇的今日，也自可以原谅。何其芳先生这一篇文章，写得虽然还不十分冷静（因为外边似已有人藉周作人嘲骂新文学），但已经与众不甚同，因为着重在研究知堂老人走到这一步的路径，可惜何先生除了从文章里理解他的思想以外，还不深知他的为人，对于他的私生活只根据了一位朋友的述说。虽然严重的错事做下了，我们不能因为做下了错事的有什么不得已的苦衷而就回护他的举动，但研究他所走的路径总是重要的。譬如北平的吴承仕教授，从前编《文史》，思想素称前进的，这次据说还甚于当"文化汉奸"而还做了伪官[③]，这又是走的怎样一条路径呢？不过研究的时候不能不慎重，不能不客观，并且我个人觉得在目前遽下断语似还嫌过早。再者：我们"工作"的最后目标总是一致的，我们"工作"的方式，态度，则容有不同，所以我们的文责各由自负。这次，作为编辑者之一，附按数语如上。

卞之琳

---

① 《论周作人事件》是何其芳的评论文章，刊于成都的《工作》半月刊第 5 期，1938 年 5 月 16 日出刊，卞之琳是此期《工作》的编辑，乃在何其芳文后加了这则编者后按，署名"卞之琳"。按，何其芳文写于 1938 年"五月十一日深夜"，卞之琳的按语当写于此后三五天内。此则按语从未入集，此据《工作》半月刊本录存。

② 此处"周案"指 1938 年 4 月 9 日日本侵略者在北平召开"更生中国文化建设座谈会"，周作人参加了这次会议并讲了话，表明他已走上妥协之路。消息传出后，全国文坛学界非常震惊。在武汉的中华全国文艺界抗敌协会立即通电全国严厉指出："周作人、钱稻孙及其他参加所谓'更生中国文化建设座谈会'诸汉奸，应即驱逐出我文化界以外，藉示精神制裁。"何其芳的《论周作人事件》也是为此而发的。

③ 此处所谓吴承仕"做了伪官"的消息不确。按，吴承仕（1884—1939），号检斋，安徽歙县人，著名经学家、古文字学家、教育家，长期任教于北京师范大学、北京大学等校。1937 年北平沦陷后 10 日，吴承仕在中共地下党的安排下化名汪少白，化装转移到天津，秘密从事抗日救亡运动，与家人绝音信两年多。1938 年初他拒绝敌人拉拢收买，不出任北京师范大学教职。1939 年 8 月天津水灾，染伤寒而不自知，后来病情严重，秘密潜回北平寻医。9 月 11 日身体不支，入协和医院，9 月 21 病逝于北平，终年 56 岁，一生清白。

从我们在前方从事文艺工作的经验说起①

我们在前方走了五个月，预定的期限差不多满了，预定的计划可只完成了一部分，因为我们限于种种事实，在太行山一带转来转去，终于只走了一个地区——晋冀豫边区。不过写作材料我们多少搜集了一些，文艺组织我们也多少推动了一些。除了对于前方民众，对于前方部队的若干程度的认识，我们还得了一点在前方从事文艺工作的经验以及前方对于一般文化人的印象和要求的理解。②

先谈谈我们在经验中感觉到的关于在前方从事文艺工作的几个问题。

一、组织　往前方的文艺工作者组成团体在原则上自然是应该和必要的，事实上也可以省却地方上和部队里分别应付的麻烦，而且大家在一

---

① 本篇是卞之琳与吴伯箫合作的文章，初刊延安《文艺突击》新第 1 卷第 2 期，第 91—93 页，1939 年 6 月 25 日出刊，署名"吴伯箫 卞之琳"，随后重刊于延安《文艺战线》第 1 卷第 4 号，第 35—38 页，1939 年 9 月 16 日出刊，署名"吴伯箫 卞之琳"。浙江永嘉的《游击》第 3 卷第 4 期（文艺专号，第 2—4 页）改题为《展开战地的文艺工作》予以转载，1940 年 2 月 16 日出刊，署名"吴伯箫 卞之琳"，但此本删改了一些内容。由于《文艺突击》本字迹不甚清晰，《游击》本不甚完整，此据《文艺战线》本录存，并与《文艺突击》本及《游击》本对校。按，此文与康濯、孔厥合写的《我们在前方从事文艺工作的经验与教训》同刊于《文艺战线》第 1 卷第 4 号的"关于战地文艺工作"专栏，该刊编辑在专栏开端加了一段编者按："下面两篇关于战地文艺工作的文章，是作者根据亲身经验写成的，它们不但证明了作家上前线去的主张的完全正确，而且也提出了一些实际困难问题和一些宝贵的经验教训，这是作家上前线去的运动的许多收获之一，虽然这个收获还只是初步的，但对于开展今后战地文艺工作的运动，已具有不小的意义。——编者"。《文艺突击》本无编者按。《游击》本转载的题目《展开战地的文艺工作》，当是从《文艺战线》栏目"关于战地文艺工作"改写而来，《游击》本的编者按也改动如下："下面这一篇文字，是作家吴伯箫卞之琳根据其亲身在战地的工作经验而写成的，他（它）不但证明了作家上前线去的主张的完全正确，而且也提出了一些实际困难问题和一些宝贵的经验教训，是个重要的收获。"复按，此文署"吴伯箫 卞之琳"合作，吴伯箫自然贡献了意见，但此文最初的刊本《文艺突击》本还保留着作者的多次自称口吻"我"，稍后的《文艺战线》本才改为共同作者的口吻"我们"，文中所记述的事情也多可与卞之琳这一时期所写报告文学、战地故事以至于短篇小说相参证者，则此文可能更多出自卞之琳的手笔。《游击》是国统区刊物，其所转载的文本对《文艺战线》本里明确指称"边区""八路军""鲁艺"等等的段落和字眼颇多删改和抹杀，这也折射出国统区的文化政治禁忌。

② 《游击》本删去了以上一段。

起，遇事可以研究讨论，于推动文艺组织中更容易引起热闹和兴趣；可是在搜集材料这方面确有许多不便处：走同样的路线，过同样的生活，听同样的谈话，见同样的事物，各工作者，虽然主观上彼此反应不同，观察①互异，着眼处②相歧，所得的材料总不免③雷同与重复。军事上所谓"化整为零，化零为整"，"分进合击"的战术，文艺工作者本来也可以采取，但是在前方，尤其在游击区，因情形变化不能完全一定，通讯联络比较不便，文艺工作的团体实行这种办法有种种困难。若把专写报告通讯的，专写小说的，专写诗歌的，④专写戏剧的几个工作者组成一个团体，当比较好一点，虽然各工作者的行止彼此仍难免牵制。更好的办法或则⑤是把文艺工作者与音乐，演剧，绘画……这些方面的工作者配合在一起，而成为一个艺术工作团。不过一个团体要配合得当还是最值得注意的事情。

二、人选　标准应当尽量严格。工作者的品行道德应作为考虑的第一点。思想以外，就该考虑到工作态度。严肃，切实，认真，不招摇撞骗，是应具的条件。艺术素养当然也是一个最重要的取舍标准。因为一个工作团究竟不是一个学校，他们出去主要的是工作（虽然在工作中也可以，也应当不断的学习，求进步），只是文艺爱好者，文艺志愿者，即使极有希望的，极值得培养鼓励的，也应当先让生活在旁的部门，直等到他们有了起码的实际做文艺工作的能力。

三、路向　文艺工作者在前方的去处当然不外两个：地方上与部队里。讲到这里就有几点矛盾待解决了：（1）走上层与（2）走下层；（1）走得远与（2）住得久。这两种相反的路向所引起的见闻上的特性也就是（1）全面与（2）局部；（1）广泛与（2）深刻；（1）概念与（2）具体⑥。要兼两者之长，在限定的时期内，是很困难的。文艺工作者在二者不可得

---

① 此处"观察"，《游击》本同，《文艺突击》本作"观察力"。

② 此处"着眼处"，《文艺突击》本同，《游击》本作"着眼"。

③ 此处"不免"，《游击》本同，《文艺突击》本作"难免"。

④ 此处"，"，《文艺突击》本同，《游击》本作"。"。

⑤ 此处"或则"，《游击》本同，《文艺突击》本作"或者"。

⑥ 此处"具体"，《文艺突击》本同，《游击》本作"具验"，"验"当是误排。

兼中显然较宜于舍（1）而取（2）。不过对于主要的潮流，对于总的趋势，摸不清楚，则对于眼前的事态容易有不正确的判断。而且在一个地方上或一个部队里住久了果然可以认识得深一点，可是对于眼前的事物，因为看惯了，往往失去了敏感性，或者松懈了注意力。所以如何能得一个适当的安排，这是一个值得考虑的问题。

四、关系　在前方太受优待对于文艺工作者反而不利，因为这样一[1]来，且不说工作者会如何起不安的感觉，无形中一道墙壁就挡在他们的面前[2]了，于搜集材料上增了一层困难。可是太受忽略也是于工作上，于行动上有种种不便处，大家当[3]不难想象。

五、计划　文艺工作者在前方活动当然事先应有一个总的计划，三个月的计划，[4]半年的计划，一年的计划，甚或两年三年的计划。不过因在前方，尤其在游击区，情势变化多，计划也得灵活的实行。像前方在行动中的部队一样，应随时决定局部的工作计划，例如有一星期靠得住的时间，就决定一个一星期的工作计划，有两天的时间，就决定一个两天的工作计划。有时候需要机动，有时候需要忍耐。

六、方式　这实在是一个最重要的问题，一个根本的问题。文艺工作者到前方去究竟应取何种方式？作客呢？还是参加地方工作或部队工作。当然[5]最好是参加实际工作，因为这样可以避免[6]"走马看花""浮光掠影"的毛病。本来，[7]最好文艺工作者自己就是战士，其次是指挥员，再其次是地方工作人员，政治工作人员。许多伟大的作家大致就会出在目前还不曾想到将来要成作家的战士和干部中[8]，可是他们也需要培

---

① 此处"一"，《文艺突击》本同，《游击》本作"下"。

② 此处"面前"，《游击》本同，《文艺突击》本作"前面"。

③ 此处"当"，《游击》本同，《文艺突击》本作"都"。

④ 此处"三个月的计划，"，《游击》本同有，《文艺突击》本无。

⑤ 《文艺突击》本此处有"，"。

⑥ 《游击》本此处有"，"。

⑦ 《文艺突击》本此处无"，"。

⑧ 《游击》本此句同，《文艺突击》本此句作"许多伟大的作家大致就会出在目前还不曾想到将来要当作家的，目前还正致全力于文艺以外的各部门工作的战士和干部中"。

养^①，一方面他们还不能应我们目前迫切的要求。那么现在且^②把文艺工作者送到实际工作中去亦是办法。可是这样文艺工作者又很容易受繁重的实际工作所束缚，有时候不能作有利于文艺工作的活动。在前方的八路军^③总部成立了一个八路军文艺习作会以后，最近听说将由行政系统^④使文艺小组普及于所统属的各部队，提倡^⑤督促干部写文章（某旅已决定每月十五日干部^⑥必须多少写一点而且放在自己^⑦部队里的报上发表），并且特别训练了一些工作者^⑧除在各单位担任^⑨一部份教育文化干事的工作以外，专负责^⑩教战士和干部^⑪写文章，自己也作文艺活动，仿佛就成了文艺干事^⑫。这倒是一个很好的办法。

现在谈前方与文化人（广义的，指一般的知识份子^⑬）。

知识份子在前方^⑭一般的讲来^⑮是受欢迎的。三月底八路军某旅^⑯，在大整^⑰前夜举行的全旅排以上^⑱干部会议中，旅长^⑲报告说某团的政治

---

① 《游击》本同此句，《文艺突击》本此句作"可是他们在文艺这方面的出头也需要培养"。

② 此处"现在且"，《游击》本同，《文艺突击》本无"现在且"三字。

③ 《游击》本删掉了此处及下文的"八路军"三字。

④ 《文艺突击》本此处有"，"。

⑤ 《文艺突击》本此处多一"和"字。

⑥ 《文艺突击》本此处作"干部每月十五日"。

⑦ 《文艺突击》本此处无"自己"二字。

⑧ 《文艺突击》本此处作"而且正预备特别训练一些工作者，"。

⑨ 《文艺突击》本此处多一"的"字。

⑩ 此处"专负责"，《游击》本同，《文艺突击》本作"专负责于"。

⑪ 此处"战士和干部"，《游击》本同，《文艺突击》本作"干部和战士"。

⑫ 《文艺突击》本此处于"文艺干事"四字外加引号。

⑬ 此处"知识份子"，《游击》本同，《文艺突击》本作"知识分子"。下同，不另出校。

⑭ 《文艺突击》本此处有"，"。

⑮ 《文艺突击》本此处有"，"。

⑯ 《游击》本删去了"八路军某旅"。

⑰ 从上下文看，此处"整"后缺一字，《游击》本同缺，《文艺突击》本作"整军"。

⑱ 此处"排以上"，《游击》本误排为"排上以"。

⑲ "旅长"指陈赓（1903—1961），湖南湘乡人，时任八路军第一二九师三八六旅旅长。下文即作"陈赓旅长"。

委员①（他是从小鬼起来②的老干部，道地的工农份子，现在是某团最精明能干的领导者）③，见到他时④带了一种小孩子的天真的高兴说：⑤"我从前也许还没有把门开大，现在可全开了。"说知识份子对他们真有用处。事实上我们在某团也确乎亲见到鲁艺⑥戏剧系和美术系的三位学生（戏剧系两位，一位就担任音乐方面的工作）有很好的表现。某旅不放走鲁艺⑦学生（包括文学系的），甚至于骗他们说鲁艺已经停办，⑧要他们就⑨留在前方。扣留文化人的风气在前方是相当流行的。问起前方，尤其部队里，对于文化人的印象，照例都可以得到"很好"的回答。可是我们想这一半是由于部队里的各级干部都太客气的缘故。有一次，也只有这一次，在我们预备回来的时候，我们听到某处一位总务处长（他是老干部）痛切的谈了某某的严重错误，重复的说了"不管你文章写得怎样好，你没有道德，谁还看你的文章！"这句话，不管在⑩前方或后方的工作者都应该牢记在心头。像某某这样的工作者希望在前方不至于太多，要不然对于文化人全体都会有太大的影响，还好，目前这种人在前方大约还不太多。且不说这种个别份子，在我们反观自己和旁观别人起来，知识份子在部队里总显得太不同了。即使经过抗大⑪严格训练出来⑫的知识份子，⑬也有时表现得过分活泼，过分会说话，学问流露在嘴上，自负心挂在脸上。不过这大多是初到前方，初到部队里的，经过一个时期，也就会变了。我们也确乎见过这样的例子：和我们一同等待过铁路机会的一

---

① 此处"政治委员"，《文艺突击》本同，《游击》本改作"政训员"。

② 此处"起来"，《文艺突击》本作"升起来"。

③ 此处括号中的这两句话，《游击》本删去。

④ 《文艺突击》本此处有"，"。

⑤ 《文艺突击》本此处无"："。

⑥ 《游击》本此处无"鲁艺"二字。

⑦ 此处"鲁艺"，《游击》本改为"这些"。

⑧ 《游击》本删去了这一句。

⑨ 《游击》本无"就"字。

⑩ 此处"在"，《游击》本同，《文艺突击》本无"在"字。

⑪ 《游击》本删去了"抗大"二字。

⑫ 此处"出来"，《游击》本同，《文艺突击》本作"出去"。

⑬ 《文艺突击》本此处无"，"。

批抗大①学生，分别了不到两个月，在某旅部再见到的时候，②居然一变而有几分像老干部了。一个老干部照例是容易看出来的。他待人接物总是诚恳，沉着，虚心，叫初到前方的知识份子很容易上当，以为他什么也不知道，殊不知他从多年生活的实际教育中，已经知道得很多，除了对于所谓③"洋"字号的事物。可是他们是"装蒜"吗？不！他们实在是想多知道一些。

那么前方对于文化人到底要求些什么呢？

第一就是教育。前方部队，我们说的是八路军，④一般的政治水准总是⑤比文化水准高得多，而确有无餍足的求进心。所以他们一见文化人总要求"教"他们什么。

其次就是文化食粮了。我们不管在地方上或在部队里，总会听到这句问话"你们可带来些书报吗"？⑥一切书报，只要不是反动的，他们都欢迎。特别需要的读物，带一个样本去，他们就会想法⑦翻印，用油印或石印。一本书往往封皮都脱尽了，还在各处流转不息。我们亲见到有人为了一两本旧杂志而闹⑧出一场气。有些有兴趣也有志于写文艺作品，尤其是报告通讯一类文章的总慨叹看不到好的模范。不过这仅就部队里一般知识份子和一些干部而言。至于战士们，小鬼们呢？⑨他们也要求书报。他们也未尝不需要文艺读物。不过要通俗的，有趣味的东西。他们有时也看看旧小说。光是抗日三字经一类书⑩是不能满足他们的。能把电影送到前方去演一定会得到很大的效果。

---

① 此处"抗大"，《文艺突击》本同，《游击》本改作"某校"。

② 《文艺突击》本此处无"，"。

③ 此处"所谓"，《游击》本同，《文艺突击》本作"所说"。

④ 句首的"我们"，《文艺突击》本作"我"。《游击》本删去了此句。

⑤ 此处"总是"，《游击》本同，《文艺突击》本作"总要"。

⑥ 《游击》本此句同，《文艺突击》本此句作："总听到这句问话'你们可带来了些什么书报吗？'"

⑦ 此处"想法"，《游击》本同，《文艺突击》本作"想法子"。

⑧ 此处"闹"，《游击》本同，《文艺突击》本作"斗"。

⑨ 《文艺突击》本此句同，《游击》本改此句作："至于战士们呢？"

⑩ 此处"一类书"，《游击》本误排为"类一书"。

除了戏剧人材，音乐人材，绘画人材以外，日语人材是被迫切要求着。我们在一个游击支队里跟日本俘虏的谈话，①说起来真是一个笑话。敌军工作干部是不大能讲日本话②，恰好那里③有两个朝鲜俘虏，一大一小，大朝鲜人能讲中国话，小朝鲜人能讲日本话。于是谈起话来，总先由我们对大朝鲜人讲，大朝鲜人对小朝鲜人讲，再由小朝鲜人对日本俘虏讲，日本俘虏回答的时候又依次返回来。

这些人材在部队里怎样分配呢？

日语人材当然分配在敌军工作部。艺术人材则照例安置在教育科，普通④担任领导宣传队的工作。干文学的他们也要，不过目前还只是分配做教育文化干事，经常管上课测验检查等工作。抗大出去的学生大都⑤当教育干事，即使⑥军事科毕业的，⑦除了本来在部队里当指挥员的老干部。⑧他们并不是认学生就一定不能拿枪杆，不能指挥作战，实在⑨因为感觉最缺少教育部队的人材。我们亲听见陈赓旅长⑩安慰他们说："你们暂时委曲一下，当一下教育干事，因为我们目前太需要这方面的⑪人材，过一个时期，一定让你们有机会施展你们的特长。"抱了满腔热忱要上前线⑫杀敌的青年，⑬自然不免有些苦闷（虽然教育干事作战时也要上前线的近后方），虽然也知道当以大局为重。艺术青年，尤其是文学青年，也不免有些苦闷，多少有点感觉到学非所用，不能尽其才以服务抗战。自然他们也知道从事文艺写作者应该钻进实际生活和实际工作里，他们感觉苦闷

---

① 《文艺突击》本此处无此"，"。

② 《游击》本此句同，《文艺突击》本此句作"敌军工作部干事不大能讲日本话"。

③ 此处"那里"，《文艺突击》本同，《游击》本误作"部里"。

④ 此处"普通"是"普遍"的意思——这两个词在当年是通用的。

⑤ 此处"都"，《文艺突击》本作"多"。

⑥ 此处"使"，《文艺突击》本作"便"。

⑦ 《文艺突击》本此处无"，"。

⑧ 从"抗大出去的学生……"至此数句，《游击》本删去。

⑨ 此处"实在"，《游击》本同，《文艺突击》本作"实在是"。

⑩ 此处"陈赓旅长"，《文艺突击》本同，《游击》本作"陈旅长"。

⑪ 《文艺突击》本此处无"的"字。

⑫ 此处"要上前线"，《游击》本同，《文艺突击》本作"要上前方去"。

⑬ 《文艺突击》本此处无"，"。

的是太受工作束缚以致失去了文艺活动的余裕。这也确实①是问题。所以他们最好还是作我们在前面说过的"文艺干事"吧。②

在晋东南还有一部份艺术人才（包括文学的）是分配到太行山艺术学校，太行文化教育出版社，以及《新华日报》华北分社去工作的。他们做这样工作当然很合适，可是又往往③被限止在后方——前方的后方了，除了当记者的。当随军记者是前方的文学青年④最羡慕的工作。⑤

作为总结，我们⑥要讲文化人，尤其是文艺工作者上前方到底对于自己（也就对于国家，对于民族）有无益处。从前我们⑦的回答是肯定的，现在从前方走了和住了五个月回来，我们⑧的回答还是一样。能在前方长期的参加实际工作的不用说，即在前方随便走一走的，虽然不是新闻记者，观察家，旅行家，只要开着眼睛的，只要用心⑨的，总可以见识许多，明白许多。例如⑩一位鲁艺学生初到某团的时候画两个人抬一条铁轨，马上就得了改正，因为部队里的同志告诉他说一条平汉路⑪或道清路的铁轨至少要廿⑫个人抬。我们也亲看见八个人，十二个人抬一条小支线的铁轨。不过以为在前方自己不必用心，现成的材料会自己送上前来，想以很小的劳力发一笔很大的精神上的横财的，则惟有失望，即不是大失所望。⑬

---

① 此处"确实"，《游击》本同，《文艺突击》本作"确乎"。

② 《游击》本此句同，《文艺突击》本此句作："话又说回来，他们最好还是作我在前面说过的'文艺干事'吧。"

③ 《文艺突击》本此处多一"太"字。

④ 《文艺突击》本此处多一"所"字。

⑤ 《游击》本删掉了以上一段。

⑥ 此处"我们"，《游击》本同，《文艺突击》本作"我"。

⑦ 此处"我们"，《游击》本同，《文艺突击》本作"我"。

⑧ 此处"我们"，《游击》本同，《文艺突击》本作"我"。

⑨ 此处"用心"，《游击》本误作"生心"。

⑩ 此处"例如"，《游击》本同，《文艺突击》本作"譬如"。

⑪ 此处"平汉路"，《游击》本同，《文艺突击》本作"平汉道"。

⑫ 此处"廿"，《游击》本同，《文艺突击》本作"二十"。

⑬ 《文艺突击》本在文末注明写作时间"五月十日，一九三九。"

读诗与写诗①

　　一般人常有这样可笑的观念：以为诗人如不是怪物，便是尤物；不是傻子，疯子，便是才子。虽然怪物，和尤物未尝不能写诗，而且有些大诗人也确乎是怪物或尤物，但写诗的不必都如此。写诗的也不必都很善于讲话，虽然他应该明白言语的德性。写诗的不必都是夜莺，又是八哥。诗是人写的，写诗应该根据最普遍的人性，生活尤不该不近人情，相反，他得和大家一样生活，一样认识生活，感觉生活，虽然他会比普通人看得格外清楚，感觉得特别深刻。诗人虽不应受鄙视，也不应受什么娇养，优容。诗人没有权利要求过什么"诗的生活"，另一方面也不该抱了写诗目的而过某种生活。譬在②你若以诗人身份或抱了写诗目的而参加抗战，则你不会像战士一样真挚的体会到抗战经验，因此你的诗也不会写好。又如游名胜，如果你为了写诗去，因为动机不纯，结果只是③两失。诗多少还有点应该无所为而为。固然，你若④先有了写诗的素养，则你过随便那一种生活，就写诗而论，都有方便处。既然诗是人写的，诗人也是人，在原则上，谁都可以读诗与写诗，事实上也是谁都读过诗，谁都，至少在某一时期，写过诗。

　　一般读者，大致都是抱了想得到一点安慰，想得到一点刺激而读诗的，对于诗究竟期待些什么呢？而诗对于读者又要求些什么，⑤就是说要求读者先认识些什么？

---

　　① 本篇原载《大公报》（香港）"文艺"副刊第 1035 期，1941 年 2 月 20 日出刊，署名"卞之琳"，重刊于《大公报》（桂林）"文艺"副刊桂字第 12 期，1941 年 4 月 14 日出刊，署名"卞之琳"。按，本篇是卞之琳在西南联大冬青文艺社的讲演，由杜运燮记录，所记细致绵密，当经过卞之琳的订正。此据《大公报》（香港）本录存，并与《大公报》（桂林）本对校。

　　② 此处"在"，原报误排，当作"如"，《大公报》（桂林）本已改正为"如"。

　　③ 此处"是"，《大公报》（桂林）本作"有"。

　　④ 《大公报》（桂林）本此处无"若"字。

　　⑤ 此处"，"，《大公报》（桂林）本作"？"。

这可以分成形式与内容两方面来讲。

诗的形式简直可以说就是音乐性上的讲究。照理论上说来，诗不是看的，而是读的和听的。诗行的排列并不是为了好看，为了视觉上的美感，而基本上是为了听觉上，内在的音乐性上的需要。有人把一个字侧写，倒写，摆成许多花样，实在是越出了诗的范围，而侵入了图画的领域。本来，音乐是最能感动人的艺术。中国的《诗经》，古诗，乐府，词曲等，原都是可以唱的；西洋诗也未尝不如此，就是十四行体（Sonnet），最初也是写来唱的，到了后来才成为最不能入乐的一种诗体。法国诗人魏尔伦（Verlaine）在他的《诗艺》一诗中说过，"音乐先于一切"（"De la musigue① avant toute chose"），可是诗不就是音乐。就是魏尔伦的诗也还是诗，虽然有些被德蒲西（Debussy）谱成了音乐，不过那是歌了。最近有人以目前流行的歌词差不多都是新诗这一点事实来证明新诗的成功，其实要讲成功的话，这完全是音乐的成功。中国读者因为受了传统读诗方法的影响，拿起一篇新诗就想"吟"（或说粗一点，"哼"）一下，因为"吟"不下去，于是就鄙弃了新诗。于是新诗要对读者讲话了："你要唱歌，就不必来读诗，不然，等音乐家叫我披了五线谱以后再来吧。"另一方面，目前许多写诗的只知道诗应当分行写，完全不顾什么节奏，这是要不得的另一端。不过，事实上要求"吟"或"哼"②的中国读者，也不会满足于英国诗里所谓的"歌唱的节奏"（Singing rhythm），③更谈不上"说话的节奏"（Spoken rhythm）了。而中国的新诗所根据的，偏就是这种"说话的节奏"。孙毓棠先生在④《今日评论》上谈中国诗的节奏问题时，也谈到了这一点，我在此再稍为补充讲一点许多人在韵律方面的努力，⑤主张及他们所

---

① 此处"musigue"，原报排印有误，《大公报》（桂林）本也误排为"musidue"，当作"musigue"。

② 此处"'吟'或'哼'"，《大公报》（桂林）本误排作"或'吟''哼'"。

③ 此处《大公报》（桂林）本无"，"。

④ 此处"在"，《大公报》（桂林）本作"已在"。孙毓棠（1911—1985），江苏无锡人，现代诗人、历史学家。按，孙毓棠的《旧诗与新诗的节奏问题》，连载于《今日评论》第4卷第7期（1940年8月18日出刊）、第4卷第9期（1940年9月1日出刊）。

⑤ 《大公报》（桂林）本此句作"我在此再稍为补充一点，许多人在韵律方面的努力。"，漏"讲"字，衍"方面的"三字，并将句尾的"，"误作"。"。

引起的问题。

　　关于诗行内的规律问题，最初在胡适之先生提倡写新诗以后，大家就注意到"逗"①或"顿"，其后闻一多先生更在写诗中尝试使每"顿"包括一个重音，这更接近英国诗用"音步"（Foot）的办法。朱湘先生的努力是追求每行字数的相同（虽然有②时也无意中合了顿③数相同的规则），大致像法国诗的办法，一个汉字抵一个缀音（Syllabe）④。孙大雨先生在用"顿"写诗中完全不注意每"顿"的字数是否一样⑤，而梁宗岱先生则不但讲究每行"顿"数一样，而且还要字数一样。最后林庚先生在写作上，周煦良先生在理论上，却⑥主张每顿两个字和每顿三个字的恰当配合。经过他们的努力，现在虽还没有一个一致公认⑦的规矩，新诗的规律多少已有了一点基础，新诗也有权利要求读者先在这一点上有所认识了。

　　诗节的格式⑧就是"Pattern"，规律诗⑨的尝试者曾经用过许多种，实在也并非如一般人所讥笑的"方块"而已。读者应知道，如果于内容相称，写诗者沿用西洋的诗体，也有何不可，而且未尝不可以用得很自然，要不然写诗者自己随意依据内容创造格式，⑩那自然有更大的自由。至于脚韵的安排（Rhyme Scheme），如能沿用比较复杂的西洋诗的办法，而用得很自然，那有什么不好？看不惯吗？对了，那就只是习惯问题罢了。

　　读者应该知道，真正写得好的自由诗，也不是乱写一起⑪的（自由诗

---

　　① 此处"逗"，《大公报》（桂林）本作"读"，"读"（dòu）通"逗"。

　　② 此处"有"，《大公报》（桂林）本误排作"为"。

　　③ 此处及下文的另两个"顿"，《大公报》（桂林）本加了""。

　　④ 此处"Syllabe"原报排印有误，当作"Syllable"，通译"音节"；《大公报》（桂林）本误作"Syllbe"。

　　⑤ 此处"是否一样"，《大公报》（桂林）本作"是一样否"。

　　⑥ 此处"却"是原报误排，当作"都"，《大公报》（桂林）本已改正为"都"。

　　⑦ 此处"公认"，《大公报》（桂林）本改作"承认"。

　　⑧ 此处《大公报》（桂林）本有"，"，并且"格式"加了""。

　　⑨ 此处"规律诗"，《大公报》（桂林）本同，意思相当于"格律诗"。

　　⑩ 此处"，"，《大公报》（桂林）本误作"；"。

　　⑪ 此处"起"是原报误排，当作"气"。《大公报》（桂林）本已改正为"气"。

实在不容易写得好，现在即在英法，自由诗风行的时代似也已过去了）；而规律诗也有颇大的自由，如写诗者能操纵自如。善①读诗者（不管读新诗旧诗）在音调上当不会只要求"铿锵"，须知音调也应由内容决定，故应有种种变化。

声音以外，读者对于诗当然还要求一些颜色。于是乎有了辞藻问题。一个形式上的问题，也可以说是内容上的问题。有修养的读者该不喜欢辞藻的堆砌，一大堆眩目的字眼。譬如爱伦坡（Allan Poe）是被法国人推崇备至的，英国人对他的看法就不大一样，阿尔道士·赫胥黎（Aldoux Huxley）曾经说过他的诗好像一个人在十个指头上戴了十只钻石戒指。陈腐的辞藻当然更要不得，但如恰②当的用到新的地方，就是经过新的安排，也会产生新的意义。单是字句或篇章的组织上，也自会有其美，这似乎更非时下一般中国读者所注意及了。

论理，读者在内容上该要求独创性（Originality），因为独创性简直就是一首诗，一件艺术品的存在的意义（Raison d'etre）。人云亦云，实在多此一举，当然说不上创造的（Creative）工作。事实上也许由于惰性吧，一般读者总喜欢现成的东西，并且准备随时被感动于所谓 Sentimentality（即极浅薄的感情），而不易认识深沉而不招摇的感情。他们对于诗中材料也有限制，非花月即血泪，对于这些材料的安排，③也预期一种固定的公式。难怪中国读者，尤其是中学生于旧诗词最易接受的是苏曼殊和纳兰性德，④西洋诗影响中国新诗⑤最大的，⑥就是英国十九世纪的浪漫派，和法国后期的象征派。英国青年诗人中应居第一位的奥登（W.H.Auden）前年⑦在汉口一个文艺界欢迎会上，即席读了一首才写了不久的十四行诗，被某一位先生译成中文，后来他自己发现诗中第二行

---

① 此处"善"，《大公报》（桂林）本误排为"美"。

② 此处"恰"字，《大公报》（桂林）本误作"洽"。

③ 《大公报》（桂林）本此处无"，"。

④ 此处"，"，《大公报》（桂林）本作"；"。

⑤ 《大公报》（桂林）本此处有"，"。

⑥ 《大公报》（桂林）本此处无"，"。

⑦ 此处"前年"，《大公报》（桂林）本作"三年前"。

"Abandoned by his general and his lice" ①

（被他的将军和他的虱子抛弃了。）

被译成了"穷人和富人联合起来抗战"。不错，在这位译者看来，中国将军会抛弃他的战士吗？虱子可以入诗吗？其实这首诗意境崇高，字里行间，已洋溢着很不冷静的感情。无奈一般读者，非作者自己在诗行里说明"伤心"或"愤慨"，不足以感觉伤心或愤慨，更谈不上所谓建设性的读（to read constructively）了。

　　顺便谈谈译诗，或不是没有意义的事情，因为译诗实在是写诗的很好的练习。朱湘先生的译诗非常认真，格式都求与原诗一致，成功的也不少，徐志摩先生译哈代几首诗，于形式上的忠实以外，且极能传神，郭沫若先生译的《鲁拜集》和《雪莱诗选》也颇多可赞美处。戴望舒先生译的法国诗内容上都很可靠，于中国有一派写诗的影响亦大，可惜都以自由体译出而不曾说明原诗中一部分规律诗的格式，体裁。傅东华先生译的荷马②，很使我们失望，因为小调实在装不下雄伟的史诗。至于在中国新诗界相当知名的 D 和 L 两位先生译的《恶之华》③ 和 L 先生译的魏尔伦一首诗令人读起来十分费解，以为大概不失象征派本色，而和原诗对照过后，不能不惊讶，觉得他们④ 不如索性写诗好了。事实上他们在写诗上也确乎⑤ 有过成绩，也写过些片断的好诗（现在似乎都不写了）。不过如其思想混沌，感觉朦胧，即自己写诗也还是不行，倒难怪读者要莫明其妙了。

　　讲完了读诗，我对于写诗的意见差不多也就完了。现在我只想再补充一点。写诗，和写文学中其他部门一样，应该由小处着手，由确切具体

---

　　① 《大公报》（桂林）本误排为"Abandoned by his generalnad his lice"。

　　② 傅东华（1893—1971），浙江金华人，现代作家、翻译家，此处"荷马"指傅东华翻译的荷马史诗《奥德赛》（商务印书馆，1929 年 10 月出版），后来他还翻译了《伊利亚特》（人民文学出版社，1958 年 5 月出版）。

　　③ 此处"D"或以为指戴望舒，但有疑问——卞之琳其实很赞赏戴望舒的译诗之才；"L"当指李金发，他有《恶之花》和魏尔伦诗的散篇译文。

　　④ 此处"他们"，《大公报》（桂林）本漏排了"们"字。

　　⑤ 此处"也确乎"，《大公报》（桂林）本作"确也"。

处着手，不该不着边际的随便凑一些抽象，空虚的辞藻，如"黄河"①"泰山"之类，叫喊一阵。这实在根本谈不上文学价值（至于用处如何，那是另一问题），更不用说什么浪漫主义，何况即以功利观念出发，我们目前需要这种浪漫主义，还不如写实主义。要知道我们的抗战建国，并不是一件②单纯的事情，需要兴奋远不如坚毅，需要大家单祝祷"前面的光明"是不够的，还要不惧怕"周围的黑暗"。一般抗战诗大多是作者眼睛望着天上写的。如果天空是一面镜子，倒还不错啊，如果你想写晚霞，明月也当然可以，此外恐只能写空战。此外，单是诗情诗意，还不是诗，因为即使③是自由诗也还不同于分行写的散文，而单是具备了诗的形体的也不就是诗。至于要写来给人家不照音乐家的指示而自由哼哼的还是去学写旧诗，④或则模仿歌谣。似乎诗与歌谣的分家是分定了，将来也许会有新⑤歌谣，但同⑥时并行的也会有新的诗。可是歌谣不是有意写出来的，⑦而是人民大众中自然产生出来的，不能强求。也许人民大众的教育程度高了，修养深了，则他们自发的心声也会变了质吧？还有，中国所有的歌谣，差不多很少不是短小的，轻松的，柔情的，用细嗓子唱的，将来会不会有壮大雄伟的产生出来呢？我不知道。但我相信诗是会继续写⑧下去，而且还会有许多传下去。自然，写诗或者将变为更寂寞的事⑨情也说不定。

在西南联大冬青文艺社讲　杜运燮记

---

① 此处《大公报》（桂林）本有"，"。

② 此处"一件"，《大公报》（桂林）本作"一种"。

③ 此处"即使"，《大公报》（桂林）本作"即便"。

④ 《大公报》（桂林）本此处无"，"。

⑤ 此处"新"，《大公报》（桂林）本作"新的"。

⑥ 此处"同"，《大公报》（桂林）本作"因"，当是由于字形近似而误认误排。

⑦ 《大公报》（桂林）本此处无"，"。

⑧ 此处"写"，《大公报》（桂林）本作"诗"，名词作动词用，也可通。

⑨ 此处"事"，《大公报》（桂林）本误作"车"。

《阿左林小集》卷头小识①

仿佛用得着辩解一下的，在这样的一个大时代里出这样的一本小书。可是这一点事实本身就是一个很好的辩解：时代既大，自无奇不有，出一本小书，盖寻常已极。至于说是闲书呢，大时代里不相干的事情亦正多，也似乎用不着勉强把不相干的也说上相干去。尤其在文学上，要说相干，什么都可以说得相干；要说不相干，也就很少说得上相干。躲在马奇诺防线的战壕里编些希脱拉②的笑话让战士们大家乐一阵，相干之至，可是用以抵挡对面或者背后飞过来的一颗子弹，也无多大用处。然而不相干倒不要紧，既说相干了，就得解答另一个问题：要得要不得？我当然是希望这本小书还要得，怕也确乎还要得，尽管人家又怎样说。例如，去年在一位朋友编文学部门的一个周刊上，先后出现了两篇也是相识的两位先生的文章，其一专论"盛世文学与末世文学"③，另一讲到也许可以说是"大吹大擂"与明白标出的"小花小草"④。好文章都能自圆其说，这两位先生的见解当然自有其道理，我并不想把它⑤们的意见断章截义的提出来加以歪曲，予以攻击。他们也满不能动摇我的自信，尽

---

① 卞之琳译《阿左林小集》，国民图书出版社，1943年5月出版。这篇"卷头小识"刊于《阿左林小集》之首。《卞之琳文集》和《卞之琳译文集》都未收这篇"卷头小识"。此据《阿左林小集》原版录存。

② 此处"希脱拉"当指 Adolf Hitler（1889—1945），通译"阿道夫·希特勒"，德国纳粹党首领、第三帝国元首。

③ 这可能指陈铨的文章《盛世文学与末世文学》，载《当代评论》第1卷第3期，1941年7月21日出刊。

④ 这可能指老舍1941年秋在西南联大的讲演《明日的文艺》，载《当代评论》第1卷第14期，1941年10月6日出刊。老舍在这篇讲演里回顾抗战显著地推动了新文艺的发展深入和壮大——"他的子粒已种在国土里、扬子与黄河的水、南国的和风与华北的春雨将使他发芽、生长、开花、结实，他将成为中华本位的文艺。"并在文末不无调侃地说："也许呀，在胜利之后，会有些专摆弄文字，吟咏小花小草的诗文，美其名曰抗战文艺的纠正。患病之后，总有些撒娇，亦在情理之中。不过，抗战不是患病而是死里求生，得到生命将不会再去自杀吧？我想，明日的文艺宁可是过火的粗莽雄壮，也不会是细嫩秀弱的小花小草。"

⑤ 此处"它"，原书误排，当作"他"。

管照这两篇文章的理论讲来，这本小书自然要不得了，因为多分是"末世文学"，必然是"小花小草"也。在我，"盛世"也罢，"末世"也罢，若论文学，第一还得看够不够文学；"大"也罢，"小"也罢，首先怕只怕言之无物。何况阿左林先生也写过西班牙的全盛时代（《西班牙的一小时》），而他和另外一些作家所造成的"九八"（一八九八）运动也正是西班牙现代的文艺复兴运动。虽然他把王公贵人和市肆负贩，宫廷和铁匠铺，用了同样篇幅，同样气力写，仿佛不知道谁大谁小，什么大什么小，他总亲切的，生动的给了我们以西班牙人和西班牙。至少我自己这样一想了，我也就不疏远了阿左林先生，也就照样爱了西班牙的国民与国土（当然不是指法朗哥①统治下的西班牙和法朗哥一批人），反过来也就照样爱了我们的祖国。阿左林先生果然并没有教我爱西班牙，更没有教我爱中国，然而从他的作品里，如同从一切真挚的作品里，我增得了对于人，对于地的感情，也就增得了对于西班牙的感情，也就增得了对于本国的感情。因此对于这本小书我总有几分感情。虽然在一九三六年，在青岛，我才起意编这个小集子就逢到西班牙内战的爆发，而拟名之为《晚了集》，在一九三七年，在听说了阿左林先生只身逃难到巴黎，一只口袋里忘了装的什么，一只口袋里装了一本《蒙田》②以后不久，我从炮火中的上海，虽没有他老先生那么狼狈，也实在是轻装跑出来的时候，我在小提箱里，在另一本译稿以外，还放了这一本译稿。

不错，这样久了，光是这本译稿的历史说起来也就牵引了我对于许多人与地的感情。

记得远在十年前，在一九三〇年（?）③在北平，由于《骆驼草》的介绍，我首次注意到了徐霞村先生和戴望舒先生从法文转译的《西万提斯的未婚妻》（《西班牙》的选译本，第一本介绍到中国来的阿左林的著作，

①此处"法朗哥"指 Francisco Franco（1892—1975），通译弗朗西斯科·佛朗哥，他 1936 年发动西班牙内战，后来成为西班牙独裁者，自 1939 年开始到 1975 年独裁统治西班牙长达 36 年。

②蒙田（Michel de Montaigne，1533—1592），法国思想家、作家，此处《蒙田》可能指蒙田的《随笔集》。

③此处"（?）"是作者所加，表示记忆不甚准确。

直到现在也还是惟一的一本），而且与少数朋友开始爱好了阿左林先生的文章。不久，朋友秦宗尧先生从一本杂志上看到了英译本《西班牙的一小时》出版的消息，告诉了我，由我转告诉了另一位朋友，俞复唐先生，他就马上向日本丸善株式会社邮购了一本。复唐当时长住在银闸大丰公寓里，最爱买书，他的住房就由我们二三熟人当作私人图书馆，我自然也就马上读了这一本新书，并且从其中试译了一个断片。又不久，看见了望舒在《现代》上陆续发表的这本书的译文，我就希望他把它全部译出而且拿出来印单行本。失望于看不见他的译本的出版，我在早已离开了学校以后的一九三四年春天，从新成立于松公府废墟里的北京大学图书馆里找出来的旧《日晷》（The Dial）杂志里，欣然的发现了不少阿左林小文的译文。我就在当时所住的东皇城根路边的一所房子里，听着北河沿的驼铃或午夜墙外的"硬面饽饽"而译出了《阿左林是古怪的》及其它八篇，接着又译出了《奥蕾利亚的眼睛》。那年秋天，往在北海三座门的时候，又从朋友罗大刚[1]先生从法国寄来的一本《交易》（Echanges[2]）季刊里读到了《白》（《菲利克思·梵迦士》的第一节）的译文，发觉阿左林先生的风格已经变了一点，似乎受了乔也思（Joyce）和卜罗思忒（Proust）一些人的影响，可是基调还在，我又很高兴的把它译出了。其后大刚又把《菲利克思·梵迦士》的法文全译本寄来了，我又从其中译出了最后一节，《招租》。还在这以前，我早在东安市场的旧书摊上买到了一本简明西班牙文法，翻看了一点，觉得学了一点法文去学西班牙文相当容易，可惜因为趣味太广，牵缠太多，未能专心的继续自习，现在倒很想看看阿左林原作的面目。恰好朋友萧乾先生当时正交结了一位做买卖的极富于幻想与热情的西班牙朋友，正在与他作一种极可爱的以物易物的交易，用纱灯交换剃刀片，用花种交换花种（据说这位西班牙朋友在自己的园子里种了世界各国的花卉）。由萧乾介绍了，这位朋友从巴塞罗纳寄给了我两本阿左林的著作，一本就是《菲利克思·梵迦士》，一本是《蓝白集》（短

---

① 此处"罗大刚"当作"罗大冈"（1909—1998），卞之琳诗友，他 1933 年中法大学毕业后赴法国留学，二战时滞留法国及瑞士，后来成为法国文学专家。

② 此处"Echanges"，原书排印有误，法文刊名的正确拼写应为"Échanges"。

篇小说集）。萧乾又把他自己的西班牙文法送给了我。一九三五年春天这几本书跟我到了日本，我就托丸善代找了一本也出版了不久的《蓝白集》的英译本（The Sirens and other stories），在寄寓京都的时候，就在与朋友吴廷璆先生同住的一家小楼上，于译《维多利亚女王传》之余，另找了一本西班牙文字典，随便用原文对照了，选译了三四篇小说。我虽然还不能读原著，对照一下，还知道改正了英译本里的章节上的变动，与原文的句法上的出入，甚至于一两点笔误或刊误。回国以后又译了几篇。一九三七年春天从北平回南方，在上海望舒那里谈起了这个小集子，就托他找我从《日晷》上转译下的那几篇的原文，他就告诉《奥蕾丽亚的眼睛》就是《西班牙》里的一篇，并且把原文给我看了，由他的帮助，我改正了几点自己的译文。至于《阿左林之①古怪的》及其它几篇则没有查到出处。他又把《堂·谨②》英译本和原本借给我读。我又从英译本里参照了原文在真如朋友李健吾先生家里，在译了《阿道尔夫》以后，选译了八个断片。这些断片没有拿出去发表，这本小书没有接洽交书店出版，就发生了战争。当年秋天译稿就跟了我到了四川，而那几本西班文书籍则连同我存在青岛的较精选的书籍和作为纪念品的朋友们的著作被延璆③带到了开封，然后于次年断送在开封。我于一九三八年暑假到北方去的时候，因为曾借给朋友张充和小姐读，而就托她代为保存。一年后从北方回来，又在四川住了一年，我终于把这本小书忘记了。前年到昆明来，在充和那里，经她提起了，才又想起了它的存在。它居然还被温柔的保护人不远千里的带到了昆明。在朋友林徽因女士那里，偶尔提起了，我又很高兴的发现她还怀念这些译稿里的《耽乐》和《灯蛾和火焰》。跟当时在昆明的巴金先生谈起了，他就要我寄上海付印，我答应在卷头写了几句话就寄去，可是一直懒得动笔，直到去年巴金又来了昆明，又面催

---

① 此处"之"疑是原书误排，或当作"是"，上文《阿左林是古怪的》可证。

② "堂·谨"原文 Don Juan，西班牙传说中的一个人物，以英俊风流著称，通译唐·璜，唐·璜是欧洲多部文艺作品中的人物原型，不断被重塑。此处《堂·谨》是阿左林取材于 Don Juan 传说的作品名。

③ 此处"延璆"，原书排印有误，当作"廷璆"，指吴廷璆，他是卞之琳的好友，全面抗战爆发后，吴廷璆曾应聘赴开封的河南大学任教。

了我，又到他去了桂林，又写信来催了我，我还是没有写，于是太平洋战事爆发了。

此刻巴黎失陷了快两年了，不知道阿左林先生是否只好又逃回了老家。那位西班牙朋友前几年听萧乾说正在政府军里作战，以后没有了消息，还活着呢还是已经死了？萧乾本人现正在战时的英国，大刚由于我疏懒，从我离开了上海，与我就失去了通讯的联络，大概还在沦陷以后的法国。望舒在陷落了的香港又如何了？复唐想必在浙江乡下，在沦陷区与非沦陷区的边线上，如何处置他那些洋书，藏在无名的山中吗？还有在上海的朋友呢？还有聚了又散处了各地难得通消息的朋友呢？如今正是人与地的失调的时代！……

够了，由本属多余的辩解这本小书的出版而说明辑译与保存它的经过，而终于不自觉的作了我个人的抒情，人世的牵涉也真太多了。算了，还是简简单单让读者自己直接跟这本小书发生各自不同的关系吧。

卞之琳

昆明　二月四日，一九四二。

芽的价值

——何其芳诗集《预言》后记 [1]

这是其芳的第一个诗集。

他的第一部份称"集"的诗作本是他的《燕泥集》，可是《燕泥集》未出单行本，而只是由我编入了一度行世的《汉园集》。不错，重读这些诗，不由不令我想起我虽然提都不愿意提的《汉园集》。那本书前面本来有我的几行题记，被书店印丢了 [2]，现在我也不记得其中讲了些什么话，大约不出解题而已。而为什么叫《汉园集》恐怕现在还用得着，也许更用得着解释一下吧。汉花园是我们——其芳，广田和我——十几年前在北平一起读书的地方，其实当时已经是有名无园，从那所大楼更往东一点，在浅河那一边，经常有骆驼经过，扬起沉重的灰土的一片沙漠似的河沿上，倒是有一座灰色的小楼房，一所破公寓，名字叫做"汉园公寓"。所以我们三个人的《汉园集》也就是我们精神上的花园或仅只公寓而已（虽然在编那本集子的一九三四年，我自己因为已于先一年走出了学校，却正住在别处，北海公园前面的三座门）。书出版了以后，因为被书店印得颇不如意，尤其是我那一部份叫作《数行集》的曾有删削而未被实行，我首先拆了台。而现在那本书也就成了陈迹了。"梁空落燕泥"，[3] 陈迹里却分别藉了一点芽长起了新草木——其中之一就是其芳的这一本《预言》。

---

① 本篇原载昆明《枫林文艺丛刊》第四辑《浪子谣》，1942 年 11 月 27 日出刊，第 19 页，署名"卞之琳"。按，《枫林文艺丛刊》第一辑《辽阔的歌》出版时间已是 1943 年 7 月 7 日，第五辑《灯及希望》出版时间是 1944 年 1 月 10 日，则第四辑所署出版时间"1942 年 11 月 27 日"疑有误，或当作"1943 年 11 月 27 日"。本篇从未入集，《卞之琳文集》也未收录此篇。此据《枫林文艺丛刊》本录存。

② 发现《汉园集》"题记"印丢，卞之琳在出书后"自印了一张书签，一面是勘误表，一面是题记"夹在《汉园集》中送朋友，20 世纪 80 年代初卞之琳找到一份当年自印的书签，遂在《〈李广田诗选〉序》中补录了这则题记全文，收入本书的《何其芳与〈汉园集〉》也补录了这则题记。

③ 此处"梁空落燕泥"，作者记忆有误，当作"空梁落燕泥"，出自隋代薛道衡的《昔昔盐》诗。

而《预言》本身也就只是一个芽，若同时讲起其芳在后来的发展。这几十首诗也的确"预言"了一些后来的东西：与其说是思想上的，毋宁说是艺术上的造诣——摄目而并非怵目的瑰丽的想像，叫字句跟意像一齐像浮雕似的突起来的本领……而《预言》本身，不管作者已经很怕人家以为他还这样的写诗，而要人家知道他已有第二个诗集《夜歌和白天的歌》那一种诗了，《预言》本身也自有其不可抹杀的价值，它之所以能成"预言"者也就在于这里见出的认真的精神，严肃的态度，即使在带点颓废色彩，嘲世色彩的表面下还显出的一往深情，作者的不满意是当然的，正如他现在也开始不满意《夜歌和白天的歌》了。作者一时期的满意不满意不是最后的判断人，反之，因为作者一定不会再写出这样的诗了，倒弥觉可珍。这还是讲到诗本身以外了，就诗论诗——得，我也不必替老朋友捧场了，它们自己现在屹立在那里，跟[①]从前在《燕泥集》《刻意集》以及各刊物领略过的读者，参证他们事隔多年以后的印象。

　　《预言》本来早已快要在上海文化生活出版社出版了，可是接着上海连租界都陷落了，命运偏又派到我来受了其芳的委托再替他集编一次，命运又派到我来替他解释或者声明一下，而我也就不觉多说了几句话，因为我觉得实在不已于言，因为随了这些诗，我总有点情不自禁，善感的读者想来也不会以此深责吧。

十二月，一九四二

---

　　① 此处"跟"字费解，或当作"让"，可能"让"的繁体"讓"与"跟"字手写近似，致使原刊误认误排。

《云》①

这是其芳的第一个诗集。他的第一部分称"集"的诗作原是《燕泥集》，可是《燕泥集》并未出单行本，而只是由我编入了《汉园集》一度行世。现在重读这些诗，总不由不令我想起虽然我连提都不爱提起的《汉园集》。那本书前面原有我写的几行题记，被书店印去②了，现在我也不记得其中讲了些什么话，大抵不出解题而已。而为什么叫《汉园集》现在恐怕还——也许更——用得着说一说。汉花园是我们——广田、其芳和我——在十几年前一块儿读书的地方，其实是有名无园。从那座大楼往东一点，在污河的那一边，在经常有驼队经过而扬起灰土的一片沙漠似的旧皇城根，倒是有一座灰色的小楼，一所破公寓，名字叫"汉园公寓"。所以我们三个人的《汉园集》虽然原希望是我们精神上的花园，也早有点意识到怕只是我们精神上的"汉园公寓"而已（虽然在编那本集子的一九三四年我自己已经于先一年走出了学校）。书出版了以后，因为被书店印得颇不如意，尤其是我那一部份叫作《数行集》的曾有删削而未被实行，我首先准备了拆台。我③现在那本小书也就成了陈迹了。陈迹里却分别藉了一点根或者芽分别长起了新草木——其中之一就是其芳的这一本《云》。

---

① 本篇原载贵阳版《大刚报》文艺副刊"阵地"第 155 期，1945 年 6 月 14 日出刊，署名"卞之琳"。按，何其芳的第一个个人诗集《预言》，原拟由何其芳妹夫方敬 1942 年在桂林创办的"工作社"出版而未果，中间一度改名《芽》[何其芳在《夜歌》"后记"中说："（《预言》）将来若万一又有机会印出来，我想给它另外取个名字，叫做《云》。因为那些诗差不多都是飘在空中的东西，也因为《云》是那里面的最后一篇。"] 再来后又恢复原名《预言》，由文化生活出版社于 1945 年 2 月出版。卞之琳曾把此序改订为《预言》的后记，已录于前。此序原稿保存在方敬手中，他在其主编的贵阳版《大刚报》副刊"阵地"上另行发表。据此推测，则卞之琳为《芽》写序的年月应该早于写《芽的价值——何其芳诗集〈预言〉后记》的 1942 年 12 月，甚至早在"孤岛"沦陷之前。

② 此处"去"是原报误排，当作"丢"。

③ 此处"我"疑是原报误排，或当作"到"。

而《云》本身也就只是一个芽了。若同时提起其芳在来^①的发展，这些诗也的确"预言"了一些后来的东西；与其说是思想上的勿宁说是艺术上的成就。现在其芳已经怕人家以为他还这样子写诗，而愿意人家知道他已经有了第二个诗集《夜歌》那样的诗了。可是《云》本身也自有其不可抹杀的价值。它之所以能成"云"者也就在于这里见出的认真的精神严肃的态度，即便表面上有时候带点颓废式玩世色彩的一往深情，并非炫目式怵目而是醒目或摄目的半丰富的想像，叫字句随意象一齐像浮雕似的突起来的本领……这还是讲到诗本身以外了，就诗论诗——得，我也不必更替老朋友捧场，它们自己就屹立在那里，让众前曾经众《汉园集》、《刻意集》（该其^②中原属诗的一部份已由其芳自己用浮世绘小说断片代替了，现在成了纯属散文的集子）以及《文丛》月刊上领略过的读者自由参证他们多年以前的印象。^③作者自己到某一个阶段的时候对于前一期的作品有所不满是当然的，正为其芳现在就已经开始不太满意《夜歌》了，不过一国^④作者在某一时期内的满意不满意不太满意判断^⑤，而以另一点说，正因为作者一定不会再写出这样的诗了，倒更是弥觉可珍，因为它们还是艺术品，这种古怪的东西。

《云》本来在那年年底快要在上海文化生活社出版了，可是接着上海连租界都沦陷了，因此命运又派到我来受了其芳使^⑥很高兴的委托，再替他编集一次稿子，命运又派到我如来此的^⑦作一下解释或者声明。

---

① 此处"在来"疑原报排印有误，或当作"未来"。

② 此处"其"字疑是原报误排，或当作"集"。

③ 此句中两个"众"字疑是误排，或当作"从"，则此句可订正为："让从前曾经从《汉园集》、《刻意集》以及《文丛》月刊上领略过的读者自由参证他们多年以前的印象。"

④ 此处"国"字或当作"个"字，原报可能因为"个"和"国"的繁体"個""國"手写近似而误认误排。

⑤ 参照《芽的价值——何其芳诗集〈预言〉后记》里近似的句子，此句或当作"不过一个作者在某一时期内的满意不满意并非最终判断"。

⑥ 此处"使"字似为衍文。

⑦ 此处"如来此的"或当作"来如此的"。

《音尘》《旧元夜遐思》《雨同我》英译附注[①]

《音尘》

"音尘"这个短语在文言中被用来指代消息或新闻，但在此却恢复了它最初的含义。

鱼和雁是传说中为人传递信息的使者，信息就藏在前者的腹中，后者的脚下。

泰山是圣山，据说孔子曾在山顶对世界的渺小发出感叹。

最后两句典出李白的名句："咸阳古道音尘绝"。（咸阳曾是秦朝的首都。）

RESOUNDING DUST

The phrase "resounding dust" is used in literary Chinese for tidings or news, but is here restored to its original associations.

The fish and the wild goose are legendary messengers who carry messages for men, the first in its belly and the second in its foot.

Tai Shan is the sacred mountain on the top of which Confucius is supposed to have sighed over the smallness of the world.

The allusion in the last two lines is to Li Po's famous line: No more

---

[①] 英国人 Robert Payne（中文名"白英"，抗战时期任西南联大教授）编译的 *Contemporary Chinese Poetry*（Routledge·London，1947）即《当代中国诗选》，选入了卞之琳的《春城》《距离的组织》《水成岩》《断章》《第一盏灯》《音尘》《寂寞》《鱼化石》《旧元夜遐思》《雨同我》《泪》《候鸟问题》《半岛》《门垫与吸墨纸（无题三）》《交通史和流水账（无题四）》《妆台》等 16 首诗的英译，并有关于《距离的组织》《音尘》《鱼化石》《旧元夜遐思》《雨同我》这 5 首的英文注释，其中仅《旧元夜遐思》的注释末尾署有写作时间（1943 年 11 月 4 日），注释的最后注明由卞之琳翻译。经查，《鱼目集》（文化生活出版社，1935 年 12 月初版）中《距离的组织》后有附注，《十年诗草》（明日社，1942 年 5 月出版）的附注中有关于《距离的组织》第二、五、七、九等数行的注释，附录中收有《〈鱼化石〉后记》，而卞之琳历年出版的诗集中均无《音尘》《旧元夜遐思》《雨同我》这三首的中文注释，此次由编者将 *Contemporary Chinese Poetry* 中对这三首诗的英文附注译成中文，并附录英语原文。

resounding dust along the ancient Hsienyang road. (Hsienyang was once the capital of the Ch'in dynasty.)

《旧元夜遥思》

这首诗写于大约八年前。现在让我重温一下这几行诗所唤起的那一刻。好啦，那就开始吧：

在节日所应有的喧闹的欢愉之后，夜晚是安静的。天色已晚。每个人都回到了适于他或她的角落，沉浸在甜蜜的疲劳中，也许躺在另一个人的身边。那你为什么要独自坐起来？写长信，就像莱纳·马里亚·里尔克在一首诗中说的那样？很有可能。至少你一定是在想某个人，否则你现在就不会掀开窗帘，紧张的眼睛向外看着，想要穿透夜色。发光的玻璃窗，边沿是漆黑的树脂，呈现在你面前的却是一个悲伤而热切地回望着你的影像——你自己的影像！当然，你并没有得到安慰。但是，来吧，来吧，想象一下，你所想的那个人可能正在某个遥远的地方做着同样的动作。对心灵的眼睛来说，距离是什么？那扇亮着的窗户，另一个人，一下子就从远处飘进了你的视线，就像一个闪烁的火花，或者说得更好听的是，一只睡意朦胧的眼睛在眨动着，凝视着你。而对于心灵的眼睛，尤其是情人的眼睛来说，距离是什么呢？你甚至可以在逐渐放大的光线中看清一双如此悲伤和充满渴望的眼睛——它们是谁的眼睛？是对方的还是你的？你的和对方的？哦，你不能再否认，你此时是相当幸福的。你们是一体的，你和另一个人。

那么，做这种无礼的调侃又有什么用呢？"我不能陪你听我的鼾声！"这句话似乎说得很好，很有道理。即使并排躺在床上，如果其中一个人比另一个人早一点睡着，另一个人怎么办？被投向远方，无人陪伴，孤苦无依，因为众多个体从根本上说是彼此隔绝的独立细胞。可是不，这种敏锐的观察力除了对其本身，不会带来任何伤害。如果连李白那把强大的诗意之剑都无法斩断不断流淌的水，正如他自己所承认的，那么这把庸俗的刀又怎么能劈开这漩涡呢？"人在你梦里，你在人梦里"。相反，它只能以其自身为代价，来证明你们的结合的力量——最可能以其自身的救赎为代价，随波逐流，然后重新发现它被抛在岸上，被时间和锈迹所打磨，被人捡起，成为博物馆或古董店目录中的新物件。那么，那个像你一样坐起来的孤独的人，但他没有充满爱意地想着另一个人，而是把自己交给了一个痴迷的信念，即"众人皆醉他独醒"，现在真正醒来时，发现自己处于一种佛才会有的心境——通过遵循著名的劝诫"放下屠刀，立地成佛"而使自己成为佛——并祝福你们，你和另一个人，你们两位。

1943 年 11 月 4 日

LATE ON A FESTIVAL NIGHT

This poem was written some eight years ago. Let me now relive the moment recalled by these few lines. Well:

The night is quiet after all the noisy merriment appropriate to a festival day. It is late. Everybody is back in his or her proper corner, surrendering to a sweet fatigue, perhaps lying by the side of another. Why then do you sit up alone? Writing long letters, as Rainer Maria Rilke says somewhere in a poem? Most likely. At least you must be thinking of someone, for otherwise you would not now lift the window-curtain and look out piercing through the night with your strained eyes. The glowing glass-pane, lined with pitch black, presents to you however an image looking sadly and longingly back at you–your own image! Of course you are not comforted. But come, come, just imagine that the other whom you are thinking of may be performing the same action in some far-off place. What is distance to the mind's eye? The lighted window, the other one, has drifted at once into your sight from afar like a twinkling spark or better, a drowzy eye blinking and gazing at you. And what is distance to the mind's eye, especially of the lover? You can even make out in the gradually enlarging light a pair of eyes so sad and so full of longing—whose eyes are they? The other's or yours? Yours and the other's? Oh, you can no longer deny that you are quite happy here. You are one, you and the other.

Then what is the use of making the churlish jibe: "A pity that I can't hear with you my sleeping breath!" It might seem well said, bitterly true. Even side by side on a bed, if one of the two falls asleep a little bit earlier than the other, what of the other? Caste[①] beyond, unaccompanied, forlorn, for individuals are at bottom separate cells cut off from one another. But no, this sharp observation can do no harm save perhaps to itself. If even Li Po's all powerful poetic sword fails, as he himself admits, to cut the ever-running water, how could this vulgar knife split apart the whirlpool —"You are the other's dream while the other is in yours" It only proves, on the contrary, the strength of your union to its own cost—most likely to its own salvation by losing itself with the current and then refinding itself flung upon the shore, mellowed with time and rust, to be picked up and to become a new item in the catalogue of a museum or a curiosity shop. Well then, the lonely man who has sat up like you, but who instead of thinking caressingly of another, has given himself over to the infatuated belief that "he is sober alone with all the others drunken", now really wakes to find himself in a frame of mind worthy of a Buddha—a Buddha who has made himself one by following the famous exhortation "Lay down your butcher's knife and you will become a Buddha at once",—and blesses you, you and the other, both.

November 4, 1943

《雨同我》

我收到一个上海朋友的信，说道："自从你离开后，每天都在下雨"，而在同一天，我在杭州遇到的另一个朋友说："自从你来了以后，每天都在下雨"，好像我对此应负有责任似的。不过，这个说法倒是让我很高兴，但很快我又想到了第三个地方的另一个朋友，我在一家商店的许多雨伞前感到相当绝望，因为杭州是以生产雨伞而闻名的。

废名的小说《桥》中，有一句话与我在最后两行的表达非常相似："不

---

① 此处原文如此，疑为 cast 之误。

管天下几大的雨，装不满一朵花。"^① 但在这里，我是以不同于废名的方式来进行强调的：我在诗中的联想来自中国的一句古话："一叶落而知天下秋。"

RAIN AND I

I received a letter from a friend in Shanghai saying: "It has rained every day since you left", and on the same day encountered in Hangshow another friend saying: "Since you came, it has rained every day", as if I were responsible. I was, however, rather delighted with the idea, but soon I thought of another friend in a third place and I felt quite hopeless before a lot of umbrellas in a shop，for Hangshow is famous for producing umbrellas.

There is in Feng Fei-ming's novel "The Bridge" a remark closely similar to my expression in the last two lines: "No matter how immense might be the rain poured from the heavens, it could never fill up a flower." But here I have laid the emphasis in a different way from Feng: I have derived the suggestion in my poem from the old Chinese saying: "The fall of a single leaf announces autumn all over the world"

---

① 此句出自废名小说《桥》第二十三章"塔"（《废名集》第一卷，北京大学出版社，2009年，第 565 页）。

《战时在中国作》前记①

这六首②十四行诗译自奥登（Auden）一九三八年在中国写的《战时作》（In Time of War）十四集③（见 Journey to a War），原次序为第四，第十三，第十七，第十八，第二十三，第二十七（原共二十七首）。

熟悉英国现代诗的当然会听说过一九三〇年至一九四〇年的英国诗坛是奥登的天下，当然也知道有些年轻人把他尊为英国当代第一名诗人，这在译者个人看来也不觉得太过份，至少在当代英国诗人中译者最喜欢的也就是他。至于他的《战时作》，与奥登，台·路易斯（Day Lewis）齐名，号称三杰的史本特（S.Spender），曾在一九三九年说它们是奥登到当时为止所写的诗中最好的一部份。这些诗确乎大体都亲切而严肃，朴实而崇高，允推诗中上品。奥登写它们的时候，显然受了一点里尔克的影响（即在形式上也看得出，例如他也像里尔克一样的用十四行体而有时不甚严格遵守十四行体的规律），译者还怀疑他也许在笔调上还受了一点中国旧诗的影响。当然在中国一般读者，对于西洋诗的欣赏还止于浪漫派的"夜莺""玫瑰"，顶多还止于象征派的"死叶""银泪"的阶段，读

---

① 《战时在中国》原载《明日文艺》第 2 期，1943 年 11 月出刊，第 1—8 页，署"英 W. H. 奥登作 卞之琳译"，诗前有译者的"前记"，所刊诗作为中英文对照；后来在《中国新诗》第 2 期（1948 年 7 月出刊）上发表的《英国 W. H. 奥登：战时在中国作》其实是这组译诗的重刊，这个重刊本也有同样的译者前记，但译诗后未附英文原作。这组译诗中只有《他用命在远离文化中心的地方》一首，后来收入卞之琳的译诗集《英国诗选 附法国诗十二首》（湖南人民出版社，1983 年 3 月出版）和《卞之琳译文集》。至于这则译者前记则从未入集，《卞之琳文集》也未收录，此据《明日文艺》本录存，并与《中国新诗》本对校。

② 此处称"六首"，后文并交代这六首诗各自的英语韵脚和译诗的汉语韵脚，这表明卞之琳当时确实译了"六首"诗，但检点《明日文艺》初刊本实际上只刊出了五首译诗，《中国新诗》重刊本所刊译诗同样也是这五首译诗，缺失了一首译诗，所以《中国新诗》重刊本译者前记将"六首"直接改为"五首"——被改为第五首的是《明日文艺》初刊本里的第六首译诗，未刊出的原第五首译诗是《当所有用以报告消息的器具》——这首诗后收入《英国诗选 附法国诗十二首》和《卞之琳译文集》时首句改为"当所有用以报告消息的工具"。

③ 此处"十四集"，原刊漏排一字，《中国新诗》本同缺，当作"十四行集"。

了这些诗一定会鄙夷的说"什么诗！诗在哪里！"这在译者实在也无法解释，因为当然无话可说了，如果你一定说哪儿有什么诗意在这样的一行诗里："而从土地取他的颜色"（讲"他"，讲中国农民）。如果你觉得这一行诗好，那你当然也会觉得"山岳挑选了他的子女的母亲"（还是讲"他"）有意思了，更不用说"凡是有山，有水，有房子的地方也应该^①有人"这样的句子了。循这条道路去才可以欣赏这种诗。而循了这条道路去，你又会感叹奥登的一切遣词造句都自然、随便，可是又显然经过了一番炼字炼句的工夫，例如"他们在十八省里建筑了土地"，这里"建筑"一语如何简单明白的表出了中国人开河凿山，运用土地的形象。这样简炼的规律诗当然非常难译，有时实在不能译，若依照译者向来所自定的翻译标准——，不但忠于内容，而且要忠于形式；现在勉强译在这里，还不是定稿，所以决定了把原文附在这里，让读者自行参阅。^②

原诗大都是不很严格的十四行体。第一首的脚韵排列，原为 xaxa，xbxb，（x 为无脚韵，以后同此）cdc，ede（最后这三韵都是用的近似韵，非正规韵，little 与 cattle，earth 与 truth，simble^③ 与 example，以后常有这种情形），译诗中排列为：xaxa，xbxb，cde，cde（其中也有非正规韵，而只是通韵的，以后先常有这种情形）。第二首：原为 abba，cddc，eff，eef，译诗为 abab，cdcd，efe，fgg。第三首：原为 abab，cdcd，efg，efg；译诗为 abab，cdcd，efe，fgg。第四首：原为 abba，cddc，efe，fef；译诗为 abab，cdcd，efe，gfg。第五首：原为 abab，cdcd，cfg，efg；译诗为（x）a（x）a（一三行末字仅为双声），dccd，efe，fgg。第六首：原为 abab，cdcd，efe，gfg；译诗为 aabb，ccdd，eef，gfg。^④ 以上各种脚韵排列，俱为十四行体所容许者，除了不押韵的两处，以及最后一首译诗的前八

---

① 此处"应该"，《明日文艺》本的译诗和《中国新诗》本的译诗均作"可以"。

② "所以决定了把原文附在这里，让读者自行参阅"这两句，《中国新诗》本因未附英诗原文，所以删去了。

③ 此处"simble"，原刊排印有误，当作"simple"，检原刊所附奥登原诗正作"simple"；《中国新诗》本同误。

④ 以上"第五首：……"至"第六首：……"，《中国新诗》本删去了原"第五首：……"，而将"第六首：……"的内容直接改为"第五首：……"。

行，那是十四行体的大忌。音节上原诗大致都是五音步抑扬格，（例外也很多），第一首第九行则仅得两音步，第十行三音步。译诗中大致为五音组，例如：

　　他停留 | 在那里： | 也就被 | 监禁在 | 所有中 |
　　季节 | 把守在 | 他的 | 路口， | 像卫士 |

亦有为通首用六音步音者，例如：

　　他们在 | 而受苦； | 这就是 | 他们 | 所做的 | 一切： |
　　一条 | 绷带 | 掩住了 | 每个人 | 生活的 | 所在 |

至于现代英国诗里的用假韵，坏韵，或近似韵，大多是出于作者的存心，为了避免滥俗。而这些诗的不曾译成了莲花落的调子，到底是出于译者的"不能"还是"不为"，读者想来也自然会明白。[①]

第五首里所讲的沉默十年的一个人是指里尔克，这里是讲他沉默了十年以后，在瑞士缪佐的一个古堡里完成了他的杰作《杜伊诺哀歌》和《给奥尔菲思的十四行集》。

又：关于奥登，可参阅译者所译福尔和里尔克的《亨利第三与旗手》合刊本序和本刊第一期杜运燮通讯。

---

① 《中国新诗》本的译者前记到此结束，略去了下面的两段文字。

《诗人的信件》于绍方译本序言补记①

又：亨利·詹姆土②，文句向以完整缜密著称，越到晚年越纠结如葡萄球或绣花边，以难而令一般读者望而却步。《诗人的信件》尚属中期的作品，可是用中文已经难译够了。译者此译寻文逐句，完全保存了原来的作风，曲折婉转，庄严堂皇，在中文读起来，直不差多少，可说已经从各方面可能的途径，不但穷尽了，而且增加了中国白话文的韧性与丰富。

---

① 卞之琳主编的译丛"舶来小书"，其中有亨利·詹姆士著、于绍方翻译的《诗人的信件》，该书于 1945 年 7 月由重庆的人生出版社出版，前有卞之琳所写的序言，在序言正文之后，还有一段"附注"和两段"又及"，这篇序言与其他几个译本序言被整合为《小说六种》（重庆《世界文艺季刊》第 1 卷第 2 期，1945 年 11 月出刊）以及单独收入《沧桑集（杂类散文）1936—1946》（江苏人民出版社，1982 年 8 月出版）、《卞之琳文集》时，都失收了第二段"又及"，此据于绍方译《诗人的信件》之"人生社"本录存，现题由本书编者拟订。

② 此处"詹姆土"，原书排印有误，当作"詹姆士"。

"舶来小书"简介①

卞之琳编选·作序

舶来小书

阿道尔夫

［法］班雅曼·贡思当

这是法国小说中的一部小经典。著者是十九世纪初一位拜伦式的恋爱圣手，虽然他不是诗人而是政治家。他在这里招供出了一般所谓"才情"的真象。浪漫派的题材，写实派的态度，古典派的作风，在这里得了一个难得的配合。（卞之琳译）

（定价：480 元）

诗人的信件

［美］亨利·詹姆士

英美近代小说史上最讲究艺术的作者用了雪莱和他的情人克莱蒙小姐作为原型而精心结构出了这篇故事。故事中，盛极一时的名媛，在诗人死得如同隔世以后，在孤独中垂垂老去，死守遗扎②与旧秩序而终不敌历史的命运，威尼斯的石桥，古邱，桨声，灯影都加入合奏，时与地都成了故事里的角色。（于绍方译）

（定价：540 元）

---

① 本文原题《卞之琳编选·作序的"舶来小书"》，是为卞之琳主编的"舶来小书"三种所写的三则广告词，原载重庆《新华日报》1945 年 7 月 26 日、28 日第 1 版，其中表述与卞之琳为这三部作品所写序言略同，李辉的《卞之琳的文学广告》一文（见《解放日报》1991 年 10 月 31 日第 7 版"朝花"副刊）中也提及在"1944 年的重庆《大公报》上，发现了三则卞之琳编选的翻译作品丛书的广告。这套丛书叫《舶来小书》，由人生出版社出版。据卞之琳回忆，这套丛书后来没有出版，而三则广告则为他自己撰写"，如此则这三则广告词当出自卞之琳之手，但李辉说"这套丛书后来没有出版"，则不确。编者暂未查到《大公报》（重庆）版的三则广告词，但李辉文中所过录的这三则广告的内容则与《新华日报》版相同。此据《新华日报》版录存，并对题目有所改订。

② 此处"扎"通作"札"。

女人变狐狸

［英］大卫·加奈特

这是现代英国小说中的奇书，荒唐而亲切，滑稽而凄恻，谁读来都觉啼笑皆非；但以层出不穷的意义上说来，又非常写实，所写到的现实亦不止女人而已，有心人想一想当不免转觉啼笑皆是，这不是一本低级趣味的无聊书。原著曾连获英国重要文学奖两种。(冯丽云译)

(定价：300元)

人生出版社发行

重庆邹容路苍坪新村六号

新文学与西洋文学①

最近我接到一位不相识的朋友从远方寄来的信，问我一些问题，其中一个便是："写新诗的人是否要读旧诗？"这我以为是不应该成问题的：如果文学修养包括了生活与读书两方面，写新诗当然也就得读旧诗。联大同事白英先生（Robert Payne）②就说我是个传统主义者（Traditionalist）。不管作品究竟如何，态度上我是主张拥护传统的。不过我所说的传统，是他们英国的现代作家 T.S.Eliot，Herbert Read，Stephen Spengder 诸人所提倡的传统，那并不是对旧东西的模仿。如果现代英国文学，用伊利萨伯时代的方式来表现，除非在特殊场合，这就不能说是合乎传统，而只是墨守成规，是假古董，是精神上的怠惰，是精神上的奴才。做奴才就是不肖，我们求肖就不能出此。到现在，我们只有以新的眼光来看旧东西，才会真正的了解，才会使旧的还能是活的。时代过去，传统的反映也就不一样，譬如，我们倘若生在唐朝，一定写唐诗；李杜如果生在现在，也一定写新诗。中国的新文艺尽管表面上像推翻旧传统，其实是反对埋没，反对窒息死真传统，所以反而真合乎传统。

保持传统，主要是精神上的问题。形式和内容本来互相关连，可是既然大家要谈，要保存民族形式，我以为那倒像主张一个人穿马褂，不穿西服，（其实马褂又何尝是国粹），重要实不如民族精神，就像一个人保持自己的个性。时至今日，大家还强分东方的是精神文明，西方的是物质文明，实在可笑。就拿现在的局势讲，我们的物质果然不如西洋人，精神又何尝及得他们？如今我们不但要美国人供给我们飞机大炮，我们还

① 本篇原载《世界文艺季刊》第 1 卷第 1 期，1945 年 8 月出刊，第 17—20 页，署名"卞之琳"。本篇从未入集，《卞之琳文集》也未收录此篇。此据《世界文艺季刊》本录存。

② 白英（Robert Payne，1911—1983），英国作家、翻译家，20 世纪 40 年代任教西南联大，译有 Contemporary Chinese Poetry（《当代中国诗选》，选译徐志摩、闻一多、冯至、卞之琳、艾青等人的诗），London: George Routledge & Sons, 1947; The White Pony（《白驹集》，中国古今诗选译），London: Theodore Brun, Limited，1949。

要美国人供给我们舆论。就是在精神方面，西方是供①我们参考的还是很多。世界的关系已经这么密切了，我们要对西洋有点了解，然后才能回过来了解自己的东西。研究如此，写作也如此。新文艺运动以后正经的文学各部门，戏剧、诗、小说，在形式上哪一样不是采取西洋的而也逐渐显得很自然？各种体例且还有许多可供我们尝试来活用。自己无知而就嘲笑这种尝试（例如有人讨厌十四行体诗，就说他偏在随便写的十四行的所谓诗后，再添上一行，使之不成为十四行体），当然可笑；一知半解就信口雌黄（譬如有人说密尔顿 Milton 在《失乐园》序里讲诗可以不押韵，于是就主张我们只能写自由诗，却不明白密尔顿说的是仍然有规律的 Blank Verse② 不是 Vers Libre③）自然更要不得。精神产物的文学作品在形式上待借鉴于西洋的还正多，而若不曾借助于西洋文学，我们的新文学也不会有今日。接受外来的影响，中国文学史上也不乏先例，所以也可以说合乎传统精神。

西洋也有人说过，外国文学定要译成了本国文字，才真正会在本国发生影响。中国新文艺作品，大体上说来，很受了西洋文学翻译的影响。影响的好的方面太多，也太显明了，可以不说；坏的方面也有，可以分两方面来讲：

第一，内容方面：林纾的译品也许给了礼拜六派不少的启迪；通过翻译而真正有影响于比较成熟以后的正派新小说的，主要的还是法俄写实主义与自然主义的作品。因此，随了一些好的效果也来了不少坏的效果。一般写小说与论小说的就以为小说只可以用这一种手法，甚至于只可以用某一种题材。于是表现方法只有一套，缺少了多样性，取材也公式化，八股化，写实反而失实，反而变成了坏的浪漫主义，八股化而不肯创造了。小说如此，诗也如此。诗一方面，本来受了不少浪漫派的影响，因为容易合乎才子佳人的胃口，或者也因为浪漫派的作品里富有反抗的精神，富有正义感。这一点正好说明了最近大家趋向翻译浪漫主义

---

① 此处"是供"，疑是原刊误排，或当作"提供"。

② Blank Verse，通译"素体诗"，是无韵的却仍有轻重音步要求的格律诗而并非自由诗。

③ Vers Libre，自由体诗。

诗的原因。可是浪漫主义的坏处，尤其经过粗制滥造的翻译，叫嚣、浮夸也最容易影响人。其实真正好的文学作品无不有现实感，也无不有嫉恶如仇的精神。以为天下文章就尽于这两派的作品、作法、作风，反而就不知不觉埋没了它们的好处所能给我们的影响。这是选的问题。

第二，文字方面：我们的白话文本来还在成长中，使其完备丰富，我们还得采用而真正的溶化文言、俗话、方言、西洋字句里可以吸收来的东西。事实上我们知识分子不管在嘴上或笔下，遣词造句都愈来愈平板，贫乏，无生气，一部分原因也就是因为惯用了西文的中译。一般翻译不但没有丰富了白话文，反而简略化了中国原有的白话文。这种翻译是双重的蒸馏。这还是好的，目下也算难能可贵了。一般的翻译都生吞活剥，把文字弄得诘屈聱牙。译文如此，创代[1]的白话文也就像只为了印在纸上给眼睛看，既不能拿起来照读旧文章的办法来哼，也不能照讲话的办法来念，更谈不上增加了西文所长的严密性、韧性。戏剧和小说里的对话不行，与这种翻译的文字不无关系；介绍象征主义对于新诗的毛病，我以为主要也还是在翻译得不好。至于稍微懂得一点 A、B、C，也不管中文里能活用了几个字，就来翻译，误人的害处更不必说了。这是译的问题。

这两个问题中，第二个也许更重要。因为选得好，译得不好，也是枉然，且误人更深。为了新文学的前途，我们也得在这方面加以注意。

最后，我们要看看：中国新文艺到今日在世界文学上究竟占了怎样的地位，实在还很小。英文现在有了鲁迅的《阿Q正传》，萧军的《八月的乡村》等等，然而它们在英美并未能，也还不如林语堂、熊式一的英文著作来得惹人注意。譬如，熊式一最近出版的《天桥》，写了从算命，批八字到所谓革命，反对袁世凯做皇帝的一些玩笑事故，完全江湖气，而H.G.Wells[2]却说它是真正表现了现代中国的最好的作品。谢冰莹的《一个

---

① 此处"创代"，疑是原刊误排，或当作"创作"。

② H.G.Wells 即 Herbert George Wells（1866—1946），通译赫伯特·乔治·威尔斯，英国现代小说家、历史学家、政治活动家，是现代英国知识界的代表人物，著有科幻小说《时间机器》和历史著作《世界史纲》等。

女兵的自传》是被译成了英文，但是她能否如他们所说代表中国的一般女性呢，就很难说。——其实这也不能怪人家。首先是量的问题：契可夫的短篇小说，在世界小说选里每每也不过是那一两篇，可是他写了那么多小说，如果只写了这一两篇，尽管写得好，恐怕也就不会被选了。鲁迅的小说果然好，却不过二三十篇。再说到质的方面，中国新文学一般说来到底还太年轻。至于迎合西洋人口味而写作，自可不必。只要有很多好作品，不必凑和人家，不怕人家不接受。就拿俄国为例：当初俄国是被目为东方民族，野蛮民族的，但到十九世纪托尔斯泰、托斯陀也夫斯基、杜格涅甫、契可夫等等大作家出来以后，尽管他们的风习仍和西方不同，西欧人也都去赏鉴了，长得连西方人都看不惯的名字也被记住了。可见硬要炫奇，也太不必。听说最近还有中国人在英译中国小说的时候把"再见"译成了"Tsaichien"，"来"译成"Lai"，那又何苦来？

要发展我们自己的新文学，我们必须切切实实，虚心学习，吸收人家的长处，自己努力，也就可以校正人家的认识，否则，自己不争气，也就怪不得人家。

《小说六种》小引[①]

　　这里讲到的六种西洋小说的中文译本正陆续在重庆人生出版社印行，属于我编的"舶来小书"。这一套小书规模不大，并不预拟计划，只随时收取我认为原来是好书而译得不差的十万字以下的小书（暂时以中篇小说为主，兼及短篇集子）。各书都从原文译。这六本，除了《阿道尔夫》是我战前原译文，曾发表于《西洋文学》，都是西南联大外文系同学译的，可以说是我近几年来教翻译的副产品。译者都照我的办法，尽可能使意义与风格都忠于原著。各书都经我校过，而且跟出版社商定，出版后还可以由编者与译者继续校改，藉此在国内翻译界多少树立一点严正的标准与风气。书前都有我的一篇序，主要是带点批评性质的介绍，也不无针对世道人心借题发挥的地方。而这些序，跟书分了单独发表，例如这六篇，则意义倒反而大半就在于这些题外话。

---

　　① "小说六种"是卞之琳主编的一套欧美小说译丛，由卞之琳和他在西南联大翻译课上的学生们分别译出，包括班雅曼·贡思当的《阿道尔夫》（卞之琳译）、亨利·詹姆士的《诗人的信件》（于绍方译）、亨利·詹姆士的《螺丝扭》（周彤芬译）、大卫·加奈特的《女人变狐狸》（冯丽云译）、桑敦·槐尔德的《断桥记》（黄惟新译）、凯塞玲·坡特的《开花的犹大树》（林秀清译）。卞之琳为这六种小说译本分别写了序并将它们合起来题为《小说六种》，发表在重庆《世界文艺季刊》第 1 卷第 2 期，1945 年 11 月出刊，第 13—29 页，署名"卞之琳"。这个作为总序言的《小说六种》后来又分开为六篇，收入《沧桑集（杂类散文）1936—1946》（江苏人民出版社，1982 年 8 月出版）、《卞之琳文集》，但作为这个总序言开头的"小引"却失收了。此据《世界文艺季刊》本录存。

奥登《十四行》（ "当所有用以报告消息的器具" ）译后记[①]

在我们抗战的第二年，奥登因为同情中国来到武汉，那正是前线不利，武汉岌岌堪危的时刻，他当时写了一些诗，这是其中的一首。这里他所想起的一个人，系指德国诗人里尔克（Rilke）[②]：里尔克在第一次欧战前后那紊乱的时代内忍受着极大的痛苦，沉默十年，最后在瑞士缪佐的古堡内完成了他的名著《杜伊诺哀歌》。

---

① 卞之琳所译奥登的十四行诗集《战时在中国作》第二十三首（首句 "当所有用以报告消息的器具" ），原拟发表在 1943 年 11 月出版的《明日文艺》第 2 期，但可能因为这首诗的描写会让人联想到中国抗战的不利战局，所以临时被撤下；直到抗战胜利后卞之琳才在《经世日报》1946 年 9 月 8 日第 4 版 "文艺周刊" 第 4 期上发表了这首译诗，题作《十四行》，署 "美国（此时奥登移居美国——本书编者按）奥登（Auden）作 卞之琳译"，诗后并附有这则译后记。这首译诗后来收入卞之琳的译诗集《英国诗选 附法国诗十二首》）（湖南人民出版社，1983 年 3 月出版）和《卞之琳译文集》，但遗漏了这则译后记，此据《经世日报》本录存。

② 里尔克（Rainer Maria Rilke）1875 年 12 月 4 日出生于奥匈帝国的布拉格，奥匈帝国崩溃后回归奥地利，二战爆发前夕纳粹德国吞并了奥地利，宣告德奥合并，所以此处说里尔克是 "德国诗人"。

纪念"五四"

——在文艺方面 [①]

　　划时代的"五四"革命运动可以比做芽，比做花，今日的革命形势就可以比做花，比做果（在阶段性上说，并非说花果就是完结）。今日由花，由果比以往更可以明确的估价芽，估价花，今日由花，由果的伟大意义比以往更可以明确的看出芽，看出花在历史上的伟大意义。革命的统一战线，在行动中，在一定的胜利阶段以前，往往叫政治觉醒，政治理论不够高的一般人民，在共同的方向中一致行动，不容易看得清清楚楚谁确实在领导。反帝国主义反封建的"五四"运动，是以共产主义的知识份子作为领导骨干这一点事实，到今天斗争赢得了划时代的胜利了，才在一般人民的头脑里开始有明确的普遍的认识。大家明确的认识了谁领导了"五四"运动，也就明确的认识了"五四"的所以成为革命运动，"五四"在历史上的意义。今年在中央人民政府成立以来第一个"五四"，纪念"五四"运动，正好是对过去的总结，也正该是对将来的启发。

　　纪念"五四"在文艺方面，顾后瞻前，我们今日能看出一些什么问题？"五四"运动，在政治方面，最初"只限于知识分子"，没有扩大到工农群众中去，可是发展到紧接上来的"六三"运动，就改变了形势。"五四"运动，在文艺方面，"当时还没有可能普及到工农群众中去"，[②] 发展了多少年也还是没有真正的办到。"五四"运动的当时，为群众服务的观点是有的，提倡"平民文学"即是说明，可是还极少做到向群众学习。向群众学习实际上主要就是认真去汲取"唯一的最重大，最丰富的源泉"[③]。其中也包括语言，也包括体式（在我看来语言较重要，体式较次要，因

---

　　① 本篇原载《北大周刊》第 36 期第 4 版，1950 年 5 月 4 日出刊，署名"卞之琳"。本篇从未入集，《卞之琳文集》也未收此篇。此据《北大周刊》本录存。

　　② 以上两句引文出自毛泽东的《新民主主义论》。

　　③ 此处引文出自毛泽东的《在延安文艺座谈会上的讲话》，其中"最重大"当作"最广大"。

为通用的语言总是活的，通用的体式可能会已经僵化，甚至僵死）后来，研究上，北京大学研究所国学门对于民歌的搜集，创作上，有些作家对于口语的应用，我想是在这方面多少有成就的，可是一般的说来，大家都做得不够。不向群众学习，无从有效的为群众服务，就是理论与实际脱节，结果，知识份子的文艺工作者就大多只好想间接为群众服务，在间接为群众服务中，渐渐忘记了群众本身，演变到后来一大部份人就不知不觉的干脆不为群众服务了。这一点一直到延安文艺座谈会上才明确指出了，因此，由"五四"发端的文艺运动才进入了一个新阶段，一个划时代的新阶段。

延安文艺座谈会也就由此表现出一种精神，注意推陈出新的精神。这就是提高与普及问题的提出与解决。我想不妨用火车头与装了货的车皮来比拟说明：光开火车头，直等于为艺术而艺术，接住装了货的车皮，才有内容，才有作用：观念形态的文艺接住自然形态的文艺才是火车头接住了装了货的车皮。可是车头接住车皮的时候不能忘记目的不是向后退，而是朝前开。所以普及提高也就接陈出新，推陈出新。

《在延安文艺座谈会上的讲话》，在全国差不多完全解放的今日，一般人民文艺工作者更有了空前的普遍认识的条件，在今年的"五四"，当是普遍的开了花，普遍的结了果，也就是说到了又一个新阶段，又发了芽，又开了花。

延安文艺座谈会上也可以说从提高问题连带提出了和解决了两个问题：就是"借鉴古人"问题与"借鉴外国人"问题。这两个问题在"五四"运动是怎样处理的？"五四"运动以"反对旧文学，提倡新文学"为旗帜。对古人倾向于全盘否定。对外国人却是接受得不少，而在以后的文艺理论与创作上，在语言文字上，也确乎起了不小的好作用（当然也有坏作用），可是在三十年后的今日看来，介绍工作实在还做得不够，接受工作也毛病很多。因为好的外国文艺不但介绍得数量不够，而且大多是充满了认识不足或错误的皮毛。介绍者因不能联系实际（或因文字隔膜）不了解所介绍的外国作品与外国当时实际的关系（这里主要指西欧方面）；接受者又不联系实际，又硬搬，不知道"借鉴"的意义。

一部份介绍者与接受者又沉浸在外国，特别是帝国主义国家当前表现的颓废现实里而瞎钻牛角尖。今日我们由于认识得深了，大家才觉得迫切需要各方面都正确的借鉴外国作品。今年纪念"五四"，大家应该也向这方面想法推进工作了。至于古人，今日大家才觉得迫切需要作品的正确整理了。可是我们要不忘记联系实际，不忘记目的在供借鉴。在想法推进这方面的工作中，却又应特别要记得"五四"文艺运动的至今还完全适用的意义——反对复古，而随时警惕。

今年在文艺方面纪念"五四"应是在全国普遍规模上对发展了"五四"文艺运动的《在延安文艺座谈会上的讲话》作具体深入的学习，以准备促成新文化建设的高潮。

学习英文文学的问题^①

一年来，限在学校圈子里，不常参加外边的文艺活动，也没有多少时间仔细阅读文艺书刊，我实在是孤陋寡闻。可是，因为职务关系，我对于学习英文文学的问题，比较熟悉。一年来这方面发生在北京大学的问题，我知道也发生在清华、南开等大学，也可以约略推知全国各大学里的情形。今年春天参加了教育部的文学课改小组，我对于各方面的情形，又多知道了一点。我想不妨趁纪念开国一周年的时候，谈谈一年来学习英文文学的问题，挂一漏万，在所不免，有些论断，可能还不够客观，不配算总结，就算个人的经验谈吧。

出于目前的迫切需要以及将来的长久需要，一年来学习俄文的热情非常普遍，这是应有的好现象。可是一般的说来，俄文学习还在初步阶段，直接学习苏联以及俄国文学的人数还是太少，学习东欧新民主国家的语言（亦即文字）更是刚刚开始，我在这里要讲的问题，在这方面还不会感到有什么重要。而且学习已成为社会主义国家和人民民主国家这方面的文学，和还是资本主义国家那方面的文学，其间也有很大的差别，我想在这里要讲的问题在某一方面有些就根本不成问题。所以我在这里谈问题，不把这方面包括进去，虽然讲到学习语言与学习文学的关系，我想也可以适用到这方面。学习欧美别些语言（亦即文字）和文学的人数也较少，问题也就不太大，而且有些问题也跟学习英文和英文文学的问题相同，所以我想就拿英文文学这方面作为谈几句的中心。

学习英文与英文文学在中国已经有几十年的历史，可是其中有几个重要的问题一直到这个崭新的一年里才被发现或受到大家的注意了。

首先，一般人对买办文化起了强烈的憎恶，把学习英文认为时髦的观

---

① 本篇原载《胜利一周年》（《文艺报》《人民文学》《人民戏剧》等五刊物联合特刊），1950年10月出版，第70—72页，署名"卞之琳"。本篇从未入集，《卞之琳文集》也未收录此篇。此据《胜利一周年》本录存。

念一扫而空。学习英文的趋势随了美帝国主义在中国的气焰高涨而登峰造极。到全国基本上解放了，帝国主义的势力都清除了，最初许多人颇有想把英文知识也干脆清除出去的心理。可是觉悟的人民不会专凭意气用事的，大家知道英文知识也正可以用作斗争的武器，也可以用作批判吸收的工具。问题是在不必要谁都从中学甚至小学就开始化多少时间来学习英文而且还是学不成，可是总得有一小部分人学它，而且学得真能有用。

可是，其次，英文文学呢？英美目前都还是帝国主义国家，它们当代的文学主要是反动的，我们还要借鉴它什么？这更是许多人想到的问题，否定的回答也自然比较有道理。可是也差不多，大家逐渐又肯定英美也有它们优良的文学遗产值得我们借鉴，即使当代的颓废、反动的文学，也还值得我们认识，正像我们要认识帝国主义目前的情形，要了解敌人。问题也是在何必要那么多人都来学习英文文学，而且学不出眉目，可是总得有极小一部分人学习它，到可以集中一点这方面人材的地方去学习它，而且要学得真能有用。

因为大家要不像过去那样，不再在英文上白白浪费时间、精力，而迫切要学得真能有用，一时就不免发生了一些小小的偏向。例如，学物理的要求专学物理英文，学化学的要求专学化学英文，等等。可是大家马上知道英文基本上还是英文，英文学到一定程度了，专门方面的可以由各有所专门的学习者自己联系所专门的科目。至于志在新闻工作的又要求专学新闻英文，志在外事工作的也要求专学外事英文，这自然还有道理，可是跳过了英文基础，想平空专学英文的这些专门实用方面，这也是不通的想法。偏狭的实用观点与好高骛远的想法，实在是一脉相通：二者都出于急性病。在普通大学或专门学校里学习英文，主要能学到的还是一般英文或英文基础，在英文文学以外的专门训练，应进一步或转而求之于训练班性质的学习机构，否则学英文就得有英文综合大学，学德文就得有德文综合大学，学法文就得有法文综合大学，等等。一年来这个问题也终于逐渐得到普遍的认识。

考虑到过去学英文的相当普遍的失败，有些人又想到原因在学好了或者学多了英文文学。说专学英文的投考新华社不够格就是因为把莎士比亚学得太好了，或者在莎士比亚作品上化工夫化得太多了，道理也可能有一点，可是基本上实在讲不通。毛病主要实在就出于英文没有学到相当的程度。英文还没有学到相当的程度，怎能谈得上从原文专学莎士比亚，而且学好呢？至于讲一首英文诗能够头头是道，写一封英文信就处处不通，也是可能有的现象。如果学习者只想求得某种外国文的相当的阅读能力，不求能运用某种外国文，结果可能会这样，那实在也不足为病，本来的目的总算达到了，不过不知道某种外国文的运用，实在也不可能直接从这种外国文把文学作品了解得透澈。至于知道它的运用，而不能用得熟练，这是另一个问题，因为只有在经常应用中才可以生出熟练。英文或其它外国文的基础不是一朝一夕所能学得的，英文或其它外国文的实际应用，虽也不是一朝一夕所能学得的，在基础打好以后，可以经过短期的特殊训练而学会，然后在经常应用中学得熟练。所以语言（亦即文字）学不好，不能就归咎于学好了或者学了文学。

更进一步，比较知道一点内情的在这一年内也逐渐发现，尽管一般英文相当通的，在用英文的场合，或者翻译或者写作，往往有不能相当胜任的缺憾，例如遣词造句往往犯不妥切，不精辟的毛病。尽管有一部分的批评可能是出之于挑剔者自己囿于一向读英文的习惯，觉得有些地方在英美人自己的话里向来没有这样的说法，因此慨叹了都是学非英美人的英文，学坏了。这实在是不对的，因为有许多新事物，新现实，在旧社会中，在资本主义国家里，可能还不曾存在，用习惯的现成的说法来表达，不可能确切。可是，反过来，说我们要学英文就专从非英美人的英文里去学，当然也是不对的，因为除了一些新名词等等的加入，一种语言（亦即文字）总不能由外国人代定标准，代为改造。能够看到这两方面，其间的矛盾自然可以解决。用外国文，遣词造句不妥切、不精辟，根源实在该另外从两方面考虑。一方面可能执笔者对于所写所译的东西缺少专门知识。这一点不在学习外国文问题的讨论范围内，已如上述。另一方面却正是在这里要讲到的主要问题内。这就是：毛病出在英文还没有进一步学得够好（也不是说外国人一定会学得英美人自己一样好），也就是英文文学修养太不够。这里所说的文学修养，并不是说要熟悉多少风花雪月。"文学"的意义在表达上说来，相反的，倒等于"科学"，就是说，反映现实，表达观念，说写一句话，用一个字，务求尽可能的精确，犀利，要什么效果，就生什么效果。且不说有点文学知识，做新闻工作，做外事工作等等也会有极大的帮助与需要，就是要办到上述的功能，也非得在文字（亦即语言）运用上有点文学素养不可。

这就接触到一个重要的问题，学习语言（亦即文字）与学习文学的关系问题。英文学不好，已如上述，往往基本上不成理由的归咎于学了英文文学，反过来也间或有认为英文文学没有学好，原因在于分心在学了英文。这当然更不成理由。所以想解决问题而要求大学外语文系一开始就分语言（亦即文字，不是指语言学方向）与文学两组，这是错上加错。一方面哪儿有语言（亦即文字）没有学到相当好而能专学文学的道理，另一方面哪儿有语言（亦即文字）可以专学多少年而不至于进一步牵涉到文学的道理？而且，让我在这里抄几句自己在别处说过的话，"学外国文学的先决条件是彻底了解外国语言（亦即文字）。文学的工具是语言，不通过语言，无从了解文学。反过来，撇开好的文学作品，不可能学到更好的语言。"一年来大家终于一致的要一反过去的好高骛远，而以先学好外国文基础为进一步学外国文在某些方面的专门应用以及学外国文学，准备条件。而另一方面，从外国文学作品中学习提高外国文的掌握能力也逐渐被大家所肯定了。几十年来学习英文和英文文学及其他外国文和外国文学的把语言（亦即文字）与文学学习上的相互作用忽略了，或者把两方面分开了，造成了失败的大原因：自命为专学语言（亦即文字）的不见得就学好了语言，自命为专学文学的也不见得就学好了文学。在这一年里，这个问题被发现了，而且差不多得到了解决。

其次，多少年来有一个奇怪的现象，就是对国内介绍翻译外国文学作品的人大部分倒都不是专学外国文学的人，尤其在英文文学方面。有些人（特别是大学教授）把外国文学学得相当好，或即以此为专业的，对于介绍翻译的工作就从来不做。虽然专从事教学，教好了别人，让他们去做，也可以说对介绍翻译有贡献的，可是那究竟是间接的，在教课以外，若不是全无余力，那么为什么不直接有所贡献呢？不专学外国文学而把外国文学介绍和翻译工作做得很好的也有，可是做得差的也总不少，那实在不能怪他们，为什么专家不出来做呢？当然，也曾有一些以外国文学为专业的做了些把中国文学介绍和翻译出去的工作，可是一般的讲来，还是做得很不够。有些专学外国文学的对中国当代的文学完全隔膜，这就是学外国东西而不联系中国实际。事实上，中国人专学外国文学应以交流文化为主要目标，过去多少年外国文学教育中就忽视了这一点。一年来，高等学校的外语文系逐渐着重了翻译这一方面的训练，也就走上了解决这个问题的途径。

最后，专学别的外国文学也许不一样，专学英文文学的，除了不联系中国实际以外，过去还有一个现象讲起来也应该算奇怪的，就是，又不联系英美实际。在英美，尤其在英国，大学课程学院气比较重，保守性比较大，他们在本国学本国文学的学生，因为平时对于本国当代的文学情形，自然而然会相当熟悉，在高等学校里不把当代文学作为学习对象，倒还不要紧，在中国学生，本来对他们的当代情形不甚了了，一到他们的大学就只在功课上用工夫，结果"学成"了，对于所学的对象在当代的作用，还是很隔膜，回到中国，还是把先生那里学来的搬上讲堂，当然会隔上加隔。或者，讲英国十九世纪及其以前的文学还死守了十九世纪或者维多利亚时代的观点，怎么会教人家把问题看得清呢？在今日研究十九世纪在英国的资本主义，如果完全不知道它在后来发展为帝国主义及其在今日的情势，怎能研究得出正确的结论。当然，十九世纪资本主义还在上升阶段中的英国文学比今日的英国文学，大体上说来，要健康得多，值得我们借鉴得多，可是全然不认识现代的英国文学而要了解十九世纪及其以前的英国文学，恰就像全然不认识帝国主义而要了解资本主义。学习英国过去的文学，若从现代对过去文学的观点下手，结果，一反过来，反而会容易接上马列主义的观点去进行，一年来这也在一部分研习英文文学的人中间感觉到了。

一年来学习西方文学方面最重要的变化当然是大家都开始把学得的一点马列主义试运用到这方面的事实。成就当然不能就很大，可是开了一点头的都感到有些问题，从过去的观点，总搞不大清楚的，从新观点一看，就豁然开朗了。有些工作几十年没有做或者没有做好的，这一年来就有些人着手而且多少有了一点点成绩。

此外，一年来最初颇有些人感觉到就英文文学而论，专门人材已经够多了，可是事实逐渐证明，过去几十年的英文教育是相当失败（俄文教育想不会重蹈这个覆辙），现在要认真担负起工作来，到处都感到人手不敷。且不说把中国文学作品译成外国文，就说把过去已经翻译过来的外国文学作品好好清理一遍，就需要多少对外国文学有相当修养的人。在外国文基础务求先打好的原则下，少数普通大学的外语文系终还要趋向于不放弃文学教学的（在国内造就对外国文学有相当修养的并非不可能的），不过，这样回过来，自然跟过去那样的架空倾向当然完全不是一回事了。同时，情势所趋，多少年国民党统治下决不会想到的一点，也在这一年内渐渐被大家感觉到需要了，那就是到条件成熟，就应当成立一个世界文学研究所。

九月十四日

略谈翻译①

给翻译班找杂文的材料，摘取章节，作为中译英文字上仔细推敲的训练，最好当然还是去翻翻鲁迅遗著。我这次一翻就翻到了几篇关于翻译的文章。里边许多话到现在还真是至理名言。例如，鲁迅先生说："中国的语言（文字）是那么穷乏，甚至于日常用品都是无名氏的。中国的语言简直没有完全脱离所谓'姿势语'的程度——普通的日常谈话几乎还离不开'手势戏'。自然一切表现细腻的分别和复杂的关系的形容词，动词，前置词，几乎没有。……翻译的确可以帮助我们造出许多的新的字眼，新的句法，丰富的字汇和细腻的精密的正确的表现。因此，我们既然进行着创造中国现代的新的语言的斗争，我们对于翻译，就不能够不要求：绝对的正确和绝对的中国白话文。"②这里已经概括了我想说的"五四"以来的好翻译确乎对中国的语言有了很大的贡献。

可是"五四"以来的坏翻译对中国白话文的影响也是很大。受了坏翻译的影响，现在我们许多文学创作的文字，朗诵起来还得加字衬字，甚至于用白话翻译。举一个最轻微的例子，西洋句法的"当……时候"，后边用不着加"时候"，二十年前我自己初学翻译，因为觉得"时候"的尾巴太累赘，或者因为求句尾照原文要用重要的字眼，常常省略，初学写诗的时候也常常如此，可是我后来就很讨厌这样省略，因为省略了中文实在没有办法读得像一句话，连"当……时"我也要想法改成"当……时候"或者"当……的时候"。而现在我们一般认为好的自由诗里也常常犯这种

---

① 本篇原载《翻译通报》第 2 卷第 5 期，1951 年 5 月 15 日出刊，第 48—49 页，署名"卞之琳"。本篇从未入集，《卞之琳文集》和《卞之琳译文集》也未收录此篇。此据《翻译通报》本录存。

② 这段引文出自瞿秋白致鲁迅讨论《关于翻译的通信》，见《鲁迅全集》第 4 卷，人民文学出版社，1981 年出版，第 371 页。卞之琳说这段话是"鲁迅先生说"的，这是一时看混了，其实是瞿秋白致鲁迅信中语。另，下文所引这段话中的"语言"，在瞿秋白原信中均作"言语"，下文所引另一段话中的"语言"在原信中也作"言语"。

小毛病，例如《和平的最强音》①好几次都用了"当她听见牙牙学语的孤儿哭叫爸爸"一类的句法。只要翻一翻报章杂志上的自由诗，很容易发现这种句法。我自己也有过经验，很了解写诗的在这种场合的苦衷，可是这样写起来看看可以，念起来总是行不通。其实，中国句法里根本就不大用"当……时候"的句法，从西文翻译起来往往可以把它化掉。毛主席指出过"硬搬"的毛病；鲁迅先生也强调过"绝对的中国白话文"，他说，"书面上的白话文，如果不注意中国白话的文法公律，如果不就着中国白话原来有的公律去创造新的，那就很容易走到所谓'不顺'的方面去。这是在创造新的字眼新的句法的时候，完全不顾普通群众口头上说话的习惯，而用文言做本位的结果。这样写出来的文字，本身就是死的语言。"②

因此，仅就文字上而论，有好翻译，也有坏翻译，对于中国语言的好坏影响都很大，大家来探讨翻译标准是很重要的，可是更重要的还是多树立榜样。鲁迅先生就树立过《死魂灵》译文的榜样。

可是，尽管译文怎样好，原作者和译者，究竟轻重不同，译文发表出来或者印起书来，署名上应有轻重的分别。这在新中国也已经逐渐成了一种制度，可是许多书刊都还不注意，我想还该提一提。同时，一本译书如果有校者，也不应把校者轻轻放过，这在新中国也应作为一种制度。

---

① 《和平的最强音》刊于《人民文学》第 3 卷第 1 期，1950 年 11 月出刊，作者石方禹（1925—2009），生于印尼爪哇，后归国定居，诗人和电影编剧，同名诗集《和平的最强音》，中国青年出版社，1956 年 8 月出版。

② 此处引文也看混了，误以为是鲁迅的话，其实是瞿秋白致鲁迅信中语，见《鲁迅全集》第 4 卷第 375 页。

关于《天安门四重奏》的检讨①

　　《文艺报》第三卷第八期发表了对于我在《新观察》第二卷第一期发表的《天安门四重奏》这一首诗的批评，我觉得首先应向这几位对作品认真，对作者关切的同志，致以敬意和谢意。同时，我也应该做自我检讨。

　　去年十一月，抗美援朝发展为壮阔的运动了，我也就从七日起，到三十日止，放手写了二十几首诗。写的时候，我主观上觉得又是响应号召又是自发，又当政治任务又当艺术工作，又是言志又是载道，用形式就内容也没有困难。三个多星期写八百多行（我的《十年诗草》只有一千多行，而后十年更是寸草不生），在产量贫乏的我，算是一次丰收（这些诗，除了一二首，例如《天安门四重奏》，合成一个小集子，叫作《翻一个浪头》，现在已经在上海平明出版社印出了）。这些诗写的是一个主题，可是从各个角度写，用各种方式写，想就各方面"挖得深"，结果各方面读者都会感觉到有些地方亲切，有些地方不亲切——我写到后来自己看出来了。这是我"深入浅出"的思想修养和艺术修养不够的表现。虽然我接受一些朋友的意见，把写出的改了些地方，可是要基本上向这方面更提高一步，我觉得只能求诸下一个阶段，倘使我还能写诗的话。同时，就在将近告一段落的时候，我也发现这二十几首诗中结合爱国主义的还不够，就想在这一连串诗中，加以强调的补足一下。为什么热爱我们的祖国是说不完的，一提起，跟大家一样，思想和情感就首先集中在天安门上，在天安门的意义上了。于是我也像大家一样，想写一写天安门，可是集中到天安门的思想和情感，前后左右，四处汹涌，简直无法掌握。酝酿了两三天（不如说在这种思想和情感里泡了两三天），觉得抓住一点头绪了，我想至少写两三百行。到十一月二十七日，我一看第二天早上得上课了，只好把头绪理出来，作为电影镜头式的，写成了

　　① 本篇原载《文艺报》第3卷第12期，1951年4月10日出刊，第32—33页，署名"卞之琳"。此篇从未入集，《卞之琳文集》也未收录此篇。此据《文艺报》本录存。

四十八行的一首诗。我本来想叫它《天安门四重奏：一个提纲》，终于叫《天安门四重奏：大题小试》（《新观察》给我删去了"大题小试"，大概因为太累赘了）。所以，事实上，我等于先就同意了李赐同志的说法：篇幅太小不可能写出想写的伟大的内容。内容的线索在我自己是清清楚楚的，既然二三百行的一首不可得，单就这四十八行一看，自己倒还满意；个别朋友看到了，也还喜欢。因为已经发表了几首，这首诗跟其余的若干首也就搁在那里，没有拿出去。后来《新观察》的一位同志约我写稿，恰好前几天《人民日报》报头上就刊出了一幅天安门的照片，而《新观察》听说也有写天安门的文字，我就把《天安门四重奏》交给了他，顺便解释了几句。大致《新观察》受了我解释的影响，就把它发表出来了。

这是我写《天安门四重奏》和发表经过的叙述，其中也包括了一部分的检讨。现在我要特别提出的就是：我当初以为《新观察》的读众大多数也就是旧《观察》的读众，只是刊物从本质上变了，读众也从本质上改造了。我以为这些知识分子对这种写法大致还看得惯，那么只要诗中的思想性还够，多多少少会起一点好作用。现在我知道我的估计错了。《新观察》的读众面扩大了，我应该——而没有——扩大我对读众负责的精神。这是第一点。其次，我以为一般读众，在刊物上碰到不大懂的作品，还会放过不看的。我的估计又错了。现在读众拿到一本刊物，就要篇篇认真的读起来，读得彻底，什么疑难也不肯放过的，我应该——而没有——加深我对读众负责的精神。总之，我了解世界是变了，可是还没有明确的，具体的体会到变的深度，深到什么样子。这主要是因为我这些年在教书与研究以外，太缺少了实践。

我接受"首先看得懂"的要求。

事实上，早在《文艺报》发表批评以前，我自己也感觉到而这样要求过自己了。有一次，我到一个机关（不是文化部或文联）找人，在传达处登记了，一位很年轻的同志走过来看了我的名字，就含笑说，"我看过你的诗!"我倒是又惊又喜，只说了"我很光荣"以后，忘记请他提意见，连忙问他说，"还好懂吗?"这在我都是由衷的话，因为我有点自卑，料不到还得到这样的读者而且被记住名字，现在知道了我也会有这样的读者，我果然高兴，可是也很着急：我该怎样对他们尽责任啊！

《天安门四重奏》其实是我最近那个阶段里所写二十几首诗中的极端的例子，正如《鱼化石》和其他几首是《十年诗草》里的极端的例子。一般人最容易想起极端的例子，我不怪批评家和读众一提起我的诗就想起《鱼化石》。《十年诗草》里还有《慰劳信集》，《慰劳信集》跟以前的诗已经有了很大的不同，单就表达方式讲，一般的容易懂了一点。而最近这二十几首诗，除了《天安门四重奏》，比起《慰劳信集》来，不讲题材，也不讲政治认识在本质上的不同，单讲好懂不好懂，我自以为跨前了一步。我所以要提这一点，不为别的，只为了证明我主观上是向好懂这个方向走。

这令我想起我最近从吴江乡下土改中学习回来，路过上海的时候，跟几位朋友讲的一句笑话。听到说上海妇女还这么讲究修饰，上海朋友们就说解放后已经改变得多了。我马上接口说，"正像我写诗，自以为改变了许多，其实还不够。"我虽是说笑，实在是警惕自己。因为我马上说了，变的程度倒是在其次，最严重的是要看是从本质上变呢，还是只改皮毛。北方农村经济情况好了，听说有些地区，农村妇女把背面有梅兰芳剧照的镜子，抢购一空，这个消息要是被上海妇女听见了，她们如果说，"人家还说我们改变得不够，农村妇女还不是向我们赶上来了吗！"这就危险！农村妇女不但会赶上来，而且会赶过去，可是决不是走你们的老路，赶你们的旧标准！我又一次体会到了普及基础上提高的意义。

我承认：最基本的还是要和人民打成一片；真正办到了，写起诗来，根本就不会发生严重的写得好懂不好懂的问题。

对卞之琳的诗《天安门四重奏》的商榷^①

卞之琳同志在抗美援朝运动中，写了许多歌颂祖国的光荣，歌颂中国人民伟大的正义行动，揭露美帝侵略暴行的诗篇。这些诗篇都表现了诗人在火热的斗争中的高度热情，这种热情是值得学习的。但他的某些作品，在语言上，在形式的运用上，还有可以商榷的地方。这里发表的是几位同志对他的《天安门四重奏》的意见，我们觉得这是可以提出来与作者、读者共同研究的。·编者·^②

一、不要把诗变成难懂的谜语（李赐）^③

《新观察》第二卷第一期（一九五一年一月十日出版）载有卞之琳先生的诗《天安门四重奏》。这是一首颇难读懂的诗。卞先生在诗歌方面的成绩和努力是值得我们尊敬的。但是，单就这首诗来说，我感觉它有着一种不好的倾向，所以愿意发表一点肤浅的意见。

这诗难懂的地方很多，其所以难懂，恐怕是由于作者过多地在形式上追求，而没有更好地考虑这样的形式能否恰当地传达诗的内容。

譬如说，作者为了讲求节奏的和谐，排列的整齐，结构的严密，将一些字句轻易省略、倒置，使得诗的意义不明白，使人不易读懂：

> "万里长城向东西两边排，
>
> 四千里运河叫南通北达：

---

① 这是《文艺报》1951 年第 3 卷 8 期的栏目，此期《文艺报》在这个栏目下刊出了两篇批评《天安门四重奏》的文章，文章分标为"一"和"二"，见该刊第 9—10 页。此据《文艺报》本录存，以便参考。

② 上面一段话是《文艺报》编者所加的编者按。

③ "李赐"的真实身份不明，查有一个李赐（1920— ），原名李天赐，四川彭县人，1951 年毕业于北京大学中文系，内蒙古人民广播电台文艺编辑，时常撰写文艺评论，也是剧作家——不知是否为此人，录以待查。

> 白骨堆成了一个人去望海，
> 血汗流成了送帝王看琼花！"

末两行用了秦始皇东游观海和隋炀帝扬州看琼花的典故，企图说明中国劳动人民在专制帝王的暴力压迫之下，用无数的白骨堆成万里长城，才能让"一个人"安心去望海；用无数的血汗流成运河，去供帝王的游乐。但是要懂得这两行是不容易的。第一、两个故事的主人翁用"一个人"、"帝王"来暗示，不明白这一典故的人便无法理解。第二、整个句子的结构是很奇突的，并不符合于一般语言的习惯，这样的句子中，又省略了一些必要的字，如"白骨堆成了"下，省去了"长城"。因此要想懂得这两行诗，就要像猜谜语一样了。在本节中，第二行的"叫"字，是一个动词，"四千里运河"叫"南通北达"是什么意思呢？也是令人费解的。又如：

> "弯腰折背就为了站起来，
> 排山倒海才笑逐颜开。"

"弯腰折背"是指什么说的呢？弯腰折背地拼命干革命工作吗？但是用这样的词汇来形容革命者和战斗的人民，恐怕是不够恰当的。说弯腰折背是形容中国革命未成功前，受压迫人民的苦况，但是，受苦受害是为了站起来，似乎有些说不通。是象征中国革命经过不少曲折的道路吗？也并不明确。而"排山倒海"究竟说的是什么呢？如果是说人民以排山倒海的力量打倒了反动派，所以才笑逐颜开，但这句话里也省去了一些必要的字（像这样的句子，是可以写成两句的），读起来意义就不很明确了。也许作者是在讲求诗句的精炼，但这样的精炼，却使人感到内容的模糊。

作者创造了一些不明不白的意象，使得他的诗不但没有加深人们的印象，没有给人一种活泼生动的感觉，反而使人如堕五里雾中。我们来看看下面这些诗句：

> "雪山，太行山，看历史弯腰，"

"五千年历史一气都打通。"

"昨天在背后都为了今天,"

这些意象在作者创造起来固然颇费思索,而读者读起来就更费思索了。又如:

"本来是人民筑成的封建顶,

人民拿回来标上红星,"

"封建顶"这样的名词,是不常见的,如要说天安门,曾经是帝王的占有物,不用"封建顶"而用其他更习见的词,譬如说"封建物"(当然还有更好的,更适当的词),不更通俗,更是现实的语言吗?

由于作者在思想上的欠明确而有下列的词意含混和用词不当:

"天安门为自己也为别人!"

这"为别人"的"别人"是指谁呢?当然不能是前三行中用敌我对照方法写出的敌人(想要战争的美帝国主义者们)而是中国人民的朋友,是全世界爱好和平的人民。那么为什么要用这样意义不明的字来代表和平阵营中的战友呢?同章第二节第四行,亦即全诗最末一行:

"中国和全世界联一道长虹!"

现在全世界分成两个绝对不同的阵营,以美帝为首的侵略阵营,和以苏联为首的和平阵营,这是谁都知道的。我们中国和"全世界联成一道长虹",是同全世界的什么人,什么国家联成一道长虹呢?当然是同世界上爱好和平的人民与国家联成一道长虹。省去"人民"之类的字眼,意义便含混了。

在诗中,像"工人带农民扫飞机"(第二章二节三行)的"扫飞机"是什么意思,我们就简直连猜都无法猜了。这是词意不明的极端例子。

我们读了这首诗,觉得这样的倾向是不好的。我们觉得,作者还没有能够很好地去体会新的生活中人民大众的情绪,去捕捉那些生活中真实的诗的意象，也没有很好去学习、提炼群众的语言，而只是较多地在形式上用功夫，想用硬造的语言和形式来补救生活、感情、思想的贫乏。这就是《天安门四重奏》所以令人难懂的主要原因。（这首诗失败的另一原因在：作者企图以短短的四十八行，四百二十二字，写出从中国受三千年封建帝王的统治，到革命胜利，成为世界和平的保卫者。要想写出这样丰富的、足足写一部伟大的史诗的内容是颇不容易的。）

由这首诗看来，（我只说这首诗）我们感到作者似乎还没有很好摆脱《十年诗草》的那种旧的创作方法。在《十年诗草》（所选诗由一九三〇年始至一九三九年止）诗集附录《〈鱼化石〉后记》中有这样的话：

> "诗中的'你'就代表石吗？就代表她的他吗？似不仅如此。还有什么呢？待我想想看，不想了，这样也够了。"

李广田先生的《诗的艺术》上《论卞之琳的〈十年诗草〉》（一九四二年十二月）也说：

> "'破船片'所表现的是什么呢？这里也许有很多解释，于是就没有一定的解释，于是我们也可以假设一个解释。"

作者从前的诗是这样地曲折，竟致作者也想"不想了"，李广田先生更说："于是就没有一定的解释"，这就是诗的艺术吗？现在我们还需不需要这种叫人像猜谜一般去猜的诗呢？我们今天需要明白晓畅、活泼成诵，能够感动人教育人的东西。而像这样一种文字游戏似的诗，必然会流于形式主义而走入诗的魔道。冯至先生《在伟大的主题下》（《人民日报》"人民文艺"第七十七期）一文中说"诗歌工作者……却不可只说出理论上的认识，没有实际的感情，使人觉得作者只作了把别人的文章'改编'为诗歌的努力。"我们不赞成粗制滥造，把文章"改编"为诗，同时我们也不赞成单在形式上用功夫，把诗变成难懂的谜语。

二、我们首先要求看得懂（承伟、忠爽、启宇）[①]

《新观察》第二卷第一期登载了卞之琳先生的一首诗《天安门四重奏》。我们单就这首诗的语言方面提出一些问题来讨论。

这首诗的主题是歌颂天安门歌颂新中国，但是整个诗篇所给予读者的，只是一些支离破碎的印象，以及一种迷离恍惚的感觉，这首先就表现在这首诗的语言方面。

谁都知道"词能达意"是我们对于任何文艺作品的起码要求，也是作品本身所必需具备的起码条件。一些模糊的、生涩的、似通非通、似懂非懂的语句，是我们文学发展道路上的绊脚石，应该竭力避免的。从这起码的要求出发，我们认为卞之琳先生这短短的四十几行诗里面，就有四分之一以上的诗行，可以提出来讨论。譬如下面这一节：

> "红粉女飘零，车站挤，
>
> 红粉墙上头炸弹飞，
>
> 工人带农民扫飞机，
>
> 篱笆开，墙倒，门锁碎！"

最细心的读者，恐怕也很难理解"工人带农民扫飞机"到底是代表什么意思。是工人带领着农民扫飞机呢？还是连工人带农民一块儿扫飞机呢？而"扫飞机"又是什么意思呢？又如：

> "雪山，太行山，看历史弯腰，"
>
> "五千年历史一气都打通。"
>
> "排山倒海才笑逐颜开。"
>
> "对沙漠发出了通知！"
>
> "天安门为自己也为别人！"

这些诗行都是一些似通非通，似懂非懂的句子。"看历史弯腰"是历史弯腰呢？还是看历史的人弯腰？而"历史弯腰"又作何解释？"五千年

---

① 此处"承伟、忠爽、启宇"三人可能都是笔名或化名，真实身份不明。

历史一气都打通",历史又是怎样的打通法?"排山倒海才笑逐颜开"很叫人费解,"对沙漠发出了通知",究竟何所指?"天安门为自己也为别人",什么叫做"天安门为自己"?"也为别人",那"别人"到底是谁?

我们暂且不谈这首诗的思想内容,也不谈这是一种怎样的写作方法,但是,我们首先要求要看得懂。我们首先需要知道作者在对我们讲些什么话。再举两行诗作例子:

....

> 白骨堆成了一个人去望海,
> 血汗流成了送帝王看琼花!

多么生硬的句子!简直就是一些不通的翻译。在某些地方我们是不妨采用一些外国的句法的,但是我们反对这种不加提炼的硬搬。毛主席早就教过我们:"外国人民的语言并不是洋八股,中国人抄来的时候,把它的样子硬搬过来,就变成要死不活的洋八股了。"① 鲁迅也说过:"不生造除自己之外,谁也不懂的形容词之类",② 这些虽然是谁都知道的老话,我们却认为在这里有重提的必要。

我们希望诗人们更好去注意自己的诗的语言。

---

① 这段引文出自毛泽东的《反对党八股》。

② 这句话出自鲁迅的《答北斗杂志社问——创作要怎样才会好》,但作者应该是从《反对党八股》里转引的。

下乡生活五个月

——致全国文协创作委员会 [1]

下乡以前，我于去年年底今年年初，由于准备工作上的需要，在上海逗留了四十天光景。这段间隙时间我曾利用来读些书。除了若干种苏联小说和中国新旧小说以外，我读了有关农业集体化与互助合作运动的基本理论与实际问题的重要著作：结合列宁的《论合作制》，斯大林的《论苏联土地政策的几个问题》，特拉贝兹尼考夫的《第一个斯大林五年计划时期布尔什维克党为争取农业集体化而斗争》等文件的学习，重读了《联共党史》；在学习关于互助合作运动的报告文献、参考资料的同时，也重读了《中国共产党的三十年》等书。

二月初我所要去的那一个区的区委书记和一些区干部，聚集在杭州，在省委主持下正在开会检讨区领导干部的官僚主义。我恰好在二月一日到杭州。我从华东局去年年底派到县来调查互助合作运动的负责同志，以及到省开会的一部分区干部那里初步了解到该区假报告现象十分严重。二月九日我随省农委主任到区。在他主持下召开的区乡扩大干部会议，在进一步检讨中，一连开了七八天；该区互助合作运动中的假报告、盲目冒进的现象和命令主义、形式主义的工作作风得到大量的暴露与批判。会议结束后我就下到浙江省第一个试办、也就是华东新区最有名的一个农业生产合作社（以下简称甲社），想先随工作组走走，看看大家如何把这个受到特别"培养"的旗帜在将倒以前扭正过来。这个社去秋为二十户，后骤增为六十二户，经过整顿，现在仅退剩了七户。

我在甲社住了虽然不足二十天，因为什么都敞开了，矛盾都集中表现了，较为深切的体会到了一些问题。例如，单是一时热情，单是光荣思想，单是形式，没有实际利益（收益增加，生活改善）不能使农民组织起

---

① 本篇原载《文艺报》1953 年第 18 号，1953 年 9 月 30 日出刊，第 31—34 页，署名"卞之琳"。本篇从未入集，《卞之琳文集》亦未收录。此据《文艺报》本录存。

来得到成功；又如，把大城市产业工人中间的领导方法硬搬到目前广大农民中间来，也是行不通。

在甲社整顿工作初步告一段落以后，我于三月八日转到较为僻远的另一乡的一个农业生产合作社（以下简称乙社）。一到，我就看到这个社与甲社有许多显然不同的地方。我参加了新派来的工作同志对乙社的整顿工作。这个社由于一般社员从去春转社、去秋扩社（由十八户扩至五十户）以来，都受到实际利益，因此在贯彻自愿原则中没有一户想退社。

看了甲社再看乙社，看了领导上刻意"栽培"的社又看了基于自愿原则组织起来的社，以及两者之间不同的结果和不同的问题，我对这个区的互助合作运动的两面有了比较清楚的了解。

然而，尽在一个区里工作，不出外看看，比较比较，我认为还不易了解当地互助合作运动究竟在华东新区——至少江浙新区——占什么地位：比别处先进在什么地方，落后在什么地方。所以我取得华东宣传部文艺领导上的同意，于四月初出去，先到江苏省松江专区的一个县——苏南互助合作工作中比较先进的地区——一个转社不久的农业生产合作社住了几天；又到苏州专区的一个县——苏南互助合作工作中比较落后的地区——一个新办的农业生产合作社住了几天。结果我不但看到了各地领导方法与作风上的种种不同，不但对江浙新区互助合作运动有了比较全面的了解，而且对这个运动的发展也具体看到了它的三个历史阶段。苏州专区的那一个县在这个运动里还处在最初阶段，全县现在还只有今年二月初开始试办的一个农业生产合作社；而松江专区的那个县可算到了第二个阶段，全县连去年春耕后才试办的一个农业生产合作社在内，现在共有四个农业生产合作社。比较起来，我们这个区可以说已经到第三个阶段，虽然走了极大的弯路：全区从去年年初到今春整顿期间曾一度有过二十四五个农业生产合作社（目前退剩了十六个）。这里在互助合作运动上的经验是丰富的，教训是很大的；而在苏南这两个县，试办农业生产合作社愈晚的地区，工作却愈较稳当、细致。

我于四月二十五日回到区，全区互助合作组织还在退潮中，没有停止，单干思想到处泛滥，只有极少数社组还能屹立不动，例如乙社。但即在乙社问题也还是很多。例如，虽然一般社员得到了组织起来的实际利益，社内若不结合眼前的实例多进行思想教育，前途还难有保障。又如，农民组织起来了，而且获得了一些成绩，如没有代表工人阶级的党多加以领导，组织也难长远巩固，不断提高。这种教训和从甲社得出的教训，实际上都是一个问题的两面。在参加实际工作中，结合这些实例的教训，体会政策的深处，我想，对我们自己也是很好的教育。

下面我想从文学工作者的角度谈一谈这次下乡生活的一些体会。

计划的制订与执行

我这次下乡到互助合作运动中去，深入生活，进行创作准备，计划是在离开北京前夕临时想就的。因此对于互助合作工作的一些必要知识、一些理论基础，在到了上海以后，才利用等开会的空隙补充起来；同时也才了解到原订计划对农村情况的估计，用到华东新区有点嫌过高。虽然如此，因为原订计划对互助合作运动原则上是正确的；因此我初到县，在互助合作组织的整顿风浪里，在怵目惊心的动乱中，我还能随时分辨什么是本质的，什么是非本质的；什么是典型的，什么是特殊的；还能拨开死灰，发掘新芽。

订了计划，如果到实际生活里，发现自己的主观想法与客观实际之间颇有距离，我觉得最好检查一下自己的想法为什么超过或落后于实际，因此可以把计划修订得更实事求是一点。例如，我在计划里把华东新区估计过高，原因是我把新区和老区一样看待了，是因为我被两年前（一九五一年）新区土地改革的一时轰轰烈烈的印象眩惑了。因此我住下来工作就尽可能注意具体情况的特点，并一改自己在土地改革运动中的浮在印象上的做法。

我原来计划最好能到苏州专区的吴县、吴江一带，那里的语言风习在我较为熟悉，那里的土地改革运动我接触过，那里正开始试办农业生产合作社。可是后来我却为典型地区的报告所迷惑，踌躇再三，终于改变了计划，到浙江这个典型地点来。在我后来到苏南另一县参观以后，发现大体上还是原订计划好，我应该坚持。可是我既然对互助合作运动听到了和看到了丰富材料，既然已在区里住了将近两个月，多少扎下了根，我就只好照计划反过来做：不是住到别处而参观这里，而是就住在这里参观别处。否则硬要按照原订计划做去，改住到苏南，那就一切都得从头来，而那边冬春之间试办农业生产合作社的开头阶段也还是赶不上。下去生活的时间只有短短九、十个月，我不能改弦更张，徒增浪费。这样，就点面结合说，我还是执行的先点后面，再回到一点。在这次下乡生活中，我体会到：计划的制订，事先应该有很好的准备，计划订好以后，执行既要坚定，又要灵活。至于体验生活的方式，我觉得还是先面后点好，先到几处不同的地方看看，然后深入一点，比较合适。

生活态度

"长期地无条件地全心全意地"[①]参加到群众斗争中去，这个指示对于我这次的下乡生活有极大的指导作用。我这次预定计划下乡十个月，这是否首先与"长期地"一条相违背呢？这个问题在我出发以前，自以为已经基本上解决了。从春耕到秋收，经过农业生产主要过程的全部，比诸下乡十天、半个月参观参观，访问访问，比诸下乡参加一两个月的某种运动，已经相对的算长了。但这不是主要应计较的地方，光是时间并不能决定我们深入生活的成败。"长期地"不能离开"无条件地全心全意地"而孤立起来了解。毛主席说的主要还是一个态度问题。因此我就想：我下去不管住十天、半个月，都应抱住十年八年的态度，不存作客思想。本着这样的态度到我目前所在的这个农业生产合作社以来，我也就基本上感觉自在，多少像扎下了根，俨然变成了本社甚至于本村人。可是，我究竟还是在改造锻炼中，有时作客思想还会袭来。有时我翻翻历本，算算还有多少天好住，这时候我的责任感就无形中削弱，多少以单纯完成任务不出偏差为满足；对于周围群众在前进道路上，在生产工作上的成功失败，忧喜甘苦，即使还不见得不关痛痒，至少感到像隔了一层。

---

① 此句出自毛泽东《在延安文艺座谈会上的讲话》，完整的语句是："中国的革命的文学家艺术家，有出息的文学艺术家，必须到群众中去，必须长期地无条件地全心全意到工农兵群众中去。"

工作方式

下乡生活，实际上就是下乡工作。"长期地无条件地全心全意地"深入生活的态度决定了，工作方式就可以考虑。文学工作者下乡生活，下乡工作，究竟有他的特殊性，与农村工作者有所不同。以前大家讨论中认为在下乡以担任副职为宜，这个看法，我这次在乡下体会到基本上是正确的。但是在目前的乡村中，至少在新区农村中，制度还不能像在工厂里那样严格，我们应根据具体情况灵活应用这条原则。例如，当我下到现在所在的这个乡来，县领导上同意我们这条原则，最初想让我有机会当乡互助合作委员会副主任，要是我当时还没有下乡，我可能觉得倒很合适，但是我到了乡下多知道一些情况之后，考虑到若想深入，不但一乡嫌太大，一行政村也会嫌太大；我就认为不如深入一个农业生产合作社当工作组员。于是参考了当时另一个社里三位文艺工作同志的经验，他们不负什么名义，就在社内和社外的互助组里工作，我就终于由区领导上以"了解情况、帮助工作"为理由，介绍到社里来了。来了以后，自己主动插手工作，和大家搞熟了，群众有事也会找我，我就无形中逐渐成为经常驻社的干部了。

我前一向在农忙期间，每天奔走于社内在地理上都很分散的各生产小组之间，各小组的秧田之间，秧田与茶山之间，茶山与竹山之间；我好像又当联络员，又当统计员，又当鼓动员，又当检查员，又当调解员，甚至于又当技术推广员；忙是忙，愉快也十分愉快，只是陷入了事务主义。我只是一点一滴的帮助解决社内问题，一时无法使社内从基本上得到改进，而文学工作者特别要求的多方面了解群众的生活，多方面不断学习，却不大顾得到了。如何脱出事务主义，抓住重要环节，结合生产问题提高社员的思想觉悟，也有机会多照顾文学工作者的额外要求，正是我目前要好好考虑解决的问题。

另外，以前大家讨论过，认为我们下乡最好不只是埋头在乡村里，也应适当的多熟悉县、区领导，甚至专区和省领导。我现在认为这一点还是正确；不过也应根据情况，各自作具体措施。我个人的体会是：了解互助合作运动，最好还是先摸熟一个社（如果是大社还要就中选择重点）或一个组，然后随这个社或组的对外关系，逐步熟悉周围的社或组，由此扩大到村，由村再扩大到乡，接上自己从省、县、区下来的认识。可是点的扩大到什么程度，也得看具体情况，量力而为，如果实际上做不到，我就不一定汲汲于一点的扩大；当然还不能忘记一点与全面的结合。

与当地领导的关系

像经济文化事业的发展一样，党的领导在全国各处也有不平衡现象，假如可以这样说的话。我所在的这一个区，虽然明明知道当地某些领导在思想上、工作作风上存在偏差，我却还是服从当地的统一领导，避免对立，而坚持原则性，保持耐性。当地领导和干部，一般都还年轻，究竟受过不少或者相当的锻炼，在工作上值得我们知识分子学习的地方当然很多，可是我们也要估计到他们限于文化水平、理论水平，一定也有许多认识不足的地方。我抱着这种态度，到目前所在的这一个乡以后，就很快解除了领导上最初对我可能有的小顾虑。可是领导上还不大注意我的意见。等到我依靠群众，在社里扎下了根，对于本社的情况比当地干部和当地领导还熟悉一点，我的意见在领导上掌握该社工作中就逐渐多的起了作用。

一般说来，全区互助合作的"夹生饭"还没有重新煮熟，新生的力量还不易抬头。当《人民日报》的两位记者回去以后，在反官僚主义斗争中表现最坚决的几位当地干部调走以后，在比较客观的一些外来干部陆续回去以后，我会不会感觉到孤立呢？只有在我稍一软弱下来的时候才会感觉到一下。平时我认为尽管头顶上不大开朗，更上边和周围都是党的阳光；而我还有当地领导上克服自身弱点的主观努力可以领会，尽管这种努力收效还不大；我还有周围的一些年青干部可以团结，尽管他们一般都认识幼稚；我尤其有周围的农民群众可以依靠，尽管他们大多数觉悟还不够高。现在我能够多少做到这一步，当然应归功于年来的思想改造运动和下乡以前在北京虽然为时很短的学习。

与群众的关系

参考浙江省文联组织下去生活的几个文艺工作者的经验，我从自己的经验中体会到：接近群众的办法，主要是为大家所知道的帮他们解决问题，而在帮他们解决问题的时候，又要在感情上和他们打成一片。前一个多月，浙江省文联有几位同志从另一乡移住到和这里比邻的一个乡（重点乡）的重点农业生产合作社来。那个乡去年也受过强迫命令的损害，像在靠近区中心的几个乡一样，群众对干部不大欢迎。社长是省劳动模范，一个作风正派的老农民，去年和领导上的错误作过斗争，受过不少气。我第一次到他社里去看浙江省文联的几位同志，碰见他，我觉得他有点冷淡；今年他社里烂秧，我后来知道，他正为了缺秧问题发愁。等到那里插秧开始了几天以后，这个乡里也开始插秧的时候，省文联几位同志来看我，向我所在的这个社问问有没有秧可以调剂给他们所在的那个社。这里社长在开始插秧两天后，就估计有秧多，想趁早通知那边的社来拔去，苦于大家忙在田里，一时没有人带信去，我当即亲自跑去通知他们，因此在以后三数天内，有可种三十亩田的好秧由这个社及时调剂给了那个社，解决了那个社的严重困难。因此那个"老模范"不但感激这个社肯及时帮助，在我第二次到他们社里去碰见他的时候，也对我显得很亲切。可是，当他听我说起我所在的这个社这几天耘田工作与其他生产工作挤在一起，有点感觉劳动力不够分配的时候，他很热情地说他们社里当天耘完了田，也可以调一批劳动力去帮忙，我的思想又活动了一下，我在心里想：他多少是想给自己社里的劳动力找出路（我所在的这个乡副业多，工资大），虽然答应回去问问社里需要不需要他们帮忙，说话不带感情，事后一想，尽管老头子可能不感到什么，我自己却感觉到因为一时冷淡在感情上又把他推远了一步。再打个比方说，如果农民正想不违农时，赶天晴耘田施肥，却看见天又要下雨，正愁第二天耘不成田了，你就说"明天正好开会"，尽管你是想正好用开会来解决他们当前生产上的迫切问题；如果你说这句话的时候，竟喜形于色，你就会使你自己和他们隔了一层（你的喜形于色，实际上正反映了你心里无非单纯想完成你自己的任务）。

农民最关心的当然是搞好生产，改善生活。我们到农民群众中去，要和他们打成一片，当然就得多关心，从思想感情上关心他们的生产问题、生活问题。比如说，连雨几天，油菜割了，放在田里，没有晒干，即拷不出菜籽，怕它们烂掉，又挡住插秧，怕秧苗长得太老，插下去不易转青，忽然出了半天太阳，大家下去抢拷，这时候你尽管不在行，下去帮一手都很有用处。类似这样的事情，我自己就做过一次：正在这种情况下，一块田里放着晒的油菜，还有许多青梗嫩条杂在里边，不理出青嫩的，拷起来就费时费力，当时眼看天还要下雨，几个社员在那里拷的没精打采，有点消极，我就下去从一堆堆油菜里理出了青嫩部分，这是一件最简单易做的工作，于是大家的劲头起来了，当晚及时出清了这块田，让社里第二天不管天晴天雨都可以犁转来插秧了。这里主要是起了一点推动作用。

和农民打成一片，对他们的生产我们当然要具备一点常识，实际上只要我们由衷的关心他们的生产，他们知道我们不是技术员，即使对他们的生产技术很不在行，他们也并不就因此见怪。

一般讲来，我自己联系群众还是不够。我往往关心他们的生产有余，而关心他们的生活不足。以后我当更多的深入家庭。

对于人物的观察和体验

一提到对于人物的观察和体验，当然就感觉到这是进一步接触到我们的创作任务问题上来了。

从一方面讲，观察体验各种人物，还是与实际工作分不开的。大家知道，对于文学工作者，听报告、调查、访问、开座谈会，只能供给一点线索。对文学工作者来说，我想可以说根本没有什么现成人物，不管是正面人物还是反面人物。实际中是确有现成人物的，可是你为了文学创作上的需要，一本正经的找他们谈谈，他们就有意无意的不自然起来，失去了本色；所以我们得在工作中，在和他们讨论问题、解决问题中，从侧面、从各个角度、从外面去迂回他们、袭击他们；同时从核心、从各个角落、从里面来突破他们、穿透他们；里应外合，观察结合了体验。实际生活中常常还的确碰不到把一些合乎社会发展规律本质的、正面或反面的东西集中在一身的现成人物，我们就更需要多方面综合的工作。

就对待人物而论，文学工作究竟与实际工作还有不同的地方。做群众工作当然也要以种种不同方式，在不同场合分析人物、研究人物，为了直接教育群众，主要却只在于抓住他们的骨骼；而做文学工作则为了间接教育群众，为了具体再现他们，还需要抓住他们的血肉。所以文学工作者不但应在工作中了解人物，而且还特别需要在闲谈中、娱乐中，在日常生活的细节中了解人物。

'仙子们停止了跳舞了'（译诗随记）^①

  我在北京大学西方语文系给二年级同学开"英诗选读"一门课，是在1949和1950年度。以后，我就没有再在大学讲诗。我在这门课里选讲了英国伊利萨白时代到十九世纪末三个多世纪的二三十位代表诗人的代表诗作（短诗和长诗或戏剧诗片断）一百几十首（和段）。英国诗史上这一个主要时期的各种内容、各种体裁、各种风格的诗作在那里都举了一些范例，同时从这些按时代排列的诗作里也可以显出一点点英国诗的基本演变趋势。那时候我们刚进入解放后的新时代，大家（教的和学的）对许多事物都热情有余，认识不足。有些同学太天真，一片好心的担心我讲这些诗不免会发生对年轻人散播毒素的危险；我也太幼稚，认为我尝试用新观点讲这些诗，处处都讲得出社会意义，也就可以产生良好的教育作用。因此，讲课的结果是成败参半。当时许多同学没有工夫对这些诗感觉兴趣；也有不少同学对它们感觉兴趣，因而对英国诗也多少有了以至保留了一点点印象。我当时一边讲过去，一边在讲课以前把这些诗的大部份译成了中文给同学参考，因此1954年《译文》杂志要我译些莎士比亚的十四行诗和拜伦的作品就得到了一些方便。我讲解这些作品的思想内容的时候当然犯了不少庸俗社会学的错误，可是现在回想起来（可惜想不大起了，因为自己没有留下笔记），也不见得完全没有意义，至少到我哪一天有工夫重新读读这些诗的时候，我可以从中得到一点点认识上的辩证的发展。

  此刻几位当年的大学生，现在的青年研究工作者，要我把当时的一些译诗拿出来看看。我就首先想起了阿尔弗雷德·爱德华·霍思曼

---

  ① 本篇原载《文汇报》1957年1月4日第3版"笔会"副刊，署名"卞之琳"；后来作者摘录其中关于霍思曼的部分（其余删去）作为"译诗随笔三篇"之三《霍思曼短诗〈仙子们停止了跳舞了〉》，收入《英国诗选 附法国诗十二首》（湖南人民出版社，1983年3月出版）及《卞之琳译文集》。此据《文汇报》本完整录存。

（A.E.Housman，1860—1936）所写的八行诗。这决不是因为那是我当时所选的最好的一首诗（相反，也许恰好是分量最轻的一首诗），而是因为那是我当时所选的最后一首诗。

当时我讲诗是从史本塞（Spenser）到霍思曼，过了一二年我看见冯至同志从苏联带回来的一小本英国诗选（大概是给中等学校英语学生用的）所选的诗人恰好也是从史本塞到霍思曼。足见在初步介绍英国诗的时候，把霍思曼当作英国十九世纪最后一个代表诗人（至少是最后的代表诗人之一），并非全无道理。

霍思曼当过伦敦大学和剑桥大学的拉丁文教授，他退休以后还住在剑桥。他是古典文学专家，又是诗人。他写诗格律谨严，同时内容新颖（但并不丰富），遣词造句洗炼光润，同时平易近人，用堂皇词藻，也用日常口语，现实表现里有古典想象，抒情笔调里带讽刺意味。他虽然不是一个大诗人，却也是一个承上启下的诗人。他在1896年出版了《一个歇洛浦少年》（'A Shropshire Lad'），由这一小本诗集而一举成名，他在1922年出版了他的第二本诗集《最后的诗》（'Last Poems'），再引起广泛的注意：因此，他作为诗人，吸引了前后两代的读者。实际上两本诗里许多诗的写作日期却差不多是同时的。我们在他的诗里可以看到英国十九世纪诗的终结和二十世纪诗的开始。

我在班上选讲了他的《最后的诗》当中的一首小诗。原诗无题，原文译出来是这样：

> 仙子们停止了跳舞了，
> 　离开了印花的草原；
> 印度的那一边吐露了
> 　黎明的那一片银帆
>
> 蜡烛火烧到了蜡台儿，
> 　窗帘缝放进了日光，
> 年轻人摸一摸口袋儿，
> 　直嘀咕拿什么付账。

这首小诗实在是没有什么可讲的。它本身就很明白的说明了自己。全诗分前后两节。前一节写的是幻境或者幻境的结束，后一节是实境或者实境的开始。读这首诗，我们很容易想见：曲终人散，东方发白，一夜的陶醉只像是一场幻梦，"繁华靡丽，过眼皆空"，[①] 只落得手里拿到了一纸无法对付的帐单——以及心头感到了一股特别的滋味。这是一种人世间的真切的情境。诗人把它道出了，令我们今日也不难感到其中的那一股辛辣味。这首小诗能产生这样的效果就是获得了成功。

然而，这首小诗的普遍性照例也离不开它的特殊性，我们在今日的新社会里写不出这样的诗，也庆幸我们可以读而不需要写这样的诗；要是写出来，那就是无的放矢或者无病呻吟，换句话说，那就是没有典型意义的，那就是不真实的，因此感动不了几个人。人类普遍的感情也都披上了时代和阶级的色彩的。一首抒情诗也都不能在社会生活以外的真空里产生出来而仍然有生命的，更不用说一首讽刺诗了。霍思曼写他的这首诗是大约在 1900 年到 1905 年之间。那正是资本主义时代进入它的帝国主义阶段的时候。霍思曼当然不了解什么叫帝国主义时代，可是他当然意识到十九世纪大英帝国的繁荣（资产阶级的繁荣），经过维多利亚时代，也接近回光返照的时候了。霍思曼是有现实感的。当然我们不能说他在这首小诗里概括了时代的现实，可是他对于时代的现实感总是规定了他写这么一个人世间的日常情境，能写得这样尖锐，这样突出，这样有生活气息、时代色彩和典型意义。

再就英国诗史来说，我们在这首诗的第一节里也未尝不可以见到维多利亚时代诗风的一瞥。维多利亚时代桂冠诗人但尼孙（Tennyson）诗作里的轻飘飘的牧歌世界，睡莲白孔雀世界，在这里收场了；收场也收得俨然有但尼孙式的破晓时分的典型感伤。二十世纪的英国诗人，哪怕是资产阶级诗人，再不能那样自我陶醉的写诗了。这里的第二节却令人想得起和霍思曼同代的爱尔兰戏剧家约翰·沁孤（John Synge）"袋里无钱心头多恨"型的小诗里的感觉——以及并没有所谓"诗意"的词汇；也令人

---

① 语出明张岱《陶庵梦忆序》。

想得起哈代（Thomas Hardy）到晚年大写特写的许多诗的风格，以至，更晚一些，奥登（W.H.Auden）在二十年前所写的一部份诗的风格。这倒合乎二十世纪英国写得还有一点现实感的一些诗的风气。英国诗从浪漫诗人，到维多利亚时代诗人，到二十世纪诗人，不管是怎样变的，总是一种演变。霍思曼当然不会在这八行里要给十九世纪英国诗写一个挽歌。作为讲"英诗初步"一类课的人，我现在想想，认为我还是有理由把这首诗——内容上、形式上、风格上都足以代表霍思曼的这首诗——选作英国十九世纪代表诗作的最后一首。

今天，我从故纸堆中找出这首译诗来对着原文一读，还另有一种感触。十九世纪大英帝国的威风早已是一去不复返了。这几天英国帝国主义统治头目，到了穷途末路，完全揭开了绅士的假面具，十足显出了流氓的凶恶相，对英勇的埃及人民发动了无耻已极的侵略战争，妄想倒转历史的车轮，恢复十九世纪的时代。他们在拼命用军舰、飞机、坦克、大炮，乱轰乱炸当中，还以为可以使他们的本国诗人想得到群仙乱舞的良宵美景吧？东方早已红了，太阳早已升了。我要问：他们一转眼发现"仙子们停止了跳舞了"，迷梦都破碎了，"摸一摸口袋儿"，"拿什么付账"？"年经人"头脑一清醒，总还有办法，这些行将就木的老朽怎样脱出尴尬境地，脱出火坑？他们大概没有读过霍思曼的这首诗，或者任何有点意义的诗。

当然，我这点感触和这首小诗并无直接关系；对于我这点感触，霍思曼并不负责。只是他不能否认他写了这一首诗，一首真切的、也就是有现实感的诗。而一首真实的诗，不管诗人是自觉的还是不自觉的，总是既从社会现实中来，也会到社会现实中去，到未来的具体的社会现实中去，发生它的作用，以至发生诗人自己意想不到的作用。这首诗对我今天就起了这样的作用，引起了连我自己在几年前也想不到的感想。

11 月 4 日（1956）

附注： 我在这里照例把诗译得像原来的样子。原诗每行三音步，我用三顿。原诗每节四行，一三两行押一个韵，二四两行押一个韵，我也照样做；一三两行押的是"阴韵"，我就用后边带虚字的韵来凑合。我认为把原诗从内容到形式作为统一的整体来尽可能照样译出，并非一定要我们今天写诗都照样模仿译出来的格式写，只是让不懂原文的这样才更能结合实际情况来认真借鉴。交叉押韵和押"阴韵"的两种办法在我国也是古已有之的。《诗经》里有些诗就用了前一种或者后一种办法。现代的民歌里也有押"阴韵"的。我认为前一种办法，在我们今天用口语写诗的时候，特别在间隔一行而每行不太长的条件之下，是完全行得通的；后一种办法却只能偶一为之，或者在特殊的场合用一用，多用了就引起不必要的滑稽感觉——这在"五四"以来一些诗人和语言学家（例如赵元任？）也多少感觉到或者谈过了。

坚决向丁、陈反党集团斗争[①]

　　我们入党不过一年多。我们感谢党在这一年多的时间内，不放掉任何一个机会，给我们以党的教育，这次参加作协党组的扩大会议，我们得到的教育最为深刻。这是一场严肃的、具有高度原则性的、捍卫党、捍卫党的文艺领导的斗争。我们能够参加这个斗争，感到兴奋，感到光荣。当我们第一次出席这个会议，刚走入会场的时刻，阵线在我们面前还是不很明确的。等到听了几位同志的发言以后，阵线立即划分得十分清楚了。一方面是词严义正，正大光明，一方面是鬼鬼祟祟，躲躲闪闪。鬼鬼祟祟的方面，引起了我们无比的愤怒；光明，即党性之所在的地方，照耀着我们，使我们勇气百倍，向丁、陈反党集团斗争，我们都具有坚定的信心，最后会使它无地容身，以至于消灭。

　　在斗争中，我们深深认识到资产阶级思想是多么肮脏腐朽，个人主义的危害性有多么严重，它会给党的事业带来多么大的损失。我们入党不久，受过长期的资产阶级教育，旧社会的东西在我们身上沾染得很多，这次会议更生动、更具体地教育了我们，使我们深刻认识应该怎样永不懈怠地和这些脏东西战斗，以保持党的纯洁。这场战斗要粉碎从个人主义野心发展来的丁、陈反党集团，同时也必定会锻炼和改造我们自己。

　　由于在一年多以前我们还是党外的人，我们自信是能以理解一般非党群众对于党员、尤其是对于具有一定声望的老党员的看法的。群众把他们当作榜样，遇到问题希望能从他们那里得到启示和解答。群众这样看待老党员，未免有些简单，但是由于对党的爱戴和信任，这也是可以

---

　　① 本篇原载《文艺报》1957 年第 21 期"保卫党、保卫社会主义文学，粉碎丁玲、陈企霞反党集团"专栏，1957 年 9 月 1 日出刊，第 4—5 页，作者署"冯至 吴组缃 卞之琳"。按，卞之琳 1956年 6 月加入中国共产党，吴组缃和冯至同时入党，本文是这三位新党员作家参加 1957 年 8 月 9 日中国作协党组扩大会议第 15 次会议后据会议发言整理而成的批评文章。同期的《文艺报》专栏还发表了郑振铎、陈白尘的批评文章。本篇从未入集，《卞之琳文集》亦未收录。此据《文艺报》本录存。

理解的，而且是极自然的。就以北京大学而论，丁玲和雪峰都到那里作过讲演，听众们对于你们的热情欢迎，你们是亲身经历过的。人们都希望通过你们的言论知道一个久经锻炼的老党员对于这个或那个问题的看法，他们曾经爱读你们的作品，也希望你们写出新作品来。但是你们不要昏聩胡涂；你们应该知道，读者群众所以那样爱护你们，喜欢你们的作品，是因为把你们看做经过锻炼的革命文学家，具有光荣历史的党的文学家的原故；是因为你们的名字和党所领导的革命事业紧密连系着的原故。若不然，就象糖不甜，盐不咸，大家为什么喜爱你们和你们的作品呢？你们有什么可贵和了不起呢？

如今你们竟做了这么欺瞒党、不忠于党和人民的不可告人的勾当。你们现在若不幡然悔悟，痛改前非，你们将何以面对我们下一代青年们的热情注视你们、企待你们的眼光呢？我们完全同意《人民日报》公布丁、陈反党集团的消息。这几天都在开会，没有看到什么人，但我们相信，这消息会使广大群众震惊而痛心，更重要的他们会无比地愤怒；尤其是在读到冯雪峰的名字也在这里出现的时候。

我们三人和丁玲与冯雪峰都很少接触，除了在会议上见面以外，私人谈话的次数是屈指可数的。就是这屈指可数的几次谈话也不过三言两语。虽然是三言两语，却有几句使我们永久忘不了①。凡是忘记不了①话，都是因为它给人以深刻的印象。不管是正面的，或是反面的。不幸这几句话都是反面的。

远在 1938 年，卞之琳和另外两位同志从四川到了延安。当天（8 月 31 日）晚上在西北旅社见到丁玲，大家谈笑的时候，他注意到丁玲轻描淡写地说了这句话："其实，在外边碰碰钉子也好。"这里的"外边"指的是蒋管区，言外的意思显然是不必一定到延安来。1952 年三反运动中，吴组缃当时在清华大学，也受到中文系里师生的批评。应该说，那批评只是一般的、普通的，而且会前会后受到很好的照顾。这对吴组缃的思想改造是很有帮助的，在运动的后期，丁玲到清华大学讲演，却当众宣

---

① 此处"了"字后，疑原报少排了一个"的"字。

说，对吴组缃的批评做得太过火了。1954 年夏天，作协派冯至和田间同志到德国、罗马尼亚、保加利亚访问。在准备出国的期间内，一天田间同志对冯至说，到丁玲家去玩一玩。到丁玲家里，谈到前一年保加利亚来到中国的两个作家态度非常严肃，并曾对我们迟迟没有给保加利亚编出允诺已久的中国小说选提出批评。丁玲却带着嘲笑的口气说，那两个保加利亚的作家："他们是办党的"。冯至听了，当时心里非常诧异，丁玲怎么把作家和党的工作者给分开了？这是怎样的一种看法呢？不是有许多党内作家在做党的工作吗？这是对于党的诬蔑！这虽然都是片言只语，当时确实给了我们难忘的印象。抗战初期，许多追求光明的人满怀热情地到了延安，而丁玲却一见面就给一个这样的人泼冷水，说出了后来胡风那一帮人为了阻挠年轻人到解放区去而说的"到处是生活"一样的意思。三反运动对知识分子改造是有重大意义的，而丁玲却在大众面前说太过火了。丁玲当时身为文艺界的领导人，当众说出这话，究竟是怎样的一种居心呢？是认为对于知识分子不应该采取批评的方式帮助改造呢？还是象丁玲昨天发言中所说的，对吴组缃也要"获得对他的好心"？当时这些话由于它们使我们难于了解而不能忘记，如今我们可以找到它们的根源了，这根源就是一种反党的思想，她就是在比较生疏的党外同志里面也要活动，不肯放过机会的。

冯雪峰是一位参加过长征的老党员。但他对我们也说过一些现在看来是别有用心的话。1949 年第一次文代大会，吴组缃和冯雪峰都在南方第二团，冯雪峰是团长。到北京后吴组缃担任团委。这天，在会场上冯雪峰对吴组缃说："我对你不错吧，我替你搞了个团委。"这使吴组缃想到 1938 年全国文艺界抗敌协会在武汉成立时，吴组缃当选为文协理事。会后在回武昌的轮渡上，胡风对吴组缃说："你知道你这个理事怎么搞到的？是我替你搞的。"这话使吴组缃产生很大的嫌恶和反感，曾把这话告诉许多文艺界熟人。这样的话，是想把人装到个人的荷包袋里去，真是污蔑人，真是卑鄙，这回竟也出诸冯雪峰一个老党员之口，真使人或到惊奇。但所引起的反感也是相同的，还有一次在讨论新文学史的会上，冯雪峰说过这样的话："新文学史有什么问题可谈？只要写一个鲁迅，就完了，其余的都不必谈。"当时我们只以为是发言者一时的偏激。因为冯雪峰说话一向总是非常偏激的。如今才了解，他主要恐怕是否定新文学在"延安文艺座谈会"后的成就。从1951年到1953年中间，冯至在人民文学出版社兼任过一些编辑工作。就在那时，冯雪峰劝冯至完全到人民文学出版社来工作，还向他说"将来吸收你入党"，冯至觉得非常突然。冯至和冯雪峰虽然在青年时期认识过，但是后来二十多年没有见过面，彼此知道得并不多，冯雪峰怎么就这样轻易地说出"将来吸收你入党"这样的话呢？他怎么竟想到用吸收入党作为调动工作的交换条件呢？冯雪峰对于党到底是怎样的一种看法？

我们和丁玲与冯雪峰接触不多。在稀少的接触中就听到这么多使人发生疑问的话。这样的话，的确不象出自具有二三十年党龄的党员口中。当时的疑问，如今得到了解答。这些话都是个人主义野心和各种反党思想的表现。我们深信只要有人和他们接触过，从他们那里听到的这样"自然流露"或有意活动的话绝不会少于我们。

在作协党组扩大会议上，我们对于冯雪峰的第一次检讨，认为是谈思想谈得多，谈事实谈得少，并且有些话，使人摸不清是正面的，还是反面的。例如冯雪峰在发言时大声号召我们团结在周扬同志的周围，我们以为这样提法就很不妥，冯雪峰为什么不直接了当地说团结在党中央的周围呢？我们希望冯雪峰将来的检讨把思想说得更明显一些，把事实尽量交代，把事实背景分析得更多一些。

至于丁玲的所谓检讨，每一次都引起我们绝大的失望。那总是开端一篇大道理。你那些大道理若是不用事实来作证明，就是对我们欺骗。我们现在向你要的不是你那时而这样时而那样的看法，而是要你交代具体的事实。只有这样，才能说改变了立场，端正了态度，才能说到对党的忠实，这也是一个共产党员的起码条件。丁玲你和你的丈夫陈明坐在那里，抱着一些不肯告人的肮脏的东西死不肯放，我们只看着你们的心一天比一天与我们远离，我们对你们的愤恨一天比一天增大，虽然你们尽量故作镇静，百般狡猾，也丝毫掩盖不住你们越来越显得可鄙，越来越显出你们愚蠢的形象。会议上许多同志的发言，体现出党对你们真是仁至义尽，而你们无动于衷，可见你们的心已经变得和我们的心完全不一样了。你们必须站到党的立场上来交代自己的问题，认识自己的罪行，否则我们决不放过你们！你们不能存丝毫侥幸的心；那只是幻想！

（8月9日在作协党组扩大会议第15次会议上的发言）

斥萧乾"出版界今不如昔"的谰言[①]

萧乾在 5 月 20 日《文汇报》发表的《"人民"的出版社为什么成了衙门?》那篇文章,我最近才读到。我同意大家的看法,认为这是一支毒箭,认为这是用颠倒是非的手法配合各色各样右派分子向社会主义进行的一种恶毒的攻击。

大家都承认,出版社自己也承认,人民文学出版社缺点很多,而且有的缺点可能是严重的。可是我们都认识我们的社会主义社会需要这样一个规模空前的全国性的文学出版社,而且缺点是可以改正的;出版社也正需要大家来帮助它改进工作。萧乾却是要"从根本制度上着手",就是全部否定、推翻我们社会主义的出版制度。他的做法就是配合各方面的右派分子推翻我们整个社会主义事业!

萧乾的那一番狂吠,照他自己说,是"从个人经历"来的,我现在也"从个人经历"来说几句。

我想在这里只揭穿萧乾说得那样好的过去就够了。

萧乾所说的两家出版社,商务印书馆和文化生活出版社,恰好和我也发生过出版关系。

我和萧乾一样,在商务印书馆出版过三本书。三本书的遭遇怎样呢?跟萧乾的"篱下集"放在同一套丛书里的"汉园集"(李广田何其芳和我三个人的合集),印出来的时候把我写的一篇题记印丢了:出版社不由著者给自己的小书作一点说明;同一套丛书里,我的译文集子"西窗集",第二辑译诗里有好几首译得和原诗一样整齐的十四行诗和其他诗体的诗,都给出版社自作聪明的随意改变分行的办法,改成各行七长八短,把有些十四行诗改成十行、八行、十一行,弄得一场胡涂,我亲自仔细校改了,印出来还是那样子!我的第三本书"维多利亚女王传"译本,

① 本篇原载《文汇报》1957 年 9 月 13 日第 2 版,署名"卞之琳",这是新党员卞之琳应命而作的批评文章。本篇从未入集,《卞之琳文集》亦未收录。此据《文汇报》本录存。

因为版权由当时胡适把持的所谓"中华文化教育基金会"送给了商务印书馆，出版的时候，作为译者的我一本书都没有得到，后来听说又收入了什么"文库"，另外出一种版本，我直到今天看都没有看见过是什么样子。这本书本来头上有序，后边有前边注里提到的参考书目，还有我化过不少工夫做的几种附录，印出来都没有了，后来这本书再版改版，都不由我过问。萧乾作为好榜样的过去的商务印书馆就是这样的不照著译者的意思，随意出书，把书印得稀糟，还不给认真的著译者一点改正的权利！除非昧着良心、曲意奉迎出版社的资本家，像萧乾可能做的那样，我们普通著译者决不会受到商务印书馆这样出版社的尊重，更谈不上"非常尊重"！

至于巴金同志主持下的文化生活出版社，在我看来，那果然是一个绝无仅有的出版社。我解放前著译的好好歹歹的书，后来差不多全部给他们出版的，可是那究竟是一个小型的出版社，可以说是手工业方式的出版社。巴金同志和他的少数几位朋友，在旧社会不利的条件之下，诚如萧乾所说的，作了多大的牺牲，呕尽了心血，才得出这样的成绩。如果当时照合理的社会分工的制度，有人分担了巴金同志这方面的工作，他该会有更多的作为一个作家所需要的社会实践和创作实践的时间和精力。最重要的一点，萧乾不是不知道，为什么不说呢？尽管巴金同志辛辛苦苦为文化生活出版社做了这么大的成绩，他自己还是搞不下去了——被文化生活出版社的资本家一脚踢开！

大家想想看，这能说明"今不如昔"吗？萧乾是存心颠倒是非！

推荐苏联影片《奥赛罗》①

荣膺列宁勋章之莫斯科电影制片厂出品
　　根据莎士比亚的悲剧改编
编剧、总导演：С·尤特凯维奇
　　上海电影译制片厂配音复制
翻译：萧章　配音导演：卫禹平

　　我们面对着活生生的欧洲文艺复兴的时代色彩。我们感受着上天入地的喜悦和痛苦。我们目击着美好和丑恶的冲突，崇高和下流的纠葛；我们参与着爱和恨的交织。我们痛心：坏蛋偏充好人，好人偏出大错。我们着急：该信任的偏不受信任，不该信任的偏受到信任。我们感到是非颠倒的社会是歪曲真理、戕贼正义的罗网，我们也感到罗网终于关不住光明，关不住希望。读莎士比亚的著名悲剧《奥赛罗》会产生这样的效果。看尤特凯维奇编导的影片《奥赛罗》也会如此。我们可以说，这部苏联彩色片正确理解了莎士比亚悲剧的主要题旨，把它表现得非常出色。

　　莎士比亚采用当时的一篇意大利小说的故事，写了他的悲剧。威尼斯一位摩尔族（有色人种）将军，受到当地一位出身名门的少女的敬爱，和她结了婚，因为受到当地一个坏人的破坏，怀疑娇妻别有所欢而加以杀害。除了牵涉到白种女子和有色人种通婚关系以外，故事本身十分平常。莎士比亚把故事编到悲剧里也沿用了信谗法和误会法的老套。悲剧效果却是那么震撼人心，这不得不归功于莎士比亚思想的深刻、艺术的卓越。

---

① 本篇原载《大众电影》1958 年第 3 期，1958 年 2 月 11 日出刊，第 10—11 页，署名"卞之琳"。《大众电影》在本期开首的《编者·作者·读者》中交代说："《奥赛罗》是苏联根据莎士比亚的名剧摄制的，卞之琳同志是国内研究这方面的专家，本期发表的他的文章对读者理解这一名剧将很有帮助。"本篇从未入集，《卞之琳文集》也未收录此篇。此据《大众电影》本录存。

《奥赛罗》在 1604 年写出和演出以后，经过几世纪的考验，已是世界公认的悲剧杰作。可是过去西欧批评家对它也有不少的误解和歪曲。有的鄙夷它，称它为"手绢的悲剧"，说它的教训无非是：大家闺秀该听父母之命，不该自由择配，更不该和有色人种结婚。有的认为所谓"高贵的摩尔人"究竟是野蛮成性。有的认为亚果作恶，没有动机，纯粹是为作恶而作恶。更广泛留传[①]的误解是：《奥赛罗》这个悲剧是"嫉妒的悲剧"，奥赛罗这个人物是"嫉妒"的化身。时至今日，等而下之，要是这出悲剧落到美国下流电影编导的手里，我们可以设想他们为了刺激无聊的好奇心，为了满足反动统治阶级的政治要求，会在黑白人恋爱上乱做文章，会在醋海风波上乱翻花样，会把奥赛罗当作有色人种应受歧视的借口，会拿苔丝德梦娜当作妇女应受压迫的把柄，会把亚果解释为毫无社会意义的精神变态病患者。过去即使在西欧，代表爱好《奥赛罗》悲剧的一般人民的开明或者正常的批评家却并不朝这方面曲解它。过去俄国大作家普希金和革命民主主义批评家也决不误解原剧，今日苏联批评家更有进一步的深刻认识。而这部苏联影片也就保持和发扬了莎士比亚原剧的本色。

在文艺复兴时代所谓"人的解放"的总要求之下，莎士比亚使奥赛罗和苔丝德梦娜互相爱慕，自行结合，首先得使他们克服巨大的社会障碍，其中也包括种族歧视和妇女压迫的障碍。剧本开始，他们就这样做了。他们胜利了。可是他们并不从此就一帆风顺。

当时新兴资产阶级提出"人的解放"一类的口号是反封建的，是符合广大人民的利益和想望的。奥赛罗和苔丝德梦娜的奋斗也是可以深得广大人民同情的一种奋斗。可是资产阶级是一个新的剥削阶级，一起来就有和广大人民的利益相矛盾的一面。而这一面在同一个"人的解放"的口号之下，在社会大变动的时期，就很容易表现为不择手段、损人利己的极端个人主义，表现为阻挠社会进步的一种新的逆流。这种逆流实质上和还占统治地位的旧势力相一致甚至相结合的。集中表现了这种倾向的亚果就轻视妇女，歧视有色人种以至外地人，蔑视较低的阶级中人，仇

---

① 此处"留传"通作"流传"。

视一般人民所爱好的任何美好事物。他和奥赛罗以及苔丝德梦娜在一切看法上都完全相反。这就规定了他极端憎恶奥赛罗和苔丝德梦娜的结合和幸福的发展。再加上一点地位金钱等等的自私自利的具体计较，亚果就进行破坏。这样奥赛罗和苔丝德梦娜刚冲出公开的旧的罗网，又陷入了隐蔽的新的罗网。

剧情使我们看到，在冲破第一重罗网的时候，娇怯的威尼斯少女也显出了凛然的丈夫气，而陷在第二重罗网里被捉弄的时候，崇高的摩尔将军竟也会变成了小孩子以至野蛮人。我们可以从此看出是非颠倒的社会罗网（是非颠倒正是剥削制度的一种高度的本质表现）会把一切美好的人物事物作践成什么样子，而根据剧情，亚果的罗网，虽然害死了那一对善良男女，终于还是没有扑灭了他们的爱情，他们对于人类的信心，他们的理想，反而激发了他们人格的光辉。这在"奥赛罗"悲剧里也是必然的结果。

因此，剧本的主题和意图，也就是影片的主题和意图，总起来可以概括为：从爱情的角度，在特定的时代社会背景里，表现两种人两种倾向的矛盾，美好理想和丑恶现实的矛盾；通过悲剧性的冲突，充分揭发黑暗，大力阐扬光明；在明辨是非、分清善恶美丑、分开值得爱值得信任的和应该恨应该警惕的两方面的过程当中，肯定人类的价值，促进人类的进步。

为了实现这种意图，为了表现这一切，莎士比亚在这个悲剧里创造了许多活生生的人物形象。这里的主要人物，特别是奥赛罗和亚果，已经是西方家喻户晓的典型人物形象。尤特凯维奇编导的影片，由于它深得原作的现实主义精神，并没有辜负莎士比亚的创造。邦达尔丘克演的奥赛罗，正如应该如此的，最为成功。他的成功的主要关键，正如原来剧情所规定的，是在于他表现这位摩尔将军性格的高贵、纯朴、走极端倾向，甚至爆炸式脾气，不论在无限欢欣中还是在无比痛苦中，都能出之于平易近人的手法，极少借助表面的夸张。这样他就使我们觉得奥赛罗既是与众不同的文艺复兴时代的一种巨人，又是我们当中的一个人，既是有色人种，又是一般的英雄人物。波波夫演亚果也正确体现了莎士比亚的意图：好处也在于不在表面上夸张，不把亚果夸张成一个非人间、超社会的魔鬼或者抽象的邪恶的化身。美中不足是：斯科勃采娃演苔丝德梦娜倒似乎有点像演了《哈姆雷特》悲剧里的莪菲丽亚：只是天真，娇好，可爱可怜。当然这个角色实际上是很难演的：要柔里带刚，苔丝德梦娜才会在开头作争取婚姻自由的坚决斗争，才会在结尾受陷害致死而爱心不变，也才会被奥赛罗称为"娇美的战士"；同时也要洒脱大方，她才会使亚果便于挑拨奥赛罗对她的怀疑。

《奥赛罗》是号称莎士比亚结构最完美的悲剧。尤特凯维奇把悲剧改编为电影，当然要把情节压缩一些，也适当加添一些。可是主要情节都照样在那里，内容的丰富性难免减色，效果的集中性却只有加强。

莎士比亚写剧本，不受西方古典剧关于时间地点的清规戒律的严格限制，倒是为了有点像上演我国不靠布景的旧戏的舞台而写的：剧中场地换来换去有极大自由，周围景色主要靠台词点明。这在现代舞台上往往有点难于安排，在电影里却得到了方便。这部苏联影片就充分利用了电影特点，使悲剧生色不少：现实世界的威尼斯和塞浦路斯，运河和大海，海滨和花园等等，都可以随心所欲、如实搬到观众面前。特别是，这部影片还用了不少新颖的手法，使剧情突出或者使剧中人物的心情得到外界事物的恰好配合。例如，亚果和奥赛罗说独白说到自己的时候看井水里的倒影，这是一个巧妙的安排。奥赛罗完全上当的刹那，一个海浪卷住了他，这又是一例。效果最突出的一例是：奥赛罗陷入亚果的罗网，正好叫海滨的渔网把他重重挡住，愈来愈显得受到了重重的包围。这些手法是否有点过分或者近于取巧，当然还可以讨论。编导把结尾大胆更改了一下，使奥赛罗把苔丝德梦娜的尸体抱到外边，配以明朗的景色，加以诗化，总无可非议，十足是发扬了原剧结尾所包含的信心恢复、光明重见的精神。

另一方面，用实际镜头代替了一部分语言，固然经济而且一目了然，莎士比亚的戏剧语言，也就是他的戏剧诗，却减少了不少表现的机会。这部影片并没有漏掉剧词的最精采的章节，可是总令人有点不满足的感觉。这当然是无可奈何的，要在这方面完全满足，只能去看舞台上的演出或者去读剧本本身。可惜国内要读到较合乎原著面貌的译本还需要等一些时候，而看到高度水平的舞台演出恐怕更需要等久一些。目前这部影片的中译文也给我们增加了一些不满足的感觉。译制影片有种种技术上的困难，而且这部影片里语言的翻译也还过得去。只是显然为了一听就懂，有些台词就译得不够精炼，或者索然寡味了，或者庸俗化了，总之缺少诗意，而我们不能忘记莎士比亚的悲剧是诗剧，其中有些片断是极有名的诗句。但是，话又说回来，与其乱用肉麻的韵文滥调，还不如这样用朴实的散文白话。

最后，我们可以说，这部影片不但能直接给我们极好的艺术欣赏和艺术教育，不但能帮助我们正确理解莎士比亚原剧，而且还能推动我们争取莎士比亚剧本的较好译本早日出现、较成熟演出早日实现的努力。

注：在人名翻译上，影片里用"埃果"，本文中用"亚果"，这是根据卞之琳同志的译名。①

---

① 这是《大众电影》编者加在文后的附注。

评英国影片《王子复仇记》[①]

《王子复仇记》是根据莎士比亚名剧《哈姆雷特》改编的。

莎士比亚的名著《哈姆雷特》是一出内容特别丰富的悲剧；哈姆雷特这个人物形象是世界闻名的艺术典型。这个人物形象，从十七世纪初年随剧本演出而露面以来，得到了无数人喜爱，也引起了无数次争论。世界各国有雄心的导演和演员总想演演这出戏，演演这个角色，往往得到相当的成功，而往往同时又引起不满足的感觉。英国电影名星劳伦斯·奥里维埃，通过电影方式，导演和主演这出大戏，应算是一个"壮举"。由于资产阶级唯心主义观点，结果成败参半。也就算难能可贵。

通过这部影片，我们可以看到这样的情节：

丹麦王子哈姆雷特，本来在外边读书，忽然遭遇了大变故。他的父王暴死，母后很快就改嫁他的叔父，叔父马上登了王位。他悲痛，他怀疑，他对人世感到幻灭，因此悒郁寡欢。父王的冤魂出现，对他透露了：他叔父克罗迪斯先和他母亲通奸，又把他父亲毒死！哈姆雷特断然要报仇，因为大受震动，神经几乎要失常，就首先趁势装疯。他装疯并不能使克罗迪斯从此放心，反而引起他疑虑。哈姆雷特跑去找本来和他相爱的莪菲丽雅，恰好少女的父亲御前大臣波乐纽斯禁止她和王子来往，哈姆雷特在她面前就显出了丧魂落魄的样子。奉迎新主的波乐纽斯自以为给国王发现了哈姆雷特发疯的原因：失恋。他还向国王献计，故意"放"出女儿来试探哈姆雷特；哈姆雷特发现了诡计，就借题发挥，当着偷听的国王，大讲愤世嫉俗的疯话，大逞疯威。国王决意要把他打发走，送去英国。同时哈姆雷特也不能断定鬼魂的透露是否可靠，克罗迪斯是否竟坏到那样，因为跑码头戏班子的来到，就决定要他们演出一段类似的谋杀情节来试探和

① 本篇原载《大众电影》1958 年第 16 期，1958 年 8 月 26 日出刊，第 12—13 页，署名"卞之琳"。《大众电影》在本期开首的《编者·作者·读者》中交代说："《王子复仇记》这一英国影片，是根据莎士比亚著名悲剧《汉姆莱特》改编的。卞之琳同志的文章，对影片的优缺点作了比较详细、中肯的分析，对观众理解这一影片是有好处的。"本篇从未入集，《卞之琳文集》也未收录此篇。此据《大众电影》本录存。

揭发克罗迪斯。戏只演了一段（影片里只演了哑剧部分），顽强的克罗迪斯也就受不住了，当场出丑，退回内宫。事情明白了，哈姆雷特应召去见母亲，碰见克罗迪斯正在痛苦中，一个人在那里做祷告，正是下手的良机，可是哈姆雷特以为罪人在忏悔，不愿就此杀死他，要等他正在做坏事的时候才结果他。哈姆雷特在他母亲寝宫里发现帷幕后有人偷听，以为是克罗迪斯，正好下手，一剑刺去，却发现那是帮闲波罗纽斯①！他虽然用严厉的词句打动了母亲，使她悔悟了，可是因为犯了杀人罪，使克罗迪斯借故发放他出国——密令藩属国英国国王杀死他。哈姆雷特在路上落入海盗手中，说服海盗，把他送回了丹麦。这时候可怜的少女莪菲丽雅受不了这一重重打击，可真疯了，终于在溪水里淹死。他的哥哥莱阿替斯从法国赶回来，向国王问罪，却正好当了他的工具。他给妹妹送葬，在坟头撞见悄悄回来的哈姆雷特，两个人就大闹一场。克罗迪斯就和莱阿替斯计议，请哈姆雷特和他比剑，暗中安排让莱阿替斯用开了锋口的快剑，剑上涂药，另外预备好作为行赏使用的毒酒，设下三重圈套来陷害哈姆雷特。比赛当中，毒酒被兴奋的王后误喝了，哈姆雷特受了偷袭，遭快剑刺了，就夺剑回刺了莱阿替斯。莱阿替斯临死悔罪，吐露了毒计，哈姆雷特受了剑毒也注定要死了，就用涂毒的快剑猛刺了克罗迪斯，还用剩下的毒酒给他灌了，三重圈套一下子都加到了罪魁祸首的头上！

这样，通过两个半小时的放映，莎士比亚剧本的主要情节大致都呈现在我们的眼前了。故事很热闹，可是它究竟有什么意义呢？这是问题。故事的中心人物也很生动，可是我们该怎样了解他呢？这也是问题。

影片想说明问题，就在开头的字幕上，作为题词，引用了哈姆雷特自己说的一段话，大意是：一个人品性上小有瑕疵，发展下去，就掩盖了他的好品质。这段话在剧本里其实并不重要，莎士比亚死后不久，由他的友辈编辑出版的第一部戏剧集就把它删掉过或者印丢过；后世有些学者和批评家才重视它，用它点明主题，就是说哈姆雷特的悲剧是出于他的性格，甚至只是性格上的一个小缺点——大致是指他的忧郁气质吧？

---

① 此处的"波罗纽斯"即上文的"波乐纽斯"，可能是作者笔误或原刊排印失误。

这是老一套唯心主义的解释，悲剧本身并不容许这样做。现代资产阶级批评家往往故意忽略了歌德以来大家公认为剧本题旨的这两行话：

> 时代整个儿脱节了；啊，真糟，
> 天生我偏要我把它重新整好！

这种编导思想一点明，影片对于剧本的一些似乎不重要的删节反而显得特别触目。

由于删节，哈姆雷特说的"人是多么了不起的一件作品！……宇宙的精华！万物的灵长！"这一段名句就没有了。而没有了这个线索，观众就无从知道哈姆雷特有什么正面理想，为什么幻灭。

由于删节，哈姆雷特就没有机会说"丹麦是一所监狱"这一句重要的"疯话"了。而没有了这个线索，哈姆雷特抑郁情怀的社会内容也就无从显出。

不错，"活下去还是不活"这一段有名的独白还在那里。这段独白说明了哈姆雷特世界观人生观上发生的严重危机。我自己在译本序文里曾经这样解释过：

> "世界既然不能是锦绣河山，只能是充满了乌烟瘴气的监狱，人既然不能'万物的灵长'、'宇宙的精华'，只能是畜生、粪土，人世既然是这样黑暗、无可为，人生还有什么意义？清醒只好算疯狂，生就不如死！可是死也不是一桩简单的事情，于是哈姆雷特深刻追问了'活下去还是不活'的问题。
>
> "一个人活着不愉快，夜里做恶梦——这是常识；可是说死了也不见得'一了百了'、落得清静——这不是可笑的顾虑吗？哈姆雷特却并不幼稚。从人类社会的历史来看，一个人一死的确并不是'一了百了'；而从当事人自己的心理上来看，做不到心安理得，'死难瞑目'，也并不能一死而安息。而哈姆雷特追问自己'活下去还是不活'的时候，并不想到自己个人的不幸，而只想到社会的不平。照他说来，决心'活下去'倒是消极的，是甘心做行尸走肉；决心'不活'才是积极的，是'挺身反抗'社会的罪恶。在哈姆雷特当时的统治社

会的那种压力之下，反抗的被压迫者必须首先抱必死之心。下这个决心，在并不贪生怕死的哈姆雷特，并不困难。拼一死解决元凶祸首，在他也容易办到。只是抽刀一击，杀死了克罗迪斯，能不能了结整个社会的丑恶现实，恢复他对于人类的美好理想？'这是问题'！"

由此可见，这段独白是悲剧的灵魂。可是，由于删节了不可少的线索和一些重要情节，它就孤悬在影片里，不能帮助点出悲剧的意义，中心人物的意义。意义是这样：哈姆雷特要彻底报仇，不能以一下子报了私仇为满足；他感觉到这不是个人问题，是社会问题，可是一个人怎样去扭转乾坤呢；这位忧郁王子由社会问题直想到人生问题，行动就发展成迂回的方式；他思索人生问题还是离不开社会现象，因此他并不陷入逃避主义，但还不能有坚决的行动。波折由此而产生；他最后牺牲了自己，杀死了元凶，可是还并不能真正解决问题，改掉不合理社会，结果还是演了个悲剧。

说到这里，我认为，和节略的线索有关，删掉罗森克兰滋和纪尔顿斯丹这一对双生子式的反面人物，也就造成了重大的缺憾。他们是哈姆雷特的同学好友，可是也充当了克罗迪斯的爪牙，与他为敌，因此使哈姆雷特扩大了他的憎恨面。哈姆雷特用唇枪舌剑，通过他们，对整个社会冷嘲热讽，最后，将计就计，用掉包方式，换了公文，打发他们去英国、做他的替死鬼：这就显出了哈姆雷特的战斗面还是大的，不限于家庭式的小天地，也突出了他的战斗精神，特别是戏中戏这个转折点以后，性格有了大发展以后的战斗精神。

同时，影片把原来提到人民爱戴哈姆雷特的话总算还留下了一句，可是不提莱阿替斯向国王问罪的时候，利用了人民群众的不满情绪，节去了人民群众冲进王宫的暴动场面，也就进一步抽掉了剧本的社会内容。

不错，忧郁王子的性格是突出的，可是他的性格正是社会条件所规定的，他演的不是所谓"性格悲剧"而还是社会悲剧。

同时代剧作家说莎士比亚是"时代的灵魂"，哈姆雷特也就是这样的灵魂。莎士比亚的时代是英国文艺复兴时代，也就是资本主义原始积累时期。莎士比亚既反对正在崩溃的封建制度，也从新兴资产阶级的两面性里看出了和旧势力相结合的贪婪残酷的一面，引起他强烈的幻灭和憎恶。他同情广大人民，可是受阶级限制和时代限制，还不能信任群众的革命行动。哈姆雷特也差不多，他同情人民大众，受人民爱戴，可是只知道孤军奋斗。他是当时典型的先进人物，可是和莎士比亚一样，还无法看出先进思想怎样和人民群众相结合而产生不可战胜的力量。剧本本身也就使我们今天看出了：不是什么性格也不是什么命运决定了哈姆雷特的悲剧，是代表人民的先进思想和脱离人民的斗争行动，合在一起，产生了哈姆雷特的悲剧——时代的悲剧。

有了这些认识，再来看这部影片，我们也就很容易理解这场悲剧，这个悲剧人物，会觉得都很有意义，这部作风正派的影片也就很有用了。这样看，劳伦斯·奥里维埃把哈姆雷特演得确乎能文能武，那样自然，也就十分成功。

看电影还可以得到一个意外的收获。十九世纪以来，偏重在书房里读莎士比亚的文人总要强调哈姆雷特报仇行动一再延宕，不近人情，由此大做文章。固然，没有延宕，也就没有戏文。更重要的却是：后来许多人指出在舞台上演出，延宕就不容易感到。现在，通过电影的速度，哪怕占了两个半小时，我们还会感到情节紧张，更不会感到延宕的突出。不管怎样，报复过程有这么多充实的内容，任何延宕也就不成其为延宕。哈姆雷特悲剧有意义，人物有意义，也就在此。

电影也照例能补充舞台上一些做不到的地方。这部影片也不是例外，特别值得一提的例子是冤鬼叙述谋杀经过的时候，银幕上配了谋杀场景，和戏中戏里的哑剧镜头，遥相呼应，增加了不少效果。

至于翻译配音，这是难事。莎士比亚内容丰富的诗行，在中文里不多不少、行对行译出，已经不容易。在书本上和舞台我们还可以照自己的速度、咬清字句念出来，在电影里不但受口形限制，还受速度限制，许多微妙的对白既受影响，许多意义复杂而行文凝炼的诗句更不容及时说完而说得明白清楚。而简化字句，正和节删情节一样，对莎士比亚剧本往往是不可弥补的损害。所以根据剧本名著改编的影片，虽然自有其价值，对阅读和观看剧本也大有帮助，究竟不能代替剧本本身。

评李广田新著《春城集》^①

李广田同志的近作诗集《春城集》收了他 1957 年 5 月以来先后在《边疆文艺》、《诗刊》和《收获》上发表的二十六首诗。这些诗，特别是最初一部分，在刊物上发表的时候，引起了读者的注意。他这种努力的成果，我认为，首先对几个问题，作了肯定的解答。问题一：年轻人固然最宜于写诗，中年以上人，尤其是长久搁笔的旧人，也能写诗吗？想想看：李广田同志岁数也就不小了，并且已经七八年没有写过一行诗！问题二：在作家协会订写作计划的诗人固然能写诗，从事别种职业的社会忙人也能写诗吗？请注意：李广田同志是教育界忙人，暂时又是病人，近年来就处在忙病之间！问题三：全国大跃进声中固然可以产生热情歌唱共产党、歌唱社会主义和共产主义的诗篇，象去年五六月间全国上空一时黑云乱翻的这种时候，就不会出现同样的诗篇吗？请读李广田同志这一个写诗新阶段的开端——《一个人》、《一句话》和《一棵树》（原先在《边疆文艺》1957 年 5、6 月合刊上发表的时候，很有意思的起了一个总题目，叫《试放三首》）！

谈到李广田近作本身，我想首先也得提《试放三首》，尤其是其中第一首——《一个人》。我们还记得当时一小撮右派头目乱放"好大喜功"一类的谰言，当时有不少诗人迷失了方向，有的甚至也成为右派分子，而这首八行短诗却歌唱"他（这"一个人"）正象真理那样朴素"；"象太阳"，因为"它无声而光耀大地"；"象空气"，因为它"须臾不可离"，"而又表现为无形无色"；最后结束说：

> 他一身为了真理，从不考虑自己，
>
> 他自己也就体现了最具体的真理。

---

① 本篇原载《文学研究》1958 年第 4 期，1958 年 12 月 25 日出刊，第 119—121 页，署名"卞之琳"。本篇从未入集，《卞之琳文集》也未收此篇。此据《文学研究》本录存。

这个"他"是谁，不用说，谁都知道。热爱和歌颂我们这一位伟大的人民领袖、革命导师，算不算个人崇拜？这首诗给了简短有力的解答：我们不崇拜任何个人，我们拥护真理，最善于指出真理而最反对迷信的这样"一个人"，我们不能不热爱，不能不歌颂，象热爱空气，象歌颂太阳。"从六万万人民出发！"就是一个再简单不过、再具体不过而意味无穷、力量无边的真理。李广田同志《试放》第二首《一句话》就是从这句话出发而写下的另一首八行短诗。能首先说出这句话的人也就无怪乎能成为"六万万人民"的"一颗伟大的心"，也无怪乎象诗里说的，"这颗心的每一跳动"都会引起"六万万颗心"的"回声"。李广田同志后来又写了一首较长的诗，《他在各处行走》也就发挥了这两首短诗的主题。多少年来写这一类主题的诗歌非常多，写得这样真实而亲切的过去还不多见：李广田同志这三首诗，可以说在这方面别开生面，开创了一种新的风格。

《试放》第三首，题目叫《一棵树》（原来叫《记一个教师的谈话》），把一个教育工作者比作一棵大树，"要把根扎下去，扎到最深处"，"要把枝叶伸出去，伸向太阳去。"果然，这棵"树"大有发展，因为李广田同志接着写出了另一首较成熟的诗，《教育诗》。这首《教育诗》令人信服的不但把培养出为社会主义建设服务的青年比作开花结果，而且比作写诗。而这些"诗"呢，这位"作者"自信，"诗句""嘹亮"，"篇幅""宽广"，

> 我的诗不能在诗刊上发表，
>
> 因为他容不下这样的重量。

教育工作看起来似乎不是有声有色的工作，可是经过这首《教育诗》一写，也就非常饶有诗意，令人鼓舞。歌唱"平凡"的工作，令人感到它不"平凡"，正是李广田近作的另一个特色。

李广田近作的第三个特点是善于发掘日常生活里的光彩。《入浴》这首诗是这二十多首诗当中最完美的一首，也最能表现出这种特色。许多革命老干部在疗养院的温泉里"一齐入浴"，这在我们的今日也是一种日常生活，可是这种日常生活就在这首诗里放了异彩。入浴的多半是经过

各次革命战争的，"挂"过"彩"的老斗士，极少夸耀过去的经历，"仿佛那些战绩并不属于自己"，可是一入浴，各种创痕毕露，好象在"水声喧哗"中都起来讲了话。在诗人听来，

> 它们讲说过去的艰苦岁月，
> 它们讲说革命的真实意义，
> 它们讲说个人与集体的关系，
> 它们讲说过去与将来的联系。

它们"既包含着痛苦也孕育了幸福"，进一步就说：

> ……这些伤痕不论在谁的身上
> 　都没关系，
> 反正赢得胜利是我们的阶级。

因此，"大家一齐入浴"，"笑哈哈一无牵挂"，同感受"泉水的温暖"、"仿佛在一个母胎里重新长大"——诗就在这一句上结束。在抒写我们对于日常生活的平常感情当中，这首诗不但使伤疤放了异彩，而且使伟大的集体主义也开了花——十分具体的表现了出来，感动了读者。

不错，正是集体主义精神，正是共产主义世界观，再加上诗人特有的感受力和想象力，才使得李广田同志能这样歌唱了朴素的真理，平凡的工作，日常的生活，令读者感觉到真理就是诗，工作就是诗，生活就是诗，都是动人的诗。正好和这种内容的特色相配合，李广田同志在他近作里最好的三五首诗里都表现了真挚、亲切、朴实、浑厚的风格。它们不大令人注意到其中有什么警句，却给人留下整个一片的有分量的印象，决非平庸乏味而十分耐人寻味。这本来是李广田诗作原有的特殊风格。而，另一方面，他原有风格的缺点，在这些诗里，特别在另外那些不怎样表现出这些内容特点的诗里，也保留下来了，甚至有了发展。缺点就是：太松散，不够精炼。这不仅是风格问题，也是内容问题。也就因此，在李广田近作二十六首当中，我想反复读读的也只是这里提到的三五首。

总起来说，李广田近作，远不是首首都好，有许多都是缺少新意、太不精炼的作品。我以为李广田同志所以能写出较好的诗（在比例上，写在他这一阶段初期的较多），主要就是因为他不为写诗而写诗。真正是有感而发，才会写出好诗，这也是最平常的道理。我们当然不能怪读者和编者提出多多益善的要求，可是诗人应该严格要求自己，最好一刻也不要想到自己是所谓"诗人"；他一边固然要提防搁枯了笔，一边也就应该当心写滑了笔。

分歧在哪里？[①]

一、在新诗的发展问题上，我大体上同意何其芳同志的看法，可是我们分头给《处女地》1958 年 7 月号写稿，事先没有经过讨论，现在我也没有经过和何其芳同志交换意见，仅就宋垒同志《与何其芳、卞之琳同志商榷》[②]一文中涉及到的我的看法（以及我所了解的何其芳同志和我共同的看法）作几点说明，提几个问题。

二、找出对立面，展开辩论，解决问题，这是科学方法。根据实际情况中的对立倾向，假定谈话的对手，进行辩论，也可以辨明是非，而这也是理论文章的一体。然而把真人真文放在对立面来做文章，那就更需要注意客观事实，以免得不到任何希望得到的结果。

三、宋垒同志在《商榷》[③]一文中树立了"轻视新民歌"这个对立面，而把何其芳同志和我就放在这样一个对立面，我认为不合事实真相。《处女地》1958 年 7 月号上的"文章"[④]在那里，对这个问题感觉兴趣的同志不妨去翻出来看一看或者再看一看。我引用的《诗刊》1958 年 4 月号长春工人张永善同志的话（就是宋垒同志不加说明、就加以转引、好象就是我自己说的那句话——"把民歌和我们新的内容创造性地结合起来，变成一种既承继传统又新颖的新形式"）以及他那一整段话，也不象宋垒同志所说的那样包含了"喜欢"或"不太喜欢民歌体"的意思。《诗刊》4月号也容易找到，大家感觉兴趣，不妨去查一查。

四、《诗刊》4 月号的"工人诗歌一百首"和"工人谈诗"可能是根

---

① 本篇原载《诗刊》1958 年第 11 期，1958 年 11 月出刊，第 86—88 页，署名"卞之琳"。本篇曾收入《新诗歌的发展问题》第一集（《诗刊》编辑部编，作家出版社，1959 年 1 月出版），《卞之琳文集》未收录此篇。此据《诗刊》本录存。

② 宋垒的《与何其芳、卞之琳同志商榷》原载《诗刊》1958 年第 10 期。

③ 此处《商榷》即对宋垒的《与何其芳、卞之琳同志商榷》之简称。

④ 此处"文章"指卞之琳的文章《对于新诗发展问题的几点看法》，该文发表在《处女地》1958 年 7 月号，已收入《卞之琳文集》。

据了大跃进民歌体群众创作形成高潮以前所搜集来的材料编成的，我（和何其芳同志）给《处女地》写自己看法的时候，参考了它们，后来我和诗刊社同志的谈话中也承认了根据不够全面。可是，不管怎样，《处女地》文章可以证明我（和何其芳同志）有所引证，主要是为了说明新诗发展需要"百花齐放"，民歌体不应是唯一的形式。

五、宋垒同志说何其芳同志和我认为"新民歌主要以内容取胜"，大致不差。可是他说我"也只承认新民歌的内容，而否定新民歌的形式"，又说何其芳同志和我"抛开新民歌的形式"，却有问题。我看何其芳同志没有这个意思。就我来说，我在《处女地》上发表的《几点看法》[①]中明明说了"我们学习新民歌，除了通过它在劳动人民的感情里受教育以外，主要是学习它的风格，它的表现方式，它的语言……"。"风格"，"表现方式"，"语言"，在文学批评领域内说来不是"形式"问题吗？

六、不错，我在《几点看法》中谈到"五四"以来的白话新诗不容易被大家记忆的大缺点，提出了"不够精炼"这个重要原因。宋垒同志说"这种看法不完全"。当然不完全。我并没有否定其它原因。我在紧前头就说过，"不容易记忆的一个原因是：还没有形成一种为大家所公认的新格律（押韵是格律的一部分；民歌体却大体上就有一种传统的格律的。）"格律问题实际上包括了宋垒同志提出的所谓"音响"问题或者所谓"音响"问题的一部分。

七、就我所知，解放以来何其芳同志较多谈论了新诗的格律问题，我自己只在前几年作家协会诗歌组座谈诗的形式问题的时候谈过一次（记录见当时的《作家通讯》），而在《几点看法》中并没有具体谈到"新格律"。何其芳同志也罢，我自己也罢，我可以指出谁也没有象宋垒同志所说"架空地设计一套'新格律'"。就我自己而论，我过去考虑新诗格律问题，就是根据了"五四"以来诗歌创作的实践，根据了现代口语的特

---

① 此处《几点看法》是对《对于新诗发展问题的几点看法》的简称。

点，参考了古典诗歌和西方诗歌的规律，在中外诗歌音律的基本原理的指导下，进行了探索。我也并没有"抛开"民歌体。我在《几点看法》中不是也说到"民歌体却大体上就有一种传统的格律"吗？"那么"，宋垒同志说，"新民歌中有格律的那些不也就是格律诗吗？"正是！岂止如此，新民歌（或者严格说：新的民歌体群众创作）极大多数都是格律诗，而且，截至我写《几点看法》时候为止，我认为新民歌极大多数在格律上并不是什么新样式。

八、反过来，再看看宋垒同志的主要论点，正面论点。他说，"当然，认为新民歌的形式已经尽善尽美，没有任何局限性了，这种看法也是不对的。……正因为存在一定的局限性，新民歌就需要在现有基础上提高"。我（和何其芳同志）显然是基本上同意的。他的结论是"只有主要地从民歌和古典诗歌的基础上逐步发展，才能创造出中国民族形式的社会主义诗歌，才是诗歌发展的正确道路"（重点是我加的——卞）。我在什么地方反对了这种提法？

九、那么，我们的真正分歧究竟在哪里？我从宋垒同志的辩驳里很难看出。可能宋垒同志的意思是：要发展我们的"社会主义诗歌"就得把"五四"以来的新诗传统完全否定，抛开不管。我（和何其芳同志）不同意。这就值得大家来辩论。至于宋垒同志可能认为新民歌的形式（狭义的形式，就是以五言"体"、七言"体"为主的诗歌"体"）是一种"新"形式，我（和何其芳同志）不同意，这点分歧就不值得辩论。

十、我认为目前最需要大家来辩论或者讨论的却还是：根据实际情况、创作实践，作为共产主义文学萌芽的新民歌怎样发展下去？怎样和旧诗传统以及"五四"以来的新诗传统（如果不完全否定它的话）互相结合而产生一种更新的共产主义诗歌？我自己还没有能考虑这些问题，到现在还没有具体意见，希望大家来讨论或者辩论。

分歧在这里①

宋垒②

　　《诗刊》十一月号上卞之琳同志的《分歧在哪里》一文③，说是我硬把他放上"轻视新民歌"这个对立面的。究竟是我放的，还是他本来就坐在那上面呢？

　　卞之琳同志既然承认："宋垒同志说何其芳同志和我认为'新民歌主要以内容取胜'，大致不差。"人们就不禁要问：新民歌的"取胜"的"内容"，所以会为人们所欢迎，不正是通过新民歌的形式来表现的吗？认为"新民歌主要以内容取胜"，言外之意，不就是新民歌的形式不足取吗？许多新民歌之所以好，不仅由于它的内容，而且由于它的内容和形式的统一，由于这些新民歌的形式既为它的内容所决定，又完满地表现了、因而反转来丰富了它的内容。如果新民歌的形式不足取，内容也就无处依附，又怎么谈得上"以内容取胜"呢？这不是轻视以至否定新民歌的形式，又是什么呢？

　　卞之琳同志不仅轻视新民歌，而且对所有的民歌抱着一种偏见："顾名思义，民歌总是人民群众当中自然流露出来的心声。民歌照例是'无名氏'的产品，集体的产品。"在旧社会，劳动人民在统治阶级压迫下，被剥夺了写作和发表的权利，诗歌为少数文人所垄断，劳动人民写的，

―――――――――

　　① 本文原载《诗刊》1958 年第 12 期，第 88—89 页，署名"宋垒"。此据《诗刊》本录存以便参考。

　　② 宋垒（1925—　），原名周明件，江苏泰州人，曾入广西大学、金陵大学学习，1949 年后在中央文学讲习所学习，1955 年以来担任《文艺学习》编辑、《人民文学》诗歌编辑、《诗探索》编委，是一位诗歌批评家。

　　③ 以下所引卞之琳同志的话，均见此文及《处女地》七月号《对于新诗发展的几点看法》一文。——作者原注。编者按，此处所说卞之琳文章的题目缺漏了两个字，完整的题目是《对于新诗发展问题的几点看法》。

只能叫民歌，不能登诗歌的大雅之堂，即使是有名氏之作，也被硬说成是无名氏。而今天，劳动群众翻身了，很多民歌都是有名氏的作品，他们不止是"流露心声"，而且要写诗，要当诗人，怎么能继续"照例"下去呢？

卞之琳同志说："要我们学习民歌，并不是要我们依样画葫芦来学'写'民歌，因为那只能是伪造。注定要失败。"这句话可作两种解释。其一是学习民歌应避免模仿，应有所创造，如果是这样的意思，就没有什么错误。但从卞之琳同志的真正观点看来，并不是这个意思。他认为我国诗歌"还没有形成一种为大家所公认的新格律"，而他，考虑新诗格律问题，"是依据了'五四'以来诗歌创作实践，根据了现代口语的特点，参考了古典诗歌和西方诗歌的规律，在中外诗歌音律的基本原理的指导下，进行了探索"。在这里，民歌既不可作根据，又不可作参考。这，不仍是表现了对民歌的轻视吗？他之所以认为学写民歌就是"依样画葫芦"，就"注定要失败"，不正是从这一基本观点出发的吗？别人说他抛开了民歌体，又有何冤枉之处呢？

希望有"一种为大家所公认的新格律"来统一诗坛，那只是一种天真的幻想，任何时代的诗都不会只有一种格律。从我国文学史来看，我们的民族形式诗歌的格律，都是从民歌的基础上发展起来的。离开了民歌，"新格律"的产生就失去了正确的基础，就成为架空的东西。而且，学习新民歌，首先必须强调投身到火热斗争中去，改造自己，学习劳动人民的共产主义思想品质。既然只着眼于闭门探索"新格律"，即使自己声明了要学习新民歌的风格、表现方式、语言，也是学不到的。

卞之琳同志"非常同意《诗刊》第四期《工人谈诗》中一位同志说的'……要注意有歌的风格。你要用民歌的调子来写我们工人的劳动，我看也没有力量。'……"卞之琳同志说他只是引用这位工人的话，并非自己主张。但即使不是自己主张，"非常同意"，总也是自己衷心拥护吧。其实，说了这句错误的话，责任并不在这位工人，而是这位工人受了文艺界错误思想的影响。"民歌体不能表现工人生活"——这种看法在文艺界少数人中已流行好几年了。而事实是怎么样呢？象"钢水红似火，能把太阳锁，霞光冲上天，顶住日不落"这样一类民歌体的诗，较之知识分子腔的诗，的确更能表现工人生活。活生生的事实，会将上述那种错误看法驳得无法自圆其说。而卞之琳同志特意要引用这样的话，其用意何在呢？不还是再一次表现了他对新民歌的轻视吗？

"分歧在哪里"呢？我看分歧是不小的，不止是轻视新民歌的问题，这是诗歌发展问题上两条恰恰相反的道路。提倡在新民歌的基础上发展我们的诗歌，就能建立我们民族形式的社会主义诗歌；而离开新民歌去设计"新格律"或"现代格律诗"，那只是一条死胡同！提倡在新民歌的基础上发展我们的诗歌，那就能鼓舞诗作者深入群众斗争生活的海洋和民歌的海洋；而主张离开民歌去设计"新格律"或"现代格律诗"来发展我们的诗歌，就势必影响人们不去深入生活，只要走在书斋里设计就得了。广大的诗作者和诗歌爱好者，是不会顺着后一条道路走下去的。

关于诗歌的发展问题[①]

沙鸥[②]同志在他的文章《新诗的道路问题》（见 1958 年 12 月 31 日《人民日报》七版）占全文一半篇幅的第四节开头，就"一年来"诗歌"形式问题"的"争论"，分析出五种错误说法，指定我（还有何其芳同志）代表其中的三种。五居其三，责任不小，我就出来说话。我想谈谈我的说法是不是这样，究竟怎样，我的说法有没有缺点，我现在的看法又是怎样。这样，我想，会有助于在讨论诗歌道路的时候，先扫清讨论道路，也给讨论本身多少提供一些参考。

一

我发表看法和引起争论的经过情况首先得说明一下。

几年来，由于工作岗位关系，我极少写诗谈诗，很少能注意诗歌问题，更少参加争论。去年 5、6 月间，《处女地》一再邀约和敦促我就"新诗发展问题"（《处女地》出的题目原文）写一点自己的意见。我抽空匆匆写了千多字的一篇提纲式的小文，题目叫《对于新诗发展问题的几点看法》（以下简称《几点看法》），发表在《处女地》1958 年 7 月号上。文

---

① 本篇原载《人民日报》1959 年 1 月 13 日第 7 版，署名"卞之琳"，《人民日报》在该版加了题为"关于诗歌问题的讨论"的编后记："关于新诗发展的道路、民歌和新诗的关系等问题，我们分别在 1958 年 12 月 10 日和 12 月 31 日刊登了陆学斌的《进一步发展新民歌运动》和沙鸥的《新诗的道路问题》两篇文章。为了进一步展开讨论，我们在 1 月 5 日，邀请了一部分在北京的诗人、文艺批评家和报刊有关编辑同志举行座谈。出席的有：丁力、卞之琳、田间、沙鸥、沈季平、徐迟、张光年、郭小川、贺敬之、臧克家、萧三等。会上发言的有臧克家、卞之琳、田间、张光年、沈季平等。这里发表的臧克家的《民歌与新诗》、卞之琳的《关于诗歌的发展问题》和田间的《民歌为新诗开辟了道路》等三篇文章，是作者根据他们自己的发言写成的。这些文章中提到了何其芳、卞之琳、张光年同志已经发表了的文章。前两篇刊登在《处女地》1958 年 7 月号，后一篇刊登在《红旗》1959 年第一期。此外还提到李亚群同志的一篇，见《星星》1958 年 11 月号。"本篇曾收入《新诗歌的发展问题》第二集（《诗刊》编辑部编，作家出版社，1959 年 9 月出版），《卞之琳文集》未收此篇。此据《人民日报》本录存。

② 沙鸥（1922—1994），四川巴县（现为重庆市巴南区）人，现代诗人，1957 年任《诗刊》编委，有诗集《农村的歌》《寻人记》等。

中有关目前讨论的头四点，顺序说来，大意是这样：1、我们的社会"处在大跃进今日，遍地开花，遍地皆诗"，证诸世界各国文学史上的先例，"伟大的文学成就"只能从类似这样的情况里"发展出来"，而我们今日的形势是"跃进入社会主义社会的形势，因此我们可以肯定我们前无古人的'新'文学就会从六亿人民的遍地歌声中一涌而出"。2、我们"应该首先学习新民歌"，可是不要只是机械模仿新民歌最表面的形式，只是套写写五七言句子，而是要首先通过新民歌在劳动人民的思想感情里受教育，其次主要学习新民歌的"风格"、"表现方式"、"语言"、"以便拿它们作为基础"，结合旧诗词和新诗的优良传统，甚至吸取外国诗歌的"可吸取的长处"，"来创造更新的更丰富多彩的诗篇"。3、以五七言韵语为主的民歌体不应是新诗歌的唯一形式，"五四"以来的新诗形式"也不应排斥"。4、"'五四'以来的白话新诗"有"一个突出的缺点"，那"就是很少诗句能为大家所记住"；其中的"一个原因是：还没有形成一种为大家所公认的新格律"，不像民歌体大体上有一种传统的格律；另一个原因，"更重要的原因""是不够精炼"，而"我国旧诗词似乎特别精炼"。这样说不知怎样激起了像宋垒同志那样的热心人的不满。宋垒同志在《诗刊》1958年10月号上发表了题为《与何其芳、卞之琳同志商榷》（以下简称《商榷》）的文章，抓片言只语，追"言外之意"，给了我（和何其芳同志）一个"轻视新民歌"的结论。《诗刊》要我答复，我就写了另一篇提纲式的小文《分歧在哪里？》（《诗刊》1958年11月号），只是"作几点说明，提几个问题"，没有发抒新见。宋垒同志又在《诗刊》（1958年12月号），发表了坚持说我"轻视新民歌"的文章：《分歧在这里》。现在沙鸥同志提出的我的三种错误说法，他的引证以及他的批评，都不出宋垒同志那两篇文章所提到的、引到的、批评到的范围。

我也就分三点来谈谈。

1、沙鸥同志说："一种说法是：新民歌不过是以内容取胜，形式是旧东西，不足道"。这种说法可能是有的，可是他认为我（还有何其芳同志）就是作这种说法的，我得问问：有何根据？根据站得住吗？

首先，我在《几点看法》一文里没有说过这样的话，也没有表示有这样的意思。只是，我在读了宋垒同志的《商榷》一文，见他把我的《几点看法》（还有何其芳同志的文章）的大意归纳出来，大半违反了原意，我在《分歧在哪里?》一文里，只就他说的何其芳同志和我认为"新民歌主要以内容取胜"这一点，说了一句"大致不差"。这就好像给了宋垒同志一个把柄。他在《分歧在这里》一文里就大胆推论说：你承认"新民歌主要以内容取胜"，你就是轻视新民歌的形式，你就是轻视新民歌。其实，他这样推论，本身就有问题。谁都知道作品内容和形式应该是统一的，可是我们并不因此就不能谈作品的内容或者形式。按照宋垒同志的说法，"内容决定形式"这类话也就包含了轻视形式的意思，轻视作品的意思了？陆学斌同志在他的《进一步发展新民歌运动》这一篇文章（见1958 年 12 月 10 日《人民日报》七版）里说："这些新的民歌，继承了过去民歌的传统，保持和发扬了过去民歌中优美的特色，但是在内容上和过去的民歌却有了根本的不同"。这不是也表明了新民歌的特色首先在内容上？这样，他难道也轻视新民歌吗？而我的《几点看法》一文也不是纯粹（以至主要）谈新民歌的形式问题，怎么就不能强调新民歌的内容？现在沙鸥同志在宋垒同志的推理基础上提高了一步，把"主要"换成了"不过是"，改成说"新民歌不过是以内容取胜"，因此推理说这样实质上就是"轻视民间的诗歌形式"，道理是比较圆满了，只是把这种看法派到我的头上，那就决不是"大致不差"，而是完全"差"了。

其次，沙鸥同志引了我在《几点看法》一文里的一句——"可是要我们学习民歌，并不是要我们依样画葫芦来学'写'民歌，因为那只能是伪造，注定要失败"——作为我轻视民歌形式的例证。他却不注意我底下的一段话——"我们学习新民歌，除了通过它在劳动人民的感情里（应该说"思想感情"里，大致是当时匆忙中漏写了"思想"两字——卞）受教育以外，主要是学习它的风格，它的表现方式，它的语言，以便拿它们作为基础，结合旧诗词的优良传统，'五四'以来的新诗的优良传统，以至外国诗歌的可吸取的长处，来创造更新的更丰富多彩的诗篇"。而这一句正是宋垒同志推论我认为"新民歌主要以内容取胜"的主要"根据"。我在《分歧在哪里?》一文里已经提到了，现在我不妨再问："风格"、"表现方式""语言"，特别是"表现方式"，"在文学批评领域内说来"不属于"形式"一方面吗？沙鸥同志自己也说："我们知道，诗的形式这个概念所包含的内容广泛得多，那受内容决定的形象，以及体裁、格式、结构、手法、韵律等东西，都应属于形式的概念中。而这些，又是利用语言来实现的。因此，如果把形式只当成是几言体的问题，就不免太简单了。"那么，我那样说，怎么就等于说新民歌的形式"不足道"呢？

第三，我当时说那样的话多少是针对了知识分子学习新民歌，只在五言一句或七言一句，四句一首这样狭义的形式上机械模拟的倾向。所以我主张首先要有新民歌所表现的劳动人民的真情实感，其次要拿新民歌的形式（广义的形式）"作为基础"，吸取传统的以至外来的长处，具有创造性的发展我们的新诗歌。这当然不是一天两天内就可以做到的，可是我们应该有这样较长远的较高的奋斗目标。

2、沙鸥同志说："一种说法是：新民歌的形式无可学习的地方，应建立一种包括古今中外的一切优点的'新格律诗'或'现代格律诗'"。他指出我（还有何其芳同志）是作这种说法的。究竟怎样呢？关于"新民歌的形式无可学习"这部分，我在上面已经说明了我的说法并非如此，恰好相反。这里只要补充说一句，我在《分歧在哪里？》一文中确乎提到新民歌狭义的形式（"以五言'体'、七言'体'为主的诗歌'体'"）不是新形式，可是说"旧"也并不就等于说"不足道"。现在只就格律问题这方面谈谈。

首先，我在《几点看法》一文中，只是在谈到"五四"以来的白话新诗的缺点的时候，提到了不容易记忆的原因，才说了这样一句话："一个原因是：还没有形成一种为大家所公认的新格律（押韵是格律的一部分；民歌体却大体上就有一种传统的格律的）。"因为宋垒同志在《商榷》一文里说我（和何其芳同志）架空设计一套"新格律"，我才在《分歧在哪里？》一文里说明，我解放以来很少谈诗歌的格律问题，说"我过去考虑新诗格律问题，就是根据了'五四'以来诗歌创作的实践，根据了现代口语的特点，参考了古典诗歌和西方诗歌的规律，在中外诗歌音律的基本原理的指导下，进行了探索。我也并没有'抛开'民歌体。"宋垒同志不相信我后边这句话，就推论说："在这里，民歌既不可作根据，又不可作参考。"现在沙鸥同志也只引我前一句，更进一步指出我这样就"不顾劳动群众正在创作数以百万计的新民歌的事实"。请问：过去还没有大跃进新民歌，我怎么能预先顾到这个事实呢？

其次，我说"'五四'以来诗歌创作的实践"，怎么就能断定说我不把抗战歌谣这一类创作实践，新诗中运用歌谣体的创作实践，《王贵与李香香》这一类从民歌脱胎出来的创作实践，都不算在内呢？我说"古典诗歌"怎么就表示不包括像《诗经》国风这一类古代民歌呢？我说"西方诗歌"怎么就等于说不包括英国罗宾汉谣曲这一类民歌体裁呢？"民歌既不可作根据，又不可作参考"，即在过去，也不是我的想法。

第三，诗歌格律问题也是文艺学的一部门。我们说诗歌要大体整齐，诗歌要押韵，这里就包含了格律问题。沙鸥同志自己归结出来的"今天的诗歌形式的"四点"基本面貌"差不多都包含格律问题。要是现在有人谈格律或者新格律，那也不等于否定新民歌。我在《几点看法》里，作为缺点，提到新诗"没有形成一种为大家所公认的新格律"；作为优点，提到了"民歌体却大体上就有一种传统的格律"。我并没有要"设计"新格律，排斥新民歌沿用的传统格律。我在《分歧在哪里?》一文里说过，新民歌极大多数就是格律诗。探讨诗歌格律问题，包括新民歌的格律问题，对于新诗歌的发展不会没有好处。

3、沙鸥同志说："一种说法是：民歌体有限制。这个意见有两个来源，一个来源是为了用'有限制'的说法，来否定新民歌，或轻视新民歌，这显然是不正确的。"他认为我（还有何其芳同志）的"论点就有这种倾向"。我得谈一谈究竟怎样。

我在《几点看法》一文中没有说过民歌体"有限制"这类话，只是说法里的确也包含了"有限制"的意思。我在"诗歌的民族形式不应了解为只是民歌的形式"这个提法里包含了这种意思；我在主张学习新民歌的风格、表现方式和语言"拿它们作为基础"，吸取旧诗词、新诗、以至外国诗的长处，"来创造更新的更丰富多彩的诗篇"这样一个提法里也包含了这种意思。"来源"如此，反过来说，我肯定民歌体"有限制"的目的也就明明是为了说明：(1)民歌体不应是唯一的形式，(2)新民歌需要发展。

我在自己提出的拿新民歌的形式（广义的形式）"作为基础"来创造新诗歌的前提之下，提出这两个论点，怎么就是要"否定新民歌或轻视新民歌"呢？怎么就和沙鸥同志认为"正确的、也是有益的"另一种用意不接近或者相反呢？

二

那么，我的《几点看法》为什么那么容易受人误解呢？我对于诗歌发展问题的看法今天有没有什么发展？我现在就谈谈这两个方面。

发生误解的客观原因，不由我负责，我不必谈。发生误解也有由我自己负责的主观原因，那就是：我的看法本身也确乎有一些缺点。

1、我的说法里包含的"新民歌需要发展"和"民歌体不应是唯一的形式"这两个论点，提得也有点过早了。我在新民歌运动刚展开的时候，就对于新民歌当中发展出"更新的更丰富多彩"的新诗歌（以至"前无古人的'新'文学"）表示期望，不能说过早；主张首先体会新民歌所表现的思想感情，主要拿新民歌的形式（广义的形式）"作为基础"，加以发展，对于写新诗的诗人说来，也不能说过早。同时，当时也确乎有主张用民歌的五、七言体统一诗歌形式的倾向，因此提出"百花齐放"的意思，也不能说过早吧？只是就当时整个形势说来，新民歌运动和学习新民歌运动还在开始，就提出"发展"问题，就提不用一种"体"统一形式的问题，要是吸引了大家过分的重视，那么对运动的消极作用就会大于积极作用。所以我现在承认：也有点过早。

2、我提起格律问题，也有点不合时宜。我在新民歌创作蓬勃展开、新民歌佳句到处传诵的时候，除了注意到新民歌的内容对大家有重要的教育作用、新民歌的形式（广义的形式）可以作为新诗歌的发展基础以外，对比民歌体"大体上就有一种传统的格律"这一点事实，在诗人们重新考虑新诗缺点的时候，提一句新诗还没有"形成一种为大家所公认的新格律"，不能算不合时宜。如果有人因此考虑到、谈论到民歌体现有格律的长处短处，对于群众（和诗人）更好利用旧格律或者大胆突破旧格律，也有好处。可是，在创作新民歌的群众无意中已经多少表现了突破旧格律的尝试的时候，我提出格律问题，说格律重要，对于这种尝试，也会起消极作用。所以说：也有点不合时宜。

3、我对于民歌的概念，也有点拘泥。我说："顾名思义，民歌总是人民群众当中自然流露出来的心声。民歌照例是'无名氏'的产品，集体的产品（也是经过人民群众在传播中集体加工的成品）。"引用到新民歌身上，我这几句话也有道理。陆学斌同志在他的文章里就提出要注意到民歌的"群众性这一特点"，说"民歌就是因为能唱才称为民歌的"，又说，"事实上，许多优秀的民歌，都是在传唱过程中，经过不断地修改，才最终形成了比较完美的作品"。然而，新民歌创作，成为运动，也已经包括了另一个方面，不限于自发性较多的唱出来、集体性较重的修改出来的创作活动，也包括群众中有意识写"诗"（就叫"诗"！）以至部分劳动化的知识分子在群众中学用民歌体写作的创作活动。新民歌的意思就是指新的民歌体群众创作。所以我原先的说法也就有点拘泥。

4、我对于学习新民歌的要求提得也有点过高。一开始学习新民歌就提出从新民歌创作情况中发展出"前无古人的'新'文学"，拿新民歌的形式（广义的形式）"作为基础"，"创造更新的更丰富多彩的诗篇"，提出这样的奋斗目标，总不能说夸口，不切实际。可是实际中的另一方面，也应顾到，那就是：从学习新民歌皮毛入手也可能逐渐得其神髓。忽视了这一点，我的提法也就有副作用，使学写新民歌的知识分子诗人感到为难。所以我承认：也有点过高。

现在形势又向前发展了，我对于诗歌发展问题的看法怎样呢？除了认识到上面所讲的我的提法上一些缺点，我还没有想到要修改《几点看法》一文中所提出的基本看法（就是扼要介绍在本文前头的几点），只是我的看法也总有一点发展。话虽这样讲，我在半年前的基本看法实际上和大多数同志（包括误解我的看法的一些同志）的看法差不多，现在我的看法基本上也和大多数同志（包括沙鸥同志）的看法差不多，实在没有什么新意思可说。

简单说来，新民歌和新诗（在内容上和形式上）会逐渐合流，我们应该促进这种合流，促进新诗歌开花——百花齐放。

因为形势是这样发展了：文化革命高涨，劳动群众文化水平提高，劳动群众自发性歌唱发展到有意识写诗，新民歌开始在突破固定形式，新民歌发扬古典诗歌传统和接受新诗影响的可能性加大，等等——这是一方面。另一方面，知识分子劳动化过程加剧，写新诗的诗人感受了新民歌蓬勃发展的压力（也就是推动力），学习了新民歌，新诗中本来也有的从民歌脱胎出来的成分受到了重视，新诗接受了新民歌的影响，等等。

目前新民歌当中有些作品也就是新诗——如果说"新诗"概念太狭，不能包括新民歌，那么我们就说"新诗歌"吧。

"新诗歌"的主要构成部分必然是从新民歌基础上发展出来的那一部分，也应该如此。因为新民歌比诸新诗更直接继承了民族传统，发扬了民族形式，具有远为广大的群众基础。

至于古典诗歌（包括古代民歌），形式上（无论在狭义的形式上或者广义的形式上）它和新民歌（以及过去的民歌）有直接的血缘关系，是新民歌的根柢。因此我们说"以新民歌和古典诗歌为基础"也可以了解为"主要以新民歌为基础"。

古典诗歌和新民歌，除了一则以文言为主，一则以白话为主，在表现方式、结构等等方面基本上属于同一类型——土生土长的类型。新民歌和新诗（除去其中民歌体部分），虽然在运用白话这一点上比较接近，形式上基本属于两个不同类型——后者主要是受的外来影响。因此，在新诗歌的发展当中，新民歌和古典诗歌之间只有承继问题，新民歌和新诗之间才有合流问题。在"土""洋"合流中以"土"为主，以新民歌基础上发展出来的一方面为主，我想也是自然而然。

在合流而成的新诗歌园地内必然会百花齐放，容许以新民歌以外的别种诗歌类型为基础而另行发展，也可以促成百花齐放。如果所有支流终于都汇流入新诗歌主流，主流里又分出许多支流，那仍然是内内外外的百花齐放。

所以从发展观点看，我认为我们不妨把新民歌运动就当作新诗歌运动。

正如我在《几点看法》的开头说过我的看法还没有成熟，我在这里结尾处又得声明，我这些看法还是没有考虑成熟的看法。

新诗的道路问题①

沙　鸥

一

1958 年是一个辉煌灿烂的年代。

正如党的八届六中全会公报中所指出，"1958 年我国工农业生产和科学文化教育事业各方面的大跃进，人民群众的社会主义、共产主义觉悟的大大提高，以及在今年夏秋之间出现的人民公社高潮，是党的社会主义建设总路线的伟大胜利……。"

在这样一个伟大胜利的、英雄的年代里，劳动人民以共产主义风格和移山倒海的革命干劲，意气风发地为建设社会主义干了史无前例的事业，他们的雄心壮志与丰功伟绩，多么需要我们的诗人们去表现。

一年来，诗人们满怀热情地歌颂了大跃进，歌颂了劳动人民昂扬的斗志和创造的奇迹，诗人们虽然作了很大的努力，但是还很不够。劳动人民用诗歌来表现自己了。他们自己创造了数以百万计的新民歌，强烈地表现了他们的英雄面貌，表现了他们对党和毛主席的无限热爱与忠诚，表现了他们在劳动中的欢乐与对劳动的赞颂，表现了他们的冲天干劲和大跃进的波澜壮阔的图景。新民歌以夺目的光彩震动了诗坛，开了一代诗风，引起了人们巨大的注意。

这就是摆在面前使诗人们万分激动，又使诗人们不能不勇猛前进的事实。

大跃进的壮丽的现实生活，强烈地向诗人们提出了要求，需要他们用优美的作品来反映；而劳动人民又十分出色地在进行诗歌创作，他们写出

---

① 本篇原载《人民日报》1958 年 12 月 31 日第 7 版，署名"沙鸥"；稍后收入《新诗歌的发展问题》第一集（《诗刊》编辑部编，作家出版社，1959 年 1 月出版）。此据《人民日报》本录存以便参考。

了一些思想性与艺术性达到高度结合的作品。我们知道，诗歌不比电影，劳动人民对电影说来，是爱看不爱看的问题，而诗歌，劳动群众是自己在写了。如果新诗不被劳动人民喜爱，他们就可以用自己的诗歌来代替。

在这样的事实面前，展开了关于新诗发展道路问题的讨论，是很容易理解的了。有一位同志说得好："新民歌向诗人们将了一军！"是的，诗人们不能不考虑许多问题。自今年年初开始，像《星星》、《诗刊》、《处女地》等文学刊物，都先后展开了诗歌发展道路问题的讨论。这种热烈的讨论表明了新诗发展道路的问题不仅仅是诗人们关心的问题，也是工人、农民、战士、干部等广大群众所关心的问题了。讨论中涉及的问题很多，意见也不一致。这也是很自然的事情。

这种讨论无疑是及时的、必要的。它将推动中国新诗继续向前发展。

二

如果离开了当前的社会条件，离开了现实生活向诗人们提出的要求，来讨论新诗该如何发展，是不容易解决问题的。如果不研究一下当前新诗的状况和存在的弱点，来讨论新诗该如何发展，也是不容易解决问题的。

因此，有必要简略地回顾一下一年来新诗的状况。

显然，新民歌已给新诗带来了影响。这种影响主要表现在一些诗人的作品在形式、语言及风格上，更接近民歌了；我们从郭沫若、田间、李季、贺敬之、郭小川等同志的一部分近作中，可以很明显地看出来。这当然是好的影响。我们也看见另外一种情况，那就是有些诗人的作品，只是在形式上模仿民歌体，不仅思想感情缺乏劳动人民的风格与气派，在语言上也别别扭扭，如蔡其矫同志的山歌。当然，向新民歌学习总是好事情。问题在于一年来诗人们的创作中还没有出现较多的十分激动人心、为劳动人民喜闻乐见的作品。诗人们的作品中反映出从新民歌所受到的影响，说明诗人们在尝试着改变诗风，在探求。可是，洋腔洋调虽然不多见了，而出色的作品也不多见，新诗在劳动群众中的影响还不大，说明诗人们还需要继续不断地探求。正因为如此，新诗发展道路的问题，就成为许多人关心的问题了。

尽管在讨论的文章中，提出了许许多多的问题，例如：新民歌是不是主流的问题，民歌体有无限制的问题，"新格律诗"能不能建立的问题，对五四以来的新诗如何估价的问题……我认为新诗发展道路的中心问题是新诗如何与劳动群众很好结合的问题。

这是"五四"以来的新诗一直存在着的一个根本问题，全国解放之后，特别是一年来，虽然是大大前进了一步，但仍然没有根本解决这个问题。因而对今天的新诗说来，还是一个必须解决的中心问题。

从诗人们正在开始改变诗风的倾向来看，是这个问题；从现实生活与劳动人民对诗人们的期待来看，是这个问题；从党对诗人们的要求来看，也是这个问题。显然，如果不研究如何使新诗与劳动群众很好地结合，新诗就不可能得到发展。如果离开了如何与劳动人民很好结合，来讨论新诗怎样发展，便是无的放矢，没有意义。

我们需要正确地来理解新诗和劳动群众很好结合所包含的内容，我想，应包含下列三条：

一、要真实地反映劳动人民的生活；

二、要真实地表现劳动人民的思想感情，声音笑貌，风格和气魄；

三、要具有劳动人民喜闻乐见的形式。

不这样是不行的。要真实地反映劳动群众的生活，必须有劳动群众的思想感情，这是毫无疑问的了。如果不是用的劳动群众的语言，不是用的劳动群众喜闻乐见的形式，他们也不会喜爱，甚至不会理睬。可见，这三条是缺一不可的，而这三条又是紧密地联系着的。

从这三个条件来看，既有思想内容的问题，也有诗歌形式的问题。只抓住了思想内容，或只抓住形式，都是一条腿走路，都是不完全的。

新诗的发展必须解决这个中心问题。

虽然，对个别诗人说来，有的解决得好一些，有的脚步迟缓一些，但从整个新诗来看，没有与劳动群众很好结合，却是一个根本的弱点，因而新诗发展的道路，只能从这里开步走。

三

如果谈缺点的话,新诗是没有充分地反映这波澜壮阔的现实生活。劳动人民的英雄面貌,在新诗中也没有得到充分的表现。

要解决新诗能真实地反映劳动人民的生活,能真实地表现劳动人民的思想感情,声音笑貌,风格和气魄的问题,首先就要解决诗人的立场、态度的问题,要解决诗人对他所描写的对象十分熟悉的问题。两者有联系,又有区别。诗人的立场、态度对头了,如果对描写的对象不熟悉,英雄就无用武之地。诗人的立场、态度如果不对头,虽然对描写的对象很熟悉,也不可能有真实的反映。

因此,诗人们深入生活,与劳动群众同甘共苦,同劳动,同斗争,在火热的斗争中去了解和熟悉劳动群众;在火热的群众斗争中,锻炼自己,改造自己,是唯一的好办法。因为不这样就不可能真正理解劳动群众。不理解劳动群众,就谈不上真实地反映他们的生活,就更谈不上真实地反映他们的思想感情,声音笑貌,风格与气魄了。

一年来,作家诗人的下放锻炼已显示了良好的成果,许多生活在群众中的诗人的作品,得到了读者良好的评价。未来的作品将有力地证明这个政策的伟大力量。

由于诗人们生活在劳动群众中,不但从根本上解决了诗歌创作的题材问题,也能从根本上解决语言的问题。语言的问题对新诗说来,是一个重要问题,它关系到劳动群众懂不懂,喜爱不喜爱的问题。一个与劳动群众生活在一起的诗人,是会了解洋腔洋调洋八股是没有市场的。而语言又与形式直接有关。

四

要新诗为劳动群众喜闻乐见,除了思想、内容及语言等因素之外,还有一个形式的问题。

一年来,形式问题争论的文章最多了。争论多,说明了形式问题的确是一个问题,而且是众人关心的。避开这个问题没有好处。因为新诗的形式确实有问题,念不上口,有的甚至难懂等等。

形式问题的许多分歧的意见，都是从讨论新民歌引起的。

一种说法是：新民歌不过是以内容取胜，形式是旧东西，不足道。例如卞之琳同志在《对于新诗发展问题的几点看法》（《处女地》1958年7月号）一文中说："可是要我们学习民歌，并不是要我们依样画葫芦来学'写'民歌，因为那只能是伪造，注定要失败。"何其芳在同期的《处女地》上发表的《关于新诗的"百花齐放"问题》一文中也说："大跃进歌谣和过去的革命歌谣，它们最吸引人的还并不是它们的形式……。"这种论点是看不见一些优美的新民歌在内容与形式的统一上，已达到了相当完美的程度；这种论点的实质是轻视民间的诗歌形式，是忽略了这些旧形式，在劳动群众的手中，给了改造，也就变成了革命的、为人民服务的东西了。

一种说法是：新民歌的形式无可学习的地方，应建立一种包括古今中外的一切优点的"新格律诗"或"现代格律诗"。例如卞之琳同志在《分歧在哪里》一文中说："我过去考虑新诗格律问题，就是根据了'五四'以来诗歌创作的实践，根据了现代口语的特点，参考了古典诗歌和西方诗歌的规律，在中外诗歌音律的基本原理的指导下，进行了探索。"（《诗刊》1958年11月号）何其芳同志也说："民歌体的体裁是很有限的，远不如我所主张的现代格律诗变化多，样式丰富。"这是不顾劳动群众喜见乐闻的习惯，不顾劳动群众正在创作数以百万计的新民歌的事实，这是一种闭门造车的想法。当然，闭起门来是可以造车的，但这个车子群众不喜欢坐，也无法坐的。几年来，已有人作过这种尝试，比如九言体，十四行之类，都如泡沫一样无影无踪了。诗人是可以作各种尝试，但空想是不行的。因为形式的发展不可能随某个诗人关起门来画设计的图样为转移，它有它的客观的发展规律。

一种说法是：诗的形式问题的争论是文艺方针的问题，是个政治问题。例如李亚群同志在《我对诗歌下放问题的意见》一文中（《星星》1958年11月号），在论述民歌体好或是自由体好时说："其实还是有关文艺方针的问题，亦即愿不愿为工农兵服务的问题，也是谁跟谁走的问题。"这种说法是过分了。如果是针对某些资产阶级的形式主义者，针对某些用资产阶级的偏见嘲笑新民歌的人而言，也不是不可以。但不能一概而论。比如律词绝句这种形式，它既可以为封建阶级服务，也可以为人民服务。比如自由诗这种形式，它既可以为右派诗人所掌握，也可以为革命诗人所掌握。这不是说形式是可以与内容完全无关的，我只想说明如果简单地把形式问题当成一个谁领导谁的问题，许多好诗如郭沫若同志早期的一些作品，或田间同志在抗战初期的一些作品就难于解释。强调新民歌是必要的，鼓励人们向新民歌学习也是必要的，民歌体为劳动人民所喜爱，也是事实，但是，不能强调到只此一家、别无分店的程度。如果这样，既不能解释形式各别，而都能很好地为社会主义服务的诗歌现象，也不利于百花齐放。这种论点，实质上是把内容当成形式的附属物来看待了，是把内容抹煞了。不能要求诗人们都来写民歌体。有的诗人不写民歌体，也并不等于他的作品一定就是洋腔洋调，也并不等于就是有方针性的错误。

一种说法是：民歌体有限制。这个意见有两个来源，一个来源是为了用"有限制"的说法，来否定新民歌，或轻视新民歌，这显然是不正确的。如何其芳、卞之琳同志的论点就有这种倾向。另一个来源是为了探讨新民歌的作者何以在有限制的形式中能运用自如，为了探讨新民歌会如何发展。我认为这种说法是正确的，也是有益的。

一种说法是：民歌体毫无限制。例如李亚群同志在同一篇文章中说："说民歌本身有局限性，容量不大，那是没有道理的。"这种说法是不科学的，因为任何形式都有它限制的一面。如果认为民歌体毫无限制，那么，民歌体就尽善尽美，到此为止了，不可能再向前发展了。而新民歌在形式上已出现的变化，就无法解释了。这是一种形而上学的观点。

大体说来，在形式问题上就有这样一些不同的看法。在这些争论中，例如民歌体有无限制的问题，不论从推动新诗的发展上看，或从创作实践上看，实际的意义都是不大的。

形式问题是不能离它所表现的内容来谈论的。这是众所皆知的了。形式问题也必须联系着劳动人民的习惯与喜爱来讨论，因为新诗是写给劳动群众看的。因此形式的变化虽然决定于现实生活的变化，诗人们的探求，以及外来的影响等等因素，但是，形式之所以要这样变，而不那样变，却不能不受民族的语言、感情、习惯、爱好等的制约。

从争论的文章看来，在讨论诗的形式问题时，是偏重于讨论体裁和格式问题。我们知道，诗的形式这个概念所包含的内容广泛得多，那受内容决定的形象，以及体裁、格式、结构、手法、韵律等东西，都应属于形式的概念中。而这些，又是利用语言来实现的。因此，如果是把形式只当成是几言体的问题，就不免太简单了。这就很难有助于新诗的发展。

如果我们不从概念上兜圈子，从诗歌创作的实际出发，在形式问题上便会看见这样的事实。

一、今天流行的民歌体，一般说来，是以五七言为主。这种形式虽然由来已久，在今天依然有旺盛的生命。劳动人民要写诗，不能在空地上建立形式，他们自然要运用旧形式。值得注意的是他们运用的得心应手，畅所欲言。因而它还将存在下去。在今天，已成为一种主要的形式。

二、新民歌中的不少作品，已突破了民歌体在音节上，行数上，字数上或韵脚上的限制。这说明民歌体在变，新形式已开始萌芽。这种变化并不是向自由诗那个方向发展，而是比民歌体原来的样子稍稍自由一些。比如，它并没有抛弃明确的音节来显示的节奏感，也并没有脱掉靠韵脚来表现的合谐、响亮等等。

三、在诗人们的创作中，正在向民歌体接近。有的是在写比较整齐的民歌体，有的正在探索（如李季的长诗《五月端阳》的形式）。而写自由诗的逐渐少了。这种趋向值得注意。它说明诗人们的诗歌形式在变（不仅属于形式的格式、韵律等在变，语言也在变化）。这种变化不能不是多种多样的。在这种变化中，诗人们也自然要考虑继承中国古典诗歌的传统问题（如张光年的《三门峡大合唱》、《塞上行》，贺敬之的《三门峡歌》）。

四、旧体诗的形式（如律诗、绝句、词等）也还在继续为社会主义服务。

这就是今天的诗歌形式的基本面貌。

这种面貌使人看出一个前景。那就是民歌体的变化与诗人们长期习惯运用的形式的变化，趋向于接近。我想新诗的形式的发展会沿着这条道路走。新诗要很好与劳动群众结合，必须要改变形式，必须使形式富有民族性。不这样是不成的。广大群众对新诗形式的意见必须重视。现在开始的变化是可喜的，虽然是刚刚在开始。由于知识分子劳动化和劳动群众知识化的加速，会使诗歌形式的变化加速。当然，不能指望会出现一种形式来代替今天的各种形式，那是不可能的。硬要说哪种形式是主流，意义也不大。形式发展的道路，只能是百花齐放，各种形式互相竞赛的道路，不能设想我们的劳动群众会只爱一朵花；硬要说我们的劳动群众只爱一朵花，其结果只是不利于诗歌创作的繁荣，不利于诗人们在形式上去作大胆的尝试。李亚群同志说："向民歌学习，是说在这个基础上发展新的诗歌，毫不和'百花齐放'矛盾"（同上）。如果把这句话理解为在民歌体的基础上百花齐放，就会把新诗发展的宽广道路弄得窄小了。比如，五七言为主的旧民歌形式还会存在，自由诗这种形式也还会存在，旧体诗词的形式还会存在。但新形式也必然会出现。它会成为五四以来新诗的某些作品脱离了民族形式的对立物而出现。这种新形式当然不是由某一个诗人在屋子里设计得出来，它只能是新诗发展的自然结果。而新诗在形式上的发展，如果离开了专业诗人及群众诗人创造性的劳动，是不能设想的。

这种发展的趋势好不好呢？我认为是好的。诗人们认真学习新民歌，毫无疑问将加速这种趋势。这种过程中，将使新诗的形式能够生根在劳动群众的喜爱及习惯上，又扎根在传统上。它是诗人们为了要劳动群众喜闻乐见的勤劳地探索的产物。

我们可以这样设想，在新诗发展的道路上，在新诗与劳动群众越来越好的结合中，一定会出现既是普及的、又是提高的作品；既是闪耀着共产主义光芒的，又是艺术形式非常完美的作品；从形式上说来，既是民族的，又是百花齐放的作品。

在新事物面前

——就新民歌和新诗问题和何其芳同志、卞之琳同志商榷

张光年 ①

我觉得何其芳、卞之琳同志关于新民歌和新诗的文章对这次诗歌问题的讨论起了促进作用。是时候了，多年来争论不休的问题，现在有可能争出一个眉目来。新民歌的涌现，逼得我们非考虑这些问题不可。正在这个时候，何其芳、卞之琳同志发表了文章，揭开了这个讨论的序幕。学术上的问题，采取自由讨论的方式来解决，这是正常的现象。经过讨论，互相取长补短，我们大家都会得益不浅。

我国劳动人民的歌谣，一代一代地推动了诗风的变化，哺育了屈原以来历代大诗人的成长，这已经是众所周知的事实了。民间创作不仅是艺术上的一种推动力量；民歌中的精华，本身就具有永恒的艺术价值。"国风"和"乐府"的价值，这也是历代文学家们所公认的。孔夫子就很看重周代民歌，他亲手编订《诗经》，把民歌的地位列在"雅""颂"之上。汉武帝也看重民歌，他设立乐府，采诗夜诵，有赵、代、秦、楚之讴。自然，他们之所以重视民歌，有他们当时的用意，和我们今天的见解很不相同。那些民歌在后来的文学史上发生了巨大的作用和影响，更是他们当时梦想不到的。不过由此可以提醒我们：我们对于我国社会主义时代的洋溢着共产主义精神的新民歌，它们的意义、价值和作用，是不是已经估计得很充分了？恐怕还不能这样说。无论如何，我们今天的眼光，

---

① 本篇原载《人民日报》1959 年 1 月 29 日，第 7 版，署名"张光年"。张光年（1913—2002），湖北省光化县（现属襄阳市）人，现代诗人，笔名"光未然"等，代表作有组诗《黄河大合唱》《五月的鲜花》等，写此文时担任中国作家协会书记处书记、中国作家协会党组书记。此据《人民日报》本录存以便参考。

总应当比孔夫子、汉武帝等人的眼光更高一些，看得更远一些才对。我们应当利用我国民歌推动历代诗风演变的历史经验，抓住当前新民歌蓬勃发展的大好时机，满怀热情地投入这个伟大的群众性的诗歌运动的浪潮中间，推其波而助其澜，一直推出一个社会主义诗歌艺术大跃进、大繁荣的新局面。从这个意义看来，我们今天围绕在新民歌和新诗问题上的讨论，就决不是一件小事情。

我并不认为何其芳同志、卞之琳同志主观上有意轻视新民歌。他们也看到了、谈到了新民歌的许多优点。可是，他们头脑里预先有一个比新诗和新民歌都要好得多的"现代格律诗"或"新格律"，相形之下，新民歌的艺术上的光彩不免因此而减色。一个人头脑里有了多年来梦寐以求的理想的美人，对现实中的美人就很难做出客观的、公正的评价了。他们看不到新民歌在艺术上推陈出新、化旧为新、日新又新的新面貌，看不到这是诗歌艺术上的一个新变化，新发展。何其芳同志认为新民歌在艺术上不过是旧形式的利用。卞之琳同志认为"新民歌极大多数在格律上并不是甚么新样式"。显然，他们对新民歌在诗歌领域中的艺术革新的意义，是估计不足的。

既然把民歌的形式、体裁、格律或样式看成是固定不变的东西（其实这些东西本身就是历史的产物，长期间不断演变的结果，今天不因崭新内容的影响而发生新的变化，简直是不可能的。），因此尽管何其芳同志、卞之琳同志对新民歌的内容做了较高的估价，但是对新民歌的内容和形式的有机联系，却看成了类似旧瓶新酒的关系。学习新民歌的思想感情，他们是赞成的。吸收民歌形式中的某些因素——语言、表现方式等，用来创造他们理想中的"新格律"和"现代格律诗"，他们也是赞成的。这方面，他们发表了一些值得听取的意见。可是，如果某些知识分子的革命诗人由此更进一步，以普通的劳动者自居，直接参加到劳动人民的新民歌运动中，运用新民歌的体裁、格律或样式来写作，或者同群众一起写作新民歌，以便更有效地推动新民歌和新诗歌的发展与提高，他们却不大赞成了。因为，照卞之琳同志看来，这是"依样画葫芦来学'写'民歌，因为那只能是伪造，注定要失败。"这样的说法是难以使人同意的。卞之琳同志最近发表的文章，对这一点有所补正。他说："我对于学习新民歌的要求提得也有点过高。""使学写新民歌的知识分子诗人感到为难。"因此他现在说："从学习新民歌皮毛入手也可能逐渐得其神髓。"这比原来的说法多少是前进了一步。

为甚么产生这样的清规戒律呢？我看，这是用老眼光看待新事物的结果。卞之琳同志说："顾名思义，民歌总是人民群众当中自然流露出来的心声。民歌照例是'无名氏'的产品，集体的产品（也是经过人民群众在传播中集体加工的成品）。"这话当然有一定的道理。可是如果由此引申，认为有名氏的知识分子个人就不可以学写新民歌，如果写了，就不可能是"自然流露出来的心声"，就"只能是伪造，注定要失败"，那就过于武断了。卞之琳同志的"顾名思义"，只顾了旧民歌之名，思了旧民歌之义；没有顾新民歌之名，思新民歌之义。诚然，旧时代封建士大夫阶级的文人，有些人因好奇之故，写了所谓"拟乐府"或"拟民歌"，酸溜溜的，仅得其皮毛，失败了。可是那些同情人民疾苦的伟大诗人，例如杜甫和白居易，他们有意识地学习民歌，从内容到形式，从体裁到格律，写了些非常动人的"新乐府"，这不但无损于他们的伟大，而且增加了他们的光辉。时代不同了，现在是知识分子劳动化，劳动人民知识化，新民歌和知识分子的新诗歌之间再也没有不可逾越的鸿沟。我们通常谈到的新民歌中间，有一小部分很可能是下放干部们的作品，或者是经过知识分子加工的作品；反正是从墙头抄来的，从口头录下的，很难辨别，也就不必强为辨别了。就拿那首非常著名的以"喝令三山五岭开道，我来了"收尾的新民歌来说，这最后两句，就是经过下放干部补充加工而成的（何其芳同志恰好从这最后两句得出结论说："我看其实就是农民的自由诗。"）。应当说，补充得很好，起了画龙点睛的作用。原作者没有出来反对，加工者也没有出来争功；类似的例子还有。至于说"民歌照例是'无名氏'的产品"；现在的例外就多了。这是因为新社会尊重新民歌，同时尊重它们的作者的缘故。现在从工农作者中间，出现了王老九、黄声孝、王英、刘勇、刘章、巴杰、康朗甩等等为大家熟知的名字，他们和新诗人平起平坐，互相唱和，这是旧社会所罕见的。我们还知道，田间、李季等著名诗人，不但辛勤地学习民歌，并且经常和农民们、干部们一同赛诗，互相唱和；这有甚么不好呢？卞之琳同志在最近一篇文章里，谈到了"主要以新民歌为基础"，虽然这个提法比较含混，却说明他的看法有了新发展。我们欢迎这个新发展。

其次，所以产生刚才说的那种简单化的批评，还因为习惯于单纯从形式上看问题的缘故。卞之琳同志说："我当时说那样的话多少是针对了知识分子学习新民歌，只在五言一句或七言一句，四句一首这样狭义的形式上机械模拟的倾向。"知识分子学写新民歌，当然不必拘泥于五言一句、七言一句、四句一首的形式，但是也不必特为回避这种形式。有些知识分子诗人为新民歌的新风格所吸引，尝试着采用民歌体来写作，有时采用了卞之琳同志所说的五言一句或七言一句的形式，认真说来，肯于做这种尝试的人，并不是很多的。这些试用民歌体的诗人，有时候写得好一些，有时候写得差一些。就说写得差一些吧，原因可能是多方面的，不一定都归咎于采用民歌体。采用自由诗写作的同志们，由于修养不同，功力不同，不是也有写得好一些的，也有写得差一些的吗？可是卞之琳同志过多地从形式上考虑问题，一看见有人采用了五、七言体写诗，就很不以为然。为甚么看见有的工农作者不用民歌体写诗，便津津乐道；而一看见知识分子试用民歌体写作，不问写得好不好，就断定是"狭义的形式上机械模拟的倾向"呢？

何其芳同志、卞之琳同志对新民歌在艺术成就上之所以估计不足，我看，一个重要的原因，是把他们所主张的"新格律"或"现代格律诗"强调到不适当的程度了。在何其芳同志看来，民歌体，这就是一成不变的旧形式，旧格律，"远不如我所主张的现代格律诗变化多，样式丰富"。卞之琳同志也有类似的看法。

最近读了何其芳同志写的《关于写诗和读诗》①这本论文集，其中有他在1954年写的《关于现代格律诗》及其他谈到这一问题的文章。我觉得他提出的建立现代格律诗的主张，是值得我们大家重视的。尽管很难

---

① 《关于写诗和读诗》，何其芳著，作家出版社，1956年11月出版。

同意他的论文中的某些论点，但是我认为《关于现代格律诗》是一篇有价值的论文，我们从中可以得到很多启发。他对新诗提出了一些值得听取的忠告。他满怀热情地要为新诗找出一条新路来。他根据自己对于现代口语研究的心得，提出了在自由体和民歌体以外建立现代格律诗的主张。他认为这种现代格律诗可以和自由体、民歌体并存，但是比自由体和民歌体有更大的优越性，发展的前途也更大。我们可以赞成或不赞成他的关于现代格律诗的主张，可是对于何其芳同志在艺术上严肃探求的精神，我看应当采取肯定的、欢迎的态度。在这篇文章里，我不可能详细谈到他的现代格律诗理论的得失，同意他的哪些意见，不同意他的哪些意见，这些都留以有待吧。这里，我只想就他的这个主张涉及新民歌和民歌体的部分，提出一些初步意见，就正于何其芳同志。

第一，建立现代格律诗是一个好主意。何其芳同志在《关于现代格律诗》一文中说："诗的内容既然总是饱和着强烈的或者深厚的感情，这就要求着它的形式便利于表现出一种反复回旋、一唱三叹的抒情气氛。有一定的格律是有助于造成这种气氛的。"这个意见，我是赞成的。我们主张在民歌和古典诗歌的基础上发展新诗，是为着发扬民族诗歌的光辉传统；促使新诗建立民族化、群众化的新风格；同时，这对于创造生动活泼的、多样化的新格律，也提供了最大的便利。新诗的新格律一定要根据新生活、新内容的要求，根据现代口语的要求，根据"五四"以来新诗歌的成功经验，并且多半是经过对于旧形式、旧格律的利用、改造、推陈出新而发展出来的。我们从工农群众新民歌的大量涌现，从十几年来直到最近许多有远见的诗人利用民歌体创作新诗的经验，现在对这一点很有信心。这种新形式、新格律已经开始出现，看来很有前途。正是在这个问题上，何其芳同志的看法和我们的看法很不相同。他不相信旧形式、旧格律可以推陈出新而成为新格律、新形式。他虽然认为民歌体可以在群众中发生作用，认为突破了五、七言限制的民歌体可以成为新诗的重要形式之一，可是他一直认为："民歌体也好，其他民间形式也好，尽管都可以存在，都可以发生作用，应该说这都是属于利用旧形式的范围，并不能代替和取消新的格律诗。"又说："民歌体和其他类似的民间形式来表现今天的复杂的生活仍然是限制很大的，一个职业的创作家绝不可能主要依靠它们来反映我们这个时代，我们必须在它们之外建立一种更和现代口语的规律相适应，因而表现能力更强得多的现代格律诗。"旧形式就是绝对地旧，新形式就是绝对地新；它们只有对立，没有统一，看不到它们互相转化的可能性。我们并不排除通过其他合理途径创造现代格律诗的尝试，但是像何其芳同志这样，把旧形式的利用和新形式的创造互相对立起来，在两者中间划出一道鸿沟，这既不符合事物发展的规律，也首先不符合新民歌在艺术革新上的实践。从新民歌中间已经产生了生动活泼的新形式、新格律。许多新民歌并不拘泥于五言或七言，但仍然保持了相当整齐的节奏或音节（也就是何其芳同志所说的"顿数"），它们照理说可以在何其芳同志主张的现代格律诗中占有一个席位的，可是就没有受到热情的接待。许多优秀的新民歌和民歌体的新诗还告诉了我们一个前此不大了解的道理：有些诗歌从数字上看是不折不扣的五言诗或七言诗，可是它们并不严格地遵守旧诗用字、遣辞、寻声、押韵上的规则，它们比较自由、比较灵活地运用了这个旧形式；它们在新生活面前不但不感到羞愧，反而在力所能及的范围内以最新最美的诗情反映了自己的时代；它们不但不违反现代口语的规律性，反而把劳动人民的口语锤炼成晶莹如珠玉的佳句，其口语化（顺口也顺耳）的程度甚至胜过某些诗人的自由诗；这些说明了甚么呢？这些说明了五、七言体并没有死亡，它一直活在劳动人民的口头上；它并不是甚么必须予以"抛弃"的"过时的外壳"；相反，在共产主义思想的光照下，它作为共产主义文学的萌芽的多种诗体之一而恢复了青春，真是历千古而常新。正因为这样，新民歌的五、七言体不应当受到歧视，它们也有资格在丰富多样的现代格律诗中占有一定的席位。可是何其芳同志说："我认为有些同志想用五七言体来建立现代的格律诗，那是一种可悲的误解，事实上已证明走不通"；事实果然是这样的吗？何其芳同志的这些意见，写于四、五年以前，那时固然也有很好的新民歌，可是群众诗歌不像今天这样的大发展，他看得少，结论下得匆忙一点，这也是常有的事。可是到了1958年7月，新民歌运动势如潮涌，其思想和艺术的光芒惊动了文艺界，而何其芳同志依然坚持几年前的老看法，在新民歌的多种体裁和他的现代格律诗之间强分优劣，仍然断言"民歌体的体裁是很有限的，远不如我所主张的现代格律诗变化多，样式丰富"。这岂不是成见太深，以致褒贬任声，抑扬过实了吗？

第二，何其芳同志说："我是一直主张多样化的民族形式的。在《话说新诗》里面，我曾经这样说：新诗的形式只能定这样一个最宽的，然而也是最正确的标准：凡是比较能圆满地表达我们要抒写的内容，而又比较容易为广大的读者所接受的，都是好的形式，从快板到自由诗，从旧形式到新形式。"这里所说的广大读者，我理解主要指的是工农兵群众及其干部；这些好形式也就是群众化、多样化的民族形式。所以这段话是很好的，它的特别可取处，在于着重指明了：好的诗歌形式应当是比较容易为广大群众所接受的。何其芳同志告诉我们，他后来经过多方面的考虑，又郑重地提出了建立现代格律诗的主张。我们说过，这个主张是值得重视的，值得专门地予以讨论。可是有一点需要在这里谈一谈，那就是，当何其芳同志提出建立现代格律诗的主张的时候，当初的那种群众观点和从实际出发的精神，就不那么鲜明了。他在《关于现代格律诗》一文中说："在这种格律诗还没有很成熟的时候，也就是还没有产生大量的成功的作品并通过它们发生广泛的深刻的社会影响的时候，在文化水平不高的群众中间，民歌体和其他民间形式完全可能是比这种格律诗更容易被接受的。"这段话很费解。照何其芳同志自己的说法，他的现代格律诗的主张至今还没有付诸实践，也没有被其他诗人所采用，当然还谈不上成熟不成熟，更谈不上深刻的社会影响，因此，拿它来和另一些格律诗——民歌体和民间形式到群众中去比赛，是不现实的。如果要比赛的话，他又预见到他那现代格律诗比较地不那么容易为群众所接受，那么，那种理想的格律诗的优越性岂不是应当打上几个折扣吗？照何其芳同志的解释，这是因为群众文化水平不高的缘故，他们暂时还只能接受民歌体；他们的文化水平以后会提高的，我们必须有远见。这话有一定的道理，不可一概否认。但是，一种据说是各方面都非常美好的艺术形式，主要地不是适合今天的群众的需要，主要地适合于明天的群众的需要，它的"现代"性岂不是又要打上几个折扣吗？这样看来，我们宁愿从实际出发，积极支持从文化水平不高的现代工农群众中生长出来的共产主义文学的萌芽，帮助它们一天天地长成大树，而不把过多的希望寄托在未来的格律诗上。

第三，我们说过，建立现代格律诗，不失为一个好主意。问题是，这个美好的建筑物，准备建立在甚么样的基础上。我们主张在民歌和古典诗歌的基础上发展新诗，其中也包括着从这个坚实的基础上经过推陈出新而产生新格律的可能性，这个可能性目前已经开始转化为现实性了。可是何其芳同志的无限美好的蓝图，准备建立在甚么基础上呢？看来他不认为在民歌的基础上可以发展现代格律诗，因为他过分强调了民歌体和民间形式的限制性，他说"必须在它们之外"来建立他的现代格律诗。他曾经谈到"批判地吸取我国过去的格律诗和外国可以借鉴的格律诗的合理因素，包括民歌的合理因素在内"，这和以民歌和古典诗歌为基础，当然不是一回事。他也曾谈到"按照我们的现代口语的特点"或"符合我们的现代口语的规律"，但究竟还是一般的特点和规律，对于现代散文和戏剧的语言，也可以提出这样的要求。看来，何其芳同志还没有为他的现代格律诗的蓝图找到可靠的基础，没有找到实现他那美好理想的现实的途径。因此，尽管他埋怨"很少人选择这种比写自由体和半自由体要多花许多推敲工夫的形式，去作建立新的格律诗的努力。因此这种最有发展前途的诗体却反而现在写的人最少。"他鼓吹："在将来，我们的现代格律诗是会大大地发展起来的；那些成功地建立了并且丰富了现代格律诗的作者将是我们这个时代的杰出的诗人。"这些话都是语重心长，充满了对艺术的热望，可是言者谆谆，而听者藐藐！我们的诗人们果然是这样地没有出息吗？不是的。就我所知，有些诗人（尽管人数不多吧）尝试着在民歌的基础上发展新格律，《王贵与李香香》、《马凡陀的山歌》，因此受到群众的欢迎，柯仲平、田间、阮章竞、贺敬之等同志的某些诗歌，也表现了这样的特点，其中有些作品几乎可以说是和何其芳同志提出的现代格律诗的基本要求（"按照现代的口语写得每行的顿数有规律，每顿所占时间大致相等，而且有规律地押韵"）相暗合，并且变化更多一些；可惜的是，仅仅因为他们表现了鲜明的民歌色彩，或者从利用民间形式入手，他们的努力（尽管还很不够吧）始终不为现代格律诗的倡导者所认可。至于工农作者们在新民歌中表现的艺术革新的勇气，改造旧格律、创造新格律的努力，也没有受到应有的重视。那么，何其芳同志的孤掌难鸣，有时还不免受到人们的误解，这又能怪谁呢？必须申明：我们并不反对何其芳同志或别的同志通过其他途径建立现代格律诗的尝试；但是如果把不应当截然对立的事物对立起来，因而在实际上贬低了从民歌和古典诗歌基础上发展新诗，包括从旧形式推陈出新发展新形式、新格律的创造性的努力，那是不能同意的。我们和何其芳同志的分歧就在这里。

照我的了解，在创造诗歌的多样化的民族形式上，在创造民族形式的新格律上，我们和何其芳同志之间，在总的目标上是一致的。至于在方法上，例如在怎样的基础上发展新格律，这是很不一致的。如果何其芳同志对于新民歌的艺术成就有了更充分的估计，对于内容和形式的关系有了更恰当的理解，如果更多地从实际出发，看到从新民歌运动中发展现代格律诗的广阔前途，那么，他将因为自己的美好理想在现实土地上到处发芽、抽条而感到非常欢喜，他将从新民歌作者中间、从诗人中间找到不少志同道合的合作者，他的现代格律诗的主张（经过修正和补充）将得到更多人的赞同，他的现代格律诗的活动将不是冷冷清清，而是热热闹闹。

至于卞之琳同志心目中的新格律，和何其芳同志心目中的现代格律诗，有相同的地方，也有不完全相同的地方。卞之琳同志在《分歧在哪里》一文中谈到了他过去对于新格律的见解，他说："我过去考虑新诗格律问题，就是根据了'五四'以来诗歌创作的实践，根据了现代口语的特点，参考了古典诗歌和西方诗歌的规律，在中外诗歌音律的基本原理的指导下，进行了探索。我也并没有'抛开'民歌体。"卞之琳同志多年来是以写作格律诗著称的，可不可以根据他的实践来理解他的主张呢？我想是可以的。偶然翻阅王力教授所著《汉语诗律学》一书，发现其中第五章谈到欧化诗的部分，引用卞之琳同志的诗例达三十余处，其中包括著名的《慰劳信集》中的某些诗篇。我们知道，卞之琳同志对英国诗歌是很有研究的。他的诗作的形式和格律，接受了更多的英国诗歌的影响，有些简直是英诗格律的套用。譬如说，用十四行体来歌唱当年延安的战斗生活，尽管语言和音韵是比较和谐的，读起来无论如何总感到别扭。也许从另外一方面看，作者当时的思想感情，和他当时惯用的十四行体比较协调，而和民歌体是很不协调的。不要以为王力教授的这本书只是一本材料书，作者有时也发表了自己的见解。例如在这一章的结尾，作者不无感慨地说："近二十年来，中国一部分的诗人确有趋重格律的倾向，而最方便的道路就是模仿西洋的格律。纯粹模仿也不是个办法；咱们应该吸收西洋诗律的优点，结合汉语的特点，建立咱们自己的新诗律。"他所说的那种模仿西洋格律的倾向，我看是把卞之琳同志过去的诗作包括在内的。那么卞之琳同志过去对于"新格律"的探索的成果，我们由此也可以知道一个大概了。

但这是诗人过去的见解。一个人的见解可能不断地有所发展。卞之琳同志提醒我们注意他 1953 年 12 月在作家协会诗歌讨论会上的发言（1954年 2 月出版的《作家通讯》中刊载了这个发言）①，那时他表示"同意何其芳同志所说的在现代口语基础上建立格律诗"。他说："从顿的基础出发，我们的格律诗可以变化多端。"这也接近于何其芳同志的见解。可是也不能不说，卞之琳同志解放后的某些诗作，恰好在"现代口语"的运用上表现了严重的缺点。他的解放后的诗作，主观上也许是力求摆脱外国格律的束缚，实际上仍然没有冲破欧化诗的局限。这当然不只是艺术形式上的问题，不过由此可见，一般地提出"在现代口语基础上建立格律诗"，不强调学习劳动人民的口语，学习劳动人民通过民歌形式锤炼口语、美化口语的能力，掌握节奏（"顿"）的习惯，那是很不够的。当然，我们也必须看到，卞之琳同志运用自己熟悉的形式，歌颂抗美援朝的伟大斗争，歌颂修建十三陵水库的人们的英勇劳动，这无论如何是值得欢迎的；甚至他过去写的歌颂抗日战争、歌颂延安的诗歌，其政治上的积

---

① 卞之琳的这个发言题为《哼唱型节奏（吟调）和说话型节奏（诵调）》，初刊《作家通讯》1954 年 2 月号，后来略有所修订，重刊于沈阳《社会科学辑刊》1979 年第 1 期，曾收入《人与诗：忆旧说新》（生活·读书·新知三联书店，1984 年 11 月初版），《卞之琳文集》也收录了此文。

极性也未可抹煞。我们相信卞之琳同志今后将以更大的热情投身到群众的革命洪流中,从思想感情上、也从艺术上不断地推陈出新,为人民群众写出更多更好的诗篇。

新民歌是地平线上出现不久的新事物,人们一时不容易对它做出全面的估价。在民歌和古典诗歌基础上发展新诗,更是一个有待深入研究的课题。至于如何建立新鲜活泼的、多样化的诗歌的民族形式和现代格律诗,也包括了许多复杂问题。所有这些,都有待于进一步地展开讨论。在讨论的过程中,有时候看得偏一些,那就让我们互相提醒吧!在这篇文章里,我对于何其芳同志、卞之琳同志前此发表的意见,也很可能有领会得不充分、分析得不适当的地方,我的意见也可能看偏了,都希望得到两位同志和更多同志们的指正。在这篇文章里,我没有着重谈到承继"五四"以来新诗歌的革命传统,特别是吸取外国诗歌的经验,并不是要忽视这些重要问题。何其芳同志提醒我们要"敢于吸收世界许多国家的大诗人的作品的营养";卞之琳同志提醒我们注意吸取"外国诗歌的可吸收的长处";他们都反复提醒我们不要抛开了"五四"以来我国新诗歌的优良传统;这些提醒都是完全必要的。新诗歌的建设是一个大工程,我完全同意何其芳同志所说,我们应当有那种"千汇万状、兼古今而有之"的气魄。以新民歌和新诗现有的成就而自满,那是没有甚么道理的。我们需要发展,需要提高,这也不发生问题。根本问题在于找到便于发展、便于提高的坚实的基础,从这个基础上建筑宏伟的亭台楼阁,比较地更可靠些。经过讨论,如果对这一点取得了共同的认识,那就是不平常的收获了。

附记　文内征引何其芳同志的话,引自《关于新诗的"百花齐放"问题》一文(见《处女地》1958 年 7 月号)和《关于写诗和读诗》一书(作家出版社出版)。文内征引卞之琳同志的话,引自以下三篇文章:《对于新诗发展问题的几点看法》(见《处女地》1958 年 7 月号);《分歧在哪里?》(见《诗刊》1958 年 11 月号);《关于诗歌的发展问题》(见 1959 年 1 月 13 日本报第七版)。

十年来的外国文学翻译和研究工作①

一、十年来外国文学翻译和研究工作的发展

开国以来，我们的外国文学翻译和研究工作，在党的领导之下，在新社会的优越条件之下，发扬了"五四"以来外国文学介绍工作的优良传统，开辟了解放以前外国文学介绍工作不曾达到的新领域。短短的十年内，外国文学翻译工作得到了蓬勃的开展，外国文学研究工作有了健康的开端。通过介绍，从"五四"到今日，外国文学对于我国文学的发展、人民的思想教育的辅助，起了重大的作用，这也就证明了外国文学翻译和研究工作的重要意义。

1

我国人民具有自己的悠久文化，但也向来善于向外国学习，善于吸收外来的有价值的东西。早在汉代，我国就与中亚和西亚各国开始了文化交流。到了唐代，这种交流逐渐加强，对于丰富我们的民族文化起了良好的作用。佛典的翻译，以谨严和合乎科学著称，是我国翻译工作所

---

① 本篇原载《文学评论》1959 年第 5 期，1959 年 10 月出刊，第 41—77 页，署"卞之琳 叶水夫 袁可嘉 陈燊"，原文题注："本文写作，曾经得到中国科学院文学研究所苏联文学组和西方文学组其他同志的集体协作和参与部分讨论，但文中意见仍由执笔者负责。"王素蓉的《卞之琳：消失在苍茫的天涯》（见王平凡口述《文学所往事》，金城出版社，2013 年 3 月出版）据其父王平凡的回忆指认："在一次整风运动中，院里组织了一个批判班子并制定（当作"指定"——编者）由卞伯伯负责，后来批判文章发表了，文章虽然冠以集体的名义，却完全是卞伯伯一人的'作品'，也因此卞伯伯成了'整风'的对象。"张曼仪《卞之琳生平著译年表》1959 年记"为纪念建国十周年，文学所负责提交各门文学研究的十年总结性报告，卞负责《十年来的外国文学翻译和研究工作》一文的组写，与叶水夫、袁可嘉、陈燊四人执笔，最后由卞统一成文，与其他数篇同发表在同年 10 月出版的《文学评论》第 5 期，结果不能满足当时文学界更'左'的要求，受到批评"（《卞之琳著译研究》，香港大学中文系，1989 年 8 月出版，第 125 页）。按，王平凡（1921—2022），陕西扶风人，1955 年以来任中国科学院文学研究所党总支书记、办公室主任，1964 年任外国文学研究所党总支书记、副所长。本篇中关于"译诗"一小节曾以《诗歌翻译问题》为题收入《诗词翻译的艺术》（中国对外翻译出版公司，1987 年 11 月出版），全文则从未入集，《卞之琳文集》也未收录此篇，此据《文学评论》本录存。

取得的最早的成绩（它还保存了一部分印度本国已经失传的文化遗产）。佛典虽然不是文学作品，但对于我国的文学起过一定的影响。到了清末，林纾的只是迻译大意的外国文学作品介绍，由于数量的惊人（有一百七十一种之多，内英国作品几达一百种），使读者扩大了眼界，在当时也是一种贡献。但是开辟了正确方向、提倡了严肃态度、产生了积极影响、形成了优良传统的外国文学介绍工作，却始于鲁迅。

这种优良传统最突出地表现在：重视苏联社会主义现实主义文学，重视欧洲现实主义和积极浪漫主义文学，特别是俄国批判现实主义文学，重视东欧被压迫民族的文学。而总的说来，这种传统的特色：既注意作品的思想性，又注意作品的艺术性；要求为革命服务，也要求为创作服务。这些特点也是为我国社会的实际需要所规定的。

近百年来，我国的先进人士，为了使民族觉醒和解放，曾不断地向西方国家寻求真理，终于找到了马克思列宁主义。毛主席在《论人民民主专政》中说："十月革命一声炮响，给我们送来了马克思列宁主义。十月革命帮助全世界也帮助了中国的先进分子，用无产阶级的宇宙观作为观察国家命运的工具，重新考虑自己的问题，走俄国人的路——这就是结论。"走俄国人的路，政治上如此，文艺上也是如此。这就是反映十月革命和社会主义建设的苏联文学为我国人民特别喜爱的原因，这也是社会主义现实主义成为我国文学前进的方向的原因。此外，处在新民主主义革命阶段的中国社会和十月革命前的俄国社会有很多相同或相似之处。所以俄国文学作品中所反映的社会内容容易为我国读者理解，容易启发他们的深思，俄国文学作品中所表现的思想容易引起他们的共鸣。同时，俄国文学由于真实地反映了生活，深刻地揭露了生活中的反面现象，描绘了人民向专制制度与农奴制度所作的坚忍不拔的斗争和他们对于美好理想的追求，密切地联系了国内的解放运动，表现了俄国人民的爱好自由的、智慧勇敢的民族性格，因而成了最富于人民性、最富于民主精神的文学。这就使它对我国的读者具有特别的吸引力。

"五四"前后，中国人民正处于外遭帝国主义侵略、内受军阀压榨的情况下，对东欧各民族所受的痛苦深表同情，对他们所作的反压迫、争自由的斗争十分向往，因此对反映这种斗争的文学作品也自然而然地发生兴趣。鲁迅在《我怎么做起小说来》一文中就表示了这样的意思："因为所求的作品是叫喊和反抗，势必至于倾向于东欧，因此所看的俄国、波兰以及巴尔干诸小国家的东西就特别多。"①

事实上，轰轰烈烈的反帝反封建的"五四"运动之后，中国共产党于一九二一年成立，革命运动迅速展开；处在这样一个大转变的时代，一切都和反帝反封建的斗争密切联系着，和革命斗争密切联系着，外国文学介绍工作自然也不例外。因此，凡是符合这些斗争的需要的外国文学作品，就受到译者的重视、读者的欢迎。换句话说，外国文学作品的思想性是决定介绍与否的一个重要的条件。

鲁迅从青年时代发表《摩罗诗力说》起，终其一生都非常重视外国文学作品的思想性。他曾经多次提到他翻译的目的是要借进步的外国文学的力量来展开新旧思想之间的斗争，来反抗帝国主义、封建主义的压迫。对于苏联文学，他更是强调它的战斗作用。他在逝世前两年说："我看苏联文学，是大半想绍介给中国，而对于中国，现在也还是战斗的作品更为重要。"②翟秋白则认为"翻译世界无产阶级革命的名著……这是中国普洛文学者的重要任务之一。"③茅盾也在一九二一年说过："介绍西洋文学的目的"，一半也是为了"介绍世界的现代思想"④，而且认为这是更应该注意的。

但是，外国文学作品的思想性并不是决定介绍与否的唯一条件。"五四"运动的重要组成部分是新文学运动，也就是文学革命运动。后来，文学革命运动进而发展为革命文学运动。这里所谓的"新文学"和"革命文学"，除了时代和社会所赋予它的新的内容、新的思想以外，在艺术形式、表现手法上也需要从外国文学作品中学习一些东西。

---

① 《鲁迅全集》第四卷，人民文学出版社一九五七年第一版，三九二页。——原注。下文原注不另说明。

② 《答国际文学社问》，《鲁迅全集》第六卷，人民文学出版社一九五八年第一版，一五页。

③ 《论翻译》，《瞿秋白文集》第二卷，人民文学出版社一九五四年版，九一七页。

④ 《新文学研究者的责任与努力》，《小说月报》第十二卷（一九二一年）第二号。

因此，以鲁迅为代表的进步的外国文学介绍工作者，不但指出了外国文学作品能够影响读者的思想，有助于我国人民的斗争，而且还经常谈到它们的艺术上的借鉴作用。鲁迅说："注重翻译，以作借镜，其实也就是催进和鼓励着创作。"① 而作为借鉴的外国文学作品是可以多种多样的，可以是古典的，也可以是现代的，可以是苏联的，也可以是西方资本主义国家的。他反驳了某些人以为社会主义的苏联就应该不要西方古典作家的作品那种幼稚的看法，认为即使"观念形态已经很不相同的作品"，也"可以从中学学描写的本领，作者的努力。"② 茅盾也说过，从事新文学工作的人"都先想从介绍入手，取西洋写实自然的往规，做个榜样，然后自己着手创造。"③

当然，这个联系实际、为革命服务、为创作服务的优良传统，并不是一下子出现的，而是在长久的岁月里，在社会变化的过程中，不断地发扬光大的。

如果说，这个传统是在"五四"之后逐渐形成，那么它的发轫却要早得多。鲁迅在一九〇七年就写了《摩罗诗力说》，着重论述了欧洲近代文学的主潮，介绍了普希金、莱蒙托夫、拜伦、雪莱、密茨凯维支、裴多菲等富于民族精神、爱国精神、反抗精神的作家。他指出他们的作品"立意在反抗，指归在动作"④，目的是"起其国人之新生，而大其国于天下。"⑤ 他认为要改造当时暮气沉沉的中国，正需要这样的文学。鲁迅这种主张的初步实践就是他所计划并参加翻译的《域外小说集》的出版（一九〇九年）。

到了"五四"时期，为了配合"文学革命运动"，《新青年》开始利用外国文学介绍这个武器。一九一八年，它出版了《易卜生号》，这是我国杂志出版外国作家专号的肇始。"五四"以后，文学研究会以改革后的《小

---

① 《关于翻译》，《鲁迅全集》第四卷，人民文学出版社一九五七年第一版，四二三页。

② 《关于翻译（上）》，《鲁迅全集》第五卷，人民文学出版社一九五七年第一版，二三四页。

③ 《小说月报》第十一卷，第四号（一九二〇年）《编辑余谈》。

④ 《鲁迅全集》第一卷，人民文学出版社一九五六年第一版，一九七页、

⑤ 同上，二三二页。

说月报》为阵地，大规模地展开了外国文学介绍工作。这个刊物在茅盾主编的时期，不但大量发表欧洲优秀的现实主义的作品（在一九二一年，几乎每一期都有俄国批判现实主义的作品），而且在每期后面的《通讯》栏中经常宣传现实主义的文学。《小说月报》出版过有关俄国、法国、东欧被压迫民族的文学专号以及一些重要作家的特刊，进一步发挥了重点介绍外国文学的作用。

在第二次国内革命战争时期，随着革命形势的发展，以上海为中心的革命文学运动，在党的领导下，不断发展和深入。关于革命文学的论争，促使大家认识到介绍和学习马克思主义文艺理论的必要性。鲁迅翻译了普列哈诺夫和卢纳察尔斯基的文艺论著。瞿秋白编译了马克思、恩格斯的文艺理论文章，翻译了列宁、普列哈诺夫、高尔基、拉法格的文学论文。同时，为了学习社会主义现实主义的文学，在鲁迅和瞿秋白的倡导下，苏联文学作品也有了较多的介绍。高尔基的《母亲》、法捷耶夫的《毁灭》、绥拉菲摩维支的《铁流》、肖洛霍夫的《被开垦的处女地》等重要作品的译本也相继出现了。鲁迅和茅盾在一九三四年创办的《译文》月刊，我国第一个专门登载外国文学作品和理论著作的杂志，体现了他们在外国文学介绍方面的主张。

外国文学介绍工作在抗日战争和第三次国内革命战争时期，并没有因为环境艰苦、条件困难而中断。相反，这方面的工作仍旧保持了"五四"以来的革命传统。不但苏联社会主义现实主义文学名著和卫国战争时期的优秀作品有了大量的介绍，许多外国古典作家的更多的代表作也被翻译出来或者有了较为完整的新译本。

在外国文学翻译工作中，正确的倾向性是我们的传统精神，在外国文学研究工作中也是如此。鲁迅的《摩罗诗力说》，不仅对欧洲民主主义作家作了扼要的介绍，而且明显地表达了鲁迅的战斗的文学主张。鲁迅认为斗争是永恒的，人类历史从古到今都充满了斗争，文学也应该适应社会变化，也应该是斗争的。他想借摩罗诗派的作家和作品的战斗精神，来激发我国人民争取民族独立的斗志，这篇文章在当时虽然影响不大，但已经树立了外国文学研究工作密切联系实际的榜样。鲁迅不是专门的外国文学研究者，但他以大作家特有的艺术洞察力，常常在一些译本的序文、前言、后记以及其他的文章和通信里发表他的精辟独到的见解。他这些言论成了我们外国文学（特别是俄罗斯古典文学和现代文学）研究工作可以继承的宝贵遗产。

其他如茅盾等的谈论外国文学的文章，阐明文学的社会功能和作品的进步思想内容，也有一些好的见解。但是在当时，由于外国文学作品介绍过来还不够多，读者对外国文学的知识还不够丰富，换句话说，外国文学研究的群众基础还没有形成，所以专题研究的要求并不迫切^①。读者所需要的是关于外国文学的普及性著作，瞿秋白、蒋光慈的《俄罗斯文学》，茅盾的《西洋文学》等，因为取材比较可靠，论述比较正确，写得也简单明了，所以受到了读者的欢迎。

然而，外国文学介绍工作的优良传统的形成并不是一帆风顺的，而是经过长期斗争的。先进的外国文学，特别是俄国文学和东欧被压迫民族的文学的介绍，先是受到封建余孽"学衡派"的攻击，后来又受到买办文人林语堂之流的讥讽。苏联文学和马克思主义文艺理论的介绍，更遭到反动统治集团的无穷的迫害。鲁迅曾很确切地譬喻在国民党血腥统治下的苏联文学介绍工作有如普洛美修士偷火给人类，有如私运军火给造反的奴隶。

同时，从"五四"到全国解放这三十年中，由于我国社会的半封建半殖民地性质，由于反动政权的统治，这方面工作受到许多限制，也就有很大欠缺。

在翻译工作方面，无组织、无计划是当时无法克服的普遍现象，大多数出版机构都掌握在出版商手中，它们为了谋利，各自为政，互相竞争，或者小本经营，难有作为。大多数翻译工作者，生活既缺少保障，工作更

---

① 茅盾在一九二二年十一月号《小说月报》的《通讯》栏中指出：过去《文学研究》一栏不受欢迎，因为"专研究一个作家，至少要懂得那时代文学思潮的大概情形，和那个国（作家所在之国）的文学史略，并且还须读过该作家的重要著作一二种（或译本）方才有兴味，如今国内大多数读者对于西洋文学源流派别，还不大明白，忽然提出一个作家，去评论起来，自然要觉得茫无头绪，不生兴味了。所以我们把每期附一个文学研究的计划暂时取消。"

得不到支持，也受不到督促。整个翻译工作既处在分散、自流状态中，选题不全面或者混乱，译文质量不高甚至低劣，就成为必然的结果。

至于研究工作，那几乎是一片空白。社会上还不太感觉到需要对外国文学作专门研究。进步作家和批评家，要从事社会、政治活动，又没有安定生活，兼做翻译工作和普及性的外国文学评论工作，已经忙不过来，没有条件再去深入研究外国文学的专门问题。一些"高等学府"里的"学者"比较具有便利条件，可以研究，但是他们差不多都是当时俗话叫"出洋"学生出身，其中不少人摆脱不了半殖民地社会某些人所特有的民族自卑感，既少志气，又和我们的外国文学介绍工作的优良传统格格不入，袭取西方资产阶级的方式来研究西方文学，肯定不会有什么建树，当然谈不上有什么符合人民需要的贡献。

总之，优良传统的发扬，落后情况的改变，都还有待于全国解放以后的今日。

2

无产阶级是人类艺术遗产的真正爱护者，继承者。只有社会主义国家才会使一切优秀的外国文学作品得到广大的读者群众。党和毛主席领导的革命文艺界是一向重视外国文学介绍工作的。解放以后，党和政府对于外国文学翻译和研究工作的关怀和支持，在全国范围内发生了巨大和深远的推动作用，这是一方面。另一方面，随着经济建设高涨而来的文化事业的发展、广大人民的文化要求的增长和文化水平的提高，促使外国文学翻译工作成为一个特别繁荣的工作部门，外国文学研究工作不再是一个"冷门"，而也有了群众基础。还有一方面：在这种有利的社会条件之下，得到培养、得到鼓励、得到督促的外国文学翻译和研究工作者本身提高了思想认识，提高了艺术素养，同时也壮大了队伍。因此，外国文学介绍工作的优良传统自然能得到充分的发扬光大，外国文学翻译和研究工作也不可能不会整个儿改变了面貌。

事实也正是如此。

我们先看外国文学翻译工作的发展。首先明摆在大家面前的事实是数量之大和方面之广。

讲数量，我们只须列举一两个简单的数字来说明情况。据出版事业管理局不完全的统计，自一九四九年十月至一九五八年十二月止共九年多的时间内，我们翻译出版的外国文学艺术作品共 5,856 种。但解放前三十年间的全部翻译著作（包括社会科学和自然科学），据比较可靠的统计共仅 6,650 种；其中文学艺术所占的比重大约为三分之一，足见解放后的文艺方面的译本几乎是解放前三十年的两倍半。而如果从印数来说，解放前文艺翻译书籍每种一般只有一二千册，多者也不过三、五千册，而解放后上述九年多时间内这方面书籍的总印数为 110,132,000 册，平均每种为二万多册。

就方面而论，现在我们翻译发表的外国文学作品差不多已成包罗万象的形势。各个国家，各个时代，各种流派，差不多都有了代表作和我们的广大读者见面。过去我们翻译了许多俄国、苏联和一些东欧国家的文学作品，也翻译了不少英、法、德、日、美几个主要资本主义国家的作品，但是这个粗略的轮廓就基本上包括了我们过去翻译出来的外国文学的全部范围。而且就在这个轮廓里，"面"既谈不上，"点"也是寥若晨星，只有俄国和苏联作品翻译的情况略有不同。今天，这里却已经开始形成"满天星斗"的局面。许多重要作家的多卷集也开始出现。苏联作品差不多没有一种重要的没有我们的译本。德国以外的东欧人民民主国家的作家和我们的读者见面的已经远不是过去每一国突出的一两位，而是每一国就是一群。阿尔巴尼亚在我们的翻译地图上也不再是一个空白。至于东方的三个兄弟国家，从"五四"到解放前的三十年内，朝鲜文学只介绍过寥寥几种，越南文学只有散见于刊物的一二篇，蒙古文学干脆就没有介绍过；现在蒙古文学作品有了我们的翻译单行本出版，我们翻译的越南文学作品的单行本出版了三、四十种，我们翻译出版的朝鲜文学作品则已经达到七十来种。其他亚非国家文学，过去除了日本文学以外，通过我们的译本，让我国一般读者知道的，只是印度迦梨陀娑和泰戈尔的几本书、土耳其希克梅特的几首诗、波斯的一本《鲁拜集》、阿拉伯的《一千零一夜》当中的寥寥几"夜"。现在印度古今文学作品已经翻译出版了六七十种，翻译的十卷本《泰戈尔选集》就要出版，翻译的希克梅特的诗作早已成集，伊朗作品的译本已不止一种，《一千零一夜》从原文译出的相当完备的选本也已经问世。我们的翻译面还包括了这些亚非国家的名字：印度尼西亚，柬埔寨，马来亚，泰国，缅甸，锡兰，巴基斯坦，阿富汗，伊拉克，阿联，黎巴嫩，约旦，以色列，喀麦隆，马达加斯加，埃塞俄比亚，南非联邦，等等。通过中译本，我国的读者现在在拉丁美洲各国当中不再只知道出了一位聂鲁达的智利和出了一位纪廉的古巴了；现在他们还读到了墨西哥、危地马拉、哥伦比亚、委内瑞拉、巴西、阿根廷等国的文学作品。这些国家的文学作品都是第一次以我们翻译出版的单行本供应了我国的读者。论国别，我们的翻译工作已经达到了如此广泛的程度。论时代，我们既译当代的作品，也译过去各时代的作品。翻译以苏联为首的社会主义阵营各国文学的情形是如此；翻译资本主义国家文学，也有同样的情形：例如我们的读者可以从译本里读到拉伯雷和阿拉贡，乔叟和奥凯西，安徒生和尼克索。……就包括流派而言，以苏联为首的社会主义阵营各国的古今作品不在话下，即就英美这样国家的文学而论，古典作品固不成问题，不同流派的都会有译本，当代作品当中我们既译杰克·林赛和奥尔德立奇，也译格雷姆·格林的《沉静的美国人》，既译亚尔培·马尔兹，也译海明威的《老人与海》。在今日中国，不但我们自己的文学创作是"百花齐放"，译过来的外国文学作品也构成了宽广的"百花园"。这在我国专门介绍外国文学的杂志《世界文学》（原名《译文》）上可以看缩影。

这里讲数量之大和方面之广，还只是触及了表面。我们深入下去就可以分析出两个突出的特点：一是正确的方向，二是普遍提高的质量。

解放前，我们译的资本主义国家的作品里，夹带有颓废主义的、低级趣味的、思想反动的东西。解放后由于社会性质的改变，这些货色失去了市场，这是自然而然。如日本文学的翻译，从表面看来，好象有点今不如昔。应该肯定，过去的进步翻译界确曾从日本介绍过不少进步的文学作品和革命的文艺理论，但是总的说来，当时介绍的还有许多形式主义和颓废主义的有害作品；就是介绍现实主义的和革命的作家和作品，也往往轻重倒置，选择失当。而现在新翻译的日本文学著作固然不如过去多，但是也不象过去那样滥。计划翻译《源氏物语》这样的古典名著正还是今日开始的事情。这一切正说明了我们的翻译方向的正确，也说明了社会发展帮助我们克服了外国文学介绍工作的优良传统在过去所克服不了的消极现象。

我们的优良传统在今日的积极发挥更远非解放前所能企及。这首先表现在苏联文学翻译的突出比重上。据出版事业管理局不完全的统计，从一九四九年十月到一九五八年十二月止，我国翻译出版的苏联(包括旧俄)文学艺术作品共 3,526 种，占这个时期翻译出版的外国文学艺术作品总种数 65.8% 强（总印数 82,005,000 册，占整个外国文学译本总印数 74.4% 强。值得指出的是，这里也有以我国某些少数民族文字出版的译本）。这个惊人的数字和突出的比重在今日是来得既自然又合理。道理明显：我国人民解放前特别需要苏联文学，解放后就更特别需要苏联文学。十年来，我们进行了许多伟大的政治运动和思想改造运动，进行着宏伟的社会主义建设，最先进的苏联社会主义现实主义文学就特别符合我们思想教育和艺术借鉴的不断增长的普遍要求。今日，就注重翻译人民民主国家文学这一点而论，我们也在原有的优良传统的出发点上跨出了好大的一步！从一九四九年十月到一九五八年十二月，我们翻译出版的这方面的文学作品共 623 种（总印数 10,840,000 册）。我们现在翻译出版的人民民主国家的文学作品和过去进步翻译界的介绍东欧被压迫民族文学，在意义上，也有了变化。现在，这是主要为了增进我们兄弟国家人民之间的友好团结，在我们新的社会建设中互相鼓舞，在我们新的文学创造中交流经验。而过去主要却是为了这些民族和人民同我们一样处在被奴役被压迫的地位，希望了解他们争取独立解放的愿望和斗争。我们的优良传统的这一个方面，现在在一定意义上，就发挥在我国翻译界对于亚、非、拉丁美洲文学的重视上。今日，增进各国人民之间的了解和友谊，巩固世界和平，破除欧洲文化中心说的蒙蔽，也都关涉到这方面工作的开展。

我们联系实际的优良传统的主要特色本来就是为革命服务、为创作服务。根据这种传统精神，遵循毛主席的文艺路线，我们一向肯定我们的外国文学翻译工作为革命服务、为创作服务二者是不可分割的。我国今日的翻译界，和过去的进步翻译界一样，既注意欧美资本主义国家当代的进步文学，也重视它们的古典文学遗产，只是社会条件不同了，读者群众和翻译工作者的认识和要求都提高了。由于年代长，经过时间淘汰的精品多，我们在注意这些国家迅速反映当前现实的当代作品的同时，较多抓它们的古典作品的翻译工作，较多较精地供应了我国的读者，这也是合情合理。在它们的当代作品中，我们给广大读者主要翻译进步作品，但是也不排斥内容在一定程度上反映了现实、技巧可供参考的一般作品。这都是符合实际要求、群众要求的。

这里也就表现出我们的外国文学翻译工作计划化的实现。

单是选题方向正确，并不就是一切，实际成就当然还要要[①]看译文质量。如果说解放前我们作为主流的优良传统并不能把正确的选题方向贯彻到全国的外国文学翻译工作中去，这是可以理解的，那么解放前，由于历史条件和社会环境，我们的优良传统虽然提倡严肃态度，还无力保证外国文学译文质量普遍够格，也就无足怪了。过去可以作为范例的译本固然也有，但那完全是个别现象。在过去的一般译本里，我们随处可以发现：似是而非、生吞活剥的迻译，任意的删节和更动，大大小小的错误（在有些书里甚至多得不可胜计）；不成文理的长句子，全盘欧化的语言表现法（有时实质上只是字形的变换而不是两种语言的迻译）。此外还有信手拈来的专门名词和术语的随便译法，贪图省力或者故意卖弄的直接援引原文，等等。总之，过去的许多文学译品是诘屈聱牙、不堪卒读，而且往往令人读起来放心不下、提防上当。解放后情况不同了：党和政府在全国范围内对外国文学翻译和文学出版事业的加强领导，审订制度的建立，群众的批评，外国文学翻译工作者生活的安定，物质和精神的鼓励，思想觉悟和艺术修养的提高，新生力量和作为后备力量的多种外国语文人才的培养，间接从别国文翻译的逐渐转为直接从原文翻

---

① 原刊此处衍一"要"字。——编者注

译——这一切不仅促进外国文学翻译的计划化和优良传统的发扬，而且使我们的译文质量大为改观。现在优秀译本已经不是凤毛麟角，而更可贵的是一般译品质量上的普遍提高。一般的外国文学译品都基本上作到了在内容上忠实可靠，在文字上通顺流畅，这说来寻常，但是我们要估计到我国语文和印欧语系的极大悬殊，估计到我们翻译规模的巨大，而更重要的是：我们是在短短十年内在普遍的范围内达到了这个水平！

我们的外国文学研究工作到目前为止还只是跨出了第一步。它的发展并不能和我们的外国文学翻译工作的发展相提并论。而这也是理所当然：外国文学研究工作对于外国文学翻译工作固然有一定的指导意义，但是正常的外国文学研究工作总是靠外国文学翻译工作给它先准备群众基础。

我们谈十年来外国文学研究工作的发展，第一点应该指出的是：从无到有。我们的外国文学介绍工作的优良传统，从鲁迅的《摩罗诗力说》开始，解放前在这个领域里，还只是撒下了一些种子。这块为资产阶级学者所控制的园地，整个说来，实际上还没有开发。一些零星的点缀多半只是摆摆样子。在欧美三两个资本主义国家的大学里搞出来的一些中国留学生课卷（包括博士论文）并未问世，当然不能算数；在英美资产阶级学术刊物上偶或一见的中国人用外国文写的东西，与中国无关，也不能算是我们的外国文学研究成果。过去我国的学术刊物就只是少数几个老牌大学的学报。因为我国的资产阶级学者在他们所固有的观点上，在材料的掌握上，都不能超越他们的外国老师，他们在学术上也有买办和盲从的思想，因而既不能在研究中提出独立的有价值的见解，也不能在烦琐考据中获得差强人意的成就。这些学报上几乎见不到任何有关外国文学的文章。一般刊物上固然也可以见到一些从个人好恶出发、凭个人印象、谈说西方作品的文章，但即使偶有见地，也缺少科学性，难于归入研究门类。贩卖西方资产阶级现成货色的"著作"为数极微，象样子的更绝无仅有。现在，在党和政府的领导和支持之下，在马克思列宁主义的照耀之下，这块园地有了开发。不仅在文学研究专门性刊物《文学评论》（旧名《文学研究》）上，而且在为数众多的高等院校人文科学学报上，经常发表外国文学研究和评论文章。许多学术中心的科学报告会上，有关外国文学的部分也占了一定的比重。许多重要外国文学作品——特别是古典文学作品——的译本也开始有了不只是介绍简单情况和抒发个人感受的序文。配合外国文学名家的纪念活动和外国文学名著的群众讨论，也开始有了具有一定学术性的文章。学术批判文章本身当然是学术性的，就是群众评论文章和小册子也往往有一定的学术意义。我们的发展还不在于有了远超过解放前发表的这种种文章的数量。重要的是：我们的外国文学研究工作本身，作为一个学科，已经开始建立了起来。

第二点应该指出的是：我们的外国文学研究工作有了正确方向。关于研究方向，从鲁迅的《摩罗诗力说》开始的优良传统，在解放前固然已经逐渐发展到走向马克思主义的道路，但是因为研究工作没有机会开展，具体作品没有机会深入探讨，还没有在实际工作中体现了这个方向。至于整个外国文学研究工作更谈不上解决了方向问题。十年来，在我们的外国文学研究的整个领域内，大多数的研究工作者，在党的马克思列宁主义文艺方针的引导之下，在普遍真理和具体实践相结合的我国丰富的革命经验的启发之下，参考苏联的先进经验，经过了亲自的摸索，开始有了在外国文学研究工作中运用马克思列宁主义文艺理论的初步经验。无可否认，由于新认识的程度和旧意识的残余各有不同，目前的外国文学研究工作，在正确观点和方法的掌握上，是参差不齐的；但是，更无可否认，整个说来，却是朝着正确的总方向努力的。也正是在这个总方向引导下，我们抛弃了资产阶级学者"为学术而学术"的道路，开始使研究工作联系实际，为社会主义服务，面对人民大众：我们不再钻牛角尖，不再埋头于琐屑无聊的考据，而是探讨文学史上的重要现象、重要问题。一般研究选题轻重缓急的安排上的表现，都是为满足艺术借鉴和思想教育的需要，也就是遵循了为马克思列宁主义方向所规定的联系实际的道路。我们还把研究工作配合译本的出版，配合外国作品的群众讨论和世界文化名人的纪念活动，以至进一步配合当前国内文学界在文艺理论上的重要讨论。总之，我们的外国文学研究工作已成为社会主义文化建设的一个构成部分，而不再是可有可无、仅供有闲阶级消遣的小摆设了。这也都是为革命服务、为创作服务的传统精神的发挥。我们不能要求沿着这个总方向发展的研究工作,一开始就产生很大成果,解决许多问题;但是我们初步认识了研究外国文学(特别是对于我们说来比较复杂的西方古典文学)的一些正确的线索和门径,却已经是这个总方向的赐予。

我们还需要指出,我们的外国文学研究工作是向前发展的。这里大体上有三个阶段可说。开国十年的前四、五年可以说是准备时期。当时解放不久,对于西方文学较有知识、较有研究能力的人往往对于马克思列宁主义文艺理论缺少基本知识。因此,他们在参加一般知识分子初期思想改造运动的同时,需要有一段时期从毛主席《在延安文艺座谈会上的讲话》开始,进行这方面文艺理论的学习。联系到自己的专业,他们也需要首先去请教苏联在这方面的先进经验。在接受新事物的热情当中,有的还学习了俄文,从原文著作直接学习,以至自己翻译苏联外国文学史著作这一类参考材料。经过这段时期的准备,在一九五五年和一九五六年之间,"向科学进军"的口号,"百花齐放、百家争鸣"的方针提出来以后,外国文学研究工作才真正进入了开始阶段,大多数初步研究成果都是从此才陆续发表。工作取得了一些经验,成果受了检阅,一九五八年以来,就来了一个新的过渡阶段。结合了一九五七年开始的全民整风运动,一九五八年进行的学术批判运动,批判了外国文学研究工作中一部分残余的资产阶级学术思想,初步地形成了一支新生力量的队伍。与此有关,也由于大跃进形势的要求和激励,本着破除迷信、解放思想、敢想敢说敢作的精神而出现了外国文学古典名著群众性评论活动。这种活动中产生的一些短文和小册子,不仅为清除西方古典文学名著由于受了误解而在青年知识分子中间所发生的不良影响,起了不小作用,而且在不少场合也给一般外国古典文学研究工作提供了一定的启发。它们本身虽不够成熟,却有助于促进整个外国文学研究工作的开展。

我们今日外国文学研究工作的建立和正确方向的具体化,必然是从发展中来,继续向前发展也就是必然的形势。

显然,在我们社会主义建设总路线照耀下的新中国,跨出了这样一大步的外国文学翻译和研究工作，由于迅速增长的有利条件和实际需要，肯定会蓬勃发展。

3

外国文学翻译和研究工作的发展对于我国的文学运动的开展、文学创作和理论水平的提高，对于我国广大人民文化生活的增进、思想教育的辅助，具有重要的意义。我们平时体会毛主席关于批判接受外国文化、借鉴外国文学的名言，也就会了解到这一点。"五四"以来，外国文学在我国发生的深远影响，也正好证明了这一点道理。

为了我们的文学事业的繁荣和发展，我们既要继承我国数千年来的文学传统，也要吸收外国文学的先进经验，在这个继承和吸收的关系问题上，鲁迅给我们提供了光辉的范例。一方面，他不仅反对洋奴买办文化思想，而且以他的文学实践证明，他异常重视祖国的优秀文学遗产。他虽然受过外国文学的影响，特别是俄国文学的影响，但是他所刻划出来的人物、世态、风习，他的笔调，都是中国式的。但另一方面，他却是国粹主义、复古主义的坚决反对者，他认为要从外国拿来我们所需要的东西："没有拿来的，文艺不能自成为新文艺。"[1] 他的揭开了我国新文学第一页的《狂人日记》，以其"表现的深切和格式的特别"[2] 激动了读者的心，这，"大约所仰仗的全在先前看过的百来篇外国作品"，[3] 包括果戈理的同名小说在内。继承祖国文学的优良传统和吸收外国文学的先进经验这两者的结合，使鲁迅成为"五四"新文学的开创者。

从"五四"开始的新文学是沿着现实主义的主流不断向前发展的。它一方面固然继承了我国古典文学的优良传统，一方面却也接受了外国文学的影响，特别是俄国文学中的现实主义和后来苏联的社会主义现实主

---

① 《拿来主义》，《鲁迅全集》第六卷，人民文学出版社一九五八年第一版，三三页。

② 《〈中国新文学大系〉小说二集序》，《鲁迅全集》第六卷，人民文学出版社一九五八年第一版，一八九页。

③ 《我怎么做起小说来》，《鲁迅全集》第四卷，人民文学出版社一九五七年第一版，三九三页。

义文学的影响。

欧洲浪漫主义文学对创造社作家起了较大的影响。和浪漫主义有直接关系的"狂飙运动"的产物——歌德的《少年维特之烦恼》和席勒的《强盗》，曾经引起郭沫若的共鸣。文学研究会作家反对把文学作为消遣品，也反对把文学作为个人发泄牢骚的工具，主张文学为人生。而他们当时却是把俄国和法国的现实主义文学都归之于"为人生"的文学的。二十年代上半期创造社和文学研究会之间发生的论争就反映了浪漫主义和现实主义两种不同的创作倾向，虽然两派在反帝反封建的思想要求上是一致的。

从左联时代起，苏联社会主义现实主义的文学作品在创作方法上替我国作家指出了正确的道路。许多进步的作家都走上了社会主义现实主义的道路或者朝这个方向迈进。此后，社会主义现实主义一直是我国文艺思潮中的主流。苏联作家如何从现实的革命发展中真实地、历史具体地反映现实，如何使艺术描写的真实性和历史具体性同人民的共产主义教育这个任务结合起来，如何表现党的领导和群众的集体英雄主义，如何描写生活中新旧力量的矛盾和斗争，如何塑造具有共产主义道德和品质的正面人物形象等等，都使我国的作家得到不少的启发。

外国文学的介绍，使我们对于文学的概念、文学的特征、文学的分类、文学的流派有了更明确、更科学的了解。它也丰富了我国的文学语言。而更重要的是，它直接间接地影响了我国现代文学体裁的形成。我国现代小说和新诗的产生，一方面是古典小说和古典诗歌的继承和发展，另一方面却是受了外国文学的影响。话剧的形式，固然由于表现新内容的要求而出现，本身却是外来的。

外国先进的文艺理论始终在我国的文学运动中起着重要的作用。"五四"以后的几年内，西方资产阶级文艺理论（特别是"文化史派"泰纳、勃兰兑斯的理论）曾发生较为广泛的影响，在当时也起过某些积极作用。后来，马克思主义的文艺理论很快就战胜了这些资产阶级的文艺理论，奠定了我国革命文艺理论的基础。从此马克思主义的文艺理论不但一直指导着我国的革命文学运动，而且在文学的阶级性和党性等重大问题上武装了进步的文学工作者，使他们在左联时期和"人性论者"、"自由人"、

"第三种人"的斗争中，在抗战时期和反动资产阶级文艺倾向的斗争中，在建国以来的历次文艺思想斗争中，取得光辉的胜利。

外国文学的影响当然决不限于在我们的文学发展一方面。外国文学的介绍对于我国广大读者的思想教育，也直接发生了重要作用。

早在十九世纪、二十世纪之交，俄国文学就已经对我国先进的知识分子起过影响。正如鲁迅所指出的，我们"从那里面，看见了被压迫者的善良的灵魂，的酸辛，的挣扎……我们岂不知道那时的大俄罗斯帝国也正在侵略中国，然而从文学里明白了一件大事，是世界上有两种人，压迫者和被压迫者！"① 到了"五四"时期，西欧资产阶级上升期的文学，要求民主、要求"个性解放"和"人的自觉"等等的文学，在我国发生了更广泛的影响。它们帮助我们去冲击封建主义的堡垒。易卜生的以社会问题为中心的剧作，不但以敢于攻击社会、反抗传统与因袭的思想配合了我国当时汹涌澎湃的反帝反封建斗争，而且《娜拉》一剧还影响了我国的妇女运动。

在"五四"以后，俄国文学的大量介绍，使我国的知识分子感染了一种为美好理想而斗争的战斗精神。东欧被压迫民族的文学也促使我们认清悲惨的现实，有助于我们的民族意识的发扬。裴多菲、密茨凯维支等人的诗歌充满了高度的爱国主义精神和战斗精神，表达了争自由、求解放的情绪，曾经引起我国青年强烈的共鸣。

从三十年代初起，在国民党反动统治的那些暗无天日的岁月里，苏联文学使我们的广大读者特别感受到它那种强烈的光和热。对新与旧的斗争的描写、对垂死的事物的揭露、对社会生活中新的先进现象的揭示、先进的世界观和革命精神的表达，对共产主义事业必胜的信念和为它献出生命的决心的宣扬，决定了苏联文学的教育力量。第一部社会主义现实主义作品《母亲》使我们从文学作品中初次看到了人民群众的力量，无产阶级的力量。几十年来，在中国社会发生剧烈变化的时候，许多青年知识分子，都从这部作品中得到过启示、鼓舞和力量，因而走上了革命

---

① 《祝中俄文字之交》，《鲁迅全集》第四卷，人民文学出版社一九五七年第一版，三五一页。

的道路，坚持了革命的工作。《毁灭》、《铁流》等作品激起了我们的革命热情，坚定了我们的革命信心。在抗日战争后期和第三次国内革命战争时期，描写苏联卫国战争的作品成了我国人民的新的精神食粮，成了革命部队的"无形的军事力量"[1]。

解放后，苏联文学在我国的影响更是扩大和深入了。它已经成为对我国广大人民进行共产主义教育的武器，成为我们保卫和平、建设社会主义的精神力量，成为我们文化生活中的不可或缺的有机部分。周扬在第二次苏联作家代表大会上说过："苏联的文学艺术作品在中国人民中找到了愈来愈多的千千万万的忠实的热心的读者；青年们对苏联作品的爱好简直是狂热的。他们把奥斯特洛夫斯基的《钢铁是怎样炼成的》，法捷耶夫的《青年近卫军》，波列伏依的《真正的人》中的主人公当作了自己学习的最好榜样。巴甫连柯的《幸福》，尼古拉耶娃的《收获》，阿札耶夫的《远离莫斯科的地方》等作品都受到读者最热烈的欢迎。他们在这些作品中看到了人类历史上前所未有的完全新型的人物，一种具有最高尚的共产主义的精神和道德品质的人物。"[2]这些话最概括、最有力地说明了苏联文学对于新中国人民的巨大教育作用。

除了苏联文学以外，各人民民主国家的文学对我们的教育作用也不可低估，例如伏契克的《绞刑架下的报告》就曾受到我国读者极其广泛的欢迎。资本主义国家（特别是法国）和殖民地半殖民地国家的进步文学，帮助我们了解这些国家的统治阶级和殖民主义者对人民大众的迫害与剥削，了解这些国家的人民所作的可歌可泣的英勇反抗和斗争，激起我们对帝国主义的仇恨、对这些国家的人民的贫困和无权的同情，从而使我们更热爱我们的祖国，更热情地投入社会主义建设，投入和平运动和反帝国主义的斗争，为全人类的解放而奋斗。

文学的思想教育作用，在一般场合，往往是潜移默化而不一定立竿见影。外国古典文学，由于在一般距离以外，再加上了时代距离，情形尤

---

① 姚远方：《苏联战时文学成了我们无形的军事力量》，一九五○年二月二十三日《人民日报》。

② 《苏联人民的文学》下册，人民文学出版社一九五五年第一版，二○三页。

其是如此。所以，尽管形迹可能不显，我们完全可以肯定：在一些外国古典作品中所表现的对美好事物的向往、对光明和自由的憧憬、对理想的探求、以及对生活的热爱，即使在我们的新社会里，也会在广大人民中产生良好的反应。

最后，外国文学作品所起的对社会历史的认识作用也不能忽视。恩格斯在谈到巴尔札克的作品时说："甚至在经济的细节上（例如法国大革命后不动产和私有财产的重新分配），我所学到的东西也比从当时所有专门历史家、经济学家和统计学家的全部著作合拢起来所学到的还要多。"① 的确，文学的认识作用有时远不是历史、地理等著作所能代替的。在社会、经济、政治、文化生活以及风土人情上，其他科学著作只能给我们以比较抽象的概念，而综合地、形象地反映现实的文学却能给我们以生动鲜明、广阔全面的图画。这对于丰富我国人民的精神生活、增进我国与世界各国人民的相互了解和友谊来说，就具有很重要的意义。

外国文学在我国的积极影响是主要的，但是外国文学在我国也起过一些消极作用。一方面，这是由于介绍的不当，象密西尔的《飘》那样反动、堕落的东西，居然在我国读书界的一定范围内风行一时，象阿志跋绥夫的《沙宁》那样的颓废派作品、厨川白村的《苦闷的象征》那样的主观唯心主义的文艺理论，也曾使我国一部分知识青年和文学界受过一度的迷惑，而拉普的"辩证唯物主义的创作方法"、苏联文艺学家弗理契的庸俗社会学的解释文学现象的方法，也起过短期或较长时期的消极影响。另一方面，这是由于一部分读者，特别是一部分青年读者，缺乏历史唯物主义观点，或本身思想意识有毛病，有时竟还把过去在某一时期某一个环境里起过积极影响、却带有强烈个人主义色彩的外国文学作品里的人物，例如克利斯朵夫，当作今天学习的榜样。

外国文学固然也能通过原文，直接发生影响，但是发生广泛的影

---

① 《恩格斯给哈克纳斯的信》，《马克思 恩格斯 列宁 斯大林论文艺》，人民文学出版社一九五八年版，二〇页。

响，主要是通过译本。因此，外国文学在我国起了巨大积极作用；在很大程度上，应该归功于我们的翻译工作；同时对于一部分消极作用，我们的翻译工作也应负责。选择得当不得当，好东西译出来没有，次货以至劣货译过来没有，译得好坏，都是外国文学翻译工作的责任。扩大积极作用，消除可能发生的消极影响，在掌握充分材料的条件下运用正确观点来阐明作品的思想意义、艺术价值、在文学史上的地位，等等，责任主要就落到外国文学研究工作身上。我们要批判接受或者正确吸收，这也规定了研究工作的重要性。而且，优秀的外国文学作品也就是世界人民的共同财富，我们进一步也有责任，通过研究工作，结合我国自己的悠久和丰富的文学传统经验，参考我国广大读者群众的观感，发挥科学精神，提供我们的独立见解，以丰富大家对于世界文学的认识。

外国文学翻译和研究工作，既然有这样的重要意义，工作的继续向前发展，不可能不为我们大家所关心。因此，为了进一步的顺利发展，也就有必要根据工作中得来的经验，从理论上考虑工作发展的新形势所提供的一些重要的新问题。

二、艺术性翻译问题和诗歌翻译问题

开国十年来，我们的外国文学翻译工作，发展到今天，在正确方向的指导下，已经基本上实现了计划化，大规模的计划化，成果可以说来得又是多、又是好。单是选择得又广又精，还只是一本原著书目；单是大量译出来，"汗牛充栋"的还可能只是"滥竽充数"。成就的鉴定，最后一关就在译文质量。而事实证明了我们今日的译文质量已经显出了普遍的提高。我们现在又面对了这方面进一步提高的要求。如何进一步提高我们的翻译水平，关键所在，就是艺术性翻译问题。这个问题本身决不是新问题，一考虑到文学翻译的性质就不能不想到这个问题。但是，对于我们的外国文学翻译工作，只有经过了解放初期的一段时间，这个问题才开始具有了广泛的现实意义。一九五四年茅盾在全国文学翻译工作会议上所作的报告里正式提出了号召——"必须把文学翻译工作提高到艺术创造的水平"，并且对艺术性翻译问题作出了有力的阐明。[①] 这对于后来外国文学译文质量的普遍提高起了很大的作用。经过了这个过程，现在进一步考虑艺术性翻译问题也就更为大家所关心了。艺术性翻译问题又是集中和突出地表现在译诗问题上。这个问题本身也不是新问题。现在我们的译诗艺术，一般说来，也大为提高了，因此我们较有成熟的条件来把译诗问题重新考虑。同时，译诗工作的开展、译诗艺术的提高，和我们今日一般外国文学翻译工作的全面开展、一般外国文学翻译水平的普遍提高的形势还是很不相称的，而一年来我们的创作界又十分关心诗歌问题的讨论，因此进一步考虑译诗问题也就有了它的迫切性。

1

谈到艺术性翻译问题，严复远在上世纪末提出来的"信、达、雅"标准不妨先考虑一下。"信、达、雅"标准早已成了我国的传统翻译标准。我们今天也没有否定它的必要。用通俗的话来说，"信"是对原著内容忠实，"达"是译文畅达，"雅"是译文优美。这里包含了相当于内容、语言和风格这三个方面。三方面本来是不可分割的，严复自己也指出过这一点。正如内容和形式是不可分割的，却还可以分开来讲，而且还可以分个主次，这个先后排列有序的"信、达、雅"标准，在具体分析一般译品的场合，到今天也还可以应用。但是我们今日既然要讲艺术性翻译，我们的要求就超过了这个三字诀标准（严复提出它也还不是专指文学翻译）。照这个三字诀来看我们今日外国文学翻译工作的成就，一般译本做到了对原著内容忠实，仿佛在实际上解决了"信"的问题，一般译文做到了语言畅达，仿佛在实际上解决了"达"的问题，只待解决的艺术性翻译问题就是"雅"的问题，而要解决这最后一个问题就只是要解决艺术加工的问题。这样看就差了。艺术性翻译标准，严格讲起来，只有一个广义的"信"字——从内容到形式（广义的形式，包括语言、风格等等）全面

---

① 茅盾：《为发展文学翻译事业和提高翻译质量而奋斗》，《译文》一九五四年十月号，一二至一四页。

而充分的忠实。这里，"达"既包含在内，"雅"也分不出去，因为形式为内容服务，艺术性不能外加。而内容借形式而表现，翻译文学作品，不忠实于原来的形式，也就不能充分忠实于原有的内容，因为这样也就不能恰好地表达原著的内容。在另一种语言里，全面求"信"，忠实于原著的内容和形式的统一体，做得恰到好处，正是文学翻译的艺术性所在。

"锦上添花"既然不是艺术性翻译标准，艺术性翻译显然也得讲本分，也可以说更需要首先讲本分。莎士比亚的德国威廉·史雷格尔的译本和日本坪内逍遥的译本是一向有名的，无疑是翻译精品。但是，过去，一边在德国，一边在日本，都好象有过一种说法，说他们的译本比莎士比亚的原著还好，那就难令人相信。要是这样，那么它们就不是好译品了。译得比原著还好，不管可能不可能（个别场合个别地方也不是不可能的），也就是对原著欠忠实，既算不得创作，又算不得翻译，当然更不是艺术性翻译的理想。文学作品的翻译本来容易惹动创作欲不能满足的翻译者越出工作本分。实际上，只有首先严守本分，才会出艺术性译品。

文学翻译要在艺术上严守本分，却不是不需要志气。相反，这正是以很大的志气为前提。原作者是自由创造，我们是忠实翻译，忠实于他的自由创造。他转弯抹角，我们得亦步亦趋；他上天入地，我们得紧随不舍；他高瞻远瞩，我们就不能坐井观天。这决不是纯粹技术性的问题。两方面的语言素养和一般的艺术素养还是不够的。我们需要对原著有足够的钻研工夫，还需要自己有足够的生活体验，更需要和自己的生活体验相结合的足够的思想修养。关于对原著的钻研工夫，高尔基说过，"我觉得，往往译者刚拿到一本书，还没有预先读过一遍，对这本书的特点还没有一个概念，就马上开始翻译了。但是就拿一本书来说，即使仔细地把它读完，也还不可能对作者全部的复杂的技术手法和用语嗜好、对作者词句之间优美的音节和特性，一句话，即对他的创作的种种手法获得应有的认识。……应该遍读这位作家所写的全部作品，或者至少也得读读这位作家的公认的一切优秀作品。……译者不仅要熟悉文学史，而且也要熟悉作者的创作个性发展的历史。只有这样，才能多少准确地用俄语形式表达出每一部作品的精神。"① 这就说明了钻研还需要从全面出发。本此精神，还需要了解作品所由产生的时代和社会，也属当然。关于自己的生活体验，我们只需要重提一下茅盾在全国文学翻译工作会议上所作的报告里的一段话就够了："文学作品是描写生活的，译者和创作者一样，也需要有生活的体验。当然，一般译者对于外国作品中所描写的社会环境与生活方式，未必都有可能去直接体验一番，特别是对于外国古代的生活，简直不可能有直接的体验……但我们却必须认识这一点：译者自己的生活经历与生活体验愈丰富，对于不同国家和不同时代的生活也愈容易体会和了解。"② 现在，在社会主义革命里锻炼到今天，我们也更容易理解：自己的和实际斗争生活相结合的思想修养，和外国文学作品的——尤其是外国古典文学作品的——艺术性翻译，好象不大相干，实际上却是达到艺术性翻译水平的重要保证。我们不可能要求每一个译者在古人所谓"道德文章"各方面都达到和被翻译的过去的大作家同样的水平。翻译工作本身又注定我们居原作者下风。但是，正因为如此，我们要有所补偿。我们处在社会主义时代，思想水平应该比前人高，就可能对过去的作品有更全面、更深刻的认识；如果我们站到今天时代思想的高度，能对过去的大作品的思想内容一目了然，也看得清楚它们的为思想内容服务的艺术形式，把这种作品用我们的语言翻译过来也就能得心应手，达意传神，处处贴切——这就是到了艺术性翻译的境地。

尽管如此，译者和作者究竟还不是一个人。彼此的个性和个人风格可以接近，但是总不能完全一样。文学翻译工作在这里又遇到了不可避免的限制。这只有靠众多的翻译人才的不断涌现，好译本的不断推陈出新，才能逐渐减少这种天然限制所造成的缺陷。这里还只是涉及了天然限制里的个人因素。更重要的还有民族语言因素。各国社会、历史背景不同，风习、传统不一样，一种语言里的一些字、一些话，到另一种语言里就不一定能唤起同样的联想，产生同样的效果；许多双关语、俚

---

① 转引自费奥多罗夫：《翻译理论引论》，莫斯科苏联外文出版社，一九五八年版，四章，一一六页。

② 茅盾：《为发展文学翻译事业和提高翻译质量而奋斗》，《译文》一九五四年十月号，一二页。

语、成语很难保持原有的妙处。认识了这种限制，我们就可以了解文学翻译里求"信"，求全面忠实，也不是绝对的。文学翻译不是照相底片的翻印。"增之一分则太长、减之一分则太短"的科学精确性是不能求之于文学翻译的。文学翻译的艺术性所在，不是做到和原书相等，而是做到相当。

"自由是必然性的认识"。文学翻译认识了这些天然限制，也就有了创造自由。艺术性翻译本来就是创造性翻译。保持原著的风格也只有通过译本自己的风格——肯定了这一点，有足够修养的译者就可以在严守本分里充分发挥自己的创造自由，充分运用自己的创作灵感。肯定了艺术性翻译只能求"维妙维肖"而不能求"一丝不走"，有足够修养的译者就不会去死扣字面，而可以灵活运用本国语言的所有长处，充分利用和发掘它的韧性和潜力。正如文学创作要忠于现实、反映现实，而在其中就有无限的创造性，文学翻译忠于原著、充分传达原著反映现实的艺术风格，也就规定它自己在语言运用上也要有极大的创造性。

如何用道地本国语言来十足传达原文风格，正是十年来我们的外国文学翻译工作大发展、译文质量普遍提高的新形势要求注意的问题。

从理论上说，运用本国语言和传达原文风格，是文学翻译工作所包括的一个问题的两个方面，不能分开。文学翻译工作本身的性质就规定要用本国语言传达原文风格的。没有做到这一点，工作就没有完成，真正的文学译品就不可能产生。译文语言不象是本国的，也就是根本不象话，原文风格就无从见出。文学语言总是有风格的，有个人风格的。不通过我们的译本自己的风格，原著的风格也不会在我们的语言里活起来。这正象演戏，只有通过演员自己的风格才能活现戏剧人物的性格、风度。

实际上怎样呢? 解放前，象鲁迅翻的果戈理《死魂灵》那样的译品也产生过一些。解放后，和这样水平差不多的译本就有了不少。它们都基本上解决了本国语言和原文风格之间的矛盾。只是一般情况，解放前还并非如此，解放后还改进得不多。我们可以看到许多发生过良好影响的译本也并没有解决了这个问题。从这里可以想象：既然，象这样，它们尚且发生了良好影响，要是解决了这个问题，产生了更好的译本，发生的影响还会大多少——这也就是我们今日为什么要提出艺术性翻译问题的原因。同时，也可以看出：在实际上，在解决艺术性翻译问题的过程中，运用本国语言和传达原文风格也还多少可以从两方面来分别考虑。

解放前，关于运用本国语言和传达原文风格的矛盾问题，有两种极端的情况。一种是要原文风格"不走样"结果是根本"不象样"。另一种是要翻译语言"民族化"结果是庸俗化。解放后偶尔还有译文里把"拿起书来扔给我"这样的意思死翻硬译成"拿起书来抛在我身上"的极端例子，也还有译者叫女孩子对爱人道"万福"的极端例子。这就可以看出上面所说的两种毛病到解放后也还多少有一点继续。两种毛病中，解放前以死翻硬译一方面占优势，解放初期这方面的缺点也较为显著。当时《人民日报》发表过社论，号召"正确地使用祖国的语言，为语言的纯洁和健康而斗争"。[①] 这就当时外国文学翻译工作中的问题而论，也是符合实际要求的，而对于消除不必要的欧化语言在外国文学翻译中的泛滥，也起了极大的作用。现在，要检查毛病，毛病是主要在另一方面了。但是，要翻译语言"民族化"结果变成庸俗化，还只是个别现象，较为普遍的现象是：翻译语言"民族化"变成一般化。一般译本大致都做到了通顺流畅，这当然已经是难能可贵。但是用通顺流畅的本国语言来翻译是起码条件，单凭做到这一点对于文学翻译是远远不够的，在这里原文风格当然是不大会传达出来的。我们的民族语言本来就不是一般化的，而是有千变万化的生动性、丰富性。现在，由于我们对于文学翻译的艺术要求提高了，我们注意的重点从运用本国语言一方面开始转移到传达原文风格一方面，这是很自然的。但是运用本国语言和传达原文风格只是一个问题。充分传达原文风格是以充分认识和发挥本国语言的丰富性和灵活性为先决条件。这个先决条件还有待我们努力去促进成熟。单是顾到了两方面来考虑这个问题也还是不够的。只有从上面所提的艺术性翻译标准问题、本分和前提问题、限制和创造问题的全面了解里才可以得出解

[①] 一九五一年六月六日《人民日报》。

决如何更好地用本国语言来传达原文风格这个具体问题的原则，才可以从此出发，在实践里找到解决这个具体问题的具体途径。

2 [①]

译诗问题更是一个具体问题。艺术性翻译问题所以最突出地表现在这个问题上，道理很明显：诗歌作为最集中、最精炼的一种文学样式，对语言艺术有特别严格的要求。文学作品固然都应该是内容和形式的统一体，诗歌却尤其是如此。诗歌中形式的作用特别大，或者说艺术性（包括语言的音乐性）的要求特别高。如果说一般文学翻译，也就是说散文作品的翻译，要达到艺术性水平，必须解决如何用本国语言传达原文风格的问题，那么诗歌翻译，除此以外，还必须解决如何运用和原著同样是最精炼的语言、最富于音乐性的语言，来驾御严格约束语言的韵文形式的问题。诗歌翻译是特别艰巨的翻译工作。但是，在适如其分的要求之下，译诗得到成功，是完全可能的。忠实的诗歌译品，读起来象创作一样的，世界上有的是。虽然我国在外国诗歌翻译方面的历史较短，经验较浅，语言和大多数外国语距离较大，但是，特别在解放以后，还是有了不少取得一定成就的诗歌译品。这点成就主要见之于传达原作的内容和风格、意境和韵味的诗歌语言的提炼和诗歌形式的掌握。而主要也就在这两点上，目前一般诗歌翻译表现了它的缺陷。为了普遍提高译诗水平，我们得注意这两个问题。

翻译工作中的诗歌语言问题首先要考虑。一般文学翻译，亦即散文作品翻译，既然应该避免两种作法——为了要原文风格"不走样"结果译文语言根本就"不象样"的作法和为了要译文语言"民族化"结果语言本身就一般化以至庸俗化、无从传达原文风格的作法，那么诗歌翻译更需要避免这两种作法。诗歌翻译，因为语言特别受形式限制，也就特别容易犯这两种毛病。十年来诗歌翻译的经验也证明了这一点。只是目前我们的诗歌

---

① 这一小节后来曾以《诗歌翻译问题》为题收入《诗词翻译的艺术》（《中国翻译》编辑部编，中国对外翻译出版公司，1987 年 11 月出版），署名"卞之琳等"。——编者注

译品里也已经不大见到语言"欧化"到不成话的毛病。目前的毛病主要是在另一方面，而这又表现为两点：一是语言一般化，一是语言庸俗化。

语言一般化的具体表现是以平板的语言追踪原诗的字面，既不考虑一般诗歌语言应有的特点，也不照顾个别诗人的语言特色，结果既不能保住原诗的真正面貌，更谈不上传出原诗的神味。例如拜伦后期的杰作《堂璜》用平易然而洗炼的日常语言对当时欧洲的社会生活进行了尖锐的批判和讽刺。这篇长诗的语言风格，不仅比雪莱、济慈的作品要接近实际生活，就是比拜伦自己早期的某些抒情诗歌，也更与口语相近。乍看起来，这好象还适于用一般化语言来翻译了，实际上却正是叫一般化翻译语言裁①觔斗的地方。原诗里没有多少艺术雕琢，却另有一种从容自在、活泼机智的特色。但是目前见到的《堂璜》中译本就没有运用与此相当的语言来进行翻译。原作中的日常语言在译本中变成了平庸的语言；原作中干净利落、锋利如剑的诗句在译本中成了拖泥带水、暗淡无光的文字。我们不妨随便举一个还只是一般的例子来看看：

> 纵然跟一个带着镣铐的民族共着命运，
>
> 　又正当"荣誉"成为希罕的事物，即使
>
> 我在歌唱时至少感到爱国志士的羞愧
>
> 　使我的脸孔涨红，这已是了不起的事情；
>
> 因为在这里给诗人留下来的有什么呢？
>
> 　为希腊人涨一脸通红——为希腊洒一滴热泪。②

这段译文共六行，至少前四行是别扭的。原诗这四行构成一个完整的观念，但是译文曲曲折折，用了一连串的连接词："纵然……又正当……即使……这已是……"。与原诗的语言特征相反，译文的语言既不口语化，也不洗炼。这样曲折的笔法其实却是完全可以避免的。"又正当'荣誉'成为希罕事物"，正可以用"博不到名声"这样几个字来代替。原文

---

① 此处"裁"是原刊误排，当作"栽"。——编者注

② 拜伦，《唐璜》，朱维基译，新文艺出版社一九五六年第一版，上卷，二六〇页。

里本来只是一个简单的片语。这样译起来，不但意义更确切，而且也符合了原文的简短（原文只是四个单音字）。这一段例子在《堂璜》中译本里既不是突出的，也不是个别的，而带有普遍的性质。译者的态度是认真的，只是在力求忠于原著的时候，忘记了我国语言决不只是表面平顺的语言，因此没有创造性地利用我国语言的丰富性和韧性，发挥它的巨大潜力。

不满于诗歌翻译使用一般化语言，认为诗歌语言当然要有诗意，但是误以为有"诗意"就是有辞藻，更进而误以为要辞藻就只有用陈词滥调，也不顾用起来和原诗是否相称，这样就发生了语言庸俗化的毛病。译品里迷漫了这些烟雾，原诗的真实面目当然首先就不见了。拜伦的《恰尔德·哈洛尔德游记》第三章中有几段描写纵饮狂欢的将军统帅、名媛贵妇为拿破仑大炮所惊散的精彩场面。这些诗章所用的仍然是洗炼的日常用语，只是描写到紧张的时刻，调子提高了，也带一点讽刺意味。但是在一个大体上还不错的中译本里，象这些诗行就变成了对于原诗的讽刺：

> 刹那间便须劳燕分飞各西东，
>
> 可真是苦杀了这些多情种；
>
> 相看泪眼，叹此生难再相逢！
>
> 更难卜何日再能这样眉目传情；
>
> 唉，夜是多么甜蜜，早晨却如此可惊！ ①

这段译文读起来相当流畅，而且还颇有"诗意"，但是它所采用的语言、所表现的文采与原作大有分别：原诗以朴素亲切的语言描写青年男女突然离别的情景，没有译文中这样浓厚的脂粉气和旧词曲老套带来的陈腐气。所谓"刹那间劳燕分飞各西东"在原诗中不过是"突然分离"，所谓"多情种"不过是"年青的心灵"。译文里用完了唱本滥调，到最后一行只好再来一句比较平常的说法，前后就不和谐，更不用说和译文上

---

① 拜伦，《恰尔德·哈洛尔德游记》，杨熙令（"令"是原刊误排，当作"龄"——编者）译，新文艺出版社一九五六年第一版，一一九页。

下段的普通语调不相称了。这种追求滥调的倾向使译者不但只是浮光掠影，而且有时不顾原文字义以至破坏了整个气氛。原诗里上面有一节描写欢乐舞会的场面，全节九行充满兴高采烈的气氛。译文中前四行较好地传达了原作的欢乐情调，但第五行中却把音乐之声象"潮涌"译作了"如泣如诉"，竟把全节诗的欢乐气氛一扫而尽。这种做法，在风格上、意境上、情调上不顾原诗，在语言上因袭陈套，显然也不是创造性的做法。

诗歌翻译中语言一般化的毛病是大家容易看出来的，语言庸俗化的毛病，因为好象"典雅"，还会一时间迷惑住一部分读者，所以后一种毛病，虽然在目前一般诗歌翻译中还不多见，却也大可注意。认清了这两种毛病，我们就可以知道怎样从我国书本和生活中的语言里挑选和提炼合适的工具，来恰当翻译外国诗歌。

诗歌翻译因为受形式限制，在语言的运用上要经受的考验特别大；反过来说，具有了足够的语言艺术，也就容易驾御形式。现在就进一步考虑翻译工作中的诗歌形式问题。

诗歌形式问题中的突出问题是在格律方面。格律的运用，对于诗歌翻译，是一个重要而又困难的课题。外国诗歌，不说古往，就在现代也都以格律体为主，而我国新诗的格律还正处在形成的过程当中，翻译里运用格律也就特别困难。但是既然重要，这种困难就必须克服。外国的译诗经验证明了克服这种困难的可能性。我国在这方面也开始有了一点经验。办法是运用相当的格律来翻译。在我国，因为还没有大家所公认的新格律，当然只能是试用。利用我国传统格律基础和外国格律基础可能有的共通处，尽可能使用相当的格律来翻译外国诗歌，得到成功，对于我们建立新诗的格律，就有参考价值，有利于促进它的形成。所谓"得到成功"的意义就是说试用了相当的格律来翻译，不仅使译文语言和原文更相称，而且更能以显明的节奏感传达出原诗的风味和语言内在的音乐性。有些外国诗体或者格式，例如有格律的"无韵体"，大致在我国诗歌创作里是不可能成立的，但是，如果只有采用了原诗的这种格式（例如"无韵体"）来翻译才能在我国语言里达到和原诗相当的效果，那么翻译里也就大可试用。所以，用相当的格律来翻译外国的格律诗，在我国也是合理而且行得通的办法。

"五四"以来我国的外国诗歌翻译却一直很少用这种办法。一般都是把外国的格律诗都译成自由诗，有时不押韵，有时随便押几个韵，只是行数和原诗相等。这样译出来，效果当然不会和原有的相当。这样的好译品也就很少。结果，除了能直接从一种或一种以上的外国文读些原诗的，一般读者很少了解外国诗的真相，甚至误以为外国诗都是自由诗。影响所及，我国新诗创作里，除了也是受了外国影响的自由体，就数这种所谓"半自由体"最流行。用这种所谓"半自由体"也产生过不少好诗，但是如果形式上超越了这个不成熟阶段，它们可能会取得更好的效果。马雅可夫斯基的诗在我国发生了良好影响，他的诗的形式也给我国新诗创作别开了一个生面。但是通过自由翻译，也由于译者的不加说明，我国读者不知道他的后期诗的特殊形式，在我国被称为"阶梯式"的形式，基本上还是格律体，把"阶梯"拉平了，分析起来，各行音步数或重音数基本相等，因此误以为就是自由体。而他在诗中格律上照内容情调适当安排和变换各种音步的苦心以及这种处理对于俄文读者所起的效果，当然更不了然。因此，译出外国诗最好附带注明原来形式怎样，是自由体还是格律体，格律是怎样，用自由体来译格律诗的场合尤其是如此。

用自由体来译格律诗也可以产生好译品。外国也有用这种办法而产生好译品的。用意是提防把外国格律诗译成了不相当的本国格律体，特别是带了随本国格律体旧诗而来的陈腔滥调，叫读者一点也感觉不到外国诗的本来气息。英国人詹姆士·雷格用英国格律体翻译我国的《诗经》就远不如他的同国人阿瑟·魏雷用自由体（或者象我们所说的"半自由体"）翻译的见长。当然，这和译者个人才能和语言艺术工夫的高低也有关系，有更大的关系。从此也可以看出：具有足够的语言修养才能用格律体译诗，而另一方面，不借助于适当的形式，相当的格律，而能在译诗中见长，更需要高度的语言艺术水平。

解放前，我国也已经有了用格律体翻译外国格律诗的尝试，只是失败较多或者成绩不显。解放后，这方面的成绩还是不多，但是办法已经为较多人所能接受或者赞成了。这种发展，和我国新诗创作对于格律探索的情况恰好是相应的。

　　新诗创作中要解决格律问题，关键是在以什么为一行诗的格律单位，以单字（即单音）为单位，还是以顿（或音组）为单位。着眼在一般旧诗各句字数相同，过去有些人主张新诗格律以单字为单位；鉴于一般旧诗每句顿数相同以及顿法变化在调子变化上起更重要作用，现在更多人主张新诗格律以顿为单位。由于第一种主张，过去产生了不少不大成功的"方块诗"；而现在有许多成功的诗句无意中暗合了第二种主张。

　　创作是如此，把外国诗译成什么样的格律体才合适？过去也有过以单字数抵外国格律诗每行大致固定的音缀（单音）数的主张，现在差不多只有以相当（而不一定相等）的顿（音组）数抵外国格律诗每行一定的音步数的倾向。哪一种比较切实可行？

　　关于第一种主张，《苏联卫国战争诗选》的译者们试行了以后，自己指出说，这样做遇到很多困难。第一，我国语言已经从以单字为准的古代文言进而为以词为准的现代口语，译诗以单字为准显然违背现代口语的特点；第二，外国语言的音缀以元音为准，一个字包含几个元音就算几个音缀，而我国语言若以单字为准，一个字在任何情况下都只能构成一个音缀，这样中文的单音和外文的多音缀无论怎样也搭配不好；第三，即使在形式上译诗各相应行包含与原诗音缀相等的整齐字数，诵读起来却必须两个字、三个字连在一起念，每个字在时间上的间歇和听觉上的效果也不可能与原作的音缀相等。

　　《苏联卫国战争诗选》的翻译实践也恰好证明此路不通。为了硬凑字数，译者们不惜违反我国的语言习惯。"一团乌云在那飘荡"，"让他们象雪崩似冲向法西斯"这类别别扭扭的句子就成为不可避免的结果。译者在序文中说："译出的诗大多数生硬不堪，诗意尽失……既失原诗音韵之美，甚至弄得不象诗，而只是字的堆砌了。"①

　　关于后一种作法理由很简单：以顿为节奏单位既符合我国古典诗歌和

---

　　① 《苏联卫国战争诗选》，林陵等译，时代出版社一九四五年版（查该书是一九四六年四月初版——编者）。

民歌的传统，又适应现代口语的特点，我们的方块字是单音字，我们的语言却不是单音语言。我们平常说话以两个字、三个字连着说为最多，而不是一个字一个字分开说的，因此在现代口语中，顿的节奏也很明显。欧洲（包括苏联）格律诗每行音缀（单音）数虽然也大致固定，每行音步性质和音步数却是关键（法国格律诗是例外，它另有一套）。我们的顿法（音组内部性质和相互之间的关系）也还可以有种种进一步的研究，我们首先用相当的顿数（音组数）抵音步而不拘字数（字数实际上有时也可能完全齐一，至少不会差很多）来译这种格律诗，既较灵活，又在形式上即节奏上能基本做到相当，促成效果上的接近。事实上，十年来这种作法也已经产生了一些比较成功的译品，已经显示进一步发展的可能性。

外国诗歌格律有各种不同；格式更是繁多，各有妙处，有的结构还相当复杂，在我们的格律体翻译中也就特别困难，还需要在实践里更多探索，才可能逐渐找到处理的办法。

不论试用格律体翻译或者自由体翻译，都需要译诗者有意识地、有原则地、有目的地进行试验。诗歌语言的锻炼也可以从中得到。"百花齐放"正是我们应当遵循的方针。只有通过艰苦的、反复的实践才能为诗歌翻译开拓出一条宽广的大道，达到艺术创造性的水平。

三、从几个文艺理论问题看外国文学研究工作

开国十年来，我们的外国文学研究工作，作为一个开端，已经在马克思列宁主义原则的指导下得到了一些研究外国作家和作品的门径。实际需要和实际经验使我们明确认识了：我们研究外国文学，自有其特点，研究苏联文学，也不是例外。首先，即就目前而论，为了辅助我们的思想教育，为了适应我国发展文学创作和文学理论、开展文学运动的要求，研究外国文学，就决不是任何外国人所能代替的。其次，伟大的文学总是既是民族的，又是世界的，因此我们大可以从自己的角度，提供自己的看法，以丰富大家的认识。最后，从长远来说，文学虽然不同于自然科学，文学研究也是一种科学研究，到我们科学文化水平普遍提高

了，再加上充分发扬了我国悠久而丰富的文学传统经验，我们在外国文学亦即世界文学的研究上，也必然能够象其他学科的研究上一样，作出独立的贡献。这点认识的指出会有助于改变我们的研究工作者中间目前还多少存在的这种心理：对于苏联文学，凭苏联同志的正确观点，凭他们的先进经验，凭他们对于材料的熟悉，就由他们自己去研究吧，我们只要把他们的研究成果介绍过来就行了。因此这也有助于改变目前我们的苏联文学研究工作由于历史原因（过去俄语人材极少，苏联文学翻译任务特别重）和我们取得了突出成就的苏联文学翻译工作不相适应的局面。不仅如此，对于这点认识的强调也会有助于我们对于其他各国文学的研究工作的开展。十年来，尤其是近几年来，我们在西欧古典文学研究方面，经验较多，因此较多认识了这方面包含的比较复杂的问题，以及从旧到新、从幼稚到成熟的发展过程里不可避免的一些问题。提高到文艺理论的原则上来看这些问题，分析它们，不仅对于我们的西欧文学研究工作的进行会有帮助，而且对于我们的其他各国文学研究工作的进行也会有帮助。我们就从文学反映现实的问题、人物形象的问题、思想和艺术的关系问题这三个方面来探讨一下我们的研究工作在前进道路上所发生的特别有意义的问题。①

1

文学是社会现实的反映。文学是上层建筑。文学都有它的社会根源和社会意义。这在理论上现在都已经被我们外国文学研究工作者所接受了。但是在研究实践里，我们怎样看待文学作品的社会背景？怎样分析时代精神？对于针砭时人时论的作品，怎样看它们的深广意义；对于具有深广意义的作品，怎样看它们的时代特色？重大历史事件是否在重要

① 探讨这些问题有时需要从公开发表出来的专门论文、一般评论、译本序文以至读书笔记等等当中举例或援引字句。这里不是对于所有这方面论著的总评，更不是总评其中的缺点。因此不一定涉及到有严重缺点的文章，倒可能涉及到基本上优秀的文章，涉及到的文章可能还有很多别的问题，也可能别的方面全无问题。因为讲问题，而问题不等于缺点，有时也会提到对于问题的解决有所启发的文章。我们着眼在问题，不在文章。

作家的重要作品里都有直接的反映？十年来我们在外国文学研究工作方面的经验正要求对这些问题作一番考虑。

我们现在谈论外国作家和作品，特别是外国古典作家和作品都不忘记交代当时的社会背景。把产生作品的社会背景弄清楚，对于了解作品本身，的确大有帮助。我们目前也就常常这样帮助了读者。但是社会对于文学，并非只充背景，衬托作品，就象我们的一篇论文里所说的，"犹水之于鱼"①。从鱼我们看不到水，而从有价值的文学作品我们会多少看到社会的缩影。社会对于文学作品有内在的血缘关系。因此我们必须从这种联系来分析作品，探讨作家的思想和艺术的发展，而不能只是泛泛交代一下背景。我们目前有些讲背景的做法就有问题：讲社会背景有时只成了点缀。由此出发，上面提到的这篇论文②，探讨罗曼·罗兰的"思想与艺术的源流"就大有问题。这种"源流"当然是值得探讨的，对于这位大作家"思想意识的形成与发展"，"思想上复杂的矛盾"根源何在，更值得探讨。探讨却是怎样进行呢？开宗明义，声明一下罗兰的"思想矛盾是有它的社会背景与阶级根源的"，"在一定程度上"反映了"时代的矛盾"，于是泛泛讲了一些历史背景和社会条件以及罗兰的反应，一笔表过，文章就在另一方面，在罗兰所受的主要是书本上的影响一方面，大做特做。这首先还不是不成比例的问题，而是本末颠倒的问题。就是讲从古希腊一直到现代法国许多思想家和文学家对于罗兰思想和艺术的影响吧，我们需要知道的是确曾起过深刻作用、关键作用的影响。事实上，说罗兰思想和艺术处处都受到别人的"影响"或"感染"，就等于不说。因为没有联系罗兰自己的由当时社会条件决定的思想意识来分析他真正从前人受到的起决定作用的影响，罗兰为什么同时接受前人的理性主义和神秘主义的影响当然无从说起，更不能说明罗兰为什么接受了这些影响而又不接受另外一些影响。这样倒好象证明了和原来开宗明义所讲的恰好相反的道理。因为不仅效果如此，其中隐含的结论引伸出来也

① 孙梁：《论罗曼·罗兰思想与艺术的源流》，《华东师范大学学报》人文科学版，一九五八年第二期，六七页。

② 同上，六七至九一页。

只能是这样：罗兰的思想和艺术满是从别人那里拿来的东西，没有这些东西就没有罗兰的思想和艺术。这就是所谓"源流"的说法：从思想产生思想，从艺术产生艺术。西方现代研究莎士比亚的资产阶级学者当中的所谓"历史派"的"比较研究"，也就是这样"比较"来"比较"去，把莎士比亚的艺术创造全部派给了前人，什么都不剩了（只是他们搞这一套花样的本钱比我们当然大得多）。我国当代也发生过没有《西厢记》就没有《红楼梦》的错误议论，原因也是如此（只是我国文学遗产对于我们究竟还要熟悉一点）。由此可见，讲清楚社会背景，就是要进一步探讨社会对于作品内容的内在联系或者进一步联系社会、历史条件来分析作家思想、艺术的发展。

我们研究文学作品或者文学潮流，既然要把我们从时代实质所得到的认识贯串到问题研究本身里去，当然首先要有正确的认识，也就是说要遵循历史唯物主义的指导原则，我们对于时代精神或者时代特征要有阶级分析的看法。否则，我们开宗明义讲时代精神或者时代特色，首先作了唯心主义的解释，贯彻下去，当然只能歪曲了具体文学作品或者具体文学潮流的真相。我们的研究工作中就有这种情形。例如，有一篇论斐尔丁的文章[1]一开头就笼统肯定"欧洲十八世纪是讲求理性的时代"，英国十八世纪主流思想的特点是"在开明趋势里采取保守态度"，由此出发，当然会自然而然，错误地把"充分表现了时代精神"的斐尔丁的小说看作了对于社会现实的纯客观反映，而且总是"不免歪曲了人生真相"的反映。实际上，不作阶级分析，抽空社会内容，结果当然只看见这位现实主义小说家作品里反映的一些表面现象，看不见那里所反映的本质方面，因此贬低了斐尔丁小说的意义，也曲解了现实主义的概念。同样，再举具体例子说，有一篇纪念《包法利夫人》成书百年的文章[2]一开头就确定十九世纪以科学精神为特色，而忽略了时代精神里更重要的方面，

---

　[1] 杨绛：《斐尔丁在小说方面的理论和实践》，《文学研究》一九五七年第二期，一〇七至一四七页。

　[2] 李健吾：《科学对于十九世纪现实主义小说艺术的影响》，《文学研究》一九五七年第四期，三九至六五页。

由此出发，讲法国当时现实主义小说艺术的发展，自然也就会错误地把自然科学对于它的影响放在决定性地位上，看不见法国小说创作里的批判现实主义的发展主要是由当时的历史条件和阶级斗争所规定的。我们决不可把现实主义同受自然科学影响较深的自然主义混淆起来，虽然过去的作家常常分不清这两种概念。即使就自然主义而论，它的发生也有它自己的阶级根源和社会意义。抽象的讲时代精神、时代特点，因为超阶级，也就超时代，贯彻到文学作品或者文学潮流的分析里去，只有模糊了其中表现出来的时代感觉、时代面貌。西方资产阶级学者和批评家也就常这样做，常产生这样的结果。

作为斗争的武器，文学作品反映现实，当然会针对当前的社会问题、思想问题。但是大作家总是对这些问题看得深刻，因此在他们的文学创作里处理这些问题也就较能深入到本质的方面。而他们的作品在完成了当前任务以后，所以能有长远的价值，主要也就是因为它们用高度的艺术手段，对当时社会现实作了深入本质的反映。我们今日研究古典作品当然更不应该停顿在探讨它们对时事时论的表面针砭上，而要进一步看它们对现实本质的艺术处理。否则我们就容易发生偏重考证古典作品类似"影射"这一种作用的倾向，而模糊了作品的更为深广的意义。例如，狄更斯在他的一些小说里可以肯定对当时的资本主义的"哲学"进行了斗争，但是与其这样看，不如把这些小说看作是对资本主义社会制度的揭发，更切合实际。从这个更为全面的角度去探讨狄更斯小说的意义才会深入，才会说明问题。要不然，象我们所读到的一篇论狄更斯的文章那样[①]，把探讨的目标局限在这些小说对几种资产阶级学说——"马尔萨斯主义、功利主义和曼切斯脱学派的政治经济学"——怎样进行批评的问题上，结果只能缩小了这些小说的意义。不但如此，为了那样的目标而在这些小说里找例证，找线索，有时还不免自陷于牵强附会。确定《艰难时世》的"宗旨就是在给功利学派与曼切斯脱学派一个狠狠的打击，而它的主题就是在说明这些资产阶级哲学的毒害"，这已经偏狭了，从此进行探

---

① 全增嘏：《读狄更斯》，《艰难时世》，新文艺出版社一九五七年版，三六三至三九四页。

索，自会限制了小说里揭露的社会矛盾的深刻性。说狄更斯在他的从《奥利佛·推斯特》到《圣诞小说》一系列小说里都是在批判马尔萨斯主义，那就更不容易令人信服。这种看法和那种追究小说人物的"影射"意义的作法是一脉相通的。无怪乎我们在同一篇文章里也见到了拿"狄更斯书中许多人物都是有所本的"这一点作为理由来辩护狄更斯描写人物的夸张手段的情形。我们注意到文学反映现实的斗争意义，从阶级观点出发，因此就能接触到研究对象的一些本质的问题。但是我们还要摆脱资产阶级治学方法的牵制，才能深入问题而不至于舍本逐末，又返到浮面。

　　文学反映社会现实，愈是深刻，就愈是具有广泛的意义。同时，所以能如此，还是因为它表现了时代的特征。文艺复兴时期的英国剧作家本·琼孙赞扬他的同时代剧作家莎士比亚，说他是"时代的灵魂"，又是"属于所有的时代"，道理也就是如此。欧洲资本主义社会兴起、发展、逐渐衰落的过程已经有几百年的历史，每一个阶段都有它自己的特色。这种特色也就规定了艺术反映的特色。我们研究它们，固然要指出它们的广泛意义，却又要不放过它们所表现的时代特征。例如，我们不把斯丹达尔的小说《红与黑》所反映的社会现实局限于它所直接描写的法国第二次王政复辟时期的范围，这是应该的。但是我们又不能推到另一个极端，把这部小说里所反映的社会现实了解得和欧洲十九世纪以前一二百年或者帝国主义时期的社会现实几乎没有什么差别。实际上我们对《红与黑》的评论中却有了这样的情况。有一篇论文[1]把于连·索黑尔的悲剧的基本精神解释成：一个有才能有理想的平民出身的青年，原是要做一番大事业，"去伸张正义，消灭罪恶"，感到幻灭，对黑暗社会，孤军奋斗，结果演出了悲剧——也就是"时代的悲剧"。这就片面了，正因为作了一般化的了解。这个公式，除去了平民出身这一点，也适用于莎士比亚笔下的哈姆雷特的悲剧，而且显然在那里还更合适一些。也就因此，从细节上说，发现自己"唯一信任和热爱的女人竟会背信弃义，成为敌对阶级的帮凶，把他出卖了"这一个理由，只要把"敌对阶级"换成了不那么

---

[1] 黄嘉德：《司汤达和他的代表作〈红与黑〉》，《文史哲》一九五八年第三期，四八至六〇页。

严格的"敌对方面",与其说适用于于连谋杀德·瑞那夫人的场合,不如说更适用于哈姆雷特用疯话侮辱莪菲丽雅的场合。同时,在于连入狱以后发现德·瑞那夫人还信任他、爱他的场合,说"这个发现恢复了他的人生美好的理想",也不如说在哈姆雷特后来发现他的母亲并不知道他的父亲是被他的叔父谋杀的场合,还比较恰当。于连对德·瑞那夫人尽管有真情,但是其中已经夹杂了别的东西,决不象哈姆雷特对他的情人和对他的母亲的感情那样单纯了。于连对人生的"理想"决不是象哈姆雷特的那种人文主义理想那样的"理想"。于连固然有他反抗当时社会进行斗争的一方面,却也有他以当时统治阶级为目标而向上爬的一方面。十九世纪上半期欧洲小资产阶级知识分子,一般说来,和文艺复兴时期近于"文化巨人"一类的人物,情形也已经大不相同。我们对各时代的资产阶级恋爱观也应有所区别。归根结柢,资产阶级恋爱观本质上是一样的,都是个人主义的。但是从资本主义关系初兴起的时期和资本主义长足发展的时期(更不用说在它的下降和衰亡时期了),即使在同一个反封建的立场上,资产阶级的恋爱观就已经有了不小的变化,因此,我们不能照另一篇评论[1]的作法,把"欧洲古典文学作品中的爱情描写"都一概说成是"恋爱自由和自私自利、互相玩弄以至狂热地追求生活放荡等结合在一起,通奸、乱搞男女关系作为对封建社会的反抗。"我们今日当然决不为资产阶级"恋爱至上"这一类思想辩护。这不成问题。问题是《红与黑》里所表现的于连的恋爱观根本不是什么"恋爱至上"论。于连最后"被逼得几乎发了狂,枪击德·瑞那夫人"主要决不是由于他的"爱情遭到教会和贵族残酷的破坏",而是因为他想在事业上实现他的个人野心的企图正要成功了而遭到了无情的打击。他对玛特尔的爱情比诸他对德·瑞那夫人的爱情,更是不纯,更由他的作为"征服"手段同时也作为进身阶梯的动机占了不小的上风。不分清这一点,那么我们就会把于连这样的人物和莎士比亚悲剧中的罗密欧那样的人物相提并论了,就只能把于连深夜

---

[1] 姚文元:《从〈红与黑〉看西欧古典文学作品中的爱情描写》,《论斯丹达尔的〈红与黑〉》,人民文学出版社一九五八年版,五一至六三页。

进德·瑞那夫人房间的这个场面当作是对于罗密欧攀登久丽叶露台的那个场面的讽刺了。忽略了时代特色，我们既不能说明《红与黑》的问题，也不能由此而说明西欧古典文学作品的一般问题。文学作品本来既然是通过特殊来反映一般的，我们探究具体文学作品所反映的社会现实的本质方面，就必须抓住具体时代的具体特征。

有意义的文学作品总是反映现实的，但是当时主要矛盾斗争，重大历史事件，不一定在重要文学作品中都有直接的反映。在古典作品的场合，情形尤其是如此。我们不能把它们的内容拿到历史事实面前去核对一下来论断它们反映社会现实到什么程度。凡是有现实感的作家总是会受到他们面前所发生的重大历史事件的影响的，但是这种影响，特别在古典作家的场合，不一定能在他们的作品里找到有形的表现。反过来说，他们的作品里，尽管没有直接反映了当时重大的历史事件，对于这种事件的根源——当时社会上的主要矛盾——总有一定联系的反映。我们研究它们，可以把这种历史事件作为参考线索来探讨它们的现实意义。在影响不明显的场合，我们却用不着硬要在作家身上找当时重大历史事件的影响，硬要把作品的内容和这种历史事件拉关系。这样做，结果反而好象在证明作家和作品可以同历史现实并不相干的资产阶级文艺观点。我们研究乔叟的现实主义发展道路和一三八一年英国农民起义的关系，就产生了效果和本旨适得其反的情形。这个题目当然是可以研究的，只是我们应该实事求是，避免硬套。有一篇论文①恰好证明这一类硬套做法的行不通。我们当然"不应该从表面上看问题"，象一般资产阶级学者常做的那样，把乔叟称为宫廷诗人。但是我们不能因为同时代的宫廷诗人高渥写过一篇文章诬蔑一三八一年的农民起义，而乔叟在他《律师的故事》开场白中，借律师之口，说高渥写的罪恶故事"有些伤风败俗"，就认为乔叟对这场起义采取了相反的态度。乔叟在他四十岁左右，也就是在一三八一年农民起义前后，写出了比较重要的作品，这一点事

---

① 方重：《乔叟的现实主义发展道路》，《上海外国语学院季刊》一九五八年第二期。四九至五八页。

实并不能说明那是受了这次农民起义的影响。他"对于人物性格的深入观察，他所特有的幽默以及文字的灵活运用，还都在一三八〇年以后才充分地表现出来"，这一点事实，更不能说明那是这种影响的结果。分析乔叟《坎特伯雷故事集》第一篇《武士的故事》，从其中两个武士争夺情人、进行比武、一个战胜而死、一个战败而赢得爱情的情节，指出作者对于封建社会的讽刺是可以令人信服的，同时说这是"对于战争的诅咒"却是十分勉强。而如果说前一点意义和一三八一年农民起义的根本倾向是一致的，那是可以的，把后一点意义——"似乎在告诉人们，一味追求战场上的胜利必然会带给自己死亡"——即使有的话，联系上一三八一年农民起义的原因，那就扯得更远了。既然除此以外，在《坎特伯雷故事集》里再也找不出和这次年[①]农民起义有什么表面上的联系，我们就不要去硬找，而只要把这些作品反映现实的深刻性挖掘得深入一些，却[②]一定能看出它们的时代意义。

表面上只是庸俗化、实际上和资产阶级治学方法的牵强附会一脉相通的这种倾向外国也有。例如，产生著名小说《呼啸山庄》的英国本国也就有人提出论点说："艾米莉·勃朗特自己尽管不觉得，希斯克利夫就是饥饿的四十年代反抗的工人形象，而凯撒琳就是当时知识阶级中感到他们本身的事业必须与工人的事业结为一体的那一部份人。"[③]我们肯定其中的好意，但是，和英国阿诺德·凯特尔一样，并不能同意这种解释。这种看法似还不如我们有的年轻人提出的看法，他认为《呼啸山庄》是时代产物，却不是反映当时资产阶级和无产阶级之间的这个主要矛盾的小说，同时却又浸染着表现这个主要矛盾的残酷斗争的色彩，阶级斗争

---

① 此处"次年"并用，疑是作者原稿先用"年"后改为"次"，原刊误将两字俱排，因此造成"年"字衍。——编者注

② "却"字后这句话是前句的递进，并无转折之意，因疑作者原稿或作"即"而被刊物误认误排为"却"了。——编者注

③ 见阿诺德·凯特尔：《英国小说引论》，有关译文见《论艾米莉·勃朗特的〈呼啸山庄〉》，人民文学出版社一九五八年版，五八至五九页。

的色彩。①马克思列宁主义经典著作里早就提供了我们分析作品的理论根据。列宁自己对于托尔斯泰作品的分析尤其是突出的光辉榜样。这位远比艾米莉·勃朗特视野宽广的俄国大作家并没有在他的小说里直接写俄国革命，但是列宁还是称他的作品是"俄国革命的镜子"。我国的伟大小说《红楼梦》几乎没有写到农民，没有直接反映封建阶级和农民之间的这个主要矛盾，但还是不失为我国封建社会的一部百科全书。

2

文学反映现实，往往通过典型人物的塑造。这在理论上对于我们的外国文学研究工作者已经不成问题。这里只需要谈谈：根据十年来大家的实际经验，怎样来理解这几点——典型人物形象的概括性看法和"人性化身"论的区别；典型环境典型性格的创作方法和作品的具体写作安排的区别和联系；关于阶级性和社会性质的科学概念对于人物艺术形象的衡量标准；人物艺术形象的多重作用和统一效果。

文学作品里的典型人物总是表现了鲜明的性格。性格总是在人物的斗争行动中，也就是在作品的情节中，得到了表现。而真实的作品人物的斗争行动，亦即真实的作品情节，又总是社会矛盾的反映。道理明显。因此我们分析作品里的典型人物也显然必须结合作品反映的当时社会的实际矛盾关系的分析来进行。我们不能从概念出发，着眼在抽象地或者孤立地考虑人物的性格。应当承认：文学作品里的著名典型人物，往往以他们的一两个特点，特别为大家所熟悉，为大家在日常谈论中所援引，以说明问题。例如，我们常常提哈姆雷特的动摇不定，或者堂·吉诃德的主观主义，正如我们常常提阿Q的"精神胜利法"。但是这就象我们平常用大家熟悉的事物作比喻一样，都是有限度的。用作比喻的事物的一两点特色并不能概括这些事物的全貌。同样，提这些典型人物的这个或者那个特点，并不等于点明这些典型人物的真相。作家所创造的

---

① 陈煜：《论〈呼啸山庄〉中两种势力的斗争》，《论艾米莉·勃朗特的〈呼啸山庄〉》，人民文学出版社一九五八年版，一至一四页。

典型人物能成为家喻户晓，即使仅以一两点特色为大家所提说，这当然证明了他们创造的成功。但是典型人物创造的意义并不在于以一两点特色在社会上广泛流传。成功的典型人物的教育作用，也就是感动人启发人的艺术力量，主要是在于通过他们而达到的对于一定社会的历史发展的本质反映，是在于一提起他们就令人非常真切地想得起和感觉得到作品里所反映的整个社会，整个社会里的矛盾斗争。因此，我们分析文学作品里的典型人物，可以拿社会上对于他们的流行概念作为线索，却不能围绕着这些概念兜圈子。要不然，围绕着这种流行的概念兜圈子，离开了作品内容，离开了作品写作时代的社会现实而只是作孤立的、抽象的考虑，就会陷入"人性论"和"化身论"的泥淖。我们分析著名作品里的典型人物的时候，还是该多注意恩格斯的名言，而不忘记"典型环境"。

恩格斯的名言"典型环境中的典型性格"是大家都知道的。对于我们，有一点却还需要明确：这句话里的"典型环境"含义既深且广，又和"典型性格"不可分开。这里涉及的是一个认识现实、概括现实的创作方法的问题，不是一个写作技巧的问题。因此我们分析典型人物的时候，不能仅从所谓"典型职业"等类的配置来证明环境典型，更不能说"选择"环境以"配合"典型性格。但是，作家掌握了正确表现出"典型环境中的典型性格"的创作方法，也就会在他的写作安排上有所表现。因此充分理解了作家的和世界观不可分的创作方法，我们就容易恰当分析作家创造人物的艺术技巧。

文学作品中的典型人物，既不同于一定社会里生活的真人，也不同于分析一定社会的各种人、各阶级的人所得出的科学概念。他们在作品中自有其特殊的艺术作用。因此，用正确的科学概念来解释典型艺术形象，必须恰当。恩格斯《反杜林论》里边的一段话，常为今日的文学理论家和批评家援引来说明资产阶级文学作品中的人物形象问题。发挥马克思关于资本主义生产条件下的分工使劳动者成为畸形儿的理论，恩格斯说："随着这种分工，人自己也分成几部分。为着行动的某一方面的发展，一切其他肉体的和精神的能力，就遭受了牺牲。人身的残缺，与分工同时并进……大工业的机械，更把工人从机器的地位转成为机器附属品的角色。……不仅是工人，而且直接或间接剥削工人的阶级，也都因分工而被自己的活动的工具所奴役：精神上空虚的资本家，为自己的资本及自己的利润欲所奴役；律师为自己的化石似的法律观念所奴役，这种观念，作为独立的力量支配着他；一般的'有教养的阶级'，为各种地方限制性和片面性所奴役，为自身肉体上和精神上的近视性所奴役，为自己的残缺的专门教育和终身束缚于这一专门技能的事实所奴役，——虽然他们的专门技能，只是在于坐吃现成，无所事事。"[①] 这段话引来说明不反对资本主义社会现实的资产阶级作家不可能创造伟大的人物形象、人物性格，这是对的。但是我们决不能据此来推论批判现实主义小说家在他们的小说里也就不能创造活生生的富有艺术效果的典型人物。我们有一篇论文的作者为狄更斯辩护，批判资产阶级的贬抑说法，在所谓狄更斯人物都是"平面人物"的指责面前，没有弄清楚真相如何，而也就借恩格斯关于分工影响的这段话作为盾牌了。他当然不能负全部责任，因为他只是赞成英国一位进步批评家这样做，只是转述了这样的意思："狄更斯把他的人物画成平面的，因为在他看来，这些人根本就是平面的，而这些人所以是平面的缘故，就因为他们所处的那个社会已经把他们压扁，使他们不能恢复原状了。"[②] 这番话根本不对头。照此说来，所有杰出的欧洲十九世纪批判现实主义小说家都应该把人物画成平面的，要不然就不符合现实，价值就不如狄更斯了，哪怕那是巴尔扎克或者托尔斯泰。照此说来，如果我们相信只有到共产主义社会，人类才能全面发展，个性才能真正解放，那么我们就能不承认过去的现实主义优秀作品里写出了个性分明的人物吗？我们说旧社会黑漆一团，我们是否要在纸上涂一团黑漆，才算表现了它这一点？现实和现实的艺术反映，究竟不完全是一回事。事实很明显，现代资产阶级作家自己创造不出狄更斯那样的显明突出的典型人物，反而指责他们是"平面人物"，这正是掩护

---

① 《反杜林论》，人民出版社一九五六年版，三〇八至三〇九页。

② 全增嘏：《读狄更斯》，《艰难时世》，新文艺出版社一九五七年版，三六五页。

自己写人物写得灰色苍白的毛病（要照上面辩护狄更斯的方式来讲，这种毛病倒不是毛病，而是成就了，因为实际中的资产阶级人物就是灰色苍白的，写得这样，才真算合情合理，合乎现实）。小说家写人物，可以用"平面"方法（应该说是一面突出的表现方法），也可以用"圆面"方法，（就是多面浑成的表现方法）。反映社会现实的积极面是如此，消极面也是如此。成功与否就只看他把人物是否写得鲜明、生动，把社会现实是否反映得正确、深刻。而这种鲜明性、生动性和这种正确性、深刻性就有密切关系。正是在这个关系上，对于社会现实的科学认识才可以用来衡量对于社会现实的艺术反映的价值，典型人物形象的价值。

　　同时，文学作品中的典型人物，作为作家揭露社会矛盾、表达自己的是非观和爱憎感情的艺术工具，效果总是统一的，作用可能有多重。我们分析具体人物形象，指出他们的明确意义，不能采取简单化的办法。例如，博马舍戏剧《塞维尔的理发师》的主题思想的反封建性质是一目了然，不成问题的。这里的矛头集中针对贪吝顽固的霸尔多洛也不成问题，从《塞维尔的理发师》又名《防不胜防》这一点上也看得出。他是全剧的主角，反面主角。要讲剧中人物之间的矛盾，那也就是他和其他角色的矛盾。这些其他角色当中费加罗占了一个突出的重要地位。也就是他给了戏剧极大的力量，深刻的现实主义和人民性。就剧情本身而论，喜剧冲突只能说在于霸尔多洛和其他人物的矛盾。但是我们有一篇论文[①]在这个戏剧冲突里找出了和"红脸"主角相对的"白脸"主角，却正好破坏了戏剧本来有的浑成的效果。论文作者在正反面的斗争中，在正面突出了阿勒玛维华伯爵的地位，派他挂帅了，全部戏剧的精神也就有点走样了。"整个喜剧"成了伯爵和霸尔多洛之间的"一场争夺战"，罗丝娜只是"争夺的对象"，费加罗只是伯爵的小参谋。这也就落入了常套，否定了论文作者本来已经看出了的"博马舍的戏剧""在艺术上和思想上有了自己的独特造就"的事实。我们的确象论文作者所说的那样，"应该指出，

---

　　① 吴达元：《〈塞维勒的理发师〉的人物形象》，《西方语文》，一九五七年第三期，二八六至二九二页。

作者的用意不是把霸尔多洛和伯爵之间的矛盾当作阶级矛盾来处理的。"当作阶级矛盾来处理的确不行,反面的霸尔多洛倒是"资产者",正面的伯爵倒是封建贵族。我们不应该从表面看问题,纯从人物的阶级成分来看问题;我们也不应该把一切有进步意义的作品都看作当时阶级斗争的直接反映。但是象论文作者在具体分析中把问题简单化了,反而不但显然违反了剧作家的意图和作品的效果,而且使问题不必要地复杂化了。这样,再怎样解释伯爵在当时还是"红脸"主角总是困难的。反封建斗争,不论任何形式的,总有阶级根源和阶级意义。关于这一点,博马舍自己可能有问题。他为什么不选贵族人物来代替霸尔多洛,不选非贵族人物来代替伯爵?那样做应该是并不困难的。而那样更会合乎"典型环境中的典型性格"。我们有理由肯定博马舍的思想认识是有发展的(到最后写费加罗三部曲的第三部又后退了)。他在《费加罗的婚姻》这第二部戏剧里就(象这位作者在另一篇论文[①]里恰当指出来的那样)把戏剧的主要冲突明确地放在伯爵和普通人民或者"下等人"的费加罗之间了。也就因此《费加罗的婚姻》更有力量、更被公认为杰作。但是就《塞维尔的理发师》论《塞维尔的理发师》,我们不能怪作者;他只想到表现反封建的共同斗争的精神,只着意把霸尔多洛当目标,涂出了显明的"白脸",没有想到要在反"白脸"阵容里给哪一个角色涂成大"红脸",更没有顾虑到给伯爵涂大"红脸"会有什么困难,因此他完成了他自己所规定的任务(不是我们派给他的任务)。

　　这就引到了有关的多重作用问题。博马舍表现反封建斗争精神,反到霸尔多洛的头上,就阶级关系而论,如果他多少意识到这种阶级关系的话,反到了资产阶级的头上或者封建统治下的"资产者"或者市侩的头上,我们也不能说他"反"错了。当然,封建头脑在资产阶级人物身上,我们可以说,不如在封建贵族人物身上,更是典型的。但是,提高一步或者深入一步看,新兴的或者上升的资产阶级,由于它是新的剥削

---

　　① 吴达元:《〈费加罗的婚姻〉的思想性和艺术性》,《北京大学学报》一九五八年第二期,九九至一二〇页。

阶级，它的反压迫争自由的斗争总是不彻底的。它在资本主义原始积累的过程当中，为社会生产力的发展、破除障碍、铺平道路所付出的代价，主要是派给劳苦大众来担负的：农民赤贫化，城市手工业工人无产化。它争取政权的革命斗争主要又是倚靠了劳苦大众的力量，但是在劳动人民要求更全面解放的形势面前，却又转而和封建残余力量勾搭起来，同流合污，与广大人民为敌。这一切都是由这个阶级的剥削性质所决定的。资产阶级出身的古典作家总有他们的阶级局限性，但是在资本主义关系兴起或者上升时期，或者在资产阶级革命高潮时期，他们往往能在揭发封建阶级的罪恶本质的同时，也揭发本阶级和广大人民利益相矛盾的倾向，因此在作品里表现了深刻的人民性——这正是他们特别可贵的地方。这也正是他们的作品，通过人物形象的塑造来反映现实所得出的艺术效果总是统一的根本原因。我们不是说博马舍在《塞维尔的理发师》这部戏剧里也一定已经做到了这样，那还有待进一步研究，我们只是说，如果资产阶级出身的古典作家，在反封建的同时也反对资本主义制度的某些本质方面，那是可以理解的。这一切可以归结到一个需要进一步考虑的特点：文学作品中的典型人物，作为作家表达思想感情的艺术工具，往往自有其双重以至多重作用。

历来文学作品中的典型人物的确有很多不能简单地分为正面人物或者反面人物的情形。我们却不能因此就赞美作家"笔底的人物，便是最好的也会有阴影方面，坏人也能'具有某些人性'"[①]。这个说法里的"人性论"的错误是明显的，这里不谈。实际生活里每人都会有他一定的缺点。文学作品里的典型人物却是集中的表现。作家塑造正面典型人物，施展高度集中的概括本领，无需兼顾到再在人物身上集中加几点瑕疵。读者或者听众如果真被一个正面艺术典型形象吸引住了，感动了，也不在乎能不能在他身上找出几个斑点。反面典型艺术形象的成败也不在于他能不能"具有某些人性"。不论是正面的还是反面的，典型人物的成功

---

① 张威廉：《威廉·布莱德尔作品的风格特征和社会意义》，《南京大学学报》人文科学版一九五八年第一期五七页。

都系于他不是概念或者概念的化身，而是有血有肉的，不只有共性，而也有个性。人物会有发展的，正反面也会互相转化的。这也是另外一回事。这里要考虑的典型人物在作家笔下的双重作用是这样的：有一路正面人物，例如堂·吉诃德，在无碍于作家通过他们而显出爱憎分明的情况下，会使我们哭笑不得。有一路人物可以说是中间人物，例如莎士比亚喜剧《皆大欢喜》中的杰魁斯。我们有一篇在其他方面有问题的论文却能正确地指出这个人物也"起着双重作用：一方面他是讽刺的对象，另一方面他又是讽刺者。"① 另一路人物是肯定作为反面人物的，例如莎士比亚历史剧里的福尔斯塔夫，歌德《浮士德》里的摩非斯托雷斯，巴尔扎克《高里欧老爹》里的伏脱冷，也起着这样的双重作用。我们也有论文正确地指出了："在他们揭发世情时，也的确说出一些真理，大快人心，在他们为非作歹时，则与他们所看不起的高高在上的人们没有两样。这种人物的言行有时使人感到痛快淋漓，有时使人感到可厌可憎。"②

就这种双重作用的目标而言，在欧洲资本主义关系兴起和上升时期或者资产阶级革命时期的古典作品里，作家往往使用这几路艺术典型形象，在主要揭发封建阶级的同时也揭发资产阶级与生俱来的阴暗本质。我们对待这种典型人物，略一简单化了，也就会有失真相。我们现有的《堂·吉诃德》译本的序文所作的解释因此并不全面。要说明《堂·吉诃德》这部作品的人民性，不深入分析堂·吉诃德这个典型人物，那是不容易说清楚的。不指出这个正面典型人物本身的丰富内容和他在塞万提斯手里双重甚至三重作用，尤其会如此。以为堂·吉诃德的典型意义就限于"脱离实际要使〔骑士制度〕僵尸复活"，③ 就看不出这个人物有多大用武之地了。这样，序文作者就单纯强调了塞万提斯这部小说的反封建

---

① 李赋宁：《莎士比亚的〈皆大欢喜〉》，《北京大学学报》人文科学版一九五六年第四期，六三页。

② 冯至：《略论欧洲资产阶级文学里的人道主义和个人主义》，《北京大学学报》人文科学版一九五八年第一期，二四页。

③ 孟复：《塞万提斯和他的〈堂·吉诃德〉》，人民文学出版社一九五九年版《堂·吉诃德》第一部，一四页。按，人民文学出版社 1959 年出版的《堂·吉诃德》是傅东华据英译本转译的，是第一个中文全译本。——编者

意义，而在当时的广大人民当中，只记起了当时可以列入人民范畴里的新兴资产阶级，把它美化了。因此，也就很自然的，塞万提斯所以能借堂·吉诃德的口、说古人所谓"黄金时代"不是因为黄金"可以不劳而获"，而是因为当时人还不知道什么叫"我的"和"你的"这段名言也被归功于资产阶级给了他启发——"塞万提斯看到了当时上升时期的资产阶级一般是凭劳动而得到生活资料的情况，就把这看作是公平的人类的理想"！① 相反，反"你的"和"我的"，却正好同时也反到了以自私自利的阶级性特别出名的资产阶级头上。即此一点，我们也可以看出塞万提斯不但可以用堂·吉诃德来进行"两面斗争"（当然以反封建为主），而且可以同时表达自己的统一的理想，人民大众的理想。

3

文学作品，通过典型人物反映社会现实，总是表达思想的。解放以来，我们研究外国文学的，几乎没有例外，一致反对为艺术而艺术的看法。为了批判接受，为了借鉴，我们对于外国文学遗产，特别要首先看清楚其中这一部分或者那一部分的思想究竟怎样，也应该如此。外国当代作品的思想面目，我们还比较容易看得分明；加上了时代距离的过去作品就需要我们化更多的工夫才能在思想意义上加以识别。我们从今日的高度看这些作品，本着"政治标准第一"的精神，首先分析其中的思想倾向，也就成为我们的特别迫切的课题。我们外国文学研究工作者，解放以来，一反过去的作风，首先都把这个特别迫切也特别艰巨的课题担当了起来。

从开国十年来发表的外国文学评论和研究文章看来，只谈艺术不及思想的情形差不多可以说没有。我们都了解这是行不通的作法。只谈艺术，实则就是谈技巧。谈技巧对我们当然也有好处。但是单纯谈技巧，谈得好，也还是说不清我们更需要了解的作家如何通过人物塑造来反映现实本质、表达思想意图的艺术。谈得不好，还会歪曲了作家的更是根

---

① 同上，二五页。

本的艺术表现方法。即使我们并不单纯谈技巧，我们只在注意到技巧的时候，稍一看偏，突出了作家的艺术表现方法的一点细节或者一个并非关键性的方面，很容易落入过去流行过的烦琐或者不恰当说法的老套，譬如说，写美人一定要在她脸上着一点疤痕，写英雄一定要在他性格上涂一些阴影，才贴切自然，才合乎"人性"，这样可能恰好就不切合作家艺术主张的主旨，而必然恰好不切合作品艺术力量所在的实际。

就思想和艺术的关系而论，目前我们探讨外国文学作品，即使是古典作品，问题也不在只谈思想、不及艺术的作法。我们也都了解，不及艺术而只谈作品里的思想，严格说来，也是不可能的。我们分析作品的思想总还是根据作品里的人物、情节和语言。而一触及人物、情节和语言，也就涉及了艺术问题。我们在这方面的实际问题是在于：有时候我们一想到思想，就不想到人物、情节、语言在艺术上是统一体，从中表达出来的思想也应是完整的，就只想到从人物、情节、语言那里把思想割裂出来，如果不成体系，就加以整理，使之自成体系。而着手这样做的时候，我们很容易照思想流露显而易见的不同程度，一反创作规律的自然顺序，首先抓语言和情节，然后用得着才抓人物本身。这样找思想，又必然很容易在语言上限于字面，在情节上限于细节，如果还轮得到人物本身，也只限于性格上的一些片面。马克思为了说明问题，从莎士比亚或者歌德的作品里所作的著名援引，虽然所引的也是片段，却和作品的基本精神或者思想是一致的，而他这样做也并不等于他在分析这作品里的思想。我们研究作品里的思想，哪怕只是一些作品里所表现的一个方面的思想，就不能只是从其中摘取有关的条条，有如类书。

道理应该是明显的：互相类似的人物、情节和语言，在各种变化里有互相不同的意义。举例说，正如有的研究工作者谈论莎士比亚在他的历史剧里所表现的政治见解的时候所说的那样，理查二世和亨利五世在不同场合（也就是在不同情节里）说"国王也是人"一类话，意义就大有不同。[①]

---

① 陈嘉：《莎士比亚在〈历史剧〉中流露的政治见解》，《南京大学学报》第四期人文科学版（一九五六年十二月）一三九页。

或者，这里我们可以说，莎士比亚用类似的几句话说明了不同的问题。这几句话当然代表了莎士比亚自己的一点思想，而这一点思想正是通过了对于不同问题的处理，也就是说通过了不同而有联系的作品，显出了它的实质，它的全面的意义。同时，如果不单从一些字句或者细节而从全面来看理查德二世和亨利五世，我们也就不至于把理查二世看作单纯是专横暴君，把亨利五世看作单纯是理想君主，因此也就可以看出莎士比亚在作品里（哪怕只是在历史剧里）对于专横暴君和理想君主的见解并不简单——而且也有发展。也就因此，研究莎士比亚的全部历史剧，哪怕仅仅为了理解其中的思想，不按照其中所写的历史事实的顺序来看，就认不清其中的思想发展的来龙去脉，也就是认不清其中的思想；我们只有按照它们的写作顺序来探索。在对于莎士比亚时代进步思想大致有正确的一般认识的指导之下，单从莎士比亚的各个历史剧里摘取条条，作为例证，加以考虑，得出结论，当然还可以大致不差。但是不把人物、情节和语言当作统一体来看，找出来的思想意义也就会零零碎碎的；离开了莎士比亚历史剧的艺术特色来考虑的结果，莎士比亚在历史剧里所表现的政治见解也就只是一般的，毫无特色，因此也就很难说是莎士比亚自己的政治见解了。而且，如果先有的一般认识或者作为分析指导的理解原则有些问题，也就可能把莎士比亚在他的历史剧里的思想作了不恰当的解释。例如，这里提到的谈论莎士比亚在他的历史剧里的政治见解的那位论文作者说莎士比亚揭露了唯利是图思想和推崇爱国主义思想，这是正确的。[①] 但是认为劳动人民也受了唯利是图思想的影响，却有问题，因此他举历史剧里士兵在战场上父杀子、子杀父，在发现真相以前却表示要在对方士兵身上搜腰包、找金钱的情形，以及其他类似的情形，作为例证，就完全错了：穷人为了求生而卖命，我们能说他们不顾一切、唯利是图吗？同时，认为当时的爱国主义思想首先表现在"向外扩张"的要求上，也大有问题：莎士比亚既然"对英国人爱国赞许，即

---

① 陈嘉：《莎士比亚在〈历史剧〉中流露的政治见解》，《南京大学学报》第四期人文科学版（一九五六年十二月）一四九至一五四页。

对法国人爱国，有时……似乎也表示赞许"，那么我们怎能从莎士比亚表现当时英国人民的民族自豪感当中肯定莎士比亚赞许"从法国取得大量土地"，而且加以强调呢？总之，如果摘取条条的做法行得通，别人从不同的观点，也就可以开出多少条例证，支持完全相反的论点。那样争论不休，决没有是非可分，也就不会有科学性。而这也就正是我们要否定的资产阶级治学方法的一种表现。所以，相反，我们要从全面看问题，从发展看问题，从作品里的人物、情节和语言的统一性看问题，从思想和艺术的统一性看问题，因为只有这样才能解决作品里的思想问题。

马克思和恩格斯在他们对拉萨尔谈革命悲剧的时候[①]，讲到莎士比亚和席勒的问题，也就说明了文学作品里思想和艺术的关系问题。他们认为必须"莎士比亚化"，不要犯"席勒主义"的毛病，认为"不应该为了理想而忘掉现实，为了席勒而忘掉莎士比亚"。我们不应把这种意思了解错了，以为在这里席勒代表了思想，莎士比亚代表了艺术。固然，恩格斯谈到的"德国戏剧的巨大的思想深度和意识到的历史内容"，"同莎士比亚式的情节的生动性和丰富性"三者的完美融合，很容易令我们误解为莎士比亚以艺术见长。但是我们不应该忘记马克思在这个场合还说了不应当让"那些代表革命的贵族们"在剧本里"占去了全部的兴趣"，"而农民（特别是这些人）与城市革命分子的代表倒应当成为十分重要的积极的背景"，恩格斯在同样场合还说了"介绍那时候五光十色的平民社会，会提供十分新的材料以使剧本生动，会给予贵族的国民运动在舞台前部的表演以一幅无价的背景，会使这个运动本身第一次显出真正的面目"，接下去又说，"在封建关系崩溃的时期，我们从那些叫化子似的居于统治地位的国王们、无衣无食的雇佣的武士们和各种各类的冒险家们中间会发现许多各色各样的特出的形象——一幅福尔斯塔夫式的背景，它在这种类型的历史剧（革命悲剧）里会更富于效果！"这里显然就不单是艺术的考虑。虽然马克思和恩格斯并不反历史主义地要求莎士比亚象他们同时代人写历史题材的革命悲剧那样地作思想的考虑，但是能构思出"一幅福尔

---

① 《马克思 恩格斯 列宁 斯大林论文艺》，人民文学出版社一九五八年版，一〇至一六页。

斯塔夫式的背景"，也就涉及了思想问题，也就说明了莎士比亚作品的思想性。这里说明的不仅是一个对社会现实的艺术反映问题，而且是一个对于历史现实的思想认识问题。

与此有关，我们有一位德国文学研究者在评论海涅《论浪漫派》一书的时候，很有意义地提醒了我们注意海涅对于当时德国文坛上赞扬歌德的一派人和拥护席勒的一派人的评论。[①] 海涅批评了歌德派单单抬出歌德作品的艺术成就，把艺术看作至高无上，他肯定了席勒作品的政治意义；同时他又批评了席勒派一味吹嘘席勒作品里写的都是英雄，他肯定了歌德作品里每一个人物都得了精心处理而都成了主角。我们的同志据此而正确地指出了海涅既重视作品的思想性，又不忽视作品的艺术性。到这里我们当然会跟这位研究者一起想到了毛主席的教导："我们要求政治与艺术的统一，内容与形式的统一，缺乏艺术性的艺术作品无论政治上怎样进步也是没有力量的。"[②]

只是这里我们还可以强调一下海涅推崇歌德的作品并非仅仅在艺术性上作了考虑。事实上，恩格斯论歌德的文章（《卡尔·格伦所著〈从人的观点论歌德〉一书之批判》）[③] 也已经使我们了解了这个问题。恩格斯说，"歌德有时候是非常伟大的，有时候是渺小的；他有时候是反抗的、嘲笑的、蔑视世界的天才，有时候是谨小慎微的、事事知足的、胸襟狭隘的小市民"。恩格斯的这篇文章是对于别人错误颂扬歌德的"市侩主义"的一部著作的批评，因此"只从一方面〔就是从渺小方面〕观察了歌德"。但是他在这里也已经说了，"歌德过于全才，他是过于积极的性格，而且是过于富有血肉的，不能象席勒似地逃向康德的理想去避开俗气；他过于目光炯锐，不能不看到这个逃避归根到底不过是以浮夸的俗气代替平

---

① 张威廉：《从〈浪漫派〉一书看海涅的进步文艺理论和进步思想》，南京大学《教学与研究汇刊》第三期（一九五七年七月）人文科学版五一至五六页。

② 这几句引文出自毛泽东《在延安文艺座谈会上的讲话》，但这几句话在《讲话》的改定本中作"我们的要求则是政治和艺术的统一，内容和形式的统一，革命的政治内容和尽可能完美的艺术形式的统一。缺乏艺术性的艺术品，无论政治上怎样进步，也是没有力量的。"——编者注

③ 《马克思 恩格斯 列宁 斯大林论文艺》，人民文学出版社一九五八年版，三二页至五六页。

凡的俗气而已。"可见歌德在思想上，从全面看来，从深处看，也决不会差于席勒。而恩格斯最后还是把歌德称为"最伟大的德国诗人"，这当然也不可能单是指他的艺术成就而言。

我们在这里不是要说明歌德的作品或者莎士比亚的作品，不仅在艺术上而且在思想上，比席勒的作品更伟大。我们这里首先关心的还不是如何去评价的问题。我们从这里得到的启发是：分析和解释作家的作品，分析和解释其中的思想特点和艺术特征，思想特点或艺术特征，无论是莎士比亚的作品也罢，歌德的作品也罢，席勒的作品也罢，都应当从作品的思想和艺术的统一性来考虑。

固然，文学作品里的思想和艺术也可以作重点不同的分别考虑。文学史上思想和艺术不相称的作品也是有的。但是重要作品，一般说来，总是思想内容和艺术形式的统一体，总是深刻的思想和优秀的艺术的统一体。分开来评价文学作品里的思想（严格分开来说了，实际上就是抽象的概念）和艺术（严格分开来说了，实际上就是单纯的技巧），标准只能是相对的：我们都知道思想（特别是抽象的概念）总是古不如今，我们也得承认艺术（特别是单纯的技巧）也会后来居上。文学作品里的思想和艺术的统一性却是绝对的标准，可以古与今比的，而正是这个统一性才使得重要的古典文学作品能长远感动人，才是特别值得我们到今天还学习的地方。这也正是我们在研究工作中特别需要抓的关键。从此出发，我们研究外国文学作品，特别是外国古典文学作品，就可以深入一步，正如由此出发，也可以使我们类似目前对于苏东坡和王安石评价问题的争论这一种问题得到进一步解决。

4

通过艺术形式反映现实、表达思想感情的简单道理在从古到今的文学创作实践里都是应用的，但是根据这点道理来研究作家和作品，特别是古典文学作家和作品，决不是轻而易举的事情。我们外国文学研究工作者，由于研究的对象是外国的作家和作品，由于原来的基础太薄弱，解放以来，对于这项工作特有的困难，可以说有过充分的估计。我们开始自己摸索了，当然对于基本文学理论开始有了具体的认识，同时也就发现了我们的工作上还存在的问题。从上面的探讨看来，我们的一些研究工作者既表现了资产阶级文艺观点和治学方法的影响，也表现了类似庸俗社会学的倾向。二者之中，一般说来，简单化倾向占主要地位。推究原因，我们既有新经验缺少的幼稚病，也有旧影响未除的障碍。二者之中，老毛病却是占主要地位。不立不破，不破不立，互为因果，也就说明了我们的外国文学研究工作中的问题。了解了这种情形，我们在这里也就不必去区别两种倾向，两种毛病。实质上，生搬硬套和牵强附会，一般化和钻牛角尖，机械和片面，等等，在观点上，在方法上，都是相生相长的，甚至是一而二、二而一。而实际上，正是二者合起来，多少妨碍了我们对于外国文学的正确研究。同时我们的正反面经验合起来才正好使我们对于基本文艺理论的运用有了进一步的认识。

这点认识，总起来说，是这样：就运用反映现实的原则而论，我们不能仅仅交代作品的社会背景，而还要（更要）注意作品中的社会内容（内在关系）；我们对于作品所表现的时代精神，要有阶级分析；我们注意作品在当前社会斗争中的意义，也不应忽视它的更为深广的意义，同时想到作品的深广的意义，也不应忘记它的时代特色；我们深入研究重要作品怎样反映现实的本质方面，总会发现它们对于当时促使重大历史事件发生的社会上的主要矛盾有一定联系的反映，虽然不一定直接反映了当时社会上的主要矛盾或者重大历史事件。就运用人物塑造的原则而论，我们分析人物，应该着眼在通过他们所达到的对于一定社会的历史发展的本质反映，而不要孤立地抽象地考虑他们的性格，在一两点品质的概念上兜圈子；我们应该把"典型环境中的典型性格"的原则理解为不仅涉及到艺术处理的问题，而也涉及到思想认识的问题；我们不能直接用社会分析所得出的科学概念来衡量作为艺术形象的文学作品里的人物；我们分析通过人物塑造所表达的思想意义，不一定都能分正面人物和反面人物，应该注意作为艺术形象的人物在作家的笔下自有其双重以至多重的作用。就思想和艺术的关系而论，我们要从全面看问题，从发展看问题，从作品里的人物、情节和语言的统一性看问题，从思想和艺术的统一性看问题，因为这样才能解决作品里的思想问题和艺术问题，因为文学作品都不可能为艺术而艺术的，同时文学作品不同于政治论文或者历史文献，而还是文学作品。我们理解这三方面的问题实际上也就是两个问题：（1）文学和社会的关系问题，（2）思想和艺术的关系问题，而人物形象问题正是集中说明了两方面问题的问题。我们有此理解，那么我们研究抒情诗等门类以外的一般文学作品，就知道应该首先抓什么环节和怎样抓了。我们理解这就是文学研究的科学观点和科学方法，而这也就适用于我们以外国文学为对象的科学研究。

　　研究外国文学的马克思列宁主义道路当然也包括联系实际的要求。研究本国文学当然也需要联系实际的。但是外国文学研究自有它的特点，外国文学研究的联系实际问题也就有特殊的地方。虽然如此，我们联系实际、研究外国文学的原则却还应是宽泛的。简单说来，从我们的实际需要出发，运用上面所说的科学观点和科学方法，结合我们本国的具体和传统经验，阐明外国具体文学作品或者具体文学潮流，有助于我们一般的思想教育，有助于我们的文学借鉴、创作和理论水平的提高、文学运动的开展，同时也就从不同角度来多方面丰富世界人民对世界文学的认识——这就是研究外国文学的联系实际的原则。根据这条原则看来，我们十年来的外国文学研究工作在总的方面上并没有脱离实际。研究选题和选题重点，一般说来，是符合我们的实际需要的。只是在做法上，我们把研究成果普及到群众中去还只做了一点点，我们从群众中了解对于外国文学的反应就做得更不够了。同时，我们对于国内当前文学界关于创作和理论的讨论、当前的文学运动，都不够注意，很少起配合作用。这不仅是涉及了我们的外国文学研究工作对于当前实际能不能产生效果的问题，而且是涉及了我们的外国文学研究工作从当前实际能不能得到启发的问题。我们研究外国文学，成果还不大，除了种种客观原因，主要不仅是由于我们对于上面所说的科学观点和科学方法的运用还在摸索，而且也就是由于我们对于当前实际里能给我们的启发，还不曾好好吸取。例如，看起来似乎不大相干，当前关于我国古典文学的讨论，受到我们注意了，实际上也会对于我们的外国文学研究工作有好处；做好了我们的外国文学研究工作，反过来，也会有助于我们的关于我国古典文学的讨论。这个联系实际的问题里也就恰好包括了研究外国文学的科学观点和科学方法结合我国具体和传统经验的问题。

讲到联系实际，我们的目光却也要远一点，我们的胸襟也要大一点。我们不能因为偶尔有右派分子想从外国古典文学作品里找他们攻击我国新社会的弹药（那是枉费心机），也就反过来把外国古典文学作品处理得好象只是供应我们为了对比我们幸福的今日而需要的反面教材的仓库。同时，我们也不能因为一部分青年，主要是知识分子，误解了外国古典文学作品，再加上犯了时代错误，受到了不良影响（那多少也是由于我们研究外国文学的对于外国古典文学作品解释得不够或者不正确），也就反历史主义地要把影响较大的外国古典文学作品都来一通"批判"，仿佛它们都可以根据我们今日的标准来彻底改写的样子。这样做，既不合乎科学观点和科学方法，也不合乎结合我们从实际经验里得到的启发来进行研究的原则，因此不可能对于外国文学遗产作出正确的解释和恰当的重新估价，也就因此决不能使我们从外国古典文学遗产那里批判接受到什么，借鉴到什么，也就不能适应我们的实际需要。

总之，十年来的小小经验，正反面经验，使我们逐渐认识了我们怎样联系实际、用怎样的科学观点和科学方法，来研究外国文学。有了这样认识，在客观条件随着我们的社会主义建设突飞猛进而改变的形势之下，在我们大力贯彻党的"百家争鸣"的学术方针的形势之下，我们的外国文学研究工作必然也就会有很大的开展、很快的进展。

一九五九年九月

略论巴尔扎克和托尔斯泰创作中的思想表现[①]

一

今天，我们在社会主义大跃进当中的社会现实，正在证明：无产阶级是人类最广泛的文化遗产的最合理的继承人。过去的优秀文学作品只有在社会主义和共产主义社会才真能成为人民的共同财富。事实证明，这也是势所必然。但是我们继承遗产，是做遗产的主人，不是做遗产的奴隶。我们接受遗产，不是为了"向后看"而是为了"向前看"，为了创造我们自己的前无古人的新文化、新文学，以提高我们的共产主义觉悟，培养我们的共产主义新品质、新风格。毛主席一贯教导我们要批判吸收中外文化遗产、文学遗产，"取其精华，去其糟粕"。随着我们今天的社会主义革命和建设的发展形势，我们有必要重新提出批判接受外国文学遗产的问题来加以进一步考虑。"五四"以来，我们在介绍最先进的苏联文学的同时，也大量介绍了欧洲过去的文学作品，在我国知识界、创作界逐渐造成了对于欧洲文学遗产的迷信。这种迷信在今天就更加显得有害，因此更需要破除。"五四"以来大量介绍的欧洲文学遗产，通过其中所表现的思想，在我国民主革命时期，起过一些积极作用，也发生了一定的消极影响。这些思想里即使在过去起过积极作用的因素，在今天也会转化成能起腐蚀作用的毒素，因此就需要加以分析鉴定，国际修正主义者以及其他帝国主义代言人，配合他们的政治进攻，在文学战线上也就利用了欧洲资产阶级文学遗产，特别是十九世纪文学作品。他们模糊和歪曲它们的本来面目，在压低它们以抬出"现代主义"来宣扬颓废和反动思想的同时，还有另一套作法——抬高它们以攻击无产阶级社会主义新文学而宣扬其中的资产阶级旧思想。这也是提倡迷信、散布毒素的办法，需要加以揭穿。因此我们现在特别需要站在今天的高度，马克思列

[①] 本篇原载《文学评论》1960 年第 3 期，第 4—25 页，署名"卞之琳"。本篇从未入集，《卞之琳文集》也未收录此篇。此据《文学评论》本录存。

宁主义的高度，毛泽东思想的高度，首先从思想上对于欧洲资产阶级文学遗产重新作一番估价。

十九世纪是欧洲资本主义充分发展的时代，资本主义的掘墓人——无产阶级进入历史舞台的时代，所以也正是欧洲资本主义从上坡路到下坡路的转折点的时代。欧洲资本主义时代的文学，就一些主要文学形式而论，特别就小说而论，就最广泛的国家范围而论，到十九世纪也达到了高峰，而它所表现的思想上的两面性也分外突出。十九世纪离我们的时代比较近；十九世纪欧洲文学，特别是俄国和法国的批判现实主义文学，对于我国"五四"以来的文学界和一般读者比较有影响。我们都知道，正如全世界都公认的，巴尔扎克和托尔斯泰是欧洲十九世纪批判现实主义文学的最杰出的两位艺术大师。他们各自在思想上的矛盾又非常突出。马克思和恩格斯对于前一位的作品、列宁对于后一位的作品，都十分推许，同时也指出或者分析了他们在思想上的矛盾。国际文学界的现代修正主义者就特别利用了巴尔扎克和托尔斯泰的例子，歪曲了马克思主义奠基人和列宁的评价和分析，除了一般性的利用来加强偶象崇拜和散布思想毒素以外，更利用了世界观和创作的关系问题，来破坏无产阶级社会主义文学的正常发展——宣扬社会主义文学不要无产阶级政治，只要资产阶级人道主义；不要无产阶级党性，只要抽象的也就是资产阶级所认为的"真实性"。这样，在我们今日对于欧洲资产阶级文学遗产的重新估价当中，巴尔扎克和托尔斯泰的例子就具有突出的意义。

我们承认，欧洲十九世纪积极浪漫主义文学和批判现实主义文学，反映现实，表达理想，对于社会历史的发展作出了重要的贡献。在十九世纪欧洲资本主义大踏步发展、近代工人阶级开始走上历史舞台的社会里，资产阶级和无产阶级的矛盾日益尖锐化的社会里，资产阶级进步文学的进步功能主要就在于揭发和批判当时的社会现实。欧洲十九世纪积极浪漫主义文学也对于当时的社会现实作出了有力的揭发和批判，只是揭发和批判当时的社会现实更是批判现实主义文学的特长，也正是它的主要力量所在。巴尔扎克和托尔斯泰的重要作品所以能成为艺术高峰，主要原因也就在于他们最善于揭露当时的社会现实。为了破除对于十九世纪欧洲文学的迷信，为了消除和杜绝它已经和可能发生的消极影响，也就是为了揭穿国际修正主义者歪曲利用它的阴谋诡计，我们正可以就从作为它的最高峰的这两位艺术大师的作品着手，看它们揭露现实，究竟有怎样的思想基础，表现了怎样的思想倾向（"理想"或者空想），作一些简括的分析，作为引子，以便从而进一步全面认识欧洲批判现实主义文学的思想面貌、思想价值。

二

马克思曾经打算写关于巴尔扎克的专题研究文章，因为更迫切的革命任务繁重，未能如愿；恩格斯只是在一封信里讲到了巴尔扎克的现实主义。但是他们留下来的片言只语，特别是恩格斯在那封信里的著名论断，对于我们具有指导性意义。列宁关于托尔斯泰发了一系列文章，作了具体阐明、深刻分析，给我们提供了典范。马克思主义奠基人和列宁的经典性分析和估价，使我们对于具体运用辩证唯物主义和历史唯物主义原则进一步正确评价巴尔扎克和托尔斯泰的作品以至整个十九世纪欧洲批判现实主义文学，得到了可以遵循的途径。别有用心的修正主义者想从那里钻空子，只能碰得头破血流。

恩格斯肯定巴尔扎克有他的保皇主义；列宁特别指出托尔斯泰有他的"托尔斯泰主义"。这都是不抹杀事实。同时，恩格斯认为巴尔扎克"在他的《人间喜剧》里，给予了我们一部法国'社会'的卓越的现实主义的历史"；列宁认为"托尔斯泰是俄国革命的镜子"，托尔斯泰"创作了俄国生活的无比的图画"。这都是经典性论断。我们今天作为一种战斗任务来进一步评价以巴尔扎克的和托尔斯泰的作品为高峰的十九世纪欧洲批判现实主义文学，就必须抱这样的科学分析精神。

我们可以理解，想钻空子的阴谋家却自以为发现了这里有一道不小的裂缝：巴尔扎克和托尔斯泰各自的世界观和他们各自的创作之间有了不能统一的矛盾。实际上，二者之间既有矛盾，也有统一。世界观本来是一个统一体，同时又是各种观点的综合。巴尔扎克和托尔斯泰这一类作家的政治观点、哲学观点、道德观点、美学观点这种种观点之间可以有这样那样的矛盾，他们的创作里也就会有这样那样的矛盾。恩格斯明明提到了巴尔扎克观点、感情里的尖锐矛盾；列宁指出托尔斯泰观点、学说里的尖锐矛盾，更为具体。证诸事实，巴尔扎克和托尔斯泰思想上消极的一面和积极的一面，在他们的创作里都有所反映。矛盾的世界观，矛盾的创作意义，这是矛盾的统一。进一步，有人会提出问题：巴尔扎克和托尔斯泰各自的思想的两面性当中，创作意义的两面性当中，究竟哪一面是主要的？因此也可以有人把巴尔扎克和托尔斯泰的思想、观点，进行统计，和他们的创作意义进行对照，得出结论说：巴尔扎克和托尔斯泰的思想、观点，即使在当时，主要都是反动的（这一个论断实际上应有所保留），他们的创作在历史上主要都是进步的（这一个论断实际上是过份了），可见他们的世界观和创作基本上都是矛盾的。这样看，实际上，还是形而上学的看法。文学的功能本该是有助于读者的认识世界，也有助于他们的改造世界。十九世纪资产阶级文学反映现实的意图里实际上也包含揭露现实和表达"理想"两方面。巴尔扎克和托尔斯泰，正是由于各自的世界观的限制，在他们各自的创作里表现出来的思想上的长处和可取处，主要就只在于揭露资本主义社会现实这一方面，而这一方面的确有不小的贡献。这里并没有矛盾，换句话说，他们基本的世界观在这里起了决定作用。

根据恩格斯和列宁的分析，我们了解巴尔扎克是从惋惜贵族灭亡的出发点来批判资本主义社会的，托尔斯泰批判资本主义社会是从同情宗法制农村小生产者遭殃的出发点来的。但是这并不等于说他们的作品就是贵族文学和农民文学了。他们在作品里反映出来的世界观基本上还是资产阶级世界观。从他们在作品里反映出来的"理想"看来，巴尔扎克，归根结柢，还只是属于法国启蒙主义者以英国为典范而主张贵族资产阶级化、自由竞争发展工业的经济社会制度的思想体系（巴尔扎克在他乌托邦小说《乡下医生》里虽然反对普选，拥护贵族和教会统治，却肯定"自由竞争是工业的生命"，拥护"基督教义"的"各有思想"和"现代法律"的"各有园地"）；托尔斯泰不过是改良主义者，美国亨利·乔治学说的拥护者，最多也还不超过俄国"农民资产阶级革命"的思想高度（列宁着重讲托尔斯泰的思想表现，给"农民"一词加了重点，这里着重讲托尔斯泰的思想根源，不妨给"资产阶级"一词加上重点）。我们这里只讲他们作品里表现的思想。至于他们本人的思想，那也没有多大不同。巴尔扎克时代的"保皇主义"，根据马克思的分析，不过是当时反对金融资本家统治、拥护工业资本家统治的一个资产阶级政党的思想。"托尔斯泰主义"实质上也是屈从资产阶级统治现实的思想。至于宗教信仰，在西欧，天主教和新教的冲突最初是表现了封建阶级利益和资产阶级利益的冲突的，到后来资产阶级基本上占了统治地位以后，天主教实际和新教一样，也转而维护资产阶级统治。巴尔扎克在十九世纪法国信奉的天主教实质上也是这样。托尔斯泰的宗教信仰和英国教友派差不多，归根结柢，实质上还是维护的资产阶级统治。所以巴尔扎克和托尔斯泰，一个高攀贵族，一个俯就农民，无论在生平言行里或在作品里，都反对资产阶级，他们的基本观点却还是跳不出资产阶级世界观的范围。

巴尔扎克和托尔斯泰的世界观既然基本上是资产阶级世界观，那么他们又怎能揭露和批判资本主义社会现实呢？道理很明显，他们都不满资本主义社会现实。从基本的世界观来说，从整个思想体系来说，他们是属于资产阶级范畴的，但是他们的立场却并不是单纯的。巴尔扎克不是没落贵族，也不是和现状协调的大资产阶级，不管他主观上怎样想，他的思想、感情是小资产阶级的思想、感情。托尔斯泰在十九世纪七、八十年代之间，和贵族阶级决裂了，他决不是和现状协调的大资产阶级，他的思想、感情是宗法制农村小生产者的思想、感情。他们不满现状，他们有或多或少的正义感。他们的正义感表现为自觉或不自觉的人道主义。因为他们有幻想，他们自己不会了解这种人道主义就是资产阶级人道主义。他们慨叹人欲横流、天良丧尽都是由于他们所意识到而自己还不能用一个概念来概括的资本主义的发展。巴尔扎克从事政治活动、托尔斯泰从事社会活动，都并不如意；他们的私生活也并不能给他们带来满足，而这种私生活的不满足也还是在一定历史条件下阶级矛盾、思想矛盾的反映。法国三、四十年代革命形势的动荡和工人运动的高涨，俄国七、八十年代革命形势的成熟和农民解放要求的激化，也促使他们增加了对于城市和农村劳动人民处境的注意和关心。由于这一切，巴尔扎克才如马克思所说的"对于现实关系有深刻理解"，托尔斯泰才能如列宁所说的"撕毁所有一切的假面具"。他们通过卓越的现实主义艺术，从金钱、土地、法律等等问题以及围绕着这种种问题的不同阶级的想望、绝望、挣扎、斗争的现实，揭露和批判资本主义社会，在欧洲批判现实主义文学中应该说是最全面、最深刻。他们的创作的主要贡献就在于此，在历史上的进步意义主要也就在于此。他们的优秀作品，作品中的优秀部分，即在今天，也有助于全世界工人阶级和其他劳动人民，通过形象、通过感性来认识今天已经腐朽透顶的世界资本主义趋于灭亡的历史根源。

但是体会过空想社会主义者学说的巴尔扎克和钻研过改良主义经济学家主张的托尔斯泰并没有各自接受当时的最先进的思想。虽然巴尔扎克写作最成熟时期（十九世纪三、四十年代）已经是《共产党宣言》就要发表的时期，托尔斯泰发表他最后一部长篇小说《复活》的年份（一八九九）也正是列宁发表《俄国资本主义的发展》的年份，我们不可能要求巴尔扎克和托尔斯泰从揭露金钱关系而挖到生产关系，从揭露土地所有制而挖到一切生产资料所有制，等等。由于他们的资产阶级世界观，由于他们的资产阶级人道主义，他们把什么都归结到人欲和天良、高尚和庸俗这一类抽象的概念，而用这一类抽象的概念给他们所揭露的现实蒙上了一层纱幕。他们揭露现实，也有限制，这是一方面。另一方面，他们在揭露现实的时候，在正确批判里夹入的直接的荒谬说教，即在当时，也还是反动的。为了防止人欲横流、天良丧尽，巴尔扎克梦想强有力的君权统治、教会统治，托尔斯泰梦想"纯净的新宗教"。他们在作品里接触到了私有制问题、阶级斗争问题，但是在对于这些问题的揭露当中所包含的正面主张显然不是要根本取消私有制而是要根本取消阶级斗争。这和他们所作的直接的反动说教还是有共同的思想基础。这个共同的思想基础就是资产阶级人道主义。

我们从巴尔扎克和托尔斯泰各自的创作里所表现出来的最先进的思想倾向的分析里，可以进一步看出和批判现实主义不可分的资产阶级人道主义的实质是什么，在一定条件下的作用是怎样。

三

巴尔扎克在他的创作里，除了对于当时的上流社会的揭露当中所表现的思想倾向以外，所表现的最难能可贵的思想倾向就是：对于穷人包括工人的同情，对于农民的悲惨生活和农村的残酷阶级斗争的正视，对于"当时所仅能找得着的将来的真正人物"、当时的"人民群众的代表"的赞扬。巴尔扎克在这里所表现的思想倾向违反了他的最显而易见的政治观点是无可否认的。但是修正主义者从恩格斯的论断里引伸出巴尔扎克的创作违反了他的世界观，却是歪曲。相反，正因为巴尔扎克的基本的世界观是资产阶级世界观，我们从他的创作里可以看出：巴尔扎克的这种最进步的思想倾向，主要也就是他的资产阶级人道主义的表现，而资产阶级人道主义和他的最反动的一些思想倾向，不但并非绝缘，而且有血肉联系。

我们知道巴尔扎克是在资产阶级取贵族阶级代之的[①]"这个中心图画的四周""安置了法国社会的全部历史"的。他写到下层社会、包括工人阶级，实际上还只是作一点陪衬。难得的是：他写到这些穷人，往往用了同情的笔调，往往拿他们的正直、高尚对比上流社会的虚伪、无耻。收留走投无路的落难人夏培上校在自己家里白吃白住的是退伍军人、穷鲜货贩凡尼奥。巴尔扎克由此借诉讼代理人但维尔的心里话慨叹说："据我看，德行的一个特点，就在于不当所有主。"（《夏培上校》）帮助有才能的学医的青年德布兰学成出头的是挑水夫布尔查。巴尔扎克借了后来成为著名医生的德布兰的嘴，称道挑水夫说："这个人懂得我有使命，他认为发展我智能的需要比满足他自己的需要更重要。"（《无神论者做弥撒》）这里实际上是阶级品质的表现，巴尔扎克显然以为这里表现了抽象人性，这是他的资产阶级人道主义的一种表现。巴尔扎克是热爱劳动的，看得出工人阶级的创造力的，因此他在《人间喜剧》的"巴黎生活场景"

---

① 此处"之的"疑有一字是衍文。

部分的一些小说里也写到了一些"工人，无产者"和他们的辛勤劳动和艰苦生活（例如在《金眼女郎》里），但是就在这些地方，由于他的资产阶级世界观的限制，资产阶级人道主义（人性论）的限制，他把酗酒的嗜好、贪得的欲望写得好象和这些工人生来就不可分的样子。不足为怪的是：巴尔扎克在他的创作里，尽管以同情的眼光去注意工人和工人生活，"透过外表、深入内心"去观察的结果，却还是发现了实际上和工人阶级不大相干的东西。短篇小说《法奇诺·加奈》（一八三六）是一个典型的例子。巴尔扎克在这篇小说里用第一人称，讲他在巴黎郊区，"这个革命策源地"，过穷日子，从常常在夜间尾随"工人"，听他们谈工头的虐待、生活的穷困开始，讲到参加"穷人"的婚礼，在婚礼上发现了一个年老的音乐师，一个意大利破落"贵族"。听他谈怎样流亡到威尼斯，和贵妇人蓓恩卡恋爱，杀死情敌，怎样放不下旧欢，重至旧地，蓓恩卡不顾自己负伤，帮助他抵抗围捕，怎样被捕下狱后凿壁越狱，发现金窟，拿了大量黄金珍宝，逃到巴黎等处，又怎样挥霍，闹恋爱，眼睛瞎了，还吸引住了一个贵妇人的"爱情"，结果被贵妇人席卷了全部财产，自己被迫进了盲人院。这里是从"工人"开始，结果扯到了"贵族"、"爱情"、"黄金"，愈来愈离奇！但是这又回到了巴尔扎克最擅长的地方——揭露上流社会的现实。而即使揭露上流社会，巴尔扎克，出于自己的迷恋，还是给它镀上了一层金。《法齐诺·加奈》这篇多少写到工人生活、多少表现了最进步的思想倾向的小说，终归还是表现了巴尔扎克创作的一般思想倾向。特别是到这篇小说临近结尾，巴尔扎克在听到法齐诺·加奈"让金子〔癖好〕又占了上风"以前吹奏一个曲子的时候，说这是"对于一个失传族名的最后的挽歌"，说它"还混杂着对蓓恩卡的怀恋"——这很足以说明巴尔扎克创作的一个基调。巴尔扎克表现罪恶社会把多少有为人物投入了贫困境遇，点明贫民窟是"革命策源地"，"肉体的笼子"关了精神的"狮子"，这里除了别的思想因素，他的资产阶级人道主义起了重要作用。但是也就是这种人道主义使巴尔扎克撇开了阶级性，把贫苦劳动人民和没落贵族扯到一起，因此而进一步表现了他向后看的兴趣。他的资产阶级人道主义到这里就带上了他的迷恋过去的最反动的幻想色彩。

巴尔扎克表现农民生活和农村阶级斗争的小说《农民》，是他的全部作品当中最直接描写阶级斗争的小说。这是他的一部装在明显的反动框子里的杰出的批判现实主义小说。他自认为这是他的最重要的作品；他在这部作品上化了很多工夫，断续写了多年才发表了第一卷（一八四四），死后由他的夫人从草稿整理发表了第二卷（一八五五）。小说第一卷标题是"有田有地，惹是生非"。这里表现了争夺一个大地主庄园田产的触目惊心的农村阶级斗争，巴尔扎克正视了"这个可怕的真实"。

拿破仑部队的将军、成为新贵族的蒙戈奈，从国外搜括了钱财回来，在王政复辟时代，娶了一个旧贵族出身的太太，购置了封建大地产艾格庄。他为了加强封建剥削，剥夺了农民在这片地产上自由采柴、拾穗一类的封建权利，开除了营私舞弊、兼做投机商人的总管高贝丹。以高贝丹、当镇长的高利贷者利果、原当保安队长的苏德里这三个人为首的农村资产阶级分子，出来和大地主明争暗斗，鼓动渴望得到土地的农民和他作对，逼得他在当地站不住脚，终于把地产卖给了这几个投机商人和高利贷者，让他们分散开转而用它们使农民陷入新的奴役。农民明知道他们不会从此有更好的命运，还是帮助农村资产阶级击败了大地主。

他在这里突出表现了他"对于现实关系有深刻理解"，从经济根源上展示了农村阶级矛盾的不可调和，农村阶级斗争的不可避免和它的不可避免的斗争方式。

农村阶级矛盾的无法调和表现为形形色色的"盗窃"关系。贫苦农民处在双重剥削下，生活悲惨，多少养成了一些农村流氓无产阶级习气。他们靠正直劳动无以为生，就只好在贵族地产上作一些盗窃行为。他们被指责的时候，老农富尔松就回答说："资产阶级〔农民有时也以此称包括蒙戈奈在内的贵族阶级，这里特别指以高贝丹为代表的农村资产阶级〕坐在炉边偷东西，比我们跑到树林里捡柴火更得实惠。"以高贝丹为代表的农村资产阶级的确就是靠盗窃起家的。而高贝丹煽动为贵族地主当家丁的农民古特居意斯的时候，也有充分理由说："用这个山谷几百万亚旁最好的地来供一个人娱乐，不是盗窃人民的东西是什么！"古特居意斯后来通过高利贷者利果的"帮助"买下了一小片土地，和老婆辛勤耕作，肥了土地，瘦了自己，所得收益还不足偿还给利果的债务，弄得潦倒不堪，实际上也可以说是受了"盗窃"。剥削和反剥削，一种形式的剥削反另一种形式的剥削，这一切所形成的错综关系充分说明了阶级利益的不可调和。

农村阶级斗争的不可避免，这在贫苦农民是清楚的。残酷的现实并没有使他们丧失头脑，只有使他们头脑更清醒。富尔松在蒙戈奈的饭厅里当众说："只要你们仍旧想当主人，我们将永远是仇敌，三十年以前是这样，今天也是这样。你们什么都有，我们什么都没有，你们休想得到我们的友谊。"蒙戈奈将军说得对："这真是一篇宣战书。"三十年以前是法国大革命爆发时期。蒙戈奈自己是巴黎木器铺家庭出身，在法国大革命后投军发迹成为新贵族的。所以富尔松的"宣战"实际上不仅针对封建贵族，也针对一切资产阶级暴发户。以富尔松为代表的这些农民也并没有丧失胆量。在乡下，不但封建贵族夜里不敢随便出门，高利贷者利果也是如此。当支持大地主的地方官派保安队下乡搜捕在地主树林里捡柴火农民的时候，农民就跃跃欲试，准备起来反抗，其中有一个说："保安队有马刀，我们有镰刀，我们看吧！"尖锐化的阶级斗争眼看要发展成革命的形势。

历史发展的现实规定了农村阶级斗争所能取的必然方式。农村资产阶级反封建地主必须倚靠农民群众的斗争力量，为他们"火中取栗"；当大地主和农民的矛盾尖锐化的时候，他们就正好装出一副保卫农民权利的姿态。农民是明知道封建土地所有制被资产阶级土地所有制战胜的结果会怎样的。富尔松对他的女儿和女婿说："你们以为人家看上了你们这一副嘴脸，要把艾格庄分段卖给你们吗？哼！利果老爹吸你们的骨髓吸了三十年，你还不明白资产阶级会比大老爷们还要狠毒吗！眼前这件事儿一出来，孩子们，苏德里、高贝丹、利果一伙人就会哼着'我有好烟草，你可没有'的调调儿叫你们跟着跳舞呢，那正是财主们的国歌哪……庄稼人总还是庄稼人！你们不明白（可惜你们一点也不懂得政治！……）——政府把酒税抽得这么重，还不是要把咱们的子儿括回去，害咱们一辈子穷苦吗？资产阶级和政府，就是一鼻孔出的气。要是咱们都有钱了，他们又怎么办呢？他们自己会种地吗？他们自己会收割吗？一定得有穷人来帮他们的忙！……"现实却规定了贫苦农民还得跟他们走。"虽说如此，还得跟他们一起干"，富尔松的女婿东沙回答说，"他们要把大地产分段出投呢，回头咱们再去对付利果。我不做古特居意斯，白白让他吃掉。那个倒霉蛋拿子儿还他债，我可要用子弹算他帐……""你说得对，"富尔松回答说，"尼塞隆老爹，尽管天下都变了，仍旧是个共和主义者，他就说：'人民的命硬，人民死不了，人民有的是时间！……'"按照阶级地位、历史条件，他们当时也只能这样做。

巴尔扎克在这里表现的思想上的长处就在于能理解这种现实而加以刻划，这在当时应该说是了不起的。但是读者要抓住这种"深刻理解"，就得拨开包裹它的鲜明偏见。由于他的资产阶级人道主义，他一方面正视而且表现了农民的非人生活、阶级矛盾的不可调和，阶级斗争的不可避免，一方面却强调农民的不讲道德、进行斗争的惨无人道，在描写农民斗争和农民本身当中表现了对于现实的刻意歪曲，表现了调和阶级矛盾、避免阶级斗争的反动幻想。

统治阶级对于农民的高压手段和笼络手段同时并举的政策是事实，巴尔扎克在处理农村阶级斗争当中是应该写到的。但是巴尔扎克在写它的时候，显然不是抱着批判的态度，相反，在好象是客观的态度里显然表现了他赞成这种政策。在小说"不战而胜"一章里，蒙戈奈串通地方当局，出主意在国王回国（复辟）纪念日，使自己的园林护卫队长米肖和地方保安队出动搜捕捡柴火的农民，然后亲自出马，拿文件交保安队，由保安队和乡长当众宣布，国王批准蒙戈奈伯爵的请求，赦免犯人，把他们当场释放，使农民又惊又喜，欢呼"国王万岁！"本来在群情激昂当中，从东沙小酒店里远远跑来，准备闹事的一伙农民扑了一个空，农村资产阶级三巨头巴不得出乱子的指望也落了一个空。巴尔扎克虽然没有作什么按语，显然是为此庆幸的。下一章里，他描写蒙戈奈夫妇，特别是伯爵夫人"在勃洛塞神父的协助之下"，作了一些善事，给农民一些小恩小惠，给他们工作做，为了"改善"他们的"处境"，"从而改进"他们的"性格"，津津乐道，可以证明他认为这种政策是贤明的。他认为

"结果可能使地方和居民的情况完全改观"，而实际上还是无济于事，他就归咎以三巨头为首的农村资产阶级的"贪婪"和煽动，以东沙小酒店这伙人为首的农民"不满分子"的忘恩负义。实际上，从他所揭露的现实里得出的结论却应该是：这种怀柔政策只是便利了下一步大地主在收割庄稼这一点上的抓紧措施，而这一种抓紧措施正是和贫苦农民的基本利益不相容的，因此这又必然会引到小说下文所实现的不可避免的流血斗争。

阶级斗争是残酷的。死心塌地为蒙戈奈服务的园林护卫队长米肖和农民结怨以致被杀也是罪有应得。但是巴尔扎克描写这场对于结局有直接的决定性意义的场面，却刻意渲染了农民的残忍。他们利用了米肖因为老婆临近分娩，深夜到镇上去请医生的机会，半路截杀了他。巴尔扎克尽量描写了米肖老婆为丈夫担心，坐立不安，最后得到了丈夫的死讯，就狂奔蒙戈奈住处去叫喊，结果在户外生下了孩子，孩子当场死掉，自己也随即死去。这自然是表现了巴尔扎克由他的人道主义的阶级性所决定的爱憎。这种人道主义的个人主义实质也还是从他的笔下透露出来了：蒙戈奈夜半惊起，发现了惨剧，就很快想到了，说出了，"我的天！我的天！幸亏我的太太不在这儿！"巴尔扎克是同情这一点的，可见他讲人道主义归终还是由于替剥削阶级的个人利益操心。事前东沙的老娘把米肖夫妇最宠爱的一条猎狗砍死，巴尔扎克描写那种情景也充满了出于资产阶级人道主义的憎恶情调。当时蒙戈奈夫人和男朋友坐马车在园林里兜风，卖弄风情，碰上了这个乱子，惊慌了一阵以后，最后撒娇说"这个早晨都给他们作践了！"巴尔扎克在这里并不是讽刺，可见他甚至讲"狗道主义"，那归终也还是为了要保障剥削阶级的个人幸福。

巴尔扎克在小说里污蔑农民的地方，随处可见，不象他在早十一年（一八三三）发表的基本上不真实的乌托邦小说《乡下医生》里随处表现农民纯朴、善良、辛勤、坚忍，而有不少真实的地方。他在正确暴露农村资产阶级的罪恶勾当以外，歪曲描写农民的恶德败行，十分刻毒。猎狗被杀被发现的时候，树木被横切断树皮也被发现了，蒙戈奈就出钱设法在农民当中收卖 ① 告密人，结果东沙和另一个农民为了分拿到五百法郎，争着出卖自己的老娘去让人家当场抓住，两家的老太婆自己也甘心这样被抓去坐几个月牢——这个悲喜剧是一个典型的例子。读者从这里可以从农民的悲惨命运去看问题，那是正确的，作者提供的农民生活条件也只能使我们这样看问题；读者从这里却也可以从农民的只贪小便宜去看问题，那是错误的，而作者对于农民缺点的着重描写和夹在其中的议论就是要向这种看法去引导。巴尔扎克在小说第一卷第三章里就说过，"绝对正直和端方的人，在农民阶级里，是一个例外"，接着就说"主要原因"是"由于他们的社会职能的性质，农民过着一种纯粹物质的生活，接近野蛮人的情况，他们和大自然的经常接触把他们诱导到这方面。""衣食足而后知礼义"，本来也有一半道理。巴尔扎克笔下积极从事阶级斗争的农民都写成坏人而不联系他自己提供的他们的生活条件去说明问题，却把这一半道理也推翻了。

如果说仅从这一点还不足以说明巴尔扎克在这里所表现的偏见，那么从他处理农民当中所肯定的人物这一方面更可以说明他这种思想倾向。巴尔扎克笔下的尼塞隆老爹这个老共和主义者，正直高尚，不但在农民阶级里是"例外"，在全书的各阶层人物当中，包括他想竭力肯定的勃洛塞特神父在内，也是最突出的例子。巴尔扎克不同意尼塞隆对于还是从十八世纪启蒙思想家卢梭来的共和国理想、关于人类博爱一类理想的信仰，认为在十九世纪已经流为空谈，只是赞美他道德高尚，"坚硬似铁、纯净如金"。尼塞隆原是种葡萄工人，在法国大革命时代，当过当地乡镇上雅各宾俱乐部主席、革命法庭陪审员。他把自己的独子送到前方去捍卫新生的共和国，自己不但不靠革命发迹，也不争回自己应得的一份遗产，自甘贫穷。巴尔扎克赞扬说："法国大革命出过许多象尼塞隆老爹那样的诗人"，"以他们埋没在这场大风暴的烟雾里的行为，歌唱了他们的诗篇"。巴尔扎克说尼塞隆这个老好人从共和国的十二个年头里"给自己写下了一部历史，只记载使这个英雄时代永垂不朽的丰功伟业"，"存心不

---

① 此处"收卖"是原刊误排，当作"收买"。

提"其中的"丑史，屠杀，贪污"，"永远赞扬忠诚、'复仇号'战舰、爱国捐献、人民在疆场的奋不顾身；他继续做他的美梦，以便睡他的好觉。"共和国失败后，他听信勃洛塞特神父说，"真正的共和国是在福音书里"，就"一片天真信赖他"，"举起十字架，穿起半红半黑的长袍，"做神父找给他的在教堂撞钟、开穴、管杂务等等工作，吃不饱、饿不死，安命守己。他"永远不放过谴责罪恶的机会"，因此在时代"动荡里养肥了自己的人"说"他对什么都不满"；农民因为他"憎恨有钱人缺乏善心，憎恶他们的自私"，却说他"不喜欢有钱人，他是我们自己人"，同时也怕他，"象小偷怕警察"。巴尔扎克说他是农民的"良心的活影子"。到这里巴尔扎克的赞扬里愈来愈显出了他的反动思想倾向。他显然是拿尼塞隆来对比其他农民的。尼塞隆反对贫苦农民的反抗行动。他说："人民应该为有钱人树立公民道德和荣誉的榜样。"巴尔扎克就是用尼塞隆给无法（蔑视王法）无天（不理教会）的农民树立屈从现实、服从"富人"统治的榜样；而通过他和大地主庄园人物的良好关系的描写，巴尔扎克也就宣扬了他的阶级调和论。

巴尔扎克在小说第一章结尾说："……历史家不应该忘记他的使命就是不偏不倚；穷苦人和有钱人在他的笔下应该一视同仁；对他说来，农民在他们的贫困里自有其伟大处，富有者在他们的荒唐里自有其卑微处；富有者有风情，农民只有需要，因此农民的贫乏是双重的；并且，如果从政治方面说，他们的犯上应该予以无情的镇压，那么从人道和宗教方面说，他们是神圣不可侵犯的。"不管这种典型的巴尔扎克式议论里正确处和谬误处是交错的，深刻处和浅薄处是相间的，我们从这里可以看出巴尔扎克创作思想的关键所在。小说里表现的思想上的极端矛盾是由资产阶级人道主义统一起来的。巴尔扎克的人道主义和他随俗的宗教信仰，既不矛盾，和他表面的政治主张、实际的政治意识，也是一致。

由于他的人道主义，巴尔扎克在小说里正视了残酷斗争里的农民的非人生活；由于他的人道主义的资产阶级性，他憎恶农民的"野蛮"行为、"越轨"行动，特别是暴力反抗。巴尔扎克由于资产阶级人道主义而揭露了资本主义社会发展的残酷现实，在揭露中宣扬的资产阶级人道主义，带上了建立在小资产阶级幻想上的"封建社会主义"色彩，归终还是为了改良而并不改变（亦即更好的维护）资产阶级统治的社会秩序。

巴尔扎克在他《人间喜剧》的一些作品里，正如恩格斯所指出的，确乎"以毫不掩饰的赞赏去述说"了"他的政治的死敌，圣梅利修道院街的共和主义的英雄们，那时候（一八三〇——一八三六年）这些人的确是人民群众的代表"。他"看出了当时所仅能找得着的将来的真正人物"而加以赞赏，当然特别是难能可贵。但是恩格斯并没有讲巴尔扎克把这种人物写得很充分、很正确、很成功，而这也是事实，巴尔扎克所以如此，不仅是因为他缺少这方面的生活经验，而且主要还是因为受了他的基本思想或者世界观的限制。不仅如此，更值得注意的是：他在赞赏和描写这种人物的时候，一方面固然表现了他的进步思想倾向，一方面却还是宣扬了他的落后以至反动的思想倾向。巴尔扎克处理《农民》里实际上并不是重要人物的尼塞隆老爹的情形，就是如此。

最主要的足以说明这一点的例子是另一个共和主义者米歇尔·克莱纪安——就是在圣梅利修道院街作战牺牲的英雄。巴尔扎克的确用了最好的形容词赞美了这个人物。他在长篇小说《幻灭》（第二卷，一八三九）里介绍这个人物说："这位说不定会改革世界面目的伟大政治家，却以普通战士的身分，死在圣梅利修道院近旁。不知哪一个生意人的子弹就在那里杀死了法兰西土地上出生的最高贵的人物当中的一个。"米歇尔·克莱纪安在几种小说里被提到，在《幻灭》里较多露面的机会，但是在全书里还只是一个配角，只是作为一个知识青年小团体的一个成员，只是偶尔在谈话里发表一些议论（最好的一句话是"先属于全人类，才属于个人"），行动不多，除了参与挽救过向上爬、腐化堕落的小团体成员保皇党青年吕先，后来在街上和他冲突，动了武，结果在决斗中打伤了他，并不能给读者留下多少印象。巴尔扎克对于这个人物形象的塑造，自己也感到不满意。因此他在评论司汤达的《巴尔玛修道院》的时候，表示非常羡慕司汤达在意大利背景里把类似的一个共和主义革命家，斐朗代·派拉，写得很出色。巴尔扎克在《幻灭》里热烈赞扬了米歇尔·克莱纪安，但是没有能使他得到很好的表现。

不但如此，巴尔扎克在同时写的《嘉迪仰公爵夫人的秘密》(一八三九)这篇小说里，还显然把这个人物形象歪曲了，而从中表现了自己的庸俗以至反动的思想倾向。巴尔扎克在这里让我们看到共和主义革命英雄爱慕没落中的贵妇人。作者通过一位公爵夫人的叙述，把这位漂亮青年说得非常高尚。这位贵妇人非常尊敬他，把他在圣梅利修道院事件前夕写给她的一封短信（前后只此一封短信）秘藏起来，因为他"这种爱情太伟大、太圣洁了"。伟大、圣洁在什么地方呢？首先，他从不相识开始，到处"钉梢"，到处守候她、注意她，不论在街上、在大门口、在歌剧院里，默不作声，当她[①]在革命遭难后见到她的时候，显得很高兴，不是幸灾乐祸，而是因为彼此似乎可以"接近"了。其次，肚量很大，修养很好，他在歌剧院散场的时候，在门口拥挤的人群里可以屹立不动，看她出来，见到她另有宠幸男子挽她手臂，只是"目光神色变得暗淡一些"，"不说一句话，不写一封信，不胡闹"。最后，最了不起，他在七月革命里，指挥一部分武装起义的群众向王宫进攻、眼见有人已经瞄准了保卫王宫的这位贵妇人的丈夫大贵人（当然也就是一个反动头子），就拨偏了那个人的枪口，打死了旁边的一个团队军需官，救了大贵人的命，从此贵妇人才知道他是一个共和主义分子！这就不免古怪了！当然，当时的共和主义分子决不是无产阶级革命战士，爱慕敌对方面的贵妇人，可能也不足为奇，但是作为一个革命家，哪怕是资产阶级的革命家，特别被点出了这一方面，而且在作战里放过了敌对方面的重要人物，总是不够典型，而且，更其重要的是，从中宣扬了什么思想呢！

　　巴尔扎克这样写，也不是偶然的。他佩服司汤达写好了的共和主义革命家斐朗代·派拉也爱慕一位贵妇人（只是政治上倒还是反抗暴君暴政的贵妇人），不惜牺牲一切，为她服务。这实际上只是反映了冒充贵族的巴尔扎克自己的幻想。根据他自己"向上爬"的经验里得来的实际认识，巴尔扎克可以创造拉斯蒂涅克这一路反面人物——他们才是典型的、真实的。他在拉斯蒂涅克这一路"向上爬"的反面人物旁边，另外创造了伏

---

　　① 从上下文看，此处"她"是原刊误排，当作"他"，即指代米歇尔·克莱纪安。

脱冷这样的反面人物，借他的言论、借他的行动来嘲弄统治阶级而表现出他还是为统治阶级服务。巴尔扎克在那里的好处是鲜明地把他们都表现为反面人物，面目清楚——这正是符合了巴尔扎克自己对于现实的正确认识一方面。而他基本的世界观决定了他不但只能赞扬而不能描写"将来的真正人物"，而且在他那样强调"人情味"重、个人人格高尚、不同阶级的个人之间能相敬相爱的处理当中还是宣扬了资产阶级人道主义。

由此可见，巴尔扎克在他的创作里，在揭发上层社会以外，表现出来的最进步的思想倾向还是和他的最反动的思想倾向有联系的。这是他的基本的资产阶级世界观所规定的。他的资产阶级人道主义把两方面结合在一起。这种人道主义，在积极方面，表现为正义感，现实感，在消极方面，表现为人性论、阶级调和论。汪洋浩瀚的《人间喜剧》往往跳不出巴尔扎克所特有的一种窄狭的创作老套——穷小子结识贵妇人的悲喜剧。一般说来，这虽然只是不重要的架子，但是也总是配合了内容。而它的意义不仅反映了大变动时代不少人阶级地位升沉的社会现实，而且表现了巴尔扎克自己的思想倾向。他揭发攀龙附凤的丑剧，并且通过它揭发上层社会的丑史，同时也多少加以美化，流露自己的羡艳、向往的心理。他用这种噱头揭示阶级矛盾，同时也往往加以掩盖，造成上下有机会交流、心灵可以融通、阶级界限可以跨越的假象。巴尔扎克的人性论、阶级调和论另有一个特色。虽然他不是道地的保皇党政治家，也不是虔诚的天主教徒，他把劳动人民和革命家的正直无私、舍己为人这一类崇高品德往往和那些为统治阶级卑鄙利益服务的宗教概念扯到了一起。他关于七月革命，曾经通过小说里的人物道出了这个真理："自我牺牲的群众打败了不乐意自我牺牲的有钱有教养的少数"（《乡村教士》）。说是这样说，巴尔扎克在实际处理上（例如就在《乡村教士》里）就倾向于把这种"自我牺牲"当作可以和宗教宣传的"自我捐弃"等价交换似的：下层阶级在物质上以至肉体上来一个"自我牺牲"，上层阶级在精神上以至仅在形式上来一个"自我捐弃"。这实际上就是让剥削阶级对被剥削阶级说："牺牲你自己，放弃你自己的阶级利益，保全我自己，保护我自己的阶级利益，而且我还要心安理得。"资产阶级人道主义的资产阶级个人主义的实质，在巴尔扎克创作思想的特色之下，到这里还是暴露无遗了。就是凭这种人道主义，巴尔扎克抹煞了阶级的鸿沟，掩饰了现实的真相，把米歇尔·克莱纪安和公爵夫人拉上了关系，把尼塞隆和神父拉上了关系。出发点不同，特色上不同，巴尔扎克到这里就特别显出他在思想实质上和托尔斯泰碰了头。

四

托尔斯泰的最后一部长篇小说《复活》可以说是他毕生思想探索的总结性创作。这位批判现实主义艺术大师在这里表现了他的最进步的思想倾向，结果又把一切都归结到他的最反动的思想倾向。在托尔斯泰的创作当中，这部作品最能说明列宁的经典性分析——托尔斯泰反映革命而不理解革命；一方面批判当时"各种国家的、教会的、社会的、经济的制度，这些制度都是建立在对群众的奴役上，在群众的贫穷上，在农民和一般小农的破产上，在从头到底把整个现代生活渗透的暴力和伪善上"，一方面鼓吹"不用暴力去抵抗恶"；一方面"撕毁所有一切的假面具"，一方面宣扬"世界上最讨厌的一种东西，即宗教，企图用信奉道德的神父来代替官方的神父，这就是说，培养一种最巧妙的、因而是特别恶劣的神父主义"。这部作品好象也最能为修正主义者利用来证明他们所津津乐道的作家的世界观对于创作不起决定作用的谬论，实际上却最能帮助我们戳穿它。除了揭发上层社会以外，最可贵的是：托尔斯泰在这里比诸以前更多的直接写到了劳动人民，特别是农民，他甚至还直接写到了革命家。但是，正因为思想体系上跳不出资产阶级世界观，恰好就在这种主要从资产阶级人道主义出发所表现的优点上最明显的暴露了缺点，回到了资产阶级人道主义，宣传了资产阶级人道主义的最反动的思想倾向。

《复活》的故事是简单的。贵族地主少爷聂赫留朵夫公爵诱骗了原是农妇私生女出身的玛丝洛娃，把她遗弃，害得她在社会上走投无路，沦为娼妓。十年后玛丝洛娃被诬为谋财害命，被捕下狱，出庭受审。作为陪审员的聂赫留朵夫在法庭上认出了她，天良复现，忏悔心生，到监狱里去看她，提议跟她结婚，不被接受，奔走营救她，没有结果，于是放弃了大部分田地财产，和上流社会基本上断绝了关系，跟踪她去西伯利亚流放地，帮助她从刑事犯队伍里转到了政治犯队伍里，使她在那些革命家当中得到了归宿，自己在精神上得到了新生。通过这个简单的线索：托尔斯泰把俄国资产阶级革命到来时期的形形色色的社会条件和气氛几乎都写到了，展示了宽阔的生活图景。从法庭以及围绕着法庭的社会场景，到监狱以及围绕着监狱的社会场景，从刑事犯方面到政治犯方面，托尔斯泰让读者随了聂赫留朵夫和玛丝洛娃，主要是随了聂赫留朵夫，经历了整个认识过程，整个思想发展过程。

在这里法庭上人物以及他们的周围人物（主要是贵族资产阶级官僚）代表了统治阶级社会，监狱里人物和他们的周围人物（特别是农民）代表了被统治阶级社会，二者之间形成了鲜明的对比。

在对比之下，托尔斯泰揭发统治阶级社会，上流社会，特别无情，特别有力。小说第一卷第二十七章里的一个场面最能说明问题。硬充年轻、卖弄风韵的老公爵夫人索菲亚·华西列芙娜一边发着议论说，"没有了神秘主义，也就不会有诗"，一边为了室外的阳光照到她的老脸上，感到局促不安，这样那样的叫听差菲里普拉上窗帘，都不如意，好象自己受尽了折磨，害得必恭必敬的菲利普眼睛里"现出一道光来，闪了一闪"，勉强掩盖了他心里显然是在说的一句话"鬼知道你到底要怎样！"这是在座的聂赫留朵夫看出的。聂赫留朵夫也就好象一眼看穿了老女人的"丝绸和天鹅绒"的掩盖而看出了她的"丑恶的本相"。托尔斯泰就是用这样的眼光，用这样的笔力，扩大而揭穿了整个上流社会的虚伪和在虚伪掩盖下的罪恶。聂赫留朵夫，在小说开头部分，认出了玛丝洛娃，想起了往事，作为陪审员，感觉到自己"不是来审判而是来受审"。由聂赫留朵夫所代表的统治阶级，在全书里，实际上就是这样。托尔斯泰从聂赫留朵夫忏悔开始，也就在小说里，一直主要通过他而审判了贵族资产阶级。从维护统治"阶级的利益"、维持"现行的社会制度"的法律本身开始，他叫颠倒是非的社会整个翻了转来，还了它本来面目。在他戳穿假面具、拨正是非的审判铁笔下，有钱人的"财富"就是"抢劫"，军阀的"胜利"就是"屠杀"，官僚的"威权"就是"暴力"。教会人士是骗子。

要讲盗窃犯法、不道德，那么，聂赫留朵夫看出了政府偷人民、工厂主偷工人而农民"如果在那些从他手里偷走的土地上（地主的土地上）捡了一点干枝去生火，我们就把他关在监狱里，要他相信是个贼"。如果流浪汉逃犯在原始森林里吃掉同伴确有其事，那么当时的社会制度就是逼使人吃人的制度，聂赫留朵夫认识："人吃人并不是从原始森林里开始的，而是在各部会、各政府衙门里开始的，只不过在原始森林里结了果。"在这种情形里，聂赫留朵夫自然会想到："不错，目前在俄国，唯一适合于正直人的地方就是监狱。"

这样，托尔斯泰从"正面"里看出反面的眼力，揭发现实的思想倾向，在《复活》里，在批判以法庭为集中表现的统治阶级的地方，达到了高峰。他从"反面"里看出正面的表现，在这部小说里，在描写监狱里人物以及他们的周围人物这方面，也露了苗头。这对于当时的托尔斯泰这一类作家应该说是特别难能可贵的思想倾向。但是也恰好在这里暴露了托尔斯泰的思想倾向上不仅还不能克服而且还加以发展的缺点。

本来，资产阶级文学里，用美化了的田园风光作背景，写农民这一类穷苦人的纯朴、善良，并不少见。托尔斯泰在这部小说里却就在监狱或者人间地狱的赤裸裸的狰狞条件的刻划里表现了下层社会人物的优良品质，显得象"光明在黑暗里发亮"（托尔斯泰以此命名他的最后一个剧本，一九〇二）。监狱里的犯人极大多数是无辜的，真正的盗窃犯、杀人犯，也大都为生活所迫，情有可原。这些不觉醒的刑事犯却十分明白是非是怎样。玛丝洛娃的同监房妇女都知道她遭遇的是一桩冤案，她是象许多人一样，为了类似的冤案而关在那里。玛丝洛娃被判罪回来，同监房女犯一致表示义愤，控诉"真理都喂了狗了"，玛丝洛娃所以被判罚苦役，"就是因为没有钱"。照社会制度的本质来说，这些冤案也都不冤，他们都明白。这些刑事犯自己中间常常吵闹以至打架，但是这无碍于他们之间的同情。玛丝洛娃周围的女犯在她出庭时候为她留饮食等等即是一例。她在回监狱的路上买面包，卖面包的人多给她一块，也是出于这种同情心。犯人的好品质甚至还不限于消极一方面。犯人华西列夫在监狱里大打抱不平的场面说明了这一点。他为了看守殴打犯人，和看守起冲突，把他推了出去，招来了更多的看守，执行典狱长命令，扭他去下单人牢房，获得了别的犯人的援助，帮他挣脱了，虽然终于在全部看守出动下，失败了，而且结果按省长手谕挨了鞭笞。这是可喜的积极精神的表现。可惜，这种表现，在托尔斯泰的笔下，并不多见。从监狱的刑事犯扩大到他们的发源地——都市和农村的黑暗角落，托尔斯泰更不重视这种积极精神的表现。他在小说第一卷第三十章里介绍到一个抱着婴孩喂奶的四十岁光景的女犯，说"她犯的罪是这样的：一天，在她住的村子里，有一个年轻的壮丁被不合法的拉走了（依农民的看法是这样的），大家就拦阻警官，放走那个壮丁，她（那个被不合法的拉走的青年的姑妈）是第一个抓住马缰的人，马上面坐的就是那个被拉走的壮丁"。这里透露出的当时俄国农村斗争的积极精神在我们看来是弥觉可珍的。托尔斯泰提到这一点，是了不起的，但是在全书里只这样一掠而过的提了一笔，就显出他在这方面的思想倾向上有了不小的问题。

限于他的世界观，限于他的生活经验，托尔斯泰主要是通过对于上层社会的揭露来反映下层社会的。即使在《复活》里，他直接写到以监狱里人物为代表的阶层，也就不如他写到以法庭上人物为代表的阶层，能写出那样多具体、生动的场面。而他写监狱内外的受压迫人民，特别是农民，还是以他们的悲惨境遇为主。尽管托尔斯泰用这样方式，列宁肯定他在作品里反映出了俄国"革命中的农民的历史活动所处的各种矛盾状况"，体现了农民群众运动的历史特点。列宁指出当时"大部分农民"是不够觉醒的。托尔斯泰在作品里表现的正是这"大部分农民"的情况，他们的痛苦，他们的愿望。但是列宁也说到，"在我们革命中，有一小部分农民曾经真正斗争过，为着这个目的多少把自己组织起来过；而且有极小一部分手执武器去扫除他们的敌人，消灭沙皇的走狗和地主的拥护人。"我们当然不能要求批判现实主义作家，哪怕象托尔斯泰这样的批判现实主义艺术大师，来表现这个积极方面——农民的暴力斗争行动。这不只是历史条件问题；这在思想倾向上也就和托尔斯泰恰好相反了。

托尔斯泰是一定要积极宣传他的主义的。为了在农民里树立他的标准形象，远在《战争与和平》的写作年代（一八六三——一八六九），托尔斯泰在那部长篇小说里创造了派拉顿·卡拉泰耶夫那个怪物，近在《复活》的写作年代（一八八九——一八九九）以前不久，他在剧本《黑暗的势力》（一八八六）当中创造了阿基姆这个怪物。在《复活》的末尾，他向犯人队伍里最后送进来一个流浪汉无名老人。这一路怪物也有了发展：这个老人连名字都没有。他说二十三年来人家象迫害基督一样的迫害他，问到他叫什么名字，就回答说，"人"。他说："我已经丢开了一切，我没有名字，没有地点，没有国家，甚么都没有。我就是我自己。"他说："我不信教，因为我不相信甚么人——只相信我自己。"道理是："教派有许多种，灵魂只有一种，我有，你有，人人都有……要是人人相信自己，人家就会联合起来：人人是他自己，同时大家又成了一个人。"托尔斯泰就是拿这个无名老人作农民这一类被剥削、被压迫阶层的活榜样来宣传他的反动理想、反对政治斗争。

《复活》的监狱里人物以及他们的周围人物不只是刑事犯以及他们所代表的农民、工人等等。这里还有政治犯。作为"俄国革命的镜子"，托尔斯泰在《复活》里，虽然也并没有直接反映革命斗争，却特别在第三卷里直接写到了革命家。托尔斯泰看见了这些革命家，描写了这些革命家，推崇他们，赞扬他们，就思想倾向而论，可以说进步到了顶，但是，反动倾向也就最明显的暴露出来了，因为托尔斯泰歪曲了他们，污蔑了他们，借此宣扬了他自己的那一套反对革命的宗教、道德观点。

托尔斯泰在小说第三卷里试图解决小说主人公完成"复活"过程的问题，亦即社会出路的问题，就特别联系了这些政治犯亦即革命家来进行，可见他十分重视了他们。玛丝洛娃跟他们在一起以后，就赞叹他们是"这样可爱的好人"，这种人"她过去不但从未遇见过，甚至还无从想象到"。"她很容易的，一点不费力的了解了指导着那些人的行动的动机，她自己既是平民中的一份子，就充分的同情他们。她明白他们跟平民站在一边，反对上层阶级；他们当中有些人原是属于特权阶级的，却为了平民而牺牲他们的特权、他们的自由、甚至他们的生命。"并不是这样对于他们佩服到五体投地的聂赫留朵夫跟他们较多接触了以后，对于他们的最好的赞词是："在他们当中，有些人变成革命者，是因为他们正直的认为他们自己有责任反抗当前存在的种种罪恶";"他们〔当中大多数人〕的道德观念比普通人高尚"。他们不但认为节制、刻苦、真诚、大公无私,是他们的本分,甚至认定为了共同的事业不惜牺牲生命以及一切,也是他们的本分。"托尔斯泰自己显然是更同意聂赫留朵夫的看法。他着重了、突出了这些革命家的道德品质,特别是自我牺牲的精神。在他涂上了否定色彩的革命家身上,他往往也提到他们"一切都为了别人"的品德。在他所肯定的革命家当中当然更是如此。他所特别喜爱的女政治犯玛丽亚·巴甫洛芙娜的例子也就分外突出。她所以被判罪,送往西伯利亚做苦工,就是因为她和另一些革命党人住的房子被搜查的时候,一个革命党人开枪使一个警察受了致命伤,而在受审的时候,她招供是她开的枪,"其实她的手从来没有拿过枪,连苍蝇都不忍心伤害呢。"政治犯牢房和刑事犯牢房,空气截然不同,当然就证明了革命家精神面貌的不同凡响。

托尔斯泰对于他们是有批评的。他显然自以为和聂赫留朵夫一样,头脑并不象玛丝洛娃那样简单,而是很清醒、很客观。他通过聂赫留朵夫,看出这些革命家既不是"十足"的坏蛋,也不是"完全的英雄",认为他们当中"也有些人出于自私的、出风头的动机才选中这个事业",而"大多数所以会被革命思想所吸引,却是出于追求危险的那种欲望,出于玩弄自己生命的那种享乐"。因此,聂赫留朵夫认为,"在他们当中,那些最优秀的人物高高的站在常人不容易达到的道德水平上面;最坏的人呢,却远在普通水平以下,其中有许多人不真诚,假冒为善,自大而傲慢。"这种貌似公平的分析实际是托尔斯泰的反动偏见的产物。掩盖了阶级观点,单从个人品质、个人道德的观点来挑剔,他给革命人士作了极大的污蔑。尽管革命队伍里,也会混进了不良分子,参加革命也会有动机不纯的,整个说来,托尔斯泰,照他所表现的这些流放到西伯利亚的革命家的情况,没有根据责备他们当中任何人处在剥削阶级的一般人和不觉醒的一般人民的道德水平以下。从事革命、坚持革命,就是高尚的道德,绝对高于不革命的平常人的道德水平。

托尔斯泰的批评当然也有对的地方。这些革命家脱离群众、脱离实际，是可以指出的。代表托尔斯泰的聂赫留朵夫和他所喜欢的革命家克里尔左夫谈到和政治犯同行的刑事犯方面的问题，克里尔左夫就慨叹说："对了，我常常想到现在我们在跟他们一同走路——他们是谁呢？正是为了这些人，我们才弄到被流放啊，可是我们不但不了解他们，甚至不愿意了解他们。他们呢，更糟；他们恨我们，而且把我们看作仇人。"到这里托尔斯泰就叫聂赫留朵夫所最讨厌的一个革命家领袖诺佛德佛罗夫插进来和克里尔左夫争论了一番，发表了一场蔑视群众的议论。这可能是符合当时民粹主义革命家的实际情况的。这种蔑视群众的态度是应该批评的。但是，托尔斯泰着重叙述了自以为看得全面、对于刑事犯所代表的老百姓也关心的聂赫留朵夫，在跟随政治犯和刑事犯赶路的期间，对于玛丝洛娃产生了怜悯和温情，而这种感情打开了他的灵魂的"闸门"，让爱情"朝他遇见的一切人流去"，以致"感情十分昂扬，他不觉的体贴关心每一个人，从马车夫和押解兵起，一直到他打过交道的典狱长和省长"！后来聂赫留朵夫和他所敬重的克里尔左夫在意见上也还是表现了分歧。克里尔左夫已经病得快死了，听到了一位著名革命家惨死的消息，忿忿说，对于统治者不应该有"任何怜悯"，所有革命者应该"联合起来……消灭他们"。聂赫留朵夫就回答说，"不过他们也是人啊。"可见托尔斯泰谴责的主要并不是我们所了解的脱离群众的意义，而是不关心包括敌人在内的所谓"人类"的"缺点"！从这一点上我们不能怪诺佛德佛罗夫讨厌聂赫留朵夫，认为他的看法是"公爵（亦即傻瓜）看法"。另一个讨厌聂赫留朵夫的革命家康德拉节夫，被托尔斯泰描写为诺佛德佛罗夫的信徒，也是仅次于他的为聂赫留朵夫所不喜欢的男政治犯。他是工人出身，他正在热心读他随身带着的一本马克思的著作。但是他在被描绘得不象一个工人出身的革命家（疏远同伴，轻视妇女，有禁欲主义色彩）以外，特别给加上了脱离实际的样子。脱离实际也可能是当时民粹主义革命家的实际情况，也当然应该批评。我们当然不用怪托尔斯泰不认识理论掌握群众的必要性，但是我们不能不指出托尔斯泰在这里的批评表现了他根本反对他所不理解的马克思主义。他在一八九八年（《复活》完成和发表前一年）八月三日的日记里写过："马克思主义者（而且还不只是他们中间某些人，而是整个唯物主义学派）所犯的错误，就在于他们没有看到推动人类生活的乃是意识的成长，是宗教运动——一种愈来愈明确、普遍、而且能满足一切问题的对生活的理解，——而不是某些经济上的原因。"可见托尔斯泰在小说的这部分所谴责的，主要也不是我们所理解的脱离实际的意思，他所谴责的是不从宗教伦理观点出发、从抽象道德观点出发而倚靠群众（特别是宗法制农民群众）以善良天性为基础的自发性力量，不善于启发他们的改良主义愿望！

我们知道小说里的故事发生的年代是八十年代，那时候俄国革命活动是由民粹派领导的，但是我们也知道小说写作开始在八十年代末，完成在九十年代末，那时候马克思主义小组已经有了，而且工人阶级革命政党也已经由列宁建成了。作家在九十年代分析八十年代的材料应该站在九十年代的高度；作家在九十年代处理俄国革命运动的民粹主义阶段的材料，只有用工人政党的观点才能作出历史正确性的批判。托尔斯泰当然做不到的，因为他从他的资产阶级人道主义观点出发、从他的宗教道德观点出发而自有其改良主义的看法。

托尔斯泰拿来和工人出身的革命家康德拉节夫以及康德拉节夫所听信的诺佛德佛罗夫作对比的是农民出身的革命家纳巴托夫，聂赫留朵夫所喜爱的革命家。他和群众相处，平时和农民相处，确有长处，能和他们打成一片。但是"他从来不去思索甚么玄虚的问题"。"他的朋友们觉得十分重要的达尔文学说，依他看来，却跟六天当中创造了世界一样，只不过是脑子的玩物罢了。"如果说那不代表托尔斯泰的看法，那么这一点多少是获得托尔斯泰赞许的——"每逢他想到或者谈到革命会给平民带来甚么好处，他总是想象着他出身的那个阶级的生活情形大概会跟现在的情形差不多一样，只是有了足够的土地，不再会有贵族和官僚罢了。依他想来……革命不应该改变平民生活的基本方式，不应该摧毁整个大厦，只应该略略变一变这幢他深深喜爱的、美丽的、坚固的大建筑物的内部装置罢了。"这哪里是"革命"，这就是改良主义！

这样，要从真正的正面里指出真正的反面，决不是托尔斯泰所能胜任的，因为他所提出的"正面"就有深刻的反动性质。他笔下的为他或多或少肯定的革命家的形象多半是歪曲，多半是用来宣传他的托尔斯泰主义。他写到一些女革命家实际上正是证明他的看法——女人干不了革命。他佩服契诃夫写出了短篇小说《宝贝儿》，推崇这个人物是真正女性的化身，而且借以宣扬女人只该做贤妻良母。在《复活》里他所比较肯定的女革命家当中就创造了朗契娃这个人物。她只是忠于丈夫，因为丈夫忠于革命，自己也就忠于革命，完全不理会革命究竟干什么。如果丈夫是反革命，她当然也就反革命到底了！这是什么样的托尔斯泰美德！托尔斯泰所最推崇的女革命家巴甫洛夫娜是他的禁欲主义的化身。她“从没有经历过〔性爱〕，把它看作一种不能理解的东西，同时又看作一种讨厌的、侮辱人类尊严的东西”；她又是托尔斯泰的爱他人、爱人类的道德观点的化身——“她的全部生活的兴趣放在寻找机会为别人服务上面，就跟猎人寻找机会打猎一样。”托尔斯泰最后叫玛丝洛娃就学她的榜样。巴甫洛夫娜最后因为要看护垂死的克里尔左夫，就要求和这位对她表示爱慕心的革命家结婚，而玛丝洛娃为了爱聂赫留朵夫，不愿意多连累他，就拒绝他的结婚建议而接受了男革命家西蒙松的“柏拉图式爱情”和他的结婚请求。这样托尔斯泰把他在小说里所心爱的人物都拉在一起了，而这是完全遵照了他自己的想法的结果。西蒙松是托尔斯泰在这些男革命家当中最喜爱的人物。这位吃素的革命家“认为杀害生命是犯罪，他反对战争、死刑，不仅反对杀害人类，还反对杀害动物”；“他按照自己的理性来解决而且确定一切事情，根据这样得出来的决定而行动。”西蒙松要跟玛丝洛娃结婚是为了“帮助她，减轻她的苦处”，为了当她的“保护人”。这也是一种自我牺牲。这不免使正在作自我牺牲的聂赫留朵夫“觉得有点失望：西蒙松的这种提议多少毁损了他的牺牲的崇高性质，因此在别人的和自己的眼睛里降低了他的牺牲的价值”，显不出“那样的伟大了”。他们这样的互争“自我牺牲”，在托尔斯泰的笔下，好象是美谈，而不是讽刺。但是我们却在这里看不见什么为人民的地方，一切都是为了个人！这里，实际上，已经充分暴露了这种“自我牺牲”的自私自利的实质。

就是拿这种“利他主义”形式的人道主义作标准，托尔斯泰批评了和赞扬了那些革命家。他和巴尔扎克一样，只是比他更触目的，把革命家的真正的自我牺牲和宗教家的虚伪的自我牺牲或者道德上的"自我完成"，混为了一谈。

就《复活》而论，它所以有反映俄国革命的价值，主要不是因为它直接写到了革命家。托尔斯泰主要通过聂赫留朵夫而揭露了贵族资产阶级社会——这是最强有力的地方，超过了他自己的其他作品。他一半是通过玛丝洛娃而展示了被侮辱、被损害的人民群众（特别是农民）的苦难（那是深刻的）以至斗争积极性（那还是不够具体的）——这是最难得的，也比他自己的其他作品进了一大步。但是聂赫留朵夫究竟更代表托尔斯泰自己，他还是更能从上面、从上层社会来反映俄国生活的图画，俄国资产阶级革命到来时期的千千万万农民的思想感情。就人物形象本身而论，玛丝洛娃是更可取的，聂赫留多夫却更说明了托尔斯泰自己的思想发展。不管作者自己承认不承认，男女两个主人公的阶级性是直到底都是明显的，他们之间因此始终形成了有意思的对比。聂赫留朵夫设法把玛丝洛娃从监狱里调到了医院里暂时做看护工作，为她高兴，认为"这儿总比那边强多了"。玛丝洛娃就问"比那边——哪边啊？""那边——监狱里。""为什么强多了？""我想这儿的人好一点。……""那边有很多的好人呢，"玛丝洛娃说。最后，玛丝洛娃在她往西伯利亚流放做苦工地方去的路上，调到了政治犯队伍里，庆幸自己被判了刑，有缘结识了这些"和平民站在一边，反对上层阶级"的革命家，"她喜欢所有的新朋友"。而聂赫留朵夫却认为他们当中也有坏人。可见立场不同，看法不同。两方面虽然都有道理，究竟还是玛丝洛娃的想法划了大是大非的界限。托尔斯泰在叙述和描写里，在前一个场合，可能是同意玛丝洛娃的；在后一个场合，显然把玛丝洛娃看成天真无知。托尔斯泰固然是肯定玛丝洛娃很自然的常常想到别人、想到帮助别的女犯的，但是他显然并非不以为然的在许多地方写这位奔走营救她的聂赫留朵夫老想到"自我完成"，实际上就是老想到自己的利益。玛丝洛娃听到探监的聂赫留朵夫提议和她结婚，生气说："你打算用我来救你自己。你在现世拿我玩乐还不算，又要我来救你自己，好让你能上天堂！"这里，话虽简单，道理是透辟的，托尔斯泰却着意点染,使人注意这只是带几分酒意的一时的气话。聂赫留朵夫到乡下把自己的地产分给农民,规定地租交给村社,农民以为地主老爷又在耍什么骗人的新诡计,起初谁也不相信,后来相信了,那是因为一个老太婆指出了"老爷已经开始想到他自己的灵魂,他照这样办事是有心拯救自己的灵魂。"这实际上也触及了聂赫留朵夫放弃田产不是不要求代价而也有自私动机的事实,托尔斯泰却只借此表明了农民不信任地主的心理和落后的愚昧、自私心理。实际上,"自我完成",也就是一种精神上的自私自利。玛丝洛娃的"复活"实际上是从她在监狱里有了阶级觉悟、阶级仇恨就开始的;她当时拒绝聂赫留朵夫的结婚提议的时候还骂过他说:"我是犯人,窑姐儿,你呢,是老爷,公爵。你不用跟我打交道,免得玷辱了你!"她和聂赫留朵夫分开,在革命行列中间,完成"复活",找到出路,这就很自然了。但是托尔斯泰站在聂赫留朵夫一边,照他的想法,把玛丝洛娃"复活"的开始归功于聂赫留朵夫自我牺牲的精神感召、真情的感召,结果在她心里"复活"了对他的爱情,不愿意再多连累他受苦,作了自我牺牲,宁愿意接受西蒙松的结婚提议,和革命家一起过流放生活。托尔斯泰如果站在玛丝洛娃一边,就不会安排她恢复对于聂赫留朵夫的爱情,除非这位和统治阶级算是决裂了的公爵自己做了真正的革命人物。以个人主义为实质的人道主义,阶级调和的幻想,决定了托尔斯泰不能给玛丝洛娃安排一个更合理的结局,同时给聂赫留朵夫安排下一个更荒唐的结局——他从《福音书》里找到了"饶恕损害""爱仇敌"这一类鬼话,作为消灭他所"满心憎恨的暴力"、建立人间乐园的生活准则和行动纲领!

作为托尔斯泰自己思想探索的写照,聂赫留朵夫是包括列文在内的一系列托尔斯泰式人物的发展结果。高尔基说:"差不多所有托尔斯泰的文学作品,都归结到一个主题:替聂赫留朵夫公爵在人间找个地位,一个好的地位,从这个地位去看,他会觉得世界的一切生活尽是一片和谐,而他本人就是世界上最美丽最伟大的人物。"托尔斯泰的这个寻找过程的价值是不小的,因为它把资本主义发展当中的沙皇俄国贵族资产阶级社会现实从外到内、从内到外,整个翻开了出来,提供了真相给要改变世界的有心人。这个过程在《复活》里完成了，达到了顶点。寻找的目的在《复活》里也达到了——在《福音书》里给聂赫留朵夫找到了他的地位。这对于我们是不相干的，但是也不能置之不理。聂赫留朵夫在这里开出的救世良方的反动本质是一目了然的，但是它就是托尔斯泰的以资产阶级人道主义形式表现的在当时就是反动的思想倾向的实质，而托尔斯泰的在当时总还是进步的思想倾向又往往带上了资产阶级人道主义色彩。在托尔斯泰的作品里，列文这一路人物固然是托尔斯泰式人道主义的直接化身，就是安娜·卡列尼娜这样特别有力量的人物形象也多少包含了托尔斯泰式人道主义在当时所能有的积极和消极两方面意义——追求个人幸福，和社会不妥协，以身殉情——这也是变相的"自我完成"。而聂赫留朵夫追求道德上"自我完成"的"理想"所必然会得出的结论就是：在社会上避开阶级斗争，在政治上否定革命、屈从现实。

五

　　巴尔扎克和托尔斯泰在他们各有特色的批判现实主义创作里表现的思想倾向，各有特色，却有共同的基本实质、共同的积极和消极的双重作用。巴尔扎克生活和创作在法国资产阶级革命以后，托尔斯泰生活和创作在俄国资产阶级革命以前；前者处在一八四八年以至巴黎公社以前的法国，那正是欧洲革命舞台的中心，后者处在一九〇五年以至十月革命以前的俄国，那也是欧洲革命舞台的中心，所处社会环境在不同的时间、地点、条件当中还是有相通的地方。尽管巴尔扎克冒充贵族，多少同情劳动人民，赞扬共和主义英雄人物，最蔑视资产阶级暴发户；尽管托尔斯泰不甘做贵族，十分同情劳动人民，推崇民粹主义革命人物，最唾弃官僚资产阶级，就思想体系来说，他们同样没有超出资产阶级唯心主义和个人主义的世界观。他们在不同程度上共同揭发和批判了资本主义发展当中的上层社会的罪恶勾当，揭示了这个发展当中的下层社会的悲惨境遇、善良品质，刻划了这个发展当中的激烈的阶级仇恨、残酷的阶级斗争。这是他们最大的贡献。从这里向前看，即使在今天，对于广大人民，也会起促进革命的作用。但是他们都是向后看的，他们以不同的特色，迷恋或者向往资本主义社会到来以前的封建社会或者宗法制社会的"稳定"秩序或者"和谐"关系。历史是回不去的，他们就各自提出改良主义方案，这即使在他们的当时也起反动作用。巴尔扎克主张坚强的君权政治，当然是拥护统治阶级的暴力机器；托尔斯泰提倡"对恶不抵抗"，实际上也是不要去打碎统治阶级的暴力机器。巴尔扎克自己实际上并不虔信宗教，却拥护教会，托尔斯泰反对官方教会，自己却醉心宗教宣传。他们都把劳动人民或者革命家的优良品德，特别是具有政治意义的自我牺牲精神，和带了宗教色彩的"自我捐弃"或者"自我完善"混淆在一起，为统治阶级政治服务，因为撤除阶级内容，抽象宣扬个人品德，目的就在于取消阶级斗争、反对革命。这些思想表现是他们在创作里所包含的最大的毒素。他们在正确的批判议论里固然就掺杂了这种直接的反动说教，他们在深刻的暴露描写里却也往往夹杂着和这种直接的反动说教一致的反动意义。他们对于悲惨而不觉醒的劳动人民，不是象鲁迅所说的"哀其不幸、怒其不争"，而是在"哀其不幸"的时候就"喜其不争"以至"怒其要争"。他们作品的"精华"里就是这样夹杂了"糟粕"。推究原因，一句话，资产阶级世界观决定了巴尔扎克和托尔斯泰，在不同的特色里，都从资产阶级人道主义出发，认为资本主义发展促使人欲横流、天良丧尽，因此揭发和批判了这个社会的黑暗和罪恶，但是同时认为要改变这种现实，只有从道德品性上下手，回到人道主义——不讲阶级性，讲抽象人性；不主张阶级斗争，主张阶级调和；不宣扬改造世界、改造自己，宣扬"自我捐弃"、"自我完善"。

资产阶级人道主义，实质只是一个——资产阶级个人主义；随历史条件的变化，作用可以有积极和消极两方面。资产阶级人道主义者最不讲阶级性，实际上人道主义本身就是在欧洲文艺复兴时期的资产阶级的阶级性的产物、反对封建阶级物质和精神统治的产物。资产阶级人道主义好象和个人主义是对立的，实际上在产生它的文艺复兴时期，它讲人类解放，是明白讲个人解放的，提倡的就是个人主义。实质如此，资产阶级人道主义的作用，在欧洲文艺复兴时期以至启蒙时代，积极一方面就一直占了主要地位。到十九世纪，情况就不同了，积极和消极两方面就不相上下，只有随具体条件和情况而决定这方面还是那方面占上风。到了帝国主义时代，无产阶级社会主义革命时代，资产阶级人道主义主要就起了反动作用。巴尔扎克处在十九世纪上半期的法国，托尔斯泰处在十九世纪下半期的俄国，随着他们的人道主义思想倾向而来的这两位批判现实主义大师的作品的两面性意义也就分外突出。我们今天不但容易分辨得出这两方面，而且认得出这两方面的联系。为了批判接受，为了借鉴，我们也应该这样做。卢卡契，恰好相反，把巴尔扎克和托尔斯泰的现实主义称为"伟大的现实主义"，他们的人道主义称为"人民的人道主义"，掩饰了其中渺小的一面、反人民的一面。实际上，正如他们的现实主义只是批判现实主义，他们的人道主义只是资产阶级人道主义。今天，文学界的国际修正主义者和其他帝国主义代言人，所以要掩饰批判现实主义的局限性、资产阶级人道主义的资产阶级性，就是妄想借以引导无产阶级文学为资产阶级政治服务，妄想借以散布有利于帝国主义、有利于资产阶级反动统治的反对阶级斗争、反对革命的观点。

围绕着巴尔扎克和托尔斯泰的问题，长期以来，国际以至我们国内，进行了激烈斗争。马克思和恩格斯在他们建设革命理论、进行革命斗争当中重视了巴尔扎克的作品。为了不让当时俄国的反动党派拿去当政治资本，为了教育革命群众，列宁对于托尔斯泰的学说和创作作了科学分析。他们的评价本来就有战斗意义。国际以至我们国内的修正主义者胡风之流，为了他们的不可告人的政治目的，歪曲了恩格斯和列宁的言论，歪曲了巴尔扎克和托尔斯泰的榜样，胡说作家的世界观对作家的创作不起决定作用。这种歪曲早就被大家驳斥了。只是过去我们从恩格斯、列宁的经典性分析和从巴尔扎克、托尔斯泰的作品阐明世界观和创作基本上统一的时候，往往只着重讲了巴尔扎克世界观有反动一面，因此作品里也有这方面的反映，世界观有进步一面，因此作品才是那么可贵的。我们应该进一步指出：象巴尔扎克和托尔斯泰那样的十九世纪作家，还是由于他们基本的具有人道主义特色的资产阶级世界观的限制，就是他们创作里的可贵的思想表现也不免包含了消极因素，而到今天这些消极因素更是和我们工人阶级共产主义世界观水火不相容。

列宁通过他的经典性分析，摧毁了俄国以至西欧反动派歪曲利用托尔斯泰来进行的反动宣传，那时候正逢托尔斯泰八十生辰（一九○八年）和逝世的日子（一九一○年）。十年前西方文学界在巴尔扎克诞生一百五十周年（一九四九）和逝世一百周年（一九五○）的时候，作为纪念，大力向《人间喜剧》的作者进行了攻击，法国和国际（特别是苏联）的进步批评界击退了这次进攻，尽了保卫世界优秀文化遗产的责任。但是，就在这期间，文学界的国际修正主义者，例如南斯拉夫的维德玛尔和匈牙利的卢卡契，还是在歪曲恩格斯和列宁的分析，利用巴尔扎克和托尔斯泰的创作特点，进行他们的反马克思主义、反社会主义文学的阴谋活动。现在正是国际修正主义者在政治上猖狂活动的时候，今年又逢到了巴尔扎克逝世一百十周年、托尔斯泰逝世五十周年的日子。我们为了破除一般对于十九世纪欧洲文学的迷信，消除十九世纪欧洲文学里表现的对我们越来越显得有害的资产阶级思想的影响，同时粉碎国际修正主义者在文学战线上的主要借口，为了真能继承而对于以巴尔扎克和托尔斯泰的创作为高峰的欧洲十九世纪优秀文学遗产，重新作一番分析批判，还它们本来面目，使它们在我们今日社会主义革命和社会主义建设当中，在国际政治和思想斗争当中，起良好作用，这就是对于它们的作者最大的尊重，也就是我们对于批判现实主义文学大师巴尔扎克和托尔斯泰所应作的最好的纪念。

重刊《评英国影片〈王子复仇记〉》新引①

莎士比亚的名剧《哈姆雷特》大致在 1601 年出世，三百六十多年来，在世界范围内，不论从原文或通过译文，总有人读了又读，总有剧团演出了又有剧团演出。至于现代由剧本改编成的电影，就我个人说，三十年来也算看过三次了。三次看的是同一部影片，1948 年英国双城影片公司摄制，由劳伦斯·奥里维埃主演的这一部。影片刚开始放映，当时我恰好在英国，从原文看了一次。第二次是在 1958 年，看的是上影译制片厂根据我 1954 年译出而在人民文学出版社单行出版过的《哈姆雷特》译本（从 1956 年到 1958 年共印过三次）"整理"配音译制的，取名《王子复仇记》（这个译名未免庸俗化，而且多少有损原意）。那是公开放映的。我在 1954 年写了一篇关于哈姆雷特的较长论文，配合译出的剧本，1956 年又写了一篇万多字的序文（都在 1956 年发表），1958 年配合配音译制片的放映，又曾发表了一篇影评。事隔二十年，从去年开始，这部译制片，在我国大陆上又放映了，由小范围到大范围，由大城市到小城市，现在甚至已扩及到一些内地山区小县。观看的，加上从电视转播观看的人次想必可观。我只是从电视转播里的看了这第三次。

现在这部译制片放映后，不少群众竟好象有了个新发现。这个新发现中包括：我居然是这部译制片对口配音，加以"整理"所"根据"的原"译本"的译者！不少人向我提起这部影片，自然也有人问起这部电影以至莎士比亚原剧的意义如何，艺术短长。我就想起不妨给他们又一个"新发现"：我应邀命笔，写就而发表在北京 1958 年 8 月 26 日出版的《大众电影》当年第 16 期（12—13 页）上的《评英国影片〈王子复仇记〉》。

---

① 本文是《旧影新看，旧评新读——重温莎士比亚的〈哈姆雷特〉》（载《十月》1979 年第 3 期，第 249—250 页）的第一部分，这部分小题目作"新引"，该文的第二部分"旧评"原题《评英国影片〈王子复仇记〉》，重刊时有所删减，已据初刊本收入本书，第一部分"新引"则从未收录，此据《十月》本录存，题目是本书编者酌情拟订的。

时隔十九年，我自己也如同隔世了。如今我把这篇影评从故纸堆中翻出来重读一遍，却提不出什么新见。作为一般"外国文学评论家"（就算是"家"吧），我从写论文到写译本序文，而为这部译制片的放映写一篇简短的影评，也应说"义不容辞"。得出的看法，就是这么一点。意见没有多大变化，我自己也不知道，是头脑僵化了，还是（说句大话）经受住了时间的考验？我只是敢信，如果结论平平或者和别人过去发表过的看法基本一致，那总是先经过我自己的独立思考的反复实践。反过来说，事物总不能说得绝对化了，事物总是在发展变化的，看法也总该有所变化。我在这一点的看法上没有多大变化，当真也可能由于"闭关自守，固步自封"，"山中方一日，世上已千年"，没有能"放眼世界"，多接触国内外新实际、新情况。现在，既然有当前实际需要，我不怕被人指责为"复旧"，就把这篇影评照原样再发表一下，炒个"冷饭"以满足群众多年来的文化饥荒。另一方面，我国人民，作为整体，经过了那么多曲折而也丰富的集体实践经验，鉴别力也总是提高了，自会明辨文中的正谬，反过来有助于我日后得出新的认识。

影评照旧发表在底下。只是原文中既提到劳伦斯·奥里维埃，这里也应补提一下配音演员孙道临的功绩；还应声明一下上影译制片厂同志们虽然挂了我的名，说是"根据"我的"译本整理"，他们自己显然花了极大的苦功，虽然曾征询于我，而我自己纯粹是因为时地关系来不及帮他们出一点力。同时，我删去了第一句在这里已经用不着的说明，还删去了中间一段六百字左右的电影故事情节的提要（虽然，本来扼要讲一下也有助于事先并无所知的观众在电影放映面前免得看漏了主要线索）。

《徐志摩诗六首》选注①

《为要寻一颗明星》

〔注〕这首诗用最简单的形象、最简单的字句，表现对一种理想的追求，理想初现光芒，追求者先已成枯骨：悲观里也显出乐观。全诗四节里，一、四两行较长（作者并不意识到基本上照汉语说话规律，可划分四顿或称四音组，例如"我骑着｜一匹｜拐腿的｜瞎马"、"我冲入｜这｜黑绵绵的｜昏夜"或"累坏了，｜累坏了｜我跨下的｜牲口"），二、三两行较短（可划分三顿，例如"向着｜黑夜里｜加鞭"），最后一节较长，一、四两行可划分五顿，二、三两行相应而加长到四顿，虽然不对称了，但也可以说配合了不同于前三节的境界。全诗用叠句贯串，稍加"变奏"，西诗里常见，我国《诗经》里也极普遍；特色是不用哼哼唧唧的所谓"五七唱"之类的调子，也能显出鲜明的音乐性。押（脚）韵方式，在本诗里是每节 abba，这是交叉押韵的一种。交叉押（脚）韵，在西诗里是最普遍的，但在我国《诗经》和《花间集》里，也并不少见。

《消息》

〔注〕本诗表现希望与希望的破灭，用前后两节对照，形式也对称，只是后一节一、五两行长了（不按单音字数算，按顿数算，等于各多了一拍），每节中间三行，也并不完全整齐（虽然按单音字数算是划一的）。韵式是 abbba，隔了三行一韵，一、五两行再遥相协韵，在中国传统诗里是少见的，这里却似乎还能起押韵作用，这多少可能应归功于一、五两行押的是另一路韵，就是西诗所谓"阴韵"（在我国《诗经》里是连"兮"

---

① 卞之琳在《诗刊》1979 年第 9 期上发表《徐志摩诗重读志感》，向新时期的读者介绍了徐志摩的诗，并在文末说："关于这些，光凭说说，那么千言万语也说不清楚的。我想最好还是选他的几首诗来仔细读读。"所以该期《诗刊》紧接着就配发了《徐志摩诗六首》，署"卞之琳选注"，第93—96 页。这六首诗的"选注"从未入集，《卞之琳文集》也未收录。现更名《〈徐志摩诗六首〉选注》，据《诗刊》本录存，徐诗只录诗题而略去原文。

字之类押韵，在现代汉语白话里是连虚字即语助词押韵），"敛了"协"天了"；"雷了"协"毁了"。

《残诗》

〔注〕这首诗写在清朝末代皇帝终于被逐出他退位后在北洋军阀庇护下还居住多年的故宫的时候。[①] 题目叫《残诗》，应是作者自己废弃的一篇较长的诗仅留下来的一部分，象现在这样子，却是一首完整的完全可以独立的短诗。可能命意也和作者常慨叹的当时国家的"残破"和他自己所谓思想感情的残破有一定的关系。主旨不是我国旧日诗人怀古传统的迷恋死骨；虽然也不无照传统那样有感于兴衰、沧桑的表现，基调是嘲弄。全首用口语写，在作者的全部诗作里也是突出的，可说是"珠圆玉润"。作者求诗行整齐，无意识中可作五、六顿一行的划分。按脚韵安排讲，是西诗常用的偶韵体，两行押一韵，两行换一韵。我国民歌"信天游"体也是这样押韵，但是这里不是哼唱式，完全是念白式。这种诗体在英国过去叫"英雄偶韵体"，但到后来，例如到十八世纪古典派亚历山大·蒲伯笔下，却最适于用来写讽刺诗。现代也如此。本诗作者也这样用而没有流于庸俗。

《太平景象》

〔注〕这首诗的背景是齐卢战争（两个北洋军阀江苏督军齐燮元和浙江督军卢永祥之间的争夺战争）。全诗用口语对白。虽然是三行一节，而形式象以但丁《神曲》为杰出代表的"三行联环押韵体"，实际却象我国"鼓词"所要求的一韵到底。一韵到底在西诗里几乎完全没有，不一定做不到，是为了避免单调。现代英诗里，为了避免烂熟，有时还故意押近似韵或半谐韵。这里象我们吴方言里难分的 in 和 ing 押韵，也不足诟病。美中不足处倒是：全诗各行表面上象整齐，实际上用每行基本音律单位

---

① 1924 年 10 月 22 日，第二次直奉战争中直军第三军总司令冯玉祥突然倒戈，带兵入京软禁贿选总统曹锟，迫使吴佩孚垮台。同年 11 月 5 日冯玉祥又派鹿钟麟带兵进入紫禁城，逼溥仪搬离故宫，史称"北京政变"。

来衡量，并不整齐。以上四首选自《志摩的诗》。

《偶然》

〔**注**〕这首诗在作者诗中是在形式上最完美的一首，每节一、二、五行都可以说以三顿组成，只有第二节第二行出格，多了一顿，三、四行是两顿，韵式是 aabba。

《苏苏》

〔**注**〕以童话式的十六行韵语描述一个痴心女子的身前身后的境遇，反映现实的惨剧（按作者经常表达的理想不容于旧社会的想法说），通过艺术过程，升化为简单、清丽的一首诗。形式上大体整齐，好象是格律诗，其实无严格的格律可循，除了每节四行，首尾两行较长，中间两行较短，脚韵排列都是 abba。前两节中间两行用叠句，后两节不然，可以挑剔说并无这样做的必要。以上两首选自《翡冷翠的一夜》。

《英美名诗选译》译诗例言及附注①

严格说，诗是不能译的。比诸文学创作的其他门类，就更是内容与形式的有机统一体。通过翻译，保持原诗面貌，特别在格律诗的场合，不仅要忠于内容，而且要忠于形式——这是难题。但是，事实上，世界各国都没有把诗排出翻译的大门；诗译得相当成功的不是没有，对本国读者与作者自然也起了作用。

我国"五四"运动以来，分行写白话新诗，完全是鲁迅所说的"拿来主义"。虽然诗作者也不少能通过一种以至几种原文读外国诗的，但是，诗风受外国影响，就整体说，主要是通过翻译。由于译诗者的负责与不负责，胜任与不胜任，影响有积极方面和消极方面。译诗发表，附原文对照，是一个好办法；西方就常出这种本子。这样，一则可以帮助稍有某一种外语知识的读者理解原诗，一则也可以让广大掌握了某一种外语基础的读者检验译品的质量。

我自己从中学生的时代开始，几十年来私下试译过不少外国诗（先是英国诗，后来是法国诗），也发表过一些，但是译得使自己满意的，几乎完全没有。但是，总也有些差强人意的，我暂且举三个例子。

三首诗是英国三个时代的作品。第一首《想当年我们俩分手》，作者是十九世纪早期乔治·戈登·拜伦（George Gordon Byron 1788—1824）；第二首《仙子们停止了跳舞了》，作者是阿尔弗雷德·爱德华·霍思曼（Alfred Edward Housman 1860—1936），第三首《小说家》，作者是维斯

---

① 卞之琳的《英美名诗选译（拜伦、霍思曼、奥顿等诗三首）》收入外文出版局《编译参考》编辑部编印的《国外作品选译》第 9 期"倒长的树"，1979 年 11 月出刊，第 277—279 页，其中每首译诗后附有英诗原文，署"卞之琳译"。这三首译诗后来收入《英国诗选 附法国诗十二首》（湖南人民出版社，1983 年 3 月出版）并编入《卞之琳译文集》，但卞之琳写在译诗前面的"译诗例言"以及他为这三首诗所加的附注（分别见原刊第 282、284、286 页）则从未入集，《卞之琳文集》也未收录。此处以《〈英美名诗选译〉译诗例言及附注》为题，据《国外作品选译》本录存，附注前保留译诗诗题以明所属，译诗本文及所附英诗原文则一概略去。

坦·休·奥顿（Wystan Hugh Auden，1097—1973）[①]。三位都是著名诗人。风格各异，各有时代风格和个人风格。现代诗人，一度左倾的奥顿，在风格上，既受过赏识十八世纪古典派诗人亚历山大·蒲伯（Alexander Pope）的浪漫派大家拜轮的影响，也受过古典（拉丁）文学专家霍思曼的影响。

拜轮是当时的风流人物，显然也有情场失意的时候，所以《想当年我们俩分手》写得真挚动人，显然不是无病呻吟的作品。他是个大才，这首小小的抒情诗不足以代表他的本色，但也显出他也另有一面，而写这种诗也不落常套。

霍思曼在这三位当中诗路最窄，他写诗格律谨严，遣词造句洗炼光润，同时平易近人，用堂皇辞藻，也用日常口语，现实表现里有古典意象，抒情笔调里带讽刺意味。承上启下，他的诗里显得出英国十九世纪诗的终结和二十世纪诗的开始。《仙子们停止了跳舞了》，一共两节，第一节写幻境或者幻境的结束，后一节是实景或者实景的开始。读这首诗，我们很容易想见：曲终人散，东方发白，一夜的陶醉只像是一场幻梦，"繁华靡丽，过眼皆空"，只落得手里拿到了一纸无法对付的帐单——以及心头感到的一股特别的滋味，辛辣味。就是这首写日常情景的小诗也显出霍斯曼有对时代的现实感。

奥顿又是一个多才多艺的诗人，却是一个现代派诗人。他的诗创作看来是在三十年代中晚期，在西班牙内战前后，达到他的鼎盛阶段，以后到了美国，皈依了宗教，虽然写了更多、更长的诗，却再没有原来的生气和魅力了。这首十四行体诗《小说家》，写在三十年代末期，诗艺已达到炉火纯青，在用平实、冷隽的形象和语调来讲他的体会当中，自然有闪闪的异彩，他抒发了一种深沉的激情。深入现实生活才能反映现实生活，道理明显；但是说要从事小说创作，必须与世俗同流合污，那是过头话，夸张到荒谬了。

这些都是格律诗。格律诗最好自应以格律体来译。而我国白话新诗几

---

① 此处"1097"疑是原刊误排，当作"1907"。

十年来还未形成公认的格律（我国五七言古诗发展到近体律、绝诗更经过了几个世纪，所以也没有什么奇怪），我们一些人在借鉴英、法两种语言的诗律，通过短短若干年实践，我认为比诸采用法国按单音字数整齐（或对称）建行（那倒合我国旧诗体），还是采用英国以"音步"（闻一多译为"音尺"）合我国诗"音顿"（非中间大顿）或称"音组"（非按意群合成的一个长音组）较为合式，只是同样照轻重音安排音组（合他们的音步）显得还难适应于我国现代口语的性能。关于这三首我就是用这样的译法，具体情况在每首诗后的附注里作交代。

卞之琳

《想当年我们俩分手》附注

原诗格律一般分析为扬抑抑（重轻轻）格其实每行只有一个扬抑抑格音步，顶多下半行有一个扬抑格音步，例如头一行可勉强划分为"Whén wě twǒ pártěd"，每节二、四、六、八行更是一个扬抑抑音步跟着以一个长单音收尾，例如"In) silěnce aňd téars"，其中"In"还是个衬字，还有第四节第三行"Thǎt thěy) heárt cǒuld fǒrget"，头上更衬了两个单音字，变化较多，看来倒有点象日后霍卜金斯（Gerald Hopkins）实验的所谓"突起的节奏"（Sprung ryhthm），即每行大致有几个特重音为准。原诗每节一、三、五、七行较长，二、四、六、八行较短。译诗每单数行用三顿，例如"想当年 我们俩 分手"，偶数行用两顿，例如"也沉默 也低头。"押韵照原诗——每节ababcdcd。（这首诗曾发表于《译文》1954年6月号，北京。）

《仙子们停止了跳舞了》附注

原诗严格用英诗最常用的抑扬（轻重）格，每行三音步，译文每行用三顿；此诗特点是每节一、三行脚韵押阴韵（feminine rhyme）译文也照样，"舞了"协"露了"、"台儿"协"袋儿"。（这首诗曾发表于上海《文汇报》1957年1月4日《笔会》。）

《小说家》附注

　　这是十四行体诗，每行是英诗最通用的抑扬（轻重）格五音步，译诗每行用五顿，原诗脚韵排列是 abab，cdcd，efe，fgg。译诗照原样，跨行（enjambment）也基本上照原样。（这首译诗曾发表于《东方与西方》，1947 年某期。①）

---

　　① 《小说家》曾以中英文对照的形式刊载于《东方与西方》1947 年第 1 卷第 1 期，《小说家》中译文曾重刊于《经世日报》1947 年 4 月 20 日"文艺"周刊第 36 期。前两版译文与此处的第三个版本的译文在文字和标点上略有差异。

《名人志》题解①

    W. H. Auden 奥顿（1907—1973），是英国二十世纪三十年代最杰出的诗人。当时他一度左倾，积极参与西班牙反法西斯内战，在我国抗日战争初期，曾来访问过广州、武汉和徐州战场。西班牙人民阵线政府失败后，奥顿转趋消极，在第二次世界大战前夕，去美国定居，以后入了美国籍，皈依宗教，直至死前不久，虽还不断写诗，但成就始终没有超过他在三十年代中、后期的诗作。

    这首写在三十年代末的变体十四行诗，用冷嘲和对比笔法，写一代风云人物与平凡人物外表生活与内心生活之间的冷、热关系，平淡而出奇，自有一种悲喜剧意味。

    原诗每行抑扬格五音步，脚韵排列前八行为 abab，cdcd，后六行 efggfe，译文以五顿（音组）合五音步，押韵也照原式。

---

    ① 奥登（W. H. Auden）的诗 *Who's Who* 之中译《名人志》，原载《英语世界》1981 年第 1 期（商务印书馆，1981 年 10 月出刊，第 33 页），署"卞之琳译"，后收入卞之琳的译诗集《英国诗选附法国诗十二首》（湖南人民出版社，1983 年 3 月出版）并编入《卞之琳译文集》，但都略去了刊发本上的两个 Notes，此处选录的是第一个 Note，乃是对奥登和《名人志》的简介，因此本书编者拟题为《〈名人志〉题解》，兹据《英语世界》本录存。

中国"新诗"的发展与来自西方的影响[①]

自从 1954 年以来，名义上我算是多年从事了外国文学研究工作。我原计划在五十年代末完成一本莎士比亚评论专著，[②] 同时试用与原文"素体诗"相当的诗体与原文等行翻译出莎士比亚的"四大悲剧"配合出版。[③] 这项工作被打断了，停顿了下来，至今尚未重新继续进行。[④] 纷至沓来的社会义务和变化不定的个人兴趣，使我至今还无法专心考虑这一项计划，更有甚者，我不再有耐心力求穷尽重要资料，广博渊深去做学问了。至于当代中国文学的系统研究，对于我来说，又是另一种意义上的"外"字号工作。尽管如此，由于半个世纪多，断断续续，卷入了诗创作翻译的行当，或许我可以就中国新诗及其受西方的影响这一个题目说几句话。当然，这是我个人的看法，旁人可能会认为不合公论。中国新诗已有六十多年的历史。追溯它的发韧[⑤]，不能不提到胡适的名字。他在 1919 年"五四"运动前不久，就是最早一批热心倡导和积极尝试用白话写诗作者之一。不管他当时或后来的情形怎样，胡适都算不上一个纯正的诗人。或许，要突破文言旧体诗"精致"的形式镣铐这一项历史使命，正需要一个基本上是散文头脑的人来担负吧。

---

① 卞之琳 1980 年 9—10 月间应邀访问美国，其间曾作英文讲演 The Development of China's "New Poetry" and the Influence from the West，载 Chinese Literature: Essays, Articles, Reviews (CLEAR)，Vol.4, No.1 (Jan., 1982)，后来译为中文，发表于中国社会科学院文学研究所的内部刊物《中外文学研究参考》1985 年第 1 期，前署作者"卞之琳"，后署"蔡田明译、陈圣生校"（从中译文语言风格看，卞之琳可能亲自校订过中译文）。这一中译文从未入集，《卞之琳文集》也未收录此篇。此据《中外文学研究参考》本录存，后附英文本以便参照。——编者注

② 作者已未能接触当代世界莎士比亚评论二十年，年迈难于再完成"专著"，现正准备汇编修订五、六十年代发表过的莎士比亚研究各文，整理出一本论文集。——原注

③ "素体诗"或称"白诗"，是无韵每行五音步的格律诗；《哈姆雷特》、《奥瑟罗》、《里亚王》、《麦克白斯》通常被称为"四大悲剧"。——原注

④ 所谓"四大悲剧"第一部《哈姆雷特》已在 1956 年由人民文学出版社出单行本，至 1958 年重印两次。十年动乱后，其它三部今已陆续译出，正待校改，合编成《莎士比亚悲剧四种》，交《外国文学名著丛书》。——原注

⑤ 此处"韧"字是原刊误排，当作"轫"。——编者注

有些学者或批评家倾向于将胡适与埃士拉·庞德（Ezra Pound）并比。我可不认为这样做有任何意义。他们两人要是放在一起，一定是同床异梦。他们之间只有表面的相似。确实，他们俩都在各自的国土上发动了运动。中国白话新诗的出现是悠久的中国文学发展史上的一次真正革命，而意象派诗仅仅是一种倾向或流派，标志了美国诗一个新的发展阶段。更主要的是，庞德和他的意象派同人，在相当大的程度上，是从中国传统诗中汲取诗作灵感的，尽管庞德起先对这一种外国语言几乎一无所知，其后甚至胡搅乱缠，谈什么汉语的"特色"。这些特色，如果不是不存在的话，也只是作为创作的一种媒介而言，无可讳言，即使不属子虚乌有，也早已经是无关宏旨了。而胡适和他的同伴的事业，正是在于反抗这种传统。即使胡适读过庞德的宣言《意象主义者的几不要》（1913年），并在其后发表了《八不主义》（1918年），这两个声明除了名称和标题之外，正是南辕北辙。这两件事发生在同一时期只是一种偶合。

中国的第一批新诗作者深通古典诗。他们之中有些人，例如沈尹默和俞平伯，与胡适不同，是真正的诗人。他们对于古典诗，特别是"词"是卓然老手。他们一写新诗，却显得有点稚气。他们感到要摆脱旧体诗(词)的老框框，极其困难，形式或格律还在其次，更难在表现方式、格调、处理、手法等方面挣脱老套。他们对西方诗的本质了解甚少。因而，他们要创建什么崭新的东西，就几乎没有多少东西可以依傍。这就是"五四"运动时期，中国新诗发展的第一阶段的特点。

直到1922年，郭沫若第一本诗集在文坛出现，以及1925年徐志摩诗集的发表，中国的新诗才真正展现出自己的本色。他们的诗集出版与最初的一批新诗的出现，相隔只有几年时间，其中有的诗集甚至是同时问世的。但是它们却还是标志着两个不同的发展阶段。郭沫若以他的《女神》在新诗与旧体诗中划出了一个不含糊的界限。从此为中国的白话新诗奠定了坚实的基础；随后，由其他诗人的作品——就特色重点说，不妨例举徐志摩和闻一多的集子——加以巩固和增强（闻一多更为成熟的作品收入在1929年出版的他的第二本诗集《死水》）。郭沫若写他收入著名的第一本诗集里的大多数诗篇，是在日本学医。而批评家一致认为这些诗有惠特曼的风味。恰合"五四"运动民主和科学的要求，惠特曼自然也在中国新诗的发展上起了作用。无怪乎他的一些诗据说在徐志摩早期的译诗中也有。徐志摩曾在北京大学上过学，后来进美国克拉克大学，毕业后又在哥伦比亚大学当研究生。但是他在十九世纪英国浪漫主义诗歌影响下，是在英国剑桥大学开始写新诗。在用白话写诗方面，他和也在美国学习过绘画的闻一多，都并不试图突破英国浪漫派诗人及其后继人树立的藩篱，虽然徐后来也非常崇拜哈代（我倾向于称哈代是一个"颠倒过来的浪漫主义者"）。然而，至少是惠特曼的自由体诗的律奏在《志摩的诗》中的一些较长较松散的散文诗里可以见到，明确无误。照我看来，郭沫若和徐志摩的第一本诗集是他们的各自最好的诗集，而闻一多的第二本诗集才达到他自己的艺术完美的高度。徐志摩和闻一多，尤其是闻一多，甚至将英诗格律的理论和实践引进中国新诗中来，获得相当的成功。潮流发生了变化。和那些新诗运动的发动者有所不同：闻一多和他的同人又致力于探索诗的形式感和格律诗的某些严格规则。郭沫若、徐志摩、闻一多这三位诗人都有深厚的中国古典文学修养，但他们的诗初看起来，却与传统诗歌毫不相关，风格上完全西化了。徐志摩和闻一多沿着第一批白话诗试验者开辟的道路大踏步前进，并在大部分诗作中做到将日常口语融汇进真正称得上"诗"的整齐格式。尤其是闻一多在这一方面的成就，甚至现在也没有人超过。

当时，尽管郭沫若接近德国诗倾向，徐志摩和闻一多或可称英国派诗人，这三位主要诗人的诗作在内容上道道地地都有中国气派。在二十年代新诗的这个发展阶段上，一方面是郭，一方面是徐、闻轮流担当了新诗界出类拔萃的角色。接着，随三十年代而来，出现了以戴望舒为首的"现代派"（因《现代》杂志而得名）。他们就所受影响说，也可以称为法国派。但是，他们并非真是通常所称的"象征派"。

戴望舒的后期诗作，确与例如弗兰西·雅姆（1868—1938，法国诗人）那样的后期象征主义者，以及于勒·苏拜维埃尔（1884—1960，法国诗人）那样的准超现实主义者，有些因缘。戴望舒和他的同道，使新诗发展的道路再次发生了转变。紧接较早的郭沫若和较晚的徐志摩、闻一多为代表的一批诗人之后，他们进一步加强了新诗的地位。但他们存心撇开闻一多和他的同道诗人群刻意所求的外表形式的讲究，而用自由体作为主要的表现工具。这与郭沫若曾经使用过的那种也不一样。他们与前一阶段的三位代表诗人不同，可以说，他们终于跨出了十九世纪的西方诗老套，进入到二十世纪的真可称现代的领域。同时，他们在一定程度上恢复了中国传统的某些抒情方式。然而，这也不是退回到新诗的第一个阶段（1919 年开始）去。相反，他们比新诗运动那个开端又前进了一步。他们试图将古典诗词藻融进欧洲句法，以丰富诗的语言。这一尝试较为大胆，但不如徐志摩和闻一多的做法那么成功。鉴于今日中国群众所用的日常口语与传统文言用语距离较大，中国古典传统与西方现代主义的结合，还没有证明总是美满姻缘。

要说明戴望舒的成功，可以拿李金发的失败作一对比。李金发的第一本诗集与徐志摩的第一本诗集同于 1925 年问世。确实是李金发最先将法国象征诗介绍到中国的。然而，尽管会使西方学者与批评家吃惊也罢，我不能不坦率断言，他的努力不仅仅是徒劳无功的问题，而且对一个特定时期的中国新诗的影响还有害处。我不是说李金发并无写诗的才能，也不是说他一点也没有捉摸到十九世纪后期象征诗的韵味。实际的情况是，他既缺乏足够的法文知识，也不能熟练使用本国语言，白话也罢，文言也罢，都是如此，因此大大亏待了法国象征派诗。对于那一路诗，他的中文"翻译"和他的"仿作"，使中国一般读者与他的追随者同样不知所云。于是，所谓的"象征派诗"就被认为是由一些毫无意义和逻辑的语词拼凑而成，只令人眼花缭乱，无从索解。例如，保尔·魏尔伦的诗，尽管富于暗示性和饶有余味，还是平易近人的，格律相当严整，句子结构不用说都符合语法规则。我们就举一个例子看看李金发如何处理《假象》这首诗中的一个短行："Dame Souris Trotte"（"老鼠娘娘小步快跑"）——在他的中译文里，这竟成了"妇人疾笑着"！我们只好等待戴望舒和其他一些人，在他们开创性的介绍工作和他们自己的创作实践中驱散笼罩法国象征派诗人的疑云，从而了解怎样写诗才多少有点象法国式。

三十年代中期，民族危机和社会灾难日益深重，"新月派"（从《新月》月刊得名，徐志摩和闻一多最初曾经是该刊的两个台柱）与"现代派"合流了，见之于《新诗》杂志的出版：这个刊物表现了一种普遍的阴晦前景。与此同时，"创造社"派（以早先的《创造季刊》得名，郭沫若是主要发刊人之一）所创导的较为坚实的新诗传统，开始在左翼文学中兴旺繁荣。这些诗人之中，有的成为革命烈士，他们的名字和事迹自当为我国人民永远记住。他们的诗作交织着"光和热"。然而，由于艺术上无暇精雕细凿，难免粗糙，这样的诗作，往往是昙花一现，很少给读者留下长久的印象。这种情调的浩如烟海的产品当中，臧克家的作品显得坚定、结实。他早期写诗，艺术上和"新月派"原有不浅的因缘。何其芳和艾青早年分别在《现代》和《新诗》杂志上发表过他们的诗篇，并且有些诗也是在法国象征诗的直接影响下创作的，到此开始唱出有个人特色的调门。抗日战争全面爆发后，这两位诗人从不同的地方来到延安，差不多同时达到他们的创作高峰。

抗日战争给各种倾向的中国诗人提供了一个汇合点。田间在这种气氛中开始大显锋芒。他的短行诗作，使人想起马雅可夫斯基诗作的一些风格，新颖而尖锐，引起了广泛的注意。这是中国新诗又一次历史性的转折。

抗日战争持续下来，发展到正式成为第二次世界大战的一部分，中国的政治形势重又变得错综复杂起来了。日益持久的时间使诗人们得以在更深入探讨整个社会变革事业之余，有的也开始思索人生的基本问题。

冯至是后一种倾向的代表。这位诗坛宿将早在二十年代后期最初成名，在长时间较为沉寂，难得创作之后，于四十年代初期进行了新的探索，抛出了一本借鉴里尔克诗风写成的一本"十四行诗集"。多少和他有缘的是年轻一代的大学诗人。除了里尔克之外，他们还或多或少受到艾略特（他的《荒原》在1937年出了中译本）和奥顿（他三十年代的诗作，当时开始在中国各刊物上发表了中译文）等现代英美诗人的影响。他们是少数派。

当时的主流是由毛泽东《在延安文艺座谈会上的讲话》促成的。最初的收获当中，我认为值得注意的，是李季的长篇叙事诗《王贵与李香香》（当然还有贺敬之的《白毛女》，只因那主要算是歌剧，因此在这里且不提）。这首诗已被认为是现代的经典作品。它采用了陕西北部流行的一种民间曲调（"信天游"）。这首长诗，除了诗行的文字排列形式（西方的分行方式是在"五四运动"开始时期就介绍到中国来的），此外看不出西方影响的迹象。李季和他的同道诗人，深深扎根在农民的生活和斗争当中，从民间文学艺术接受启发和灵感。这一路诗歌倾向，与人民解放军迅速壮大和解放事业大得人心相适应，很快便统治了中国的文坛。

在抗战胜利之后至随即全面展开的解放战争期间，新诗仍处在上述的状态。由于诗人们共同怀着深厚的爱国心和对于出现一个公正社会的响[①]往，无论他们的意识形态有多少差异，两路诗的倾向，实际上并不严重对立和互相抵触。因而，当期待已久的推翻祖国的半封建和半殖民地统治这一历史关头到来的时际，这些诗人无论是有声望的或还没有成名的，自然都会拥护和庆祝人民共和国的诞生。

从建国起至1976年进入新的历史时期之前，近三十年的中国新诗经历了两个重要变化的发展阶段。

第一阶段是1949年—1959年。这期间有三个主要特征。首先，既有已经成名的老一代诗人（他们虽然还健在，还继续写作，却或多或少由盛转衰），还出现了一大批群星灿烂的青年诗人，活跃在诗坛上；他们的诗作是如此之多，可以说几乎组成了一个无从一一举名的大集体。一方面，在这些诗里找不到明显的个别特色，另一方面，尽管存在着等级高低之分，却没有崭露突出的人物可说。光从他们的诗作来看，难以识别彼此，繁花簇簇，我即使为了方便起见，实在也难于随便举几个例子作为这种繁盛的代表。当然，不少诗人显露出了他们的独创性，郭小川和闻捷这两位就是这样，铭刻在我自己现在日益模糊的记忆当中。说来不胜惋惜，他们都死在年富力强，前途似锦的时期，像蜡烛火一样被"四人帮"的狂暴歪风吹灭了。

其次，我们的新诗，为人民服务，努力实践唐代诗人白居易提出的"老妪能解"的理想。这确实是有益于人民群众的；人民现在已经不难接近曾经为文人学士所专有的文学领域里的这一门类了。如今我感到有一

---

① 此处"响"可能是原稿笔误或原刊误排，当作"向"。——编者注

种奇怪的现象，可能令人惊讶。历史往往在矛盾之中行进，在五十年代中期，我们大张旗鼓批判了胡适的唯心主义治学方法，当时我们似乎没有注意到这样的事实：我们在新诗领域里实际上却是发展了他在"五四"运动前不久提出新诗观念及其艺术表现只许一览无遗的想法。胡适在1919年绝不会预见到类似他对新诗的主张会在这么广阔的范围内得到一定的实现，可惜结果并非尽如人意。从最差处挑剔看，正有胡适决不可能理解的一点毛病：有时竟把诗本身也抛弃了。好像为了补偿这种损失和舞文弄墨，强求诗化，我们别无办法，有时只好叫"貌不惊人"与"豪言壮语"结缡成亲。

第三，合乎逻辑的结果是，"新民歌"不是使新诗在内容上和形式上日益丰富，而是逐渐趋向于压倒和排斥新诗。这些作品的作者是工人、农民、战士的个人和无名氏群众，或是知识分子。他们撇开了新诗，不顾新诗在三十多年中已经形成了自己的传统这一个事实。当然，谁也无法否认"新民歌"的出现是国家返老还童，重获青春的健康标志。这种新产品当中有许多是很优秀的；我们从中可以找到一些内容或形式上都是纯正的真正的诗。出于大众的自发热情，弥漫了整个大陆的推动"新民歌"的全盛期是在1958年，特别是这年的头几个月。这一丰富的收获，还有待充分的估价。

在1958年和1976年之间，新诗（包括"新民歌"）遭受了巨大的挫折。以江青、张春桥、姚文元等为首的一伙不学无术的政治阴谋家，利用1958年大众的热情和激情，实现了他们个人真正的"大跃进"：他们跳进了最高的政治领导层，窃取了有全面影响的文化领域的大权。他们火箭般的上升，与"新民歌"急剧的衰落，恰成反比。

于是，这第二个阶段（1958—1976）可以说是新诗发展史上很长的一个危机阶段。在"四人帮"的文化专制下，同政治和经济形势一样，新诗急剧濒临了崩危的处境。早在五十年代初，正合日丹诺夫的鞭挞，任何"形式主义"的倾向都应该加以根除，这时期，不仅苏联文学，连西方古典文学（包括俄国文学）也受禁止。诗人们不满这种居统治地位的风尚，开始反过来转向写作文言的旧体诗（词）。作为诗人的毛泽东自己为这种诗（词）体树立了现代的光辉榜样，尽管他曾经在原则上宣称我们写诗自当以写新诗为主。当时情势如此，就是"新诗"老手也感到用旧体诗（词）的固定形式，倒便于抒发他们自己的复杂感情和艺术要求，因为这种体式容许微妙、含蓄，甚至曲笔而不着痕迹。新诗的危机实在严重，这是它过去从未面临过的一次危机。

这种情况的发展几乎十足退回了"五四"运动以前的状态。在所谓"四五"运动中，旧体诗倒成为用作政治斗争的主要形式。新诗数量微乎其微，然而朗诵起来却更见成效，在天安门广场上确实吸引了浩大的听众。只是，实际上它们朗诵效果正有点像公开的鼓动演说。

以上就是新诗在困难的 1958 年到粉碎"四人帮"之前这个荒歉时期的主要特征。打倒"四人帮"，标志了中国的现代史进入一个新时期的开端。曾受普遍赞誉为"第二次解放"的一举，也可以说是"第二次觉醒"。国家经过两年多的全面调整，我们现在目击了新诗获得的新生。例如我们欣见像艾青那样的有才华的诗人重新在诗坛上活跃起来了，他在被迫沉默了二十年之后，完全恢复了他旺盛的创作力。

大门又一次打开了。西方现、当代文学开始大量介绍给读者。当前的需要鼓励了一些早年的译品重新出版，推动了一些新近的译品陆续发表，其中有瓦雷里和奥顿诗的翻译。徐志摩和戴望舒的诗作，都正在重新印行，附有对他们艺术和技巧的评论。随着反思想僵化的群众活动的开展，读者对新诗最感兴趣的也许是探索它在技巧上的革新问题。我们重新介绍现代西方诗，就注意它有什么长处可供我们借鉴，有什么短处我们应该避免。新诗格律、形式，也已经再次从钻研者到一般读者提出来讨论了。

上述的事实表明，中国新诗界在经历了多次的周折以至惨劫之后，已经走上正常化的轨道。诗人们随时准备着满足国家全面实现现代化的要求。目前这个开明和注重实际的政治体制，已受到人民的普遍支持，肯定将长远继续下去，从内从外，没有任何力量能够动摇它。新诗通过长时期的正反两方面的经历，也得到良机以达到成熟的新高度。新的成就指日可期。

The Development of China's "New Poetry"
and the Influence from the West [①]

For quite a number of years, since 1954, I am supposed to have been engaged in the study of foreign literature. My plan for writing a book of Shakespeare criticism accompanied by a verse translation of Shakespeare's major tragedies was scheduled to be completed towards the end of the 1950s, a work that has been interrupted, and not yet resumed. Social obligations and personal caprices prevent me, even now, from concentrating on the project. What is more, I no longer have the patience for any kind of exhaustive research work. As for the systematic study of contemporary Chinese literature, it is, in another sense, *foreign* to me. Nevertheless, since I have been involved, off and on, in the business of writing and translating poetry for more than half a century, perhaps I might be allowed a few words on the subject of China's "New Poetry" （Xinshi）新诗 and on the Western influence on it. It is a personal view, of course, and others may find it quite unorthodox.

China's "New Poetry" now boasts a history of sixty years. On retracing its development back to the very beginning, one cannot avoid mentioning the name of Hu Shi 胡适. He was one of the first ardent advocates of, and enthusiastic experimenters in, writing poetry in the vernacular （*Baihua*）-shortly before 1919, the year of the May 4th Movement. Whatever he was then and later, he proved to be not a genuine poet. Perhaps the historical task of breaking through the "refined" shackles of the old verse form in *Wenyan* （the literary language）

---

① 本篇原载 *Chinese Literature: Essays, Articles, Reviews(CLEAR)*, Vol.4, No.1 (Jan.,1982)，第152—157 页，署名 "BIAN ZHILIN 卞之琳"。此文从未入集，此据 *Chinese Literature: Essays, Articles, Reviews* 本录存以便参考。

required a basically prosaic mind.

Some scholars or critics would like to put Hu Shi side by side with Ezra Pound. I do not think there is any point in doing this, however. The two would certainly be bad bed-fellows. Any similarity between the two is only superficial. True, both of them were involved in launching literary movements in their respective countries. But the appearance of China's "New Poetry" in the vernacular was a real revolution in the long history of Chinese literature, whereas the Imagist Poetry was merely a trend or school of poetry which marked a new stage in the development of American Poetry. What is more important, Pound and his fellow American Imagists drew their inspiration, to a considerable extent, from traditional Chinese poetry, although Pound himself at first knew almost nothing of this foreign language and even later made a fuss over its peculiar "characteristics." These characteristics, when used as a medium for the creation of poetry, had of course long become irrelevant, if not non-existent. On the other hand, the enterprise of Hu Shi and company was exactly a revolt against this tradition. Granting that Hu Shi did read Ezra Pound's manifesto *A Few Don'ts by an Imagist* (1913) and thereafter published his *Babuzhuyi* 八不注意 [1] (Eight Don'ts) in 1918, the name and title apart, these statements were at the antipodes. That the two occurred at the same time was mere coincidence.

The first contingent of China's "New Poets" were all well versed in old classical poetry. Some of them, Shen Yinmo 沈尹默 and Yu Pingbo 俞平伯 for instance, unlike Hu Shi , were true poets and masters of classical poetry, especially of the special genre known as *ci* 词 . In producing "New Poetry," however, they at once took on a juvenile appearance. They found it extremely difficult to struggle out of the old rut of classical poetry, not so much in form or prosody, as in manner of expression, tone, approach, treatment, etc. These poets, on the other hand, knew very little of the essence of Western poetry. So they had very little to

---

① 此处"八不注意"是原刊误排，当作"八不主义"。

resort to in establishing something brand new. All this marked the first stage of China's "New Poetry" at the time of the May 4th Movement.

It was not until the debut on the literary scene of Guo Moruo's 郭沫若 first collection of poems in 1922, followed by that of Xu Zhimo's 徐志摩 in 1925, that the "New Poetry" came truly to its own. There was merely an interval of a few years between their publications and the first batch of "New Poetry." Some were even simultaneous. But they represented two different stages of development all the same. A clear line of demarcation was drawn between the old poetry and the new by Guo Moruo with his *Nushen* 女神（The Godesses）. The "New Poetry" in the vernacular has since been put on a fairly firm basis; later it was consolidated and reinforced by works of others, led by Xu Zhimo and Wen Yido 闻一多 [whose even more mature pieces were included in his second collection of poems, *Sishui* 死水（Dead Water） published in 1929]. Guo Moruo wrote most of the poems included in his famous first collection in Japan while he was a medical student there. Yet these poems have been unanimously described by critics as Whitmanesque. Quite in accord with the demand for democracy and science of the May 4th Movement, Walt Whitman naturally assumed a role in the development of China's "New Poetry." It is no wonder that some of his poems were said to be among Xu Zhimo's early translations. Xu Zhimo was once an undergraduate at Beijing University, later on at Clark University in the United States, and then a post-graduate at Columbia University. But he started writing "New Poetry" at Cambridge University under the influence of the English Romantic Poetry of the nineteenth century. In writing poetry in *Baihua*, neither he nor Wen Yido, who also learned painting in America, attempted to break through the bounds set by English Romantics and their successors, although he was later an admirer of Thomas Hardy（whom I should like to call an "inverted romantic"）. Still, the rhythm, at least, of Whitman's free verse could be caught unerringly in some longer and looser prose-poem pieces in *Zhimode shi* 志摩的诗（Poems of Zhimo）. In my opinion, both Guo Moruo and Xu Zhimo's first collections are their best, while Wen Yido's second collection reaches its own height of artistic perfection. Xu Zhimo and Wen Yido, especially Wen, even introduced the theory and the practices of English prosody with some success into Chinese poetry. The tide had turned. Unlike those who launched the "New Poetry" movement, Wen Yido and his group sought again a sense of form and some strict measures of regular verse. The three poets were all well-trained in classical Chinese literature, but their poetic products appeared at first sight to have nothing to do with this tradition and were entirely Westernized in style. Xu Zhimo and Wen Yido made great strides along the path opened up by the first poetic experimenters in the vernacular and succeeded, in most cases, in modifying the colloquial language of daily speech to accommodate the regular patterns of true verse. Wen Yido's achievement in particular has never been surpassed, even now.

What the three leading poets wrote in verse at that time was Chinese in content through and through, in spite of Guo being German-oriented and Xu and Wen as poets of the English school. Thus Guo on the one side and Xu and Wen on the other took turns leading the "New Poetry" through this stage of development during the 1920s. Then, with the advent of the 1930s there emerged the "Moderns" （the name derived from *Modern Magazine*） with Dai Wang-shu 戴望舒 at the head. They may be called the French school, as regards the influence to which they were subjected. But they were not really "symbolists," as they were usually called.

In the case of Dai Wangshu, he did have something to do with the Post-symbolists like Francis Jammes in his later period and with such quasi-surrealists as Jules Supervielle. With Dai and his fellow poets, the course of the "New Poetry" took another turn. Following those poets first represented by Guo Moruo and then by Xu Zhimo and Wen Yido, they further strengthened the position of the "New Poetry." But they deliberately brushed aside the outward formal refinements with which Wen Yido and his fellow poets had been so much preoccupied, and employed free verse instead as their chief vehicle. This, again, differs from the kind which Guo Moruo had used. Unlike the three leading poets of the preceding stage, they stepped out of the Nineteenth Century Western convention at last, and proceeded into the really modern realm of the Twentieth Century. At the same time, they restored in some measure the traditional Chinese modes of lyricism. This was not, however, a return to the first stage (dating from 1919) of the "New Poetry." On the contrary, they were at a further remove from those beginnings. Their attempt to enrich the poetic language by merging the old classical diction into the European syntax was bolder, but less successful, than the attempts of Xu Zhimo and Wen Yido. The marriage between the old Chinese tradition and Western modernism has not always proved happy, considering the estrangement of the literary language from the living spoken language used by the masses of Chinese people.

To illustrate Dai Wangshu's success, it would be useful to contrast with it the utter failure of Li Jinfa 李金发. Li Jinfa's first collection of poems appeared in 1925, the same year as Xu Zhimo's first collection. It was indeed Li Jinfa who first introduced French symbolist poetry into China. Yet, perhaps to the surprise of some Western scholars and critics, I cannot help asserting candidly that his efforts were worse than fruitless and their influence on China's "New Poetry" during a certain period was pernicious. It is not that he lacked any poetic talent and had not somehow caught the aroma of the Symbolist poetry of the late Nineteenth Century. The fact is that his far from adequate knowledge of French and his no less inadequate mastery of his mother tongue, both in *Baihua* (the vernacular) and *Wenyan* (the literary language), did gross injustice to the French Symbolists. His "translation" from them and his "imitations" of them mystified the Chinese reading public as well as his followers so that so-called symbolist poetry was considered just a jumble of incomprehensible dazzling words devoid of meaning or logic. For instance, Paul Verlaine's poems are intimate and simple enough in spite of their suggestiveness and richness of nuance; they are quite regular in versification and of course entirely grammatical in sentence construction. Let us just see how Li Jinfa treated a short line of the poem "Révérence Parler" (Part II: Impression Fausse) - "Dame souris trotte"- in his Chinese rendering. It becomes " (The woman smiles swiftly!" We had to wait for Dai Wangshu and a few others to dispel the mysterious clouds over such French Symbolists in their pioneering work and their own creative practice, and to know how to write poetry somewhat in the French way.

As both the social and national crises deepened during the mid-1930s, the trends from the "Crescents" (named after the *Crescent Monthly*, of which Xu Zhimo and Wen Yido were two of the mainstays) merged with the "Moderns," as witnessed by the publication of the journal *New Poetry*, which presented a generally gloomy prospect. At the same time, the more robust tradition handed down by the "Creationists" (named after the earlier magazine *Creation*, which Guo Moruo helped to found) started to flourish in leftist writings. Some of these poets became revolutionary martyrs; their names and deeds were to live forever in the memory of our people. Their poetry is woven of "light and heat." Owing to artistic crudities, little of such poetry, however, left its imprint on the mind of the reader once the first flash was over. Of the immense output in this vein, works of Zang Kejia 臧克家, who had formerly had some artistic affiliation with the "Crescents," stands firm and solid. He Qifang 何其芳 and Ai Qing 艾青, who had some of their early poems published in the modern *Modern Magazine* and *New Poetry* respectively, and written somehow under the direct influence of French symbolist poetry, began to sing at this time in distinct personal voices. Then, after the outbreak of the full-scale War of Resistance against the Japanese invasion, the two came over to Yan'an from different directions and attained their full creativity virtually at the same time.

The War of Resistance provided a meeting-ground for Chinese poets of all inclinations. Tian Jian 田间 started to thrive in this climate and his short-line poems, recalling some aspects of the Soviet Mayakovskian manner, drew wide notice for their freshness and sharpness. This was one of the historical turning points in China's "New Poetry."

As the war drew on and extended into the Second World War proper, the political situation in China became complicated once more. Time allowed the poets to brood upon the fundamental problems of human life as well as to explore more deeply the cause of over-all social change.

The former trend found its representative in Feng Zhi 冯至 . This veteran poet who had first made his reputation in the late 1920s, after long years of relative silence in the field of creative writing, launched a new venture in the early 1940s and produced a volume of "sonnets" in the manner of R.M.Rilke. Somewhat affiliated with him was a younger generation of university poets. They wrote poems more or less under the influence, besides that of Rilke, of T. S. Eliot (whose *The Waste Land* was published in a Chinese translation in 1937) and W. H. Auden (whose poems written in the 1930s began to appear in Chinese translation in various periodicals). They were in the minority.

The main current then was fostered by Mao Zedong's *Talks on the Yan'an Forum of Art and Literature*. Among its first harvests, I think it fit to mention Li Ji's 李季 long narrative poem "Wang Gui yu Li Ziangziang[①]" 王贵与李香香 , which has been considered a modern classic. It is written to one of the folk tunes current in Northern Shensi. No traces of Western influence can be detected in this long poem except the arrangement of lines (when written down) —the Western way which was introduced at the beginning of the May 4th Movement. Li Ji and his fellow poets sunk their roots deep in the life and struggle of the peasants, and drew their inspiration from folk art and literature. This poetic trend, along with the rapid growth of the People's Liberation Army and the overwhelming popularity of the cause of Liberation, quickly dominated the literary scene in China.

"New Poetry" remained in the same state after the triumph of the War of Resistance and the resumption of the full-scale civil war following it. As poets

---

① 此处 "Ziangziang" 疑是原刊误排，或当作 "Xiangxiang"。

shared the same deep-rooted patriotism and aspirations for a just society, whatever their differences in ideology, the two poetic trends did not actually clash with each other. So it was natural that, when there occurred at that juncture the long awaited overthrow of the country's semi-feudalist and semi-colonist state, all poets, whether established or still relatively unknown, should celebrate in unison the founding of the People's Republic in 1949.

The thirty years of China's "New Poetry" under the reign of the People's Republic underwent two stages of significant change before it entered a new phase in 1976.

Three features were characteristic of the first phase, 1949-1959. First, along with the older generation of established poets, who survived and continued to compose poems, though they were more or less on the wane, there appeared a galaxy of young poets with such an immense poetic output that together they comprise an almost collective anonymity. For one thing, no distinctly individual notes were struck. For another, no outstanding figures emerged, despite some artificial hierarchies. Listening to their voices, one could hardly tell one poet from another. It is utterly beyond my power, even for the sake of convenience, to name half a dozen as representative of this efflorescence. Still, two poets who showed flashes of originality in their poems are etched on my now dim memory: Guo Xiaochuan 郭小川 and Wen Jie 闻捷. They both died in their prime, I am sorry to say, snuffed out like candles by the hurricane of the Gang of Four.

Second, in the service of the people, our "New Poetry" made every effort to attain one of the ideals set by the Tang poet Bai Juyi-"To be understood even by illiterate old wives." This was truly to the benefit of the masses of the people who had now easy access to the branch of literature hitherto reserved for the literati. One strange phenomenon occurs to me today, which one may find somewhat surprising. Paradoxically, in the mid-1950's, while we were launching a campaign against Hu Shi's idealist method of academic research and subjecting it to a thorough critique, we were quite unaware of the fact that what we actually did in the field of poetry was promoting just his idea of "New Poetry" and of artistic expressiveness, put forth shortly before the May 4th Movement. Hu Shi could never have foreseen, in 1919, its realization on such a scale. The result was not, however, entirely satisfactory. At its worst, it was what Hu Shi would never have understood—the banishment of poetry itself. As if to compensate for this loss and wilfully to poeticize, we had no choice but to wed, on occasion, Plainness to Bravado.

Thirdly, as a logical consequence, the "New Folk Songs" gradually gained supremacy over the "New Poetry" instead of enriching it. They were produced either directly by individual workers, peasants, soldiers, and the anonymous masses, or by the literati. They dismissed the "New Poetry", in spite of the fact that it had formed a tradition of its own with a history of more than thirty years. None could deny, of course, that the rise of the "New Folk Songs" is a healthy sign of a rejuvenation in the country. Much of this new output is of very high order; one finds there authentic poetry naturally perfect both in content and form. Impelled by the spontaneous popular enthusiasm and elation all over the mainland, the "New Folk Songs" were in their heyday in 1958, particularly the first few months. This rich harvest remains to be fully appraised.

During the period between 1958 and 1976, the "New Poetry" (including "New Folk Songs") suffered a colossal reversal. The insiduous political conspirators headed by such ignoramuses as Jiang Qing, Zhang Chunqiao and Yao Wenyuan took advantage of the popular enthusiasm and elation of the year 1958 to make a truly "great leap forward" of their own: they launched themselves onto the topmost level of political power and an overall influential position of the sphere of culture. Their rocket-like ascendancy was in exact inverse ratio to the abrupt decline of the "New Folk Songs."

So, this second phase, 1958-1976, may be identified as representing a long crisis in the history of "New Poetry." Under the cultural dictatorship of the Gang of Four, the "New Poetry," along with the political and economic situation, was rapidly heading for a conspicuous collapse. As far back as the early 1950s, any so-called "Formalist" leanings had to be extirpated, in accord with the Zhdanov's condemnation. Even the literary classics of the West （including those of Russia） as well as Soviet literature were now forbidden. Poets discontented with the reigning vogue started reverting to the old-style poetry in *Wenyan*, with brilliant modern examples set by Mao Zedong the poet, although he proclaimed on principle that we ought to take "New Poetry" as the chief form of verse writing. Thus, even the veteran "New Poets" found in the fixed form of old-style poetry a convenient vent for their mixed feelings and their artistic exigencies, since it allowed subtlety, allusiveness, even innuendo. Grave indeed was the crisis of "New Poetry," a crisis it had never faced before.

This development came almost full circle back to the situation before the May 4th Movement. During the so-called April 5th Movement, it was chiefly the old-style poetry that served as the means for political struggle. The far lesser amount of "New Poetry" was, however, far more effectively recited, and actually drew immense audiences at Tian'anmen Square. But, in reality, its effect was just like that of stirring public speeches.

Such was the characteristic of the "New Poetry" during the barren years from 1958 to the downfall of the Gang of Four. That downfall was to mark the inauguration of a new epoch in the modern history of China. "Second Liberation," as it has been generally called, represents a "Second Awakening" for us. After a couple of years of readjustment to the general state of affairs, we now witness signs of rejuvenation in our "New Poetry." For instance, we are gratified to see the revival of such a poetic talent as Ai Qing. He has fully restored his exuberant power after twenty years of enforced silence.

The gates are open once more. Western literature of the modern and contemporary period has begun to be introduced *en masse*. The current needs have encouraged the republication of translations done earlier and stimulated new translations, of Valéry's later poems, as well as W.H. Auden's. Xu Zhimo's poems as well as Dai Wangshu's, are being reprinted with comments on their art and technique. Along with the popular campaign against the fossilization of thought, what most interests the reading public of the "New Poetry" is perhaps the enquiry into the problems of advances in technique. We are concerned with which merits of modern Western poetry we should accept and which of its shortcomings we should avoid as we reintroduce it to China. Discussions of new forms of prosody are being once more urged on the common reader as well as on the connoisseur.

All the above points to the normalization of the world of poetry in China, after many upheavals and dire disasters; poets are ready to meet the demand of a comprehensive modernization of the country. As the present enlightened and practical regime, universally supported by the people, will certainly last, unshakable from within or from without, "New Poetry" has a good chance of growing into a view-found maturity, profiting by its long experience, unhappy as well as happy. New achievements may be confidently expected.

《新译英国名诗三篇》译者前言^①

这三篇诗，在英美家喻户晓，每一本英文诗选里都有，在中国也早为读者所熟悉。故郭沫若同志译过前两篇，流传甚广，故朱湘先生大约是第三篇的第一位译者，以后这些诗直至今日还不断有人译。一些诗新译层出不穷，是正常现象，在外国也是如此。

我这里说是"新译"，实际上也已译在三十年前了。这三篇是最近整理出来的第一批诗稿，欢迎读者用原文对照，和各家中译文比较，正谬指偏，共同提高我国译诗的新水平。

西方译诗主张把形式都译出来的大有人在，也颇不乏成功先例。我译诗一直是走这条路的，虽然中文和印欧语系差别太大，困难更大。所幸我们的汉语韧性很大，只要善于掌握，哪怕格律体西诗，我们在大多数场合，也不难以相应的方式，亦步亦趋，照样翻译，例如诗行长短，脚韵安排都符原貌，而还是中文，念起来上口。我并不主张我们写诗都要照搬西式，但是既不见西诗的本来面目，又何从借鉴？

整理这三篇译诗，自然也就重读了这三篇原诗，也就促发了我的一点感想。格雷这位英国十八世纪古典主义文学时代的诗人，在谨严的韵律里，也能不时爆发出同情当时的平凡小人物，粪土当时的煊赫大人物的正义呼声，光芒四射；而才气横溢的浪漫派大诗人雪莱，在奔放的颂歌里，居然严格用一种复杂韵式的格律体而加以随心所欲的驾驭。也是浪漫诗人的济慈自不在话下：精雕细凿原是他的家常便饭。古典派也罢，浪漫派也罢，他们对形式、格律、韵式之类，毫不见怪，无非拿它们作

---

① 《新译英国名诗三篇》原载《译林》1982 年第 2 期，江苏人民出版社，1982 年 4 月 30 日出刊，第 134—139 页，署名"卞之琳"，其所译三篇诗分别为托麦斯·格雷的《墓畔哀歌》、佩西·白舍·雪莱的《西风颂》和约翰·济慈的《希腊古瓮曲》，这三首诗后来都已收入卞之琳译诗集《英国诗选 附法国诗十二首》（湖南人民出版社，1983 年 3 月出版），并编入《卞之琳译文集》，但卞之琳为《新译英国名诗三篇》所写的译者前言则从未入集，《卞之琳文集》和《卞之琳译文集》也未收录。此据《译林》本录存。

工具，因为他们在语言运用上都有过踏实的工夫。

　　说来奇怪，时代不同了，社会面貌不同了，这三篇诗和其他一些外国诗一样，到今天对于许多人来说还是读得下来，在外国如此，在中国可能也如此，比诸今日形形色色的外国时髦诗，以后的寿命可能还长得多。另一方面，时代不同了，思想感情不同了，语言不同了，现代西方人或中国人写诗要照人家依样画葫芦，那就成了陈腔滥调。我们应懂得"万古传"与"不新鲜"①的正确关系。而我在这里更不是写诗，是译英国十八九世纪诗。

---

　　① 语出清赵翼《论诗五首》其二："李杜诗篇万口传，至今已觉不新鲜。江山代有才人出，各领风骚数百年。"

《托·斯·艾略特早期诗四首》译者按语①

托·斯·艾略特（Thomas Stearns-Eliot 1888—1965）早期诗揭示西方现代"文明"社会精神生活的解体，贯串着冷嘲与讽刺的语调、苦闷与绝望的情调，对今日读者还比较不难懂；后期诗，因为作者皈依了宗教，虽然诗艺炉火纯青（例如《四个四重奏》），内容都有宗教涵义，对中国读者特别隔膜。早期诗中的两首代表作《普洛弗洛克的情歌》和《荒原》，已有查良铮和赵萝蕤译文（见上海文艺出版社出版的《外国现代派作品选》，赵译在抗日战争前印过单行本）。这里选译的四首，后两首也是一般英美诗选中常见的，前两首分量最轻，但更易解。我不以为易解就一定不可能成为好诗。各诗译文都有脚注。

---

① 此段文字原为《托·斯·艾略特早期诗四首》（载《诗刊》1982 年第 7 期）的编者按，《英国诗选 附法国诗十二首》（湖南人民出版社，1983 年 3 月出版）、《英国诗选（英汉对照）》（商务印书馆，1996 年 5 月出版）以及收入《卞之琳译文集》下册的《英国诗选》都收入了这四首诗译，但均略去了这一段编者按（其实是译者按语），这三个版本的《英国诗选》的"第五辑"的译者说明部分指出艾略特的"后期诗，虽然诗艺炉火纯青，因为都是宗教诗，中国一般读者读起来特别费力"，这与《诗刊》本的"编者按"所谓艾略特的"后期诗，因为作者皈依了宗教，虽然诗艺炉火纯青（例如《四个四重奏》），内容都有宗教涵义，对中国读者特别隔膜"是基本一致的，可知如同《维斯坦·休·奥登诗四首》[收入张曼仪主编的《现代英美诗一百首》（英汉对照）]前的介绍文字一样，这一按语也当出自"很少假手于人的卞之琳之手"，这一点从"编者按"末尾的"我不以为易解就一定不可能成为好诗"可得到更进一步的证明。因为这段编者按明显可见是译者本人的语气和见解，故本书拟题《〈托·斯·艾略特早期诗四首〉译者按语》，辑录在此，以便参考。

《沧桑集（杂类散文）1936—1946》题记①

　　这里是一些杂类散文。它们写在 1936 和 1946 这十年之间，都曾发表过，现在第一次由我自己编理成集。其中有随笔小品、报道、小故事、短篇小说、杂感、文学论评（取书评、书序等形式）。就各篇体裁说，实在是"四不象"，什么都不道地，因此都不见行家工力，都有点玩票意味。形形色色里就有一个共同点：都是散文，广义的散文。

　　自己是"过来人"了，看这些陈迹，当然恍如隔世。它们基本上都不合我今日的感受或想法或写作要求。但是文章一发表，总是无法收回的，作者本人只能作一番清理工作。经过一番扫除，我编辑这个集子，自定了处理上的两条原则。一方面，为了保持本来面目，不以今日的思想、感情来替换过去的，特别是不篡改历史，文过饰非。另一方面，因为是现在出书，而且是作为作品，并非资料，个别地方（包括原来一时考虑欠周、出语欠妥处、枝蔓，烦琐或交代不清处，出现败笔处，原来错排处，原来为了保密打上叉叉，受到审查开过"天窗"或根本删略处）尽可能订正，修剪，填实（有些地方再也记不起了，只好填上"某某"字样或大致捉摸当时的意思来补足），以至出于艺术上的考虑，略加修改，润饰。我想这样也算是自己对历史负责，对艺术负责。

　　"人间正道是沧桑"。全国抗日战争爆发前一年到胜利后一年，小小十年，还包括了一场世界大战，前后对比，当然已见一大沧桑，且不说三年后国内的又一大沧桑，更不提国内外晚近的几大沧桑。沧桑也表现为道路的曲折。就说那十年，就讲大天地间的小天地，我在工作上、生活上、思想上、感情上，也算经历了不小沧桑。行程的往复、居处的变迁、身受的俨然两个世界的气压升降，都还是有形的；忧伤、喜悦、振

---

　　① 本文是卞之琳为其散文集《沧桑集（杂类散文）1936—1946》（江苏人民出版社，1982 年 8 月出版）所写的题记，曾发表于香港《地平线》（双月刊）第 15 期，1981 年 2 月出刊，题为《〈沧桑集〉题记》，此文收入《沧桑集》，但《卞之琳文集》未收录，此据《沧桑集（杂类散文）1936—1946》本录存。

奋、义愤、感慨，也随之作无形的起伏、变幻。这些也就以不同题材、不同内容、不同形式、不同格调、不同色彩、不同速度，流露出了我的笔端。如果这里有一年四季式的变化，所幸还是有定向的过程，这个过程的复杂化或美其名曰"深化"。此所以时至今日我还不曾把这类写作全部废弃，还愿意把这些文字编理出一个小小的集子。

　　早年从一张南昆唱片听到一段曲词，忘记了曲名，不记得是否就出于《琵琶记》的"书馆"，其中也有句云"文章误我，我误"什么，后来不知为什么老被我记成了"文章误我，我误文章"。那还是在我写出这本集子的最初组成部分以前了，可见我早有此辩证的感触。然而一朝落入文网，再难脱身，我一"误"再"误"，终未能吸取教训，虽然出于自愿以至被迫，几度辍笔，直至今日，还是不由自己，难解此缘。已结的旧缘也不能说是过去了，仍有账要还。还账就是清理。从前发表过的东西，既不能由自己一扫而空，我就检拾一些今日自己觉得还多少值得一读或值得一批因而不妨暂存的，也多少有助于理解我目前还自存的其它作品的这些杂类散文，编成一集，交给出版社。人老了，还想前进，更得轻装，这算是卸包袱也罢。

卞之琳
1980 年 5 月 20 日于北京

附笔：本书出版，自应感谢各方面有关人士的协助；集中有个别篇章，自己完全不知道曾经发表过，甚至忘记了曾经写过，现在是得自香港大学张曼仪女士和其他专家的发掘，当特别一提。

读胡乔木《诗六首》随想①

胡乔木同志《诗六首》在《人民日报》今年②二月十五日第七版发表后，我虽然孤陋寡闻，也在私人间听到过众口交誉。但是我至今还没有读到一篇评论文章。许多人能动笔而按笔不动，原因所在，我揣摩，也可以一分为二。主要一面是：较有修养的执笔杆人继承了中国旧时代"读书人"的传统美德，不轻易揄扬哪怕是得人心的当道，同时发扬了"文化大革命"以后回避不适当表彰以至"神化"（那在实际上却是损害）重要领导同志的新风尚。另一方面应是次要的：旧时代"读书人"一种自命清高的传统也似乎起了作用——你写文章称道党中央书记处书记的作品，不会被人说别具用心，想捞一把吗？这实际是个人的患得患失；我自己思想水平也很不高，未能免俗。最近《诗探索》这个印数不多而为海内外有识者注意的小刊物约我谈谈乔木同志的《诗六首》，我也就在一种矛盾心理中，踌躇再三后才决定摆脱俗虑，不管说对说错，还是写几句。

十年动乱后，国内极大多数的有心人，对于通过社会主义道路最终进入共产主义这一点是坚信的，只是，就近的来说，初步实现祖国社会主义现代化，究竟如何少走弯路③似有忧虑。无可否认，这还需要相当长期的探索，困难重重，自在意中。最重要自然还是实事求是而同时保持理想。白话新体诗，如要以较高的艺术性来满足时代的要求，也只能如此。乔木同志不仅对于古典诗（词、曲）和外国诗大有识见，而且对于新

---

① 本篇原载《诗探索》1982 年第 4 辑，中国社会科学出版社，1982 年 9 月出刊（实际上是1984 年才出刊），第 3—13 页，署名"卞之琳"。稍后收入《人与诗：忆旧说新》初版（生活·读书·新知三联书店，1984 年 11 月出版），但该书增订版（收入《卞之琳文集》中卷，安徽教育出版社，2002 年 10 月出版）用《突围小记胡乔木》代替了《读胡乔木〈诗六首〉随想》，所以《卞之琳文集》刊落了此篇。此据《诗探索》本录存并与《人与诗：忆旧说新》初版本对校。

② 此处"今年"指 1982 年。另按，此文在收入《人与诗：忆旧说新》初版时于文后加附注说该文的"正文与附记曾载 1984 年才出版的《诗探索》'1982 年第 4 辑'；附记是后写而补排入该辑的，入集略加删节。

③ 《人与诗：忆旧说新》初版本在"弯路"后有"，"。

体诗、旧体诗词也有自己的创作实践。^①"五·四"前后到今六十来年，新诗虽然自有成绩，但是直到今日我相信还没有像旧诗（词、曲）一样为稍有文化水平的一般读者所普遍接受。乔木同志，从不反对写自由体诗，同时也总希望，新诗，象旧体诗（词、曲）一样，也有一种约定俗成，能为一般读者接受的多样新形式规范，所以他也深为了解"五·四"以来白话诗的各种格律试验的成败、得失，现在《诗六首》表明了他也是在探索而得出了大足以开新风的成果。

《诗六首》的成就，一般读者有目共睹，我还是不在此评价，我仅就两点说说它们对于我国新诗发展道路的启迪。

"诗言志"这句历史悠久的老话，本来就概括得很好。可是后来论者又有"文以载道"一说，缩小范围，用到诗，也就有"言志"、"载道"之分，换用现代从西方引进的术语说，可以分别为一则"抒情"，一则"说理"（实即"说教"，现在常含贬意了）。其实这是学究式的分类法。抒情说理或说理抒情，写诗的出发点，各有所偏，是可能的，但实际产品，既然是诗，从"情景交融"引申说，结果必然应意寄于情，神寄于形，而理寓于情，则有如"教"寓于"娱"（美感享受）。

目前报刊上的新诗，特别是名字对于我还不大熟悉的年轻人发表的新诗，不论用有韵无韵自由体或用所谓"半自由体"^②（亦即所谓"半格律体"），也时有佳作。诗有令人难忘的警句，理所应然，然而有一种倾向，特别在大报大刊上，好像很明显，很流行：那就是把一种良好的思想"翻译"成带滥情（sentimentality）词藻和形象（意象），也就令人不感到亲切，只感到落套，只能引起钝化也就是麻木的反应，也就会收效甚

---

① 据卞之琳在本文后的"附记"所言，以上两句原稿作："乔木同志不仅对于古典诗（词、曲）和外国诗有广博的见识，而且对于新体诗、旧体诗词也有独到的创作实践。"文章排出后，胡乔木看到了清样，乃致函卞之琳，建议"改'广博'为'一定'，'独创'为'自己'"，卞之琳"遵改了后者，前者就按实际情况，没有遵改为'有一定的识见'，而改为'大有识见'"。后来此文收入《人与诗：忆旧说新》初版的时候，卞之琳又据原稿恢复了这两句的原貌——"乔木同志不仅对于古典诗（词、曲）和外国诗有广博的识见，而且对于新体诗、旧体诗词也有独到的创作实践。"

② 此句在《人与诗：忆旧说新》初版本改作"不论是有韵或无韵自由体还是所谓'半自由体'"。

微。[①] 现在乔木同志的《诗六首》总不能说不会起教育作用（道德教育作用和美感教育作用），却没有在那里"说教"（或被人家说成含有贬意的"宣传"），没有"教师爷"的架式，亲切而令人鼓舞，平易而发人深省。举第一首《凤凰》为例。诗作者"言志"，主要是凭意象和象征（象征手法，中国是古已有之，并非西方近代开始的"象征派"诗所特有）来抒情，但是，正如诗中说"幻想"供人"驾驶"，"鸟王""衔""幸福和光明的希望"一样，"道"也"载"其中了，而且不止有一层意义留给人领会。读者可以见仁见智，诗却是定向运转，并非模棱两可。我自己是特别欣赏其中两点卓越的意思。第一，理想（即诗中的"幻想"）不一定为人（即诗中的"谁"）亲见其实现。理想境界对于有理想人说，远在天边，近在面前（证之最近报载乔木同志七月一日看望北京一位模范教师所说的"现实生活中各条战线上许多积极分子的光辉思想都是共产主义思想"、共产主义并不"渺茫"这些话，我在这里没有曲解吧?）。人生在世，不抱理想就是行尸走肉；唯有理想"长生不老"，"带"来"幸福和光明的希望"。第二，紧接第一节（头六行）说"没有谁""曾经"见过和听过凤凰"飞翔"和"歌唱"，第二节说"不知道""谁最早画出和唱出凤凰的"形象"和"诗章"，意思合乎逻辑来体会，可以说"不知道"也没有关系，但以感激的心情愿"仙鸟""飞下去"，"向天高地远，地久天长"。"往古的巨匠"，有名无名，并不重要，不是吗? 唯有广阔的胸襟，才能达到这种无我的境界，而这种"无我"精神在我们信仰共产主义的（亦即"世界大同"理想的）今日 [②] 也就不同于过去的所谓"无我"了。

目前新诗界似曾讨论到诗中的"我"这个问题，我还不知道是谈的什么，我想大概和王国维"有我之境""无我之境"说并不相干吧? 因为王说实在是无中生有。举例说，写字作为艺术，就是书法，因为不靠色相，应可说是抽象艺术，应最"无我"了，却撇开工拙不论，最见个性。也与上述讨论不相干，我只是假设，诗中出现了"我"的字眼或者用

---

① 以上三句《人与诗：忆旧说新》初版本改作："只能引起落套也就是钝化也就是麻木的反应，也就收效甚微。"

② 《人与诗：忆旧说新》初版本在"今日"后有"，"。

"我"的口气说话，在今日我国，总不至于被人幼稚到就认为表现个人主义思想吧。常识是：古今中外，写诗用"我"的口气说话，不一定就是表达作者个人的思想感情，真人说真事；那是西方所说的运用"代言人"（persona），有如进入戏台上的角色来说话。另一方面，诗（扩大至文学创作）纯写作者私人的真实经历，若不能超出私人的意义，自然也就没有文学价值。"无我"或者集体主义的思想感情，要产生诗（文学），也得通过个人的切身体会来表达：这是特殊与普遍的辩证关系。《诗六首》，虽然极少用"我"字，总还是用"我"的口气说话的，只有第五首直接用了"我"字，那却正是代别人说话。这个实践证明了：并不是不用或少用"我"字就可表达非个人主义思想。关键还是在于可以变的世界观，如果这个字眼太大，易令人望而却步，那么就说是胸襟吧，而胸襟的开阔①又系于现实生活的感受。

诗（文学）来自生活，一个作者却不能对什么生活都有深入的阅历。所幸，积累了某方面或几方面的深刻体验，也可以举一反三，凭自己的，领会别人的，凭过去，领会当前的，因此，如在第五首《给歌者》和第六首《金子》里，可以使想象力起得了作用。

话又说回来，中国传统的山水诗（写景诗）、咏史诗、叙事诗、咏物诗等等，当然以形象抒情说理，都可以起教育作用，只是修养较浅的年轻人，如果领会不到《诗六首》许多方面的用心和工力，尽管在某一点有直接和深入的感受，学其中某些较显豁，较露，较一览无余的地方，也用诗来"载道""抒情"，那么结果可能也会流于西方过去一部份较差的寓言诗那样的味同嚼蜡，教育不了什么人。

这是我想到的第一点，有关思想内容的感想。现在我要说有关艺术形式的感想，就是第二点。

乔木同志拥护"以新诗为主"论，虽然他在"文化大革命"前也发表过清新的文言旧体诗词。他回顾和面向白话新体诗的发展，在自由体以外，也没有偏向过新格律的哪一路探索。这次《诗六首》是一种格律体的

---

① 此处"开阔"，《人与诗：忆旧说新》初版本作"开宽"。

实验而取得了能为较广泛接受的成就。

这又可分两方面说，一方面是音律或格式（衡量诗行长短的基本单位原则），一方面是韵律或韵式（脚韵安排方式）。

在音律方面，《诗六首》证明了有一条新格律主张的道路可行。根据现代汉语的客观规律，我们说起话来并不是分成一个个单音字（单音节），而最多以二、三音节词或分、合成二、三音节组，来一停逗（顿），间有一音节词（一单音字）一停逗（顿，在诗行里往往可以随全行的主导形势而粘附上、下一个二音节词作一顿），也有按四音节一停逗（顿），以语助词或"虚字"（"的"、"了"、"吗"之类轻音节）为条件，否则四音节组自然会分成两顿（例如"大多数的"只能一顿，"社会主义"自然分两顿读——"社会｜主义"）。这是成熟期的闻一多（称[①]"音尺"），孙大雨先生（首先称"音组"）、后期的何其芳（称"顿"；陆志韦讲"拍"，侧重稍不同）等人有意识根据说话规律以创作实践来试建白话新格律的一条路子，不同于朱湘等照搬文言旧体拿一个单音字算一个独立单位以至形成"方块诗"的那一路尝试。《诗六首》在这方面是统一的采取前一种办法，例如

> 飞 下去 ｜ 你 五彩 ｜ 缤纷的 ｜ 翅膀
> 向 天高 ｜ 地远，｜ 地久 ｜ 天长。
>
> 《凤凰》

这两行字[②]单字数不同（11:9），词数也稍异（6:5），照说话的自然规律读起来，每行都分四音组（三个单音词"飞"、"你"、"向"都粘连下双音词合成一个三音组）作四顿，完全相同，若不加主观的加快与放慢，占时间一样，所以齐一。又如

> 我们人 ｜ 谁 能免 ｜ 互相 ｜ 依靠?

---

① 此处"称"，《人与诗：忆旧说新》初版本作"沿用"。

② 此处"字"可能是作者笔误或原刊误排，从上下文看当作"诗"，《人与诗：忆旧说新》初版本已改正为"诗"。

谁　能够｜无　挂牵｜独升｜云表？

最强的｜心脏｜缠绕得｜最牢

最广的｜支持　是｜最高的｜荣耀。

（《茑萝》）

一节四行（通首如此）都是四音组（四顿）。这里应说明[1]末行单音节词"是"，[2]也可以粘下而合成"是最高的"（一个三音节组带一个收尾的助词"的"[3]），根据本行的形势，粘上成"支持是"就较为自然。相比起来，同首上一节就更易分析：

人　不用｜操劳，　｜地不用｜拣选，

一粒　子｜生成　个｜富庶的｜家园。

纷纭的｜手臂｜多珍惜｜空间，

玲珑的｜口唇｜多珍惜｜语言！

又如

顾不上｜对落叶的｜容光｜鉴赏。

《秋叶》）

也是一行四音组（四顿）。只是"对落叶的"这种四音节组，有如一音节一顿一样，在诗行里，除非为了起变化的特殊需要，用多了自然和散文的节奏较少了明显的区别。周熙良同志私下对我说这行不如改成"顾不上鉴赏落叶的容光"比较自然，也就是节奏比较明显。又如

城市　在｜滚动，　｜街道　在｜缩短。

（《车队》）

"在"可粘上或粘下，随全节全首的主导形势——以二音节组收尾——而

---

① 此处"说明"，《人与诗：忆旧说新》初版本作"说明的"。

② 《人与诗：忆旧说新》初版本此处无"，"。

③ 原刊此处漏排"）"，《人与诗：忆旧说新》初版本同缺。

以粘上为自然。这首诗在《诗六首》中最特别的分行法是：全首四节，每节四行，每行十个单音字，有一个中间大顿（caesura），分隔成两半，各占五个单音字，好像是五言旧体，念起来又不是，关键所在就是行尾为二音节组占主导地位，念起来不象五、七言到行尾煞不住而自然倾向于漫声"吟哦"，而像四、六言，较合我们今日的说话调子。这里全诗字数一样，就是"方块诗"了？不是。"方块诗"是算字数一刀硬切齐的，这首诗字数一律，是巧合。这里还是按一行四音组算，这样的整齐，自然也常会字数相同。

《诗六首》各行都可以这样衡量或分析它们的整齐性，都是四音组亦即四顿一行。其中也偶有拗句（行）或不平顺的诗行，如"在城市的｜公园和｜人行道｜上"（《秋叶》，这里按"人行｜道上"念，就与词义分家了），还是每行四音组（四顿），虽没有出格，显得突兀。当然，行随意转，有意求突兀效果的场合，自然也大可以如此。《诗六首》也有出格的个别诗行，例如"羡慕我的，｜赠给我｜鲜花，／厌恶我的，｜扔给我｜青蛙"（《给歌者》），这里每行就只有三音组（三顿）了，除非念成"羡慕｜我的"和"厌恶｜我的"，还有，"你能让？｜能换？｜一万个｜否！｜否！"（《金子》）就多一顿，但是出格也大可有意为之，中外皆然。

《诗六首》中也有用跨行法的两处：

> 直到｜它们｜也　投入｜慈母
> 大地的｜胸怀，｜去　酿造｜新绿。
>
> （《秋叶》）

> 收下吧，｜请　共享｜我们｜头一回
> 用　劳动｜得来的｜报酬的｜甜味。
>
> （《金子》）

跨行法现代是来自西方，其实我国旧诗词中也有，只是不那么常用而已，例如"晚来还卷／一帘秋霁"和"终不似／旧时鹦鹉"，即使"姑苏城外寒山寺／夜半钟声到客船"也似可以说两句中间省了一个"之"字，因此也是跨行。可见跨行用得其当，也有何不可？

《诗六首》在以格（音组或顿）建行方面还给了我们一个证明，在我国汉语新诗格律里，每行不超过四音组或四顿，比较自然，正如英语格律诗，从伊利萨白时代以来，每行超过五音步总有点勉强，两者所根据的语言规律不同，道理却是一样。

一律以四音组（四顿）建行，《诗六首》各诗的节式（分节）也可以有变化。《凤凰》和《金子》都是每节六行，《茑萝》、《秋叶》和《车队》都是每节四行，《给歌者》整首一节十行。这还只是一方面的变化，但是从此出发，也不难设想多种节式就可以层出不穷。一节各行长短如有有规则的差池①，如得另一节或多节的相应的差池前后呼应，各节合成一首也就匀称，也就整齐。我想我们也大有理由这样做，说是学西式，实际上也是变通继承中国早有的传统诗式，例如《诗经》，例如词，例如现代民歌（民歌也往往不限于四句式或两句一节式），我想运用得当，写得好，也不难为大家接受。

在韵式方面，《诗六首》有一致的地方，也有变化——四种方式。

一致的地方是行行押韵。道理是用白话写诗，诗行不可能像文言诗一样，诗行（句）较短，间行（句）押韵也易收押韵的效果。我想乔木同志也有见于此吧？

四种方式是：一、《凤凰》（共两节，每节六行）和《车队》（共四节，每节四行）都是全首一韵到底；二、《茑萝》（共四节，每节四行）和《秋叶》（共四节，每节四行），一、三两节同韵，二、四两节同韵；三、《给歌者》（全首十行）两行一韵，两行换一韵；四、《金子》（共四节，每节六行），每节一韵，每节换一韵。其中自有匀称，整齐的变化。《给歌者》既有中国现代民间的"信天游"调的韵式也合西方传统偶韵式②，此外都是作者始创的一种中国韵式的新风貌。"五·四"以来一些探索新路的写诗人试引进西方诗的多种韵式，可能还难于符合中国一般读诗人的习惯。

---

① 此处"差池"读如"cīchí"，指参差不齐的样子。

② 此句在《人与诗：忆旧说新》初版本中作"《给歌者》既有中国现代民间的'信天游'调的韵式，也合西方传统偶韵式（或称随韵式）"。

但是换韵是中国古已有之的公认办法，只是到一个时期或在短作里少用而已（只有大鼓词之类严格规定一韵到底）。"五·四"以来白话有韵诗也多数如此，我不懂为什么近若干年来报刊上所发表的有韵新诗，几乎都是全首一韵到底的，好像写诗的自己一点也不感觉单调，不觉得押韵也有随诗情、诗意的变化而变化的需要。现在《诗六首》在这方面应又可以一新耳目了吧？而由此出发，西诗习见而我国历来也并非绝对没有的交韵（abab）以至抱韵（abba），我们用起来也不一定不能使一般诗读者逐渐习惯的，我相信。

就诗思诗艺合在一起说，《诗六首》我想能为有一定文化水平的众多普通读者所接受，所欣赏，除了起教育作用以外，也进一步为新诗取得巩固而稳定的一席"合法"地位，使它再被认为确是时代需要的得力工具和产品。《诗六首》的作者不炫奇立异，尽量用大家熟悉的字眼、意象、象征、明喻、暗喻，而就靠适切而独创的构思与安排来推陈出新，例如"向天高地远，地久天长"、"去酿造新绿"、"城市在滚动，街道在缩短"，平易而有新意。西方各种"现代主义"诗，在第一次世界大战前后发展出来，不管内容如何，有些地方像中国传统诗一样（甚至在一定程度上受中国传统诗的影响），省略联接词，省略桥梁，似断实续，还有迹可循的办法，虽然还多少可以掌握，只是，时至今日，变本加厉发展到完全不经过思维整理、艺术处理，或完全诉诸视觉的所谓诗，即在西方，除了写诗和论诗专家以外，极少能为人理解，为人欣赏。梦呓不等于艺术。我曾经在三、四十年代介绍过西方现代派诗的，现在这方面，也自甘"落伍"了。另一方面，王国维在《人间词话》里所说"隔"与"不隔"之别，十九世纪英国浪漫派诗人、批评家柯尔立治所作"想象"与"幻想"之别，尽管自有道理，也不免迂腐了。事实上，不仅"幻想"，连二十世纪英美现代派诗评所推崇的英国十七世纪玄学派诗所惯用的"奇想"（conceit，例如有名的约翰·多恩把别离的恩爱夫妻比作圆规①两脚的取譬），随现代文化的发展，现代感应性的变化，用在诗中也无可厚非。《诗六首》中

---

① 此处"圆规"，《人与诗：忆旧说新》初版本作"圆规的"。

的"城市在滚动，街道在缩短"（为了方便仍举此例）能说是"想象"吗，能说是"幻想"吗，能说是"奇想"吗？如果赵翼论李、杜诗篇所说的"万古传"与"不新鲜"有辩证关系，那么对于这种关系，我们从乔木同志《诗六首》中当也有所启迪。

一九八二年七月十四日

【附记】

一九八二年七月在大连小休，经《诗探索》（季刊）催索，我放下别的工作，赶写了这篇稿子，立即托带回北京，让刊物及时发稿。现在过了九个月，还不知这期刊物什么时候才会印出来，我又没有底稿。最近见乔木同志，尽管日理万机，十分关心时代需要的新诗创作，不断以自己的创作实践，带头进行（不排除自由体的）格律体新诗，成绩斐然的探索，①我特烦有关同志追询编辑部，到出版社，到印刷厂，几经曲折，终于从校样复印到两份，将其中一份寄送乔木同志请教。现在乔木同志于百忙中迅即写了一篇重要的《读后》。这是对我们不论看法相同与否的新诗界同志的一大鼓舞。②

我自己在文末原注有写作日期。后来情况有了一点变化，现在除了乔木同志和我自己校正了个别误植与笔误处以外③，就都不改了。例如今年乔木同志在四月九日《人民日报》上发表的《诗四首》附记称格律体新诗每行的基本音律单位为"拍"（英语诗律中也常用这个音乐术语"拍"——beat），虽然我也赞成，虽然文中也曾提说到"拍"（我得提醒：乔木同志一直到现在才见到此文）④文中还没有以此名称分析他的诗行⑤，现仍保持原貌。

---

① 以上两句在《人与诗：忆旧说新》初版本中改作"带头进行（不排除自由体的）格律体新诗的探索，成绩斐然"。

② 《人与诗：忆旧说新》初版本删去了以上两句。

③ 《人与诗：忆旧说新》初版本删去了以上这一句。

④ 《人与诗：忆旧说新》初版本删去了括号里的话，改作"，"。

⑤ 《人与诗：忆旧说新》初版本改此句为"但还没有以此名称分析他的诗行"。

乔木同志在《读后》文中 [①] 进一步明确以二、三字（音节），区别散文（日常说话），使诗的节奏鲜明，因而使诗律"非常简明"，"让大家容易领会和接受"，讲得极有道理，提得极为醒豁，很解决问题。

我去年交稿后也曾感到乔木同志《金子》一诗中"一万个否！否！"按分顿（分拍）诗格律，"否！否！"两个单音节词（字）可读成一顿（一拍）。现在见乔木同志明确了这一点，我也不改原文，只在此表示完全同意。

我也同意乔木同志指出"在河丨之洲"等旧诗 [②] 中带"之"字的分拍分顿法。至于现代口语中"的"字的位置，我照普通说话和朗诵的自然（亦即客观）停逗律，赞同汉语拼音的书写法，例如"好的"拼写成 hǎode，"他们的"拼写成 tāmende，"工人们的"拼写成 gōngrénmende（而"工厂工人"则拼写成 gōngchàng gōngrén）。"的"连下拍或下顿读，按基于日常说话规律而又与日常说话形式有别的新诗格律来念（不同于歌唱家按作曲家随意拉长缩短，自由停逗的乐谱来唱），究竟是否自然呢？我目前只有这一点存疑， [③] 还首先希望我们富有实践经验的语言学家较早得出一致的科学结论。

至于乔木同志现在读到了我这篇文稿，自谦要我第二段说到他"不仅对于古典诗（词、曲）和外国诗有广博的见识，而且对于新体诗、旧体诗词也有独到的创作实践"一语"酌"改"广博"为"一定"，"独创"为"自己"，我遵改了后者，前者就按实际情况，没有遵改为"有一定的识见"，而改为"大有识见"，还请乔木同志原谅。 [④]

一九八三年四月二十一日

---

① 《人与诗：忆旧说新》初版本无"在《读后》文中"五字。

② 此处"旧诗"，《人与诗：忆旧说新》初版本作"旧诗句"。

③ 《人与诗：忆旧说新》初版本此处无","。

④ 《人与诗：忆旧说新》初版本删去了"附记"的最后一段。另，据《人与诗：忆旧说新》初版此文后的附注交代，此文 1982 年 4 月写出后即交《诗探索》1982 年第 4 辑刊发，但该刊直到 1984 年才出版，这个"附记是后写而补排入该辑的"，也即卞之琳看了胡乔木的来函和《〈随想〉读后》后临时补写并补排入该辑的。

附　录

《随想》读后

胡乔木①

　　谢谢之琳同志把《读胡乔木〈诗六首〉随想》的清样寄给我看，征求我的意见。我当然要感谢之琳同志对于一个业余作者的揄扬，不过我不想在这一点上占《诗探索》的宝贵篇幅。之琳同志的文章主要谈两点，诗的思想内容问题和艺术形式问题。关于第一点，我同意他的看法，没有什么可说。关于第二点，我也大体同意他的看法，但还有一些小的不同意见，现在简略地写在这里，请之琳同志和其他作者、读者指正。

　　在今年四月九日人民日报《诗四首》的附记中，我曾说明我写的一些新诗除一首外每行都是四拍的，每拍两三个字，有时把"的"放在下一拍的起头，拿容易念上口做标准。作者自认自己在习作中对于这些要求是严格遵守的。因此之琳同志所举的拗句、出格的例子，作者却不认为那样。那些句子作者是这样分拍成顿的："在城市｜的公园｜和人行｜道上，""羡慕｜我的""一万个｜否！否！"等等，而这样分法正是之琳同志所不赞成的。分歧的关键是作者认为诗的分拍或顿并不必与词义或语言规律完全一致，因为诗的吟哦究竟不同于说话，但仍然要容易念上口。以"的"字归入下拍为例，作者认为这是符合我国古来许多诗歌所习惯的，人们念起来并不觉得拗口。例如，"关关｜雎鸠，｜在河｜之洲""奉君｜金卮｜之美酒，｜玳瑁｜玉匣｜之雕琴，｜七彩｜芙蓉｜之羽｜帐，｜九华｜葡萄｜之锦｜衾。"②"上有｜青冥｜之长｜天，｜下有｜绿水｜之波｜澜。""王郎｜酒酣｜拔剑｜斫地｜歌莫｜哀，｜我能｜

---

　　① 本文原载《诗探索》1982年第4辑，中国社会科学出版社，1982年9月出刊（实际上是1984年才出刊），第1—2页，署名"胡乔木"。

　　② "玳瑁｜玉匣｜之雕琴"与"七彩｜芙蓉｜之羽｜帐，｜九华｜葡萄｜之锦｜衾"是完全一致的语句，但作者对它们的节拍划分却不一致，不知是作者笔误还是刊物误排。

拔尔｜抑塞｜磊落｜之奇｜才"。自然"之"不是"的"，但道理是一样的。在现代的散文中，郁达夫和其他作家常用一长串形容词组下加"的我"(这里的"的"往往并不与前一个字相连，而是象"刚由北京到上海的我"这种格式)，鲁迅和其他作家的杂文中还有"……的（或底）A，的 B，的 C"这样的句式（恕一时未能查找原文）。况且，就"城市的公园"这样的词组说，"的"字究竟应该属上或独立，当代语法学家意见并不一致，"人行道上"也有类似的问题。但是上举古代诗歌的例句，已经可以说明，把后者分为"人行｜道上，｜"不一定算犯规。"否！否！"当作一拍或一顿，情况也是一样，这只是表示在这里两个"否"字要快读，以便形成一种强烈的节奏。

这样零碎的问题何必固执呢？作者的想法是，现代白话诗的诗行如果要有格律，这种格律一定要非常简明，就如古来历代（诗句）的格律一样，一说便知，因此，作者既认定拿两三个字（音节）作为一拍或一顿，就不再采取拿一个和四个字（音节）作为一拍成一顿的办法，读者也就不用这样那样的猜测。前面说了，诗句的节奏和散文或口语的节奏总不能完全一样，后者的节奏要自由、繁复得多，因此念和听的人都不觉得那是有格律的诗。作者认为，关于诗句中分拍或分顿的办法，现在主要的问题正是要让大家都容易领会和接受；在这种情况下，同口语的习惯有时有些出入是难以避免和不必计较的。这个问题虽然只是探索中的一个小问题，在一定范围内却迫切需要解决。为此，写下这点意见，以供讨论。

一九八三年四月十九日

《英国十七、八世纪讽刺诗三家四章》译者引言^①

英国诗史上，十七世纪末叶至十八世纪上半叶可说是古典主义全盛时期。讽刺长诗，以机智为特色，和说教诗一样，在当时是正宗诗体，都用抑扬格五音步偶韵（双行一韵）体，即所谓"戏拟英雄（mock-heroic）诗体"。这路诗以约翰·德莱顿（John Dryden，1631—1700）开先河，至亚力山大·蒲伯（Alexander Pope，1688—1744）达到高峰，至萨缪尔·约翰孙（Samuel Johnson，1709—1784）还保持旺盛。德莱顿，用今天的话说，是一个"风派"，原是新教徒，写诗哀悼过克伦威尔去世，旋即欢呼王政复辟，当上了桂冠诗人，却终不得志于宫廷。他最初学写玄学派诗，几经变化，最后才形成自己的特有诗风，尤以讽刺诗见长。蒲伯是天主教徒，也较多写宫廷、贵族、富户生活，但较有民主思想，讽刺诗尖锐辛辣，但也时有冷隽多姿的妙趣和风俗画式的绚丽色彩。约翰孙出身最苦，诗笔恣肆，颇有锋芒，所写讽刺长诗也曾风靡一时，但诗名多少被他作为文学评论家的声誉所掩盖了。英国古典派诗为后人传诵不绝的不是说教诗，而是讽刺诗。这里选译的都是长诗的片断，但都可作独立诗篇读；译诗都另有脚注。

——译者

---

① 《英国十七、八世纪讽刺诗三家四章》原载《世界文学》1982 年第 4 期，中国社会科学出版社，1982 年 8 月出刊，第 85—92 页，署"卞之琳译"，选译了约翰·德莱顿的《梓姆理》、亚力山大·蒲伯的《海姆普敦宫》《泰门的庄园》、萨缪尔·约翰孙的《势利》，这些译诗都收入卞之琳译诗集《英国诗选 附法国诗十二首》（湖南人民出版社，1983 年 3 月出版），刊发本上的这个译者引言则未入集，此据《世界文学》本录存。

《新译法国短诗两首》小引[①]

　　三十年代从 1930 年到 1935 年，从我北来北平上北京大学英文系读书后一、二年到毕业后一、二年，我曾译过不少十九世纪后半期到二十世纪初期的象征派先驱、象征派及其余绪的法语诗，发表过一部分。我虽曾在译文中亦步亦趋，力求忠于原作的内容与形式，意义与声韵，自感差强人意者不多。1949 年春从国外回到解放不久的北平，开始在北京大学西语[②]教书三年多，为英语专业初年级开过一、二年"英诗初步"。授课期间，我曾将所选的英国诗中的一大部分试译出来，应《译文》和《诗刊》要求，曾在五十年代先后整理加工，发表过其中的几首（章节）。今年从残稿中整理出旧译，加工、加注和补充一些现代诗新译文，于第一季度编成一本《英国诗选》，交湖南人民出版社（即将出版）。内容是从莎士比亚到奥顿，从十六世纪末到二十世纪三十年代末。随后，我想到自己还曾译过的一些法国诗，包括 1979 年新译的保尔·瓦雷里第一次世界大战后的晚期诗四首（不包括旧译此国[③]法语诗人梅特林克的一首诗）弃之可惜，决定附上一辑法国诗。这个附加的法国诗辑，经过整理、补充，纯按照自己的爱好倾向、译文质量，仅选六家十二首，从象征派先驱波特莱尔开始，通过作为后期象征派的瓦雷里，到现在常为人归入超现实主义派的（虽不是正宗）苏佩维埃尔，即从十九世纪下半叶，也到二十世纪三十年代为止。其中玛拉美的《收旧衣女人》和苏佩维埃尔的《在

---

　　① 《新译法国短诗两首并附小引与简注》原载黑龙江省双鸭山市文联刊物《山泉》1983 第 1 期，第 16—17 页，署名"卞之琳"，所译短诗一为斯台凡·玛拉美的《收旧衣女人》，一为尔·苏佩维埃尔的《在森林里》。卞之琳的译诗集《英国诗选 附法国诗十二首》（湖南人民出版社，1983 年 3 月出版）及《卞之琳译文集》都收入了这两首译诗及其简注。《山泉》本的简注文字略去了诗作篇名的法文原文，文字相较《英国诗选　附法国诗十二首》和《卞之琳译文集》中的用语略有差异，至于译诗前的这则译者小引则从未入集，此据《山泉》本录存。

　　② 此处"西语"后原刊漏排一字，当作"西语系"。

　　③ 此处"此国"原刊排印有误，当作"比国"，即比利时——梅特林克是比利时的法语作家。

森林里》，是今年编书时候的新译，没有发表过。后者原为自由诗，前者原为谨严的格律诗。

法国传统格律诗，建行数音节（旧称"音缀"，即汉文单音字）加行中大顿（一般在四、六音节之间），不像英国传统格律诗建行凭轻重音有规律安排的"音步"。中国文言旧体诗是为了"吟"即"哼"的（不同于"唱"或"徒唱"），每句（行）中的每个单音节（单字）都具独立作用。白话新体诗，因为是"念"的，照现代汉语说话的客观（本身）规律，最常以二、三音节（二、三字）合在一组作一顿，（不拘平仄，也不照搬英国传统格律诗轻重音固定安排——现在英国格律诗却也破除了这种固定安排），写得整齐，主要看顿数（音组数），不是看音节数（字数），不是看成不成"方块"。因此我认为用中文翻译法国格律诗，以较近英国格律诗的方法为宜。作为例子，现从下列玛拉美的一首四行诗中引头两行加以分析：

你用｜一双‖尖锐的｜目光，
穿透｜外表，‖直看到｜内蕴，

"｜"是小顿，"‖"是行中大顿。从此可见一斑。

为使读者易于理解，似应作这点说明。

1982 年 12 月 27 日

徐志摩遗札三件随记①

徐志摩书信，在台北、香港出版成书或入集的已经不少，包括从外国搜集到的英文函件。一般人都以为这方面再没有什么可以挖掘了，而近年来我们大陆上却似乎还偶有新发现。徐志摩，生前作为我的老师，和我相识，时间不长，来往不多，但是半世纪以来，历经战乱，居然还有三件短简回到了我手头。我却迟迟至今才趁便拿出来公之于世，那自有我的想法：

（一）我一直认为，对于文学史研究作家研究，最重要的还是作品本身，书信之类，除非本身有文学价值的，决不能与之相提并论。

（二）有些作家就讨厌人家发表他们自己不愿公开的信件。好象英美有点洁癖的小说家亨利·詹姆士死前曾要收回他写给别人的全部书信，加以销毁，听说落拓不羁的海明威也多少如此。我是微不足道的弄笔杆人，却也完全同情这种做法，但愿他们能做到，所以不想以"己所勿欲"施之于人，即使已经无法挽回，也不想锦上添花，推波助澜。

（三）"文化大革命"以后，我1979年应《诗刊》约发表了一篇文章，《徐志摩诗重读志感》，实事求是，一分为二，小小作了介绍和解释，想不到在内地读诗界引起了一阵"热"，几处争出了徐志摩诗集、文集（除了四川人民出版社那本，我都没有见过），刮了小小一阵风，还好象我落伍了，还该怪我对老师忘恩负义。1982年我又应命为人民文学出版社特约别人编出的一卷本《徐志摩选集》，严格审阅和调整选目（结果没有把好关，因手续出差错，混进了开头两首幼稚的不代表徐志摩诗风的早年作），写序更百般挑剔，只得自认"几乎象古典派批评浪漫派，也难免偏

---

① 本篇原载《霞》（"万叶散文丛刊"第三辑），人民日报出版社，1986年9月出版，第50—54页，署名"卞之琳"。按，《霞》刊发了徐志摩1931年5—9月致卞之琳的三封遗札，本篇是卞之琳写在这三封遗札后面的回忆与说明文字，也同时在《霞》上刊出。本篇从未入集，《卞之琳文集》也未收录此篇。此据《霞》刊本录存。

658 ｜ 卞之琳集外诗文辑存

颇，有失公允"。我就在序里却也说了："风来风去，本来是自然现象"，说我倘若在 1957 年就为人民文学出版社编出了《徐志摩诗选》而且出版发行了，"内地一部分年轻读书界也可能就不会少见多怪，而象近年来一样，又走向一个极端，好象兴起了小小的一阵'迷'…这可能又会引起一种反响。潮起潮落，大概也是世界文学史的正常现象……"果然，去年下半年我的预料应验了。在这以前，我不想在徐志摩走运的风头上拿出这几封实际上无足轻重的信札来自抬身价。

最后，（四）徐志摩在这几封信上，对我奖掖有加，对我不免过誉，本不想拿出来给我自己脸上贴金。而现在风向又转了，徐志摩又不吃香了，人家可能又怕和徐沾边吧，好，该我出来"交代"了——公开这些短简！这难道是顶风吗？不，我惭愧一直也不是顶风好汉。何况现在这一点难免的小波动也没有成气候，刮成什么风，相反，公开这几封信，我想倒正好证明我们大陆上不再有庸人自扰的这个实情。现在举国上下，不加思考，闻风而动，怎样也时兴不起来，也吃不开了，大家可以放心。

其实，这几封小信札原是人家不要的，可说是"选余"，下脚料。1931 年徐志摩去世后不久，上海方面，不知是谁经手的，（只记得不是陆小曼或赵家璧同志署名的）来信向我征集徐志摩书信。我捡点一下，共有六封，把它们都寄去了，后来它们被退回来三封（信封都没有退回），现据信纸口我用铅笔编号看，是②③⑥三号。被选留的三封，从此没有下落，被退回的这三件倒是幸存了，

第一件，写信日期写得潦草难认，旁有我用铅笔注出"五月二十五日"，（徐和我相识就在 1931 年里，写信年分都是这一年）大概是记信封上邮戳的日期。里边说沈"从文先生……在南京创作月刊上有文章"，是指沈热心把我交徐带到上海的一束诗稿，未征询我意见，编成一集，因有《群鸦》一诗，取名《群鸦集》，写了一篇题记或叫"附记"。

第二件，写信日期为"六月十七"。所谓"华北副刊"，即杨晦编的《华北日报副刊》，我在 1930 年尾到 1931 年上半年，偶尔在那上边发表过一些幼稚的习作和练笔译诗，都用笔名。这里所说我的诗不记得是哪一

首，总不出徐带去上海的那一束诗稿的范围，被徐认出来了。

第三件，信末未署日期，我也没有补上，应已在"九·一八"事变以后，是他写给我的最后一封信。《群鸦集》已经被安排给新月书店出版，在《新月》月刊上登出了预告。"译诗"指我后来发表在《诗刊》第三期上的英国克丽思绨娜·罗塞提的《歌》和法国玛拉美的《太息》，后来都曾收入我的译品集《西窗集》，前两年《西窗集》在江西人民出版社出修订版，随其它译诗一同取出，选编入湖南人民出版社出的《英国诗选 附法国诗十二首》。其中有《歌》，但没有《太息》，主要是因为译得我自己不满意，觉得全诗十行一句话，译得字句拖沓，不利落，虽然行行对译，而且基本上用中文里相应的格律，但是不严格，没有处理好与法国诗亚力山大体（十二音节阴阳韵相间双行一韵体）相应的中国白话新诗格律。所提"译诗"中可能还有我同时译出的玛拉美的《海风》，那倒和所提哈代的一首诗一起，可能曾发表在《新月》上[1]，经过旧版《西窗集》而略加修订，编入了《英国诗选 附法国诗十二首》。哈代这首诗（我原译题为《倦旅》，现在《英国诗选》里，因求更贴近原文而改题为《倦行人》），徐说他也译过，我却始终未见及[2]。

最后这封信里所谈译书一事，我还得说一说情况。我是穷大学生，当时想译一本书，挣一点稿费。徐就在这里推荐我译威廉·赫德孙的《绿厦》。后来我跟他面谈过，我不想译这部书，他就改推荐我根据法文原本，参考英译文，译斯丹达的《红与黑》。当年十一月中旬，我开始在今所设"红楼"三四层靠西端一间小阅览室里先浏览英译本《红与黑》，只读了半部，有一天上午，阅览室管理员忽然从外边急匆匆跑进来报告说，"徐先生死了——坐飞机出事！"我一听说，再也读不下去，默不作声，掩卷还书，退出来了。我现在透露我的一点秘密，从此我一直不忍

---

① 卞之琳译哈代诗《倦旅》刊载于《文学季刊》1934 年第 2 期，1934 年 4 月 1 日出刊，第 153 页，署名"卞之琳"。

② 徐志摩在《厌世的哈提》（载《晨报》副刊"诗镌"第 8 号，1926 年 5 月 20 日出刊，署名"志摩"）中选译了哈提（通译为哈代）的四首诗并附有英文原文，计有《一同等着》《疲倦了的行路人》《一个悲观人坟上的刻字》《一个厌世人的墓志铭》，徐志摩致卞之琳信中称"哈代一诗我亦曾译过，但，弟译高明得多，甚佩"，当是指《疲倦了的行路人》。

读这部小说，决非为了这部小说怎样感动我以至不忍卒读。（后来我读完过斯丹达的另一部小说《巴尔玛修道院》，巴尔扎克和纪德都曾竭力赞扬过这部小说，而据我以读半部可称为现实主义的《红与黑》的印象来相比说，我是更佩服这后一部可称为浪漫主义的小说。）

1984 年 5 月 31 日

有来有往

——略评新编《中国现代作家与外国文学》①

比较文学今日忽然成了热门，文学创作既然有意无意，古今内外，上下左右，横通竖贯，相互契合或相互启迪，有正有反，比比皆是，在中国现代，亦非例外，那么文学研究哪有不比较的？事实上，影响研究、平行研究、跨科研究，在评论文章与著作里，多少都不免涉及，不自标榜，有目也自共睹。研究本国文学，知彼也有利于知己，不至于落到不知我国古典文学中本也曾有、现代民间文学中仍有保留的一些不成文法、竟加见外，斥为舶来，自大把关，实为妄自菲薄。如今走到另一极端，似亦蔚然成风，东拉西扯，牵强比附，大做文章，甚少意义，看来也不是没有。现在有份量的比较文学刊物是有了，曾小逸主编的这部书，在这方面较有系统而具体探讨中国现代作家，又跨出了一步。

主编导言，作为全书统一总体构思，气魄不小俨然囊括八方，远瞻百代；二十八家中、青年学者专为本书协力撰稿，篇篇有见地，不炒冷饭，不贪便宜，不陈陈相因，不人云亦云，"分别探讨了三十位中国作家与外国文学的广泛、深刻的联系"，确实有如广告所说，"是五四以来第一部全面研究中国现代作家与外国文学关系的比较文学专题论集"。

全书选题，不仅无可动摇的以鲁迅为首，也不遗漏茅盾、巴金、老舍、郭沫若、闻一多、夏衍、曹禺等诸大家，亦及现代文学史、论家"正宗"所常冷待的废名、沈从文等小说家，全盘贬抑的徐志摩、或敷衍了事的戴望舒等诗家，所不屑一顾的梁遇春这位早夭的散文家，甚至以历史主义兼及晚节不光彩的周作人，当然不是大全，却已属洋洋大观。

大可商榷处自然也俯拾即是。

首先，例如，导言的海阔天空处，补足"愈是民族的，愈是世界的"

---

① 本篇原载《文艺报》1986 年 1 月 4 日第 3 版，署名"卞之琳"。《中国现代文学研究丛刊》1986 年第 2 期曾有此篇的"摘要"。此篇从未完整入集，《卞之琳文集》也未收录此篇。此据《文艺报》本录存。

一面，加上"愈是世界的，愈是民族的"一面，振振有词，固然雄辩，也合辩证，而后边谈到"审美群体化时代"与"审美个体化时代"有所"转化"，恐怕站不住脚，因为"群"、"个"本身间就自有辩证关系。又如，批判"中和之美"，说是旨在维护封建专制统治的纲常名教，有理而未免片面，倒无心恰中"文化大革命"遗毒。西方资本主义时代也尊"黄金律"（"黄金分割"或"黄金适中"），此说可否接科学社会主义奠基人批判继承衣钵，弃外壳，取内核，使之为我所用，拍合我们经过实践检验确信过与不及都是错误这一个颠扑不破的道理？

各家精彩论文也难免瑕疵或有不足处。

对废名小说分析精微的一篇，有时也沾染了一点庸俗社会学，沿用不科学的"批判现实主义"术语，也简单用现实主义作为衡量艺术的唯一标准，《桥》这样的作品，当然可以指点它的社会根源，联系它的社会背景，但是否据此就可以表明，这样的艺术成品不能传世，在先进时代、先进社会不能起美感享受、美感教育的作用了，无可继承借鉴了？当然论文作者没有这样说，再说，废名固然引过波德莱尔散文诗，但据我所知，他几乎没有读过多少这位法国诗人的代表作，更从未耽溺于其后的西方象征派等。这篇文章大讲废名和象征主义的姻缘，倒正是为平行研究，不是为影响研究，提供了有力的例证。废名后来表示过最钦佩的西方作家，除了莎士比亚，就是塞万提斯，论文作者没有提主要似讲荒唐事的《堂吉诃德》，也就没有从这个角度谈主要象作荒唐言的《莫须有先生传》。其实，这"一副呆相"，却也和那一副一本正经的"骑士"面目，多少也别有一点缘分。废名过了十几年，到了山穷水尽了，转而写起了《莫须有先生坐飞机以后》。这里从小说散文化到不写小说，倒也透露了废名晚期思想进展的轨迹，似也应一顾。

论李金发一篇的作者也显得并不象李诗人那样不屑在钻研上下苦功的，可惜他也象台湾以及外国一些拜倒李才子脚下的学者那样，缺少了一点语言感性认识，因此正犯了李自己对祖国语言，文言也罢，白话也罢，两①

---

① 此处"两"后原报漏排一字，当作"两者"。

都有欠深入领会的毛病。书中论诗人名篇，间或亦有此失，对各自研究对象的用语方面，想不到比较比较徐、闻一路诗中运用活的口语如何干脆利落，参考参考实际（并非书本气）语言如何并无"的""的"不休，自难明白此中"奥妙"。同时，这里也象中外一般李金发研究的学子，也许因为李住过巴黎几年，深交过一位法国女友，太信任诗人的法文理解了，认为不需把原文和李译他所崇拜而至少在字面上循规蹈矩的魏尔伦一路诗对照看看，因此看不见译诗中"耗子"与"微笑"相混、动词与名词不分之类的错乱怪象，有负于原作者，也就导致自己写诗以奇见称。李有诗才自不能一笔抹杀，带来的坏影响，一度或至今还是在个别地区个别流派当中，也是不小。论文题目里提到"毁誉"，正文里也就说不清毁誉的来历是否各有所据。

仅此一、二例也可说明，文学研究、评论，即使不以比较文学为名，都必须一则对祖国印刷文字与口头语言深具辨认力，二则至少对一种全世界流行的外国大语种粗具阅读力，论者应与作者一样，既应知捍卫祖国当代语言的纯洁性，也应知如何适当从古从外吸取引进，以增强祖国当代语言的韧性与丰富性。

至于论及区区的一篇大文，也间有为本人所不敢苟同的独到见解（作者自应不干预评者的解释自由），也偶有出于对文本粗心大意而出现的不必要误解。其中还有一些错漏排和错漏引。第二段开头说"三十年代"我和"戴望舒、冯至等一批青年诗人出现于中国诗坛"云云，出语欠考虑，犯了历史事实性错误，可能使读者却步，也因小失大，不继续读下去，对下文的丰富内容，失之交臂。

最后，更重要的是，我得指出一点，也与语言运用有关，为这本书挽回它不应失去的读者。我开头就只提这本书的副标题，不提它的正标题，是存心如此。正标题《走向世界文学》，含义难解，而它醒目的译名"To the World Literature"，会更令懂英文的读者大为诧异（内封面对页的英译名以及目录后的英译名也有用字不妥处）。但是读者如顾名而掉头，却也自受损失。

《还是且讲一点他：追念沈从文》附记^①

　　近十年来，我为早先逝世的一些师友，以不同方式（例如以遗著选集序文等形式），陆续写了十来篇纪念性文字（其中有十篇已收入了我在三联总店 1984 年出版的《人与诗：忆旧说新》一集）。这其间，不幸又有一位接一位谢世，我自许和与死者家属相许，再写一系列纪念性回忆文字，每篇谈几句生活上学术上的有关琐屑，列入名单中的就有梁宗岱、朱光潜、叶公超、李健吾、周煦良、邵洵美等，只因年来精力日衰，冗事头绪反而日繁。一篇都未得机会着手写，但愿计划不致落空，更衷心祝祷寥寥几位年事已高幸还在世，与我关系较切者健康长寿。

---

① 《还是且讲一点他：追念沈从文》原载《文汇报》1988 年 6 月 4 日第 4 版，署名"卞之琳"。该文后来编入《人与诗：忆旧说新》增订版（收入《卞之琳文集》中卷，安徽教育出版社，2002 年 10 月出版）。这则"附记"附在《还是且讲一点他：追念沈从文》一文后，同刊于《文汇报》1988 年 6 月 4 日第 4 版，但《卞之琳文集》略而未录这则"附记"。此据《文汇报》本录存。

《不变与变——过时的歧见》补笔①

这篇序文初稿，在译本新版由湖南人民出版社印出发售前，曾在《读书》杂志发表，用了一个题目，叫《现代主义和现实主义构不成一对矛盾》。我一向不喜爱在社会上出头露面，不爱打听小道消息，也就不知当时领导上正在蕴酿"清除精神污染"运动，不理解这篇比较坦率的小文未能荣列杂志的封面要目。大约这阵风刮过不久，丁玲创办《中国》文学杂志，在新侨饭店创刊集会上，我遇见曾被迫在《人民日报》上公开自我检讨抓"清污"不力的周扬（当时他还未长期卧病），承他对我面夸过这篇小文。②

我不懂美学，年来也不大去工作单位，极少接触外国报刊，也很少读（也读不懂）中外许多新奇文艺理论书、文，孤陋寡闻，但是总听到把现代主义和现实主义作为对立的说法，有点不敢苟同这个似已成定论的说法，就如一直不服从西方另一面搬来的现实主义一线相传的所谓创作方法：古典现实主义→批判现实主义→社会主义现实主义。高尔基是我佩服的大作家，但是我不接受他把西欧浪漫主义分为积极浪漫主义和消极浪漫主义。要说渥兹渥斯是消极浪漫主义，那么他早期是甚？要说拜伦是积极浪漫主义，那么为甚么马克思担心他后期可能会发展的趋势

---

① 《不变与变——过时的歧见》是卞之琳给衣修午德小说《紫罗兰姑娘》中译本新版写的序，最初以《现代主义和现实主义构不成一对矛盾》为题刊于《读书》1983 年第 5 期。卞之琳后来又把新序加上 1946 年《紫罗兰姑娘》中译本初版时的旧序、末附两段"补笔"，合题为《不变与变——过时的歧见》重刊于香港《八方文艺丛刊》第 10 辑，1988 年 9 月出刊 [内含："I、衣修午德小说《紫罗兰姑娘》译本新版序：现代主义与现实主义（1981 年 10 月 19 日）、II、衣修午德小说《紫罗兰姑娘》旧版译者序：儒家精神与吠陀玄思（1946 年 3 月 14 日于昆明）"，并有简短的"附记"，末尾是新写的"补笔"]。《卞之琳译文集》又把新版译者序和旧版译者序分开收入（对旧版序后的"附记"略有修订），但略掉了"补笔"。此据《八方文艺丛刊》本录存。

② 此处卞之琳回忆或有误——据王增如《丁玲办〈中国〉》所记，周扬因病住院未能出席 1984 年 11 月 28 日在新侨饭店举行的《中国》创刊招待会，见《丁玲办〈中国〉》，人民文学出版社，2011 年 3 月出版，第 64 页。

呢？他们还不同样是浪漫主义（其中也都有现实主义因素），无非像一般文人早年激进，晚年说不定转趋保守(就像你我大家一样)？逻辑上"消极"总是对"积极"而言，提法上还可成立。而批判现实主义是与甚么对立而言的？是对粉饰现实主义吗？既粉饰还能是现实主义吗？要谈主义，作为文艺创作的基本原则，我赞同浪漫主义和现实主义这两大倾向或其结合的提法，只是我反对用实用主义的方式，翻来覆去，用这两种"主义"乱套屈原、李白、杜甫。为求时贤见教，我再发表衣修午德《紫罗兰姑娘》译本新版序言；为检查自己思想是否倒退，一并发表译本旧版序言，以见我的变与不变。同时我去年听说衣修午德病逝了，也以此略表我的哀思。

1988 年 6 月 22 日

普鲁斯特小说巨著的中译名还需斟酌^①

《中国翻译》1988 年第三期发表的韩沪麟同志谈普鲁斯特小说巨著中译名的厘定"始末"一文（下文即简称该文为《始末》），使我辈局外人了解到一些内情，颇受启发。我在此就提供一点刍荛之见。

首先，我很高兴听说这部小说名著已在国内组织翻译，而仅就书名译法，"酝酿了将近两年"，态度认真，在今日商业化的出版界，实属难得，尤其是把并无保密必要的计划进行适当公开，如付印前引起群众商榷，必然对于大家都有裨益。

我们从事的各行专业，要革新，要创新，既需横向的信息，也不应纵向割断历史，无视过去。《始末》一文，开头一句中说普鲁斯特"A la recherche du temps perdu""长久以来，在我国一直无人问津"，说得有点含糊。"长久以来在我国"可能指"1949 年以来在我国内地"；"问津"或者仅指专论或者全译：要是这样意思，那就差不多。事实上，前几年香港诗人古苍梧先生还为报刊选译过这部系列小说的五小段，并为文介绍。文中倒曾提到内地新出的《外国现代派作品选》约人选了小说第一部一个较长的片断，也提起三十年代我选译过一小段。我译的是第一^②开篇一部分，据法国版《普鲁斯特片断选》（Morceaux choisis de M. Proust）加题为《睡眠与记忆》，1934 年发表在天津《大公报》文艺版上，译文前还说过几句自己现在已经记不起来的介绍话^③，译文收入了我在上海商务印书馆 1936 年出版的《西窗集》。此集在七十年代末，还有香港的翻印版，未经我同意，未改正原版荒唐的错排；紧接着经我自己大刀阔斧改编了交

---

① 本篇原载《中国翻译》1988 年第 6 期，第 25—29 页，署名"卞之琳"。本篇从未入集，《卞之琳文集》也未收入此篇。此据《中国翻译》本录存。

② 此处"第一"后原刊似漏排一字，或当作"第一部"。

③ 此处所说的"介绍话"指的是《睡眠与记忆》（卜罗思忒著）译者前言，原载《大公报》（天津）1934 年 2 月 21 日第 12 版"文艺副刊"第 43 期，这篇"译者前言"已以《〈睡眠与记忆〉译者前言》为题收入本书。

给江西人民出版社，于1981年出版了修订版（再略加修订，于1984年出了第二版），所译普鲁斯特这一个片断，和乔埃思的一个早期短篇小说和维吉尼亚·伍尔孚在托·斯·艾略特主编的《准绳》（The Criterion）杂志上发表的一个短篇小说，排在一起，还保留在那里。这点有关翻译普鲁斯特的情况，今日在法国文学专家中，对于健忘或无暇关心的老一代，和由于几十年的禁忌以至闭目塞听或无视前人和旁人的新一代，可能都成了新闻。现在负责这部大书的责任编辑似应略加注意为好。

这里，在重新商榷这部大书的译名以前，且让我重复一下我个人对外国人名译音（严格说不能叫"译音"而是汉写——transcription）这方面一贯所持的意见。各民族语言不同，我们讲汉语的，对于一些外国人名尽可以照样发音，就是不能都照样用现成的汉字来写。有些流行的汉写，本不切近原音或者按方言土音来写的，例如莎士比亚，例如华盛顿（这些还是较近原音的例子，虽然"莎"已由 Suo 改读成 Sha，而"华"照普通话音，还只能拼成 Hua），只好照约定俗成办了。有些人名，本不是那么显赫，而流行有两种或两种以上的写法还可以稍改动一下以切近原音或选取原较切近原音的写法，如今还来得及（也应及早）矫正。例如英国浪漫派诗人 Wordsworth，在汉语里本有"华兹华斯"（Huazihuasi）和"渥（沃）兹渥（沃）斯"（Woziwosi）这两种较流行的写法，若求统一，自应舍吴音（包括沪音）用"H"音开头的写法而取按普通话音用"W"音开头的写法为是。也就是这个例子，我在《中国大百科全书·外国文学》卷出版前的编审会议上力争到大家同意如此决定，无奈关于这位诗人的条目已经按"H"拼音开头，编入了上卷，送往印刷所，来不及改排在下卷末尾了。我作为该上下二卷英语各国文学编选组名义上的主编，有心无力，没有顾得上使劲抓，也没有自己动手提供过一个条目，深以为憾，虽然在历次编审大会和小会上，特别就译名统一问题，发表过意见，终迫于实现，将就了事，亦无可如何。若干年来，国内出过几种译名统一表，确是好事，但也应留有余地，不急于求一致。所以我也常对人表示不必以我们《中国大百科全书·外国文学》卷的译名表为准。Proust 这个法国作家姓，我在三十年代，为了妄以为用汉字写出来显得漂亮一点，曾写作"卜罗思忒",没有顾到卜(Bǔ)拼音子音既不合法语中的"P","罗"（Luō）母音读起来也不符法语"ou"。实际上"p"和"r"在英法语里发音也就有差异，在现成汉字拼音书写起来没有可以对应的"r"，一般较常用"l"起头的音节来代替，但是法语"r"发音却正有点近似今日汉语拼音的"r"，因此我又改写成了"普如（rú）思忒"。现在我想还不如从俗，从汉写外国名常用"斯"对应"s""特"对应"t"的习例，也就随《始末》一文和差不多同时出版的《世界文学》1988年第二期，而就用"普鲁斯特"吧。我们中国人，多注意一下，勉力一下，尽可以学舌而也读得出印欧语系各字的原音，却没有现成的汉字作符号来传写原音处还很多，也就罢了。至于就在这一期的《世界文学》上发表的《普鲁斯特传》和这部长篇小说第一部第一章的译文里，都译这第一部书名为《在斯旺家那边》，比我原先译为《史万家一边》，在汉写"斯旺"（Swann）一名上，有优于"史万"处，因为发音较近法语原音的响亮，也有不如"史万"处，因为用汉语拼音写来，"旺"是"wang"而不是"wan"。在吴方言里拼音"ng"和"n"往往是难分的，但在普通话里却显然有别，所以从这一点讲，又不如汉写作"万"。这是细微末节，但是能办到处，何妨讲究一点。

关于"译名"，还有一点可注意，那不是细节诛求，而是有广泛影响的按原则行事。我极其钦佩鲁迅的一个主张（我得声明：象不迷信任何人一样，我不神化鲁迅，认为他说的"句句是真理"）。鲁迅反对把外国人名张三李四化，所说极是。而即使杰出的翻译家傅雷，承他在解放前送我的一本巴尔扎克"Père Goriot"译本，今还倖存，论译文确是上品，只是我对译名还有意见："高老头"三字太中国化了，好象法国人也有姓"高"的。鲁迅自己呢，他就把西万提斯的小说名著主人公译作"堂吉诃德"，决不从俗，称为"唐吉诃德"或"吉诃德"先生，因为西班牙文"don"和法文"de"、德文 von 之类，是紧附在西欧那里大小贵族世家以至乡绅姓上的标志，既非单独的姓，亦与我国的外加尊称"先生"之类有别。但是中国人和欧美人有一点是相同的，就是，姓上不分男女性别，名上却分（虽然也有个别例外，例如英国名"Evelyn"是男女共用的）；不同的是，人家主要从听和说上分，我国主要凭书写分，所以我国汉写西人女性名，在文字上酌量加些草头玉傍之类，以便识别，应是需要的，无可非议。

言归正传，回到书名译法上来谈谈。这又不由我不想起：我从 1940 年秋季开始在昆明西南联合大学外文系讲授英汉文学互译课，第一堂就开宗明义，破"信达雅"之分说，后来兼破"神似形似"之分说、"直译意译"之分说；以至常讲，翻译标准，在三说中都只能各取一字而成"信、似、译"。我不懂俄文，但相信我国通称肖洛霍夫的《静静的顿河》是忠实根据原书名逐字译出的，但英文译本为什么把书名译得较长以至有点古雅的 "And Qiete① Flows the Don 呢？这是不"信"吗？但是，要"信"，要形式上短一点，直捷一点，如果译成了"The Quiet Don"那在英语里会和在俄语里以至我们汉语里一样好念吗？又如，我三十年代译法国纪德中篇小说 "La Porte étroite" 就袭用中文旧译书名叫《窄门》，文字长短和原名差不多，念起来也和原名一样顺耳（只是略嫌不如法文原名嘹亮），而英译本却没有按字直译为 "The Straight Gate"，因为在英语里在此用两个叠韵字连在一起念，十分拗口，所以索性用《圣经》出处，按英译钦定本，用了全句 "Strait Is the Gate"，这才会在译文里和原文有相应的通顺效果，才是"信"。

现在《始末》一文中所述法国文学研译家讨论"A la recherché du temps perdu"这一书名的翻译，非常认真，非常热烈，确有不少可贵的意见，发人深省。

我一时不记得谁曾用过《思华年》这个中译名，反正我先就听说过这个译名，很赞同，只是来不及在我的修订版《西窗集》里片断译文的小注中用以换掉我过去自己不满意的译名《往昔之追寻》。现在听说罗大冈同志，不约而同，也建议用这个名字，我觉得理由很充分。虽然此名不如原名一样长，截取李商隐绮丽诗句，以其特殊风味和气氛，正符合普鲁斯特这部小说华丽的情调与风格。我不懂为什么得不到"较多行家的认可"，也许他们别有精致的语感吧？另一方面，张英伦同志等主张索性照原文干脆译成《寻找失去的时间》，（古② 译名为《追寻失落的时光》）"因

---

① 此处"Qiete"，原刊排印有误，当作"Quiet"，下一行"The Quiet Don"可证。

② "古"指古苍梧（1945—2022），原籍广东高州，香港诗人、学者，译有 A la Recherché du temps perdu 片段。

为该书的灵魂是时间，作者也是围绕'时间'两字〔一词〕做文章的……此外，最后一部"Le lemps retrouvé,"即《重新找回的时间》与书名遥相呼应，寓意深长"，我认为也很有道理，我又不懂为什么"不少人又……总觉得美感、韵味均欠缺，且与已经形成的习惯叫法距离较大"。而恕我不客气说，时下风气就是附庸风雅，以陈腔滥调为"喜闻乐见"，以荒腔走调、写写五、七字句，自以为美，自以为雅，这正是我依据我国汉语特有的性能而最不敢领教的习气。

而卷入旧词藻（应该承认旧词藻也可以适当新用而赋予新的功能）运用讨论中的诸公，也自有高见，一眼看出了常识性的失误。例如有的行家指出"逝水"与"年华""皆为名词"，配搭不上来，"如一定要用'逝'字，不如老老实实译成'追忆〔寻〕逝去的年华'为好，"但是可怪者，多数人的结论是：这种译法"味同嚼蜡，原名的韵味丧失殆尽"。这可真是莫名其妙。是啊，时下的流行趣味，就是好大喜花，吃以染色奶油叠花的蛋糕，用煞费苦心、不惜工本、占去大片地方、五颜六色印花、印"美女"图的信封、信笺，以至贴那些大到信封角上贴不下的各种纪念花邮票等等。这在我们才算不是"嚼蜡"，才算有"韵味"！

徐继曾教授也提得对："似水年华"或"流年似水"才是配合得上的"现存成语"。只是，这里的"le temps perdu"明明是指已经"失去"或者"流失"的状态，并非指时间流失得快的性质，所以我还是认为不大能在此与"追寻"连用。

以我对法语太缺少根柢的浅见推测，普鲁斯特，也许正因为要平衡书内华丽的笔调，不是"藏拙"而是藏锋芒，避闪露，另一方面也由不得他自己，才与书内文笔的拖沓相应，因此有意用了 A la Recherche du temps perdu 这个缺少光彩的平淡长名，只在第二部用了花哨的书名"Dans L'Ombre des jeunes filles en fleur"。这部书一出，英国当时（二十年代初）"高雅"文化圈子里人，当然都能读法文原著的，在 1923 年名翻译家 C.K.Scott Moncrieff 英文译本出版后，曾一度以竞读英译本为时髦，而这位曾译过斯丹达《红与黑》的名翻译家也只以《回忆往事》（Remembrance of Things Past）作全书名，只把第二部也以较花哨的笔墨译了书名"Within a Budding Grove"，非常巧妙，而 1988 年第二期《世界文学》所刊《普鲁斯特传》译文中和小说选章译文前按语中都把这第二部书名译为《在簪花少女的影子下》，原文"en fleur"译作"簪花"是巧合还是欠妥，我怀疑，我自己法语修养太差，只能提问，质诸高明行家。

说到全书名，则我敢大胆说，现定的译名不妥，还需要至少小改一下。我国耍笔杆的，为文命题，遣词造句上附庸风雅的回潮复旧习气，由来已久，"五四"白话文学运动的高潮以后，即时有流行，不仅乱搬风花雪月字眼，还瞎凑五七言以至四言句。过去老一代人还多少有过旧文言写作修养，因此自能掌握这套做法声调上的搭配规律，例如一组四汉字或四汉字以上的组合，特别在二、四字上的平仄对称需要，"胡蝶鸳鸯派"小说家熟悉，张恨水也懂，例如他的《春明外史》、《啼笑姻缘》等书名都不背此律。林语堂也懂，他自译他的英文小说"Moment in Peking"为《瞬息京华》，仄仄平平，完全顺口；后人把他的全书译成中文出版，译名叫《京华烟云》，平平平平，却成拗口了。翻译外国书名，有些字面单纯，也别无含义或并无出典，自然容易，有些相反，不看内容或不知出典何在，按字面猜度，就往往出错。海明威的《老人与海》这一书名，怎样也不会译错；而他的"For Whom the Bell Tolls"我们过去有人译题为《战地钟声》，汉语文言四字安排上，二、四平仄对称，没有问题，只是书名毫无意义甚至不符内容。后来我们大家把这个书名照字面译成《丧钟为谁而鸣》好像正确了，其实忘记了书名是截取 John Donne 诗行的一个子句，其中"for whom"不是"为谁"而相当于汉语文言的"为之"。

时代不同，一国语言自也有（且应有）变化、更新，如袭用旧文言词藻，赋予新义，或引进外来语，未尝不可，都可以增加今日母语的丰富性、韧性，但需适当，不反母语的规律，无损于它的纯洁性。与詹姆士·乔埃斯同是二十年代意识流小说家的（只是气魄小一点的）维吉尼亚·伍尔孚曾批评乔埃斯后期小说更新或创新过头了，破坏了语言，我在三十年代初忝居介绍西方现代派或现代派先行者的始作俑者之列，现在自甘落伍了，我总以为她说得很对。至于我们现在初定的普鲁斯特小说译名中"逝水年华"，两个名词生拼在一起，我断然认为不通，不是我个人固执；这种组合是明明为我们祖国语言性能与规律所不容，没有迁就的余地。至于日语里的汉文自有他们的用法，有时确有新用法可以直接引进以补我们汉语表达不足处。1935 年我在日本京都闭门译书，附带把纪德的"Le Retour de l'enfant prodigue précédé de cinq autre traités"译全了，交上海文化生活出版社（抗战前出版，就叫《浪子回家》，抗战后出新版，改叫《浪子回家集》），就曾感到纪德把这六篇文学创作都叫 traités，而又不是普通说理的论文，又不好译作"解释"，恰好碰上当时日本出版界正大发纪德热，抢出了几套纪德全集，他们把这六篇 traités 都译作汉文"解说"，我觉得在我们自己的汉语里既新鲜，也成话，正恰合纪德自己所谓 traité 的意思，我也就借用了。然而普鲁斯特全书名里的"le temps perdue"在日译本也用的"逝水年华"在我们自己的汉语中总是文理欠顺，不仅诚如有的同志所说，"人云亦云"、"鹦鹉学舌"，而且是"舌学鹦鹉"了。

附言：文学作品的翻译，除了应尽可能保持在译入语种里原作者的个人风格以外，译得好也总不免具有译者的个人风格。译科学著作、理论著作，为了应急，集体担当，统一审校，还是行得通的，而象普鲁斯特这样独具风格的小说创作，组织许多位译者拼凑，决不会出成功的译品。照原书分七部的情况，最多组织七位能胜任的译者分部进行。最好同时在进行中由这几位合作，互据原文校核（翻译总难免疏忽），由责任编辑统一审订润饰，这是不得已的可行办法，我也顺便作此门外建议。

翻译对于中国现代诗的功过

——五四运动 70 年的一个侧面 [①]

　　五四新文学运动一开始，外国诗翻译对于中国现代诗（新诗）创作既立有大功也该记小过。胡适用现代白话把一首英语诗译得像样，开了"'新诗'成立的纪元"，但紧接着，部分由于一般译诗钻新诗尚未定型的空子，不顾原诗的真面目，用白话随意处理，反过来影响新诗创作，引出了不少分行散文。郭沫若以他的初期诗创作基本上完成了"尝试"集群开道的突破旧诗框架的任务，初步树立了中国白话自由诗的像样体例。但他随后译西方古典诗，稍一注意音韵，要译得"像诗"，结果，却与胡适本人不谋而合，开了半自由半格律体的先河，只是他反而从文言旧诗袭取了更多的滥调，连同陈旧的词藻。这样，民族化变庸俗化，这个"像诗"架势一朝成为流行模式，就为概念化、浮泛化倾向大开了方便之门。居然成为新诗"正宗"，与另一极端——经过翻译照搬过来的现代西方藉不拘形式之名、行玩弄形式之实的形式主义的炫奇模式，在今日中国大陆诗坛分占统治地位。

　　早在 20 年代中期，以闻一多为首，一些诗人，开始认识了应从说话的自然节奏提炼新诗格律，在结合翻译的创作实践中，初步得出了以音组取代单音节（汉文单字）作为建行节奏单位的办法。随后此道在译诗、写诗互相推动下，日渐成熟，如今开始顶住了滥调与洋腔——正统与反正统——各走极端的两面夹攻，终于有所抬头，不少有识者提供了像原诗的译诗，因此评论界出现了"译诗像原诗"的提法，言之成理。但是这个建行道理还有待普及才能在共同认识下，使作、译终于脱出以"方块"

---

　　① 本篇原载《世界文学》1989 年第 3 期，第 299—301 页，署名"卞之琳"。按，前一年卞之琳的长篇论文《翻译对于中国现代诗的功过》刊于香港《八方文艺丛刊》第 8 辑（1988 年 3 月出刊），后收入《卞之琳文集》。本篇则是纪念性的短论，从未入集。鉴于本篇与前一年的同题论文不无差异，故仍据《世界文学》本录存。

自囿的泥淖或以避嘲为"方块诗"而误入不顾节奏（整齐或突兀）的迷津。

也早在 20 年代中期就出现了另一个分支态势：李金发，正以其在语言上对中西、文白都欠通的缺陷而闯出了中国诗现代化的另一条别径。他最先从法国引进了象征派诗，动摇了 19 世纪西方浪漫派诗一直影响中国新诗的垄断局面，立了一功；他却往往牛头不对马嘴来译诗，影响了自己也多半不知所云而写诗，虽一时还不成气候，似乎倒多少得今日一度"崛起"的所谓"朦胧诗"风气之先。无可否认，戴望舒也由于李金发拙劣引进的启蒙，才开始和法国象征派诗、后期象征派诗首先挂钩，因为他的中、法文造诣远高于李，后来居上，以作以译为中国诗现代化真正开了路。可惜他盛年病故，未能完成他写诗译诗的同一个探索过程，即半格律体→纯正自由体→半自由体→严谨格律体这一个曲折历程，而进一步更好以诗作为艺术工具而生产更有意义也更具艺术价值的新诗，为民族与人民作出更大的贡献。

总之，外国诗翻译在中国新文学运动一开始，就对中国新诗的产生与健康成长或倒退与误入歧路都发生了影响，对日后新诗的两极分化、三番转折起正负作用直至今日。事实上，今日我们的新诗繁荣实伏总危机的隐患。诗界形势，如不妨照时下风气，信口开河说话，那么可以说：一方面进一步僵化，一方面进一步异化，大家自吹互捧，为前所未有，而少有人扪心自问：新诗本身在今日中国真正能受一般有相当文化水平的读者由衷喜爱（像喜爱古典旧诗一样）吗，真正名符其实而挺立（被由衷公认）为中国现代诗的主体吗？为解除这种杞忧，译诗工作负有一定责任，因为它既能误导创作以断送新诗的前途，也能恰当提供借鉴以促进新诗的正常发展。

份外附言①

这本书，按其所属丛书的规格，自具完整性，另由我在卷头说话，实不属我的本份。

只是，这套丛书还有此一条要求：一般在编者写了一篇全面论述的文章以外，锦上添花，另请名家写序。在这本书的场合，情况有点特殊：身为学者和文学评论家的编者既写了一篇有分量的全面评析文章，十足适于称"序"而有余，出版社见我人还在，饶不了我，还要我在卷头说几句话，这可使我为难。我说什么②呢，除了对出版社、对编者说一句感谢话？

再一想，编者既用整本书，以选我自己的作品为主，以选少量别家的评论为辅，并编制年表等等，给我作了扼要的全面介绍，我理当说几句话介绍一下编者及其编这本书的一点过程。

编者张曼仪女士在香港大学任教多年。早先留学美国时期，在大学图书馆发现了我的作品。一九六七年起，她和香港几位文友着手编起了《现代中国诗选 一九一七——③一九四九》，在编选过程中进一步熟悉了我的作品。《诗选》出版后，她写起了关于我的零篇论文，然后计划写一部研究专著。在香港她本已搜集到不少内地反已难得、有的我自己都已忘掉的资料；一九七八年起的十年内，她两次利用休假赴美和④到内地的机会，再补充资料，并借访问北京和我到香港开会之便，由早先和我通信

---

① 本篇是卞之琳为张曼仪所编《卞之琳》（"中国现代作家选集"之一）所写的小序，收入《卞之琳》卷，香港三联书店，1990 年 6 月出版，人民文学出版社，1995 年 12 月出版。又，本篇曾发表在香港《诗双月刊》第 1 卷第 5 期，1990 年 4 月 1 日出刊。《卞之琳文集》未收此篇。此据香港三联书店 1990 年版《卞之琳》卷（以下简称"香港三联版"）录存，并与人民文学出版社 1995 年版《卞之琳》卷（以下简称"人文版"）及《诗双月刊》本对校。

② 此处"什么"，人文版同，《诗双月刊》本作"甚么"。

③ 此处"——"，人文版同，《诗双月刊》本作"至"。

④ 此处香港三联版和《诗双月刊》本有"赴美前后两次"。

进而和我面谈、深谈，因此对我的生活今昔、著译情况、文艺见解，了解特多。她花了多年的心血，现在终于完成了专著《卞之琳著译研究》，即将由香港大学中文系出版。[①] 这本"选集"，虽原属特约，也可以说是她写专著的副产品。

编选这本小书，曼仪草拟了选目。[②] 总征询我的意思。[③] 我很少不同意。但是她有严肃学者的一贯作风，掌握材料总力求其全，追踪作品的定稿始末总务求其详，而我有一贯的爱挑剔特别是挑剔自己作品瑕疵的毛病，因此我们之间在选目上也偶有歧见。只是，经过磋商，最后总还是我让她自己作主决定。[④] 因为这究竟不是我的自选集，更因为，一般说来，编者总比作者自己客观。

尊重有眼力的编者也就是尊重有水平的读者。作品发表了，实际上也就不是作者私有的东西了。作者固然有自己取舍的权利，读者也有评价和解释的自由，即使对某一或某一组作品的缘起真相不甚了了或推断有偏差，无关宏旨，也就由时间去澄清（例如选入本集的别家评析我作品的个别文章里间或有提到我生活的个别说法，曼仪深知不尽符事实，也就不加订正），而即使别人的阐释稍稍有违作者自以为明显的本意，那多半也就责[⑤] 在作者自己在表达方式上还有可以避免的欠周密的地方。

长久以前的作品，我自己早在文字上偶有润饰，但都不是为了修改基本原意，如今读者万一有机会比较最初旧文本，如发现略有异文，应知这不是本书编者擅改的。近作则因自己年迈，写作迟钝，往往一下子未能恰切达意，所以常常一发表了自己就发现个别误排以外，也有自己需要在文字上略加更动的地方。这里入选的一些，因为自己还没有编集，也就趁便修订了。

---

① 《诗双月刊》本此处有原刊编者的夹注"（编者按：此书已于一九八九年八月出版。）"。

② 此处"。"《诗双月刊》本作"，"。

③ 此处"。"《诗双月刊》本作"，"。另，此处"意思"，人文版同，《诗双月刊》本作"意见"。

④ 此处"。"《诗双月刊》本作"，"。

⑤ 此处"责"字，《诗双月刊》本误作"贵"。

严格说，这种选集，还只能说是样品本。在这本书里，我的作品，不论自以为还过得去的或者终还是过不去的，较早而自己未入集的或者较近而自己还未及入集的，都可见一斑。

　　这些都可以说正是叨光了^①这套丛书的多功能要求所^②给与的便利。

　　自从出版社与编者定约编这本书以来，编辑部和编者背了四^③五年的精神负担，现在终于交卸了，我也为他们松了一口气。

一九八八年十二月三十日 ^④

---

　　① 此处"了"，人文版同，《诗双月刊》本作"占了"。

　　② 香港三联版和《诗双月刊》本此处有"反而"二字。

　　③ 香港三联版和《诗双月刊》本此处有"、"。

　　④ 此处年月日，《诗双月刊》本同，人文版改作"1988 年 12 月 30 日"。

文盲与色盲①

中国读书人，甚至大学问家，不见得都识全汉字，精通语法，总不是文盲了，即使偶尔读错字，无意中写错字，也不足为奇。可怪的是，他们手不释卷，却有时候目对书名的几个普通字居然视而不见或不辨"青、红"（据说不分红绿二色，是色盲症的最普通的征象），俨然像犯了色盲症。

《读书》杂志今年2月号《品书录》最后一篇讲普鲁斯特的文章开头第一句就提到这位现代法国小说名家的"宏篇巨制"，把手头"未读完"的这部小说（第一卷）中译本的总书名说成《追忆逝水年华》；早在今年1月5日《文汇读书周报》第二版《我最喜欢的一本书》栏一位读者高举这部翻译小说，就已经这样称它的总书名，以后一、二期上的热门书目表和一则来自法国的畅销书报导中也都用这样的中译名。众口一辞，就都说《追忆逝水年华》！这部小说第一卷中译本去年出版于南京译林出版社，总书名难道不是《追忆似水年华》吗？倾心的读者、在行的书讯家、有识见的品书家，同样看错了这部小说的中译名了吗？

固然，我至今还没有亲见到这部小说的中译本第一卷，但是香港诗人古苍梧早在去年4月15日《星岛日报》的《文学周刊》版上发表的《千呼万唤始出来——普鲁斯特巨著的中译本出来了》一文中说他买到了这部中译本第一卷，提到总书名，明确无误，说是《追忆似水年华》。他报导了这卷译书的出版，也就交《文学周刊》版差不多全文转载了《中国翻译》1988年第3期上发表的该书中译本责编韩沪麟文《普鲁斯特 A La recherchedu temps perdu 定译名始末》和第6期发表的我出来管闲事的《普鲁斯特小说巨著的中译名还需要斟酌》一文，同时补充了两点意见，其中之一就是"把原译的《追忆逝水年华》改为《追忆似水年华》，虽已无把'逝

---

① 本篇原载《光明日报》1991年9月10日第3版，署名"卞之琳"。本篇从未入集，《卞之琳文集》也未收入此篇。此据《光明日报》本录存。

水'与'年华''两个名词生拼在一起'的违反语法之弊,却仍未充分表现出原著'时间'的主题"。古在 1983 年曾为港、台日报副刊编过一个简介普鲁斯特的专辑,把这部小说的总书名译为《追寻失落的时光》。

我对于《读书》杂志、《文汇读书周报》上一再有人看错了这个中译书名,所以特别敏感,也就是因为这部小说中译本总书名是经过国内法国文学专家反复讨论以及我读悉讨论情况后分外呼吁"还需要斟酌"的结果。我记得责编同志,在他把中译名根据表决和补充意见拍板定案了,又见我横加纠缠以后不久,给我来信,再略作了妥协处理,把《追忆逝水年华》改为《追忆似水年华》,我也就懒得再去麻烦了。

现在出书了,经过实践的检验,按少数服从多数的原则,书名看来又得翻案了。我就不服输,更加死心眼,要翻翻旧帐。

原来,责编同志在《始末》一文里详细报导了这部书中译名"酝酿了将近两年,仍然定不下来",1987(?)年 9 月就法国文学研究会召开年会之便,"召集了与会译者及专家学者二十来人开了一个有关的座谈会","会上,大家各抒己见","争论了两个小时","意见趋向一致,基本统一为两种译法:《追忆逝水年华》与《寻找失去的时间》"。"接着又深入进行了讨论",双方"仍然相持不下",诉诸表决"想不到""结果竟是 9:9(有几个弃权)"。最后有人提出一个曲曲拐拐的所谓"折中方案",实际上就是支持了出书定名为《追忆逝水年华》,得到了"大多数"与会者的同意,也就被责编同志认为"这是眼下最稳妥的做法了",他一定又"想不到"还是"妥"不了。

座谈会以前,责编同志就曾广征国内法国文学专家的意见,进行过不只是咬文嚼字的讨论,已经五光十色,很有意思。据说否定《中国大百科全书》外国文学卷Ⅱ①的译名《追忆逝水年华》者说:"逝水"一词,在典籍中皆为名词,"与'年华'配搭也不甚贴切,如一定要有'逝'字,不如老老实实译成《追忆逝去的年华》为好。"但是这一种译法被认为"味

---

① 此处原报作"《外国文学卷Ⅱ》",这会被人误解为书名,其实"外国文学卷Ⅱ"是《中国大百科全书》的专卷,故此删去了书名号。

同嚼蜡，原名的韵味丧失殆尽"。"北京大学徐继曾教授提出用《似水年华》"，"因为'似水年华'或'流年似水'均为现存成语；"罗大冈教授建议参考李商隐《锦瑟》诗改译为《思华年》，"认为此译法能表达这部法国小说的情调，"这些译名都"未能得到较多行家的认可。"另有一派人认为不如直译为《寻找失去的时间》，因为"该书的灵魂是时间，作者也是围绕'时间'两字做文章"，而最后一卷《重新找回的时间》与"全书名遥相呼应，寓意深长。""但不少人认为这样的译法"美感、韵味均欠缺"。"'年华'派中有同志还把其他国家对本书的译名搬出来作证，他们说英译本的书名译成中文是《回忆往事》，日译本的书名也是《追忆逝水年华》，为何中译本非得死扣字眼呢。'时间'派的同志反驳说……我们大可不必鹦鹉学舌，人云亦云。"

我在 1988 年《中国翻译》第 6 期上发表的"还需要斟酌"[①]一文中举过欧汉、汉欧、欧欧一些译书名无形中共同遵守的法则是既要忠实，又要在译过来的语言里照样好念，倒不在乎书名照样长短的例证，这里不再多所重复。现在临时想起，添一个负面怪例——第二次世界大战中出版的美国斯坦培克的小说《月亮下去了》，书名用莎士比亚悲剧中的一句话，竟有人译为《月落乌啼霜满天》这句唐诗！我过去所以哓哓，现在还要喋喋，就因为我总在乎祖国语言的纯洁性，又总认为要随时代发展，相应增进它的丰富性、韧性——赋予新义而袭用旧文言词藻或引进外来语而加以驯化，都无不可，只要合乎我们母语的性能与规律，就是不要弄得文理不通而强行"约定俗成"，即以错误为规范化。日文中借用汉字自有它的化用法，有时候转借回来在中文里能具新义。但是普鲁斯特小说全书名在日译本里把"逝水"和"年华"这一对汉字名词拼在一起，日化了想必没有什么不通，照样搬回来，在汉语里总首先不合语法，所以我开玩笑说，不仅是"鹦鹉学舌"而且是"舌学鹦鹉"了。

现在实践好像证明了还是语法不通的"逝水年华"吃香，有"美感"，

---

① "还需要斟酌"是《普鲁斯特小说巨著的中译名还需斟酌》一文的简称，下面"斟酌"也是此文的简称。

有韵味，实际上证明了文风总是积重难返的。我在"斟酌"一文里就说过"时下的流行趣味就是好大喜花"，例如市场上找不到简单的白信封、白信笺，只能买到煞费苦心、不惜工本，占去大片地方，五颜六色印花鸟美女图的，邮局里最易卖出来大到信封一角上贴不下的纪念花邮票，等等。还说过回潮复旧的习气，由来已久，以陈腔滥调为"喜闻乐见"、荒腔走调瞎凑四六言句、五七言句，自命风雅。新时期以来，因为一些学术大家重受崇敬，一些文章高手重露锋芒，于是耍笔杆的竞起画虎，报刊上掉书袋，搔首弄姿的文风大盛。把"时光"说成"韶光"似还不够美，不够味，一定要说成"年华"再搭上"似水"还不过瘾，一定要拉上"逝水"。目迷五色，读书人结果也就像犯起了色盲症，也难怪。

1991 年 6 月 14 日

今天说雪莱①

　　我们纪念雪莱诞辰②二百周年，当然会首先想到家喻户晓的最代表诗人的不朽杰作《西风颂》。诗人也就在这 1819 年③（二十七岁）写的《英国人民歌》，最初见于雪莱夫人（Mary Shelley）所编《诗全集》1839 年初版本，题目是《致英国人歌》（Song to the Men of England），但是 1862 年出版的理查·加奈特（Richard Garnett）编集的《雪莱拾遗》（*Relics of Shelley*）收入了《断片：致英国人民》（Fragment：to the People of England）。诗人可能因为原诗开头"People of England"（英国人民）一语声律上不如"Men of England"更严格协合全诗各行占主导地位的重轻格，显然并非纯为了使诗行不出格，而从雪莱一贯、特别在 1819 年左右思想感情的表现来看，④我进行汉译，恢复"英国人民"，意较切合原诗本旨，而在译诗各行以四音顿和原诗四音步相应的基本规律中，反而正好合拍。现在一些国际霸主（也就是雪莱常说的"Tyrants"）晓晓以"人权"一词在世界范围内压制各国的民权要求，而雪莱当年在本国的强大压力下却明白表现了大无畏的正义呼声："人民"应是"人"的基础，"民权"——首先是人民的生存权——应是"人权"的先决条件。纪念诗人诞辰二百周年，我认为正应重提自己四十年前译过的这首《英国人民歌》供

---

　　① 本篇原载《文汇报》1992 年 11 月 9 日第 5 版"笔会"，后以《关于人民与人，思想（感情）与艺术——纪念雪莱二百年生辰》为题复刊于香港《诗双月刊》总第 21 期，第 4 卷第 3 期，第 72—73 页，1992 年 12 月 1 日出刊，同期刊有卞之琳译《西风颂》《英国人民歌》及其英诗原文。此篇从未入集，《卞之琳文集》也未收入此篇。此据《文汇报》本录存，并与《诗双月刊》本对校。

　　② 此处"诞辰"，《诗双月刊》本作"生辰"。

　　③ 此处"1819 年"，《诗双月刊》本作"一八一九年"。《诗双月刊》本纪年记数均用汉字，下同，不另出校。

　　④ 以上两句，《诗双月刊》本作"显然并非纯为了使诗行不出格而从雪莱一贯，特别在一八一九年左右，思想感情的表现来看"。

世界人民深长思之。①

　　雪莱夫人在诗人遗诗的一条注中说雪莱是一贯爱人民的，认为他们比诸"大人物常常更具德行"，"相信社会上两个阶级的冲突是不可避免的，他热切把自己列在人民一边"，"压迫是饥饿之父"等等（原文见牛津大学出版社1952年版《雪莱诗全集》页588），这些思想特别表现在1819年左右的长短诗作中，②激进得出奇，在我们长期吃够了"左"的苦头以后，听来都觉得惊人。但是雪莱夫人同时说得好，当时雪莱关于"人民"、"自由"等题旨抒发激情、义愤的一些直露的诗篇，发表都有困难，"不属于"他的最佳作之列，因为一个作家力求以"一种高度想象性风格"（a highly imaginative style）写下作品诉诸群众总受到束缚（原文同见《全集》页588注）。从这方面说，我们也不得不承认雪莱的《英国人民歌》比诸他同年稍后写的《西风颂》总略逊一筹，欠少了一点艺术魅力，感染力，长久和广泛的号召力。反过来，这也足以证明《西风颂》的更大成就，正缘于它的艺术底蕴里就伏有《英国人民歌》显豁表露出来的深沉的社会正义感和真切的社会生活体验。

　　纪念雪莱诞生二百周年，我想还用得着重提自己也在四十年前译过的《西风颂》，因为是以较近原诗的形式——以不拘轻重、平仄，每行五音顿与原诗每行五音步相应而译出的（例如首行"狂放的／西风啊，／你是／秋天的／浩气"）；以严格保持原诗每大节十四行所用三环串韵体（terza rima：ABA，BCB，CDC，DED，EE）——而认真译出的，较可显原诗的风貌，特请我国新诗界作反思参考。③

_____

　　① 《诗双月刊》本在此句后加了一段随文附注："（原文和译文另附，译文原见湖南人民出版社一九八三年本人编译的《英国诗选》，将见与原文对照在商务印书馆出版的修订本）。"

　　② 《诗双月刊》本此处无"，"。

　　③ 《诗双月刊》本在此句后加了一段随文附注："（原文和译文另附，译文原见湖南人民出版社一九八三年《诗苑译林》本人编译《英国诗选》，将与原文对照，另见北京商务印书馆行将出版的修订本）。"

雪莱：英国人民歌

卞之琳　译

英国的人民，为什么犁地
报答老爷们踩你们成泥？
为什么辛勤劳苦去织布，
让那些恶霸穿华丽衣服？

为什么你们从摇篮到坟冢
尽供给和保养那许多雄蜂？
他们不感激，还经常坚决，
要喝干你们的汗——再加血；

英国的蜜蜂，为什么打造
那许多式器，铁链和镣铐
叫这些无螫的雄蜂来掠夺
你们辛劳生产的成果？

你们可尝过安闲的滋味，
有丰衣足食，爱情的温慰？
你们买什么，用这种高价，
付出了痛苦，付出了惧怕？

你们播种子，别人来收获；
你们找财富，别人来收罗；
你们织衣裳，别人来穿用；
你们造兵器，别人来搬弄。

播种子，可别让恶霸来收获了；
找财富，可别让骗子来收罗了；
织衣裳，不要让懒虫穿用吧；
造兵器，为你们自卫来搬弄吧。

缩进你们的地窖、小房，
别人住你们装点的厅堂。

干嘛挣你们打造的铁链？
你们炼的铜向你们瞪眼！
用犁头、锄头、铁锹和布机，
你们给自己构筑坟地，
你们给自己织造裹尸布，
等大好英国做你们的陵墓。

（原诗作于 1819 年，最初发表于雪莱夫人编《雪莱诗全集》
1839 年初版本）

第一本中国学者撰写的英国诗通史

——简介王佐良著《英国诗史》[①]

（南京译林出版社 1993 年初版，558 页）

一般公认，外国诗译成本国语才会在本国发生显著的影响，显著的积习[②]作用或消极作用。英国诗开始译入汉文（还是在通行以文言写诗的时代），差不多已有一个世纪。不少中国人从原文大致了解英国诗各时期各流派演变梗概，也由来已久，但能在中文里条理分明一瞥英国诗具体的发展轨迹，还是现在王佐良教授给我们提供了机会。

尽可能正确、全面了解英国诗演变真相，是今日中国诗创作、学习与诗评论、教学的借鉴所需，对外发言的条件所必备。而中国学人对英国诗的通盘反应自当显得另具只眼，亦即不是"随人说短长"，限于泛泛的因袭、搬弄。这本书著者在序言中自谦所说的"一家之言"，正是表现了中国特色，实事求是，深受中国社会现代化修养的特色。

"具有中国特色"，能用到这个场合，恰恰就因为首先并非拿"中国特色"强加诸英国诗史实。书中从古英语、中古英语、近代英语分期讲英国诗的演变，自然不是杜撰，而是遵循了不可能随心所欲加以改造的现实骨架，这样放在历史、社会、语言、文化的背景里来展示，更显得脉络分明。把英国诗如实安排在三个时期，受四种语言、文化的相互激荡与融会，全面的轮廓就一目了然而耐人寻味。

全书表述，厚今不薄古，分寸合宜；源与流，呼应得当；分析内容，结合形式；点出继承与发展，传统与创新之间并不脱节，也有我国清代诗人赵翼论诗所记的"万古传"与"不新鲜"的辩证关系，而处处以诗例充实，更加重了分量。

[①] 本篇原载《外国文学》1994 年第 2 期，第 84—85 页，署名"卞之琳"。本篇从未入集，《卞之琳文集》也未收入此篇。此据《外国文学》本录存。

[②] 此处"积习"，原刊排印有误，从上下文看，当作"积极"。

论从史出，本书的叙述基本上也就是立论：再具体一点，可举这段话为例：

> "在文学潮流的消长起伏里，常有一种现象，即后起者急于清除的，往往不是真正的敌人，而是表现出哪怕有微细不同的前驱者。"（页212）

具体到流派，到人，著者例举十九世纪浪漫派诗人华兹华斯（现在大家较多用这个约定俗成的汉语写法，在汉语拼音里变成了 Huazihuasi，而不用本也是约定俗成的另一个汉语写法"渥兹渥斯"，较合汉语拼音规范的 Woziwosi）与十八世纪古典派（只是形式上）格雷的关系。

著者提及浪漫派诗人拜伦写讽刺诗行的"倒顶点"修辞手法、[①] 例如

> 骑马，击剑，射击，他已样样熟练，
> 还会爬越碉堡——或者尼庵。（页280）

其实著者没有明说，这个"倒顶点"手法还是十八世纪新古典派代表诗人最擅长的一手，例如

> 伟大的安娜！三邦臣服的陛下，
> 你有时在这里听政——有时喝茶。
>
> （蒲伯：《海姆普敦宫》）

就全书而论，瑕疵总是难免的，虽然基本上厚今不薄古，可是接近收尾的第十七章"二战中的英国诗人"和第十八章"世纪半的诗坛"比较起来写得似乎匆促一点。这也难怪，这一时期英国诗产品，除了在前两章里已经论述到的艾略特、奥顿等的一些以外，重要的不多，而且受时间考验还短，较难选作评骘，但是这样显然已远比西方当代一些中国学家肆言中国新诗现状的文章较少实际的隔膜，大概因为同样在世界各大语种中，既似最易实为最难的英语和汉语之间，比较起来，我们的更具悠

---

① 此处"、"疑是原刊误排，或当作"，"，下一段同样的句式可证。

久的历史文化背景的文学语言，一般更难为英美人掌握到一定高度的缘故吧。

最后，本书既以诗例丰富见长，也就在这方面较易暴露不足处，就是，译诗质量，总的说来，已比一般书刊上常见的，高出不少，略嫌水平不齐，当然译例远不足尽可能相应在声韵与神味上传达了原作的真面目，尚可改进，日后也不难改进。

"总有些诗篇，经得起翻译"①

我理解秋吉教授②，和我同享我们两国人民都有所贡献的东亚文化传统，读起我的诗来，比一般欧美人按理可能较易克服理解的困难。但是我虽然不懂日文，料得到用日文译起我的诗来，在有些方面，要比用语法上简单、灵活、富于韧性的仅次于汉语的英文来译，可能更困难一点。首先，如果我了解不错的话，日本诗，限于语言结构，是一向不押脚韵的，而中国传统诗却都是用韵的，而且从《诗经》到《花间集》及其后的宋词慢调，以至今日还多少在甘肃地方上流行的"花儿"调真正民歌，不仅用韵，换韵，也还用西方传统诗律中至今也惯用的随韵（aabb）、交韵（abab）、抱韵（abba）以至阴韵（feminine rhyme）。我的诗作，虽然也常用"五四"运动以来白话新诗人从西方引进的自由体（verse libre），却有不少我有意按现代汉语的客观规律，就用自以为可与西方传统格律诗体相应的白话新格律诗体，在建行（verse-regulating）中较谨严试用合乎现代汉语说话规律的节拍单位（metric units）使各行长短整齐或对称，而且按内容需要，试用了今日中国几已失传的多种韵式（rhyme-schemes）。即使用语法也较能容许松动的英语译我这类格律体诗，要保持原貌，也确乎是不可能的（我自己也曾几次作过失败的尝试），在日语翻译里当然更无从说起。补救之道，权宜之计，只有把我的诗（不论是否自由体）一律译成自由体，不必如我自己平素严格要求汉译格律体西诗

---

① 卞之琳为日本学者秋吉久纪夫翻译的《卞之琳诗集》所写的序言《难忘的尘缘》，先在台北《联合报》1991 年 4 月 9 日、10 日第 25 版"联合副刊"连载（其最后一小节标题即为"总有些诗篇，经得起翻译"），该序稍后改题《难忘的尘缘——序秋吉久纪夫编译日本版〈卞之琳诗集〉》重刊于《新文学史料》1991 年第 4 期，并收入《卞之琳文集》，但均略去了"总有些诗篇，经得起翻译"这一小节文字。此据台北《联合报》本录存这一小节。

② "秋吉"全名秋吉久纪夫（1930—　），日本学者、翻译家，九州大学名誉教授，多年来致力于中国新诗的翻译与研究，出版了《卞之琳诗集》《冯至诗集》《穆旦诗集》等 10 部译诗集，多由日本土曜美术出版社出版。

还得相应保持原诗形式，以免误人子弟，使新诗作者误受影响，为患无穷。我相信总有一些情调与意境自具特色的诗篇，还是经得起翻译的，也会像纯音乐一样，不会发生语言传达障碍的。不管在译入的语种里如何变形，它们的基本面目和韵味是扭曲不了的，在一位知音、解意、忠实、认真的能手笔下。我相信秋吉教授是这样的一位能手。

读志志感
——汤家乡志（代序）①

从宏观到微观，从微观到宏观，从大识小，从小见大，一方面从昨日也可以瞻望明日，一方面如列宁所说"想想过去"当然也有利于迎接未来，二者都互相依存——辩证唯物论和历史唯物论，也就包含了这种关系的认识。

实事求是说，我所出生而久违的故乡，海门县旧汤家镇（现属汤家公社），是小地方，历史浅。故乡同志，出于热爱祖国，热忱拥护中国共产党人及其指导思想——结合中国实际，有中国特色的马克思主义，热心要实现目前提出的社会主义现代化的宏伟目标而编写一本社志，仅管②人力薄弱，水平不齐，竟编出了一本厚厚的志书，想必多少会推动各地编集资料的有意义工作，可喜可贺。

说地方小，江苏海门本是个小县，沿江一带，特别是现名汤家公社地区范围内，约从原长圈镇以东到太平港以西，由于从清朝到历届反动统治到日伪占领时代，堤防长期不受关心，听其自然，后来突受崇明岛西北角涨沙的影响，在长江北口水流折向东北的势头里首当其冲的结果，到50年代中期后，坍没了一大块沃土（我家在玉龙桥西的小小祖茔，原还算翠柏成林的，也已被江水吞没个痛快）。后来行政区域另行划分，海门县东临大海一部分属地（和南通县吕四地区一起）划归了启东县，只补偿到语言基本上属于下江官话大系统，风俗习惯也迥不相同的南通县一部分，虽然海门倒是语言与启东完全一样，与崇明也差不多毫无区别，同属吴方言系统，而风俗习惯也同江南相近。海门县，人多了，面积还是

---

① 本篇原载海门市地方志编纂委员会编《海门县志》，江苏科学技术出版社，1996年1月出版，第1080—1081页，署名"卞之琳"。本篇从未入集，《卞之琳文集》也未收录此篇。此据《海门县志》录存。

② 此处"仅管"，疑是作者笔误或原书误排，当作"尽管"。

更小了。而工农业至今的发展，比诸同省其他许多县，特别是今常州、无锡、苏州市区所属各县，还是瞠乎其后，在全国省份当中，即使不算"后进"，也得算"中不溜儿"，还不是"发达"地区，只能算"发展中"地区。大家讲突出事物是"典型"，我想可否不妨把比较还处于中间状态的事物亦即"发展中"事物看作"典型"。要是能这样说，那么海门县和现在所谓的"汤家公社"也就是这种小典型。

论历史浅，据我所知，仿佛元朝倒曾经有过一个海门县，那可早就塌入江海之中，与今日的海门完全无关。今日的海门大约清初才出水，都是沙洲（从旧地名上也可以看出），洲洲相连，崇明人就近移民开发，再加上太平天国时期，不少人避战乱从江南各地前来定居（例如从溧水迁来的我老家四邻——严格说是"三邻"，因为旧汤家镇西市北边是一条小横河流入我老家西侧的小竖河，河西河北就是农田，——对门除了西南有一个原为崇明人的地主大户的杨家仓以外，秦家或陈家来自常熟，西邻闵家来自常州，东邻方家来自江阴）。这些沙洲相连后又与长江北岸南通县属相连，再与启东县属连成一片（启东是1927年北伐战争后才另设县的，以前还一直叫"崇明外沙"）。因此海门人过去在上海都被人称为崇明人，而海门乡下人也还对"海门"这个名字有点生疏（事实上县治所在地也只是茅家镇）而自称"北沙"人（一般指崇明岛为"大沙"，今启东一角为"外沙"，海启相邻的东部地区也混称"下沙"）。

海门在清末设置省属直隶厅，除了一小部分"通划地"以外，大部分是"崇划地"。旧汤家镇和今已不存的崇海镇沿江水乡地带是纯属"崇划地"。今日的海门至多还不过有二百年来的历史，本地区开发初期从崇明过来的杨家武解元的事迹在民间流传较广，但多少是民间传说，几乎是和"石大郎"优美神话一样。二百年来出生本地、遐迩闻名的只有张謇①

---

① 张謇（1853—1926），生于江苏省海门直隶厅长乐镇（今江苏省南通市海门区常乐镇），考秀才时托籍江苏如皋，后恢复通州原籍，光绪二十年（1894）高中状元，后成为中国近代著名实业家、教育家、金融家。

一人。他是清季恩科状元，以借用通州大方方①籍贯考中的，后来外边人称他为"张南通"，本地老百姓叫他"张四"，实际上出生于海门常乐镇，发迹后还在常乐镇保有家宅，讲的也属吴方言系统边缘的海门话。他在南通、今启东和海门首先建立纱厂（一厂、二厂、三厂）不仅在江、浙两省，在全国也属创举。现在他还被追认为历史上首屈一指的"民族资本家"。以后较有名声的稍多，例如茅祖权等；更后，政治界有季方等，学术界有陆侃如（出身②在海门"下沙"三阳镇）、耿淡如（佐军、曾任复旦大学教授，出身在早已淹没的虹桥镇附近），抗日战争和解放战争前后，军政界有茅珵，梅永熙等，文艺界有王尘芜，远比不上本省各地的古今"名士"多。但是历史浅也就是地方新的标志。美国历史也浅，却在经济上以至文化上就比古老欧洲发展得快。基础差，我们也可寄予发展快的希望。

我自己从1927年到上海上学后，只有寒暑假回乡，1929年到北平上学后，几年才回乡一次，后来10年（包括抗战8年）才在国民党全面发动内战，地方形势不明的时际，悄悄回老家探父，住过一夜，全国大半解放后只回乡两次，每次几天，以后又隔10年，我在"文化大革命"后期回乡两三天一看，不仅崇海镇已不见，旧汤家镇也濒临坍陷，正如四人帮把全国经济、文化各方面都搞到濒临崩溃一样，面目全非，树竹稀少，水田荒废，自然生态失常，水不见鱼，树不栖鸟，又经历了一番沧桑。因为离乡到今，可算半个世纪了，对故乡所知极少（不是不关心而是要关心的面太广，也没有与封建意识难解难分的狭隘乡土观念），现在这本地方志却使我耳目一新。

现在也就从突出的两个方面说说我的感想：

---

① 此处"大方方籍贯"疑有误，也许当作"大方家籍贯"或"大方之籍贯"，"大方家"即有名望之家。按，张謇祖上三代无功名，是所谓"冷籍"，科考需要多出报考费。为此张謇在老师安排下结识邻近如皋县张驹，张驹同意张謇冒充其孙子，改名"张育才"得以报名注籍，经县、州、院三试胜出，在如皋考中秀才。但从此如皋张家就要冒名事来要挟张謇，并将他告上公堂。幸而得到当时通州知州孙云锦出面调解，将此事上报给江苏学政，继而上书礼部。到张謇20岁时，礼部同意张謇重填履历，撤销控案，恢复其通州原籍。

② 此处"出身"疑有误，或当作"出生"。下同不另出校。

第一，如今在 10 年浩劫后，尤其从我们党的十一届三中全会以来，仅就汤家公社范围看，也就发生了巨大的进步变化，特别在工农商联营这一点上，虽然还远比不上去年我在沙洲县欧桥大队参观所见，却也非我过去梦想所能及了。更大的发展，事在人为，也大有望。

第二，故乡所以有今日，也像全国一样，是在我们党的领导下，众多革命先烈流血牺牲，打下了江山。海门的这一角地方，虽没有像别地方出现过超级革命风云人物，却也有与人民群众同呼吸共命运，将生命奉献给故土的这么多先烈！这也值得我为故乡自豪，并深受教益。

我个人微不足道，对祖国，对故乡，为党为人民没有作出过什么贡献，这本志书，竟也为我列传，只能令我惭愧。为了不使故乡编志的热心同志失望，只好订正和补充一些事实，略加降调。辛劳的编写组同志在上级领导的指引下，一再要我为书写序，更愧不敢当，一再固辞不获，也就算义不容辞吧，现在写这几句，也就略表我的感慨与感愧之情。

1984 年 11 月 9 日于北京

六　书简辑存

卞之琳一生写了不少书信，包括致亲人的家信，致师友、编辑以至读者谈诗论学的书札，等等，很有史料价值。其中一些书信在卞之琳生前曾经发表过，有的则在他身后逐渐披露于报刊，还有一些已流入拍卖市场，更多的仍散存于收信人或其家属手中。此辑收集了已披露的或可得见的卞之琳书信。所收书信尽可能注明来源，并于题注中交代对各信写作时间的考订意见。家信集中编排在前，按时间排序。其余致友人等等的书信，则统一按照收信人姓名汉语拼音排序，收信人为组织和机构的，亦按照其汉语拼音排序，收信人不详的两封则按发表时间排序，所有致友人的书信都以"致某某"为标识，原有标题的则在附注中加以说明。有些书信手迹中无法辨识的文字，则以□代替。

卞之琳家信（五十一封）①

一、致父亲卞嘉佑（九封）

第一封（1940年11月2日）②

父亲大人：

前到昆明时，曾上一禀，谅早到达。当时因行踪未定，故未告以住址。以后曾接四川转来一谕，得悉种切③，深以为慰。男现已改就西南联合大学教职，已于半月前开始上课。联大为从前北京、清华、南开三大学合在一起的临时组织，因历史关系，情形比川大为优，惜因最近云南空袭频繁，学课进行，颇受影响。前言事情决定后当设法按月寄款，但此间昆明生活程度比西南数省中任何处为高，月入仅足够伙食零用，且邮汇不便而贴水复大，此约又不能履行，虽觉疚心，亦无可如何。将来上海方面大致陆续有些稿费，可设法就近转寄家乡。另一笔小书译费发给时当寄三姐。士春情形有无改进？志明生意如何？二姐想

---

① 卞之琳的这批家信由其外甥施祖辉提供，其中第1—9封系致父亲卞嘉佑，第10—12封系致姐夫施志明，第13—21封系致二姐卞锦绣，第22—48封系致外甥施祖辉，第49—50封系致外甥施祖尧，第51封系致施祖辉女儿施春柳。最早一封写于1940年，最晚一封写于1999年。同一收信人的信件按时间排序。这些家信中的15封曾收入施祖辉编《卞之琳纪念文集》，海门市文史资料第18辑，2002年12月印行，因此书是内部刊印，传播不广，鲜为人知，故将此书中所收15封家信一并校录于此，以便参考，《卞之琳纪念文集》间有误释，兹与订正，不一一说明。

② 《卞之琳纪念文集》标此信为"家信之一"，编者施祖辉有说明云："此信写于1940年，云南昆明西南联合大学。卞之琳从1937年10月到1940年暑假，在成都（后在峨眉山）的四川大学教了两年英语，因1938年暑假到1939年9月去了延安及太行山抗日前线，在川大受排挤。故在1940年暑假后去有'民主堡垒'之称的西南联大任教。此信为在联大任教后的第一封家信。"据此，此信当写于1940年11月2日。

③ 《卞之琳纪念文集》将"种切"误录为"种种"。其实，"种切"是旧时书信中常用语，意即"种种"。

还好。①久未给他们寄信，但非完全忘怀，话无从说起，索性懒得说也。此间虽常在轰炸中，个人危险性不大，望勿念。敬请福安。

男　琳　十一月二日

第二封（1945 年 8 月 17 日）②

父亲大人：

将近一年来音讯阻隔，倍增忧念。八年抗战终告胜利结束，举国欢腾，个人忧患，亦得暂释。现待交通一有办法，课务一告段落，当即东返省视，畅叙种切。八年来精神物质受打击不小，无大建树，幸在学术界地位渐为增高，或尚不负家声，堪以告慰。刻乘抗战尚未完全终止，善后尚未办成，拟即将两年前完成中文初稿之长篇③一部加速完成其英文译稿，亦算对国家作一点小贡献。下年仍在联大。余俟续陈。敬请福安。

男　琳　八月十七日

第三封（1946 年 9 月 8 日）④

父亲大人：

近来福体安康否？二姊来信转到后未即作覆，颇为疚心。家中困境，自所深知，亦未尝不日思有以解救，无奈数月薪金，预支后一路用来，

---

①据卞之琳外甥施祖辉所言，"舅父是外祖父继室薛氏所生。外祖母所生除舅父外，还有两个姐姐，一个弟弟（弟弟七岁时夭折）。我母是和舅父一母所生的大姐，因前母有个女儿，故日常就叫二姐。我母在舅父北大毕业前夕结婚，婚后未离家。"（施祖辉：《卞之琳的童年》，《中国现代文学研究丛刊》2011 年第 3 期）。据此，此信中的"二姐"及其他家信中的"二姊"当指同母所生大姐，"三姐"是同母生的二姐（"二姐""二姊""三姐"是同父所生姐妹的排行），"志明"是卞之琳二姐夫施志明，即施祖辉的父亲。

②写此信的"八月十七日"当是 1945 年 8 月 17 日，其时抗战刚刚胜利，卞之琳仍在昆明的西南联大任教。

③此处所谓"长篇"当指卞之琳的长篇小说《山山水水》。

④据张曼仪《卞之琳生平著译年表》所述，1946 年 6 月卞之琳复员北返，6 月抵上海，7 月初去无锡住太湖边广福寺，一月后"迁往联大同事钱学熙在无锡西乡的新渎桥老家住月余。其间曾到苏州张充和家过中秋节。9 月 17 日从无锡回上海候船北上天津"（张曼仪：《卞之琳著译研究》，香港大学中文系，1989 年 8 月出版，第 209 页）。据此，卞之琳此信当写于 1946 年 9 月 8 日，时将赴苏州，该年中秋节在 9 月 10 日。

早已告罄，只在上海预借得些微稿费，初来太湖边山寺中埋头著作，继又转至无锡西乡三十里外的友人家旧园继续数年未毕的英文长稿。现在八月终于过去，该月份薪水当可汇来，一俟到手，当即先拨一款接济家用与祖恩学费。因不久将北上，旅费与一切起码衣物亦须预办，手头恐仍不太宽裕，不过到校后，生活安定了，决当按月寄款。祖恩凭课卷看国文算学尚佳，英文还谈不上，不过到初中用功起来，尚不为晚。以后要他用自己名字，用自己的字迹给我写白话信可也。因有事到苏州来两天，仍回无锡，信仍寄原址，有变动时当即函告。福安。

男　之琳　九月八日

第四封（1947年8月14日）[①]

父亲大人：

月前离津时，曾得来谕，因到沪在即，未即作覆。原以为在沪当有一二月之勾留，或有回乡探视大人机会，不料到沪后即得通知，谓出国船期早定，手续亟待赴南京办妥，而家乡情形不明，不便贸然回里一行，自后十余日，日日忙碌直至动身来港。此次系前往英国，应英国文化委员会之邀，以先生身份往牛津大学从事研究工作一年，明夏即回。在战后英国生活亦苦，但精神上当较为愉快，工作当易见效，而此次出国并非作留学生，亦算得一小小荣誉，庶能告慰大人。南开大学允予休假一年，薪金扣除此次预借而用于作旅费贴补及治装费用之四五个月数目后，大部可接济家用。但汇款方法颇成问题。数月前汇至上海徐树谋家二十万元，闻迄未有海门来人前往领取，以后不审能否保持较密之接触。茅镇方面是否有可靠地方可以转款，麒麟镇与三厂市邮局能通汇若干，望能打听明白，当写信回国托友人办理寄款。在英国信址未定，待一个月后到达时即写信回来，当附写明英文地址之信封若干。船约于

①《卞之琳纪念文集》将此信标为"家信之三"，编者施祖辉所写说明云："此信写于1947年，香港。为卞之琳赴英国前的最后一封家信。"按，卞之琳1947年8月3日赴香港候船出国，下一封信开首说"路过香港时，曾上一禀"，即指此信，则此信当是1947年8月14日写于香港——此信信封上也标明"1947.8.14"。

二十日离港，希望一年后回来，国内情形已趋好转，得能在家乡团聚。余俟续陈。敬请福安，并候二姊。

男　琳禀　八月十四日

第五封（1947 年 11 月 3 日）①

父亲大人：

路过香港时，曾上一禀，谅早到达。自八月三日离上海至今，忽已三月。路上（连在香港十七日在内）费时几近两月，十月一日始抵英国。一路平安，堪以告慰。初到异国，一切未得头绪，直至上星期，才算安定下来。现在牛津大学作客（先生身份），住在校外，从事写作，同时与一般人士略作交游，十个月后大致总会得若干收获。家中情形，家乡情势，时以为念，深为焦忧。接济家用，本来勉可为力，只是汇兑不通，无可奈何。徐树谋处是否能取得联系？陆燕诒上海地址能否探听明白？望见告。陆兄或有法代为向家乡拨款也。但愿明年秋天局势澄清，回国时能回家探视，实所盼祷。此刻仅能遥祝福躬康泰，二姊一家大小平安如意。

男　琳禀　十一月三日

来信请用所附信封，其上一切开明，不必再添文字。可惜英国邮票不能在国内使用，否则当亦贴足矣。

第六封（1949 年 6 月 26 日）②

父亲大人：

将近两年，未通消息，仅在一年半前从上海方面转听到一点，原因主要是因为情势隔阻，也因为自己在这期间精神上也有痛苦的变化，心情

---

① 此信是 1947 年卞之琳初到英国所写，信末所署"十一月三日"当是 1947 年 11 月 3 日。

② 《卞之琳纪念文集》标此信为"家信之四"，编者施祖辉有说明云："此信写于 1949 年，是卞之琳从英国返回北京后的第一封家信。1948 年'淮海战役'消息传到英国，卞之琳即搁笔回国，途经香港，在党组织安排下，同戴望舒等化装乘船到达塘沽，抵京参加了第一次全国文代会，并被聘为北大西语系教授，信中流露出卞之琳对党和祖国的热爱，对未来的向往之情。"据此，则此信当写于 1949 年 6 月 26 日。

不好。虽然自己感到非常歉疚，但亦无可如何。现在只希望从今起能及时补过。好在目前全国局势已经完全改观，全国解放亦快完成，大家都可以重新做人了。

近来大人身体如何，二姐一家人情形如何，家乡一切如何变化，我都希望能详细知道，以便通信甚或亲自回来料理一下。邮汇到何处合适，亦请示知。

我现在已经回到北平，改在北京大学西文系任教（教授）。在英国原定只住一年，结果意外的住了将近一年半才动身回国。在香港等船等了两个月，终由中共党方面招呼了坐船到北方。

这边解放后，一切都焕然一新，不久全国解放了，前途希望无穷，令人非常兴奋。北平现在是中共中央所在地，许多重要会议都在这里举行，将来国都大致也就在这里。大家虽然穷，空气却热烈紧张。我们在大学教书的，生活不像抗战以来多少年那样的毫无保障了，大家忙于学习政治理论，了解当前策略，认真从各方面为人民服务。我自己十年前本就已经向这条路上走出了第一步①，只是当初认识得还不深，到了不同的环境里又有点模糊，因此走了许多冤枉路，现在想来可以弄彻底了。家乡的年轻人大致都已经头脑清楚了吧?

今年暑假已经开始，我因为工作紧张，怕不能回家一次。若然明年总一定回来。今年如果抽得出时间，我还是想法南下，哪怕只住一星期。这等以后再说吧，现在望不久能接到回信。

敬请福安，并候

二姐一家人。

男　琳禀　六月二十六日

---

　　① "我自己十年前本就已经向这条路上走出了第一步"，当指卞之琳 1938 年后半年到 1939 年前半年间的延安及晋东南—太行山根据地之行。

第七封（1950 年 6 月 2 日）①

父亲大人：

上星期由邮局汇上十五万元，想已收到，今日再汇十五万元，仍汇至麒麟镇邮局，请嘱祖辉持汇票，原信封，图章，找铺保前往领取可也。今年全国各地物价开始平稳，全国经济局面完全好转，不久当可逐渐走上繁荣的道路，此皆证明共产党领导之正确，全国人民所应庆幸者也。近来工作仍极忙碌，不能多写信。匆禀，敬请 福体康安。

男 琳 六月二日

第八封（1950 年 11 月 27 日）②

父亲大人：

接读来谕，甚为欣慰。本月因置备冬煤，装炉生火等必需费用，手头较窘，只能汇上三十万元，下月想仍能汇足三十五万元。结婚问题，一二年内，总可解决，请放心。年内因工作繁重不克分身，不能回乡探看，待明年再说。请告诉二姊，祖恩处亦久未来信，服务军事机关，常会如此，无须挂念。敬请

福安。

男 琳 十一月廿七日

第九封（1950 年 12 月 28 日）③

父亲大人：

兹再汇上三十五万元，近来教课工作，行政工作，领导政治学习工作，分外紧张忙碌，此款迟至今日始行汇出，下次决定于月中领到薪金

① 卞之琳归国之初有感于老家生活困难，自己稍得喘息即汇款接济家用，则此信末署"六月二日"当是紧接着 1949 年之后"全国各地物价开始平稳，全国经济局面完全好转"的 1950 年 6 月 2 日。

② 此信末署"十一月廿七日"，是接着上面"六月二日"那封信而写者，则此信当写于 1950 年 11 月 27 日。

③ 上封信（1950 年 11 月 27 日写）言"下月想仍能汇足三十五万元"，此信言"兹再汇上三十五万元"，则写此信的"十二月廿八日"当即 1950 年 12 月 28 日。

即行汇出。匆禀，敬请

福安。

男　琳　十二月廿八日

二、致姐夫施志明（三封）

第十封（1945 年 8 月 17 日）①

志明兄：

音讯久断，生活想更艰苦。幸抗战终于胜利，当稍能破颜为欢。八年来家父全仗照拂，感激似不待言。家乡想必疮痍满目。阖家近况如何？士春遭遇尤恶，一家人情形，几不忍探问。幸国家与世界大局今已得救，不出一年，定能重叙，徐图善后。近数年来同乡在此发国难大财者，颇不乏人，弟毫未存羡慕之心，而死守文化教育之岗位（且因为可以集中，从不兼事），生活虽苦，于心尚安。原先提及之较大计划，实即长篇一部，明夏定可告一段落。下年仍在联大。联大明年即将解散，其中北京、清华两校将迁回北平，弟属南开，亦将随校北返天津。信仍寄昆明西南联大。（联大在全国标准最高，教员资格亦最严格，教员分五级，助教，教员，讲师，副教授，教授，弟任副教授已二年，明年当再升一级，以前因恐不便，从未明言）。匆匆，不一。祝一家人都好。

之琳　八月十七日

第十一封（1946 年 3 月 31 日）②

志明：

又是几个月没有写信，家乡情况不明，国家情势堪虞，学校行动也

---

① 《卞之琳纪念文集》标此信为"家信之二"，编者施祖辉有说明云："此为卞之琳 1945 年在抗战胜利前后寄予姐夫的两封信，地点均为云南昆明西南联合大学。"据信中"幸抗战终于胜利，当稍能破颜为欢。八年来家父全仗照拂，感激似不待言"，则信末所署"八月十七日"当即抗战胜利之初的 1945 年 8 月 17 日。

② 据信中"八年抗战，一年复员"在即的情况，则此信末所署"三月卅一日"当即 1946 年 3 月 31 日。

没有决定，致一再迁延，直到此刻。最近大局总算稍呈光明，学校也切实筹划迁回平津，最晚至初秋总可以走了。海门消息难得见到，但看上海一带情形，也可以想见物价飞涨，你们生活一定都很苦，想设法汇款救急，可是自己月入差堪维持，有心无力。近半年来虽然生活稍稍稳定（因为物价渐与下江一带拉平），又得自己贮备一点路费（路途遥远，学校所发决不够用），且不说置备一点稍稍过得去的衣服。八年抗战，一年复员，把我们读书人弄得不成样子，虽然我个人的名位总算慢慢从讲师，副教授而就要在暑后升上正教授了。我原属南开，联大分校后，将去天津。经过上海，一定回家一次，若不等学校搬动，自己先想法走，可能两个月内就会到家。届时当从长面谈一切，好在为时也总不远了。父亲情形怎样？近来比已往更时在想念。听说眼睛不好，我也就暂不另写信，给你写了念给听，差不多也就一样。问候你们一家人。

之琳　三月卅一日

信寄昆明西南联大

第十二封（1946 年 6 月 5 日）[①]

志明：

我已到香港，在等船。从昆明坐汽车出发的日子是五月十一日（比原定日期晚了两天），经过贵州广西走了十几天才到梧州，转船到广州。一路很苦，费用亦大，但危险路程都已经平安通过，总算大幸。在香港赴上海。船票颇不易得，我在这里已经等了八九天，可能还要等上十天。开船了到上海就只要四五天了。到了上海，如家乡情势未趋复杂，当即回家。我们不久可以见面了。请告诉父亲和二姐等。

之琳　六月五日

又：汤镇四周地方最近情形请就能讲者（为了免惹无故的麻烦）酌量告知一二，以备参考。信寄至"上海西摩路一七五弄华业大楼四〇二室李

---

① 信中报告"我已到香港，在等船。从昆明坐汽车出发的日子是五月十一日"，乃指西南联大解散后卞之琳复员北返事，则此信末所署"六月五日"当指 1946 年 6 月 5 日。

健吾先生转"。在香港暂住于后庙道金龙台三号三楼千宅^①。

三、致二姐卞锦绣（九封）

第十三封（1950年12月30日）^②

二姐：

现在再汇上三十万元。半年来虽然物价已经微微涨了一点，每月薪金还是差不多，每到发薪前，总是不剩分文，所以只能还照这个数目汇钱。

前几天，祖恩从上海来信，说要报名进军事干部（军官）学校，征求我的同意，要我跟你解释，希望你也同意，我已经写了信鼓励他，我相信你也不会反对的。就不说年轻人对国家的责任，就从他自己个人利益看，我认为进军事干部学校也是一个极好的上进的机会。继续在那种小商店里干下去，实在没有多大出息，而旁的机会，一时也不容易得到，现在这样做，于国家于自己，倒真是两全其美。至于家用，我一定继续负担，倒不用顾虑。祖辉相当能干，他自己会想得出办法发展下去。倒是最小的孩子应好好管教，使他也成为有用的青年。

一直很忙，寒假也还无法回来，明年暑假或者可以回来看看。一切还好，就是忙一点。

祝好，并问候

父亲大人。

之琳　十二月三十日

---

① 此处卞之琳所写地址中的"后庙道"或即"天后庙道"，所说"千宅"当指时在香港的千家驹所租住的房屋。卞之琳1929年9月初入北大时即由途中认识的高年级系友介绍给时为北大经济系二年级学生的千家驹（详见卞之琳《又参商几度：追念罗大冈》，《卞之琳文集》中卷，安徽教育出版社，2002年10月出版，第203—204页）。查《千家驹年谱》（王文政著，群言出版社，2014年12月出版，第87—88页），有1945年"12月初（一说11月间）""'与陈此生、杨东莼等同行抵港'。租住在香港铜锣湾天后庙道金龙台三号三楼"的记载。

② 卞之琳的下一封信（1951年3月10日）说到外甥施祖恩入伍后"写来的几封信，知道他跟大家在一起，精神很好，学习努力，你可以放心"。此封信则说到"前几天，祖恩从上海来信，说要报名进军事干部（军官）学校"，显然其时施祖恩尚未入伍，则写此信的"十二月三十日"当是1950年12月30日。

第十四封（1951年3月10日）[①]

二姊：

我上次给父亲写信后不久，在二月八日（阴历正月初三日）随北京各大学教授组织的华东土改参观团，离开北京，到苏州专区的吴江县乡下跟工作干部和农民一同进行土改，昨天，三月九日，才回到北京。一路上因为团体行动，大家严格执行纪律，连离家乡几十分钟火车路程的团员，都不回家去看一看，所以我也没有抽出时间回海门看看父亲和你们，还是随团回来了。

回来后看到祖恩写来的几封信，知道他跟大家在一起，精神很好，学习努力，你可以放心。现在人民当家了，年轻人都想通了，眼光都看得很远，他们是将来的国家的主人，一定会把国家弄得很好。国家弄好了，社会进步了，大家才真正会幸福起来。从前我们吃了多少苦，都是有钱人和做官的害了我们，志明人很能干，也就是受了环境和恶势力作弄，落入了陷阱，上了大当。现在人民大家齐心努力，在党和政府领导下，一定会保卫好国家，建设好国家，因此子子孙孙都可以过好日子。我想你对于祖恩的热心参加军干校，一定会觉得真正光荣。如果我还年轻，我也去参加了。

至于经济负担，因为父亲必须跟你们在一起住，我本来也要经常寄钱的，目前大家苦一点，不久以后一定会好起来，多接济两三口人，将来会愈来愈不觉得困难。而且政府和人民都会关心军属。我们应该把眼睛朝前面看，不要朝后面看。将来的社会就是一个大家庭，和睦快乐的大家庭。

现在又汇上三十万元。以后每月都改在初旬头上汇出。

---

① 《卞之琳纪念文集》标此信为"家信之六"，编者施祖辉所写说明云："此信写于1951年，北京。为卞之琳先生参加'华东土改参观团'江苏之行后回京所写，主要就外甥参军问题和姐姐谈自己的看法。"据张曼仪《卞之琳生平著译年表》所述，卞之琳在1951年"春节后，作为北京各大学教师土地改革运动参观团成员，到江苏吴江参观并参加"（张曼仪：《卞之琳著译研究》，香港大学中文系，1989年8月出版，第212页）；卞之琳在此信中说自己"在二月八日（阴历正月初三日）随北京各大学教授组织的华东土改参观团，离开北京，到苏州专区的吴江县乡下跟工作干部和农民一同进行土改，昨天，三月九日，才回到北京"，则写此信的"三月十日"当是1951年3月10日。

祝好，代候

父亲大人。

之琳　三月十日

回来后工作更忙，所以迟至今日才汇出。二十日。

第十五封 (1951 年 5 月 30 日)[①]
二姐：

来信收到，祖恩常有信来，一切很好。他似乎在装甲兵团部门，就是机械化部队，不是普通的步兵、骑兵等部队。南边听说雨太多，现在或者已经好了，这边缺雨，最近下了几场，雨水充分了，于农作物有很大好处。这个月发薪又已经近两星期，因为忙，现在才把三十万元汇出。匆匆，祝好。

之琳　五月三十日

第十六封（1951 年 10 月 7 日）[②]
二姊：

来信收到，最近又得祖辉从学校来信，知道了一些家乡情形。一直没有工夫写信，连汇款也又推延了这么久。从本月起每次多汇五万元，一共三十五万元。因为我的月薪已加了十万元左右（这边薪水一般都比上海少，大学教授薪水差不多要少一半，而这边的生活费用也并不低，但大家都甘愿留在北京，因为这是中央人民政府所在，容易了解全面的政策，工作影响大）。下月汇款，也许接着就可以寄出。匆匆，祝好。并候

父亲大人。

之琳　十月七日

---

① 此信当是卞之琳接到外甥施祖恩报告其在新兵集训后正式分配到装甲兵的消息，因此写信向二姐略为解释，则写此信的"五月三十日"应是接着上封信（1951 年 3 月 10 日）不久的 1951 年 5 月 30 日。

② 此信的内容与上封信比较接近，则写此信的"十月七日"当是 1951 年 10 月 7 日。

第十七封（1952 年 3 月 14 日）[①]

二姊：

接到父亲辞世的噩耗，十分悲恸。春节前接到祖辉来信，报告父亲病状，当时我的感情实在波动得更厉害一点，因为我知道自己没有法子见到他了，所以写那封信我实际上已经当作告别信而写了，幸而信能在父亲临终前赶到，使我稍感到一点宽慰。两个半月来学校里一直进行着三反运动，这在我们教员中主要是一个新旧思想斗争的运动，非常重要。我们西方语文系教员（包括英、德、法文三组的教授，副教授，讲师，助教），除外国籍者以外，还有二三十人，都参加思想改造斗争，我恰好又在代理系主任，责任重大，实在谈不上回家省亲或送丧。接到噩耗（祖辉的第二次信），我正日夜紧张，没有就回信，想不到过了几天自己也连发高烧，病倒了，终于进医院住了几天，病还没有完全好，因为另有新的任务，只得提早出院。这次任务是应印度文化界邀请，与另外二位，代表中国文化界，去印度出席他们的文化界和平大会[②]，几天内就要动身了。现在我一边休养，一边准备。此去大约需要一个月的时间。最近手头窘极，幸而今天发薪，拨寄四十万元，其中一部份即作还债用。我是拿人民的小米，如为了迷信而铺张浪费，那就太对不住人民了！所以务请注意。现在还不抛开那些无聊的封建迷信，那就实在不配作新时代的人民了！其余债务，我当负责于几个月内设法还清（我住医院的钱也只能从月薪里络续扣还），请代为谢谢亲邻的帮助。下月份汇钱，可能要晚几

---

① 《卞之琳纪念文集》标此信为"家信之八"，编者施祖辉所写说明云："此信写于 1952 年，北京。之前卞之琳先生曾有一较长的家信，作为与父亲的'告别信'，可惜已失。"据张曼仪《卞之琳生平著译年表》1952 年之下所述，卞之琳"父亲于阴历正月初五去世"（张曼仪：《卞之琳著译研究》，香港大学中文系，1989 年 8 月出版，第 212 页），1952 年的"阴历正月初五"是公历的 1 月 31 日，此信写于卞父葬礼之后、卞之琳准备出国之际，则写此信的"三月十四日"当即 1952 年 3 月 14 日。

② 《人民日报》曾经报道 1952 年 9 月 12 日第三届全印度和平大会在朱龙多城开幕，其中提到"著名小说家安纳德博士在欢呼声中挂起了中国人民保卫世界和平委员会送给全印文化界和平会议与联欢大会（今年四月一日至六日在加尔各答举行）的锦旗"（《第三届全印度和平大会在朱龙多城开幕》，《人民日报》1952 年 9 月 17 日第 4 版），卞之琳此信中所说"文化界和平大会"很可能就是这次大会，但卞之琳等未能成行。

天，因为需要等我回国才办。

祝好。

之琳　三月十四日

因汇款关系，信封上仍用父亲名字。江志达曾有信来。

第十八封（1952年5月16日）[①]

二姊：

上次来信收到，没有就覆，并不是因为已经到印度去了，还是因为工作加倍紧张，无法分心。准备去印度，化了三星期工夫，一切就绪，却因为帝国主义反动势力的阻挠，终未成行。因为准备出国，自己也化了些钱，上月份领薪后，就不够寄一笔回家了。昨天又领了本月份薪金，还是不够宽裕，现在还只能汇三十五万元。以后几个月内，当逐渐设法把债还清。准备去印度期间，在校外部门参加活动，决定不去以后，回到学校的"三反"运动中来，分外忙碌。现在学校开始上课，业务工作又要重新整顿，百端待理。这在新旧过渡期间，人手短缺，也是当然现象。我现在成天忙，精神却是十分愉快，身体也完全恢复了（准备去印度期间，最初还相当虚弱）。祖恩最近又有信来，正预备作覆。家里想也会得到他的信，希望祖辉记得早一点覆他。过几天再谈。

祝好。

之琳　五月十六日

上次写信给祖辉，要他为你刻一颗图章，这次就可以用它取钱。汇票上须找铺号盖章。

---

① 从信中说准备去印度却未能成行的情况来看，则写此信的"五月十六日"当是1952年5月16日。

第十九封（1952 年 10 月□□日）[①]

二姊：

先父[②]安葬，未能南返尽礼，实是遗憾。所幸并非出于偷懒，而是由于为人民为国家抓紧赶工作，也算对不[③]起先人。也就因此，匆忙中连这个月的月款也一直拖延到月底才汇出（昨晚刚完成本月份工作计划）。这次汇三十五万元，不知够用否？听士春来信说，祖辉在麒麟镇教书，这样也好，教书也是崇高的事业，如自己肯努力，如自己才力适于别种工作，自然也会办到的。匆匆，祝好。

之琳　十月□□日

第二十封（1952 年 11 月 17 日）[④]

二姊：

前接祖尧来信，知道你害过病，已经好了。希望以后在经济条件的许可下，多注意营养，在饮食方面，不要过份节省。对于先父母，对于死者，我们尊敬他们，就在我们的诚心，不在照迷信风俗化钱。社会情形一般好转，大家的生活都会好起来的。目前也只有想法多生产。不久我的薪金可能调整到多一点（但仍不会赶上上海方面的标准），我就可以按月多寄十万八万元。这次我还只能汇三十万元，以后一两个月内可能还不会加多。我已经随学校搬到城外，最近就要到外边去工作，至少半年以后才回来，去的地方还没有定，如在南边也不一定有机会回海门一次。在我出外期间，每月汇款，学校方面会有人替我办理，大致会比我

---

① 此信所署写信时间字迹有些模糊，只能看出月份而看不清日期。查卞之琳父亲去世于 1952 年 1 月 31 日，暂厝待葬数月，但安葬期也不会超过本年。此信正说到父亲安葬，可以推知此信当写于 1952 年 10 月某日。

② 卞之琳此处用"先父"及下封信用"先父母"似有不妥。"先父（母）"是对他人讲到自己已谢世的父（母）亲时所用的敬词，但这封信及下封信是写给一母同胞的姐姐，则用"先父（母）"就见外了，下同，不另说明。

③ 此处"不"，疑是卞之琳笔误，或当作"得"。

④ 1952 年暑假北京大学文学研究所成立，卞之琳调入该所并随所迁至北京西郊。此信言"我已经随学校搬到城外"即指此。据此则写此信的"十一月十七日"当是 1952 年 11 月 17 日。

自己更能按时寄汇。祖恩最近大致一时还省不下钱来寄回家去。他在天津，最近有信来，我才知道他的新通讯址。我把祖尧的信转去了。他的通讯处是：天津 025/3 军邮第三信箱。我的通讯址是：北京西郊北京大学文学研究所。我出外期间，寄我的信还是由那里转。匆匆，祝好。

之琳　十一月十七日

第二十一封（1953 年 1 月 16 日）①

二姊：

前几天由人民银行汇出三十万元至汤家镇人民银行（听祖辉说可以这样汇）想已收到。这笔钱迟迟至今才汇出，原因是：我要到浙江乡下去工作十个月，路过上海，原以为可能回海门几天，随身带给你们，现在情况不允许回来，所以还是到上海交银行汇了。十二月薪水这几天也该发了，我已托北京大学方面直接由银行汇四十万元到汤家镇，因为在阴历年前这是最后一次汇款，所以多汇十万元。以后每月可能也多汇五万至十万元，但目前还不能完全决定。每月三十万元则决无问题。我都托学校方面直接交银行汇，大概每月中旬汇出，比我自己办反而会准时一点。等我从浙江出来以后（大约在今年秋冬之间），在回北京以前，我一定回海门几天看看你们。到浙江乡下，住址定了，我再给你们来信。我就要离开上海了，可是你们能写一个信到上海，告诉我钱由银行汇没有什么不方便，这样也好，因为信到上海，我已经不在上海，就会由这边收下，为我马上转过浙江去。信寄："上海武进路三〇九弄十二号上海文协"我收。可是千万不要托人来找我，因为一定找不到我，白跑一次，没有意义。我到浙江乡下住定后一定就给你们写信。

祝好。

之琳　一月十六日

---

① 据张曼仪《卞之琳生平著译年表》1952 年之下所述，"年底往上海，决定以浙江新登（现属富阳）合作化先进典型城镇区为工作与生活基地"（张曼仪：《卞之琳著译研究》，香港大学中文系，1989 年 8 月出版，第 212 页），正与此信所说情况相合，则此信当是旧历 1952 年年底也即公历 1953 年 1 月 16 日在上海所写。

四、致外甥施祖辉、施祖尧及施祖辉之女施春柳（三十封）

第二十二封（1949 年 10 月 4 日）[①]

祖辉：

我从海门出来在上海只匆匆的停了三四天，就赶回北京。到后工作太忙，也因为没有什么特别要紧的话要说，所以迟迟未曾写信，只在上月初发薪后就汇了一笔钱。本来想等到下半月再寄一点钱，结果因为不够用了，又迟到这次的发薪。今天我已汇出三万元，仍汇给祖恩托人带回家，因为海门邮汇不通，不然当可以直接汇回来了。下半月我一定再汇一万元。以后我希望每月能照这个数目汇钱。

张家婆晚年落到这个地步，实在也是社会造成。我这次回来看见她成那种样子，实在感觉到无可奈何。现在她虽然算是不再受罪了，听说到她物故的消息，总不无感触。我们都应为将来的社会努力，叫这种悲惨的现象不再发生。

关于你的出路我未尝不关心，只是目前还没有什么机会。不过看情势的发展，一年内总有许多改进，机会总不会没有。目前在乡下，应尽可能的学会劳动，特别是对于劳动的态度。一方面自然得多读书。上次我并没有托你哥哥买书给你，只托他给你买笔和墨水。余下的钱（一共三万元，二万元托带回家，另一万元中除下为你买文具所需多下来的钱）本来要他留下买文具或零用，大概他上次听我说要给你买些书，他就给你买书了。书我想还是我自己来给你寄，因为这样你可以得到目前正急须看的书。过几天我就给你寄几本来。你的字也需要学好一点，国文也该弄好一点。给我的信不妨纯用白话写。

下次来信希望把家乡的物价报告一下。

---

① 据张曼仪《卞之琳生平著译年表》所述，卞之琳 1949 年"6 月参加全国文学艺术工作者代表大会，分配在南方第一代表团，被选为中国文学工作者协会（后改为作家协会）理事。会后随代表团到上海，回海门探视父亲"，"10 月 1 日在天安门广场参加中华人民共和国开国大典"（张曼仪：《卞之琳著译研究》，香港大学中文系，1989 年 8 月出版，第 211 页），此信则说到"我从海门出来"及"前几天这里庆祝人民共和国成立"，由此可知写此信的"十月四日"当是 1949 年 10 月 4 日。

前几天这里庆祝人民共和国成立，热闹了一阵，现在大家正开始紧张工作。

愿你努力。代为问候外祖父和母亲。

之琳　十月四日

又：信封上在"xxx先生"底下也不要再用多余的"展"或"启"等字了。

第二十三封（1950年1月20日）①

祖辉：

你所写各信中只有最近两次才收到。只要信封上写清楚，不会寄不到，用不着寄快信（快信也不会快多少），或者为了保证信从上海走，不在江北转辗传递，信封上"北京…"一行字旁边，不妨加几个字："由上海转"，放在（）里。

这半年实在忙得很，教书已经够费心力，还要管点事情。难得有空，有空的时候，因为身体精神都疲乏了，写信也都提不起劲来。你的出路问题我自然没有忘记，可是目前还是没有什么机会，今年经济建设的推行一定会加速，机会或者会多一些。乡下除了自学以外，有什么会，有什么运动，都须参加，增加知识，增加工作经验。祖恩在上海参加了工会，就在各方面得益不少。出路问题也会逐渐容易解决。至于书，我一直忙得没有工夫去找合适的买来寄给你，这几天我一定去书店找一些寄出。

因为这里半个月发一次薪，平时向无积蓄，而且从英国回来的时候负了一点债还没有还清，所以也只好每半月汇回一次钱，除了来信所说十二月初旬汇出十万元以外，十二月下旬另有十万元已由祖恩托人带乡下，元月初十万元也已经到上海，预备带乡下。照目前情形，每月可以分两次一共汇二十万元，因为这里和海门还不通邮汇，所以只好汇上海，多许多麻烦。今天我就去再汇一笔钱，这次多加五万元，一共

---

① 卞之琳在此信中说自己"从英国回来"，需偿负债所以给家中汇款不多，并嘱咐家人给其父"购置衣料或其他需用品"，则写此信的"一月二十日"最有可能是继上封信（1949年10月4日）之后的1950年1月20日。

十五万元。如何给你外祖父购置衣料或其他需用品，请即写信告诉祖恩办，如需把钱全部带回也就告诉他这么办。

之琳　一月二十日

又：海门中学的情形你详细打听过没有？

第二十四封（1950 年 4 月 20 日）[①]
祖辉：

我很觉得歉然的是不能多给你写信，更歉然的是答应了给你寄书而始终没有寄，因为工作太忙，实在分不出心。以后信到一个相当时期总可以写一封，书一星期内我一定去选购几种寄出去。

家里房子我并非一定要空着，不做给人家用，我只以为后边还比较可住，自家最好住后边，如有人家住前边，也就用不着穿走。实际上原来住两家的收入也很有限，本来就不能靠了过活。我按月接济四口人简单生活，大致还做得到，虽然你们年轻的应特别学会生产。因为钱寄到上海，便人[②]少，有时一月两次寄到了，也并成一次带乡下，所以我改把两次并一次寄。这次四月十九日汇出四十万是上月中到本月中两次的合并。以后我还可以分两次寄，一次在每月月底寄出，一次在月中（十五号左右）寄出。本月底我就可以寄一次，（三十号左右），二十万元。你最好把乡下主要粮价、必需品价随时告诉我，家中每月用多少也说明，这样我可以估计寄的钱够不够用。现在我就不知道照目前物价每月四十万够不够用。

之琳　四月二十二日

---

　　① 从内容看，写此信的"四月二十二日"当是接着上封信（1950 年 1 月 20 日）之后的 1950年 4 月 22 日。

　　② 此处"便人"指方便代为收款的人。

第二十五封（1950 年 5 月 26 日）[①]

祖辉：

信已经收到了十天光景，最近又特别忙一阵，这几天眼痛，牙痛，头痛，精神稍差，回你的信，十五日发薪后覆，汇出的钱都还搁着直到今天。

这半个月，我只能汇出十五万元，因这两个月物价落了，每月薪水也少拿了一点，上半月汇出二十万元后我这边就不够用，照目前情形，我想每半月汇十五万元，一个月三十万元，省得下的时候，一个月可能汇到三十五万元。这边发薪是在月初与月中。现在物价稳定，你们如果能等得，我就一个月合起来汇一次，等不得就一个月分开来汇两次。汇一次在我省事一点。保价信当然最方便，但能否寄，我还需要去邮局问。我也需要去邮局问是否现在北京跟海门通汇了。如能寄保价信或邮汇这十五万元就同这封信一齐发出，不然信先发，钱下星期跟下半月十五万元（共合三十万元）一齐由银行汇上海了。（下次发薪离今天正好七天）。

你要加入青年团，非常好。青年团也等于一个学校。热心为青年团工作，也就是一种教育，个人特长青年团自然也会考虑，自然也会设法给深造的机会，个人的出路问题也自然而然的解决了。现在不像过去了，不是某个人可以替某个人设法解决出路问题，所以要我个人来实在没有太多办法。

我一直觉得疚心的是答应了给你买些书，却一直没有办到，下星期我工作稍为轻松了，一定到书店去为你选买一些。

匆匆，祝好。

之琳　五月二十六。

拾伍万元汇麒麟镇邮局，请持石图章（卞瑞卿印）去取。并请找铺保打印。

来信封面上就写

---

① 《卞之琳纪念文集》标此信为"家信之五"，编者施祖辉并为此信加了三条注解："① 此信写于 1950 年，北京。""②（祖辉）全名为施祖辉，卞之琳先生外甥。本书家信及日期考证均由他提供。""③ 当时薪金以'折实牌价'计算，不是每月固定的。"据此，则写此信的"五月二十六日"当即 1950 年 5 月 26 日。

"（由上海转）北京府学胡同北京大学宿舍"好了，不必写号数。我这里是十一号，不是八号。

第二十六封（1950 年 8 月 31 日）①

祖辉：

还是一直忙着没有回你信，连汇款也耽误了，月中的也并到月底一起汇了。这次还是汇三十万元。

我为了给你找书，也曾到书店去看过，可是书多得叫我找起来茫无头绪，不知道哪些书对你合适，匆忙中无法决定，所以还是没有买。就为了这点，我也觉得你能进学校，也实在最好。现在想来你已经去考了海中②，学杂费如能减免，膳费按月交，我想还可以负担。不管考取了或者没有考取，都赶快来一个信，我好考虑办法。如没有考取，我总得想法负责寄书了。

匆匆，祝好。

之琳　八月三十一日

第二十七封（1950 年 9 月 30 日）③

祖辉：

你已经考上海中，值得庆贺，希望抓住好机会，努力学习。我所发愁的是经济上实在负担不了，要是你取不到公费待遇。大学教授待遇本可以说不错，可是在北京就比在上海要差许多，而且这几个月来其他日用必需品略有上涨，算薪水的小米反而落价，所以手头又窘了许多。这次我给家里还只能汇三十万元，今日同时汇回汤家镇。你如在学校有急需（如买教科书等），可以从中暂用一部份，我过半个月再设法汇五万至

---

① 此信说及到书店为施祖辉买书事，正与上封信（1950 年 5 月 26 日）所说"一定到书店去为你选买一些"相应，则写此信的"八月三十一日"当即 1950 年 8 月 31 日。

② 此处"海中"当是"海门中学"的简称。下同，不另出注。

③ 卞之琳在上封信中嘱咐施祖辉"不管考取了或者没有考取（海中），都赶快来一个信"，此信开首即说"你已经考上海中"，显然是得到了外甥报告信后的回信，则写此信的"九月卅日"当是 1950 年 9 月 30 日。

十万元补家用所缺。学校图书馆有，而自己可以不备的书籍还是不要随便买，我也不另外买书寄回来，因为这也另外需要钱，而我又不知道实际上需要什么书。明天国庆纪念，盛况一定空前。匆匆，祝好。

之琳　九月卅日

第二十八封（1950 年 12 月 30 日）[①]

祖辉：

　　一直还是忙，没有多大工夫写信。最近读你两封信，看出你很积极，可是国文还是太差，应该注意。前些日子，接得祖恩的来信，说要报名进军事干部学校，我已经去信鼓励他，并且答应他的请求，写信去说服你们的母亲。我认为即不从青年人对国家的责任着想，就从他个人的利益看，在那种注定没落的小商店干下去实在不会有多大出息，而旁的好机会一时又不易找到，现在若能进军事干部学校，倒是正好。他半年来加入工会，加入青年团以后，一切都有极大的进步，这是一个可喜的现象。家用我一定照常供给下去，虽然半年来，薪金照旧，购买力已经稍差，我在这边，除了汇款接济家用，每月都还不敷，有时靠零星一点稿费弥补，答应另寄你三数万元，到今还不能兑现。我想《文汇报》之类用不着自己订，其他的书报我也不知道什么才正好合适，下月份我一定匀出两三万元来寄给你自己买要用的书报。《时事手册》我可以先找几本寄给你。我寒假不能回来，要等明年暑假看。匆匆，祝好。

之琳　十二月卅日

第二十九封（1951 年 7 月 4 日）[②]

祖辉：

　　想来你们学校也在结束学年功课了。我们这里虽然已经考完，还在

---

　　① 卞之琳在 1950 年 12 月 30 日致其二姐的信中说，"前几天，祖恩从上海来信，说要报名进军事干部（军官）学校"，在此信中也说，"前些日子，接得祖恩的来信，说要报名进军事干部学校"，则写此信的"十二月卅日"也应是 1950 年 12 月 30 日。

　　② 此信未署写作年份，据信中内容推测当写于 1951 年 7 月 4 日，详见以下两条注释。

做总结，拟订下年度教学计划，安排课程表，调整教师，接下去就得看新生考卷，编选教材，到暑假简直特别忙。前几天还在教育部开了五天关于大学课程的会①，同时又赶给出版总署服一点务②。此刻才写完了西语系英文组的总结，这次连汇钱都又耽延了许多天了。这次仍汇三十万元，请交家中。祖辉③常有信来，情形还好，只是老是奇怪家里为什么不写信给他。接信后就给他写封信，报告一下家乡情况，使他安心，以后也该常给他通通信。他的通讯址是：中国人民解放军 战车第二编练基地 四大 十五中 二区 四班。

之琳　七月四日

第三十封（1951 年 7 月 12 日）④

祖辉：

　　你有决心参加军干校当然是可喜的事情。可是你要我为你解决问题却叫我很为难。上次你哥哥来信说报名参加军干校，我立即毫无条件的表示赞成，而且竭力加以鼓励。这次情形可不同了，我觉得你应该考

---

　　① 此次会议可能指 1951 年 6 月 25—29 日教育部在北京召开的高等学校课程改革讨论会，内容为修订文、法、理、工各系及财经学院若干系的课程草案。

　　② 这可能指出版总署召集的"'五四'谈翻译"座谈会。傅雷在 1951 年 7 月 28 日致宋奇的信中提到"芝联来看过我，知道北京出版总署召集的翻译会议，是由蒋天佐（代表官方）、卞之琳、杨绛等四个人（另一人忘了名字）出面召集的，开过二次会，讨论应译的古典作品名单"（《傅雷作品集·通信集》，万卷出版公司，2018 年 8 月出版，第 146 页）。但主持此次座谈会的叶圣陶在日记中提到的与会者名单中有蒋天佐，并无卞之琳和杨绛。1951 年 5 月 15 日出版的《翻译通报》第 2 卷第 5 期刊发了《"五四"谈翻译（座谈会记录）》和《"五四"翻译笔谈》，发言者与执笔者也无卞之琳，但此期"翻译短论"栏目中有卞之琳《略谈翻译》、巴金《一点感想》、李霁野《翻译杂谈》、穆木天《关于苏联儿童文学的翻译》、雷海宗《成立"翻译工作咨询委员会"的拟议》等文章。据此推测，卞之琳可能参与了此次会议的组织与联络等工作，但未必出席。

　　③ 该信手迹左下角加方框注明"信中'祖辉常有信来'应是祖恩常有信来"，此注可能出自施祖辉之手。

　　④ 此信劝施祖辉不要报名参加军干校，并说"上次你哥哥来信说报名参加军干校，我立即毫无条件的表示赞成，而且竭力加以鼓励。这次情形可不同了，我觉得你应该考虑（不要参军）"，这显示施祖辉在看到哥哥参军受到舅舅卞之琳的赞赏后，也动了参军之念，故此写信征求舅舅的意见，此信当是卞之琳对施祖辉的回复。查施祖恩参军在 1951 年春季之后，则卞之琳写此信的"七月十二日"应是 1951 年 7 月 12 日。

虑，你哥哥走后，你家里只剩你们母子三人，母亲已经上了年纪，思想还相当落后，弟弟年纪还太小，缺少教育，无知无识，只有你算是有头脑的，在目前阶段里，你有就近开导他们的责任。你哥哥来信老是怪家里不给他写信，为了多给他联系来鼓舞他学习的情绪，你也有责任。我远在北京，担任的工作相当重，除了经济上不断接济以外，我不能再多分心照顾你母亲和弟弟的思想教育，他们与你哥哥之间的联系。现在如果你母亲怎样也不赞成，你就不管，万一闹出什么是非，也就于人民不利。你哥哥已经参军，你说要学工科，好好努力，于国家建设，也很重要。如果战争逼到眼前，那么随时放下工作，抗起枪杆都未尝不可以，哪怕母亲不答应，哪怕一家三兄弟全都从军了，也没有关系。你们年轻人也许觉得我这种说法太显得我落伍了，可是我们应该有热情，也应该实事求是。我希望你把我这封信给你们团部看看，给你们负责的老师看看，加于考虑。他们比我更适于考虑这个问题，你该服从与遵从他们的领导与指导。我自己不坚持什么。

祝好。

之琳 七月十二日

如果在几年以后，如果你今年正是初中毕业班，问题也就不同一点。可是你不管批准不批准，一有号召，立刻报名，主观上总是很好的表现。

第三十一封（1951 年 10 月 19 日）[①]

祖辉：

接读来信，知道父亲体力愈来愈衰，已经不能起床，十分忧虑。虽然封建社会的家庭观念，在我早已非常淡薄，父子之间的正常感情，我不常

---

① 《卞之琳纪念文集》标此信为"家信之七"，编者施祖辉所写说明云："此信写于 1951 年，北京。卞之琳先生表达了对父亲的牵挂之情，也说明了自己对家庭问题（如婚姻、过继）的一些看法。"此信说："接读来信，知道父亲体力愈来愈衰，已经不能起床，十分忧虑。"按，卞之琳的父亲是 1952 年 1 月 31 日去世的，卞之琳写此信时其父已身老力衰、卧床不起，则写此信的"十月十九"当即 1951 年 10 月 19 日。

表白，却也没有忘掉。父亲年老，我未尽照料之责，想起来总感到疚心。我因为工作关系，离家太远，无法抽空回来探视，去年春初到吴江参观土改，经过上海，不想假公济私，回海门一次，这是完全正确的态度。这两年职务上工作愈来愈紧，去年暑假代理系主任职务，已经够繁重，最近一月来再度代理，正逢教员思想改造学习，负领导责任，工作更加重一层，现在放寒假全部时间精力都集中在学习与领导学习上，这两周进行三反运动，紧张情形，更一言难尽。你当然了解我寒假为什么不能回来了。今年暑假北大大部份迁出城外，清华、燕京两大学外语文系的英、法、德部份调整到我们的系来，又会是空前繁忙，但你不妨告诉父亲和你的母亲，说我一定抽空回来几天。同时，请告诉你的母亲在家好好耐心照料父亲，也可以使我更安心工作，在她也算是为人民服务。全家饮食上也不要过份节俭，影响身体也是浪费。我决心要结婚的，也可以告慰父亲。至于你改名"卞晔"，我不以为然，改改名字还可以，如"祖辉"改"左辉"，但我也还觉得多此一举，改姓不但引起不便，而且恰好反映了一点点封建意识。你最好不要把心力化在这些事上。此次三十五万元，今天写了信还不能汇出（明日星期日），一月份听说提早发，可能不久又可以寄出。

　　祝好。

之琳　十月十九日

　　今天领到提早发的薪，再加汇下月份三十五万，共七十万元。但下次发薪，离今约有五十天，应注意。

第三十二封（1952 年 3 月 19 日）①

祖辉：

　　读来信，觉得你近来的工作与学习态度很好，我很高兴。可惜我一直

---

　　① 从卞之琳 1951 年 7 月 12 日复施祖辉的信中可以看出，那时施祖辉不安心于在海门中学的学习而想报考军校，在这封信里卞之琳则表扬施祖辉"近来的工作与学习态度很好"，这表明经过卞之琳的劝慰之后，施祖辉的学习有显著改进，则写此信的"三月十九日"应是距 1951 年 7 月 12 日较近的 1952 年 3 月 19 日。

很忙，分不出心来帮助你。祖恩处我还一直没有写信去。他最近没有给家里写信，一定不是太忙就是在行动中，实在都不用着挂念。现在再汇出三十万元。匆匆，祝好。

之琳　三月十九日

第三十三封（1952 年 4 月 17 日）^①

祖辉：

　　你要的书还没有买到，买到一本《斯大林时代的人》^②，内容可看，译文不一定很好，另包寄你。三十万元汇出，请交你母亲，并代问候。

之琳　四月十七日

　　这次给家里寄钱，还是用我父亲的名字，以后当用你母亲的名字，需要你设法给她刻一个小图章。她的学名叫"锦绣"，"绣"字笔划多，索性改"岫"字（国音里声音一样），所以就刻"卞锦岫"三字吧。

---

　　① 在父亲去世（1952 年 1 月 31 日）的最初几个月里，卞之琳汇给家里的款项仍沿用父亲的名字，自然也不会沿用太久，所以在这封写于"四月十七日"的信里卞之琳就附笔叮嘱外甥施祖辉道："这次给家里寄钱，还是用我父亲的名字，以后当用你母亲的名字，需要你设法给她刻一个小图章。"而在 1952 年 5 月 16 日致二姐的信里，卞之琳又特意附笔交代说"上次写信给祖辉，要他为你刻一颗图章"，这个"上次写信"的叮嘱指的正是这封致外甥施祖辉的信，则写此信的"四月十七日"当即是 1952 年 4 月 17 日。

　　② 《斯大林时代的人》，苏联作家波列伏依著，金人、林秀、张孟恢、刘辽逸译，作家出版社，1953 年 11 月第 1 版。据此则卞之琳此信当写于 1954 年 4 月 17 日，但这显然与刻图章的时间不合。复查另有《斯大林时代的人们》一书，汪国兴等选译，北新书局，1951 年 5 月第 1 版，是"新爱国主义　大家读丛书"的一种，或许卞之琳此信中所说正是此书，只是书名漏写一字，这就与此信写于 1952 年 4 月 17 日并无矛盾了。

第三十四封（1952 年 7 月 18 日）①

祖辉：

上次给你写信后没有再接到你的信，不知道你近来情形怎样。我上次对你的批评你觉得怎样？我现在还是认为你最主要的就是要踏实，不要放纵幻想。只要随时改正自己的缺点，努力学习与工作，每一个年轻人面前都放着一个远大的前途。我还是主张你继续在家乡读中学，以后问题很容易解决。

上月发薪后，一搁，我又把月款搁置到今天！因为手头窘，三十万元只剩了二十万，这个月也还无法补足这个十万元，所以现在汇出五十万元（上月二十万，本月三十万）。以后我想保证每月汇出三十万元。上处②办丧事的负债项，一共还剩多少，希望详细告我。

我们这里一边上课，一边忙于院系调整（北京四五个大学合理归并与重新设计）的工作。大家都还不知道自己下半年会在什么地方，许多人会应别处需要调出北京。我自己也可能到别的工作岗位去。决定到哪里去，当会告知你们。

祝好。

之琳　七月十八日

---

① 此信所谓"我上次对你的批评你觉得怎样？"指的是卞之琳 1951 年 10 月 19 日给外甥施祖辉的回信中严肃批评他："你改名'卞晔'，我不以为然，改改名字还可以，如'祖辉'改'左辉'，但我也还觉得多此一举，改姓不但引起不便，而且恰好反映了一点点封建意识。你最好不要把心力化在这些事上。"据施祖辉先生 2016 年 12 月 4 日致解志熙信中之解释，实情是"52 年 10 月（这个时间有误，应是 1951 年 10 月——编者按）那封信中批评我封建意识，那是十分怨（冤）枉的。因改名换姓这个点子是外公出的，目的是试探舅父要结婚否。当外公看到信中所说'我是决心要结婚的，也可告慰父亲'这句，就放心了。三个月后（即第二年春节）无疾而终、辞世归西"。但卞之琳的批评还是让施祖辉很感难为情，一时不知如何回答，所以此后多半年没有给舅舅写信，这也就是卞之琳此信开首说"上次给你写信后没有再接到你的信"的原因。据此，则写此信的"七月十八日"当是距 1951 年 10 月 19 日多半年的 1952 年 7 月 18 日。

② "上处"费解，或许是对姐夫家的尊称，相当于"尊处"，因为是姐姐和姐夫代卞之琳操办了父亲的葬礼。

第三十五封（1953 年 6 月 30 日）①

祖辉：

很久没有通信，近来怎样？今夏你是否在初中毕业了？计划怎样？家乡情形如何？从北京代寄的月款想都按时收到？家里经济情形怎样？我在这里乡下工作，要到秋收后才回北京。回北京以前，我一定回海门一次。

很忙，匆匆，祝好。

之琳　六月三十日

祖恩曾有信来，可惜通讯处邮箱号码写得看不清楚，一直无法给他覆信。

第三十六封（1955 年 8 月 16 日）②

祖辉：

你进□□□□③学校，学一种专门技术，为社会主义建设服务，当然是好事。祖尧去基本建设局学习也是应该的。只是家中留下你母亲一个人，的确也不方便。这个困难我也想不到怎样解决。如果祖尧六个月以后就可以回到海门，如果四邻关系还好，必要时能够得到照顾，如果你母亲身体还健好，能从大处着想，肯再忍受一时，那就说服你母亲让你走吧。你母亲是否也可以到上海祖恩家暂住几个月？告诉我地址，每月二十元我可以照旧汇去。你到学校后另④用费不够我可以寄你一点。一切请你自己和你母亲商量决定。你可以把我这些看法告诉她。

我想顺便问一下，吴学义现在何处，情况如何。原先借他的一笔钱，我过去以为还掉了，所以没有再想起，这几年手头也一直不宽裕，匀不

---

① 卞之琳的外甥施祖辉 1950 年 9 月考入海门中学，至 1953 年 6 月初中毕业，所以卞之琳此信有"今夏你是否在初中毕业了"之问，则写此信的"六月三十日"当即是 1953 年 6 月 30 日。

② 卞之琳晚年在一份自传中说："我于 1956 年 6 月加入中国共产党。"[卞之琳：《生平与工作》，《中国现代作家传略》（上集），四川人民出版社，1981 年 5 月出版，第 69—75 页]他在此信附言中又说："我在七月被批准入党作为候补党员了"。这也就意味着卞之琳是 1956 年 6 月转正为正式党员的，则其作为候补党员就应在此前的 1955 年 7 月。据此，则写此信的"八月十六日"当是 1955 年 8 月 16 日。

③ 原信此处涂掉了四个字，当是专门学校名，可能是收信者施祖辉涂掉的。

④ "另"通作"零"。

出钱来寄些给他，虽然感到疚心，亦无可如何。现在我多少可以想点办法了。只是我连原先那笔借款的数目也忘记了，请你问问你母亲再告诉我一下；也请告诉我给他汇钱该汇到什么地方。

因为怕挂号信比平信慢，你急于要见覆信，八月份月款就不附在这里寄汇了，过几天上邮局寄，也请告诉你母亲。

之琳　八月十六日

顺便告诉你，我在七月被批准入党作为候补党员了。又及。

第三十七封（1955 年 10 月 4 日）[①]

祖辉：

请你告诉你母亲我已经在国庆前夕中秋夜结婚。对方姓青名林，四川人，是我认识了六年的朋友。你哥哥结婚，我也知道了。想不到我们都挑了九月份作为婚期[②]，也巧。

你们家里情况怎样？我这次结婚力求节约，还是超过了预算，目前手头甚窘。上次我写信说以后每月改寄二十元，就是因为成家后费用较大的缘故。五月份由研究所代为一次寄上一百二十元，是作为五、六、七、八这四个月份的月款的。八月份我又寄三十元实际上应是九月份的月款，二十元再加十元。现在只能在本月（十月）中旬再寄十元，补足十月份的月款。十一月份起每月中旬准寄二十元。因为目前经济情况如此，不能不这样细算，想你母亲一定会原谅我的。

至于你又没有考上学校，我当然了解你的心情，可是我只能劝你再吸取教训，从今后抛弃幻想，踏踏实实，虚心学习，努力工作。你再幻想出外工作，高飞远举，保证你觔斗还要栽得重。现在到处都在精简人员，你的空想毫无实现的可能。国家正在大力推行流入都市的乡下来人回家生产，你是个团员，难道不了解这个政策吗？你在乡下随便找一件

[①] 此信开首就说"请你告诉你母亲我已经在国庆前夕中秋夜结婚"。查 1955 年 9 月 30 日正是中秋节，中秋夜卞之琳与青林女士结婚，则写此信的"十月四日"当是 1955 年 10 月 4 日。

[②] 原信"期"字漫漶不清，姑录待考。

工作，只要踏实勤奋的做下去，都有远大的前途。你是团员，一切应首先向团组织上征求意见。我实在不能为你分很多心，我自己为人民服务的工作是不轻的。

祝你们都好。

之琳　十月四日

第三十八封（1956 年 9 月 16 日）①

祖辉：

你到了学校，很好。只是看来你一到那里，又很不安心了，那是要不得的。现在国家建设任务繁重，学习条件（物质上）到处都并不理想，作为一个团员，你应当更了解这一点。经过这几年的教训，你不要再抱东跑西跳的幻想，应该比较客观的估计自己的能力，实事求是，埋头苦干，要不然一转眼时间过去了，自己没有学到一技之长，能为社会主义建设有所贡献。

这里寄你十元汇票一张。我这几天一连接到好几封信都有需钱的要求，我手头又不宽裕，实在对付不过来。

你舅母到云南下乡工作，刚到那里，发现身体不好，路远又不能马上回来，现还在昆明治疗。

之琳　九月十六日

第三十九封（1957 年 5 月 12 日）②

祖辉：

请告诉你母亲，青林已经分娩，在五月二日早上五点正生一女孩，名字还没有取。现在大人小孩，身体还好。

---

① 1956 年 9 月 1 日，由毛星带队的中国科学院文学研究所民间文学采录组前往云南进行调查采录，青林为调查组成员，"后因故先期回京"。卞之琳此信中所说"你舅母到云南下乡工作"当指此次调查，据此则写此信的"九月十六日"当是 1956 年 9 月 16 日。

② 《卞之琳纪念文集》标此信为"家信之九"，编者施祖辉所写说明云："此信写于 1956 年，北京。"这个系年有误，卞之琳的女儿卞青乔出生于 1957 年 5 月 2 日。此信是向老姐姐报告女儿出生消息的。据此，则写此信的"五月十二日"当是 1957 年 5 月 12 日。

你母亲害了流行性感冒以后，应注意休养。

你自己我认为还是留在家乡好。一切都要实事求是。你在家乡较有基础，工作也许容易见效，大致更容易对社会有用。一个新时代公民的最崇高志愿就是要做到对社会有用，对人民有用。而且你母亲在家也需要照顾。可是我说这些只是供你参考，决定还在你自己。昨天接到祖尧信说公司动员回乡，又怕回乡不容易找到工作。我当初了解他在家乡合作社工作，我觉得很好，后来听说到上海去临时学习，以后还要调回的，现在不知怎么又变成另外一回事了。原则上，我也是主张他实事求是，不要幻想东跑西跑，能在乡下工作我看对他是最合适的。

我在这里得明白请你告诉你母亲，每月经常接济，我可以一直负担下去的；只是让你们瞎抱幻想到北京来"投奔"我，要我介绍工作，实在使我生气！

新社会里一切都是靠自己，靠国家，人民，决没有什么靠亲戚朋友这一回事，除非自甘堕落，没有出息的旧社会残余才老是幻想走亲戚朋友的路子！我在为人民服务，一直忙不过来，决不能分心为哪一个已经成年或者快成年的外甥作额外服务！你们青年人应该自己想想看。你自己，我相信，倒已经相当明白了。你母亲想不通，应好好劝劝她。至于祖尧，我就同时回信告诉他：我不能给他找什么工作，如果他要到北京来我也决不招待（我家里屋子小得很，本来就不够住），户口也不可能取得（让不相干的人都住到北京来也不符合政策），再不要存什么幻想！年纪青青，在家乡或者什么地方好好工作，都可以有贡献，将来到北京来玩玩却并非难事。

这一向又特别忙了，不多谈。

祝好。

之琳　五月十二日

旧作文本 ① 请你寄给我。如见有类似文件也请为我寄来。

---

① "旧作文本"当指卞之琳二姐卞锦绣所保存的卞之琳初中时期的作文稿本，这些作文的五篇后来以《卞之琳的中学作文》为题，发表于《中国现代文学研究丛刊》2011 年第 3 期。

第四十封（1958 年 4 月 22 日）[①]

祖辉：

你能在家乡安心教书，很好。能调回汤家镇，对你母亲也有了照顾，公私两利，足见工作总会有合适的安排的。

看了你寄来的《海门报》，□□□[②]家乡生产跃进已见一斑，令人兴奋。

我们所里还正在进行双反运动[③]，工作人员思想上都大有开展，全面跃进，可以预期。

文学书刊，自备的我自己往往要查看，大部分都用图书馆的，但我以后当注意给你寄些。

汇出二十元，请交你母亲。

卞之琳　四月二十二日

第四十一封（1970 年 9 月 11 日）[④]

祖辉：

我已在七月十三日到了这里河南（东南部离安徽不远）息县。哲学社会科学部在这里办五七干校，头一批两个所是去年十月就下来的。今年上半年又下来了其他各所。我们外国文学所下来是最后第二批。这里盖了一些房子，有几个别的所住了进去。我们现在还住在老乡家里，我们几个住的恰巧是一个生产队借给的空牲口房，最近他们要堆放棉花，我们就要搬住一处工棚。居住条件是很差的，但是我们都能适应。干校领

---

① 此信言及"我们所里还正在进行双反运动"，查"反浪费、反保守"的"双反"运动是 1958 年 2 月开始的，则写此信的"四月二十二日"当是 1958 年 4 月 22 日。

② 原信此处文字漶漫不清，空以待考。

③ 指以 1958 年 2 月 18 日《人民日报》发表社论《反浪费反保守是当前整风运动的中心任务》为序幕的"反浪费、反保守"运动。

④ 《卞之琳纪念文集》标此信为"家信之十"，编者施祖辉所写说明云："此信写于 1970 年，河南息县。时卞之琳先生正在息县的'五七'干校参加劳动。"据张曼仪《卞之琳生平著译年表》1970 年所述，卞之琳"7 月随外国文学所全体同事到息县东岳干校"（张曼仪：《卞之琳著译研究》，香港大学中文系，1989 年 8 月出版，第 217 页），与此信所说"我已在七月十三日到了这里河南（东南部离安徽不远）息县"正合。据此则写此信的"九月十一日"当是 1970 年 9 月 11 日。

导照顾我们，已经让我们所开始准备盖房子，今年大约可以在自己的新房子里过冬。

我们学部去年下来的两个所一般都带家属，今年下来的一般都不带家属。我也是一个人下来的。你舅母已在今年初去了北京市东城区五七干校，在远郊区的顺义县，每两星期回家一次。她们在干校一年期满，可能另行分配工作，到时候分配到什么地方，会不会在北京市区，就很难说。我们这里只提一辈子走五七道路，谁也不作自己在这里会住多久的估计。

青乔今年上半年住过她的姨母家，就近上清华大学附属小学，后来就在附小住宿。她在暑假前是六年级，暑假听说六年级都还不毕业，到寒假和五年级一起毕业。最近几星期没有接到信，不知道她是否继续还在那里住校。

我自己在此当然不能"离队"。家里照新规定在北京只能留一间房。我们一家人居住安排，还是个问题。现在一切就首先看你舅母在干校毕业后分配到什么地方工作。我们在农村安家落户，看来只是幻想，虽然我们还是心不死，希望能够实现这个愿望。

我在这里什么劳动都参加，夏天赤膊劳动，下池塘洗澡，皮肤已经很黑，除了还有失眠等老毛病，一直很健康。我们所在这里大家表现不错，屡获好评，现正开展建立四好连队运动。

海门乡下情况怎样？今秋是否又获丰收？你母亲身体怎样？你们一家人怎样？

祖恩在上海的通讯址，我忘记了，来信时请附带告诉我一声。

祝好。

之琳　九月十一日

通讯处：河南息县东岳公社学部干校外文所

第四十二封（1971 年 9 月 26 日）[①]

祖辉：

国庆节快到了，原以为争取同你舅母和青乔一起回海门和浙江去一次，哪怕每处只住一、两天，总还有一线希望，现在肯定暂时又走不了了。这里许多人都有家事或"紧急事"要回去，所以探亲假、事假都紧紧排了队，要调动一下，都不容易。现拟再等个把月，再提请事假，看十月底或十一月份还能否有希望走成，同时也得看你舅母那里到时候能否抽身。

我是十八年没有回家乡了，你舅母和青乔从没回去过，想一同回乡一次，特别是你母亲年纪大了，听说身体又不好，想见见面，这已是迫切的夙愿。亲眼看看家乡的变化，"学大寨"的样板，也是"见世面"、受教育的需要。所以我还是想争取，今冬不成，明春也行，并且一定要全家来。什么时候决定，一定先写信告诉你们。

你寄来的小册子，我看过了，已转寄给你舅母看。今夏浙江干旱，海门怎样？现在是否准备收割晚稻和采摘棉花了？这里雨水却还调匀，可是现在集中搞运动，不接触外边实际，也不知道秋收会怎样，只猜想大概不会错。

我们这里还是集中清查"五·一六"反革命阴谋集团，到明港来已经半年，还不知道什么时候才能结束。

祝好！问候你母亲和你们一家人。

之琳　九月二十六日

---

① 《卞之琳纪念文集》标此信为"家信之十一"，编者施祖辉所写说明云："此信写于1968年，明港。"这个系年有误。按，卞之琳此信说到"我们这里还是集中清查'五·一六'反革命阴谋集团，到明港来已经半年"，查中国科学院哲学社会科学部干校是1971年三四月间迁往明港，随即开展清查"五·一六"运动的。据此可知写此信的"九月二十六日"当即是1971年9月26日。

第四十三封（1980 年 4 月 27 日）①

祖辉：

接读来信，知道你们全家都好，家乡生产情况也好，甚慰。

《现代汉语辞典》和《辞海》《词汇》分册，目前都缺货，我们没有能设法买到。这方面书现在到处都供应紧张，不久情况一定会改变的。

实在太忙，就回你这几行。

祝好！

之琳　四月二十七日

第四十四封（1983 年 12 月 23 日）②

祖辉：

十二月十七日信收到，得悉你母亲国庆节忽然发重病，应该是中风或小中风吧，心情沉重，幸治疗及时，现在精神、饮食、说话已接近正常，不无小慰。北京一位著名老作家，也是我的老朋友，年愈八旬，今年初也发这样病，住院回家，至今也只恢复到这种程度，他家里人每天轻轻帮他动动一臂一腿，扶起来坐坐，已日益好转，你们也请同样照料，只是也一样不叫她多说话。

国庆节后来信，我们并未接到。不幸这期间开始，先是青乔又发病，你舅母着急也开始重犯一九七七年至一九七八年一年半的严重焦虑症，

---

① 此信提到"《现代汉语辞典》和《辞海》《词汇》分册，目前都缺货"。按，《现代汉语辞典》当指《现代汉语词典》，中国社会科学院语言研究所词典编辑室编写，商务印书馆 1978 年 12 月初版（这是此前 1973 年内部发行本的"修订第 2 版"）。"《辞海》《词汇》分册"当指《辞海（修订本）·语词分册》，该书分上下两册，上海辞书出版社 1979 年 5 月新 1 版 [应该是相较《辞海（修订稿）·语词分册》的内部发行本（上海人民出版社 1977 年 12 月第 1 版）而言]。在当时的历史情境下，这两本工具书出版后极受欢迎，以至供不应求，《现代汉语词典》1979 年 3 月就已经是第 6 次印刷了，而《辞海（修订本）·语词分册》在 1979 年 5 月就已经是第 2 次印刷了。考虑到 20 世纪七八十年代书籍所标出版年月往往比正式发售的年月要早一年半的情况，并结合信中所说这两本工具书畅销缺货的情况，则写这封信的"四月二十七日"很可能是 1980 年 4 月 27 日，但也不排除是 1979 年 4 月 27 日，特此说明。

② 《卞之琳纪念文集》标此信为"家信之十二"，编者施祖辉所写说明云："此信写于 1983 年，北京。"据此则写此信的"十二月二十三日"当是 1983 年 12 月 23 日——其实卞之琳写完此信已至"夜半"，即进入 1983 年 12 月 24 日了。

十一月下旬起，一个住院，一个在家，分离治疗，估计青乔到春节可以出院，你舅母也就会好转，也请放心。现在一方面雇人陪住院，一方面就近请亲戚来家暂时照顾，就是三间一套住房，挤不下人，我一星期几次亲跑去机关，要求暂借房用，至今还没有解决，青乔出院后更难安排在家护理，所以还得奔走呼吁。我身体虽也大不如前，但人越老工作越繁重，相信还顶得过来，争取十年里完成我应完成的任务。今年四月曾到苏州开会，会后连上海都没有去就赶回北京，不得不经常熬夜到下一、二点。各方面来信来件，积压了不知多少，有的只好置之不理，所以你们那边也长久没有去信了，要回家乡一行，实在难办，还请原谅，希望明年一切好转，如到上海开会，尽可能设法回乡看看你母亲。

祝好，问候你们三代全家人。

之琳　十二月二十三日夜半

所附别人写我的简历，过几天得空看看，订正后再寄回。从此我想起，我曾问过你们那里解放后我还见过的那本手抄本宋朝始订的卞氏宗谱，我摘录了一点的，后来还找得到否，未得回音，现在我重提一句。

第四十五封（1984 年 1 月 23 日）[①]

祖辉：

你母亲病情更好了一些吗？你的第一封信我始终没有收到，收到你第二封信后就马上回了你一封信。青乔十月底病了，现在还没有好，你舅母急病了，幸已好转。现在事情多，家里乱，我心里也乱。一月十六日我给你母亲汇出了五十元人民币，照例请祖尧转交。我竟忘了公社改名，仍写寄"大新公社崇海大队"，如祖尧还没有接到，请去邮局问问，我想即使公社已改为两个，寄崇海大队，总会收到。

县文史馆委托吴文尤[②]同志关于我写的资料，这两天我才看了。我发

---

① 《卞之琳纪念文集》标此信为"家信之十三"，编者施祖辉所写说明云："此信写于 1984 年，北京。"据此则写此信的"一月二十三日"当是 1984 年 1 月 23 日。

② 此处"尤"是卞之琳的笔误，当作"龙"。详见下注。

现有些事实不确实，有些揄扬话用不着，也不恰当。我除了大刀阔斧，大段删略不必要也不恰当的文字以外，索性从题目到内容都修改了，也补充了一些材料，这样原稿上显得很乱，只是字数减少了，请你抽空清抄一遍，寄送文史办公室。①

也请把我的意见告诉他们：

1、简历作为附录。

2、题目就叫《卞之琳生平简况》或《卞之琳小志》。

3、题目和正文内不要称我"教授""同志"之类。为了客观一点，正式一点，就称"卞之琳"或简称"卞"（如我在文中所改的）。

4、记事实，不作评价。

匆匆不多写了，问候你们全家。

之琳　一月二十三日

第四十六封（1984年7月14日）②

祖辉、祖尧：

今年接过你们的信，说你们的母亲病情好转，不知现在能下床活动活动否，念念。

你们两家人近况如何？乡下生产情况好吗？

有点事情想托你们问问你们的母亲。她一定记得你们外祖父、外祖母的生日、忌日、岁数。我现在只记得你们的外祖父是属龙的，辰年生，

---

① 据施祖辉回忆，他曾以汤家乡修志办吴文龙的名义起草了一份卞之琳小传，寄给卞之琳审订，"在1984年1月中下旬，就收到了他寄回的修改稿"。这个修改稿"百分之八十以上是我舅父亲自修改添加的，因此，也可以说是《中国现代作家传略》（四川人民出版社1980年版）以及《中国现代著名作家自传》（徐州师院版）以外的卞之琳先生的又一篇自传，并且更充实了两书中开头和结尾部分的内容，是研究卞之琳的又一重要资料"（施祖辉：《追忆舅父》，《卞之琳纪念文集》，海门市文史资料第18辑，2002年12月印行，第109—110页）。卞之琳此信就是向施祖辉说明修改意见的，只是把"吴文龙"误作"吴文尤"了。

② 卞之琳在上封信（1984年1月23日）里问外甥施祖辉："你母亲病情更好了一些吗？"这封信开首就说："今年接过你们的信，说你们的母亲病情好转"——这显然是卞之琳接到外甥报告其母亲病情好转消息后的回信，则这封回信至迟也应与上封信在同一年，据此则写此信的"七月十四日"当是1984年7月14日。

阳历 1952 年二月去世的，你们的外祖母属鼠，子年生，1936 年（民国二十五年）阳历十月病故的，都记不清日子。希望你们问明了，就写信告诉我。

我们这里一家人病倒都算好了，只是家里还是多灾多难，乱得很，我常常心乱如麻，但还是拼着赶工作，也不放弃学习。

祝大家时来运转。

之琳　七月十四日

第四十七封（1994 年 12 月 19 日）[①]

祖辉：

祖国、故乡，日益繁荣兴旺。我辈文教人员重受经济压力，承不忘远方老朽，惠寄二百元贺寿（我一向不喜欢"过生日"），实属不易！特函答谢，顺贺你们阖家及近亲年禧。

之琳　12 月 19 日（'94）

第四十八封（1999 年 3 月 6 日）[②]

祖辉：

谢谢来电（电话）贺春节，这一阵贺岁应酬较多，应接不暇，有些电话就接不上，给你打电话，显然又因乡间平房，活动范围广，又找不到人。我近况还好，只是前年住医院几个月后，由原来能全自理生活，变成自理生活有点困难，手抖加剧，几乎完全不能写字，过去所写文字，

---

① 《卞之琳纪念文集》标此信为"家信之十五"，编者施祖辉所写说明云："此信写于 1994 年，北京。时卞之琳先生书写文字已有点困难，但很乐观。"按，原信于"12 月 19 日"后附署（'94），即表明此信写于 1994 年 12 月 19 日。

② 卞之琳在此信中提到"前年住医院几个月"，据张曼仪、沈文冲、青乔、江弱水编《卞之琳年表简编》记述，1997 年 8 月 20 日凌晨卞之琳在书房不慎摔倒，住进协和医院后，12 月 2 日出院回家（见《卞之琳纪念文集》，海门市文史资料第 18 辑，2002 年 12 月印行，第 381 页）；并且卞之琳在 1998 年 12 月 15 日致郭龙信中也说："去年从夏到冬我又住医院半年，回家后手脚更不灵便了，几乎完全不能写字。"综上，可知卞之琳此信所说"前年住医院几个月"之"前年"当是 1997 年，则可进而推知此信当写于 1999 年 3 月 6 日。

散见报刊及一些单行本，现在收集编理成集很不容易，所以尽可能谢绝来客访问，若不被原谅，也就听之。草草祝候你们阖家。

之琳　3月6日夜

第四十九封（1952年10月29日）①

祖尧：

第一次看到你写的信，我很高兴。希望你以后多加紧学学文化，将来好多为人民服务。你母亲害病，已经好了，应多多休养。□□□□□□□□□□□□□□□□□□□□□□□□□□。②告诉你母亲不要在迷信礼俗上化钱，应在营养上注意，不要太节省。我每月寄你们至少三十万元是不成问题的，不过每月寄出时间可能有早有晚。这次二十万元现在才寄上，下月一定可以早一点。汤家镇听说也有人民银行办事处，不知确否。是否也可以汇钱？人民银行办事处的正式名字叫什么？请问明告诉我。还有，家里住处现在是否有门牌号数，如有，也请把号数告诉我。你大哥九月底到北京来开会，来看过我，身体很好。他现在经常在天津工作，可是他说他在天津的住址可能有变动，回去以后还没有来信，你给他的信一时还无法转去。我想他不久就会有信寄回家的。我不久就要搬到西郊去，几天内就来信可仍寄原处，以后来信请寄北京西郊北京大学。祝好。

之琳　十月二十九日

---

　　① 卞之琳在此信中说"我不久就要搬到西郊去……以后来信请寄北京西郊北京大学"。查1952年暑假北京大学文学研究所成立，卞之琳调入该所工作，他在1952年11月17日致其二姐的信中说明"我已经随学校搬到城外"即北京西郊，同时还对二姐说："前接祖尧来信，知道你害过病，已经好了。希望以后在经济条件的许可下，多注意营养，在饮食方面，不要过分节省。"这些情况正与此信所说符合。据此可以推知卞之琳写此信的"十月二十九日"当是1952年10月29日。

　　② 原信此处 20 余字被涂抹掉了。

第五十封（1957 年 5 月 12 日）①

祖尧：

来信都收到。

你母亲那里，我每月寄钱接济，决无问题，你可以放心。

关于你自己的工作，你年纪也不小了，应该本实事求的精神，自己决定，该回乡下就回乡下，该留上海就留上海。原则上我认为回家乡最好，万一回不了，那就安心工作学习。新社会里年轻人只有靠自己，靠人民，靠组织，靠国家，不能指望靠靠什么亲戚朋友，也不该幻想走什么亲戚朋友的路子，我在这里不是"升官发财"，我为人民服务，就忙不过来，我决不会分心为哪一个外甥额外服务！我不能给你找什么工作，我不能也不应让你到我这里来住（住处也小，本来对工作就有妨碍了），政策也不许任何人随便挤到北京来！你年纪轻轻，只要自己努力，在任何角落，都可以做出成绩，那时候到北京玩玩，决不是难事，也会受到我的欢迎。目前你冒冒失失擅自跑到北京来找我，只有碰钉子，不会得到任何好处。我最恨人家分我心妨碍我工作！

愿你自己努力！

卞之琳　五月十二日

第五十一封（1991 年 6 月 22 日）②

春柳：

接信，知道你在上中专，学无线电技术专业，先讲实用，好。学语文

---

① 卞之琳 1957 年 5 月 12 日致外甥施祖辉的信中曾谈到其弟施祖尧的工作及接济其母亲的问题："昨天接到祖尧信说公司动员回乡，又怕回乡不容易找到工作。……原则上，我也是主张他实事求是，不要幻想东跑西跑，能在乡下工作我看对他是最合适的。""在这里得明白请你告诉你母亲，每月经常接济，我可以一直负担下去的；只是让你们瞎抱幻想到北京来'投奔'我，要我介绍工作，实在使我生气！"这印证出此信是卞之琳就同样问题对施祖尧的直接回答，由此可以推知写此信的"五月十二日"当是 1957 年 5 月 12 日。

② 《卞之琳纪念文集》标此信为"家信之十四"，编者施祖辉所写说明云："此信写于 1991年，北京。春柳为施祖辉女儿，之前曾向卞之琳先生表示热爱文学。"据此则写此信的"六月二十二日"当即是 1991 年 6 月 22 日。

当然也重要，首先却也在于掌握表达思想的能力。文学修养有点自然也好，但也不要着迷，尤其对于诗。是非得失，难有标准。选诗讲诗的也可能起误导作用。戴望舒《雨巷》语言浅白，只是表现作者当时的一种心情，就从文本（字面）上去了解得了，不用穿凿，另外猜想它写给什么人。至于《我用残损的手掌》，是戴在抗战后期日军攻占香港，被捕入狱后写的，假托手摩地图，寄托怀念祖国的情思。当时山河破碎，地方腐败，只剩一角干净土，寄予希望。如今年轻人（连你父亲一辈人）太不了解当时的情况，所以难懂，实际上比当时以及其后的一些直露的喊口号式的诗远为耐读。海门情况今日变得美好了，应是意料中事，可是过去汤家镇故址一带的变化，你父亲也没有亲见过，去年江苏一个师院研究生居然到汤家镇找你父亲了解我出身①地和我幼年在家情况，回去画了地图，写了一点关于我的传闻，很不符实情，我很不高兴，老实不客气回了信，告诉他如研究我的作品，没有什么新见，不要到我难得回去、与写作关系不大的出生地捕风捉影，找材料，结果他换了研究论文题。

　　我年迈体弱，步履维艰，什么地方都懒得去，幸还未发现有什么会致命的急性病症。懒得写信，如你写信回家，请代问候你们一家人。

　　你们学校大概快放暑假了，希望这封信还能在学校赶上你。

　　祝好。

卞之琳　六月二十二日

---

① 此处"出身"通作"出生"。

致巴金、萧珊（十三封）①

第一封（1946 年 2 月 2 日）[1]

……烦，将来至多给他们编足十本，很可能全部收回，改给别家出或并入"西窗小书"[2]。这一套或两套小书出足二十本（最好全是中篇小说）想多少可以树立起一个标准。"西窗小书"能在"译文丛书"以外让完全独立自然更好。我不定要说明是我编辑，更不需编费（我除了自己的译书以外也不拿人生出版社②的钱）。"舶来小书"第六本译的很好，我也写了序的。"断桥记"，迄未交去，也可以改作"西窗小书"第二本。排、印能及到已出的"舶来小书"也就够了（那三种"舶来小书"就差缺了里封面）。最好能作战前的穿订。对以上这一切我希望能听到你的意见。

早就听说你们得了一个女孩子，一直没有道贺，都是因为我懒写信。我到上海去看你们当远在你们到了那边许久以后了。学校五月初结束功课，怎样搬动还未决定。有法子我也许还是自己找钱直飞上海。生活也亟需变一变了。

今天恰逢春节，还遵俗例，道一声新禧。

之琳　二月二日

[1] 此信为残简。

[2] "西窗小书"，由卞之琳编译，1947 年 2 月至 1948 年 7 月由文化生活出版社出版，共出四种，包括《紫罗兰姑娘》（衣修午德著）、《浪子回家集》（纪德著）、《窄门》（纪德著）、《阿道尔夫》（贡思当著）。

---

① 这十三封信原载《收获》2013 年第 2 期，原题为《卞之琳书简》，由周立民整理、释读及注解（原刊为当页注，收入本书时改为文后注，原有注释序号改为在每封信后重新排列），书信编号为本书编者所加。此据《收获》本录存，编者注另出脚注。

② 卞之琳主编的"舶来小书"是由重庆的人生出版社出版的。

第二封（1947 年 1 月 5 日）[①]

巴金：

今天从北平回来才看见寄来的封面样子。现在就改批了寄回，希望还来得及。因为原样有大毛病，得改正才好。缺点就在仿宋字线条太细，颜色显得太浅，压不住中央的标记，结果显得它粗重，一眼看来只见它了（用仿宋字排本来倒清秀，可惜不能配这个标记）。所以我还是要用普通体。书名要特别大字（比"阿道尔夫"书名可略小一级），不要怕太大了，我有把握。脊上就仍用仿宋也可以。号码用亚拉伯字。一切都照改定办了，可不必再寄来看。这又很麻烦你了！书什么时候可以出版？你们过年还热闹吧？我是三十一日午后去北平的。因为熟人多，往西连景山西边都没有到。简直是去了一次昆明，因为熟人大多还是昆明来的。刚回来，匆匆，不一。

之琳　一月五日

又：大公报发表的"浪子回家序"一直没有看见，请见及北汜[1] 时要他找剪一二份给我。

[1] 北汜，指刘北汜，作家。

第三封（1947 年 4 月 25 日）[②]

巴金：

懒了这么久，昨晚才一气抄出正误表十五六份，附一部份在这里，请你为我随书分配一下。再给我自购十六本吧。三本请寄或带交其美路新陆邨五号周煦良处（正误表我直接附去）。其余熟人如已将书拿去，就再补送正误表（表中只是列出已发现的我较在乎的错误而已）。只是太麻烦

---

① 此信在《收获》杂志发表时，附有卞之琳校改的《紫罗兰姑娘》封面图，此处从略。
② 此信在《收获》杂志发表时附有卞之琳手写新书正误表照片，此处从略。此信在《中国现代文学馆馆藏珍品大系·信函卷（第 1 辑）》被标记为"卞之琳致巴金（之一）"，文化艺术出版社，2009 年 3 月出版，第 52 页。

你了。"浪子回家"封面上作者名与书名请注意叫他们多隔开一点，书名能再大就好。十年的约会终于不得践行，真是可哀。我记得清清楚楚是五月二十五日，你若说是四月廿五日，那就是今天了。你们路近何妨去杭州玩几天，你跟靳以都把太太带去也就凑足四个人了。住得很闷，我今天下午去北平过周末。匆匆，祝好。

之琳

第四封（1947年6月2日）[①]

巴金：

谢谢你代为送书。物价涨得凶，你们在上海如何过日子，真叫人担心。文生社想也还撑得过去吧？不管演变如何，我们能活一天，总得做点工作。文生社如要译点新书，我可以特别推荐朋友罗大刚 [1]。他刚从法国回来，现在这里与我同事。他在法国和瑞士一直待了十三年半，法文学得极好，出版了两本翻译中国的唐诗和唐宋明小说，译得好，印得好，在欧洲颇受欢迎，写的一本中国诗人传正在巴黎付印。（我这样说倒像做广告了。）我劝他译一本号称在今日法国文学界与马克思和基督并为偶像的 Jean-Paul Sartre[2] 的戏剧，写一篇介绍，你说文生社能接受吗？还有最近在兰心演的那个法文剧 Antigone[3] 他也有书，要不要译？"海的沉默"全本要译他也可以很快译出。王还译的那本小书 [4] 也希望能早日印出。我来此后成绩极坏，一共只理出一章多小说，看来暑假前顶多能再理出一二章而已。出国事倒已经决定，住牛津 Balliol College，名义是 fellowship，现在就等正式通知，办理手续。所以七月底大致又可以在上海和你们会面了。祝好。并候蕴珍。

之琳　六月二日

[1] 罗大刚（1909—1998），即罗大冈，翻译家、学者。

---

① 这封信在《中国现代文学馆馆藏珍品大系·信函卷（第1辑）》被标记为"卞之琳致巴金（之二）"并附载原信影印件，文化艺术出版社，2009年3月出版，第53页。

[2] 指让 – 保罗·萨特（1905—1980），法国作家、哲学家、社会活动家。

[3] 指《安提戈涅》，古希腊悲剧作家索福克勒斯公元前 442 年的一部作品。[①]

[4] 指伍尔芙的《一间自己的屋子》，收入巴金主编的译文丛刊，文化生活出版社 1947 年 6 月出版。

第五封（1947 年 6 月 29 日）

巴金：

十六日信早收，王还译书两本也收到，当即转寄她一本，也已经寄到。赠书直寄她的似乎还没有到，不知道是否寄北大？如尚未寄出，请寄北平景山前街四号故宫博物院宿舍、王彦强先生转。"浪子回家"等我到上海面讨几本。我去英国的具体事项都还没有决定，得早点去南京办理。因学校最初老坚持要到七月底才放假，以为七月廿以前无法考虑南返上海的问题，直到半个月前才迫于情势，不得不决定提早两星期结束功课，我刚要准备，昨天忽然军事当局下令津市各校一律限三日内放假，这两天就七手八脚的结束课务，行装还来不及理整，明天想去登记船位，不知又要等多久，可是我已经写信给南京英国文化委员会七月十日以后信就由你住处转了，如有信，就请留下，我一到上海当就去找你们的。匆匆，祝好。

之琳　六月廿九日

第六封（1947 年 8 月 15 日）

巴金：

我到香港已经十天，到了这里才知道船要到二十日才开，还得在这里等上四五天。这十天倒也很快就过去，差不多全由招待节目占了去。带在身边的"浪子回家"与"紫罗兰"各二册似很有用，那天港大校长请吃茶，我送了他们图书馆各一册，他很高兴，尤其因为他认识衣修午德。到英国后我希望你能再为我叫文生社寄我几本。临走我忘记问杜运燮[1]

---

① 此处所说的法文剧 *Antigone* 更有可能是指法国现代文坛怪杰让·科克托（Jean Cocteau）（1889—1963）的剧作 *Antigone*（《安提戈涅》）。

的新加坡通讯址，你能即为航函告我一下吗？匆匆，不一。

祝好，并候蕴珍。

之琳　八月十五日

[1] 杜运燮（1918—2002），九叶派诗人之一，著有诗集《诗四十首》等。

第七封（1947 年 11 月 3 日）^①

巴金：

我到英国已经一个月，到此刻才安定下来给朋友们写信。到伦敦是十月一日，离八月三日从上海出发的那天，差不多整两个月。在香港曾接到你的信，因此在新加坡曾会到运燮，或者他早有信告诉你了。我现在跟学校形式上只取这一点点的联系，每星期去拜客^②尔学院的"高桌"上吃两顿晚饭。住在校外。房东老太太是院长的朋友，对我是特别收留，人很好，她的已故的丈夫做过锡兰总督。房子不大，一切都讲究，所以我住得很舒服，看来我得在牛津住足这一"年"了。难得一年的休假，我倒不太愿意过学校生活。既到英国自宜多见识世面，结识人士，但工作也得趁机会早做出一点来，两者不无矛盾，时间乃有不敷分配之感。国内情形想来更坏了，不是吗？我真担心朋友们怎样过日子。你一定还是很忙。靳以该已去了南开。芦焚^[1]有无消息？在伦敦见报"窄门"已出，希望能为我寄三本来（我想先寄两本给作者）。"浪子"请再寄我两本，"紫罗兰"再寄一本。另请交张家大姐转寄充和"窄门"一本，其余要送的朋友很多，让我过些时想出了名单开给你。明年回国的时候我希望"西窗小书"能有四本已经出来，第四本应是"阿道尔夫"，不知道是否办得到。匆匆不一。祝安，并候蕴珍。

之琳　十一月三日

---

① 这封信在《中国现代文学馆馆藏珍品大系·信函卷（第 1 辑）》被标记为"卞之琳致巴金（之三）"并附载原信影印件，文化艺术出版社，2009 年 3 月出版，第 54—55 页。

② 此处"客"当为"略"之误。据该信的影印件，可见原文为"暑"（略），可能是释读或录入过程中因字形相近误认为"客"。另，卞之琳在《致古苍梧》《生平与工作》《致香港某杂志社主编》等文中提到自己以旅居研究员身份作客牛津大学 Balliol College 时，均称其为拜略尔学院或拜理尔学院。

在伦敦住了一星期，到牛津也住了两个多星期的旅馆。①

[1] 芦焚（1910—1988），原名王长简，小说家，后改用笔名"师陀"，著有《里门拾记》、《结婚》等多种。

第八封（1949 年 4 月 8 日）

巴金：

我已经回到这里，十分兴奋。你知道要没有这番大变，我是决不肯再回到这个一向喜欢而早成深恶痛绝的地方。年近四十，我决定彻底重新做人，预备到明年，正好符合"不惑"。我极想什么时候跟你痛快一谈。你们在上海生活一定很苦。可是困苦的日子当也不会太长了。文生社我的版税一定很有限，你如有需要，请就支出应用，不要客气。如果一定要汇给我，那就请早点汇，以免越来越不值钱。还是汇给北大冯至转吧。从文糊涂，暂在病院修②养，害得三姐真苦。私交上讲他实在太对不起我，可是我总不愿对不起人家，我到了，出于不得已，还是去看他。我不回天津去了。匆匆，祝安。

之琳　四月八日

第九封（1954 年 6 月 14 日）

巴金：

昨天接的③寄来的"家庭的戏剧"一本，谢谢。看版权页上注明的印数初版为七千五百本，很佩服你还是那么有原则的译书。查良铮译的"文学原理"应该得到畅销。"波尔塔瓦"一书能得锁钉，令人羡慕。

本来听说你预定再去朝鲜，五月里北来，现在决定什么时候到北京来？正在忙于写作还是忙于译书？

---

① 《中国现代文学馆馆藏珍品大系·信函卷（第 1 辑）》本"卞之琳致巴金（之三）"中没有这一句。

② 此处"修"是作者笔误，当作"休"。

③ 此处"的"疑有误，或当作"到"。

我去年十一月中回到北京，觉得大有写小说要求。初回来研究所外国文学部要订计划，要明确方针任务，到年底才告一段落。一至三月，除了管管所里工作和学习，本来是给我考虑创作问题的，可是头绪多，又有些临时任务，弄得很难集中构思，结果在三月中旬才打了七章小说的提纲。四月份进入预定的研究准备工作，相当紧张，五月份内才又打了第八章的提纲。题材太大，自己魄力有限，又难于集中构思，看样子终于不会写出小说。

　　现在正忙于为作家协会文学讲习所准备一篇关于"海姆雷特"的讲稿，也就算几个月来自己的研究小结，作为将来译本序文或专文的雏形，非常吃力。原定七月底做的，现在是提早了一个月。本定八九月后才开始试译"海姆雷特"，现在想提早在七月初就动笔试试看。健吾给蕴珍的那本纪德法译本①，我很想看看，不知能否寄我用一用，以后寄还，请替我问一问。

　　长简还在山东还是已经回来了？他那两篇小说，特别是"写信"我很喜欢。可是钱家大女孩，南下工作后结了婚，在新华社工作了几年，现在哈尔滨学俄文，预备跟丈夫同去苏联学习的，寒假在这里，看了一期"人民文学"，很惊讶的跑过来说怎么发表了这么一篇坏小说，原来就是指转载的"前进曲"②。我感到哭笑不得。

　　今天健吾来这里，只匆匆谈了一会儿。

　　祝好，并候蕴珍。

之琳　六月十四日

第十封（1954 年 7 月 7 日）

巴金：

　　信和书都收到了。法译 Hamlet 装订得真是漂亮，法国式的漂亮，我一定小心用，用后一定小心寄还蕴珍。你这次来北京，务必让我们有个

---

　　① 此处"纪德法译本"指法国作家纪德翻译的莎剧《哈姆雷特》(Hamlet)。

　　② 此处当指师陀（王长简）发表于《文艺月报》1953 年第 12 期（《人民文学》1954 年第 3 期转载）的短篇小说《前进曲》。

见面一谈的机会，我去城里找你也好，你到城外来玩玩也好，到了请早点让我知道。顺便我想托你在上海代买几片 Blue Gillette 刀片，如果没有，任何三眼两刃的刀片都可以，但不要专为此麻烦，这里大概也还找得到，只是我几个月不进城了，主观的以为不如在上海可以随便买到。你肠胃不好，去朝鲜是否可以缓一点？祝好。

问候蕴珍

之琳　七月七日

第十一封（1955 年 8 月 17 日）

蕴珍 [①]：

我回到北京已经一个月了。一回来就想找巴金，就想给你写信，因为我高兴，也想使关心我的你们也高兴，可是一切都还得看看各单位正在进行的运动结果如何才好说话，因此就搁下来了。现在我们的运动还远没有结束，还没有到可以说的时候，可是我想总不能老不给你写信，老不对你和巴金讲了。我要讲的是：因为学校正要开始分配一批住房，时机迫促，我一回来就找了青林 [②]（巴金的小同乡，靳以的学生）一谈就定了约。事实证明我们是相爱的，定了约自然更相爱了。只是大家还慢点高兴，我们都得先在这次运动中弄清楚一下面目，青林过去也很不幸，有过许多苦痛的遭遇，现在也正需要澄清一下。因此我在这里，除对组织上，只告诉过极少几个朋友，虽然住房得先登记，理由得先证明，结果知道的人当然也就不少了。上海方面，现在除你们二位以外，我同时暂且只让靳以知道。你们会了解我这点苦衷的。

我们这里都在搞运动。八月中旬作协理事会开会的消息一点都不听说了，巴金想不会在最近期间再来北京。你呢，挑这时候来玩，也许也不见得合适。究竟如何，我不知道。大致有些部门运动已经告了一个段落了。我们学校在九月初开学前想总会搞出个段落，亦未可知。你的旅行

---

① "蕴珍"全名陈蕴珍（1917—1972），巴金之妻萧珊的本名。
② 青林（1922—1995），文学编辑，1955 年国庆节前夕与卞之琳结婚。

计划怎样？

我回来正赶上运动，很庆幸自己回来得及时。

附上汇票一张，还你的五十元。不是没有钱不能早还你，因压着不写信给你，也就没有顺便还钱了。我们结婚虽还有待，只要住房哪一天分配下来（总在学校里运动告一段落以后），我总得把住处安排起来。因此，我想起原先对你说可能要向巴金借一点钱就不是说笑话了。这里东西贵，尽管不求讲究，办起来二三千元大概总是要的。我预算到明年四月才会有这二三千元稿费。这个空白我就只得暂向朋友们设法填补。虽然你们和我是这样的老朋友，对你们讲到这一点，也觉得怪难为情，好在你们一定会原谅我的。等我需要的时候再对你们说。

祝好。

之琳　八月十七日

北京西郊北京大学中关园公寓四〇五号（暂住，但可作住址）

第十二封（1963 年 9 月 27 日）

老巴：

我在这里新登乡下已经住了五天。因为十年前我在这里住过较长的时期，旧相识很多，相处十分亲切。多少已经淡忘的名字一下子又涌现在脑际，多少已经模糊的面孔一下子又显现在眼前。我住在著名的劳动模范现任大队长兼支书的老朋友家里。我明天打算去新安江水电站看看，路上经过七里泷，决定应当地公社主任（也是旧相识）邀约，在那里停一天，逛逛钓台。预定回到杭州的时间是十月三、四日（星期四、五）。要是你和萧珊、辛笛等决定到杭州玩一玩，写个信告诉一下方九姑 [1]，我到杭州后，可以住到十月六、七（星期日、一）才回上海，要不然就早点回上海。只是桂花到时候可能还没有盛开，甚至没有开。刚才我在住处近边看看一株大桂树，开花还毫无消息。在杭州九姑住处我倒已经看到几株桂花含苞了。听说那里是灵隐，天气凉一点，满觉陇可能开得早一点也未可知，不知道来得及向九姑打听一下不？你们是近便，当然用 [不]

着急于来杭州。

之琳　二十七日

我到新安江去了还要在这里乡下住几天。

[1] 方令孺（1896—1976），诗人，时任浙江省文联主席，著《信》等。

第十三封（1978 年 3 月 16 日）[①]
老巴：

去年十月你来京，我有意外机缘得见一面，非常高兴。这次你来开会，料想你一定很忙，而且我家里事多，所里也事多，没有设法找机会看你。今午接信，知道你还在北京，十八日才返沪，本想前来看望你，奈上午开完会后，身体感觉不适，怕挤车到前门，想就近到医院去一次，明天也保不住见得到你（我不知道前门饭店的电话号码，无法予〔预〕先联系），只好等下次再见了。青林病有好转，我女儿出院半年，还在巩固、恢复时期，谢谢你关心。上次小林来，我们没有好好招待，送给我的《家》，我也没有回信致谢，十分抱歉。你知道我最懒于写信，多少年来一直想给你写信，就一直没有写，你一定会谅解我的。我把你在上海住武康路多少号几次记下来，几次又丢了，你回沪后便中能告我一声好吗？你身体还好吧，但是毕竟上了年纪，工作应注意抓重点了，你说对不对？

祝好。

之琳　三月十六日下午

青林嘱笔问候[②]

---

① 此信及原信影印件曾收入陈思和、陈子善主编《点滴》2011 年第 5 期，上海市作家协会，第 33—34 页。

② 原信上一行还有一句"我家住址是干面胡同东罗圈 11 号 2402 室"，发表时删去了。

致陈丙莹（一封）①

…………

近作一首却应另行评议一下。《诗刊》六月号所谓经典栏是草率胡凑。所刊近作《午夜》一首中"或者忧别久不成悲"误刊为"别久不成忧"②，"人间别久不成悲"原是一句美词。此诗写于一九九六年九月十九日，初发表于一九九七年一月的《诗双月刊》，原题只是《午夜听街车环行》。为了重视细节逼真，写实而非写真，"街车"，原意指"大公共汽车"，因粗俗不谐，借用英文 Street Car，又不是英国的无轨电车。北京现在的"大巴"，"公交大巴"，收班不正是午夜，首发大概在清晨，这应该无损于抒情诗的真实性。

…………

诗在《诗双》③刊出后，好心的高恒文在紧接的次期④赞叹说我又回到了《慰劳信集》，质疑"两岸悲欢数不尽"不是用古典，而是用"今典"，指海峡两岸，所以赶快改了。改用张恨水也可说是"今典"的小说名《啼笑因缘》，但〔与〕内容无关，改成"啼笑缘不尽，岁月惊回首"，又保持了诗的小说化倾向，希望你为文能由此自由发挥。我越来倾向于用典（不论今古），既加强了表现手法的丰富性（像音乐的和音），又不需加注而自明。希望你评这首诗，对此有所启发。⑤

…………

---

① 此信不完整，辑录自陈丙莹《卞之琳生前最后发表的一首诗》，《诗网络》第 6 期，2002 年 12 月 31 日出刊，据该文，这封信写于 1999 年 9 月 30 日。陈丙莹（1935—　　），现代文学研究者，著有《卞之琳评传》等。

② 《卞之琳文集》所收此诗已改正。但该诗的最后一句在《诗双月刊》本作"终点跟一个新起点相通"，《诗刊》本作"终点与一个新起点相通"，《卞之琳文集》本作"终点与一个新起点认同"。

③ 《诗双》当指上文所说的《诗双月刊》。

④ 指高恒文《由〈午夜听街车环行〉谈起——读卞之琳先生近作志感》，载《诗双月刊》总第 35 期，1997 年 8 月 1 日出刊，并非如信中所说"紧接的次期"，因为《午夜听街车环行》刊于《诗双月刊》总第 32 期。

⑤ 以上两句的语法有点口语化，实际意思是"希望对你评这首诗有所启发"。

致陈圣生（一封）^①

圣生同志：

今天下午我才得以开始看你交来的两篇译稿，看了整整三小时才把我自己那篇英文稿的译文校订了约五分之一，明后天如没有来客打断，可能就校看完毕，然后校看杜国清那篇的译文，那还得费工夫。不知你们的最后截稿期是在哪天，希望你下星期一或二（十一月五日或六日）上午九点后来面谈一下。

　　祝好。

卞之琳　十一月二日晚

---

　　① 此信据手稿照片过录，信中所说的英文稿当指卞之琳发表于美国《中国文学》（*Chinese Literature:Essays, Articles, Reviews*）第 4 卷第 1 期（1982 年 1 月）的 "The Development of China's New Poetry and the Influence from the West"，该英文稿由蔡田明译成中文（陈圣生校），以《中国"新诗"的发展与来自西方的影响》（已收入本书）为题发表于《中外文学研究参考》1985 年第 1 期（中国社会科学院文学研究所《中外文学研究参考》编辑部），据此可推断此信当写于 1984 年 11 月 2 日。陈圣生（1939—　），福建福州人，文学研究者，供职于中国社会科学院文学研究所。

致程步奎（一封）①

…………

望舒和我是在一九四九年三月中旬从香港同船北上的，当时平津战役早已结束，港津正式航运还未恢复。我们乘的是一艘七千吨挂巴拿马旗的货船，是香港一位运输商（原曾在上海办过书店）租赁了……运纸的。船搭客一共有七人：望舒和他的两个小儿和我占一房舱，另有余心清和他的秘书和随行人员一共三人占另一房舱……我们在开船前夕集中到九龙靠近碇泊处的一家旅馆。……我在一九四九年一月从英国回来，在香港重见到他（望舒）的时候，我们和避居香港的众多文化界进步人士来往频繁，我们能在三月中旬被安排搭上第一艘直航塘沽的船，确是非常兴奋。望舒在香港家庭生活不愉快是事实，我所知不详，但是我相信这决不是北上的主要动机。我记得上船前夕，他的夫人还到旅馆来看他。

我们上塘沽后，听说港岸无线电台先一天才刚修复。塘沽火车站为我们七人在东北开来的一列班车后挂一个专厢，直开北平。戴父女和我到北平后，先住翠明庄招待所……北京大学校长汤用彤近水楼台，就留我在北京大学教书……望舒则暂时安排去担当外文编译工作。

望舒本来在日军占领香港时期曾被捕入狱，大概就从那时候害起了严重的哮喘病，一时复发……几次送他住院治疗，他因热心工作，不肯长住，几出几进，胡乔木还到医院去看过他，可惜终于不治去世。……

---

① 此信不完整，转辑自程步奎《戴望舒的散文——跋〈戴望舒文录〉》，见《戴望舒文录》，三联书店香港分店，1987 年 11 月出版，第 124 页。据该书，此函写于 1984 年 9 月 30 日。程步奎（1948—　　），浙江东阳人，台湾大学外文系毕业后留学美国，任教于中国台湾和香港各大学，文学研究者，编有《戴望舒文录》等。

致《大公报》编辑（一封）①

编辑先生：

　　本人今秋赴英，系应英国文化委员会（The British Council）之邀，（名义为 Travelling fellowship or Professorship，此种名义中国报章向译为"讲学"，过去数届亦然，实为以先生身分作研究或所谓"进修"），与过去数届相同，属私人推荐。今日贵报第五版"南大动态"关于本人出国一条稍有传闻失实处，教育部据本人所知并未"令各校选派教授出国研究"，南大亦未"选定"本人，请更正为感。

卞之琳　六月廿二日

---

　　① 此信原载《大公报》（天津）1947 年 6 月 23 日第 5 版，原题"据函更正"，末署写信时间"六月廿二日"，当是 1947 年 6 月 22 日。

致戴安康（一封）^①

安康同志：

听说你在汝链^②同志处要金发燊同志的弥尔顿论文稿，希望年内在《外国文学研究》上发表，很高兴，很感激，发燊同志是我原在北大的同事燕卜荪教授（William Empson 英国当代著名批评家和诗人，前几年受封为爵士）的得意门生。威廉爵士很赏识这篇论文，因多年不得消息，取其中的一个论点，加以发挥，写成篇，出版了一本书叫《弥尔顿的上帝》。论文中颇多创见，与一般英国论《失乐园》的批评家和学者说法不同，这篇论文是从《失乐园》本身里找出根据，阐明弥尔顿的思想。我最近看过，并对译诗提出过建议，他进一步还要从十七世纪当时的社会背景来继续写文章。现在先发表这篇精读作品本身，提出充分证据，发挥自己创见的论文，我认为是很好的。文章也并无政治上，政策上不妥的地方。请你们编辑部审议。

十月三日　卞之琳

---

① 此信辑录自金发燊《一日为师，终身为父》，见《卞之琳纪念文集》，海门市文史资料第 18 辑，2002 年 12 月印行。信中提到的文章很可能是金发燊发表于《外国文学研究》1981 年第 4 期的《〈失乐园〉中亚当和夏娃堕落的原因》，该刊 1978 年创刊，当年出 2 期，1979 年至 2002 年为季刊，据此可初步推断该信写于 1981 年 10 月 3 日。戴安康，时任华中师范大学《外国文学研究》杂志编辑。

② "汝链"原书排印有误，当作"汝琏"，全名叶汝琏（1924—2007），诗人，法国文学专家。

致范用（十封）①

第一封（1978 年 10 月 5 日）②

范用同志：

承转来《现代中国诗选》③一部，谢谢。请便中向香港赠书友人代致谢意。

书，我还来不及细读，仅就我接到后翻翻目录等一看，我认为编选者在搜集工作上显然下了很大的功夫。

事实错误，我也发现了一点：我被选入的十九首诗中，《足迹》一首不是我写的，④不知从何误会而来。另外，《芦叶船》诗集，事实上没有出过，只是郑振铎先生要编一套丛书，在北平《文学季刊》上登过广告，其中有这本书，后来他把这套书交上海商务印书馆出版，我觉得这本小集⑤子太单薄，就加上何其芳、李广田的各若干首诗，编成《汉园集》。还有《诗选》中"罗莫辰"就是"罗大刚"，并非两人。罗自从我们单位创办以来一直是我的同事。

我的自选诗集（我不想叫《诗选》），内容大体已定，基本上就是

---

① 这十封信辑自汪家明编《范用存牍》，生活·读书·新知三联书店，2020 年 9 月出版，第 16—25 页，其中八封此前曾收入范用编《存牍辑览》，生活·读书·新知三联书店，2015 年 9 月出版，"存牍"本较"辑览"本在文字上略有增补，个别文字及标点符号也略有差异，为避免烦琐，本书编者仅就增补较大及个别存疑之处略作校注说明。上述两书所收信件未标注写作年份，亦未交代排序依据，本书编者根据信件内容考证出写作年份并据此排序和编号。范用（1923—2010），江苏镇江人，出版家，时任三联书店负责人。

② 此信在《范用存牍》中被列为第七封，其中的第四段（除最后一句外）曾以《诗人卞之琳先生来信摘登》为题刊于香港《开卷月刊》1978 年 12 月号第 2 期。另，信中所提到的"预计年底总可以交稿"的诗集《雕虫纪历（1930—1958）》（初版）由人民文学出版社于 1979 年 9 月印行，据此，可基本确定此信当写于 1978 年 10 月 5 日。

③ 此处可能指张曼仪等多人编选并由香港大学出版社和香港中文大学出版部 1973 年出版的《现代中国诗选：一九一七—— 一九四九》。

④ 卞之琳确有《足迹》一诗，原载《文学杂志》创刊号，1937 年 5 月 1 日出刊，可能由于此诗从未入集，晚年的卞之琳失忆了。

⑤ 此处"集"字《存牍辑览》本作"册"。

1958 年左右人民文学出版社曾计划出版的我在解放前的诗作，略为放宽，再加选解放后我写的十来首。书分五辑，第一辑收 1930 年至 1932 年我在大学时代所写、所发表的一二十首诗；第二辑收 1933 年秋至 1935 年秋的；第三辑收 1937 年春的；第四辑收 1938 年秋至 1939 年秋的十八首；第五辑是 1950 年冬至 1958 年春的十来首，约共七十多首。另外，我想附旧体诗五首，都是 1976 年年初写的：学习毛主席《重上井冈山》① 五律一首和《悼② 周总理》七律四首，还想附英文自译诗若干首，选自编入 Robert Payne 的 *Contemporary Chinese Poetry* 中的几首和自己发表在美国 *Life & Letters*③ 杂志上的一首。书名暂定为《雕虫纪历 1930—1958》。只是一篇序言要好好考虑和构思一番。目前我在本单位要顾问的工作千头万绪，要完成的计划迫在眉睫，心烦意乱，一时顾不到这方面。预计年底总可以交稿。我愿意先听听您和香港方面的意见。

敬礼！

卞之琳　十月五日夜

又《诗选》印刷、装帧固然精致，但直排我看起来已经非常不习惯（除非在线装古书的场合），香港能否出横排书？（《何达诗选》是横排的，看起来倒舒服。）

第二封（1978 年 11 月 30 日）④

范用同志：

近来一定很忙，身体好吧？

香港《开卷》，我看了，关于我的那篇访问录，没有政治错误，只是

---

① 《诗人卞之琳先生来信摘登》中诗题为 "《学习毛主席〈重上井冈山〉》"。

② "悼" 在《诗人卞之琳先生来信摘登》中作 "悼念"

③ "美国" 在《存牍辑览》本中作 "英国"，在《诗人卞之琳先生来信摘登》中亦作 "英国"。*Life & Letters* 全名 *Life and Letters Today*，英国的一份文学杂志。

④ 此信在《范用存牍》中被列为第八封，其中所说《开卷》的 "那篇访问录" 当指古苍梧在 1978 年 8 月对卞之琳所作的访谈，后以《诗人卞之琳谈诗与翻译》为题刊于《开卷月刊》第 1 期（1978 年 11 月出刊），卞之琳对此所作的订正写于 1978 年 11 月 26 日，后以《卞之琳先生的来信》为题刊于《开卷月刊》第 4 期，1979 年 2 月出刊，据此可基本确定此信当写于 1978 年 11 月 30 日。

和我所说的事实和看法，出入处不少。我想不便一一订正，而用通信方式，补充谈谈，顺便也就达到订正效果，您以为如何？现将我给他们的信，长达五千字，连同复写一份，交给你们审阅，如认为妥当，就请寄一份给他们为感。

关于我准备送香港印行的《雕虫纪历 1930—1958》，基本选定，序文也写了草稿，长达七八千字，最迟十二月底以前，一定可以交给你们审阅。

敬礼！

卞之琳　十一月三十日

第三封（1979 年 1 月 10 日）[①]

范用同志：

拙稿承你看了，马上转寄香港，热情感人。

序文我同意先给《海洋文艺》发表，我只是希望发表了，能把那一期刊物寄一本给我看看。想来那是没有问题的。

诗集名叫《雕虫纪历 1930—1958》，不是过分谦虚，从大局看来，却是恰切，又是我挖空心思想出来的，也正合我写诗本色。现在也一时想不出别的书名，除非就叫《卞某诗集 1930—1958》，不叫诗选。但是难保我以后还会写诗，写起来风格也可能不一样，我想暂时就这样叫吧，除非出版社为了销路，另有考虑，那就再说。

附回古兆申信，还麻烦转寄给他。[②]

敬礼！

卞之琳　一月十日

审稿同志和责任编辑同志请注意[③]：

1.本人著译里，正文中年份统一用阿拉伯数字（如"1983 年"），月、

---

① 此信在《范用存牍》中被列为第九封，其中所说"先给《海洋文艺》发表"的"序文"当指刊于《海洋文艺》第 6 卷第 3 期（1979 年 3 月 10 日出刊）的《〈雕虫纪历〉自序》，据此可基本确定该信当写于 1979 年 1 月 10 日。

② 此句在《存牍辑览》本中删去了。

③ 此句及以下注意事项在《存牍辑览》本中删去了。

日用汉字（正文括弧内注年月日有时也全用阿拉伯数字）；文末注写作日期，全用阿拉伯数字。

2. 本人著译里，不分"的""地"（吕叔湘先生也曾公开发表过不分的意见），所引他人文字如分"的""地"，则就照分。

3. 本人倾向于用 32 开本，因小长本如不用穿脊锁钉不易翻开，但随出版社方便，并不坚持。

4. 审稿、编辑如有意见，可问本人商改；封面设计，决定前也让本人看看。

5. "卷头小识"排在"目录"前，不列入"目录"。

卞之琳

第四封（1979 年 2 月 13 日）①

范用同志：

《雕虫纪历 1930—1958》，承在年初迅寄香港安排出版，现在不知怎样了，很想知道。上月中旬，诗歌创作座谈会上乔木同志讲话后，人民文学出版社把你交给他们的那份诗稿也很快审阅，说和香港方面同时出版也不妨，现已发稿。编辑组同志看得仔细，发现稿子上有些明显的笔误，已为我改正，我自己也发现了一处写漏了几个字。

1. 原稿里封面上"1930—1958"误写成"1931—1958"（其他明显的笔误，我没有核对）。②

2. 原稿后半篇讲完格律问题后的结句"我对于白话新体诗的看法就是如此"，应为"我对于白话新体诗格律问题的看法就是如此"，漏了"格律问题"四字。

同时，因人民文学出版社编辑组一度提出的要求，使我想起也应提请香港方面在出版（如果能出版）这本书的时候注意，千万不要在书上（书

---

① 此信在《范用存牍》本中被列为第十封，其中所说上月中旬"乔木同志讲话"的"诗歌创作座谈会"，当指 1979 年 1 月 14 日至 20 日在北京召开的全国"诗歌创作座谈会"，该会由《诗刊》社召集，时任中国社会科学院院长的胡乔木发表讲话。据此可确定该信写于 1979 年 2 月 13 日。

② 此句在《存牍辑览》本中删去了。

内或封面上）印我的任何照片或手迹（这也不是我的自谦，各国活人自己编印的著作，向无附印著者照片和手迹之例，已故著者或古典作家的书，活人出版的游记之类、精装书的包皮上作广告用等等，是另外一回事）。至于封面设计，我喜欢素淡，这就算是我的癖好吧。

另外，在《悼周总理》七律四首中第一首第六行"关键年开响薄天"可否加这条脚注？——"周总理在四届人大会上宣布四个现代化宏图时，说1976年是'关键'的一年，举国上下一时曾大为振奋。"

祝好。

卞之琳　二月十三日[①]

再此，本月二十四、二十五日我将去上海开会约十来天，附讯。[②]

第五封（1981 年 4 月 14 日）[③]

范用同志：

承帮忙从《文艺战线》上复制了五页，收到，谢谢。刚才胡靖同志走了以后，我才发现这五页都是从第五期复制下来，有两页我本不想要的，而第三期两页（即《晋东南麦色青青》第一篇《垣曲风光》）却漏掉了。现在只好再麻烦你请出版社同志为我补复制这两页，行吗？这些文章都已完成了历史任务，现在实在读不下去，为了凑一本小书，勉强选留了三篇。《文艺战线》第四期一直没有找到，其中《麦色青青》还有几篇，已经不记得写的什么，但是我相信也一样没有什么可读性，所以也不想去找来看一看了。一再麻烦你，很对不住。

祝好。

之琳　四月十四日下午

---

① 此处时间《存牍辑览》本作"二月十五日"。

② 此句在《存牍辑览》本中删去了。

③ 《存牍辑览》未收此信，在《范用存牍》中被列为第五封。据信中内容，可知此信所谈有关卞之琳编选《沧桑集（杂类散文）1936—1946》一事，该书不到 200 页，确系"一本小书"，第二辑（1938—1939）收有《垣曲风光》《煤窑探胜》《村公所夜话》，当是信中所说"勉强选留了三篇"的篇目，该书于 1982 年 8 月由江苏人民出版社印行，据此可基本确定此信当写于 1981 年。

第六封（1983 年 7 月 18 日）①

范用同志：

《人与诗：忆旧说新》已经编就，先把目录送你过目（书名本来可以叫《诗人与诗：忆旧说新》，相当于英文 *Poets and Poetry: Reminiscences and Commentaries*，因为我不喜欢"诗人"这个名字——首先是人，才是诗人——所以改称《人与诗》，是指人物与诗，相当于英文的 *People and Poetry*——也是两个双声 P）。第一辑主要是回忆五位已早在人古的师友，也有评论；第二辑是两篇诗评；第三辑主要是讨论（五八、五九年间的争论文字——不管自己的和别人的，历史证明，并无意义，说我右吧，实际上还"左"了。删剩引起争论的《几点看法》和我冷静摆事实讲道理的最后一篇，一字不改，添上漏写的两个字也加了方括弧）。断续绵亘三十四年的这些文字，合在一起，可以显出我一贯而有发展的看法，特别是对于新式②艺术问题、形式问题、格律问题的主张。全书约共得十万字，排印起来也许还超过一点。以写作先后为序，个别地方，因题材关系，略有颠倒。③

现在首先请三联同志做几件事：

1. 复制七篇文章（书刊复制后请保存还我）。

2. 找《读书》去年刊载我《译诗艺术的成年》那一期（八二年三月号吧？）复制这篇短文（我手头再也找不到这期《读书》）。

3. 《读胡乔木〈诗六首〉随想》，附记（是评介乔木同志《〈随想〉读后》的）和乔木同志千把万④字的《〈随想〉读后》（在我个人的集子里只能作"附录"了），如已交给《新华文摘》，如用请复制一份，如不用正好把原交件还⑤我编书。

---

① 此信在《范用存牍》中被列为第二封，其中说"去年"《译诗艺术的成年》刊载于《读书》（1982 年第 3 期），据此可以确定该信写于 1983 年。

② 此处两个版本均误作"式"，当作"诗"。

③ 这一句在《存牍辑览》本中删去了。

④ 此处"千把万字"中"万"字疑衍，或当作"千把字"，因为所说胡乔木的《〈随想〉读后》全文约 1200 字，卞之琳惯用"千把字"表示，此信下文可证。

⑤ 此处"原交件还"，原书排印有误，当作"原件交还"。

《〈李广田诗选〉序》似曾刊《诗刊》一九八一年，请代查期数。《李广田散文选》我一时不知放在哪里了，找不出来，请代文后注明的①写作年月日。

书前题记，千把字，还待修改。②

前交《忆〈水星〉》一文，有无不妥处，请坦率告知，以便酌改。

天热，我怕出门，会客也以上午九时至十一时为宜，希望三联年轻同志也尽可能在此时间内取稿送件。

天热，你即便不出去避暑，也得注意身体。③

附送《美国诗选》④《紫罗兰姑娘》各一本。

之琳　七月十八日

第七封（1984 年 1 月 29 日）⑤

范用同志：

一月二十六日晚胡靖同志送来《水星》第二期和《人与诗》校样，因为他说这几天有事正要找姜德明同志，就托他把刊物全份九期带还他，并照你的意思看了看校样各文标题和文末注明出处，现把需改正的一部分校样连同略有更动的目录，一起送上。（《何其芳晚年译诗》《读胡乔木〈诗六首〉随想》附记全部校改过，请特别注意。）

我得作以下四点说明，请你和编辑同志注意：

（一）《冯文炳选集》序（较长）请补入，应《文学报》约谈新诗及其他一文，不要。

（二）《李广田散文选》序原编在《李广田诗选》序前，不要像校样那样颠倒了（原按写作先后，内容也衔接）。

---

① 此处"的"字疑衍。

② 从上页"全书约共得十万字"到此处的"还待修改"这段文字在《存牍辑览》本中删去了。

③ 以"天热"开头的这两段文字在《存牍辑览》本中作"天热，你即使不出去避暑，也得注意身体。"

④ 此处"《美国诗选》"疑当作"《英国诗选》"，《存牍辑览》本即作"《英国诗选》"，《英国诗选》和《紫罗兰姑娘》均系卞之琳的译作。

⑤ 此信在《范用存牍》本中被列为第三封，其中所说"《冯文炳选集》序"写于 1983 年 12 月 21 日，据此可确定该信当写于 1984 年 1 月 29 日。

（三）《读胡乔木〈诗六首〉随想》，保存附记，删了有关胡文《读后》语，只提请教过，只提赞成他的诗律主张和我的一点保留意见。

（四）正文中年份用阿拉伯数字，月、日用汉字，不仅本书可以统一，我的其他著译也如此（文末注明年月日期一律简用阿拉伯字）。

全书现共为二十篇，附录三篇。只是全书编排打乱了，带来了许多麻烦，延误了出版日期，非常抱歉！

匆祝春节好！

之琳　一月二十九日下午

第八封（1984 年 2 月 22 日）①

范用同志：

今天上午我还忘记告诉你一点，就是《人与诗：忆旧说新》集里收有《读胡乔木〈诗六首〉随想》，原附有乔木同志《〈随想〉读后》一文，现在《诗探索》该期至今未出，我想起应首先征求乔木同志的同意，请通过乔办黎虹同志问一问（已于一·十九函黎虹同志），如觉得不便，集中就不收，我的"附记"也就抽掉，只保留 1982 年所写，1983 年经乔木同志与我共同校过清样的本来面目。

又《废名选集》序②（还有那篇千字文）希望能插入，这样我截至 1983 年所写这类文章就全了。明年一月一日起就再不写这类文章，又要突击莎士比亚四大悲剧的最后一剧的翻译了。序稿只此一份，文集、《废

---

① 此信《存牍辑览》本未收，在《范用存牍》本中被列为第四封。该信的写作时间初步推断是 1984 年 2 月 22 日，但仍然存在疑点。信中提到"《废名选集》序（还有那篇千字文）希望能插入，这样我截至 1983 年所写这类文章就全了。明年一月一日起就再不写这类文章"，此处所说的"《废名选集》序"（即"《冯文炳选集》序"）写于 1983 年 12 月 21 日，由此判断，此信当写于 1983 年 12 月，日期当在 21 日之后，但信中又提到"已于一·十九函黎虹同志"，若此处"一·十九"无误，那么该信似又是写于 1984 年 1 月 22 日或 2 月 22 日，一个可能的解释是卞之琳所说"明年一月一日"指阴历的春节，1984 年的春节为 2 月 2 日，那么该信就有可能是写于 1984 年 1 月 22 日，但用"一月一日"来指代春节似乎又不符合常规表达习惯，故此信的具体写作年月尚不能完全确定，存疑待考。

② 此序即上封信中所说的《冯文炳选集》序，发表于《新文学史料》1984 年第 2 期时题为《〈冯文炳〔废名〕选集〉序》。

名选集》《新文学史料》都要用（要二份），请尽可能及早复印几份为感。

刻安。

之琳　二十二日下午

第九封（1985 年 5 月 15 日）^①

范用同志：

近来想必还是忙，身体康复了吧？

《维多利亚女王传》译书我已校改了一遍，发现不仅不易看出的错排不少，自己也有疏漏不妥处，现正将原附参考书目全名重新译出，正开始写重印前言。我想参考一下故梁遇春大约在一九三二年出版的《新月》上发表的《论斯特雷切》一文，不知是否已收入人民文学出版社前不久出版的《梁遇春散文集》^②，请编辑部查一查，送来借给我看一看。

《人与诗：忆旧说新》正式出书已有时日，迄今仍未见稿费，请代为查询，为感。

祝好。^③

卞之琳　五月十五日

又：我除了开会、体检等，平时不大出门，最近家里没有别人，编辑部如有同志来，最好在下午三点与五点之间。

---

① 此信在《范用存牍》中被列为第六封。三联书店版《维多利亚女王传》出版于 1986 年 5 月，卞之琳为其所写《中译本重印前言》署写作时间为 1985 年 5 月 23 日、7 月 23 日，据此可基本确定此信当写于 1985 年 5 月 15 日。

② 经查，人民文学出版社 1986 年出版过《春醪集 泪与笑》，系"中国现代文学作品原本选印"之一种，并无信中所说《梁遇春散文集》；但也有一本《梁遇春散文选集》，百花文艺出版社，1983年 12 月出版，卞之琳所指或是此本，只是出版社有别。

③ 以上两段话及信末"又"及的一段附言均被《存牍辑览》本删去了。

第十封（1985 年 6 月 20 日）①

范用同志：

梁宗岱夫人姓名是"甘少苏"，通讯地址是："广州外国语学院"②。恐怕需加"梁宅"，因为学院不一定熟悉她自己的名字。③

借我看的那本诗画册，我稍稍翻了一下。我有诗作者送我的一本诗集《雷声与蝉鸣》（1979）④。我 1980 年秋冬之际访美，曾到洛杉矶南加州大学（亦代未同去），在原是台湾去的诗人翱翱（张错）家里住了两夜，第二天在张家晚餐会上遇见过他（是搭李黎从圣地亚哥开来看我的便车来的，当晚赶回去）。诗还不难懂，只是不及罗青的不同凡响，这本画册里的铜版画也不能比罗青所作画令我较易于欣赏。香港印书似也比台湾差一点。我得空当再看看，一定保存完好归还你。⑤

那个日本得诺贝尔奖后自杀的作家，我一时又想不起名字了（你看我的记忆力出了多大的毛病）。他那些散文诗式的短小说，我读到过一些很喜欢的。你收集到的译文，得空找到了，请借我看看。我倒想建议你们出版社把这些译文（内地刊物上也有些，只是我不记得在哪里了）收集整理，或请文洁若同志校一下或直接自译，编一本书出版，我看一定有销路。

匆此祝好

卞之琳 六月二十日

---

① 此信在《范用存牍》中被列为第一封。从信中所说的"诗画册"的"诗作者""送我的一本诗集《雷声与蝉鸣》（1979）"，可知此处所说诗人为梁秉钧，所说的"诗画册"当指其诗集《游诗》，据也斯（梁秉钧笔名）诗集《浮藻》（中国文联出版公司，1995 年 11 月出版）中所言，《游诗》后记写于 1985 年 4 月。据香港中华文化促进会 1985 年 5 月印行的《游诗》（"游诗"诗画展手册），梁秉钧、骆笑平二人的诗画展于 1985 年 5 月 4 日至 29 日在香港展出，据此可基本确定该信当写于 1985 年。

② 此处冒号与引号为《范用存牍》中所无，本书编者据该书所附信件影印件增补。

③ 这一句在《存牍辑览》本中删去了。

④ 此处纪年在《范用存牍》本中为汉字，本书编者据该书所附信件影印件更改。

⑤ 这一句在《存牍辑览》本中删去了。

致葛林（一封）①

葛林同志：

书目上星期已托白山同志带给您，想已看过。其中斯米尔诺夫《论莎士比亚及其遗产》，莫罗左夫《莎士比亚论》（应照原名字：俄文本《莎士比亚选集》序）和阿尼克斯特《论莎士比亚的悲剧〈哈姆雷特〉》这三篇我认为值得翻印，因为这样便于参考。我这两篇旧作②这次只匆匆浏览了一下，改正了这③个错字，来不及修改，我看不值得翻印。如要印几份，我在每篇前面写的几句说明，可用小字附印在正文前面（两段说明完全一样，只是原刊"集刊"第几期不同）。

敬礼！

卞之琳 四月二十六日

---

① 此信据手稿照片录存，原信未署写作年份。葛林在 1978 年调到中国社会科学院外国文学研究所工作之前，曾任中共中央党校语言文学教研室讲师、文艺理论组组长，中共中央高级党校语言文学教研室 1963 年 7 月编印的《文艺理论专业外国文学学习参考材料（一）》选录了莫罗左夫的《莎士比亚论》、阿尼克斯特的《论莎士比亚的悲剧〈哈姆雷特〉》、卞之琳的《莎士比亚的悲剧〈哈姆雷特〉》和《莎士比亚的悲剧〈奥瑟罗〉》等四篇文章，与信中所说的书目能够对应上。由此可以推测，这本"参考资料"很可能是葛林负责编选的，曾通过其丈夫张白山（时为中国科学院文学研究所研究人员）向卞之琳征求书目，据此，卞之琳此信很可能写于 1962 年 4 月 26 日。

② "两篇旧作"即上注中所说的卞之琳的两篇文章，它们先后发表于北京大学文学研究所编的《文学研究集刊》第二册（人民文学出版社，1956 年 1 月出版，上注中所说阿尼克斯特的文章亦发表于该期，译者为杨周翰）和第四册（人民文学出版社，1956 年 11 月出版）。

③ 此处"这"疑是笔误，或当作"几"。

致龚明德（一封）①

龚明德同志：

　　来信阅悉。我和巴老，交谊既长且深，可惜过去他给我的信件都已散失，因我懒于动笔，近若干年来简直没有和他通信，最近他亲笔覆我的一封亲切详细的信，实属难得，原件用后，希如所诺言，请为珍藏然后交现代文学馆，收入《书简》②一书亦请征得巴老同意，为感。

　　现抽空回答所提问题：

　　"卞之琳"是我的本名。我祖籍江苏溧水（南京东南，今属南京市），裔出东晋南渡卞氏一支，族中到我，属"之"字辈，家中兄弟以"玉"部（斜"王"傍）字结尾，因被取学名"之琳"，并无特殊涵义（"琳"字在历史向为男姓③人名习用，今日始渐成女性人名偏用）。1931年徐志摩师未经本人同意，为所编上海《诗刊》选登我1930年习作诗，代署真姓名，此为发表作、译署此名的开端。在此前后不久在报刊发表作、译，曾用多种笔名，其中仅"季陵"一名稍为人知，一部份连自己也已遗忘。署笔名作、译中，除一部份收入后来署真姓名出版的著、译集外，率多幼稚的自己不愿再提的劣作或为糊口而随手拈来的译品。以后在1938年1939年间在延安及以后回西南"大后方"初期，发表作品亦统署真姓名，仅在抗日战争中期"皖南事变"以后至解放战争时期，在国统区曾另用"大雪"（阴历大雪节生日）、"薛理安"（生母姓薛）等笔名在报刊发表过作品，今亦已收入署真姓名的成书（香港山边社1983年底出版的《山山水水（小

---

　　① 此信据收信人龚明德先生提供的复印件录存。龚明德（1953—　），湖北南漳人，时任四川文艺出版社编辑。

　　② 此处当指四川文艺出版社1987年10月出版的《巴金书简（初编）》，其中收入巴金1985年9月13日致卞之琳的书信一封。

　　③ 此处"姓"是卞之琳笔误，当作"性"。

说片断）》）。因此我可以说从未以笔名行世，不应列入大著范围^①。

匆覆，祝编安。

卞之琳

一九八五年十一月八日

剪报附还，因挂号需去邮局，恕即寄普通航空，谅不会遗失。

---

① 此处"大著"当指龚明德所著《中国现代文学家传世笔名集释》，似未出版单行本，但曾作为附录收入董宁文编《我的笔名》，岳麓书社，2007 年 1 月出版。

致古苍梧（一封）①

苍梧先生：

八月间和你们几位随便晤谈，我感到十分亲切，十分愉快。从我不加思索，信口乱扯当中，你们居然能整理出这样一篇访问稿②，实在难能可贵。完全是由于我自己事先毫无准备，说话噜苏，口齿不清，乡音太重，现在读到你们发表的这篇纪录文章，发现其中不无与本意出入处，这当然难免，无关宏旨。但是，为了使你们的热心和努力所得出的成果臻于完善，我想不妨写信再谈谈没有说清楚的地方，并作些补充。

（一）关于徐志摩。我当学生的时候，徐志摩到北京大学教书，是第二次，时间不长，和我私下接触也不多。他留给我的印象是：平素待人真挚热情，并不自负不凡，只是人家都说他漂亮，自然也可能有点自命风流。他第一次在北京大学教书的时候，是远在北伐战争以前，通常被认为属于当时和《语丝》派对立的《现代评论》派。我几乎没有看过他写作的新诗以外的东西，在很少私人晤谈里没有听到过他谈政治。我有一次偶然发现他在最早期的《创造》季刊上也发表过一篇用英文写的文章。他在一九三一年"九·一八"以后的初冬乘飞机失事去世，我是记得的，只是不记得确切的日期；现在从我过去的《十年诗集》③的题记里查出是十一月十九日。他在"九·一八"以后不久从上海写给我的一封短信也是写给我的最后一封信里，在寥寥数语当中，我确切记得他谈到自己的情况，有"忧闷度日"的字。

（二）关于闻一多。我在北京大学读书的时候，闻一多先是在青岛大学，后来才到清华大学教书，接触不多，却是我一向尊敬的师辈。我为

---

① 此信辑自《开卷月刊》第 4 期，1979 年 2 月出刊，原题为《卞之琳先生的来信》。古苍梧（1945—2022），本名古兆申，广东高州人，香港诗人。

② 指古苍梧的《诗人卞之琳谈诗与翻译》，《开卷月刊》第 1 期，1978 年 11 月出刊，本书将这篇访问记附于此信的末尾，以便读者对照阅读和参考。

③ 此处"《十年诗集》"，原刊排印有误，当作"《十年诗草》"。

臧克家的《烙印》设计封面，是模仿初版本《死水》，照样用黑色封面，照样用一小长横方块跨过书脊印上书名和著者名的贴签，只是把贴签改金色为红色而已（《汉园集》是属于商务印书馆出版的一套丛书，不可能由我设计封面）。闻一多后来在西南联合大学曾和我不同系而共事过一段时期，但是他遇刺的时候，我已经早离开昆明，是在太湖边上的一个古庙的偏院里埋头写作当中，听一个闯入的游客说从报上看到了这个消息。现在我依稀记得他曾接受什么出版社编一本新诗选的要求，要我自己选一些诗给他，我答应了，但是看来他对于选这本书并不积极，而我当时对于写诗也不感兴趣，不知怎的，完全忘记了交卷。[①]

（三）关于何其芳和李广田。何其芳被我编入过《汉园集》的《燕泥集》这部分诗，后来收入了他自己的诗集《预言》（不是《刻意集》，这是我一时说错了）。他和李广田，都是在《现代》杂志上发表了诗作以后，开始和我成为相识。何其芳当年同时考上清华大学和北京大学，先进了清华，因为当时清华一向办事效率高，却是死板，发现了他报考证件有问题，就不能容纳他，而北大当时一向马虎，却是宽宏，所以第二年还接纳他入了学。

（四）关于几位西方诗人和作家。我爱好过梵乐希的后期短诗；相反，我只觉得容易接受艾略特的《荒原》及其前的短诗，对于他最后的《四曲四重奏》[②]，我只是欣赏过它诗风的炉火纯青。布莱希特、阿拉贡、奥顿都会用（而不是总是用）民歌或流行歌曲的体式或风格写出自己的有意思的诗篇（阿拉贡是主要在第二次世界大战期间，不是以前，写出过一些我认为的好诗）。奥顿和衣修午德都是关心西班牙内战的，只是我不知道他们有没有亲自去过那里。他们到中国来是在一九三八年春天，还是反法西斯的，到过武汉，到过徐州战场。衣修午德的小说，我至今还是喜

---

① 此处所说的诗选当指闻一多生前开始编选但未及编定的《现代诗抄》，其中确实未选卞之琳的诗，但在该书"新诗过眼录"的"别集"部分列入了卞之琳的《十年诗草（一九三〇——一九三九）》。

② 《四曲四重奏》（*Four Quartets*）通译《四个四重奏》。

欢他早期从《告别柏林》以至我译过的《紫罗兰姑娘》（Prater Videt①），从这一本小说开始，作品里也表现了他好像愈来愈沉迷于印度神秘主义，那有点像我国佛家（不是道教）的禅宗思想。衣修午德一九四八年曾回到英国探亲，我当时也在英国，彼此不知道，承热心的阿瑟·韦莱告诉了他，也写信告诉了我，我们才通信联系，他约我到伦敦，请我吃了一次饭。后来也为我看过我半部自改自译的小说英文自译试稿。这是一个为人诚挚、认真，表面上像他行云流水的文笔一样的潇洒人物。我看过柏林剧团演出的布莱希特的两个戏剧，一个是《三分钱歌剧》（The Three penny Opera），一个是《伽利略》。

（五）关于自己在抗战期间写的小说。我在抗战期间写过两篇微不足道的短篇小说。一篇是在延安客居时期写的，题名《石门阵》，发表在好像是重庆出版的《文艺战线》。一篇是在太行山随军生活的间隙里写的，叫《红裤子》，寄给了西南"大后方"的朋友，不知怎样被昆明西南联合大学的《今日评论》拿去发表了，后来听说被叶公超译成了英文，由燕卜荪（Empson 两次在中国教书的正式用名）介绍给英国的《生活与文学》（Life and Letters）杂志发表②，曾被收入王际真（?）③在美国编译的《中国战时短篇小说选》（Chinese Stories at War）④。后来白英（Robert Payne 西南联合大学教书时候的正式用名），编选《中国当代短篇小说集》⑤，要收这一篇，我就把译文略加修改并补上原文印漏的两句对话。至于我以三年业余时间写出全部草稿，接着又断续以五年时间自改自译成半部英文稿的长篇小说《山山水水》，后来自己不满意，早已全部销毁了。它的一

① 此处"Videt"原刊排印有误，当作"Violet"。

② 卞之琳这篇小说的英译 The Red Trousers 发表于 Life and Letters Today 1939 年第 23 卷第 26 期的 Stories 栏目，目录及正文均署名 Hsüe Lin，"作者简介"中披露其为卞之琳的众多笔名之一，并介绍他是中国最为知名的白话诗人之一，目前人在八路军中，毕业于北京大学，翻译过纪德、马尔罗、阿佐林以及其他西方作家的作品。他与英文译者叶公超均由燕卜荪推荐给该刊。

③ 此处"（?）"是卞之琳自加，表示对自己的回忆有点拿不准。

④ 王际真（Chi-Chen Wang, 1899—2001，原籍山东省桓台县，旅美学者，翻译家）所编之书名为 Stories of China at War，哥伦比亚大学出版社 1947 年出版。

⑤ 此书当指白英（Robert Payne）与袁家骅（Yüan Chia-hua）共同编译的 Contemporary Chinese short stories，Noel Carrington Transatlantic Arts Co. Ltd 1946 年出版。

些片段和一、两个整章，曾在抗战时期和抗战胜利初期在国内两、三个刊物上署真名和笔名发表过。小说开头有两章署真名发表于一九四九年三、四月间周而复编的在香港出版的《小说》月刊。

（六）关于自己写诗的转折点。我的第一本小诗集《三秋草》，虽说是自印的（Privately Printed），印了百把本，是由书店公开代售的，其中大部份都收入过出版社印的几个诗集，在《十年诗草》里也还有一些。写诗倾向的显著变化，是从《慰劳信集》开始。头两首是一九三八年秋后在延安响应号召写"慰劳信"而用诗体写的，续写完是在一九三九年秋天四川大学搬去了的峨眉山。当时一般用"慰劳"一词，并不限于对劳苦大众，后来大家都不用了，我也觉得不妥当，而我们今日用"致敬"一词也习惯于并不专对功勋领导。

（七）关于新诗格律的看法。用白话写新诗，自由体显然是最容易，实际上这样写得像诗，也最不容易，因为没有轨道可循。格律却又必须从大家的实践中来，才能为大家接受。我通过自己的实践，参考古今中外一般创作与理论的实例，到今还是和一小部分有写诗实践的论者对于白话新诗的格律所提过的看法，大同小异。说诗要写得大体整齐，也就可以说一首诗念起来能显出内在的像音乐一样的节拍与旋律。我们用汉语说话，最多场合，是说出二、三个单音字作"一顿"，少则可以到一个字（一字"顿"也可以归附上、下两个二字"顿"中的一个而合成一个三字"顿"），多则可以到四个字（四字"顿"就必然有一个"的"、"了"之类的"虚字"，不然就会分成二、二或一、三或三、一的两个"顿"了）。这是汉语的内在规律，客观规律。一句话可以说得慢说得快，拉长缩短，那是主观运用，甚至一篇社论的几句话也可以通过音乐家之手，谱成一首歌，那是外在加工。所以，用汉语白话写诗，基本格律因素，像我国旧诗或民歌一样，和多数外国语诗歌相似，就是这个"顿"或称"音组"。一个"顿"或"音组"在我们汉语里大致与一个"词"或"词组"相等而也不一定相等。由一个到几个"顿"或"音组"可以成为一个诗行（英文叫 Line，也像英语格律诗一样，一行超过五"顿"，也就嫌冗长），由几个划一或对称安排，加上或不加上脚韵安排（Rhyme Scheme）

就可以成为一个诗节（Stanza），一个诗节也可以独立成一首诗，几个或许多个诗节划一或对称安排，就可以成为一首短诗或长诗。这很简单，也可以自由变化，形成多种体式。这里当然也可以进一步有种种讲究，例如全首各行以奇数"顿"（三或一字"顿"）收尾，占主导地位，就像旧诗的五、七言体，在白话新诗里就较近哼唱的调子，而全首各行以偶数"顿"（即三字"顿"①）收尾占主导地位，就像旧诗的四、六言体，在白话新诗里就较合说话的调子。我认为不像我国旧体律、绝诗（古称"近体诗"）因是文言，一个单字是一个独立存在，平仄安排，在白话新诗里，关系不大；照一些外因②格律诗，在白话新诗里，作轻重音或长短音整齐安排。③限制太多。由于汉语性能也和例如英语性能不一样，英语诗歌例如用抑扬、扬抑（te tum，te tum……或te，tum te……）篇格，可以行行如此，汉语文言诗就不能每句都用平仄、平仄或仄平、仄平，也不能句句都用仄仄平平仄或平平仄仄平之类。在白话新诗里是否也需要参差、交错，而不能行行都用一样安排的"顿"数，例如用三二、三二、三二或用二三、二三、二三和二二、三三、或三三、二二等等，也还是问题。总之，这都是为了在我们既不是随意来"吟"或"哼"，也不是按曲谱来"唱"，而是按说话方式来"念"或朗诵白话新诗的时候，不致像作话剧台词或作鼓动演说一样，而能显出内在的音乐一样的节拍和旋律。

（八）关于译诗标准的看法。我一向对于严复所定的有名的"信、达、雅"三字当中只相信一个"信"字。"信"就是"忠实"。文学翻译不仅应忠于原文的内容，也应忠于原文的形式；所以我也不爱作所谓"直译"与"意译"之分，"神似"与"形似"之分。当然，这是理想。在译诗的场合，在内容与形式之间，往往不得已而有所偏重（偏重内容，因为总是内容决定形式），有所折衷（因为好诗总是内容与形式的统一），以达到全面的，整体的忠实。忠实也不等于表面"相同"，而是要在另一种语文里

---

① 此处"三字'顿'"疑是原刊误排，从上下文看当作"二字'顿'"

② 此处"因"是原刊误排，当作"国"，原刊可能因两字形近而误认误排。

③ 从上下文看，此处"。"当作"，"，与下面的"限制太多"连为一句。

有"相应"或"相当"的效果。这又不能走到极端。例如我国五、七言律诗可以说相当于西方的十四行体诗，但是我们既不能把一首五、七言律诗译成西文的十四行体诗，也不能反过来把一首西文的十四行体诗译成中文的五、七言律诗而能保持原来的意味和风貌，这也是不忠实。我译过几首莎士比亚的十四行体诗（解放前还译过几首奥顿的格式上较正统的十四行体诗），就像我译过的一些别的英语格律诗一样，试图在形式上也尽可能一致，从每行以我们所说的"顿"或"音组"和原诗"音步"的数目相等，照样用复杂的脚韵安排，甚至在处理"跨行"（runon line，法文叫 enjambment）上亦步亦趋，结果也颇有些似乎还过得去。我译莎士比亚戏剧，也用"顿"或"音组"相符于原来的"音步"，行对行来译其中主体的无韵体诗或译称白诗（blank verse）。这种无韵体诗在我国汉语中可能行不通，因为我们所说的"顿"或"音组"本身很简单，又不押韵，念起来可能显不出像诗，那就算散文也罢，我只是在中文里力图保持原作的本来面目，也就是尽可能忠实。剧中故意用陈腔滥调的也用中文的陈腔滥调来译；庄严还它庄严，雅致还它雅致，粗鄙还它粗鄙，插科打诨，双关谐语，宁可把字句略加伸缩，意思略加变动，也求在中文里达出同样的效果。剧中所插歌曲或小调，正规的照样正规，该用"莲花落"式之类来译的决不能用儿歌式或文言诗体来译，道理也就显然。韦莱翻译中国诗，我是钦佩的。他宁重内容神味而轻形式外貌。我把英译的《摽有梅》试改一点，无非是看看能否再照顾一点原诗的简单利落，原诗的四行一节而且押韵（"gathered in"没有传出原稿"筐"字的形象，就不如原译）。至于"其实七分"，"其实三分"，我记得法国一种译文，把"七"和"三"译成"十分之七"和"十分之三"，当然更符合原文的实际意思，却也反而失去了原诗单纯而形象化的风味（这是"七个"、"三个"，说句笑话，倒也不是有的①像贝克特《等待戈多》舞台布景里一棵光秃秃的树上长出的五、六片叶子吗?)

（九）关于我去英国和几位英国朋友。国内过去往往提到我去英国"讲

---

① 此处"的"疑是作者笔误或原刊排印有误，或当作"点"。

学"，我总要更正，因为不符合实情。当时英国文化委员会每年在国内各大学教授当中选邀五名，给予"Travelling Fellowships"，我自己译为"作客（或旅居）研究员待遇"，时限为一年，最初可以延长为两年。我去那里更就是实地了解英国生活，接触一些文化界人士，增进英文运用能力，主要是一心改好自译小说稿。有时广播电台请我去作讲话，我都一律拒绝。我只是由文化委员会安排和牛津大学拜略尔学院（Balliol College）取的联系，作为常客，一星期去那里上两次"高座"（High Table——教师席）吃晚饭和那些饱学之士闲谈天而已。我第一次去，按例应作首席客人，恰逢当晚克里斯多孚·希尔（Christopher Hill）为首席主人，从此我同这位著名史学家和他当时的夫人，有才华的伊奈士（Inez）相熟，最谈得来，常上他们家去串门。解放后燕卜荪还在北京大学和我共事过三年，一九五二年才回去。我实在很难读懂他的诗，也很难有耐心读他好像牛角尖钻得很深的论著，但在我向他偶有所请教当中，发现他文字修养确实高明，不同凡响。白英在西南联合大学和我相熟，是个活跃人物，当然也有值得我学习的地方。只是他总不甘平实，写起东西来总要锦上添花，像要搞得愈怪诞愈好。他编选《当代中国诗选》①，把我自译诗《春城》中的"屋角"（或"檐角"）改成 eaves' ears（"檐耳"）我是同意的，想不到出版前竟又被改成了 ears' eaves（"耳檐"，这不可能是排错），于是接下去的"打掉一角"，就变成狂风"打掉一只耳朵"，多狰狞！而书中关于我的介绍语，本来是交我自己修订过，出版前却不②怎样又塞进了一句话，说我在住房墙上颠倒挂着一张世界地图。其实我当时随便挂的一张彩色地图是从一本美国画报上撕下的一幅东半球"透视地图"（perspective map）！可怜的卜勃（Bob），竟为此无视我就是这样一个平凡人！

（十）关于我目前的工作。我目前算是负责一个小摊子的工作，因为身体不好，实际上只是挂个名，主要是自己准备改写和增写关于莎士比

---

① 当指白英（Robert Payne）所编 Contemporary Chinese Poetry，Routledge·London 1947 年出版。该书收录了卞之琳自译的 16 首诗。

② 此处"不"字后疑原刊漏排了"知"字。

亚悲剧的评论，整理成一本书，并继续译出莎士比亚的几个重要悲剧。《里亚王》是译完了，还没有写序文，更没有交哪个出版社审阅付印。同时，因为毕竟老了，来日无多，我也想在业余自己整理一下实在也无甚价值的旧作。

　　一写就写得这么长了，又叫你们读来头痛，糟蹋你们的宝贵时间，乞谅。祝好！

　　　　　　　　　　　　　　卞之琳　一九七八年十一月二十六日

诗人卞之琳谈诗与翻译[①]

古苍梧

问：卞先生过去跟何其芳、李广田合出的《汉园集》在香港已有人翻印了。

答：翻印了？现在这本书还缺少了一篇说明：为什么叫《汉园集》？在付印时掉了，后来印了张卡片，像书签一样，作了个很简单的说明，夹进书去，这个一下子就掉了。有朋友在旧书摊找到一本送给我，我现在还有一本《汉园集》。

问：卞先生是什么时候开始写诗的？

答：这个问题现在也很难讲了，我很小就喜欢写作了，在旧社会搞创作是吃不上饭的。讲到写诗，那还是很小的时候了，我在家乡读过小学，不是私塾，是民国以来的那种小学，家里有几本旧诗词，自己翻翻看，没有在学校里学过，在小学毕业后，在私塾里呆过一年，补修了一下古文，学的也是《论语》《孟子》和屈原的《楚辞》，真正的诗词没有正式学过，还是自己在家里翻翻看看学的。真正写诗还是上了大学的事。我初中是在乡下读的，高中是在上海，大学入的是北平的北京大学，那是在一九二七年国民党搞"四·一二"事件后，我们这些出身贫苦的小资产阶级的学生，当初北伐时也有一阵很兴奋，但来了这样的事件后，感到很失望悲观，我进北京大学时，讲起来很滑稽，好的方面来说，我很羡慕北京大学，五四运动就是在那儿发生的，出版了不少刊物，文化活动十分活跃，另一方面那时北平是个古城，很荒凉，当时自己的心情也想到这荒凉的古老的地方去，是一种逃避现实，主要是不满现实又看不到出路，是一种 Escape。进了北京大学，第一年倒读了些书，进的是英

---

① 此文原载《开卷月刊》第 1 期，1978 年 11 月出刊。

文系，当时的文学院有英文系、法文系、德文系、日文系、俄文系、也有中文系，还有历史系、哲学系，北京大学同别的大学不同。

问：何其芳当时是读哲学系吧？

答：何其芳最初考入了清华，他由于北京大学很自由，清华比较严格一点，他后来就转到北京大学来了，他比我晚两年，入的是哲学系。李广田考入了北大预科，也比我晚了两年，李广田倒是进了英文系的，出来后在中学教国文，后来在大学教中国文学。我进大学第一年就是读书，精神很苦闷，第二年就很随便，高兴看什么书就看什么书，开始想写起诗来了。当时看外国诗，也受点旧诗的影响。第二年徐志摩从上海来北京教书，他教我的课，知道我写诗，要我把诗拿给他看看，也没经我同意就把我那些诗，拿到上海去发表了，那是在《诗刊》上发表的，以后各个刊物就要我的诗了。其实我写的诗数量很少。徐志摩这个人倒是很可爱的，思想那是另一回事了。他讲课也没讲义，海阔天空地谈，他讲英国诗，作为教师也不算是个很好的教师，他死得很早，不记得是三一年还是三二年，他从上海坐飞机回北京，在济南飞机失事摔死了。九一八事变后，他曾告诉我他很苦闷，他经常上海北京来回跑的，不知是谁送了他一张飞机票，当时还没有现在的民航机，飞机在济南跌下来就死掉了。我在北大读了几年，也没有好好地读书。

问：徐志摩是不是长得很漂亮？

答：这怎么说？是个高度近视眼，他有点自命不凡罢了。

问：他有谈政治上的问题？

答：他不大谈的，他不大关心这方面，九一八事变大概多少触动了他，所以觉得苦闷。他在北大时间不长，他的夫人陆小曼又在上海，他不大谈国家大事的，他不只在《新月》上发表诗，也在创造社的《创造》上发表过诗。他是新月派的诗人，跟胡适那些人接近，但又不同于梁实秋那些人。很早他就在《创造》上发表诗，后来在《现代》上发表。《现代》是《创造》的对立面，他们争论时我还在南方念书，没有关心他们的争论。

问：你在写诗以前有看过谁的诗？徐志摩的诗对你有一定影响吗？

答：徐志摩、闻一多这些人都有一些。闻一多从美国回来，他的诗我是喜欢的，他的诗风同徐志摩不同。闻一多没有直接教过我书，他在清华大学教，我受他们新的格律的影响，特别是闻一多。我在一九三〇年秋冬写了一些诗，拿去发表了，后来在一九三三年出了本《三秋草》。我和何其芳、李广田本来是不认识的，何其芳在《现代》发表了诗，这样子才认识他们的。我有朋友出钱给我印了一本数量很少的诗集，就是《三秋草》，这是在《汉园集》以前，我最初的一本诗集。是沈从文出钱印的，只印了一百八十本，印数很少，是一本 Private print 的东西。臧克家在山东大学看见了，也想出一本，是王统照出钱印的，就是有名的《烙印》，是我和李广田在北京给他印的，也找同样的纸张，封面设计是我参照闻一多的诗选设计的，我和李广田就在北京大学红楼底下那家印刷厂给印的，它的铅字比较好，又便宜，那篇序也是我跑了几次清华，请闻一多给他写的，闻一多虽然没教过我，也是我的老前辈。到一九三三年我毕业，后来一九三五年郑振铎他在商务印书馆要出一套丛书，给我们出诗集，我们当时每个人的诗还数量有限，还搞不出一本厚的诗集，我们三个人就合起来，三个人的诗集放在一块，封面又是我设计的，那就是《汉园集》。为什么叫《汉园集》？因为北京大学文学院是在沙滩红楼，那地方又叫汉花园，所以叫《汉园集》。

问：在《汉园集》里，何其芳是《燕泥集》，你的是《数行集》，李广田是什么集？

答：是《行云集》。何其芳那部份《燕泥集》后来拆开来，把另外一部分①收入《刻意集》，我在《汉园集》中的诗部份也收入《鱼目集》，其中有重复的。其中有《三秋草》的东西，也有《汉园集》里的东西。巴金他们搞的文化生活出版社出的一套文学丛刊中所出的，就是《鱼目集》，也是一九三五年出版的。这些诗现在看来是消极的，是逃避主义的，在当时还有一点好的，就是没有同反动派拉关系。

问：在外国的诗人中你又读过哪些诗人？

答：我是读英文系的，也在北大读了一年法文，能看法文，我受西

---

① 原刊混用"部份"和"部分"，此处照录而不改。

方浪漫派的影响，但在我的诗中不大看得出来，后来我接触了十九世纪后半期法国象征派诗人的作品，像波特莱尔、马拉美、魏尔伦，可能对我写作有点影响，但对后来的诗，也谈不上影响，我喜欢保罗·梵乐希 (Paul Valéry)。我可以说是个小诗人，一个 Minor poet，我喜欢精雕细琢，可以说是雕虫小技吧，不管怎么成功也是 Minor 的。我喜欢的是什么呢？是梵乐希的一首商籁，法国的十四行诗，叫做《失去的美酒》(Le vin perdu)，我把它翻了出来。① 非常精雕细琢的，他的长诗我倒不大喜欢。还有一个是德国的里尔克，我也不喜欢他有名的长诗《Elegies》（记者按：《挽歌》原题为 Duino Elegies），而喜欢他的一组短诗《Sonnets to Orpheus》（《给奥菲斯的十四行诗》），其中有些我很喜欢。这是一个阶段。到后来一个阶段，我喜欢 T.S.Eliot（艾略特）的一些作品，像《Waste Land》（《荒原》）和《Four Quartet》（《四重奏》）② 觉得也有点启发，再往后我比较喜欢 W.H.Auden。

问：你好像翻译过奥登的一些诗？

答：我翻译过他一些诗，也是商籁，如 In Time of War（中译《战时在中国作》），他曾到过中国来。

问：他为什么到中国来？

答：他当时还是比较反法西斯的，他跟小说家克里斯朵夫·依修午德在三十年代曾参加过马德里战争。他有一首诗叫《Spain》，后来他反悔了，说他这些诗都不要了，我说这是客观存在，不管你反悔不反悔，今天你态度是一回事，你这诗是反悔不了的，还有依修午德在三十年代也写反法西斯的小说《Good-bye to Berlin》，后来西班牙内战失败了，他们两个都很消极，从欧洲跑到美国去了，他们的反悔还算好的了。还有一些作家，在西班牙内战时是进步的，后来拼命污蔑共产主义和苏联。还有英国的作家乔治·奥威尔，也写过些倾向进步的东西，后来写《Animal Farm》，直接反动了。另外像奥敦③ 和依修午德就是消极，政治上不说

---

① 从上下文看，此处"。"当作"，"。

② 此处排印有误，当作"《Four Quartets》（《四个四重奏》）"。

③ 此处"奥敦"（Wystan Hugh Auden）通译"奥登"，下文即作"奥登"。

话，也不进步，不革命了，依修午德后来更向往神秘主义，像中国道教的禅宗，奥登也是向宗教逃避。那时候的诗，像奥登的《In Time of War》还比较好懂。他是个诗体家，各种文章都行，前些时候看到人家纪念他的文章，看到他在美国的大学教英国诗，也是以一个作家去教书，他教诗只教 Versification，教格律，他对格律用得成熟得很，像 Blues，很简单但意味很深长的也有，他在写各种体裁的作品，我是比较喜欢的。第二次世界大战以前法国的阿拉贡，当时是进步的了，后来在五十年代阿拉贡也不好了，但他用法国民歌体调子写的一些东西，比喻用得很特别，他是超现实主义，后来变得现实主义了，不过以后又倒退了，跟法国修正主义走了，但我们还是用历史主义来看他，他四十年代还是进步的。后来我比较喜欢德国的布莱希特（B.Brecht），他的诗也用民歌调子，他有很新鲜的意思。他后来比较好，赫鲁晓夫搞政变时他已死了，他也没有变化的机会了。一九六一年我和张光年一起到东德去参加德国作家代表大会，布莱希特已经过世了。布莱希特的夫人接待过我们。当时东柏林有两个橱窗，一个摆的是中国去的丝绸，另一个东柏林引为骄傲的，是布莱希特的柏林剧场，西德的人就是喜欢去看戏。我去参观过他的故居，他的书架上有马列的书，也有很多美国侦探小说，也有英文翻译的毛泽东《矛盾论》，他这人对中国有所爱好，藏有一个用石头拓的罗汉一样的东西，对中国的诗歌也很爱好，他不懂中文，不知通过什么文字，也翻译过几首毛泽东的诗词，对中国是有感情的。他的作品是属于西欧先锋派的，后期作品有部《巴黎公社的日记》，中国早有译本了。这个戏剧里他试图用群众作主角，主题跟列宁论巴黎公社没有出入，在他床头的书有一本列宁论巴黎公社，这部戏有些场面写得很好。布莱希特夫人请我们看了两场戏，一场是西方流行的《Three pence opera》，另一部是《伽利略》，还送了我一些书。回国后想写点文章，结果一写就写了篇好几万字的长的文章，叫《布莱希特戏剧印象记》，一九六二年在《世界文学》连续发表了三期。我修改了一下，本来准备在人民文学出版社出版，已经排印，后来文化革命一来就搁下了。

问：现在还会不会再出版？

答：这个也许要改一改，中间我也发现了有些地方不大妥当，西方把他说成是先锋派，掀起布莱希特热，我以为晚年他是有发展了的，从开头到后来，着重讲他后期发展的部份，我文中也有个别地方引用错了的东西，还有些技术性的问题，其中如有一个跟他争论的人，我把他当作美国人，实际是英国人，有些引用的地方也有不妥当之处。文化大革命有人提出来，我认为是对的。当时文章在《世界文学》发表有一定影响，戏剧界印象很深，这作品以后有机会修改再重新发表。我们那儿有个从德国回来的年轻人，翻译了布莱希特的《高加索灰阑记》，其中插有几首诗，这剧本我根据英译、法译给他校对过，这几首诗我给他重译过的，这个事情是不谋而合，后来发现英国翻译的《高加索灰阑记》，译者是一个人，但诗正好是奥登给他重译过的。我喜欢布莱希特，但他谈不上影响我的诗，因为我后来没有写过诗，很少写诗了。现在回过头来回答最初的问题，我先谈谈我的身份吧，我是很怕人叫我作诗人的，不得已临时也可以，还有还害怕人叫我教授，为什么害怕？因为我不是个学者，我那时不过是没饭吃教教书罢了。有一件小事，一九五五年我到波兰参加密支海维支纪念活动，各国派人去，当时国内大家都很忙，就派了我去，波兰搞组织工作的问我怎么称呼，我说我是文学研究所的研究员，他说这不算头衔，你不是写诗也教过书，就叫 Poet and Professor 吧，其实我诗写得很少，教书也是不得已应付一下的，在做学问方面，严格说起来，我也不是个学者，勉强说起来，我也只是个文学批评家 Literature Critic，批评家对事物可以批评，可以发表点意见，但不是很系统，不是个 Scholar。

问：你可以谈谈写《慰劳信集》的经过吗？

答：我写诗只有几段时间，一段是三〇年秋冬写了一批，也不多，三二年又写了一点，三五、三六年又写了一点，后来三九年又写了一点，这一个时期是三〇年到三九年，后来在桂林印了个《十年诗钞》①。我当时在南方写写诗，拿翻译作为一种职业，翻译的东西很多，现在我

---

① 此处"《十年诗钞》"，原刊排印有误，当作"《十年诗草》"。

都把它们否定掉了。一九三七年逃难到了四川成都，在四川大学里面当教师，只教了一年，何其芳那时也在成都，当时无非是出于爱国主义，国民党说八路军不抗战，我想到延安去看一看，目的是去访问，利用暑假去跑一趟，回来在后方讲讲。何其芳和沙汀在后方觉得呆着没意思，到了延安他们留在鲁艺教书了。我就到八路军去了一转，看了看，写点东西，那时我还没有什么阶级觉悟，当时后方号召人给前方写慰劳信，我就写了些诗，合起来叫《慰劳信集》，其实慰劳信这提法也不尽合适，对于一些劳苦的人可以说是写慰劳信，对一些领导人好像不应该说写慰劳信的，我用诗体来写慰劳信，最初写了两首，一首是给抗日战争的战士，一首是写给延安修飞机场的，后来我到了陈赓的部队，在太行山、晋东南跑了一圈，有半年工夫，见过陈赓，我带了个小照相机，也不是新式的，临时学了一下照相，拍下了生平拍的几张照片，所以后来写了一篇报告文学《第七七二团在太行一带一年半战斗小史》[①]，附了几张照片，就是我自己照的，手也抖，眼睛也不行，但总算照出来了。这篇报告文学跟《慰劳信集》都出版过，是一九四〇年香港明月社[②]印的。延安留我在那儿工作，我在鲁艺教了三个月书，是临时性的，何其芳和沙汀留了下来，我照原定计划，回到四川，[③]我从太行山到了峨嵋山，写下了《第七七二团》，这报告文学的材料，有是我在部队连队里亲耳听到的，有参谋部给我看的材料，还有政治部主任私人日记也借我看，所以写得比较生动，因为都是事实，并不是虚构，只是用了点文学的笔法。我是个无党无派，人家到延安去都改了名字，我是行不改姓坐不改名，我从不隐瞒到过延安，在四川大学 CC 派的特务隔了一年才发现，这还了得？其实我这事在报上都有登的，并不是什么秘密的事情嘛，我也不愿再呆在四川大学，到西南联大去，西南联大比较开放些。

　　问：当时的诗人像你、何其芳和李广田，都受了抗日战争的冲击，写了些诗。你早期的诗有些是比较晦涩的，有些有所争论的，如李健吾用

---

　　① 此处原刊书名排印有误，当作"《第七七二团在太行山一带：一年半战斗小史》"。

　　② 此处"明月社"原刊排印有误，当作"明日社"。

　　③ 从上下文看，此处"，"当作"。"。

刘西渭的笔名解释过你的诗，后来你写了封信给他，说明你的意思不是这样。

答：我想，对于我的诗有解释的自由，但他解释的立论上有点那个，解释是有他的自由的，后来看香港的《七十年代》也有解释的，只要你讲得通就行。李健吾也是我的朋友嘛。

问：你们是受到抗日的冲击思想开始改变吗？

答：何其芳在我们几个中是更积极一点的，我们过去不是有阶级觉悟，只是有爱国主义思想，这是当时小资产阶级知识分子的思想状况。当初写的《慰劳信集》，其实应该是致敬信，或简单叫《信》更好些。但这诗集也被国民党禁了。

问：你到英国去了多久？

答：我在西南联大教书，升为副教授。由罗拔·潘（Robert Payne）推荐给 British Council，有五个名额，文科理科都有，我升为教授，介绍去英国讲学一年，我在英国时开始把自己写的长篇小说，名叫《山山水水》，加以修改，我把它从中文写成英文，希望在英国发表，我在西南联大后期不大活动，因为消极因素又来了，埋头写了部长篇小说，反映抗日战争中知识分子的思想状态，我把它译成英文，并不像林语堂那样，拿中国的东西到外国去卖，因为当时国民党控制很严，没有自由，我是想通过在外国出版，他们就拿我没有办法了。希望促进东方西方的互相了解。结果在外国也没法出版。后来在英国看见报上用头条新闻报道解放战争淮海战役，十分感动，我看我那小说也没必要出版了，事实上也没搞完。后来回到香港，曾在周而复在香港编的《小说》月刊上发表过几段，那是一九四九年三四月间的事，发表了两篇。抽出两个 Chapters 又再翻成中文发表，题目叫《山山水水》。我从一九三九年到一九五二年，十多年一行诗都没写过，只是写小说。

问：你有写过短篇小说吗？

答：写过一篇，叫《红裤子》，是讲游击队的，曾译成英文，在英美发表过。

问：中文在什么地方发表的？

答：在重庆的《文艺月报》上发表，英文是由叶公超译成英文，收进了英国出版的《Contemporary Chinese Short Stories》里。我看了叶的翻译，问题不大，我重新修改，交给罗拔·潘，才收进《Contemporary Chinese Short Stories》这本集子里去的。Empson 又译了收进美国的《Chinese Stories at War》。

问：解放后你主要搞什么工作？

答：主要是搞翻译，比较满意的翻译是《汉姆雷特》，还有《李尔王》也译完了，已经排版了。解放后我是在外国文学研究所当研究员，做研究工作，研究的题目就选莎士比亚，已写了三篇论文，一篇是讲汉姆雷特，一篇是奥塞罗，一篇是李尔王。国内放映过英国罗兰士奥利化①演的《王子复仇记》，中文对白就是参照我的译本改编录制的。文化革命后，我是在研究所当顾问，还继续搞莎士比亚剧本的研究和翻译。

问：卞先生可以谈谈你对翻译诗歌的看法和见解吗？

答：诗是无法翻译的，不能从一种语言译成另一种语言，我译诗也只能把意思大致译出来，刻意追求形式的近似，事实不可能十足译出诗来的。只能找相当的形式来译，所谓相当，比如中国七言的诗，就相当于外国的商籁体，把中国的诗翻译成十四行诗，那就是不一样的。我的主张是要忠实，但也不能勉强，比如七言的诗译成英文，要押韵，也不行，在英国人中有几个，照我所知有 Giles 译过《诗经》，他把《诗经》译成格律体的押上韵，还加上古文，颠来倒去，那样译的《诗经》读起来沉闷得不得了，都不像是诗歌，很成问题的。Arthur Waley（阿瑟·韦莱）翻译的中诗，是译成自由诗，很老实地翻过去，形式上不太注意，很自由地翻成现代的语言，读起来倒很有味道。还有很有趣的是，现在声名狼藉的 Ezra Pound（庞德）他是不懂中文的，他通过旁的文字译了几首中诗，味道很好，在形式上完全没有照中国的办法。总起来说，诗这个东西，我记不起是谁讲过，好像是布莱希特讲的，他说诗的第一个特

---

① 罗兰士奥利化（Laurence Olivier, 1907—1989），英国著名演员，通译劳伦斯·奥利弗。

点是不能翻译的，但是布莱特①也通过旁的语言翻译过毛泽东的诗，我不懂德文，他翻得成功不成功我不知道了。我自己倒是翻了很多东西，想把外国的东西介绍到中国来，译成中文，我翻外国诗采取大致一样的押韵，我注意从中国古代旧诗词、民间诗歌吸取东西，我是用中国的办法来翻译的。诗要含蓄，旧诗中用字很经济，但白话诗要经济就相当难，一经济就相当难懂，一下子看不懂，要多看几遍，这个矛盾不易解决。还有一个关键问题是要不要格律。我们这个自由诗大致没有问题，可以押韵也可以不押韵，像我们从闻一多开始，他想用音组，相当于外国诗的Foot（音步），Metre（步格式顿法），就像我们中文的"清明时节雨纷纷"，可以分开三顿来读："清明——时节——雨纷纷"，这是自然的停顿。一顿相当于一个 foot，但在一般情况下还没有习惯这个东西，比如过去习惯汉字是从右到左的，现在我们的报纸是横排，从左到右，也很习惯，习惯是可改变的，外国的东西正如鲁迅说的是"拿来主义"，唐朝就拿不少外国的东西来丰富我们自己，所以是可以批判借鉴，现在资本主义文化处在没落阶段，艺术技巧上有不少怪诞的东西，是要不得的，但也有些可取的东西。

问：外国诗相当于中国诗某些情况，比如商籁，你用中国诗什么相当的东西代替呢？

答：我翻译莎士比亚的办法，他是用 Five Feet（五步格）我是避免押韵，该有押韵的地方我避免押韵，有的地方是无可避免的，像 Couplet 后面要押韵，我也要一定押韵。我的办法是用"顿"来相当于 foot，但中国语文中的 accent（重音）是不明显的，我只能用五个顿来代替。押韵是ABAB，我也照 ABAB 来押，并不是说中国必须要学他的办法，而是莎士比亚原著的面目是这样，要让读者看到莎士比亚的原来面目，所以我刚才说是"相当的"，相当不是相同，所以不能把十四行诗翻成七律，七律翻成十四行诗。阿瑟·韦莱翻译中诗在意境方面是译得不错，但形式上是可以改进一点的，比如他翻过《诗经》里的《摽有梅》，原文是这样的：

① 此处"布莱特"，原刊有漏排，当作"布莱希特"。

摽有梅，其实七兮，

求我庶士，迨其吉兮！

摽有梅，其实三兮，

求我庶士，迨其今兮！

摽有梅，顷筐塈之，

求我庶士，迨其谓之！

"摽有梅"他翻 plop fall the plums，这翻得很好。plop 就是"跳"的意思，下面翻的，我给他改了一下："其实七兮" Seven yet to Pluck。Seven 还有七个梅！ yet 仍然，to pluck 可以去摘的。You who court me——原文的"庶士" 韦莱翻为 Gentleman，其实干脆用 you（你）代替了更简洁，"迨其吉兮" Get ready for you luck。也就是挑吉日迎娶的意思。第二段"摽有梅，其实三兮"，梅子只剩下了三个了。Plop fall the plums,Three still on the bough/You who court me/ It is time now（你要追求我，现在是时候了）这也很简单。第三段"摽有梅，顷筐塈之，"梅子都落下了，拿个筐子把它收集起来。"求我庶士，迨其谓之！"追求我的那个 Gentleman 呀，只要说一句话就行了。我翻的时候，就给他改一改，plop fall the plums / All gathered in/ gathered in 一个 basket 里面，You who court me/Just a word to win。这样照顾一下原文的形式，似乎比较好一点。在翻译的时候，我尽量找在两种语言文字中相当的东西。如在《汉姆雷特》里，那个 Grave Digger 开的玩笑，若找不到相当于中国人开的玩笑，翻不出其中的妙处。其他部份原来是民歌体的，就用民歌体，它是正式的歌，就用正式的歌，也有用中国的莲花落体，有的是严肃的不押韵的，就用文言体。

问：你对中国新诗的形式怎么看？六十年代国内曾有过一次讨论，你和何其芳是主张建立新的格律诗，以顿数为基本，有一定的规定，但另一些认为每一首诗应该有一个不同的形式在里面，你觉得规定一个格律好呢，还是让作者自己去创造一个形式好呢？

答：创造形式是可以的，形式是多种多样的，我们主张每首诗都有格律，比如有一个新的起点，就需要有新的尝试，可以根据内容，我的主张还是根据内在的 Metre 来解决，而不是根据 rhyme。各种各样的格式由你自己去创造了，但诗的规律还得看语言的内在规律，这种内在的东西是客观的，并不是主观的，就主观来说任何一个字你都可以把它的声拉长，如"他们——"，但就客观来说，我们讲一句话，甚或一个较长的名词，都有它自然停顿的地方。每一顿的字数，从一个字到四个字为止，四个字的往往含有虚字，如"工人们的"，"的"字不能作为一个音顿，不能说成是"工人——们的"，所以客观的内在的结构中，有自己的规律的。诗的形式应该按照言语内在的规律来建立，通常一个句子三顿，相当于三个 foot，不能再多，再多就不好读，应分成另一个句子了。一九五九年的争论，主要是何其芳发言，我只是再加以发挥一下，其实在一九五四年也讨论过，只是在内部的刊物上发表，我也讲过，也是谈音节的问题。我这个主张也不是新来的，最初是闻一多提出来，实践中觉得是行得通的。外国诗也有它的规律，如外国诗是 ti-don-ti-don-ti-don，第二节还可以 ti-don-tidon-ti-don，中国诗来个"平仄平仄平仄"就不行，就是"仄仄平平仄、仄仄平平仄、仄仄平平仄……"也不行，中国诗要穿插的，"仄仄平平仄，平平仄仄平，平平平仄仄，仄仄仄平平，"是参差的。平仄在白话的口语中不起作用，现在有的写旧体诗不讲平仄，就很难读。旧体诗有一个公认的轨道，白话诗则没有一个公认的轨道，民歌体也还有点规律，但不能永远这样子的。不能天天小放牛小放牛的，这不只是个普及问题，有个提高的问题；"下里巴人"不等于庸俗化，"喜见乐闻"也不等于陈腔滥调，陈腔滥调就是一个曲子唱得多了，引不起任何反应的。自由诗反正可以自由了，自由诗可以说也是一种体裁，但诗还是要有自己一套的格律的，Metre 这个问题我们还未解决，我是有兴趣尝试，不过现在群众不习惯，我们也不能强求人家接受，反正在未来的实践中可以摸出路子来的。

（本纪录稿未经卞之琳先生审阅，如有出入，由纪录者负责）

附录一

阿瑟·韦莱翻译的《诗经·摽有梅》原文：

Plop fall the plums; but there are still seven,

Let those gentlemen that would court me

Come while it is lucky!

Plop fall the plums; there are still three,

Let any gentleman that would court me

Come before it is too late!

Plop fall the plums; in shallow baskets we lay them,

Any gentleman who would court me

Had better speak while there is time.

《The Book of Songs》

附录二

经诗人卞之琳修改过的韦莱的译诗：

Plop fall the plums,

Seven yet to pluck.

You who court me,

Get ready for your luck.

Plop fall the plums,

Three still on the bough.

You who court me,

It is time now.

Plop fall the plums,

All gathered in.

You who court me,

Just a word to win.

致郭龙（五封）①

第一封（1992 年 3 月 18 日）

郭龙同志：

从去年底以后，一直没有再得你的消息，2 月中接香港大学张曼仪先生信，说已在年初试寄一包（25 册）《山山水水》，照我的提示，寄给你住处本人收的，为避免不必要的麻烦。过了一个多月还未见你回信，不知你收到没有，因此我极欲了解你是否一切顺利，念念。

你说起长江文艺出版社出版的《中国新诗库·卞之琳卷》是属于该《诗库》第三辑②，最近收到了一套十本，其中另有胡适、周作人、冯雪峰、何其芳、李广田、艾青、田间等各《卷》，前在冯至先生家见到《第二辑》（《第一辑》则有冯至戴望舒等《卷》），都是周良沛编选，编得大致还可以，只是编我的事先没有给我打过招呼，不象香港三联书店和人民文学出版社合作先出港版的《中国现代文学选集》③，后出北京版却遥遥无期，1990 年出版《卞之琳》（内容不仅有诗还有文，包括未入选集的一些诗文），由张曼仪作主编选，事先给我打过招呼，并由书店要我写一篇代序。现周良沛诗选本，想不到收入了我早期本人幼稚或拙涩的一些篇，我当然看了不舒服，而且此《卷》的出版，看来也会影响三联那本选集在北京版的及早问世，但是也是朋友所为，也是出于好意，我不作抗议。

---

① 这五封信中的前四封曾以《卞之琳四函》为题收入郭龙的《野葡萄的风》（中国国际广播出版社，2008 年 10 月出版，第 196—199 页）。"中国现代文化"网站曾发布"上世纪末新文学史料：卞之琳致郭龙（四函）在新的崛起面前 4"，后经修订改题为"上世纪末新文学史料：卞之琳致郭龙（五函）：郭龙在新的崛起面前 5（2017,6,4. 重订）"（http://www.zgxdwh.com/content.asp?cid1=4&cid2=33&contid=234）。此处五封信函的前四封据《卞之琳四函》过录，其文字与网络版略有差异，第五封据网络版过录，其中个别文字不通，这些可能是原整理者释读或整理编排过程中的失误所致，本书编者未见原信手稿，无法对照校订，仅对写信时间和相关书目信息等略作注释和考证。郭龙（1945—　），湖南衡阳人，当代诗人。

② 此处当指周良沛编选《中国新诗库第三辑·卞之琳卷》，长江文艺出版社，1991 年 5 月出版。

③ 此处丛书名不确，当为"中国现代作家选集"，张曼仪编的《卞之琳》卷 1990 年 6 月出版。

四川出的（已）①故唐祈编的又一大本《中国新诗鉴赏词典》②寄一包（4本）作为稿酬。编得还差强人意，我也想送你这一包，答谢你的厚意，只是上邮局寄麻烦，你如有朋友出差到京，能托人带给你，那就更好了。

祝一切顺利

卞之琳　3 月 18 日（192③）

第二封（1992 年 4 月 22 日）④

郭龙同志：

还好，香港寄你的一包书终于到手了！大约春节期间，邮递因函件拥挤不免混乱。书到衡市，邮局竟不通知你领取而坐等你去付管（理）费。港大张先生又不曾接到你的信，还一直不知道书到没有！

不惜预计赔钱而精印这本小书的山边社主人何紫先生（香港作家）去年病故前，清仓库，把积存的一些书送归著者，我内份的一些断"水"残"山"，因人不在香港，就无偿送交张先生代为处理，所以我建议寄送你一些本，我估计你答谢他恐怕可能寄些土特产，而凭我这几年的经验，湖南"名"茶好像已名不副实，而普通的莲子倒一煮即烂，很不错，可以贸然建议，不妨寄一小邮包。信址你没有错，是"香港薄扶林道香港大学中文系"（写明街区名是为免寄沙田香港中文大学），注意用繁体字写信封。

至于香港三联书店与北京人民文学出版社合出版的《中国现代作家选集》丛书选我的那卷，港版前年出了，京版看来几年内也不会问世，（特别是北京）出版社出书，一方面要赶时髦而又不识货，一方面是为钱看，

---

① 此处"（已）"系原书所加，下同，不一一说明。

② 此处书名不确，唐祈主编的这本书名为《中国新诗名篇鉴赏辞典》，四川辞书出版社 1990年 12 月出版。

③ 此处"（192）"疑是对原信年份标记"（'92）"的误排，从信中内容也可基本确定该信写于 1992 年。

④ 信中提到"山边社主人何紫先生（香港作家）去年病故"，经查，何紫去世于 1991 年 11月。另，信中提到"前年出了"的港版"中国现代作家选集"《卞之琳》卷，是 1990 年 6 月出版的，据此可确定该信当写于 1992 年。至于信中所说"去年四川一家出版社"出版的唐祈主编的《中国新诗名篇鉴赏辞典》，版权页署 1990 年 12 月，卞之琳可能是 1991 年才得知消息，所以记成是 1991 年出版，乃有"去年"一说。

北京三联出的《莎士比亚悲剧论痕》一书最近听说已经售罄，这样照例又等于绝版了。

1982 年组稿出这一卷的是香港当时的译编主任（或副主任）潘耀明先生（现已转托[①] 明报月刊主编）后来接手的是张志和先生，可寄信至香港域多利皇后街九号三联书店香港有限公司。

你这样编纯文学诗集，自然是不合时宜，但如能在天下滔滔中别开生面，站住脚并有所拓展，假以时间，对于出版界想必会起一定的积极影响。这几年内地出版社竞出"鉴赏词典"之类书，重复太多，又无新招，好在此风总是长不了。去年四川一家出版社出版了已故唐祈主编的又一本新诗鉴赏辞典，不算最差，因为选了我的作品，并把我的名字列入了编委会，送了我一些书，我这里还有一包（十本）搁在地上还没有开，你五月如来北京，回去能带送给你就好。

废话又说多了。就此祝好。

卞之琳　四月二十二日晚

第三封（1995 年 1 月 26 日）

郭龙同志：

现在接你年前十二月二十六信，知道你的确切住址了，在依旧忙中挤出一些时间和精力作复数行。你为冯至先生编书，精神可佩，但你必须认真仔细考虑，看目前出版行情是否切实可行，以免枉费就[②] 周折，对你的选目我没有意见。我现在用圆珠笔写小字都困难，我想就用曾在香港《诗双月刊·冯至专号》发表的《忆"林场茅屋"答谢冯至》[③]一文作为"代序"如何？

香港三联与北京人文合编的《现代中国作家选集》中，张曼仪（已移居加拿大）为我编的一卷本诗文，1990 年出过港版，前几年又出了台

---

① 此处"托"疑是原书误排，或当作"任"，可能因两字形近而误排。查潘耀明正是 1991 年转任《明报月刊》总编辑兼总经理的。

② 此处"就"字疑衍。

③ 此文完整题名《忆"林场茅屋"答谢冯至——覆〈冯至专号〉约稿信》，发表于香港《诗双月刊》第 2 卷第 6 期，1991 年 7 月 1 日出刊。

版①，现在，北京人民文学已在看横排最后清样，不久即出内地版②，因此不能再另出一卷本诗文了，谢谢你的好意。我自认落伍，很难理解目前的"新潮"诗作，包括你寄来的一首近作提不出什么意见，英译中国诗是一大难事，出于中国人之手，尤难把握，年迈，外语文久已荒疏，看你寄来的《残月》及英译文，似觉尚可，无法代为改进。

杜承南教授胆大，几年前要去我旧译自己的一首十四行译诗，被他所编的《翻译报》上刊出来，竟不懂十四行体的格律，排得分行混乱，他又要编英译《新诗金库》我不敢领教，就写到这里。

祝春节愉快！

卞之琳　元月二十六日（195）③

又：我不良于行也不好久坐，已难下楼，谢绝一切活动，不接待一般访客，晚睡晚起。你若到北京找我，请先打电话约好，我家电话是5253428，（上午 10 点至 12 点，下午 3 点至 6 点）。

第四封（1995 年 8 月 22 日）

郭龙同志：

久疏音讯，近况为何，出版事业有无进展，冯至一卷有无眉目？今春家逢重灾，老伴因病意外竟抢救无效，遗著小说、散文集一卷，拟核订设法出版，希能帮一手为感。

前询大作英译稿，已遍寻不得，至歉。

草草祝好。

卞之琳　950822④

---

① 指经香港三联书店授权，由台湾的书林出版有限公司 1992 年 12 月出版的"中国现代作家选集"之一《卞之琳》。

② 张曼仪编《卞之琳》（"中国现代作家选集"之一）由人民文学出版社 1995 年 12 月出版，据此可以确定此信写于 1995 年。

③ 此处"（195）"疑是对原信年份标记"（'95）"的误排。

④ 此处所署当为写信的年月日。

如有机会来京，并光临一面，请先通信或通电话预先约好时间，区间直达电话号为 5253428，平时每日正午前后会有人接。

又及

第五封（1998 年 12 月 15 日）

郭龙同志，

谢谢来信。1993 年以来，周围人事变化很大，冯至于三月病故后[①]，老伴青林六月也不幸因病救治疗无效了[②]，我自己先不慎从楼下取邮件回来在楼梯拐角处摔破了头，差一点未损颅骨[③]，还算幸运，此后就迫不下楼了。去年从夏到冬我又住医院半年，回家后手脚更不灵便了，几乎完全不能写字。而我正急于赶编自己的作品集和译品集，材料分散，托人从北京、上海基本找齐了（好不容易）编成卷帙，还很费事，所以从严闭门谢客，女儿青乔还在所里有工作，在家侍候我也忙得昏头转向。我们家里虽有电话，我接发电话困难，还得人家帮忙，深以为苦。我就这样勉强写几个字。在这种情况下，你编诗选，我也实在无法顾问了，请原谅。匆此祝好。

卞之琳　12 月 15 日（198）[④]

又：谢谢贺生日，今年实已过了，我因见俞平伯刻肖闲章[⑤]叫"腊八生日"，他是阴腊八，所以我曾戏称"阳腊八生日"。[⑥]

---

① 冯至 1993 年 2 月 22 日逝世。

② 此处可能是原信在"救治""治疗"两词之间斟酌取舍，有所改动，但原网站录入时未加区分而一并过录为"救治疗"，其实卞之琳的原意可能是"因病救治无效去世了"，卞之琳妻子青林是 1995 年 6 月逝世的。

③ 据卞之琳致孙琴安（1994 年 3 月 24 日）、致章洁思（1994 年 6 月 18 日）信函（已收入本书），可知卞之琳此次摔伤是在 1993 年 2 月 1 日。

④ 此处"（198）"疑是对原信年份标记"（'98）"之误排。

⑤ 此处"肖闲章"或当作"消闲章"，但也可能是"生肖闲章"的简缩。

⑥ 此段"又"后的文字在《卞之琳四函》中被误置于第一封的末尾，卞之琳生日为公历 12 月 8 日，此处所说过生日事与写信时间相近。

致黄裳（两封）①

第一封（1981 年 7 月 4 日）

黄裳同志：

　　去秋访美期间，在充和家里，听她说起，三十多年前你曾托靳以请她写几个字留念，现在她在西德短期旅居中把字写了寄来，托我转给你（内附她给你的信和靳以过去那个信的复印件），昨天问到了你的通讯处，特挂号寄上，请检收。

　　祝好。

卞之琳　七月四日

第二封（1981 年 12 月 11 日）

黄裳同志：

　　今夏转奉充和在西德所写字和当年靳以旧信复印件后，曾接手书，因我照例又忙又懒，迄未作覆，至歉。昨天接到一封要我转交从文的信，从信封上看字迹，猜是你写的，今天转送到他家里，果然不错。

　　关于充和情况，今年九月香港出版的《八方》第四辑所刊她的"少作两篇"前的"编者按"，"原籍安徽合肥，在苏州长大，擅昆曲，三十年代初期在北京大学读过书，三十年代中期用各种笔名在报刊上发表过散文小品和短篇小说，后来只偶尔写写旧诗词，现居美国，在耶鲁大学教书法。"所说简明扼要，大致不差。今年八月随汉思（Hans Frankel）在南德明兴（慕尼黑）客居三个月回到美国新港（New Haven），发现田园荒芜，手植菊已被草掩盖，连根都找不着，写信给我说，松还可以，菊何

---

　　① 这两封信辑录自黄裳《卞之琳的事》，见《珠还记幸》（修订本），生活·读书·新知三联书店，2006 年 4 月出版，第 283—291 页。第二封信系本书编者据黄文所附原信影印件存录，录入时参考了黄文对该信的释文，并有所订正，不出校记。原信只署月日，收信人黄裳在其文中提及收信年份均为 1981 年。黄裳（1919—2012），原名容鼎昌，满族，山东青州人，散文家。

能存。辛笛在你家里看见了她所写字后，一再转托我向她求字，十月中我接到她应命所写一幅小楷，当即转寄上海，从此就没有再接辛笛信，因寄挂号，想不致遗失吧。

《八方》第四辑上所刊充和的两篇少作，是我得她本人许可而转去的。一九三七年秋冬间我刚到成都，从大学图书馆的旧报副刊上，抄录下她这样的散文二、三十篇，她是知道的，去年在她家里谈起，我回国后找找，只仅存这两篇，纸破字残，我清抄出两份，她看后指出其中一处，"城隍庙"原系"城墙垛"的误排，在香港发表，未及更正，而且还新增了一两处小错字。她当年在靳以编的《文丛》第一期上还有一篇"黑"，忘记了署名什么，你如能在上海什么图书馆找到此刊，把这篇短文复制一份寄给我看看，就非常感激了。

我自小从没有学过字，后来由用毛笔到用钢笔，到用自来水笔到用圆珠笔，再加若干年来一直手抖，无法再写墨笔字。去年我从文学研究所的《开卷》某期看到你所藏我给《文学季刊》的《春城》原稿，简直叫我不相信是我写的。去年在充和家里，她逼我在一本留念字帖上留几行墨迹，手不听指挥，真无可奈何。后来她陪我逛纽约唐人街，在一家国货公司的书报部发现了《开卷》这一期就买下送给了她。我还得谢谢你。

《雕虫纪历》印数不多，想不到一出版就销售一空，我自己也没有能买到多少本，无法遍送朋友。现在再版无期，香港三联书店却一直要我让他们出新版，我现已交给他们一本增订版稿，听说已付排，明年上半年可出版，届时定当奉赠一本。

我最近去荷兰住了十天（十一月二十二日至十二月二日），是应邀去参加莱顿（Leyden）大学授与一位荷兰学者（Lloyd Haft）博士学位的隆重典礼。这位博士用英文（他出生美国）写了一本相当厚的专著（现印了一些试行本，修订后将正式出版），题目是我。

近年来见你笔头甚勤，可喜可贺。

祝好。

之琳　十二月十一日

致姜德明（六封）①

第一封（1983年6月18日）②

德明同志：

昨天黄裳同志来舍间畅谈，说你到济南去了，六月二十二日回京。我忘记问他你们的散文丛刊《绿》已经出版了没有。你约我为第二辑《丹》写稿，我已在一个月前写出，昨晚抄出来了。题目是："小大由之"（旧作新序）。文章还是写不短，连空行、空格、标点、符号共占一千六百字篇幅，内容是给自己开玩笑。附一篇"旧作"，连空挡正好是"千字文"，除去开头与结尾两句，是七则虚构，我现在戏称之为七篇"超微型小说"。题目是：地图在动。原文发表在一九三八年春我们在成都自办的小型半月刊《工作》第四期上，我忘记编入《沧桑集》了。不日当即挂号寄给你，看合用与否，请你提意见。

老范约为《读书》写回忆《水星》文，已写就交稿，同时把第二期交去摄制封面样式作插图用，用完当把全份《水星》送还。

新出《紫罗兰姑娘》译本印得很差，《英国诗选》较好，说还有精装本，书到后一并寄奉。

匆祝署祺。

卞之琳　六月十八日

第二封（1985年6月22日）③

……三秋通常有三种意思："秋耕、秋种、秋收"；秋天的三个月；

---

① 这六封信除第一封为完整的，其余均为节录，都辑自姜德明的著述，依照写信时间排序。姜德明（1929—2023），山东高唐人，文学编辑、散文家。

② 此信原载姜德明编著《作家百简：六十年代至九十年代》，河北教育出版社，2003年5月出版，第82页，本书编者据该信影印件迻录，收信人注明"一九八三年六月十八日来函"。

③ 此信辑自姜德明《〈三秋草〉小记》，收入其《流水集》，上海远东出版社，1997年9月出版，第198—199页，收信人注明写信时间为"一九八五年六月二十二日"。

出自古典的"一日三秋"，言其长而百无聊赖。我这本小集取名故意含糊，带三种意思，但还是以写在一九三二年秋天三个月这个意思为主。……

　　……封面书名，就是沈从文书写的。一九三三年春假，我游青岛，与沈谈起徐志摩死后，新月书店原登过预告要出我的第一本诗集《群鸦集》（是沈代我定的书名）也似告吹了，沈当即找出三十元交我拿回北平去先自印近作一本，正够我在南池子一个小印刷厂印三百本书。我不学当时个别写诗朋友自己出钱交新月书店出版发行，就名副其实，印"发行者：沈从文"；"代售处：新月书店"（分店当时在米市大街今上海饭馆那一带），没有亏本，也没有赚钱。……①

第三封（1985 年 7 月 1 日）②

　　……信悉。说我那篇游戏笔墨③的内容是"京城奇闻，令人难以想象"，恕我直说，我倒有点要笑你竟比我还脱离实际，真有点"难以想象"。顾到言必有凭有据，我只得以自己的真人真事，出自己的洋相。其实北京市民，尤其是无权的知识分子，关于居住问题，大都心里憋着气，又顾大局，不便说出。一读我这篇相声式开玩笑又带点抒情的小文，就引起广泛而强烈的共鸣，主要不是同情我个人的奇遇，而是从中得到了各自情感的发泄，不限于事关普遍的"漏室"、"陋室"、以至"无室"。……

第四封（1986 年 11 月 26 日）④

　　……前年底去年初在作协代表会议期间，在京西宾馆曾经谋面，惜未

---

　　① 此段文字并未如上一段文字注明是来自"诗人致笔者信"，姜德明只是说卞之琳针对"我的疑问"而发，故有可能与上一段文字出自同一封信，并且两段都谈及《三秋草》，故将其视为同一封信的内容，在此合辑在一起。

　　② 此信辑自姜德明《送别卞先生》，收入其《人海杂记》，远方出版社，2002 年 4 月出版，第 44—45 页，文中作者提到该信写于 1985 年 7 月 1 日。

　　③ "游戏笔墨"指卞之琳所写《漏室铭》。

　　④ 此信辑自姜德明《送别卞先生》，收入其《人海杂记》，远方出版社，2002 年 4 月出版，第 44 页，文中说明该信写于 1986 年 11 月 26 日。

及畅谈，见精力旺盛，现在也算久违了，想仍佳好。我这一两年，急剧衰老，今年作协理事会也请假未去参加，身体原因是事实，但另一方面也不大爱听可以想见的老一套报告、发言，自己落伍了，即使小组插几句话估计也不得要领或不起什么作用，不知老兄参加了没有，有无非官样文章的令人振奋的信息足以示知一二？……

第五封（1988 年）[①]

……祝贺你在搜集现代文学稀见书籍中又获难得的新收获，也感谢你让我有了一个意外的发现。……白宁是他笔名，是我在北大英文系同班同学中最接近的，也曾住过今红楼西边当时北大东斋平房宿舍，一度恰和我住的房子几乎正相对。他的真姓名是秦宗尧，广西人，原是北师大附中的高材生。他常用白宁这个笔名在杨晦编的《华北日报副刊》上发表文章（大约作、译都有吧），因家境困难，常在外边教中学，最后竟教到他家乡广西去了。当时北大倒很开明，不在乎学生常缺课，只要到学期终、学年终考试及格就行，1933 年我们班毕业那年却有个硬性规定，当年军训课一定要到够一定数量（也很有限几次）早操才能到学年终了参加毕业考试。你一定想不到我这个当年文弱学生，居然一学年上操十来次绰乎有余，还胆敢替远在广西的白宁代去排队，听到教官（还记得名字是白雄远）点名点到秦宗尧，我就代应一声"有"，让人家记录了几次就够资格参加毕业考试。那年初夏，日军从冀东和古北口逼进，兵临城下，毕业考试是到暑假后补行，我不记得白宁远道赶回来参加，所以在我们班毕业名单上好像没有秦宗尧名字，让我排在第一。以后逐渐失去联系，我只不知从哪里听说他在家乡病死了。……

---

① 此信辑自姜德明《白宁的〈夜夜集〉》，见其《余时书话》，四川文艺出版社，1992 年 9 月出版，第 102—103 页，原文未提及该信写作年份。黄伟林《白宁其人其诗》（《广西文史》2011 年第 3 期）中提到姜德明此文 1990 年发表于香港《大公报》，姜德明在文中还提到"前年我偶然又从旧书店购得一册《夜夜集》"，由此可推知，卞之琳此信可能写于 1988 年。

第六封（1996 年）[①]

……我自己照例出书以后，总对内容有所不满，以至意兴索然，往往连从头至尾读一遍也不耐烦。我把《音尘集》试印了这些本以后仿佛就过了出书瘾了。这是我不再正式印它的主要原因。一九三六年暑后我去青岛译书，就让梓版留在文楷斋，一九三七年初曾回北平小住，我也无心去过问它，以后虽然在一九四六、一九四七年曾来过北平，一九四九年三月以来就一直住在这里，我却再无兴致去找文楷斋。……

---

① 此信辑自姜德明《〈音尘集〉》，收入其《流水集》，上海远东出版社，1997 年 9 月出版，第 202 页，写信日期不详，姜文中写到"这是六十年前一个青年诗人的旧梦"，查卞之琳的《音尘集》印制于 1936 年，据此初步推断该信可能写于 1996 年。

致金发燊（四封）①

第一封（1981 年 5 月 22 日）②

发燊：

信稿压了很久了（有些外边要我看的稿子压上两年都还没有作答），我想你是能谅解的，但总不免纳闷，十分抱歉。

我对《失乐园》从没有感觉过兴趣（除了个别章节），也从没有读完过，对你的论文是指不出什么意见的，这是实话。但是仅仅根据你的文章看，确有不少自己的见解，与一些权威学者持异议，似乎言之成理，觉得不错。只是在国内发表，（哪怕交我所《外国文学集刊》，那是很可能用的），即使对外国文学读者，恐怕也很难接受，首先就不知道《失乐园》究竟写点什么，有些什么社会背景（所以我还是劝你看看 Hill 的《弥尔顿和英国革命》），其次，所提外国学者批评家连原文都不附，叫一般读者根本不知道是谁，更不论是何许人也。

译诗办法你说参照我的译法，可是你按字数排行，根本不是我的办法。我主张用"音组"或"音顿"作诗行的单位，我写后期的格律诗（偶

---

① 这四封信均辑自金发燊《一日为师，终生为父》，见《卞之琳纪念文集》，海门市文史资料第 18 辑，2002 年 12 月印行，第 42 页—51 页。金发燊（1920— ），曾任武汉大学教授，翻译家。

② 此信末尾署日期为"五月二十二日"，其中提到的金发燊的论文很可能就是《外国文学研究》1981 年第 4 期发表的《〈失乐园〉中亚当和夏娃堕落的原因》（金发燊在《弥尔顿研究的足迹与反思》中提到该文是 1981 年 12 月 25 日发表的），据此初步推测此信可能写于 1980 年或 1981 年。金发燊在不同文章中曾提到与燕卜荪是"1980 年才恢复通信联系"（《弥尔顿研究的足迹与反思》）、"1981 年……开始了通信联系"（《悼念知音王佐良 追忆研究〈失乐园〉》），查 *Selected letters of William Empson*（Oxford University Press，2006），有燕卜荪 1981 年 2 月 6 日回复金发燊的信，考虑到国际邮件的寄送时间，金发燊给燕卜荪写信很可能是在 1980 年年末，而燕卜荪回信是在 1981 年，这可视为两人正式通信联系的开始，故上引金发燊所说的两个时间都符合事实。卞之琳在第一封信中写到"现在你和他通信时"，当是金发燊此前在信中曾告知自己已与燕卜荪开始通信联系，这当在金发燊收到上述燕卜荪的第一封回信之后，再结合卞之琳 1981 年 10 月 3 日致《外国文学研究》杂志编辑部戴安康的信件内容（"我最近看过，并对译诗提出过建议"），可基本确定此信当写于 1981 年 5 月 22 日。

而写自由诗不算）和翻译 Hamlet 都是这样实践的（"音组"以二、三字组为基干，多至四字则末尾必是个虚字或称语助词，如"的"、"了"、"吗"之类，少至一字）。我的 Hamlet 译本前有说明，我在《文学评论》1959 第 2 期发表的《谈新诗的格律问题》；1979 年第 1 期的东北出版《社会科学辑刊》上发表诗集序文片断和 1954 年的座谈会发言都有说明。译弥尔顿《失乐园》应用庄严的说话体（必要时可融会一点念得出来的文言辞汇），傅译 ① 一无足取，译成"莲花落"式的调子是对弥尔顿最大的侮辱（且不论意思译对了没有），素诗（Blank Verse）的 run-on line 多，可是传统是停得一下的地方跨行，不能折词。这些我用铅笔在稿子上批了许多，供你参考。

你把文章改写一下，把引诗改译一下，再给我们看看，《外国文学研究集刊》可能用，给旁的刊物，那怕冷僻专深的大学学报怕也不容易接受（武汉出版的《外国文学研究》倒也有发表的很大可能性……）

至于译全部《失乐园》雄心可佳（嘉），最好先试试用怎样译法，要不然徒劳无功，我们再经不起时间与精力的浪费了。

燕卜荪爵士与我在北大共事三年，抗美援朝期间，我曾直接用英文写过几首诗（现已荡然无存），请他提过意见，非常佩服他的文字功夫。1952 年他回国后我照当时不对外通讯的自我规定，没有和他通过一封信。现在你和他通信时，请代我问候他和 Hetta，并代我告诉他我在四十年代和去年译了自己的短诗二、三十首，都想请他看看，提提意见（虽然其中有一半曾在英美发表过）。……

五月二十二日

第二封（1981 年 8 月 9 日）②

……我一向喜欢就诗论诗，而诗的价值最后还在于诗本身，但是另一方面，诗是人写的，人又是社会动物，所以又得从这方面去了解诗，你

---

① "傅译"指傅东华译弥尔顿长诗《失乐园》，商务印书馆，1947 年 3 月出版。
② 此信所谈内容与上一封信相应，则写此信的"八月九日"当即 1981 年 8 月 9 日。

的论文显得很有见解，其中显出的治学方法却多少像威廉爵士和"新批评"那一套，在国内可能只有分章作笔记式文章发表。你说"现在我觉得应该从弥尔顿的社会背景、生平遭遇、散文中所表现的思想等等方面来反映说明他在《失乐园》中所表达的思想。在弄清楚《失乐园》的原意以后才谈得上进一步就他在诗艺上的成就提出我的看法。"我认为这就路数对了，愿你继续努力。……文中引诗似乎太多，有的更不必重复引证。译文每行都校看了（我手头一本弥尔顿诗集不标明行数，查起来很费工夫），除了少数几行我不满意也一时想不出如何改好以外，都提出了修改建议，用铅笔写在稿上，……也有些地方注出我对译文语言的意见，还有个别地方提出对原意的疑问，这些都用铅笔批在稿上……供你参考。……

第三封（1982 年 1 月 13 日）①

……论文有独立见解，有文本引证，固然重要，但还需旁证，你准备多读弥尔顿的其他作品和别人关于诗人及其时代社会思潮的书，很重要，写起论文来就有说服力。你那篇论文若是不能在英美刊物上发表，就请燕老写充分按语……寄来也许可以交中国社会科学院出版的《中国社会科学》英文版……

……前几天金隄来看我，说他即将赴美在 penn 州大当 visiting professor 半年，不教书，专写他的翻译理论一本书，再到牛津大学万灵学院（那是牛津大学里唯一没有教学任务的学院，David Hawks 在那里）当 visiting fellow，据说是燕老和 Hawks 给他安排的。他是天津外国语学院台柱教授，学校又支持他，可以给他代垫路费。由他想到你的遭遇，真是感慨系之。……

---

① 《一日为师，终身为父》引此信前有导语云"1 月 13 日信中卞师还有这样一段话"；此信中所说"前几天金隄来看我，说他即将赴美"，当指金隄首次亦即 1982 年赴美访学，沈从文 1982 年 2 月 2 日致美国学者金介甫的信中提到"二月三号有个小朋友金隄来纽约……这次来美可达半年"，见《沈从文全集》第 26 卷，北岳文艺出版社，2002 年 12 月出版，第 355 页。据此推断，此信可能写于 1982 年 1 月 13 日。

第四封（1984 年 5 月）[①]

……想不到月初接你来信得知 Sir William 去世了，也感到怃然，当然理解你的悲痛。我从 1949 年到 1952 年在北大西语系和他共事三年，只偶尔请教过他几句英文，十分佩服他的文字工夫，感到他给我更动的个别字句，我自己再也更动不了，不像有些英美文人要改我的英文稿总不能使我完全接受，所以我们可惜都未能利用他在中国的好机会。我抱憾当年没有把一束自译诗稿请他指正，当时他还年事不高，精力旺盛，也有余暇，近年来你转寄给他看，就只能从他写给你的信上得到这个评语了——"very well translated with a sensitiveness for the English language"。……

……一位美国朋友（诗人教授）热心把我二、三十首自译诗拿回美国给一家小出版社出版，一年后把他 edited 的稿子寄来一看，使我大为失望，竟改了许多，差不多都叫我不满意（英文虽不是我的母语，我自信多少还知道好歹，人家又不懂中文），只好有的自己另外改，有的改回原样，附信说他们如不同意，我宁愿不出版。前不久接到此公回信，果然令人大为失望，惶惑不解，现在我还没有回他信，因为我想取消所谈的"合同"。对比一下我益发想到我们早年没有多求教于 Empson 的遗憾。……

---

① 此信中提到燕卜逊（William Empson）逝世，查燕卜逊是 1984 年 4 月 15 日去世的，卞之琳获悉噩耗之"月初"当是 1984 年 5 月初，据此可推知此信当写于 1984 年 5 月。

致金煦（一封）①

　　……我所以对吴歌讨论会感觉兴趣，是因为我的出身地海门，……多数是江南移民，风俗习惯与太湖流域相似，语言属吴方言系统。……前几年听说海门还发现了显然是从江南带去的《五姑娘》叙事吴歌的流传。我的祖父是在清朝中叶从溧水迁去（那里地处江北，讲话却和江南、镇江一带差不多，属"下江官话"大系），但是四邻，除了讲吴语系统话的崇明人以外，都是常熟、江阴等地人。我从北来上大学以后，很少回家乡（那里现在只剩了我二姊一家人，两代祖茔也早坍入江中），但还记得小时候很熟悉的"四句头山歌"（海门无山，也无湖，可是属于吴歌传统），虽然后来只记得一首"四句头山歌两句真"，顾颉刚编的《吴歌甲集》里有，只是录错了一个字。现在你们编的《吴歌》一书，当然是后来居上，但也有不如老辈人②搜罗广博处，新记录下来的两篇长叙事吴歌，当然却③是补前人所未知的大贡献，更值得庆贺。……

　　……我早年曾在上海读过书，也常去苏州，听得懂上海话、苏州话，就是不会讲。现在鬓毛已摧（衰），乡音未改，却连海门话也不会讲了，只讲"蓝青官话"（即吴音普通话）。抗战以前和以后，我还住过无锡太湖边和西乡。解放后1951年春初，华东新区土改运动试点开展期间，我曾到过吴江，除县域④以外，住过和到过平望和同里。1953年春、秋农业生产合作化试点期间，我从一年的工作据点浙江（今富阳属）山区，两度到

---

　　① 此信辑自金煦《卞之琳先生与吴歌》，见《卞之琳纪念文集》，海门市文史资料第18辑，2002年12月印行，第118—120页，写信时间为1985年。金文也曾以《卞之琳与吴歌》为题刊载于《苏州杂志》2001年第3期，并被收入高福民主编《煦风絮语：民俗学家金煦纪念文集》（古吴轩出版社，2006年2月出版，下称"金煦纪念文集"）。金煦（1927—2005），江苏苏州人，满族，民俗学家、民间文艺家。

　　② "金煦纪念文集"本作"老一辈人"。

　　③ 此处"却"疑是原书误排，或当作"都"。

　　④ 此处"县域"疑原书有误排，或当作"县城"，"金煦纪念文集"本即作"县城"。

过吴县四乡，从西南光福、木渎到东北陆墓、车坊。1983 年在苏州参加《译林》编委会，我忽然心血来潮，幻想叶落归根，终老斯乡，求得一枝之栖。去年初，我将此念向品镇[①]同志透露了，就承他积极向苏州大学联系，又承该校当时领导和中文系主任范伯群同志热忱表示欢迎，事情传开了。去年十二月初，因到上海参加中国[②]莎士比亚研究会，就顺便去苏州大学访问三天。因为我总是不能长期离开北京的，年底暂允作季节性往来（我年迈了，怕热、怕冷）。但是现在教育改革带来了新的变化，我不能去那里闲住。又因为毕竟衰老了，一二年内结束学术工作后，再不胜任作教研工作，也就作罢论。我想就木以前，总还会来几次苏州，我们后会一定有期，也有可能参加你们下一次举行的吴歌讨论会。……

---

① 此处"品镇"可能指章品镇（1921—2013），江苏南通人，当代作家。
② "金煦纪念文集"本在"中国"后有"江苏省"。

致黎焕颐（一封）[①]

焕颐同志：

谢谢来信、寄报并约稿。

新诗数十年来"迄无成就"，作鞭策话、激励话，我们写新诗的应欣然接受（虽然数十年来旧诗也何尝有什么了不起的成就，就是个别突出的也不能说首首都了不起。过去李、杜唐诗也不能说首首都了不起。西方但丁、莎士比亚、歌德也是如此）。但是我们扪心自问，新诗作为"五四"以来的一种主导文学类型，严格说，至今不是已经为社会上有一定文化水平的读者普遍接受了吗？民间能欣赏的是民歌（我怕主要还是原来无字的民歌，而不是知识分子表现不出原来语言风貌的记录、翻译），一般读书人能欣赏的还是旧诗（词、曲）。现在，除了自己写新诗和想看风向模仿写新诗的，究竟有多少人自愿读新诗？一九八〇年我正在美国曾对美国人说："你们这里恐怕也是写诗的人比读诗的人多吧？"他们失笑，也承认这个说得夸大了一点的事实。他们那里还只有古今诗、不同流派诗的区别，不象我们还有白话新诗和文言旧诗的基本区别。所以，我们写新诗的同志，只要心中有"坚持"原则和社会主义现代化目标（那也不要从表面上、从形式上用机械的、短视的目光来衡量），大可不必我看不起你，你看不起我，只求广大人民由衷看得起新诗。文人相轻，自古已然，现在还中外皆然。我们目前是干社会主义或者是要社会主义（且不说共产主义），该有所不同了，应有点自觉。我们要争气，即使只是为白话新诗争气。流派可以自然形成，宗派决不应刻意再搞。大家应一齐为新诗争出好作品，不争出大名（自然连带高位。好在写诗，除极个别诗

---

① 此信原载 1983 年 9 月 1 日《文学报》第 127 期第 4 版，原题为《为新诗争出好作品（作家书简）》，上款为"×× 同志"，无写信日期，后改题为《答〈文学报〉黎焕颐约谈新诗信》，收入"中国现代作家选集"《卞之琳》卷，香港三联书店，1990 年 6 月出版，第 188—189 页，此据《文学报》本录存，但开首的"×× 同志"恢复为"焕颐同志"。黎焕颐（1930—2007），贵州遵义人，诗人、编辑。

人，是无利可争的，现在也是中外皆然，除了例如美国还有些成名诗人可以自己——不靠朗诵家——跑码头开朗诵会，倒还可以赚钱，也仅够糊口吧）。

这里我想提一提目前国内流行的两种做法。一是出书（这就不限于出诗集了）请名人题字。我认为，如果请真正好的书法家题字，为书生色，自然可以，请友好题字，作为纪念，或者自己题字，自然也可以；如果请别人题字无非因为人家德高望重，可以沾光，这大可不必。二是出书卷头登著者照片。西方一些比较严肃的书，如果是古典作家的或者著者已故的，这样做，那是有意义的。如果是当代作家自己编印的，一般只在精装本外封皮前后或纸面本书前后，主要在后，印上著者照片，起广告作用，也无可厚非。这种通例，值得我们注意。我们的出版社，硬要还健在的作者在自己出书时，就要在书里卷头煌煌"亮相"。可是真正读书的，不是看戏、看电影，而看戏、看电影主要也不在乎看编导人的色相。

我们现在不提倡个人突出以至个人迷信，这种风气在好转。诗（文）是人做的，所以我在一篇文字开头，曾经带点开玩笑说过："做人第一，做诗第二。""做人"一词，现在大家理解，甚至不是指个人品质，而主要是指世界观，人生观，大是大非上的思想、感情倾向。但是我又主张不"以人论诗"。实际上，从长说，诗史或无字诗史里，自有时间淘汰的规律，由不得当时著书立说者"人为的遥控"。

我说这些，不是批评什么，只是希望能对此有所警惕。

卞之琳

致李辉（两封）①

第一封（1986 年）②

……《萧乾传》我还只大致翻阅了一下，觉得文笔生动，可读性强。只是依我古板的看法，传记文学虽也属文学创作，与小说不一样，容不得虚构，有所推想和假设是可以的，但必须加几句过门，交代一下。萧乾的记忆力真好。只是我不知道他提供的朱光潜与梁宗岱辩论的详细内容是否有文字依据。地安门内路东慈慧殿朱、梁家我还有点印象。梁先来北大教课，一九三三年暑后朱才到北大任教，因全家迁来，梁让出正厅，移住南厢房。朱家大厅确常有文友叙谈，并不以"沙龙"标榜。我有时也去。但你书中所说我有一次在那里一些年轻人当中率先朗诵诗作，却不符事实。我口音重，从不当众朗诵什么诗。我生平只偶尔在外国，因为外国人不易分辨出我说的是吴音普通话，不得已才大胆偶一为之。例如一九五五年十一月我至今不知为什么作家协会临时调我一个人应邀去波兰出席密兹凯维支纪念会，有一晚开朗诵会，只好上台读了一段孙用的译文；另外，一九八〇年在美国小范围内念过一下自己的短诗。可见我不可能在朱家那里朗诵什么诗。何其芳当时比我还不爱在文人圈子里活动，所以我也怀疑他在那里朗诵了他自己的诗。而且确实是那首诗吗？……

---

① 这两封信辑自李辉《听"苦吟诗人"聊天》，见李辉所著《和老人聊天》，大象出版社，2003 年 9 月出版，第 83—86 页。李辉（1956— ），湖北随州人，记者、编辑、作家。

② 此信不完整，李辉文只摘引了部分内容（见《和老人聊天》，第 85 页），并说明此信是"一九八六年我的《萧乾传》出版后，他曾写信谈了他的看法"，未说明写信的具体日期。

第二封（1988 年 2 月 29 日）^①

李辉同志：

我那篇稿子，只象读者来信，根本不象杂文（根本不成文），寄出后就后悔，后在电话中听你所说可用而不点饭店名，虽然同意了，还是有点踌躇，因为（1）国内这种风气，人所共知，报上有所揭发就行了，用不着大家在这上做文章，（2）我还没有把感想说完，因此想法显得不全面，（3）国泰航线那种很好的服务态度，在国际服务态度较好的航线、航班当中，本属理所当然，特别为文提说反显得我们少见多怪，所以还是想不要发表了。今晚见《北京晚报》头版上已刊出昆仑饭店表态消息，就更决意请你们把这篇稿子寄回我自己作废或改题另写小文，如有空能写出补充叶君健谈再版一文的杂感，也当寄奉一阅。关于梁实秋的那一段小事现在更至多可作为史料进行冷处理，复印件暂还留存我这里，过些日子还你。

你平时大约什么时候在班上，可通电话？

祝好。

卞之琳　二月二十九日

---

① 此信由本书编者据李辉文中所附原信影印件过录（见《和老人聊天》，第 86 页），信中所说"那篇稿子"当指卞之琳发表于《人民日报》1988 年 3 月 7 日第 8 版的《饭店"引进"之后》一文，据此可确定此信写于 1988 年 2 月 29 日。

致李毅（一封）①

李毅同志：

《读书》编辑部转来信收阅，谢谢。您说的也有道理，我认为值得请编辑部考虑发表。

既然公开，以防读者一时找不到《莲出于火：读古苍梧诗集〈铜莲〉》一文中我所引的这节诗原文和我的断句和前后按语，我把有关的部分先抄录在这里。

借鉴西方现代诗，适当吸收外来语与句法，是不仅可取，而且有时候是必要的；忘本，破坏祖国语言，自又当别论。至于"五四"以来，引进新式标点，是出于时代和科学的需要，不存在合不合民族形式问题，事实已证明如此。取销②标点，在一部分西方现代诗当中，早已经不是新花样了。我不怕被称为"头脑僵化"，敢说是故弄玄虚。这种办法，先是在台湾，后来在香港，现在在内地，仿佛也成了一种风气。《铜莲》集诸诗也还保留了这点"时髦"余痕，我认为是美中不足。……

而且思想、幻想、感觉、感情，如实移到纸面上，桌面上，琴键上，舞台上，不等于艺术。诗不等于仅仅写出来，印出来看的，看写成和印成一团就能表示一团的感受。《铜莲》第一辑〔早期作〕诗中有这么几行：

---

① 此信辑自《读书》1983 年第 6 期"读者·作者·编者"栏文《新诗要不要标点》，该文包括了李毅致卞之琳、卞之琳致李毅以及加有卞之琳按语的古苍梧致卞之琳的三封信，署名"李毅、卞之琳、古苍梧"，第 152—154 页。李毅是当时的一个诗歌爱好者，具体情况不详。他看到卞之琳在《读书》1982 年第 7 期上发表的《读古苍梧诗集〈铜莲〉》，对其中几行诗的断句有不同意见，因此致信卞之琳，卞之琳写了这封回信。

② 此处"销"通作"消"。

> 一张脸在微笑不知是你的还是我的一只手
>
> 握着一只手不知是你的还是我的一具人体
>
> 在雨水中缓缓的溶去不知是你的还是我的
>
> 一个声音在说我爱你我爱你

看起来真是浑成一团。这样排列，是怕加了逗点以至句点就把意思隔断了，那才是形式主义。比西方一些现代诗更现代化，"先锋化"，倒是我们过去写印旧诗词，不仅不用标点、符号，而且不分行。我认为至少不必如此。我们试把这四行还照原文原意，另外分行加标点，排列一下看：

> 一张脸在微笑。
>
> 不知是你的还是我的
>
> 一只手握着一只手；
>
> 不知是你的还是我的一具人体
>
> 在雨水中缓缓的溶去；
>
> 不知是你的还是我的一个声音
>
> 在说"我爱你，我爱你。"

这在行文上不就很清楚了，又无碍于意境的朦胧?

这样您在这节诗中着重了叠句"不知是你的还是我的"，我着重了"脸在微笑"、"手……握着……手"、"人体……溶去"、"声音在说'我爱你，我爱你'"。换句话说，如果您不怪我歪曲，您着重了诗中事物的朦胧，我着重了诗中朦胧的事物。我们共同的可能是需要句读，需要标点，要不然谁也把握不住诗人要我们怎样念他这节诗。

卞之琳　一九八三年四月十四日

李毅、古苍梧来信

一

卞之琳同志：

我是个诗歌爱好者。读了一九八二年第七期上您的《读古苍梧诗集〈铜莲〉》，有一陋见，想提出来与您商谈。

我认为您对第 32 页上的几行诗的断句标点并非准确，依我看来，下面的断法更能体现作者的意图：

> 一张脸在微笑，
> 不知是你的还是我的；
> 一只手握着一只手，
> 不知是你的还是我的；
> 一具人体在雨水中缓缓地溶去，
> 不知是你的还是我的。
> 一个声音在说：
> "我爱你，我爱你。"

如果您以为我的这个断法不如您的，请不吝赐教。……

李毅　八三、三、二十二

二

卞之琳按：现在我们看看诗作者古苍梧先生自己的想法。我先得声明：苍梧是我近五年来新交的友好。他很乐意见到我对他这本诗集的评论。不因私人关系而讨论问题，不是彼此见什么就尽捧或尽骂，是正常道路，是开展"争鸣""齐放"所必需的基本气氛、条件。这里我把他晚近写给我的一封信有关部分，删去称呼，代署上全名加写信日期，摘录如下：

卞老师：

　　……您在香港的时候，因听曼仪说您开了几天会，精神比较疲倦，所以虽有机会见面，却没有好好的向您请教新诗方面的和其他的文艺问题，实属遗憾，现在只好在信中请教了。……

　　第一个是关于新诗标点的问题。我想在创作的时候，我的态度并不是"故意"地不用标点，而是"有意"地运用标点。意思是说在诗中运用标点，并不象写散文那样，是为了句逗清楚，而是为了补充、增添文字所表达的意义。我觉得新诗的分行，除了造成节奏上的效果之外，每一行也基本是一个意义单位，无形中解决了句逗问题，若再加标点，在阅读的感觉上，反好象把意境间隔或冲淡了。但有一些标点，如"？""！""："或"……"等，有时则可以补充或加强文意，所以在我的作品中，还是用得比较多的。全诗都不用标点的似乎就只有您引的那两首《昙花》和《雨夜》再加上《铜莲说》。《昙花》和《铜莲说》不用标点是基于前面所说的原因，《雨夜》则倒是"故意"的，这种"不用"，和"有意"运用，其动机都是一样的：要营造文字以外的效果。我觉得《雨夜》中间一段，在标点了和分行了之后，"你""我"混成一体的感觉就没有原来那样强烈了。按照您替我标点和分行的形式，则在"一张脸在微笑"之前还必须加上一句"不知是你的还是我的"（我原意如此），若照原来不标点的形式，这一句便可以省略，而加强了"你""我"混成一体的效果。当然，这都是我主观上想做到的，就不知道读者在阅读的时候是否感觉到这种效果了。

　　以上是我对新诗标点的一点意见，写下来并不是为了自辩，而是想让您批评一下，看这种观点是否可以成立。……

古苍梧　一九八三年一月八日

致刘芃如（一封）[1]

　　接你信和覆你信中间已经隔了年了。其间又"跑"了好多次警报，过年以来今天才是第一次连着休假的日子。

　　你提起的我那段译文（L.P. 史密士的《单调》）上没有见"读 Faerie Queen"，我想决不是存心删去，也多分不是被印掉，而是在疏忽中译丢了。《仙后》比《仙女王》古雅一点，不过严格讲来，彼此不同意义。史本塞诗中的似应为"仙女王"，可是我不敢断定其如此，手头无书参考，我很健忘，说来惭愧，对于那篇名诗的内容，我一点印象都没有了，也许从前根本就没有读过。

　　中国文字里缺少关系词，译西洋作品在文字上感觉到的最大困难，除了"的"字与英文"of"或法文"de"上下的名词或代名词必须彼此颠倒以外，就起因在这里。像日本办法把所有附属句都在译文中掉到上面去，即使用几个不同的"的"字，也总不是办法。不过也不是毫无办法，需要把整个附属句掉到上面去的时候，我们不妨加几个不重要可是足以使线索清楚的字进去，就连"的""地""底"之分都用不着了。此外，中国语里也有倒装的句法，文言文里有时也有省掉的关系词，虽然有时由它们暗接起来的两句，往往就可以当作独立句。

　　上边提起的那一段文字里，你的译文中有"……波斯诗那是歌颂一个绿洲花园的，园里……"，有了那个"的"字，句子实在已经隔断[2]"园里"在文气已经接不下去，等于另起一句。我在译文中在理应"那是"的地方译作"由它们讲"，从一方面看来是与原文不符，在全句构造却与原文相近，因无须勉强就可以省了底下那个作梗的"的"字而用紧接的"那

---

　　① 此信原载《燕京新闻》1944 年 3 月 4 日第 5 版"副页"蓉版第 2 号，原题为《昆明断简》，署名"卞之琳"，原信无收信人，据本书编者考证，此信的收信人为刘芃如（1921—1962），是卞之琳在四川大学外语系任教时的学生，1948 年赴英国留学，1950 年回到中国香港做编辑并成为作家。可参阅陈越《诗艺的讲究：卞之琳论诗断简考释》，载《长沙理工大学学报（社会科学版）》2015 年第 3 期。

　　② 原报此处似漏排了"，"。

么"接下去，俾全句都连在一气而仍未变原来的次序；这就是你所谓"念来极自然"的道理所在。由此可见一段或一句文字念来自然，并不仅由于文字本身的音调配合的适当，与字句的组织也有联带关系。目下一般人用白话写作，都不知道白话还有什么可以讲究的地方，尤其在文字的音乐性上，对于诗既抱此态度（他们只把带点诗词曲的调子或山歌小调的调子当作音调好），对于散文自然更不用说了。

夜冻得这么快，
　明儿便到了十二月；
　　眼看交冬的旧时令
快又要与我同在；
　如今我仅仅记得
　　狄克多么讨厌冷。

来吧，冬天，尽管来！
　因为他手快心思巧，
　　已经把冬衣织就，
而且用大陆和大海，
　缝起了永久的外套
　　他穿了旋转的地球。①

---

① 此处所讨论的诗题为 *The Night is Freezing Fast*，原诗本文如下所示。
　The night is freezing fast,
　To-morrow comes December;
　And winterfalls of old
　Are with me from the past;
　And chiefly I remember
　How Dick would hate the cold.
　Fall, winter, fall; for he,
　Prompt hand and headpiece clever,
　Has woven a winter robe,
　And made of earth and sea
　His overcoat for ever,
　And wears the turning globe.

对于你译的这首霍思曼诗，我也正想说些关于音调的话。可是让我先关于内容说几句。你认为这首诗第二节含有"有所恃而无恐的意思"，这是了解错了。第二节里的"他"就是第一节末行的狄克。"他"现在不怕冬天了，为什么？因为他已经死了，埋了（在另一方面看，"尘土归尘"，倒仿佛与天地合一了，倒仿佛达到了永恒——不过，这一点虽然也解释得通，究竟合不合霍思曼全部的哲学，我还不敢断定，因为他也许只是说死了倒好，不用"讨厌冷"，不用怕衰老）。霍思曼诗中常常写到这种死，例如有一首诗写"玫瑰唇少女"埋在"玫瑰田里"，"捷足少年"埋在"难跳过的阔溪畔"（这首诗我从前也译过，在报上发表过，可是和我译的另外几首霍思曼诗一样，未曾保留）①。诗人对于死的看法、态度、乐观、悲观还是达观（不过悲观和达观差别在那儿？）你在研究霍思曼中应该注意到，我没有研究过，所以也不曾求过，自然也更不曾达到过结论。

记得从前从霍曼②诗得到的第一个深刻的印象是他文字的 Simplicity（淳朴），其次是题材的新颖，不同于浪漫派诗人的只写公主、孔雀，古堡、骑士（虽然也有风花雪月，却已是不同安排下的风花雪月）。他像给维多利亚时代腻人的空气开了一个向晨野的窗子。我从不曾对于诗下过工夫做学问，所以也不曾追研过这个印象正确不正确。煦良从前似乎在《新诗》月刊上写过或译过关于霍思曼的论文，且曾计划出《霍思曼诗选》，这一定对你有帮助。（注）

愈扯愈远，我竟忘了谈你这首译诗上的音调问题，我给你改的地方你一看附还的稿子可以见到译诗的脚韵排列悉依原诗是好的，只是"月"和"得""令"和"冷"相押甚嫌勉强。每行由三"逗"或"顿"组成，不失为原诗行一样的古规律。只有第一行除非把"夜"字作为一顿，只能算两顿，短了一点，但添了字怕害了意，只好听之，好在没有多大关系。我们的"顿"大致以两个或三个字为最普通的单位。凭我的感觉，不管有无根据，三二更迭了排列读起来最平顺，二二连一起读起来显得最慢，

<hr>

① 此处所说的写"玫瑰唇少女"的诗当指卞之琳译《郝思曼诗一首》（"我心里装满了凄苦"），《大公报》（天津）1933 年 10 月 25 日第 12 版"文艺副刊"第 10 期，署名误排为"卡之琳"。

② 此处"霍曼"，原报有漏排，当作"霍思曼"。

三三连在一起最快^①这是音节上的一点讲究，你可以从自己的译诗中体会体会看。改了以后我想这首译诗在音调上大致过得去了。

一月九日

注：此处系指周煦良先生，周先生为国内研究霍思曼最有成就之作家，他所翻译的霍思曼诗，大部发表于战前《东方杂志》，《新诗》月刊，已被公认为定本。尚有少数未经发表者，本刊以后即将刊载。——编者^②

---

① 原报此处似漏排"，"。
② 这是原刊编者所加注释。

致鲁海（一封）①

承询何其芳和我在青岛聚首一事，答复如下：

我在 1936 年暑假，辞去济南省立高中教书职务，重新为中华文化教育基金会编译委员会特约译书，回到北京。记得何其芳当时利用暑假"还乡"，路过北京，见过几面。暑假后他去莱阳师范教书……冬天我去青岛译书，住的一家旅馆，不大，清净，听说原是俄国人开的，秋后淡季由看管人廉价招租。房间窗对小青岛，旅馆正门所在的地方是否当时就叫太平路，不记得了。旅馆名字也不记得了，可能叫"远东饭店"，绝不会是"青岛大饭店"。（1965 年 7、8 月间我在青岛海滨休假，几次路过那里，没停下来辨认旧址。）1936 年底，其芳从莱阳来玩几天，就住在我的房间里。我们在那里一起过的年。我过年后不久，回北京交稿，借住南返的废名家，其芳寒假来北京，也就和我一起在那里住过几天。这其间李广田一直在济南。这时"汉园三诗人"中李广田在济南没来，吴伯箫在莱阳任莱阳简易师范校长，聘何其芳为国文课教师，何其芳来了青岛，两人一同在青岛过了新年。因没有亲友过得十分平淡，但何其芳写了诗。

---

① 此信辑自鲁海、黄默著《名人与青岛》，青岛出版社，2016 年 1 月出版，第 336—337 页，此信可能写于 20 世纪 80 年代。鲁海（1932—2019），山东青岛人，文史研究者，曾任青岛市图书馆馆长。

致陆灏（安迪）（六封）^①

第一封（1992 年 4 月 9 日）

关于访问记

文章（即上文《窗外没有风景》^②）看了，我没有意见，你巧手为文，关于我原是没有什么可说的，我那天也顾不来多谈，你居然写出了不怎样落套的访问记，不由我不想起现在也老去的"神童"吴祖光前些年嘲贺曹禺的才尽之作《王昭君》一剧的一首七绝首句"巧妇能为无米炊"。但弄巧也能成拙，值得警惕。你们《读书周报》上文风也不尽全正，恕我直说。

第二封（1993 年 4 月 22 日）

关于温源宁

原拟写小文是读了《读书周报》近期天涯先生（是谁，能告知吗?）讲温源宁遗著《一知半解》后想补点琐忆，因为温是我的北大老师之一，抗战前曾以英文小书《Partial Portraits》相赠，原书早丢失，内容也遗忘，前年（?）张中行先生（又是谁?）介绍说此书已有南星译本在湖南出版，因为温原来是林徽因的姐夫，徐志摩在剑桥的同学，吴宓我也认识，在昆明西南联大好像同过事，南星则姓杜，是我在北大的同学（比我低几年

---

① 这六封信中的第一、二、三、四、六封辑自陆灏的《卞之琳先生书札选抄》（原载《文汇读书周报》2000 年 12 月 23 日，见陆灏《担头看花》，上海文艺出版社，2022 年 8 月出版，第 85—90 页），前四封为该文作者摘录（1993 年 9 月 25 日的一封分成两部分摘录），小标题为原文所有，第六封完整信函则系本书编者据陆灏文中所附原信影印件过录。第五封信辑自《如唔》（松荫艺术 2020 特辑，2020 年 10 月初版），原书注明"卞之琳致陆灏谈读书生活的信一通"，本书编者据该书所附原信影印件过录，参考了该书原有释文并略有订正。陆灏（1963— ），上海人，编辑、作家，笔名"安迪"。

② 这是《卞之琳先生书札选抄》作者在文中所加说明，在《担头看花》中，《卞之琳先生书札选抄》的前一篇即为《窗外没有风景》，故有"上文"之说。

级），我想找温著核实下我的《人与诗》书中书外可能写重复的人物印象，也补上我所知不多而亲自教过我的温老师一点琐忆。书没有买到，瞬隔多年，现从天涯文章中得知温的卒年，还不知他的生年，照我《人与诗》回忆部分的规格，涉及的人物，都注生卒年，缺此我也难补追忆温师的独立一文。如能复印张中行一文寄我看看就好，如能借到《一知半解》一书借我参考，当感激不尽（我读后当挂号寄还），我还想探知（杜）南星的情况。

第三封（1993 年 5 月 10 日）

参考了这些资料，我得以核正了自己在《追忆邵洵美和一场文学小论争》（发表于《新文学史料》1986 年第 3 期）一文中记错在上海看望温源宁，在《天下》月刊编辑部遇见林语堂、邵洵美的年份，也使我怀疑了自己怎么把上海别发洋行精印出版的温著英文小书的原文名和什么人的一本书名混淆了。

人上了年纪，如无当年日记之类的根据，记忆常会出些差错。重读冯至谈梁遇春文（见《立斜阳集》），说温源宁在 1931 年把梁从上海暨南大学带回北大，发现时间上有问题，因为我 1929 年到北大，温就是我们英文系主任，倒是叶公超在当年从暨南大学北转清华也就在北大兼课教到我们的英国戏剧课的。三十年代北大也不像张中行文所说有西方语文学系英文组，当时北大外文方面分英文、法文、德文、俄文、日文五系，与一般大学不同，后来才改为外国语文学系各专业组，称西语系各组则是 1946 年从昆明复员北返后改的。当然这些都无关紧要，只是我自己觉得好笑，往往能指出别人回忆中欠精确的细节而也得让别人的书面材料核正自己记忆的偏差。拖延了很久写不成文的琐忆温源宁等师辈的稿子也就懒得写了。我过去只是佩服温著英文小品与林语堂著英文鸿篇巨著格调不同，似还高出一点，生平所知甚少，最近偶读林徽因遗文，才知道他还是她的姐夫，徐志摩在剑桥的同学，过去只确知有一点巧合的事实，接替温当中国驻希腊大使的是我在四十年代初在昆明西南联大外语言系^①教到过的一位学生（现已退休回京）^②。什么时候有精神，有兴趣，能写出其他琐忆文，当另寄奉请教。《一知半解》一书过些日子当挂号奉还。

第四封（1993 年 9 月 25 日）

关于散文

温著《一知半解》，承嘱不用寄还，谢谢馈赠。过去读温师亲赠的英文原著，深佩他的英文写作似比林语堂的长江大河式的英文著作，格高一档，现在我感到失望，觉得空话多，实事少，笔下人物，神情是有的，血肉却没有，简直有点像《爱丽丝漫游奇境记》写到的在空中一现的一只猫的笑影。最近重读梁遇春的散文集《泪与笑》，也不如当初在《骆驼草》上发表其中的一些零篇令人醉心了。但是其中表达的情怀还觉确实动人。大概英国式过时的所谓"家常散文"就至多能做到这个地步。王佐良在最近一期《文汇读书周报》上发表的评《牛津随笔选》一文中所说与我原有同感：卖弄风趣和幽默，"为随笔而写的随笔"连在英国"现在确是少见了"。实际上我过去也从来不写这类既不抒情亦不论事的文章。《沧桑集》里第一辑所收的三篇散文^③，也许是例外，但是它们还是抒情、记事、讲道理的。

关于《断章》

我自己也觉得不由自主，不知从哪里忽然冒出来的两节两行合成四行的《断章》一诗，表面文字是清楚、规范化、合乎逻辑的，意蕴当然可以容纳各种解释，但是从刘西渭开始不按文本已摆在那里的结构态势、自凭主观才气说得天花乱坠，引起我本不该那样的自己出来说话以来，百文百解，倒实在有趣。有朋友搜集这些妙解误解，较近我从《南方周

---

① 此处"外语言系"疑原文录入时误衍"言"字。
② 此处所说的西南联大的学生当指何扬，何为马来西亚华侨，1939 年回国，1945 年毕业于西南联合大学外语系。信中"接替温当中国驻希腊大使"一说不准确，何扬是 1975 年接替周伯萍担任中华人民共和国驻希腊大使，1980 年卸任的。
③ 指《尺八夜》《"不如归去"谈》《成长》这三篇散文。

末·芳草地》上剪去了忆明珠借题发挥一篇妙文（杂感），写得很好，只是把题目又引错了，写成了《断句》。我想起抗日战争胜利后七月派诗人诗论家阿垅曾在《希望》这本七月派刊物上发表一篇评《断章》的文章，把诗中"你"错引成了"我"，说我文理不通，也很有趣。（我是佩服阿垅的诗才的，据牛汉亲自告诉我说，阿垅实际上是喜欢我的诗的。）这个刊物在上海出版的，大约是在 1946 年前后，你能想办法找到复印一份给我吧。最近好像从机关借来的上海《文汇报》，大约在讲电影一版上（记得在左上角）有人讲编写《霸王别姬》电影剧本的陈凯歌，将找张艺谋拍一部新片，正在江南看风景找演员，对访问者忽然说不妨用《断章》四行作题解，我没有剪下，也想有劳你翻查一下，复印一份。①

第五封（1993 年 11 月 22 日）

陆灏同志：

承多方为我找文字资料，非常感激，惜时间精力两俱不济，这次访谈，又是匆匆，怠慢了，乞谅。

寄来《梁实秋怀人丛录》，想不到就是北京出版的，也想不到广播电视出版界也乱编行这样的书。资料总有点用处，在正、负两方面，例如《谈徐志摩》文中所说徐一大堆文字陆小曼要不到，倒引起了我一点想法，因凌叔华和胡适通信中误把我扯进去，说交给了我，我和赵家璧说过根本不知道这回事，后来我写《窗子内外：忆林徽因》一文前亲问过金岳霖，确知林所藏的这部份文件在"文革"中已经被她大女儿销毁，后来又听沈从文说林吵着要到的"百宝箱"里装的却是给武汉大学另一位女教授的，这更使问题复杂化了，我想关于这个谜写一则小文。梁实秋晚年文章显得朴实了。极少玩弄少年气盛的"骂人的艺术"，悼朱湘文中捎带骂郁达夫一句，却又太不艺术了。

看你给我手录了《夏济安日记》那么多条文字，我深感于心不安。我

---

① 此处所说文章当指唐大卫所写《〈花影〉：陈凯歌的新风景》（《文汇报》1993 年 9 月 1 日第 5 版），文章开头即引下之琳的《断章》，文中还写到"陈凯歌话锋一转，向我背诵了卞之琳那首脍炙人口的《断章》，'就把这作为剧本，或者说，整部电影的题解，如何？'"。

有这本书，还就在架上，是 1980 年访美期中夏志清送我的。我抗战胜利前后一二年，曾与夏济安同在联大一所教员宿舍住过，隔室居住，私交不错，但不甚了解他的来历，仅是知他正追求他班上的一个女学生，当时显得神魂颠倒（日记中他自说过"神经病"），我和他常在同楼另室钱学熙处聊天，偶为劝慰他而自己卖傻，说些胡话，想不到他在日记里认真记下了（话可能带了他当时的主观歪曲），我和他在意识形态上向来显然不同，他在这方面却一直清醒，我跟他政治从来谈不拢，因此也就根本不谈，想不到他又悄悄在日记里关于一次有政治意义的签名活动。因我与张（奚若）闻氏兄弟、李广田等数人拒签名，骂了我"迂不可及"、"愚不可及"。我在昆明街上买到一本美国大兵抛出的《哈泼市场》报，里有衣修午德新作中篇小说《紫罗兰姑娘》，就动手翻译，后来得知是节本，夏先回到上海，给我买到原书。我在云南经过广州、香港，复员去天津南开大学，短期滞沪期间，还曾为我在临时住处问题上帮过忙，1947年初夏，我回南，办护照履行英国文化委员延期一年邀请以"旅居研究员待遇"（或可译为"奖"）去牛津作客一年之约，在上海似未见到夏济安（可能他在北大，还未放暑假）。1949 年三月我从英国经香港候船至北平，他早去港台了。我只在 1947 初从天津到北平在钱学熙家住几天，才重见过夏济安和过去未曾谋面而只听钱说过他英文很好、有现代风格的夏志清（也由钱介绍给北大找去当助教的），直到 1980 年我访美国与他重晤。大气候变了，夏志清似也不那么顽冥不灵了。他在美国曾向我们个别人表示想回大陆看看，1981 年他来信给我和钱钟书（他当时还未当副院长）说乘去韩国开汉学研讨会之便，来京、沪一行，我们即与许觉民（当时文学所所长）向院领导申请批准，由院方接待他住和平宾馆社科院保留客房，并在院部设宴招待过一次，他回去说印象很好，可是《文艺报》正发文批他《中国现代小说史》，传到台湾，使我们的工作一下子又抵消了！《夏济安日记》我直到此刻还说不准该如何置理，要不要给你们《读书周报》就此写一篇小文，澄清一些事实，又不想因此而反惹事生非。愿听教言。

《人与事：忆旧说新》里文章（包括发表在《新文学史料》上的近作）我发现好几篇订正后还可写 1 至 3 千字附记，不知《周报》要不要。《断章》

一诗引起了多少妙解、歪解、曲解，都很有意思。我想找人编一本《〈断章〉百解》，港大张曼仪先生已掌握多条，我手头也可以找出多条，还希望你也为我注意一下，特别是设法找到《希望》上阿陇^①的一则。

一写信又噜苏不完，错、漏字百出，莫非也就是老年痴呆病的一种症兆？不胜歉疚，祝捷。

卞之琳　11月22日（'93）

第六封（1994年5月11日）

安迪同志：

四月二十七日信，又附复印件收到，谢谢！《希望》杂志上阿陇的妙文，好不容易再次复印到了，我这次再不会把它"珍藏"到不知去向了。张编我的一卷本选集附录汇集了几篇关于《断章》的不同阐释或借题发挥的文字，引发了我们编一本《百解》的怪想。我并不倾向于接受当今西方流行一时的"接受美学"这种文学理论，若能编出《百解》小书，却似可以例证此学说的正负价值。起步晚了，不一定能收罗到已见诸文字的一百则，约人专写则失去了意义。

我这一向就是着手清理自己的文字乱摊子，编订出自认聊可自存一时的几卷，束诸高阁，再付诸尘封。想不到北京中国工人出版社文艺编辑室年轻人，既于去年约我为他们的《翻译家自选集丛书》编一卷《译文 [不包括译诗，因为我编译的《英国诗选》正在北京商务印书馆排印双语对照本] 自选集》，交了出去，又感兴趣考虑出我的几卷"作品集"（我与钱、杨二公不约而同用此名称取代内地出版社"文集""选集""全集"的习惯名称，避免今日流行的"全编""精编"的过滥与过高的要求；他们已在大出版社出书，风行一时，不敢攀比，可能改称"作品汇编"），只是我仍想以单行本出书，各有书名，下署某某作品集卷几。事实上我目前还只订正、删补《人与诗：忆旧说新》增订版一卷，已从11万字增至30万

---

① 此处"阿陇"，当作"阿垅"（1907—1967），本名陈守梅，浙江杭州人，现代诗人、诗论家。下同。

字光景，编理就绪，他们却要求年底前一起交印成套至少三四卷基本完成，以利销行。你是熟悉出版、销售近况的，你说果真非如此不可吗？这可使我格外感到紧张，我心目中还有几篇小文没有动笔呢。

《收获》上我那篇小文原来题目是《毕竟是：文章误我，我误文章？》大概刊物确不便标出太长的题目。江弱水文，事先来不及寄我过目，结果文中出现了一二处不确切记述。方敬所忆只对了一半，1938 年夏前往延安前在成都少城公园我亲看何其芳学骑自行车，我们俩曾南游峨眉山暗练爬山，我们俩不记得为此学游泳。我是不怕野外下水，在回忆师陀的文章里就提到 1937 年夏在雁荡山涧里洗浴洗衣，二年后在延水里又来过，后来下干校在豫东南圩子水沟还重复过。张编我的一卷选集中所收《冼星海纪念附骥小识》中提到冼曾为《断章》谱曲。现在我又找到了不知去向的曲谱印复①件了，又出乎意外。

专此祝好。

卞之琳　5 月 11 日（'94）

又：陈子善先生处，我已去信道谢，附问。

真胡涂，通信忘寄，恰巧又找不到我关于徐志摩"八宝箱"事的小文了。便中请剪报寄我一、二份，再次谢谢。

---

① 此处"印复"似是笔误，或当作"复印"。

致洛夫（一封）①

洛夫先生：

由香港犁青先生转来的信及大作诗选集《因为风的缘故》已收到，谢谢。曾从《八方》第六辑上读到大作《寄鞋》一诗，寥寥数行，单纯、亲切、清新，兼而有之，感人至深，允称难得的佳品，予我印象极深。我现在老了，落伍了，就喜欢你最近的这一路诗风。

我在为《徐志摩诗文选集》作序，对已故老师百般挑剔以后，也曾自认偏颇，自笑居然变得有点像西欧古典主义文评家的派头了。读信后得知你将于九月间回故国探亲访旧，且将来北京，得以畅谈诗艺，快何如之！遵你的要求，除了此地作家协会的安排，与来宾也是亲友叙谈之外，能单独与你对谈一次（我也不太了解台湾情况），非常欢迎。寒舍真是寒俭得太不像样，地方窄乱，时有不速之客前来打扰。我或可安排到我们的外国文学研究所，找一间清静的会客室畅谈（保证这里不像苏联，不可能有人监听，其实我们都不掌握什么机密，本不值人家神经过敏的防范，不可能装窃听器，一笑）。不知你们那边怎样，我们这边文学界，不妨老实说，宗派遗绪，代沟隔阂，可能还重过海峡彼岸。我因为本职是"外"字号（外国文学研究），一九五八在关于新诗发展问题上公开争论以后，就益发见"外"了……，从此我在国内不为人知，远甚于海外（包括台港及外国汉学家）。你们如主动提出要求，北京作协自然会乐意让我和你们会晤的。请随时跟有关方面以电话连络，给予你们方便。文化大革命前，我家本有电话，运动一起来，就被拆掉了——因为是"黑线"（线的外皮倒是黑的，但是我一向并不通天，与当时所谓该被"打倒"的文艺当权派并不通声气，只是不得已遵命行事而已，从来不敢，也不可能

---

① 此信辑自洛夫《诗人卞之琳初晤记》，见犁青主编《文学世界》第 8 期，文学世界社，1990年 1 月出刊，第 232—233 页，文中提及该信为"抄录"的"要点"，写信时间为 1988 年。洛夫（1928—2018），湖南衡阳人，后移居台湾地区，当代诗人。

仗势凌人，所以说是冤枉的）。前年，经过多少年请求后，终于恢复了电话，你们如有事联系，跟中国作协打电话当然没问题，直接给我电话也可以。

《创世纪》我尚未见过，虽然在孤陋寡闻中也曾闻名，我倒想看看刊载《飞临台湾上空》那首拙作的那一期，希望能带一本给我。殷切的期待九月间能与你见面畅谈。

卞之琳　八月廿四日

致吕进并西南师范大学中国新诗研究所成立两周年（一封）①

中国新诗，从"五四"到"四五"，几度鼎盛，几番遭劫。数十年来饱经风霜。到"文化大革命"，几经②灭顶。新时期空前繁荣，同时危机四伏：一方面已无人领教的老一套说教势力，自命"正宗"，垄断诗坛；一方面并不十分了解西方实已过时的标新立异的花招，鹦鹉学舌，冒充艺术的诗作、诗论泛滥成灾。二者共同致使具有一定文化水平的读者生厌，转而理所当然地只欣赏久经时间考验的古典诗词，或使新诗元老或老手转而自称"不薄今人厚古人"，不读新诗，或反而重写旧体。社会附庸风雅，不通声韵，也就荒腔走调，胡诌旧诗，或仅粗通平仄，虚为其表，也只是搬寻陈词滥调，浅尊③典故，表达封建残余心态。1978 年元旦《人民日报》还以头条整幅刊载已故主席致陈毅元帅一信，竟说"新诗数十年来迄无成就"。同时，《天安门诗抄》出版，"新诗"的名称，只与"五七律"、"五七绝"、"菩萨蛮"、"忆江南"之类的词牌名并列一格，叫做"自由诗"，把"新诗"的名字都要改来指新写的各体诗，致使我一度不得不称"白话新诗体"以资区别。这在当年一度又使新诗界万马齐喑。党的十一届三中全会以后，形势好转。1979 年初，在北京召开的新诗座谈会上，胡乔木同志有意为误解开脱，提醒大家回忆已故主席在《诗刊》创刊号上发表致主编、副主编臧克家、徐迟同志的信，白纸黑字，明明提出"当然以新诗为主"，新诗才得以转机。在繁荣与危机并存的时候，西

---

① 此信辑自吕进主编的《20 世纪重庆新诗发展史》第四章第二节，重庆出版社，2004 年 6 月出版，第 128—129 页，原书所录此信的个别标点，本书编者据文意做了调整，并对标题有简缩。据该书，此信写于 1988 年，具体日期不详。按，1986 年 6 月，西南师范大学中国新诗研究所成立时，卞之琳和臧克家被该所礼聘为顾问教授。吕进（1939—　），四川成都人，西南师范大学教授，新诗研究者。

② 此处"几经"疑是笔误或误排，或当作"几近"。

③ 此处"浅尊"疑是误排，或当作"浅学"或"浅尝"。

南师范大学成立国内惟一的新诗研究所，以总结经验教训，探索发展前途，确有重大的意义。

　　四川历来是诗人辈出的天府之国。就新诗而论，有《女神》时代的郭沫若（恕我对"郭老"晚期诗失敬），有现正当盛年黄金时代的流沙河的诗作、诗论，值得骄傲。而就我个人私生活说，抗战初期我在成都有过美好的往日，抗战后期我在重庆也有过苦恼的片刻，值得回忆。解放以来，我便成了四川人的亲戚。可惜从峨眉山1940年转去云南滇池边，到1946年复员北返以来，40年未得机会重游旧地。本拟应邀前来新诗研究所，试作"为诗一辩"几次谈话，借机重游旧地并一访从未到过的北碚，与旧友方敬同志话旧，与新交如吕进、邹绛同志（以及相识、不相识的青年诗人、青年学人）谈诗。无奈今年首先事繁，无暇准备。更加天气反常，寒暖无定，又逢旅游佳节，交通困难，冗事缠身，亦难出行。因此失约，深为歉疚，只得把希望寄托于来日，现在谨向盛会遥致诚挚的祝贺。

致麦芒（一封）①

麦芒同志：

《徐志摩诗选》，1957 年人民文学出版社曾约我编过一本，后来计划作罢了。今年又重约我编选，我又答应了，只是因工作关系，说明要明年才能进行，现在看来明年恐怕还来不及上马。人民文学出版社任务重，一本书发稿了，一般至少要等一年以上才能出版。我做事又快不了，但是也总想在徐去世五十周年的 1981 年能见到这本书的出版。请你先仔细读读《诗刊》上我选注的六首②（原选八首，因篇幅限制，删去了最后两首），再看看一般诗选里可能选到的，耐心等一等罢。

祝好！

卞之琳　11 月 21 日

---

① 此信辑自麦芒编著《麦芒通信集》，香港新天出版社，2002 年 8 月出版，第 17 页，收信人注明该信写于 1979 年。麦芒（1942—　），原名艾飞，云南昭通人，当代诗人。

② 此处所谓"六首"指卞之琳选注的《徐志摩诗六首》，发表于《诗刊》1979 年第 9 期。

致潘耀明（彦火）（五封）

第一封（1979 年 3 月 22 日）[①]

耀明先生：

　　三月十二日来信早收到，谢谢。去年底我还接到过签名的贺年片，搁了这么久，现在也附带志谢。至于你们去年八月在京给我照的几张像片，是转来的，不知道是谁寄的，可能也有你们的份，我早托老范转致谢意。

　　读信知道我那篇序文已经在你们的刊物上发表了，我还没有看见。《海洋文艺》（我从没有见过）这一期可否赐寄一份，直接试寄到我的住处（从美国寄到北京中国社会科学院外国文学所给我个人的大包书籍都原封不动的寄到过，只是我不常去所里，像信一样直接寄到我们的宿舍就方便多了）。

　　我目前有些忙，连我个人在本单位的专业计划工作，都顾不上，再写诗可能还得等几年以后了，如果我到那时候还健在的话。有什么写作，估计适于你们发表的，我会寄奉。我不常照相，只有办证件急需的时候，才跑去照相馆照一张快照，在《开卷》创刊号印出的那张在英国的照片，也是办证件临时照的，还是我在英国一年半的唯一的一张照片了，所以，承索近照，无以应命，乞谅。

　　匆请　编安

卞之琳　三月二十二日

---

　　① 此信据潘耀明《苦恋一世的卞之琳》（收入潘著《这情感仍会在你心中流动：名家手迹背后的故事》，作家出版社，2021 年 5 月出版）中所附原信影印件（第 170 页）录存。潘氏在文中交代说："这封信是卞之琳于 1979 年寄给我的。"潘耀明（1948—　），福建南安人，香港作家、编辑，"彦火"是他的笔名。

第二封（1979 年 6 月 10 日）①

耀明兄：

寄来《海洋文艺》三月号（后来老范那里又给我送来两本）和《选集》都收到，谢谢。这一阵太忙乱，未早作覆，至歉！

《徐志摩诗选》，1958 年左右，人民文学出版社，就曾约我编选写序，并转我信去上海文史馆陆小曼征询有关资料，得到过她的回信，以后搁起来了，直到今年才旧事重提，我又答应了，只是我本职工作都忙不过来，说好今年还不能"上马"。而陆小曼却已早在六十年代初期病逝了（我当时也不知道），终未能见到这本书的出版，真是憾事！

我和徐志摩相识，只是在他逝世前的不足一年时间，而和陆小曼更从没有见过一面。徐诗我看主要是和闻一多诗一样，用熟炼的口语写诗，能融化一些文言和欧化的遣词造句，引进西诗的一些格式，使我国新体诗达到一个较成熟的阶段，功不可没。而徐诗本身到今天还是大有耐读的，虽然即按西诗角度看，本来早已不够"现代"化，还是可供借鉴以至艺术享受。

我自己写信② 最初是发表在徐、闻等被称为《新月》派编的《诗刊》上，后来又跟号称《现代》派诗首要人物戴望舒相熟，并曾被他挂名列入他所编《新诗》这本刊物的编委会，难怪人家有的把我归入《新月》派，有的把我归入《现代》派。其实，就诗论诗，我两派都是又两派都不是，不是吗？

《雕虫纪历 1930—1958》（我不称为"诗选"而是"诗汇集"），已自己看过几次校样，迟至十月一日国庆节前大约总可出版了。第一辑里1930 至 1931 年夏所作中有几首就是最初给徐志摩看过的，却不是当初都发表过，而当初发表过的，有些，这次编集子却没有收入了。

此祝编安

卞之琳　六月十日

---

① 此信据潘耀明《在桥上看风景的卞之琳》（收入潘著《这情感仍会在你心中流动：名家手迹背后的故事》，作家出版社，2021 年 5 月出版）中所附原信影印件（第 157 页）录存，录入参考了彦火《卞之琳：化古化欧作新诗》（《羊城晚报》2013 年 8 月 22 日）中的信件释文并有所订正，不出校记。据潘耀明文中所说，"这封信是卞之琳于 1979 年寄给我的"。

② 此处"信"显系卞之琳笔误，当作"诗"。

第三封（1979 年 6 月 18 日）①

耀明先生：

接到你六月十四日信，还没有顾到作覆，前天又接到七月份《海洋文艺》。

首先让我祝贺你们能发表到《时间》这首诗，我个人认为是艾青年来发表过的最好一首新作，也为国内若干年来少见的好诗。

其次，一定会使你感到扫兴的是：我出于诚挚的关切，劝你不要轻易写那本《中国作家散记》。诚如你自己所说，这是"吃力不讨好的"事情。你当然知道的，去年杜渐、苍梧出于一片好心，从我的随便谈话中整理出一篇访问记，未经我本人看过，发表了，有不少事实和说法错误（倒没有什么政治错误），害得我不得不以补充方式给《开卷》第四期发表一篇《通信》不着痕迹的把一些主要错误更正了。这篇《访问记》又被这里一种内部刊物转载了，在许多编辑部广为流传，每听人谈到，我总要请他找第四期《开卷》看看我那篇通信。这也许仅是出于我一贯的洁癖（我常常甚至于自己一发表了什么就非常后悔），别人爱热闹可能无所谓。死者自己当然更无所谓了，可是也还有尚在的死者的亲友。（你寄给我的那本《选集》序文里，对我所作的评语可能很有见解，而也可能中肯的，只是一些事实错误，例如我用过 H.C 的笔名之类，使我看来总觉得不舒服。）目前内地一些高等院校中文系编印了好几种中国当代作家传等之类的小传，内容雷同，大多是经过作家自己审核过的，都是内部资料，当然也是公开的"秘密"，我这个循规蹈矩的死心眼人总认为不好寄给你们看，只好请原谅。如果你已经不得已写了那本书，出版前征询一下有关的人的意见，或者也是唯一避免好心好意使人不愉快的办法吧？

最后，我想征询你一点意见。月前我写了一篇文章题为《莎士比亚〈哈姆雷特〉的汉语翻译及其改编电影的汉语配音》，又写长了，约有一万一千字，送交了约我写稿的一个大型刊物，竟以"太深"的理由还给

---

① 此信辑自潘耀明《有洁癖的卞之琳》（收入潘著《这情感仍会在你心中流动：名家手迹背后的故事》，作家出版社，2021 年 5 月出版，第 172—174 页）。据潘耀明文中所说，此信写于 1979 年。

了我。其实，我还是做普及性工作，给学术性刊物，应是太浅了。我这次不怕人家说我"王婆卖瓜"，就一些例子对照一下朱生豪的"权威"译文，和我自己的译文，再通过上影译制片厂1958年根据我的译本给奥里嘉纲埃主演的那部老影片整理配音，作一番检验（这部黑白片今年重新公映，而且上电视，遍及内地各县，看的人次不少），看起来是些琐屑，实际上是讲的运用汉语译诗以至写法^①的基本功。我是鉴于我国多少年来写诗、译诗、读诗的大半丧失了对祖国语言的艺术性能的感觉力和鉴别力，而费此唇舌。文章全无政治问题，不论是任何地方，除非说琢磨祖国语言也就是一种政治。内地也不是没有发表的地方，只是我想先请你考虑能否给《海洋文艺》发表，或转告苍梧，他们的《八方》想不想考虑发表。你们是月刊，出得快一点，所以先问问你。

编安！

卞之琳　六月十八日

第四封（1981年3月20日）^②

耀明：

《雕虫纪历》这个书名，虽然许多朋友不以为然，可是用出去了，大家也习惯了，从生意经着眼，像一块招牌也不好改，可以暂时还叫《雕虫纪历　增订版》。这次放宽标准，可能增加二十首左右，这样也就近百首

---

① 此处"法"疑是原书误排，或当作"诗"。

② 此信据潘耀明《卞之琳的美诗妙译》（收入潘著《这情感仍会在你心中流动：名家手迹背后的故事》，作家出版社，2021年5月出版）所附原信影印件（第162页）录存。潘耀明文中注明此信写于1979年，似为误记，人民文学出版社的《雕虫纪历1930—1958》初版于1979年9月，香港三联书店的《雕虫纪历1930—1958》增订本出版于1982年8月，信中所说的另一本书《山山水水》则是1983年12月由香港山边出版社出版，由卞之琳作序（写于1979年7月31日）的《徐志摩诗集》由四川人民出版社于1981年1月出版，再参考下一封卞之琳致潘耀明的信（1981年12月26日）中所谈内容，可初步推断此信的写作年份应该是1981年。卞之琳1979年2月13日致范用的信中提及"《雕虫纪历1930—1958》，承在年初迅寄香港安排出版"，1978年11月30日致范用的信中提及"关于我准备送香港印行的《雕虫纪历1930—1958》，基本选定，序文也写了草稿，长达七八千字，最迟十二月底以前，一定可以交给你们审阅"。或许是当时《雕虫纪历》初版也有在香港出版的计划，潘耀明可能把这两次出版记混了。

了。现在还正反覆考虑增入哪些首，同时也想想能否想出一个较好的书名。书稿现成，只需把增入的一些诗重抄一篇①，序及附言改一改，四月底总可以交稿。

我还编的有一本《山山水水（小说片段）》，约六七万字左右，也想拿到香港出一本小说，格式和《雕虫纪历》一样，只是还踌躇不决，要不要现在就拿出来出版。前面一部份已经复印好了，没有多少要改的，后边两章因为是在抗战期间内地出版刊物上发表的，必需重抄，稍为费事。你们如考虑了愿意印，也暂不列入计划，留一个余地就是，因为我可能有推迟出版的主意，要交稿倒是六七月间也就可以了吧。

《徐志摩诗选》人民文学出版社还要我编，写序麻烦，我还在推（四川人民出版社即将出《徐志摩诗集》就用我在《诗刊》发表的那篇介绍文代序）；《徐志摩选集》编起来更吃力了，老实说我没有读过他多少散文著作，如果有人编集了，再由我过问增删甚至写短序，明年或有可能。

匆祝编安。

之琳　三月二十日

第五封（1981 年 12 月 26 日）②

耀明：

十二月十二日（看香港邮戳是十二月十五日寄出）来信和《中国印象》一书，都早收到，因为接着集中开作家协会理事会议几天，现在才作覆。

关于书的开本，你们要狭长的，我曾同意就按广角镜出版社出版的我那本《七七二团》的样子，比《中国印象》的开本稍长稍宽一些，但是看来三联出一般书一律都用《中国印象》、巴金《随想录》这样的开本，我愿意"让步"，以求"统一"。

我已如上次信所说，赞同不分精平装，而一律用硬卡加封。但是这样护封也就是封面，得讲究一点。老实说，《中国印象》的装帧设计，我

---

① 此处"篇"是卞之琳笔误，当作"遍"。
② 此信据原信照片录存，写信时间在信末已写明。

很不喜欢。我已成"保守派"，对于现代流行的花花绿绿的封面设计，总感到难得合口味。我已请这里的朋友装帧设计家、诗人曹辛之（即杭约赫），照我的设想，设计了《雕虫纪历》增订版的封面格式。可是设计原是按《七七二团》那样开本搞的，如统一用《中国印象》等开本，就得按比例缩小一点，天地（上下）和边缘多留些空白也好。

封面设计中灰底墨笔的一枝含苞梅，是我的一位老朋友偶尔信手一挥画了这几笔，作为书签给我的，用在封面上，底子的灰色得淡一点，得用照相版，因为墨色有浓淡，得用原件（附内），因为封面样式上的，只是设计艺术家的仿作，灰底上下则可以随需要，在改淡以外，延伸（引长一些）。整面缩小一些以后，靠褶边（不是靠书脊）那一方，务求多留些空隙（即不要靠紧，而宁可靠紧一些书脊）。原件用后，千请保存，挂号寄还我。

除了《雕虫纪历 1930—1958》，其他字这里只是做个样子，可以随你们用正式图案字或铅字代替。封顶著者姓名可用《七七二团》封面的著者姓名那一号大小的铅字，只要像这里设计的排开一些。封面著者姓名下用一短横线，书脊著者姓名下用：号，都不要用"著"字。我不喜欢用黑体铅字。书店名下可以加香港（正中），但不要加"1982年"之类（像你们有一本书上那样），书店名上也可以加三联的标记（正中，在下方紧靠书店名），书脊下方也就用这个标记。封面和书脊上，书名烫金（充金铬之类?），书店标记也烫金。这样，除了画有浓淡，整体黑、金加灰也只用三色。可是护封亦即封面纸要用重磅白纸，压膜（塑料薄膜），这样光亮也不易脏。这在你们三联书店出版物中可能有些"出格"，务请照顾（这样"统一"中也有百花齐放的效果，并不矛盾）。

书内纸最好用巴金《随想录》等所用的米色纸。那样虽然薄一点，但加上硬卡，也就不相上下了。

序仍放在目录前，目录上不列名。

书内诗题，不要用《中国印象》那样的浓黑字，也不要黑体字，用你们出的周总理诗英译本后边的原诗题目那样字（是否普通四号铅字?）

诗的编排上可能要添你们一些麻烦。题目居中，诗本身，也按长短居中。这就要先算算最长行的字（格）数了。

出书后我自己买两百本，书费即从稿费中扣除。

你不嫌我苛求吗？千祈原谅。

顺贺年禧，并请代候萧滋先生等三联同人。

卞之琳　十二月二十六日（'81）

又：书内注出"装帧设计"就列"曹辛之"和你们按样整理者的名字。

乃贤处我已去回信。

《徐志摩诗集》序，我原答应用《诗刊》上那篇《重读志感》的原题，括弧内加"代序"，出版社擅自这样就说是"序"了。序文也有些随意改的字。《戴望舒诗集》序文里也有错字，特别是有一句错改成不通的句子，艾青的"望舒的诗"原注明"戴望舒诗选"序也被错改成"戴望舒诗集"序。

所寄日历尚未收到，预先谢谢你。

附稿18页"比不比"确是"比不上"的误抄，50页"六出花"没有错，这是传统称"雪花"。①

---

① 这句话因第三页信纸没有空处而写到了第一页的最上方。

致彭燕郊（十二封）①

第一封（1981 年 10 月 22 日）

燕郊同志：

谢谢你来信，只是因忙、因乱、因懒，搁到现在才作覆，至歉！

虽然我不记得我们见过面没有，可是一见你的名字，我感到像重逢老熟人似的，非常高兴。当然我们现在通话，就像在前世谈旧了，一笑。

你说要出我的译诗集，我感到有点为难。原因是：我想先译完莎士比亚"四大悲剧"（已出过《哈姆雷特》，已译毕《里亚王》，今明年内计划译出《奥瑟罗》和《麦克佩斯》）和写完有关"四大悲剧"论文，还差一篇半（因为二十年没有能掌握国外有关新评论，写论文是没有把握能完成了），以后还有雄心，想用不多的余年编译一本《英国诗选》（从伊利萨白时代到现代），有些发表过的，还有不少还未经整理，还没有拿出来过的，将会译的，都一并收入，将来出一个英汉对照本。这我差不多从没有向外界透露过。这样就和现在出译诗集冲突。仅收我从法文译出的部份，那既是数量太少，也就不能叫我的译诗集，所以暂时不把我的列入这套丛书吧。

这套丛书本身是有意义的，并有些现成的可收。例如朱湘的《番石榴集》就全是译诗，梁宗岱的《一切的峰顶》也是如此。虽然他们的译法，并不合我的标准。当然他们是持认真态度的，另外一些哪怕是名家的，更不符合我要从内容到形式都在中文里忠于原来面貌的偏见了。

我的《西窗集》，当初商务印书馆就把我开头一些译诗乱改分行排列，所以我早就准备拆散它，分出了一些（例如另出《阿左林小集》），后来又在文化生活出版社自编"西窗小书"，结果只出了四本。去年香港书商又翻印了《西窗集》，原封不动，这使我想起自己要把这个集子作废也不

---

① 这十二封信由易彬提供整理稿，写信日期和注释均为易彬所加，本书编者略有订正和补充。彭燕郊（1920—2008），福建莆田人，现代诗人。易彬（1976— ），湖南长沙人，中南大学教授，新诗研究者。

可能，所以去年我把韵文翻译部分删掉了，又把《阿左（索）林小集》全部收入了，另外删掉一些另收入了单行本的几篇和太一般或无甚意义的小说抽出，换上个别当年同时期译的片断，编成一个《西窗集》修订本，交给了江西人民出版社，听说已经登了预告，说是今年七月出书，但现在还无消息。至于《紫罗兰姑娘》原书去年曾让湖南人民出版社借去看了，想不到今年初他们已找人横排抄写了全部，说要出版，要我审校，我搁到最近才全部根据原文校订一遍，并写了一篇三千多字的新序。但是我收到他们出版社新出的几本小说，设计装订，都让我看了，觉得不堪，所以昨天去信问他们我这本译书，能否不受同样待遇，否则我只好抱歉，另给别的出版社。江西出版社也不会印得好，因为是一套丛书，统一规格，《西窗集》（修订版），交了出去，再也收不回来，无可奈何。《阿道尔夫》译本，人民文学出版社（现分立为外国文学出版社）问我要了几年，我一直没有工夫校看，所以现在还搁在那里。至于"舶来小书"是在抗战后期主要收我写序文的一些西南联大学生的译本，其中已出的亨利·詹姆士《诗人的信件》、大卫·加奈特《女人变狐狸》，未出的桑敦·槐尔德《断桥记》等，都译得很好，可惜我已没有书了，和译者也失去了联系，现在只剩译过凯瑟林·坡特《开花的犹大树》（短篇小说选）的译者我还有联系；她任复旦大学法文教授，现在因交换教师又去了法国。这也可以叫作风流云散了。

再回到译诗丛书问题谈谈。五四以来，从西方译诗，对新诗创作，我认为，影响是好坏参半，甚至是坏影响更多。这不是由于原诗而是由于译者的不能胜任或不负责任。特出的例子是李金发的译诗。我不否定他有诗才，但是他译十九世纪后期法国象征派诗，在我上大学初期就大吃一惊的发现他法文太差，往往一首有条理、合文法的明白而含蓄的诗，译得支离破碎，错误百出，叫不读原诗的读者莫名其妙。他既不能掌握文言，也不会运用白话。在他的译诗影响下有一个时期，国内竟而产生过一些迷离恍惚，似通非通的所谓"象征派"诗。所以诗名家不一定是译诗好手，你们编选起来应注意。

编译诗集还有一个难处是有些译得好的诗，数量不多，不一定能成集，例如徐志摩（《猛虎》译得不好）、闻一多、孙大雨，等等。屠岸（人民文学出版社）在莎士比亚十四行诗集外似未见有多少译诗。艾青过去出版过一本比利时维尔哈伦诗中译文，不知道译得怎样，因为原来是自由诗，形式上当没有什么问题。查良铮（即"穆旦"）译过不少诗，有些译的英美现代派诗还没有发表过，他已于前几年病故，他夫人还在南开大学教书，姓周，我一时想不起名字了[1]，可问北京新华社杜运燮或北京外国语学院王佐良。

所问朱湘家族，我完全不知道。我想《番石榴集》可能是译诗都全了。梁宗岱现在广州广东外国语学院，身体不大好。戴望舒长女在广州珠影，次女我记不清在哪里了，可是望舒遗稿施蛰存掌握不少，可向他联系（上海华东师大中文系）。

一写噜噜嗦嗦，写了一大堆，不解决问题，这可能是老迈的征象，请原谅。

祝好。

卞之琳　十月二十二日晚

第二封（1981 年 11 月 8 日）

燕郊同志：

十月二十九日来信，早收到，谢谢，最近刚着手本年底应完成的本职计划工作，又有些不能避免的"公"事纷至沓来，使我坐不下来，信又迟覆了，乞谅。

迟覆信的另一个原因，就是我踌躇再三，考虑怎样不辜负你和出版社的好意和热心。主要困难是，如我前信所说，我还有雄心，在我余年，想编译出一小本《英国诗选》（从伊利萨白时代的斯宾塞到二十世纪三十年代的奥顿），要是现在出一本译诗集不得不把已发表的一小部份英国诗中译文收入，势必重复。现在我想到初步解决矛盾的办法是：在"译诗丛书"的总名之下，如果都叫《某某人译诗集》，那么可否变通一点，在《某

---

[1] 查良铮（穆旦）于 1977 年 2 月 26 日去世，其夫人周与良任教于南开大学生物系。

某人译诗集》后边或底下用"："号，用同样大小字体，加《什么什么集》，例如《朱湘译诗集：番石榴集》（假定《番石榴集》以外没有多少其它译诗了），又如《梁宗岱译诗集：一切的峰顶》（假定不把他译的莎士比亚十四行诗集收入），有的集子可迳称《某某人译诗集》而不加副题。这样我也可以在《译诗集》这个书名下，另想一个付一个副题①，将来如有与《英国诗选》重复处也没有多大关系。另一方面，有些地方恐怕也不能统统称《某某人译诗集》，例如你们想约叶君健译洛尔伽诗，也就难叫《叶君健译诗集》，因为叶在创作上是小说家，我还未见他有什么另外的译诗（洛尔伽主要用自由体，好译，格律体他似乎也没有注意过在中译里应如何处理）。你看怎样？

如果要我的译诗集（或者在《译诗集》后加副题或者迳用别题，都可以），我也要把旧版《西窗集》第一辑所译英、法国诗删去我现在很不满意的二、三首；第二辑已全收入修订版《西窗集》也就不能再收了，加上我另外在解放前和解放后翻译和发表过或未发表过的诗，或莎士比亚诗剧"白体诗"（Blank verse）片断和插曲、布莱希特戏剧里的插诗等，从英法文转译的里尔克一些短诗，合起来总会超过一百页。书前总得说明几句，我笔头慢，今年底以前是写不出来的，而译诗编选校核抄录，也很费时，怕只能在明年第一季度（三月）底前才能交稿。你们编定一批，先把我的也附在预告里也可以。

《番石榴集》，"文化大革命"后有朋友从旧书摊买到一本送给了我，一定还在我家里，只是不知道在哪个书堆里，当翻找一下，只是一时还难办到。

穆旦已发表和未发表的译诗是大量的（未发表的大多是艾略特和奥顿的诗，需要校核，也有不少疏忽、差错），他出版的《堂·璜》（实际照英文原作读也译为《堂久安》或照西班牙语读为《堂胡安》）是经王佐良校订的，整理编选也得费大量的工作，我有心无时，是否还是请杜运燮和

---

① 原信此处很可能有笔误，卞之琳应该是想写"一个副题"，却写成"一个付"，随即想起"付"字不对，另写了"一个副题"，而忘了给前面的"一个付"加删除标记。

王佐良（他是快手）负责并写序？

　　最近接到湖南人民出版社转寄赠我的杨德豫编译《拜伦抒情诗七十首》，稍为翻看一些，发现译诗路数和我的一致，掌握原诗格律和中文（白话）在这种种诗体里的运用能力，都很好，我很赞赏，我想这样的译本，将来也可以收入统一版式的《译诗丛书》，请注意看看。

　　这本书也印得很好，装订用穿脊，封面设计也不错（只是我不赞成封面图案，画大于字），可见湖南人民出版社装帧设计可以有高水平的。我希望"译诗丛书"装订，封面设计能搞得精致、素淡、大方一点。

　　由此我想起一点别的小事。我译的《紫罗兰姑娘》，今年上半年承湖南出版社找人横写抄了一遍寄来了，我一直没有工夫校看，夏天出版社有两位同志（我忘记名字了）来京看我，说可以明年出版。前不久我抽空把全书据英文原著校改一遍，并写了一篇三千字的新序。可是我一看湖南出版社寄赠我的三本新出翻译小说《勿失良机》等，装帧设计恶俗不堪，我踌躇了，就写信给原信和我联系的译文编辑室唐荫荪、郭锷权同志说，我这本译书如得受这三本小说一样的待遇，我就抱歉，不能给他们出版，也征求我的新序应于什么刊物、什么时候发表为宜。我的要求不高，我希望能达到他们出过的楼适夷译的芥川集的水平就行了。可是去信多时，还未见答覆。好像你和湖南出版社常有联系，便中请代为催询一下，我好处理（或即寄出，或交别处出版社，或就就[1]根本不交出重印了）。

　　祝好。

卞之琳　十一月八日

第三封（1982 年 1 月 12 日）

燕郊同志：

　　去年十一月中旬以来，积压了你两封信，一直未作覆，直至今日，乞谅。你到桂林去的时候，我正去了一次荷兰（那边有一位在大学工作的学者，化几年工夫，以我为题，写了一本论文，获得博士学位，我被应邀

---

[1] 此处第二个"就"显系衍文。

去参加传统的隆重授与学位典礼）①，回来后一直很忙乱，连给主方的道谢信至今都还没有写。

在此期间，所问各事，你都问到了，联系上了，也就省了我答覆。

朱湘的《番石榴集》，我已托郭锷权同志带去湖南，不知你有没有看到。他的译诗有许多地方读起来别扭，由于他硬用算字数的"方块诗"办法，但是他译诗在二、三十年代间是最认真遵循原诗的内容与形式的。查良铮（穆旦）从五十年代直到"文化大革命"译诗最勤，可读性一般还好。他译得比较自由，原来的格律诗译成自己不大谨严的格律诗；错误特别在译得快的情况下，自属难免，《唐璜》（实应照拜伦英读法译为《堂久安》或照西班牙原音译为《堂胡安》）是经王佐良同志校订加注的，较好，他的英美现代诗选稿据杜运燮同志说拟找他的旧友巫宁坤同志校订，我想是用得着这一步的。郭沫若译诗集，我已在信上对唐荫荪同志说，此公全集都在编印，无需再出他的译诗集了。徐志摩译诗，广州中山大学的那位研究生说收集了不少，是可考虑出集，只是他来信说要我写序，我这两年怎么也办不到，因为我不务正业太久了，现在想全力争取两三年内草草完成或打折扣完成五十年代初、中期原订的本职业务计划工作。孙毓棠译《鲁拜集》我没有见过，不敢说怎样，只是郭译的《鲁拜集》应该说完成历史任务了，不需新出单行本了。对你们约好的其他译诗集，我无意见。各集互有重复处，也没有关系，译诗除了忠于原文内容与形式，合乎本国语言，总还有译者个人风格，译了再译，世界各国都很平常，"百花齐放"嘛。我只是说请你们注意质量和水平。好在湖南出版社就有杨德豫同志这样人在编辑部，可以共同商讨研究。至于好译本而已在别家出版社出版就也不必（至少暂时）再去交涉出版，等将来再说。

至于我的译诗集，原来怕和我两三年后准备编译出的《英国诗选》重

---

① 本信及 1982 年 8 月 24 日信中所谈，指荷兰莱顿大学汉乐逸（Lloyd Haft，1946— ）1981 年以卞之琳诗歌研究获得该校博士学位，卞之琳受邀到荷兰出席答辩典礼。1983 年，这篇博士论文的英文版 *PIEN CHIN-LIN: A Study in Modern Chinese Poetry* 已出版，其中译本《发现卞之琳——一位西方学者的探索之旅》，李永毅译，外语教学与研究出版社，2010 年 9 月出版。另，"我被应邀"中"被""应"二字语义重复，大概是卞之琳有所更正而忘了删去一字。

复，现在决定先交你们出一本译诗集，整理旧译（加个别新译），包括英、法、德三语种诗（德文我不懂，是从英、法文转译，也只里尔克的一些短诗和布莱希特的一些戏剧插诗）。因为不系统，片面，书名想叫《西诗片鉴》，你看通吗？请你和编辑部同志评论评论，出出主意，如得较好的书名，我会欣然接受。我想趁春节，在我还没有继续动手搞我今年的业务计划工作以前，整理出来，然后抽暇再加工或者新添些，写一篇说明题记。如在第一季度终了前交稿，第二、三季度出书就好。

这套书我认为不必出精装，一律出《泰戈尔诗选》那样的简易精装就不错（那书是承唐荫荪同志寄赠的，便中请代谢，从这本书可以见出湖南出版社印装条件确是不错，这本书封面还是"压膜"的，经脏，也够现代化了）。封面设计，我不主张画人；画，装饰性的，图案性的，也不能大于书名，除作为隐隐的背景，书名也不能放在画下。请跟出版社商量。

你说在《大公报》报上看见署名"水云"的译诗，都与我无干，也不知道是谁的笔名。《大公报》上你见我的在联大讲话"关于诗和诗人"，是否杜运燮记录，要是如此，我已从香港复制得一份叫"谈诗和写诗"，不必麻烦请人抄了。至于奥顿诗译文我都还有，谢谢你关心。

孙毓棠在中国社会科学院历史研究所任研究员，现正在美国，听说住几个月，还未回国。他的《宝马》香港也有翻版。

就写到这里吧，我的记忆力大差，一时想不起还没有回答什么，以后再谈。

祝春节愉快！

之琳　一月十二日

第四封（1982 年 3 月 8 日）

燕郊同志：

二月十六日来信收到，谢谢。我生平最懒于写信，现在老了，回信一搁往往就是一年两年，以至后来根本用不着写了；一写往往又唠叨不完，三页五页也言不尽意。这次抽时间就说上三言两语。

1）我的译诗集决定不客气，就叫《英国诗选》，全名是《英国诗选，莎士比亚至奥顿，附：法国诗十二首，波德莱尔至须佩维埃尔》，英国共选三十家，诗共七十三首（章、节），法国六家，诗共十二首。本来我转过念头，想出英（法）汉对照本，出版社决定缓出，也就算了。各家都仅标明生卒年，脚注注明出处，尽可能加初发表日期，大多是知名人物，《中国大百科全书》外国文学卷上查得到，不一一介绍。现在就蕴酿写一篇短短的前言，并无学术性。三月底前一定可以寄到出版社，基本上都自己抄好了，只有一小部份只剪贴原发表刊物。就是脚注，少数较长，编辑部同志拼版起来相当吃力。

2）这本诗选和《番石榴集》只重复四首。过去我没有通读过朱译，现在对一下我们重复的一首小诗本·琼孙（朱译：卞强生）"给西丽亚"①，发现朱竟无非借题自己做诗，不仅形式（加了许多行），内容也几乎认不出来了，我认为应删。

3）周煦良译霍思曼《歇洛浦少年》，听说湖南出版社约好他给出，我看是难得的。最近他在医院里还赶写学术性序文。书没有能在上海等处出版，我感到不平，也所以我宁愿支持湖南这样的地方出版社。

4）穆旦译诗稿交周正合适，巫正准备出国一年。②

5）译诗，我也赞同百花齐放，但多、滥之间自有分寸应严格掌握。

6）"诗论丛刊"设想虽好，不容易搞，应从长考虑。

7）既然许多诗人译诗集都出，徐志摩译诗，确也可出一本，我顾不来写序，愿意看看诗译得怎样。

信又写长了，就此带住。本想另给出版社诸同志，唐、郭、杨以及我现在才知的夏主任写信了③，没有时间了，也累了，就请将此信转给他们看看，向他们致候，请他们恕我赖了一封回信。

祝好。

卞之琳　三月八日晚

---

① 此诗朱湘译作《给西里亚》，卞之琳最终译作《给西丽雅》。

② "周"指周珏良、"巫"指巫宁坤。

③ "唐、郭、杨"及"夏主任"分别指唐荫荪、郭锷权、杨德豫、夏敬文。

第五封（1982 年 4 月 20 日）

燕郊同志：

煦良同志《西罗普郡少年》序文第三部分已经绿原同志编入他主持的刊物，好极了。我也接到周来信说你已把它寄给什么刊物。我正苦于找不到合适的刊物介绍发表这篇稿子，因为我给什么刊物介绍稿子向不起作用，而且许多诗人和评论家一听说诗格律就火冒三丈（我却并没有菲薄自由体，我在《读书》上发表的那篇论译诗艺术的短文也是人家的退稿），现在正好解决了问题；我也已去信告知了煦良。

罗大冈同志的《艾吕雅诗抄》能编入"诗苑译林"，我想他一定会同意，只是不知道他有没有另交出版社重印。我当写信去问问他。你能抽空直接另给他写个信更好，他的信址是：北京大学燕东园三十号。

你对丛书的开本、版面安排，想得很好，我完全赞同。封面应大方、素静、醒目，不要花花绿绿，弄巧成拙，以装饰画压书名，喧宾夺主，以书名做图画的题词。此意我已告知唐荫深同志 ①，想来你也会同意我的看法。最近江西出版社寄来《西窗集》修订版，封面太不像话，我简直不好送人。

《英国诗选》大部份未曾发表过而较有分量或能成组的诗，除《译林》四月号已登出预告的三篇（"墓畔哀歌"、"西风颂"、"希腊古瓮曲"）以外，夏芝五首、艾略特四首，德莱顿、蒲伯、约翰孙三家四章，十七世纪玄学派两家（多恩和玛弗尔）四首都已分送给几个刊物，最晚到八月总可以发表，请勿转交别的刊物，以免重复。剩下的就是些已经发表过和零星短诗（大都一家一首），可不用先给刊物发表当广告了。

你太忙，看来身体还好，我不多写了，祝一切顺利。

之琳　四月二十日

---

① 此处"唐荫深"当作"唐荫苏"，下同，不另出校。1983 年 3 月，卞译《英国诗选》列入湖南人民出版社"诗苑译林"丛书出版，唐为责任编辑。

第六封（1982年5月7日）

燕郊同志：

前信似已告诉你煦良同志那篇序文中讲格律部份，我正找不到合适的刊物寄送（我自己近年来讲这方面问题或仅仅涉及这方面问题的文章也曾一再被退稿），恰好你给他解决了，很高兴。我处那一份已寄回给他。

前天开会遇见罗大冈同志，他说外国文学出版社（即人民文学出版社）不肯让出《艾吕雅诗抄》，说湖南出版社如肯出，他可以编译一本法国现代抒情诗选。可是我听你说谁已经给你们一本现代法国诗选了，不是吗？你看怎么办。

你主编的这套丛书会有种种困难是我预想得到的，内容重复是其中之一。我那本译诗集幸而到目前为止，仅知和《番石榴集》重复四首短诗（朱译本·琼孙一首，出乎我意料之外，竟不能算译诗，如删，则只重复三首），和《一切的峰顶》（没有收入全部莎士比亚十四行诗集吧？）没有重复，和戴译诗集可能最多重复波德莱尔两首，和查良铮的现代英美诗抄，大概只重复奥顿十四行诗两首，就是不知道与那本现代法国诗选有多少首重复。我以为你这套丛书还得注意翻译质量，名家也不一定出好译诗，不是吗？

我曾在给唐荫深同志的信上约略提出过你主编的这套丛书封面设想。他回信说他们赞同，但是他又说已请北京名设计家张守仪同志去设计了，我倒有点担心。张的画笔是不错的，我只怕他大笔一挥，会把书名之类不知扫到哪里去了，可能只成了他妙画的题词。

江西人民出版社请施蛰存同志主编的"百花洲文库"收入了我的《西窗集》，最近寄到了一些本，封面设计太不像话，害得我不愿意送人，所以我在这方面早成了惊弓之鸟。

匆匆，祝好。

之琳　五月七日

第七封（1982 年 8 月 24 日）

燕郊同志：

　　大连回来读到七月二十二日和八月九日给我和青乔的两封信，谢谢。

　　你忙了一个暑假，现在又要忙于教课了，总该争取休息几天才好。

　　青乔已经把《不列颠大百科全书》的"民间文学"条译出，我当为她的译稿看一下，然后寄奉审阅。"民俗学"条要在开学后才动手译。

　　《英国诗选》封面，我在去大连以前就回了唐荫深同志信，同意他们设计方案，只添"附法国诗十二首"一行字。其中又有几首发表在《诗刊》（七月号）[①]和《世界文学》（八月号）[②]，正文和注释可能又有些小小的调整。我已告诉他们让我自己看大样（长条清样），以便修订。

　　你又跟出版社谈了办学术年刊，真是干劲十足。你的意图很好，只怕办起来不容易。现在刊物（包括集刊）多，像你所理想的稿子恐怕难抢到，这是现实。你当然会估计及此，我没有什么别的意见。至于我自己的学术工作，我只想今、明年把莎士比亚四大悲剧中所剩两个译完后短短写一篇总序（书早定在"外国文学名著丛书"里合卷出版），再整理一下过去发表过的有关莎士比亚戏剧的论文，就草草收兵，从此结业了。

　　回来同时读到荷兰学者汉乐逸的两封信，知道他正把那篇博士论文修订交出版社正式出书，向我继续澄清了一些问题。他这本论文，牵涉到解放后的一些学术论争，我想也不宜于在国内译出发表，书又长，也不能当论文收入年刊。他修订后的这本书大约明年二月在美国出版。张曼仪所编的那篇著译目录，是截止 1979 年 9 月，我想现在已不宜全文转载。

　　今年最后几个月又要开许多会又要搞业务计划工作，忙得不可开交。虽然我不会"讲学"，南下跑跑，不仅湖南，广西，而且贵州、云南、四

---

① 指卞译《威·白·叶芝后期诗五首》《托·斯·艾略特早期诗四首》，《诗刊》1982 年第 7 期。
② 指卞译《英国十七、八世纪讽刺诗三家四章》，《世界文学》1982 年第 4 期。

川去走一趟是有兴趣的，事实上恐怕很难脱身，谢谢你帮助联系。

匆此祝好。并候兰欣同志。

之琳　八月二十四日

青林、青乔嘱笔附候。

第八封（1982 年 9 月 14 日）

燕郊同志：

九月五日信收到，谢谢。

青乔译文上月二十一日即已完成，只因这一向我忙于赶几件事情，迟至昨晚才为她校毕，现正在清抄，九月二十日左右当可寄出。这个专题条目，译成中文约近两万字，不只是一个"条目"，所以我想不妨在《民间文学》后加《概述》，甚至前还可加《世界》（文中也举了一个中国例子）。至于《民俗学》条目也很长，有关知识更广，应更难译，现在青乔上学了，我当鼓励她也译出来，至于能否在十月份交稿那很难说。请预作心理准备。

金发燊原是英国著名评论家、诗人燕卜荪（Empson）在北大的得意门生，所论米尔顿《失乐园》有创见，深受燕卜荪称赏，五七年以后一直用非所学，去年才调到武大，又是哲学系！他若有时间译成此诗，我想总比现在已有译本强。①

至于裘小龙，"文化大革命"开始时还是高小毕业生，自学英文，后来考上大学，考上研究生也真不易。只是他原不在我所英美文学方面 1978 年所招的四个研究生名额内，因《世界文学》需要才录取的。他毕业时确是我指导的，那因为我所指导的另一个研究生，因家庭照顾困难，一度转学上海复旦，因为裘也搞诗，所以拨归我指导。……

《英国诗选》，校样必须自己看一遍，今年内能否出版，请告知。

那篇有关《哈姆雷特》翻译的文章，已早被上海方面拿去，将刊登浙江出版的《莎士比亚研究年刊》，所以请不作别用。至于张编著译目录，

---

① "诗苑译林"丛书后有金发燊译弥尔顿《失乐园》，湖南人民出版社，1987 年 7 月出版。

你们自己留备参考也罢，我还没有时间精力订正补充，而且最近三、四年内我还有东西出版，暂时不请什么人补编为宜。

谢谢费心安排南游事，今年最后几个月，工作学习特别紧张，这类事都谈不上了，寒假或明春如何，目前也还说不准。

祝好。

卞之琳　九月十四日

第九封（1982 年 12 月 29 日）

燕郊同志：

一年就要完了，近来好吗？长久不见音讯，想来一定很忙吧。

《英国诗选》究竟什么时候能出书？搁久了，我想在校样上修订的地方也快忘光了。湖南人民出版社也实在使我失望，我给他们出书也再不感兴趣。

青乔译的不列颠大百科全书民间文学长条，决定如何处理也请告知。

寄奉的港版《雕虫纪历》想已收到。十二月中旬我曾去香港开会，一星期后就回来了。你给自己挑起的担子很重，此刻可能又正仆仆湘潭长沙道上，不是吗？

祝新年愉快，工作顺利！

之琳　十二月二十九日

第十封（1983 年 1 月 24 日）

燕郊同志：

听说你入了党，选上了人大代表，同时你全家搬住湘潭，居住条件有所改善，为你庆贺。

青乔译《民俗学概述》稿，另邮挂号寄上，希望不耽误你编民俗学专号的工作。英文 Folklore 一词难译，正如该文开头所说，外国也用得含糊，既指"民俗"（包括民间文学），也指"民俗研究"，译稿中各处也只好用不同译名（有时甚至用"民风"等词）无可如何。全稿还得劳你审阅酌定。

你现在当然更忙了，年纪也不小了，希注意身体，保持旺盛精力，多做工作。

问候你们全家人。

之琳　一月二十四日

青林、青乔附候，并祝春节愉快。

第十一封（1986 年 4 月 26 日）

燕郊同志：

想来你已回长沙。

"犀牛丛书"①这个名字实在不好，这种动物本身形象既丑，又有法国荒诞戏剧的不愉快联想，一定得改掉。我由"灵犀"（又正是会触犯世界稀有野生动物保护界的犀角）而想到李商隐诗句"身无彩凤双飞翼／心有灵犀一点通"，那么叫"彩凤丛书"如何，译成西文就是"凤凰丛书"也可以，西方联想为火凤凰，也不碍事。中国凤凰有自己的特点。或者"彩凤"太俗，就叫"飞凤"，强调"双飞翼"，图案画"飞凤"，突出展翅双翼，既非"彩凤"，可不着色作简单标志。你说怎样？

丹丹②已来信，说星期一到天坛干作业，晚上回校才看到信，未能及时赶来聚会。她在北京上学，大家总有机会见面。

祝好。

之琳　四月二十六日晚③

---

① 彭燕郊筹划、组稿的翻译丛书，主要为外国散文、随笔、书简、传记、回忆录等，后由漓江出版社出版。

② 丹丹即张丹丹，彭燕郊之女，时为中央工艺美术学院（现清华大学美术学院）学生。现居广州。

③ 该信未署年份，但彭燕郊生前在整理书信时，将其归入 1986 年。

第十二封（1988 年 11 月 12 日）

燕郊同志：

久无音讯，近从长沙开会回京的友人处得悉你精神还是很好，在出版界还是很活跃，甚慰。听说你已跟漓江出版社疏远了，但是青乔赶译出的加奈特小说两种一书①，我应命赶写出的译本序文，都是你经手交去的，于情于理，你不能撒手不管，书面合同还在，后来出版社补要去的书中所引《王孙赋》一段古文复印件的邮寄挂号收据还在，两年前说要当年底出版，现在还无消息，务请你百忙中抽暇催问一下为感。

匆此 祝好。

卞之琳　十一月十二日（'88）

青乔嘱笔附候

---

　　① 指 [英] 大卫·加奈特著、青乔译：《女人变狐狸》，桂林：漓江出版社，1988 年 8 月第 1 版。按，当是出版社在书出版之后，未及时与译者联系，故有卞之琳来信催问一事。

致施蛰存（七封）①

第一封（1980 年 3 月 3 日）②

蛰存同志：

信稿都已收到，十分感谢你提供的意见和情况。

对于序稿头两段所论极是，我已重新写了，全篇都又抄、改了一遍。我今年也进入古稀一关，头脑不行，下笔总不听使唤，漏字、错字、别字每每连篇，而自己一再看不出来，这次幸蒙指正，真是高兴。

我在文中提到"幻灭感"，是指政治上的，主要是 1927 年"四·一二"事件以后给许多人带来的，对望舒说来，我只是从诗本身而想当然（也参考了杜蘅③的一句话，还有艾青的一句话）。他对绛年的感情，现在想起来，过去也曾有所闻。现在我在讲到望舒没有直接抒写那种"受挫折的感情"，改了后边一句为："至于他的第一个诗集《我的记忆》的前半一部份少年作，显得更多是以寄托个人哀愁为契机的抒情诗，似又当别论。"不知较妥否。

"断指"一诗，我这次先根据《望舒诗稿》的排列，在"我的记忆"一诗前若干首，紧跟"雨巷"，所以曾说阶段上有交叉，它写在"记忆"前，后来借到《我的记忆》一书，才注意到原排在"记忆"后。《记忆》一集初版于 1929 年四月，发表在刊物上当不会晚于此日期。我现在文中也不再强调"断指"与"记忆"的写作先后了。

《望舒草》和《诗稿》里都有个别脱漏字，《诗选》里补正了。我还同

---

① 这七封信均由编者据原信照片录存，其中前三封的录入参考了宫立辑录整理的《断章：卞之琳佚简里的交游史》，《传记文学》2018 年第 7 期，第 118—125 页，并有所订正，不出校记。

② 此信的信封上正面可见"北京""3.4.17"字样，可知北京邮局寄出的盖戳时间是"3 月 4 日 17 时"，邮戳上"3.4.17"前仅见一个"9"，信封背面邮戳则清晰可见"上海""1980.3.6.16"，可知上海邮局收到信件的盖戳时间为"1980 年 3 月 6 日 16 时"，另外还有可能是投递员标记的两个表示时间的数字"1980，3，6"和"1980，3，8"，应该是指 1980 年 3 月 6 日信到达上海邮局，3 月 8 日投妥。再结合信中所谈内容，可确定该信当写于 1980 年 3 月 3 日。

③ 此处"杜蘅"当作"杜衡"（1907—1964），浙江杭州人，现代作家。

意《诗选》把"的""底",都照现行办法都统一为"的"。《诗选》未入选的一首赠别刘呐鸥的诗里有一行"这的橙花香……",《草》和《稿》里都未补正,良沛说应是漏一"里"字,显然对的。

我同意你的看法,《望舒草》的最后部分最为完美,所以文中也曾举例说到"深闭的园子"、"寻梦者"、"乐园鸟"等,虽然未加分析,而只对比分析了"灯"和后来的第二首"灯"。现在《诗刊》要选登几首,我想就让他们从这几首以及"雨巷"、"断指"、"我的记忆"、"用我残损的手掌"等当中选用吧。因为篇幅关系,不可能多刊发(上次我选徐志摩八首,因此也减为六首)。第一首"灯",我虽在文中表示推崇,印在《诗集》里没有问题,发表在现行的刊物上,我还有点顾虑。

"回了心儿吧",我在文中没有提名,只是说发表了八十八首后括弧内补一句"确切说,是八十九首,望舒生前删去一首,也就不算吧。"我认为这首诗收在现在的《诗集》里会有损于望舒的令名,正如我担心第一首"灯",因为个别字眼,发表在《诗刊》上,会给《诗集》带来不利的影响。

《诗刊》决定五月份刊出我的短文和选登望舒诗几首。你的"校读记"《诗集》里不可少。出书总要有几个月时间,从容写吧。《望舒草稿①》目录上有"序",书里没有,但不像是撕掉的,很可能排印时抽掉的,找不到也就算了,如何?

我们的美国之行,现在还成问题。我们这边办事主观,效率低,打小算盘是想得到的,想不到他们也有官僚主义,作为富国也在经济上斤斤计较。那边的当事人仿佛只是干着急。我本来毫不想出国,张扬了半年,现在我更不乐意去。前几天作协转送来那边给我的一封私人信,要我个人回个信,我就写信又透露了婉谢的意思。但一切都很难说,说不定月中忽然飞机票寄到,我们又得仓率就道。

春天来了,我每到午后更觉得不舒服,你比我年高,更应该注意身体。

之琳　三月三日

---

① 《望舒草》和《望舒诗稿》是戴望舒的两部诗集,此处《望舒草稿》是卞之琳笔误,从下句"有序"反推,则应指《望舒草》,该集前有杜衡的序。

第二封（1980 年 5 月 24 日）①

蛰存同志：

望舒诗集序，已在《诗刊》五月号刊出，想已见到，经过修改，现在看来是否还过得去。"一共发表了八十八首诗"并附括弧内一句话，原已改为"完稿入集的一共八十八首"，大概只改在寄四川的一份稿子上，《诗刊》发表的还没有改。现在既发现《北斗》上还有几首，当然又得加一句说明。全文结尾，被编辑割去了尾巴（几句话），收不住，印到书上当然还得补上。望再多提意见。

《阿左林小集》重印合适不合适？有什么意见？序文当然作废，预备简单改写一篇。请寄回给我，自己想通读一遍。

《西窗集》已在香港被翻印出版。这本书我自己很不满意（错排也非常突出），出版后我就开始了拆散、淘汰工作。现在香港这么做，我管不着，也就随它去。

我美国之行实际上已作罢。你什么时候来北京？

祝好。

之琳　五月二十四日

第三封（1980 年 6 月 9 日）②

蛰存同志：

五月二十六日信早收到，谢谢。《阿左林小集》还未接到，听说冯亦代去广州了，还没有回来。

重印《阿左林小集》，我还决定不下来，想翻看一下再说。你说《小集》篇幅太少，我看到香港新近翻印的《西窗集》在不愉快里也起了另外的想法。这本杂凑集既收不回来，还在流传，无法订正（包括编辑给我乱排

①　此信中提到"望舒诗集序，已在《诗刊》五月号刊出"当指《诗刊》1980 年第 5 期刊出的《〈戴望舒诗集〉序》，据此可以确定该信写于 1980 年 5 月 24 日。

②　卞之琳在上一封信中请施蛰存将《阿左林小集》寄回给自己，此信中表示"还未接到"，可知信末所署的"六月九日"当为 1980 年 6 月 9 日。另外，此信中提到"香港新近翻印的《西窗集》"，卞之琳 1981 年 10 月 22 日致彭燕郊信中提及"去年香港书商又翻印了《西窗集》"，据此可知该信当写于 1980 年。

的诗行），可否自己清理一下，出一个修订本。第一辑韵文部份全删（原拟分出去另行处理）。第六辑《浪子回家》已收入《浪子回家集》出版过，这里不要了。第五辑小说六篇，删去太一般的（蒲宁一篇）和不重要的，留两篇。福尔《亨利第三》和里尔克《旗手》，抗战期间订正出版过单行本，现在想连同《阿左林小集》全部重放进去。这样我想把以前的零篇散文译品一举清理了事。我想再听听你的意见，同时请你告诉我一下江西出版社出这套书的计划，以便我考虑究竟取哪一个方案比较合适。我很想在六月底前结束这点清理工作，进一步安排别的事情。

希望你们来京，能如期成行，我们可以见面畅谈。

祝健。

之琳　六月九日

第四封（1980 年 9 月 16 日）[①]

蛰存同志：

七月间承枉顾寒舍相看，自己却未能出城到师大招待所拜候，颇为歉疚。八月二十三日匆匆把《西窗集》修订稿挂号寄出，希望审阅后转寄江西出版社，也未及附信。如有修改意见，请大笔一挥，迳自改在稿上，无需征我同意，请勿客气，只希清样来时，寄我亲自过目一下就是。稿子很乱，有的是复印，不大清楚，有的是从原书撕下，两面有字，原都是直排，符号也是旧式，排字起来，一定很麻烦。还有，江西出版社是否同意用普通三十二开本是否像湖南出版社一样用穿脊锁钉？如果那里有困难，就让我转送湖南出版社。他们最近有人来京，不怕麻烦，很想要印我这本译品，就看江西出版社意下如何，现在先就拿了我译的《紫罗兰姑娘》去看了。最近他们出版了健吾的《福楼拜评传》，装订编排都还可以。望舒有什么译稿（例如阿索林——此名我现已接受西班牙语学人意见改用望舒曾经用过的译法——《西班牙一小时》不知有全译稿否）在别

---

① 此信说到访美之行即将启程，查张曼仪编《卞之琳生平著译年表》1980 年记有"9 月 21 日与冯亦代自京赴穗转香港，23 日由港飞美"（《卞之琳著译研究》，香港大学中文系，1989 年 8 月出版，第 221 页），据此可确定该信当写于 1980 年 9 月 16 日。

处一时出不来的，我也可以介绍给他们考虑，还有足下自己的什么译稿（顺便说一句足下自己三十年代的短篇小说创作我看也应编选一本，还有故废名的《桥》和《莫须有先生传》、故林徽因的小说、散文也应整理出版，可惜我杂务紫身，实在顾不来许多）。

我和亦代访美之行，七月初以后又久久未得美方信息，我以为终还是告吹，如释重负，想不到上星期来了电报，昨天作协找我们去谈了具体出发安排，二十一日就得走，现只有四天时间了，我除了衣服去年已经准备了，随身需带什物（包括上医院取药）就要在三数天内购置完毕，真是紧张。

周良沛从昆明来信，说他在成都时已看着《戴望舒诗集》和《徐志摩诗集》（就拿我在《诗刊》上发表的那篇短稿算代序）发稿了，原定清样都寄我亲校，现在我要出去一个月，顾不来了，拟即回信告他把选集（连同我写的那篇序文）清校就请足下代为过目了。

一个月过后回来了再联系，匆候教祺。

之琳　九月十六日

第五封（1981 年 2 月 24 日）[①]

蛰存同志：

久未通信，近况如何，念念。

我回国已经两个多月。在美国两个多月，从东到西，从西到东，穿梭旅行，倒没有把我累倒，回京后天冷，身体也感觉不大好，精神几乎一蹶不振，也就懒得跟朋友们写信。

去年九月我出国前把《西窗集》整编好挂号邮寄了给你，我也就不再过问。现在我想总得问问你：江西人民出版社究竟有何主意，像所谓"善观风色"的其他出版社一样，他们现在作何想法？如果他们不想照我们原先提出的开本和装订条件印这些书，那就请把《西窗集》书稿寄回给我。

---

① 此信中提及"我回国已经两个多月"，张曼仪编《卞之琳生平著译年表》1980 年记有"11 月 27 日离美回国，途经香港"，"12 月 6 日乘车至广州，8 日飞回北京"（《卞之琳著译研究》，香港大学中文系，1989 年 8 月出版，第 222 页），据此，可确定该信当写于 1981 年 2 月 24 日。

望舒诗集，据周良沛来信说，已在四川人民出版社付排，现在还未见出来。英文《中国文学》上刊载的我那篇介绍望舒诗的文章是从我那篇序文里节译出来的，不是我自己的那篇英文草稿（我不愿意拿出来，所以没有告诉他们我本有英文稿。当然是序文形式，在刊物上发表也不合适）。

现在学校又开学了，想又忙起来了。我这里不适于我干也不爱干的事也正多，无可如何。

祝好。

之琳　二月二十四日

又：在纽约，和钱歌川通过电话，他约我们吃饭，我们抽不出时间。结果只是一个招待会上略谈过几句。

第六封（1981 年 11 月 8 日）[①]

蛰存同志：

许久没有通信了，近况如何？秋季开学后，想又加倍忙了，不是吗？

我不记得在什么地方见过江西人民出版的"百花文库"广告，说是第一批七月出书。但是至今毫无音信，不知怎样了。

好像在年初，或者上半年某月，我接到过江西寄来的校样（抄稿?），发现编辑部给我改的个别字（总数倒不少）基本上都是我有意这样写的，所以一一改回去了。例如，我照现在口语习惯，也根据大部份传统，"的"、"底"、"地"不分，我也知道现在书写、印刷上分"的"、"地"，但说话里是不分的，他们把集中许多地方改了，有些又没有改，所以坚持自己的一贯办法。现在一般编辑先生一方面认真可喜，另一方面，做过头了，无是生非，也不免可厌（有的老实说是限于水平）。我把校样寄回了，从此未再得他们的来信。

湖南人民出版社考虑出"译诗丛书"，要望舒的，我说材料你那里较

---

① 此信中提及"湖南人民出版社考虑出'译诗丛书'，要望舒的，我说材料你那里较全"，卞之琳 1981 年 10 月 22 日致彭燕郊的信中提到"望舒遗稿施蛰存掌握不少，可向他联系"，另外《西窗集》是 1981 年 11 月由江西人民出版社出版的，据此可以推定，此信当写于 1981 年 11 月 8 日。

全，现得彭燕郊同志信，说你已在编理了，听说还要印你的译诗集，你准备了吗？

祝健！

之琳　十一月八日

第七封（1982年8月24日）①

蛰存兄：

大连回来，接读来信，谢谢。

现当已回沪。暑中远行，想必是乘飞机的，否则太辛苦了。

李广田家属在北京（女儿在北师大中文系教书），据我了解，《画廊集》全书已编入待在山东人民出版社出版的三卷（？）②本《李广田文集》。她们托我代谢你打算把它编入"百花洲文库"的好意（其中一部分还曾编入云南出版社的《李广田散文选》，不好再重复了）。

"百花洲文库"第一辑各本我都已早接到，封面设计实在恶劣，出乎意外，而《西窗集》里我也不及更正阿索林两本书名我自己的注解错误，所以都没有送人，等重印了再签名奉赠留念。

今年内我想总可以得到香港三联分店印的《雕虫纪历》增订版和江苏出版社印的杂类散文《沧桑集（1936—1946）》（两书都已看过清样），也许《英国诗选，附法国诗十二首》也可能在湖南出版社年内出书，得书定当——奉赠请教。

匆候著祺。

卞之琳　八月二十四日

---

① 此信中所提到的《雕虫纪历》增订版和《沧桑集（1936—1946）》均出版于1982年8月，另据张曼仪编《卞之琳生平著译年表》1982年记有"7月初往大连棒棰岛休假一个月"（张曼仪：《卞之琳著译研究》，香港大学中文系，1989年8月出版，第223页。）据此可确定此信当写于1982年8月24日。

② 此处"（？）"为原信所有，卞之琳借此表示对自己的记忆不太确定之意。

致孙琴安（三封）①

第一封（1991 年 6 月 23 日）②

……承费神复印寄来臧云远文有关一段③，谢谢！我应约写的一篇小文已寄出，现对照臧文，似没有记得太错的地方。只是上了年纪，除非当时记有日记之类，回忆过去总不免有出入处，我已不大记得在延安见过臧了。说我"一身八路军打扮"，显然当时我刚从前方回来，是在春夏时，还没有来得及换夏装。他说我"三二年、三三年在北大西斋穿蓝布大褂"，倒像是何其芳的样子，他住过西斋，后来方敬也住过那里，李广田和我住过东斋，我都不记得和臧在沙滩见面了，却记得 1935 年清明时节在日本东京和他见过一面。

你的文章，还未见北京有复印件寄来，但没有关系，等发表后再看吧，我相信没有什么可订正的地方。……

第二封（1992 年春季）④

……近半年来，事繁心烦，时间精力，两都不济，案头来信山积，实在无法一一清理置答。三月十六日来信，因素厌事实以误传误，这次涉及的人物又非同一般，有关与我的微末接触，亟需澄清，特抽空答复几句。……

---

① 这三封信辑自孙琴安文《卞之琳印象》，见其著作《星汉灿烂——走近文化名人》，上海辞书出版社，2004 年 12 月出版，第 89—92 页。孙琴安（1949—　），上海社会科学院文学研究所研究人员。

② 此信为节录，收信人在文中提及写信时间为"1991 年 6 月 23 日"。

③ 此处可能指臧云远所写《亲切的教诲——记一九三八年在延安毛主席接见时的谈话》（《南艺学报》1979 年第 1 期），文中写到"还有一天，诗人卞之琳匆匆跑来了，一身八路军打扮，滔滔地谈着前方的所见所闻，焕然一副战斗的风貌。除了一付眼镜外，他的确变了，不象三二年三三年住在北大西斋穿蓝布大褂的诗人了。战争年代真是革命的大熔炉"。

④ 此信为节录，收信人在节录上一封信后，提及"以后我写毛泽东与作家的书"，"在 1990 年初春给他写了封信。不料他在百忙中立即给我回了封信"，随即节录了该信的部分内容。按，此处所说时间疑有误，因为上一封信的写作时间是 1991 年 6 月 23 日，则在其"以后"的这封回信当写于 1991 年 7 月之后的另一年春天，考虑到信中所说孙琴安、李师贞著《毛泽东与名人》1993 年 2 月已由江苏人民出版社出版，那么此信很可能写于 1992 年春季。

……虽然我现在补充告诉了你这些细节（多半是记不准的），我还是奉劝你不要在这方面写什么文章，因为这些都无关紧要，也乏善可陈，我也不愿意藉此给自己脸上贴金，藉此招摇。说话、写文章，都要认真，随便不得，查对材料，更应有凭有据，实事求是，你在研究所工作，当然理解，用不着我提醒。

当然，我还是谢谢你的好意。……

第三封（1994 年 3 月 24 日）^①

琴安同志：

《毛泽东与名人》早收到，谢谢。作为"名人"且列入这本书中，实在不配，深感不安，幸所记事实，尚无太大差错，也就搁在一边，待有空再读其中各文。年迈体弱，一年来仅两次出门活动，一次在去年二月下旬闻冯至病危前往医院探看，另一次九月间往艾青家会美国来的叶维廉。去年二月一日，照平时惯例以亲自上下四楼至传达室取邮件，作为锻炼，取晚报回来，在二、三层之间摔伤，幸仅破及颅骨外皮，缝了五针，一周后也就没有事了，但家里人再不让我下楼了。岁尾年头，偏又以低效率赶履行几项文字承诺，所以接书也就没有即复道谢，请谅。（你们所有同志约编什么文学名家自述丛书，要求烦琐，我实在顾不来应付，与其它多种多样辞书要求一样，只好一律谢绝）。我倒想起你前些年出版过一本现代几个写诗的作品赏析集子，我是保存的，只是一时忘记堆藏在什么地方了。不记得其中有无谈我《断章》一诗的，我正帮助友人收集关于此四行短诗的妙解、歪解、乱解的材料，如有便请抄录你自己的几句话，就要发表过的，不要现在新写，寄我备用为感。

祝好。

卞之琳　3 月 24 日（'94）

通讯址仍为：100010 北京干面胡同东罗圈 11 号 2402 室。

---

① 此信据孙琴安《卞之琳印象》文中所附原信影印件录存。

致汤学智（一封）[①]

汤学智同志：

　　送上人民币 100 元，捐助何其芳文学研究奖基金，请查收并给予收据。

　　敬礼！

卞之琳　1986 年 5 月 26 日

---

　　① 此信据原信照片录存，其信封为"中国社会科学院外国文学研究所"公用信封，其上写有"请交文学所　科研处　何其芳文学研究奖基金筹备办公室"，落款为"卞之琳托"。汤学智（1942—　），河北南皮人，先后供职于中国社会科学院文学研究所、外国文学研究所。

致陶嘉炜（两封）①

第一封（1979 年 10 月 1 日）②

陶嘉炜同志：

《文学评论》编辑部转来长信，这两天才有机会细读，我认为很下过工夫，很有见解。我们有不同看法，但是我们有共同言语。

自从发表了那篇纪念文后，我已经接到四位不相识同志的信和文稿（不包括已经给我看过稿件的一位远地同志继续寄来的续稿），都对新诗格律问题感到关切并和我粗略的说法颇有相通的基本论点，可见关心这方面问题的不像我原先估计的没有什么人。

我已经二十年没有写诗，读诗也很少，偶而读读，喜欢的也不少，一般似乎还有不少问题。主要我看还是在内容方面，号称新诗而缺少新意，还有语言上陈腔烂调太多，当然还有散文化问题，那却是形式问题了。但是要讨论形式问题、格律问题，必须结合新创作实例，我自己顾不来，而且一提出格律主张，即使为写作者接受，因为运用不熟练，很可能写起诗来受拘束反而损害了诗意。所以我不大热心谈这方面问题。

去年底辽宁社会科学院有同志来北京组稿，说他们对讨论新诗格律问题还是感兴趣，要我写稿，我就"炒冷饭"，把已经为外边人知道的前《作家通讯》1954 年一期上的一次讨论会发言和新编诗集自序文的一段话合成一篇《对于白话新体诗格律的看法》，并介绍这里英美文学研究生一篇和贵州内地语文教师一篇，看法都和我不尽相同甚至有相反地方的，给了他们，后来发表在《社会科学辑刊》第一、二期上，你能否找到看看。另外，我的新编诗集《雕虫纪历 1930—1958》，已经在人民文学出版社出

---

① 这两封信辑自刘衍文、艾以主编的《现代作家书信集珍》，汉语大词典出版社，1999 年 6 月出版，第 850—852 页。陶嘉炜（1948—　），毕业于华东师范大学中文系，后任教于上海外国语大学。

② 此信末尾署写作时间为 1979 年 10 月 1 日。

版（还没有发售），不久你也总可以看到。我的实践例子此外还有我译的莎士比亚悲剧《哈姆雷特》（1956 年在人民文学社出版后到 1958 年为止又印过两次，现在一时没有机会重印），也可拿来和孙大雨先生译的《黎琊王》（我前年也新译了《里亚王》，还没有交出版社）参证。我希望你再多看点材料，写一篇到几篇正式文章，所以这封长信先寄回给你，让你在这个基础上写独立文章。原件上我用铅笔写了些我的想法，供你参考。

你说已经写了一篇关于词的文章，很好，我愿意看。词在形式上的问题似还需要深入探讨。我看书太少，不敢肯定，印象是许多有学问的专家、教授深通词律，也有创作实践的，似往往就词论词，讲词的起源和与诗的关系的好像又不大令人信服，我想有人全面的从《诗经》、《楚辞》、四六言诗、五七言诗、词、曲，在形式上、格律上作继承和发展的研究，对我们写新诗的就大有用处。我不知道你们年轻人有这个雄心没有？

信件上批的话，我就不再在这里重复了。

祝好

卞之琳　十月一日（1979）

第二封（1981 年 5 月 22 日）[①]

嘉炜同志：

你的信稿，有的还是前年十月接到的，最近的是去年十一月我还在美国的时候寄到的，和别的社会来信来稿一样，压到这么久还没有作答，十分抱歉，请原谅。

《古典词节奏初探》一文，现在发现我已经看过，因为边上用铅笔批了些意见。刚才读完《应当重视从诗体流变角度探讨词的起源》一文，觉得比前文成熟多了，精炼多了，不管能不能使我"信服"，大致能自圆其说。前文我现在寄回，后文暂留我这里，因为我想问问你已经投寄什么刊物发表了没有，如果还没有而你愿意的话，我想为你试送这里文学所

---

① 据收信人附记，此信写于 1981 年 5 月 22 日。

的两种刊物——《文学评论》和另一个论丛之类的不定期，只是没有把握他们要不要，因为我是外国文学所的人了。

可惜李嘉言①同志我一直没有来往，现在不知何处，还未去打听，一时不能把稿转请他看。

这里补充说明一句，杂言即是长短句，在西方用长短句写诗，不论用韵与否就是自由诗（free verse），长短句而各节对称（在音步、轻重音、长短音等和脚韵安排上对称）就是格律诗（regular verse）。

匆复祝好，代候施老。

卞之琳　五月二十二日

---

① 李嘉言（1911—1967），河南武陟人，1934 年 6 月毕业于清华大学中文系，先后任教于清华大学、西南联大、西北师范学院和河南大学，古典文学研究专家。

附　录

收信人陶嘉炜附记

1979 年，也就是我考入华东师大中文系读书的第二年，看到卞之琳教授在《文学评论》第 3 期发表的《完成与开端：纪念诗人闻一多八十生辰》的文章。文章谈的是"闻先生由完成到未完成亦即仅仅给我们开了一个头的新格律诗创作和新诗格律探索等问题"。（《文学评论》1979 年第 3 期）

我原是 67 届高中生，遇文革厄运而待业在家，"暂缓上山下乡"。百无聊赖中顾不上"封资修"货色的"毒害"，阅读了大量中国古典诗词。文字的熏陶终于萌发了也想搞搞诗歌创作的念头，竟然在 1971 年底至进入大学的六七年间，在有限的几份报刊杂志上发表了二十余首"诗歌"。虽然全属"配合形势"的应时之作，但也承传了一些我国传统诗词"意境"的血脉。在跨入大学校门，重获深造机会之时，"新诗形式"这个历史上长期悬而未决的"硬果子"成了我脑中的"哥德巴赫猜想"。

于是，我写信给卞先生，就先生文中的观点谈了自己不同的看法。先生说："由说话（或念白）的基本规律而来的新诗格律的基本单位'音尺'或'音组'或'顿'之间相互配置关系上，闻先生实验和提出过的每行用一定数目的'二字尺'（即二字'顿'）'三字尺'（即三字'顿'），如何适当安排的问题，我认为直到现在还是最先进的考虑。"（同上）我却觉得闻一多《死水》一诗"音节铿锵"的原因有二：一是《死水》每一行都用了三个双音组和一个三音组，而用若干双音组和仅有的一个三音组来构造诗行，非常接近我国古典诗词一直沿用的音组组合法则。二是《死水》每行的最后一个音组（简称"音尾"）全是"二字尺"，即全是双音尾；而古典词和民歌的创作实践显示：在确保诗行全是双音组，或者其中只夹带一个三音组的前提下，音尾的一致是产生节奏感的关键。换句话说，只要做到音尾一致，顿数不一致也无妨。比如"十六字令"的词牌，一、三、五、七言错杂，照样富于强烈的节奏效果，这应归功于一致的单音尾。卞先生在我的"长信"上用铅笔写了批语二十余处，原件寄回，好让我"在这个基础上写独立文章"。

我对词的节奏十分好奇。词又称"长短句"，如今脱离了它们的曲谱，单从文字上诵读下来，也感音律的参差错落美，显得比齐言诗（如五言诗、七言诗）更活泼，更抑扬有致，似乎对于新诗格律的设计有更大的借鉴意义。卞先生与其他一些同志则认为词是古代的自由诗，是依谱填写文字的产物。这样，商榷的焦点就集中在"词是怎样的一种诗"上面了。这才有先生第一封信中说"愿意看""关于词的文章"的话，我又先后寄去《古典词节奏初探》与《应当重视从诗体流变角度探讨词的起源》二稿。在写作过程中，曾请教过给我们上课的施蛰存老先生，提起与卞先生通信一事。此外，"词是杂言诗的声律化"之说为李嘉言先生所提出，当时因不知李先生业已去世，只了解卞、李二位均在西南联大工作过，故而问起李先生的下落，还想就教于李。

先生的第二封信是 1981 年 5 月底收到的。他热心地将我后一篇稿子推荐给《文学评论》，不久，我便收到退稿。当时，风靡中国诗坛的"朦胧诗"吸引着整个文学评论界乃至全社会，如此一个冷僻专门的，甚至有些"钻牛角尖"的题目，显然"悖时"了。

卞之琳先生（他不愿被称为"教授"，自认只是外国文学研究所的一名研究员），一位著名诗人、翻译家、文学评论家，在百忙之中，复信给一个持不同意见的无名之辈，字里行间充满对后生的关心、爱护，可见其态度之谦逊和人格之崇高。他孜孜不倦于解决我们号称"诗的国度"而白话诗竟无格律的困惑，在事业面前，先生全无长幼尊卑一类概念，相反，寄希望于年轻一代。精神令人感动不已。

十多年间，我仅上过一次北京，未敢去打扰先生。我自感才疏学浅，未能履行先生希望的"作全面的诗歌继承、发展研究"的工作；先生学贯中西，也不是我聆听一两回教诲就能学得皮毛的。近年来，我钻研"中西写作文化比较"的课题，其中"诗歌"部分，包含了先生赋予的期望。拙作《中国早期文体的特色》、《英汉诗律异同论》、《〈死水〉节奏的潜意识成份》已相继发表，我准备将此类文章形成一个系列后给先生复印一份寄去，到时再告诉他："您十年以前的信激励着一名文学研究爱好者的工作、学习、成长。"

致万龙生（一封）①

龙生同志：

　　谢谢你的信，因一直忙乱，迟覆为歉。

　　读你的《工地短歌》，觉得十分可喜。除了第一首以外，形象生动亲切，难得落套；语言洗炼干净，节拍鲜明整饬，自然成律，这在今日报刊上发表的新诗当中似不易一见。要我挑毛病，还是有的，特别是第一首当中，"喜泪洒江潮"、"花添娇"、"蜂蝶闹"，太陈滥了，而这些奇数音节收尾组（或称"顿"），也在调子上破坏了全诗以偶数（双）音节组收尾的和谐。你自己读读看就会觉得。我曾经据我的摸索经验而说过，行尾是奇数（一、三字）音节组，在调子上较自然倾向于哼唱（不是谱曲歌唱），偶数（双）音节组收尾较近我们今日说话的自然调子，你显然在后几首里也意识到了。我直到二十年前最后写的几首诗里也还没有能很好解决在一首诗里这两种音节组互争统治地位的矛盾。四行一节在西方也是最普遍的节式，只是难得像我国旧诗的绝句式（或波斯的《鲁拜集》式），但是西方格律诗还有多种不同的节式，而我国《诗经》和词也有种种不同的节式（对称的上下阕之类）。我为《诗刊》选的几首徐志摩诗就有意识让大家看看格律诗并不限于四行节式这一家。还有我们写新诗押韵脚只知沿袭大鼓词所要求的一韵到底，而民间和古人倒不尽如此，西方当然更不如此。我们倒不感到单调，我感到奇怪，也许我们的听觉习惯被改造了。你多写写，多读读人家的，多玩味玩味，一定也感到有变化的必要。

　　现代西方自由体诗和格律诗都还不能垄断作者与读者。写自由诗的——②心要打破形式束缚，往往走到极端，反而成为纯粹形式主义；写

<hr />

　　① 此信辑自《中外诗歌研究》2001 年第1—2 期合刊，第 75 页。据收信人所言，此信写于 1979 年。万龙生（1941—　），湖南衡阳人，当代作家、诗歌研究者。

　　② 此处"——"是原刊误排，当作"一"。

格律诗的（西方没有所谓"新格律"的问题），又很少有人能推陈出新，写出新鲜气息。我国今日本来也应当有两路新诗并行不悖，现在问题是自由诗往往写成鼓动演说词，使不少读者抱怨和散文无别；新格律体又自徐、闻等人以来一直没有能真正建立，如今又有些人，为了要求整齐，居然又写起以单音节字数衡量诗行长短的"方块诗"来了。你显然下过探索工夫的，你在继续写作里自然会注意到这些问题。

你这几首诗，如果没有再寄到别处（例如四川的《星星》），我想转给《诗刊》，请他们看看能否发表。[1]

我的《雕虫纪历 1930—1958》印得不多，我从出版社拿到一些，是为对外应酬的急需，只送了几本给近边的个别朋友。现在北京市面上这本小书也绝迹了，我再托出版社代买一批也没有买到，要等些时候了。很有些不相识的，来信要我代买，我当然更难于办到。现在看来对你的用处更大些，我就从手头仅有的几本里再匀出一本来送你吧（日内挂号另寄）。

快过年了，我就在这里给你贺年。

卞之琳　12 月 12 日

---

[1] 这组诗《诗刊》后来没有采用。——万龙生注。

附录

收信人万龙生附记

我与卞之琳先生通信断断续续，前后达 20 年之久，缘起于以现代格律诗习作向他请教；以后又就有关问题征求卞老意见，基本上都是有信必覆。但我深知，卞老时间珍贵，极少打扰；除非觉得很有必要才请求"函授"。

在我保留下来的卞老书信中，第一封尤足珍贵。大约是 1979 年秋天罢，我在参加当时重庆市文联组织的长江大桥工地采风活动后，写了一个组诗，后来编入一本薄薄的"白皮"小册子。虽然这显得很寒伧，但我却很兴奋，竟想入非非，不揣冒昧，写了一封信，连组诗一同寄给卞老。当时我一个无名的业余作者，卞老何许人也？真是难以望其颈^①背。信是投寄到卞老的工作单位（中国社会科学院外国文学研究所）的，投入信箱也就忘却了，压根儿就没盼着回信。

殊不知"奇迹"发生了，12 月 17 日（邮戳所示），我收到一封字迹陌生的信，信封下方一排隽秀、工整的小字令我欣喜若狂："北京干面胡同东罗圈十一号 2402 室卞之琳缄"。

急急拆读，更感意外，并且深深地感动。卞老对我那组习作认真地读了，并详谈了意见，令我有面聆教诲，如坐春风之感。当我读到结尾，更加深深感动，原来我曾在信中提出无理要求，烦先生代购《雕虫纪历》一书（当时只知书讯，重庆却无出售），先生竟答应赠送一本。现在把此信公布出来，作为对卞老的纪念。（几天以后，书就收到了，扉页上方写了一行字——万龙生同志：卞之琳寄赠。这本书，成为我书柜中最为珍贵的藏品）。

这封信和《雕虫纪历》对我后来的现代格律诗创作与研究起到了很大

---

① 此处"颈"是原刊误排，当作"项"。

的指导、借鉴作用。还在素不相识的时候，卞先生就这样详加指点，热情鼓励，毫不夸张地说，使我得以受益终生。

如今，卞先生辞世给我留下的巨大创痛，已由时间之柔手抚慰而渐渐平复，但那绵远的怀念则将伴随我直至瞑目。我曾于 1994 年前往卞先生小罗圈寓所探望过他，但愿日后在天国还能见到他的慈容。海涅不是幻想过，诗人会坐到上帝的身边吗？

致王长简（师陀）（一封）[①]

长简：

很对不住，没有好消息给你。七日到无锡后，就为你探听房子，知道惠山镇只有几家小铺子，此外都是祠堂，都给军队占了，庙里不好住家。九日我亲自到蚕园那边的小村子看，又是凡遇空屋无不住兵，而且合条件的房子也绝无仅有。鼋头渚广福寺的房间我现在也放弃了，老远的搬来了朋友家的这个旧园。这里虽非名胜，后窗隔河对一段河街，可是房子很好，小园也精致，总可以埋头一个月。我也未尝不想到弄你们来住，朋友也本会欢迎。只是事实上有困难。朋友家里不久就要来住一部分人，他自己偶尔也要下乡来住。小园房子，水阁式，构造的不适于招待另外一个家。村上别的房子又没有合条件的，交通非常不便，地方离城虽只三十五里，进城比从无锡到上海要难得多。汽船每日早上有一班进城，下午有一班回来，从开船到埠要三小时，在这种天气挤在船舱里也相当受罪。这样看来，你们与无锡似不怎样有缘，大约只有等将来到太湖边玩玩。可是目前你们怎么办呢？是否另有深知的朋友给在别处设法？我非常关切。自己是失败者，对于成功的朋友期望特殷，愿你好自为之，也算添（给）可怜虫吐一口气。你们走后如不肯告诉我到什么地方（虽然我总靠得住的），也请把住址留给我。祝福！

之琳　八月十一日

---

① 此信辑自《师陀全集续编（研究篇）》，刘增杰、解志熙编，河南大学出版社，2013 年 5 月出版，第 520—521 页。据原书介绍，"卞之琳此信写作的具体时间待考，约写于 1937 年"，这个系年可能有误。卞之琳在该信中说到"鼋头渚广福寺的房间我现在也放弃了，老远的搬来了朋友家的这个旧园"，据张曼仪编《卞之琳生平著译年表》，卞之琳在 1946 年"6 月乘船到上海"，"下旬曾回海门乡下"，"7 月初旬去无锡，经钱基博介绍住太湖边的鼋头渚广福寺，埋头译改小说"，"在鼋头渚住了一个月后，迁往联大同事钱学熙在无锡西乡的新渎桥老家住月余"，"9 月 17 日从无锡回上海候船北上天津"（张曼仪：《卞之琳著译研究》，香港大学中文系，1989 年 8 月出版，第 209 页）。据此可知卞之琳是 1946 年 7 月 7 日到无锡，未能找到师陀所访所需的房屋，在广福寺住了一个月左右，8 月初搬到钱学熙老家的旧园，此信即是在此居住期间所写。故此信的写作年份当为 1946 年。王长简（1910—1988），作家芦焚、师陀的本名，河南杞县人，现代小说家。

致《英子书信集》编者王坦、王行（一封）①

去年底接信，惊悉英子于去年七月病逝，不胜哀伤。他和我在三十年代中期有书信往还，只是没有会过面。后来失去联系，却一直记得。现在方知文学青年王英子已成一代名医王任之，想不到他还保存了包括我在内的当时文友的一百多封回信，情长谊重，实在感人。重读我这些信，想到自己当时也不过二十几岁人，给英子写信，批评多于鼓励他的写作，话里还不时带教训口气，无助于他发挥才禀多出文学成果，殊觉不可恕，而另一方面，因他为革命需要，牺牲个人兴趣，改行行医，不仅直接为大业立了功，而且在医学上作出了重大贡献，又感到欣慰。记得也就在去年，见什么报刊上发表了故王莹同志的遗札几封，其中有一件似乎写给英子的，我还不知他怎样了（也不知他早改了名）。现在他走了，空表哀思也属徒然，诚如来信所说为他编一本遗著，包括他过去交游的信札，才更有意义。安徽的出版社慨允出版，实属可佩。我写给他的六封信，不管写得幼稚、拙劣以至粗暴，总是真挚直率的，我同意收入集中。前几天我翻出了英子在 1934 年和 1935 年送给我的两帧照片，我留一张（1935 年的），寄一张（1934 年的）给家属保存，制版印作集中插图也好。经过多少年国内外、前后方辗转流离，特别是十年浩劫，一些书稿和故旧信札，丧失殆尽，居然重见到这两张照片，而且完好无损，实属万幸。大家看看英子当年的英姿，想必高兴。

这些信中确有少数几处应由我自己作些小注的需要。这些说明，可在信中有关处加注号，附在后边，因为，虽然写了不少字，不该当文章。手抖已二十多年，不能用毛笔钢笔写字，而且字愈大愈写得不成样子，常写错字漏字，不断修改，伤读者眼睛，常以为歉，请谅。

---

① 此信原为《英子文友书简·英子作品选》（王坦、王行编，安徽人民出版社，2005 年 5 月出版）的代序，文末注明"这是卞老 1989 年 1 月 11 日写给编者的一封信的片断，征得卞老同意，作为这本集子的代序"。本书据此辑录。

致王玉树（一封）①

你要选编二至三篇拙作，选《断章》当无问题。我这四行写来最象出于即兴（实际早酝酿在心里什么地方），却被大家俨然认为代表作而谈得最多，可能还没有谈尽[1]。江苏教育出版社 1985 年出版吴奔星等著《现代抒情诗选讲》里有谈到它的一篇文章，我自己去年在《光明日报》12 月 8 日《东风》版里发表的《冼星海纪念附骥小识》里也谈到它几句。《白螺壳》角度变换，层次交错，十分复杂(恐不易谈(过去李广田《诗的艺术》一书里谈得较好)，不如取《古镇的梦》，内容较为单纯；但我不妨自己推荐《尺八》。我从前的学生赵毅敏② 在上海《萌芽》1984 年 11 期上谈过它，讲复杂主体，可惜有些地方没有看仔细、明白。王佐良在北京《文艺研究》1983 年某期上发表《论契合》的《现代主义的变化》一节里讲到我三十年代旧作，最推崇此诗（《论契合》有英文单行本，出版于北京外国语教学出版社），讲得较中肯，可以参考。王也同时推举《论持久战的作者》，谈我在那里如何以"手"为主体，从一个侧面表现毛主席当年的精神和作用，不同一般，你如要从《慰劳信集》中选一首，不妨选此。

我没有多少工夫读诸多诗刊，不知你说"现代文学关于诗的各种体裁"，提到的两种体裁见于何处？那两种是西欧古体诗流传、采用到十九世纪末为止，哪里跟"现代"有什么相干！所说"巴俚曲"看来就是单纯的 Ballad，原来译为"谣曲"，大都是叙事民歌，每节四行，脚韵安排象中国绝句 aaba。要是 Ballade，那是一种复杂的体式，每首一般为三节，每节七，八行，每节收尾和四行一节尾声，收尾都是同一迭句，韵式也固定。我在 1951 年 2 月上海平明出版社出版的抗美援朝诗集《翻一个浪

---

① 此信原载《天津日报》1986 年 11 月 12 日，原题为《复王玉树同志信：关于我的诗体》。信末的补注和编者附记为原文所有。王玉树时为天津社会科学院文学研究所研究员，该信后作为附录收入其文集《新诗纵横观》（百花文艺出版社，1993 年 10 月出版），此据《天津日报》本辑录。

② 此处"赵毅敏"可能有误，或当作"赵毅衡"。

头》，一出来就受到当时和我同样"左"的诗评家严厉的批评（见当时上海出版的《人民诗歌》某期[①]），自己则认为浅露粗鄙，而随即自行废弃，提都不愿提到它[2]。集中有一首二百多行的小叙事诗《从乡村出发》，尽管内容无问题而抗美语言和当时流行的诗风一样，形式却十足用西方所谓"谣曲"体，而用语完全是可称为流畅的现代汉语。至于"阘兜儿"显然是英法古体 Rondeau 及其变体 Rondel；我这本集子里的《工厂就是战场》用的就是这个诗体，诗行中回环往复，加或不加迭句都按西方此体定型。其实这本集子里还用了多种西式，特别多的是十四行的各种变体，还有一首《得过且过大家不得过》，用了但丁《神曲》的三联串韵体 (Terza, Rima，韵式为 aba、bcb、cdc…)，在中文里似都还自然，不着痕迹。[3] 而我国当代诗界却大有人在，一听说新诗也可以讲格律就会摇头。我从三十年代起就写了不少近于道地的十四行体诗 (Sonnet)[4]，上述《论持久战的作者》一诗亦即十四行体，却从没有自己标榜过、提倡过。十四行体倒是在西欧现代还有生命力（结构相当于我国五七律"近体诗"），现代西方这种诗体也还常用，用的诗人还是些杰出的"现代派"。Ballad 每节韵式更符合我国的一种诗歌传统，而 Ballade、Rondeau 或 Rondel，西欧现代早就没有人用了，因为它近于文字游戏。这些都是格律诗，但不只靠押韵定型，还得首先讲建行以什么为标准。适于中国白话新诗相应采用的，我认为不能是法国按单音节（单字）数办法，而可以变通用英文"音步"的办法，即闻一多讲的"音尺"、孙大雨讲的"音组"、何其芳讲的"顿"、胡乔木讲的"拍"（原先陆志韦也讲"拍"，用法稍异），这个基本上一致的办法。符合现代汉语说话规律的基本建行单位标准都不知道，便谈不上写什么"巴俚曲"、"栾[②]兜儿"这类诗体了。重庆出版社新出版邹绛编的《中国现代格律诗选》，编选较好，序言也写得较为在行，不妨参考看看。

1986 年 9 月 17 日

---

① 此处所谓批评文指柳倩的《评〈翻一个浪头〉》，发表于《人民诗歌》第 2 卷第 4 期，1951 年 6 月 1 日出刊。

② 此处"栾"疑是卞之琳笔误或原报误排，当作"阘"。

874　｜　卞之琳集外诗文辑存

补注：

[1] 我吸取了三十年代中期和刘西渭（李健吾）为他解释此诗而争论的教训，不愿再干预评者的说法，但愿它们不违背本文表层的字义、章法。大约1978年香港《七十年代》杂志某期上发表璧华谈此诗的一篇短文似还贴切，只是评价过高了，愧不敢当。

[2]《翻一个浪头》最后一首原为《天安门四重奏》，因为先在《新观察》上单独发表了，就由《文艺报》发表了两位大学中文系学生认为难懂的读者意见，我公开作了检讨刊出（同在1951年春天），检讨文下半篇是一点解释，却被砍掉了。现在却又有人认为比诸现在的许多流行诗倒还不难懂了（见《诗刊》今年第8期上发表的林元给柯岩的一封信）。

[3] 故吴兴华在三、四十年代也曾借用过多种西式和中国律绝诗等传统类型写过一些白话新诗（参看我应现代文学馆编印的《现代文学研究丛刊》约写的一篇介绍文，见该刊今年第2期）。

[4] 不记得什么报刊上甚至发表了一首短诗，共十五行，附诗人自注说存心多写一行以破坏十四行体！

编者附记： 王玉树向著名诗人卞之琳请教有关现代诗歌的问题，此系复信。信中除谈到一些外国诗体知识外，还谈了他几首名作的写作情况，另外又涉及了对现代格律诗的看法，是十分珍贵的资料。①

---

① 这是原报编者加的附记。

致闻黎明（一封）①

　　……我于北京大学毕业前的五月初，印了一本自己的诗集《三秋草》，在青岛大学的臧克家见了就托我在北平照样印他的第一本诗集《烙印》，说闻先生已经答应写一篇序言。我和李广田（可能还有邓广铭）就为他奔走，买了纸交北京大学印刷所付印。我亲自为他仿《死水》初版设计封面，同样用黑底，只是换了《死水》的金纸书名签，改用红纸书名签。我亲自就近跑印刷监印监钉。为了催索闻先生序文，我多次跑清华西院找闻先生。我的印象中这是我和闻先生相识的开始，也是我聆听他谈艺最多的时际。……

---

　　① 此信为节录，辑自闻黎明和侯菊坤编著、闻立雕审定的《闻一多年谱长编（修订版）》（上），上海交通大学出版社，2014 年 12 月出版，第 390 页，据该书编者注明，此信写于 1986 年 4 月 26 日。闻黎明（1950—2022），湖北浠水人，诗人闻一多之孙，时为中国社会科学院近代史研究所研究人员。

致巫宁坤（一封）^①

宁坤：

十三日信，今天就收到了，你就在星期六（十七日）上午九时或八时半来我家里吧。葛林^②最近病刚好，除了星期二、五或开会也不大去所里，来我这里，要走、要转车，也不便，等你来了我再陪你到建外她家里去找她吧。青林^③母女星期一至五在北大住，星期六也许上午也许下午回来，如她们上午不回来，我们在外边吃了午饭去找葛林或找了葛林以后就在外边吃饭（例如在新侨饭店，就在建外到崇文门的九路车线上），或者回到我家里吃饭休息，青林母女也乐意见到你谈谈。祝好，问候怡楷^④。

之琳　十月十四日下午^⑤

又：这几天我正为湖南人民出版约我重印的《紫罗兰姑娘》写一篇短短的译本新序，如能把 Christopher & his Kind^⑥ 带来可能有点参考用处。

通讯址本子，不知给女儿放到什么地方去了。我一时记不起你公寓号数，就写寄国际关系学院，可能寄到你手里也许要迟一点。

---

① 此信由易彬提供整理稿，注释亦由其所加。巫宁坤（1920—2019），江苏扬州人，抗战时就学于西南联大，后留学美国，归国任教，翻译家、英美文学研究专家。

② 葛林（1915—2013），1940 年毕业于西南联大外文系，时任职于中国社会科学院，卞之琳的同事。

③ 青林是卞之琳的妻子。

④ 指巫宁坤的妻子李怡楷。

⑤ 据信封所示，此信写于 1981 年。

⑥ 指《紫罗兰姑娘》（湖南人民出版社，1984 年 4 月出版）的作者、英国作家克里斯托弗·衣修伍德的《克里斯托弗和他的同党》，该书是他的自传类小说，记录他 1929—1939 年间游历欧洲的见闻。衣修伍德 1939 年曾随奥登来中国。

致吴奔星（一封）①

奔星兄：

九月二十七日又接读来信，欣悉尊恙好转，甚乐。关于寄赠《辞典》②两个条目的撰写人郭、赵二位一事，却益感烦恼。首先当然得怪我自己不记得推荐赵稿，听说出书后，寄老兄信上忘列入他的信址，其余由我经手约来或代征得同意摘录文章的三数位（包括郭）都已开出通讯址（可能原先在稿后也已开出）。不知道责编先生怎么想到把应赠郭蕊（郭心晖，北大历史系张芝联夫人）一书迳寄北大"外语系"，她从未在外语系教过书（北大有外语数系，西语系后又分出英语系），而不寄她退休在家的北大燕东园61号。赵毅衡也最近才来信，告知他妹妹任教授的河北保定市河北大学生活工程研究所，说了名字叫赵小瑜，却又未告知邮政编号，说她总有机会托人带书去美国。赵已多年在外，在美国得了博士学位，又去英国作博士后研究和教书，只偶尔回国。他又说他妹妹常来北京到我们外文学所郑土生同志处取信件，也可把书存郑处，由他留交他妹妹。可是原寄我处的一本已托人带去北大送了郭，我也不便去向她要回。一切都阴错阳差，乱了套。现在为了省事，是否可请出版社直接③一本至：北京100732中④社科院 外文学所 郑土生同志 留交 赵小瑜同志。出版社说稿费中要扣书费，我要多送一本书，不付稿费就是了，现在谁在乎这几个钱稿费？行吗？现在公私事繁，此事就此简化如何？

祝早康复。

卞之琳 九月二十九日

① 此信据吴奔星著《待漏轩文存》（上海辞书出版社，2014年8月出版）所附信件照片录存，据该书编者吴心海注明，此信为"一九八九年九月二十九日卞之琳致吴奔星信函"。吴奔星（1913—2004），湖南安化人，现代诗人、学者。
② 此处"辞典"当指吴奔星主编的《中国新诗鉴赏大辞典》，江苏文艺出版社，1988年12月出版。
③ 此处原信可能漏写了一个"寄"字。
④ 此处原信可能漏写了一个"国"字。

致吴向阳（一封）①

吴向阳同志：

　　五月初接到来信，北京正开始乱起来，我虽然一开始就冷静看待问题，从不轻举妄动，接着闹得不可收拾了，心里也就不平静，你说将在五月底六月初来北京，我看形势也无法回答你。现在你写论文进行得怎样了？今秋还来不来北京？如要来我家看我，请到京后事先打电话和我约好时间。我家电话号码是553428，一般每日上午9:00到12:00，下午3:00到9:00总会有人接话。

　　你写我的论文，实不敢当，香港和内地都有人家编好的参考资料书，一时（香港较快，可能明春会出版）都出不来，这会增加你研究的困难。

　　我也长久没有跟吕进同志，邹绛同志写信，见及时请代致候，也可以告诉他们我只是精力不济，连写信也效率极低，很慢很乱，因此更深感时间不够。也请告诉吕进同志，柳杨同志上次来看我，我忘记请他留下地址和电话号码，现在也已经很久失去联系了。

　　另外有一事，请你们研究所注意一下：我在什么刊物上见过一则广告或消息说成都四川省社会科学院出版社1986年9月出版的《美学思潮》第2期上发表有美国亚里桑那州立大学费尔·魏伦作，自己请人（若浩）翻译的一文《现当代文艺中的美学问题研究——从比较文学的角度选析卞之琳三十年代的诗歌》②，你们能找出来复印一份寄给我看看吗？

　　祝好。

卞之琳　八月十一日

---

① 此信见于收信人吴向阳的博客（http://blog.sina.com.cn/s/blog_550ba5720100enlv.html），本书编者据吴向阳博客所附原信照片录存。吴向阳（1965—　），四川自贡人，1990年在西南师范大学中国新诗研究所硕士研究生毕业。此信当写于1989年8月11日。

② 此处所说论文当为《美学新潮》第2期（《美学新潮》编委会编，四川省社会科学院出版社，1986年8月出版）所刊发的《从比较文学的角度选析卞之琳三十年代的诗歌》（美国亚里桑那州立大学费尔·魏伦著，若浩译），第183—192页。"现当代文艺中的美学问题研究"为刊物栏目名字。

致解志熙（三封）

第一封（1989 年 8 月 19 日）

解志熙同志：

七月二十八日信[①]收到，谢谢关心。我们单位收发部门照例不转信件，要自己或托人去拿，我又不常去那里，所以接信晚了，在家也工作忙乱，所以复信也晚了，见谅。

《新诗》杂志是戴望舒主编，他坚邀我作为几个编委之一，我也乐意支持他，挂个名，间或给这个刊物投点稿，拉点稿。其内情，我全不详，后来在什么刊物上听路易斯（到台湾后的纪弦）夸称办《新诗》资金是由他筹措的。所问及的两篇文章，我不记得看过，现在手头也没有杂志，很抱歉回答不了"柯可"是谁的问题。但我可以肯定决不是曹葆华，他译过一些英美现代主义诗论，自己没有什么创见，也不是周煦良，他对西方现代派诗（除非 Housman[②] 也算现代派或其前驱）似不太感兴趣；他们两人与《新诗》杂志也无甚联系，平常发表文论也不用笔名（曹葆华原名叫曹宝华）。徐迟也不象，会不会路易斯呢，我怀疑；很可能是施蛰存或杜衡，尤其是后者，因为标榜"第三种人"，名声给搞得不大响亮了。此事你可就近问问北大金克木教授或写信问上海华东师范大学施蛰存教授。我看到文章，也许能更猜得近乎事实。我自己抗战前以至解放前从未为文论诗，也不会署"柯可"这个笔名。

我不大赞同时下流行的"向内看"之说，（尽管维吉尼亚·伍尔孚有

---

① 解志熙 1989 年 7 月 28 日写信给卞之琳先生，向他询问《新诗》杂志第 4 期（1937 年 1 月 10 日出刊）上的《论中国新诗的新途径》和发表在《纯文艺》杂志第 2 期（1938 年 3 月 25 日出刊）上的《谈英美近代诗》两文之作者"柯可"究竟是谁并有所猜测，卞之琳先生乃有此复信。按，解稍后看到徐迟先生发表在《收获》上回忆《新诗》和《纯文艺》杂志的文章，才知"柯可"就是金克木先生。此据原信录存。

② Housman 即 A.E.Housman（1859—1936），通译霍思曼，英国诗人，代表作是《西罗普郡少年》，周煦良在 20 世纪 30 年代曾介绍过霍思曼的诗。

"Looking within"之说），我认为文艺创作是由外到内，由内到外的主客观统一的艺术过程。我承认徐志摩小说《轮盘》（就这一篇）林徽因小说《九十九度中》，以至废名后期的《莫须有先生传》，前二者确有点受现代西方意识流小说的影响，废名则是不谋而合。关于这一点我在《人与诗：忆旧说新》一书中，特别是《冯文炳选集》序中，多少涉及（发表在香港《文汇报》文艺版的《窗子内外：忆林徽因》一文未及收入《人与诗》一书，其中倒没有谈到这一点）。我的原曾废弃，后又经友好帮助收集到曾在刊物上发表过的章节，合成一小书，取名《山山水水（小说片段）》，1983 年出版于香港山边社，书照例不易进内地，作为初版稿酬的二十来本样书，早就近托香港朋友分送友好，也只在三联书店出版的《读者良友》杂志创刊号或第二期上见过一个书评，带到内地的寥寥几本和旅美诗友反从香港托人购得寄来的若干本，送了一些朋友以后，目前我手头只找到一本，我可以借给你看，复印太费钱了。

你下星期三、四（八月二十三、四日）上午九点到十一点，下午三点到五点，能来一谈吗？或者看你的方便，另订时间，来前最好先打电话到我家里，553428（上午 9:00—12:00，下午 3:00—9:00，总有人接话）或先写信来，用邮政编号 100010，就直接写寄东罗圈十一号 2402 室即可。来的路径是由北大乘 332 路车至白石桥，转乘 111 路无轨电车至灯市东口下车，往南第二个（9 路车）胡同，即干面胡同，进口往东，快近东口（胡同相当长），见路北有牌子写东罗圈 11 号，在里面三座宿舍楼中正北四层旧楼那座，正对入口的就是 2 单元，上顶层找 2 号（即 2402）。我很少出门，工作与休息，一般都在家里，但有时也外出，如就医、理发、开会等，免得空跑，最好先通过电话或写信，约定为好。

祝好。

卞之琳 八月十九日 [1]

---

[1] 信封上的邮戳标明 1989 年 8 月 21 日收到此信，则此处"八月十九日"当是 1989 年 8 月 19 日。

第二封（1989 年 9 月 4 日）

志熙同志：

初次晤谈，甚快。大文也读了，颇有见地，亦有问题。[1] 柯珂[2] 我仍认不出是谁，我想现在只有问上海华东大中文系施蛰存教授。他那篇文章是有见识，有水平的，只是我并不同意他提倡写散文诗、诗散文化的主张，至于小说抒情散文化是另一回事。张曼仪《研究》[3] 一书读了没有？该书水平，不妨说，远非内地一般新"权威"诗评诗论家的信口开河所可比，你以为如何？著者论我的小说试作仅及《山山水水》（小说片断）（曾在香港三联出版的《读书良友》第二期发表过一篇书评，迄今惟一的书评，意思和专著中一节大致相同），未论及《沧桑集》的第一辑的短篇小说（"小故事"一辑不算，也不象小小说），你能注意看看，发表评析短长得失的见解吗？我极愿你我得空，于最近得空再略谈两小时，还是事先约定时间，写信是 100010 北京东罗圈十一号 2402 室，电话号是 553428（上午 9：00—12：00，下午 3：00—9：00）。

祝好

卞之琳　九月四日[4]

第三封（1990 年 12 月 23 日）

解志熙同志：

谢谢十二月十四日来信及所附复印件，十六日即已收到，邮递倒快，比从海外或香港寄来航空信快多了。时光也过得真快，老迈健忘，你来找我访谈，想不起来则已淡忘，一想到则犹似在耳前，一算这也是一年前旧事了！

你精力旺盛，又加一贯勤奋，一年来笔耕成果累累，发表渠道也畅

---

① 此处卞先生所谓"大文"指解志熙的《言近旨远　寄托遥深——〈断章〉〈尺八〉的象征意蕴与历史沉思》一文，发表在《名作欣赏》1986 年第 3 期。

② 此处"柯珂"当作"柯可"。

③ 指张曼仪著《卞之琳著译研究》，香港大学中文系，1989 年 8 月出版。

④ 信封上的邮戳标明 1989 年 9 月 9 日收到此信，则此处"九月四日"当即 1989 年 9 月 4 日。

通，我为你高兴。

去年你从我处借去和由我送给的几本书，一律不要寄还我了，因为今年八月初张曼仪女士来京数日，又带来了几本她的《研究》。所以原先借给你的一本，也就代她送你请你提意见了。我庆幸得到这位较能掌握与熟悉西方（主要是英法）语言与文化的中国严肃认真的学者评析我的文学产品（包括译品）写成专著，准备工夫下得较深，结果水平也就较高，超过内地出了不少的关于现代作家的一般"评传"之类，你看是不是？但是对此书，除袁可嘉同志所撰一文以外，港京报刊上至今还未见恰如其份的反应，未免有欠公允吧。当然，香港出书，内地不易见，学术著作，如出版家不惜赔大钱，本难问世，中外皆然，在今日内地可怜的出版界尤其如此，更不用说以我既不时髦又非正宗的冷门货为题的专书了。我自己的小说习作，特别是已成残山剩水的《山山水水（小说片断）》（这本香港精印的小书，我最近在书柜角落里又意外发现了几本存书，所以原先借给你的那本也就送你留存了）倒是巴不得不为人知，而张在她的《研究》一书中和早在香港1984（？）年出版的《读者良友》月刊上已经谈到了它。她自己这本《研究》力作却不应没没无闻[①]，我以为你大可不必谈我的小说，而如得空写几句书评，介绍一下这本书，给什么较为人知的刊物发表，那就功德无量，著者当也自然会和我一样的高兴和感激。

北京人民文学出版社和香港三联书店，大约从八十年代就开始合作编一套《中国现代作家选集》，每家选一卷，约二十万字，初步计划出七十种，先出直排繁体字港版，后出横排简体字京版，大概至今已出一、二十种（我在这里只见到艾青、李广田、朱湘三种）。张1982年在香港应三联书店初约，又于1984年在北京和人民文学出版社定约，编选我的一种，1988年初编成一卷诗文九十一篇，按他们奇怪的通例，书名就用我的人名，交稿了，今年六月终于出版了。其中有一些我自己未曾或不愿入集的旧作，也有一些可能而尚未入集的近作。承你费神复印给我的中学时代习作短篇小说《夜正深》，也不由我自己废弃，被张选入了。供你

---

① 通作"默默无闻"。

参考，这本书也应送你一本，但是我手头已没有可寄赠了。而且我们邮局有奇怪规定，寄书要在邮局当地包扎（对外寄还不得用自己单位红字印的现成封套），书背如没有国内统一书号，就不能作印刷品寄，当信寄未免太吃夸①。你们大学图书馆，为中文系教研需要，你可否建议，和张著《研究》一样，向香港邮购一本（港币 47 元，不算太贵）。要等内地出书，却不知要等到何年何月了。我这样说，倒像为这两本书做推销工作了，一笑。

西南联大旧人袁可嘉等三位，为了纪念我的所谓从事著译生涯六十周年，建议外国文学研究所为我举行一天的学术讨论会的同时，早准备编一本纪念论文集，我未能谢绝，但还是避免给他们出什么主意。他们本来已约人为这本集子专写一些文章，后来及时约到的稿子也分别投寄京港刊物先发表了，有些稿子没有及时约到，后来就选入一些曾经在刊物上发表过的文章，编成一集，由河北教育出版社慨允出版，书名原为《卞之琳与诗艺》，被出版社添了一个"术"字，赶在八月初出书了。邀请谁出席讨论会或为纪念论文文集撰稿，我都不予顾问，再加上我自己也所知有限，势必有堪惋惜的遗漏。因为已有这本书出版在先，你看到的《外国文学评论》第四期上"研究"我的专栏，所刊文字都是讨论会上的应景文章，就远不如第三期上《冯至研究》几篇文章（包括你的一篇）较有份量。你想必没有得到这本书，若然，告诉我一声，下次（也得等这个节邮递高潮过后）我可以邮寄你一本，因有统一书号，邮寄当较便。

你说已写文讲我的小说，与何其芳的并列。② 我们两个都没写成一心想写的长篇小说（我写《山山水水》完成了，随后自己毁废了，也等于不成），我们之间在这一点上是相同的，还连带冯至以至艾青曾听说动笔

---

① 此处"夸"是卞之琳的笔误，当作"亏"。

② 当时解志熙应台湾现代文学学者兼出版家周锦先生之约，正在修订和补充其硕士论文为《中国现代抒情小说研究》一书，于是对卞之琳先生的小说残篇《山山水水》有所补论，但该书后来未能完成和出版，已写出的关于卞之琳先生小说的补论，则吸收到解志熙的论文《走向"分析"及其他：抗战及 40 年代小说叙论》中，此文收入解志熙的论文集《摩登与现代——中国现代文学的实存分析》，清华大学出版社，2006 年 11 月出版，181—184 页，又收入严家炎先生主编的《二十世纪中国文学史》中册，高等教育出版社，2010 年 6 月出版，第 234—236 页。

写的一部长篇小说，不管写法按传统方式或现代化方式（我不喜欢分现实主义与现代主义），好歹总是一路货，与我所欣佩的朋友沙汀、师陀等小说家（或小说艺术家）小说不同，与钱钟书的学问家讽刺小说也不同，如果不嫌妄自攀比的话，可说与苏联诗人那本动人的《日瓦戈医生》长篇小说、与俄国托尔斯泰、屠格涅夫等的长篇小说之间同样不同，同样不是一路货。我写长篇小说，虽然也没有较强的戏剧性、故事性，往往也象散文，但很拘泥形式，严密结构，这在断片里就就①无从显出。我也不喜欢人家作小说人物探隐。小说总是小说作者笔下的产物，不管男女老少，虚构人物多少都总有作者自己生活经验作基础，可说个个都有作者自己的胎记，但是不必有哪一位人物身上有作者自己的特殊投影。（我写诗也极少即兴自我表达之作，除了极少数诗篇如《雨同我》、《尺八》等）。

赵毅衡原先解释我的《尺八》，的确如你旧作《言近旨远……》篇所说连我的文本都没有搞清楚，后来他为《中国新诗鉴赏大辞典》所撰解此诗的词条应该有所改正吧。但是我在日本初闻尺八是在东京（所以说"在霓虹灯的万花间"），后来夜闻尺八，是在日本故都较清静的京都，诗中就不分彼此，有意把它们两景浑成一体，重叠起来，浓缩简炼，所以比散文纪实，更有味道。"长安丸"确是我从天津乘去神户的日本轮船真名。

这封信写了两三天，每写不巧总有不速之客前来打断，现在就把啰唆不完的话草草带住，免得拖到又一年了。

顺贺新年愉快，一切顺利！

卞之琳　十二月二十三日②

---

① 此处衍一"就"字。

② 信封上的邮戳标明1991年1月2日收到此信，则此处的"十二月二十三日"当即1990年12月23日。

致心笛（浦丽琳）（两封）^①

第一封（1982 年 4 月 5 日）

心笛女士：

年初接到来信，并附照片，谢谢，迟覆为歉。

现在书都寄到了，十分高兴。去年夏天唐德刚先生在北京说起您这本诗集，因为他在《时报》上发表了序诗，引起注意，出版将^②成问题，现在终得于问世了。我为您庆贺。

各诗拜读了，觉得清新、婉约，没有受时下美国一些标奇立异或故弄玄虚的诗风污染，富有我国词境而又不是陈腔滥调，实在可喜。依我现在"保守"的看法，新诗是读（念）的，不是哼（诵）或看的，文字最好接近口语，标点最好加上（例如标一个句点，也不会在意味上和下文隔断了，也不会就截掉余味了），您以为何如？

您诗中有之最美的声音是祖国的语言，颇令我感动：我们究竟都是中国人。

前年在翱翱^③家里得见一面，非常愉快，那还是我在年玲^④家里读了您几首诗后，她要我到洛杉矶后找找您的。现在又过了一年半了，当时印象，还很新鲜，但愿改日还能重见。

祝好

卞之琳　四月五日

---

① 这两封信据浦丽琳编著的《海外拾珠：浦薛凤家族收藏师友书简》中所收录的信件影印件录存，百花文艺出版社，2012 年 1 月出版，第 298—299 页。录入参考了原书中收信人所作的释文，并有所订正，不出校记。据收信人在释文后所附写信年份，第一封信约写于 1982 年，第二封信写于 1985 年。浦丽琳（1932—　），江苏常熟人，笔名心笛，美籍华裔学者，诗人。

② 原信"将"字后似漏写一"不"字。

③ "翱翱"当指张错（1943—　），诗人、学者，原名张振翱，"翱翱"为其早期笔名。

④ "年玲"当指刘年玲，美籍华裔作家，笔名木令耆。

第二封（1985 年 1 月 31 日）

心笛：

接一月十五日信，读悉令弟物理学教授不幸去世，不胜惋惜；手足情深，自可理解，只盼节哀，善自珍摄，得以继续进行有意义的写作。

情况如此，你还给我寄照片，订购书籍，比诸去夏你在北京，特来看我，并冒雨到友谊商店买食品送到我家，更感不安。

Eagleton 在你走后不久，来过北京，见过一面，《马克思主义与文学批评》一书我已从本所图书馆找到看过，很抱歉没有早告诉你省得花钱订购。他并没有写过关于莎士比亚的什么书①，是我原先记错了，也没有及时告诉你不要去查书目，你既已订购了这本书，还有"Criticism & Ideology: a Study in Marxist Literary Theory"（这本书我倒没有见过），我现在只有感谢你。我还得感谢你托年玲找 Gibbs 的那本 Bibliography，其实我也不急需此书。都只怪人老了，总会这样那样，胡里胡涂，麻烦人家。

翱翱、维廉、树森②都已有信来说收到了我托你带给他们的小书，只是我懒到现在还没有回他们信，你得便可否给翱翱通一个电话，告诉他一声，并托他转告另两位朋友。

最近又有新作否？我想，再多写写诗，倒也是遣悲怀的一法，是不是？

祝春节给你带来新的青春！

之琳　一月三十一日

---

① 其实，卞之琳记忆无误，伊格尔顿（Terry Eagleton, 英国学者）写过《莎士比亚与社会：对莎士比亚戏剧的批判性研究》(*Shakespeare and Society: Critical Studies in Shakespearean Drama*,1967)。

② 此处"维廉"当指"叶维廉"，美籍华裔学者；"树森"当指"郑树森"，香港学者。

致熊耀冬（一封）①

耀冬同志：

    我不爱照相，国内风气也怪，人家到我家里拍生活照，总不寄些给我，问我要去照片的（大都是出版社或编什么的）总不还我，我有些近十年在外照的，乱堆乱放最近找不出来。现在找出两张前五六年以至七八年的黑白照片，是照相馆办证件照的，而且是从证件上撕下来的，好在你们不是据以制版，是据以画漫画，大致还无妨。虽是破照片，用后还请寄回为感。顺祝你们全家好，并从俗贺春禧。

卞之琳   1987 年 1 月 17 日

---

    ① 此信据原信照片录存。熊耀东，1965 年出生于北京，曾在中国社会科学院工作，后转任出版社编辑并从事文学创作。

致熊伟、吴家睿（一封）①

熊伟、吴家睿同志：

四月三日来信由《诗刊》转外国文学所留交，因不常去所，最近才收到，又因忙因乱，迟复希谅。

李长之三十年代初期在北平和我相熟（象清华大学的钱钟书、曹禺、林庚、孙毓棠、曹葆华等等和我本有来往一样，虽然我是在城里北京大学读书和毕业的）。1935 年起我离开北平，和李也就失去联系。抗战期间我知道他在重庆，也没有写过信，后来我又去英国，1949 年三月回到北平在北京大学任教后也一直没有和他见过面，后来我也不知道他什么时候去世的，说起来颇为怅怅。

现在我根据香港大学友人旧编我的著译草目，1934 年我发表过一首译诗，刊于当年八月一日出版的《文学评论》一卷一期，我依稀想起这就②长之编的，北京图书馆应该有，可否去查查这个刊物，看他自己在那上面发表过什么文章。另外，我在江苏人民出版社 1982 年出版的杂类散文集《沧桑集 1936—1946》页 110《读沙汀小说〈淘金记〉》一文附记中说我在 1944 年十二月发表了这篇短评后见最近重庆《时与潮文艺》上李也推崇《淘金记》的文章，可查查这本刊物上还有没有李的其他文章。这些是我仅能提供的线索。

匆匆祝好。

卞之琳

1986 年 4 月 24 日

---

① 此信据原信照片录存，信末所署写信时间是 1986 年 4 月 24 日。收信人熊伟和吴家睿当时可能在中国科学院工作，具体情况不详。

② 从上下文看，此处漏写了"是"字。

致许觉民（一封）①

觉民同志：

我应《闻一多纪念文集》写的这一篇稿子，拖了很久，终于大致定稿（7500 字），送上请你和《文学评论》编辑部以及现代文学室有关同志提提意见，学术性不强，如认为合用，《文学评论》可优先考虑发表。

祝好。

卞之琳　四月二十日

---

① 此信据宫立《完成与开端：——从卞之琳的一封集外书信谈起》（《传记文学》2020 年第 10 期）中所附原信照片录存。宫立文说"卞之琳 1979 年 3 月 27 日写好《完成与开端：纪念诗人闻一多八十生辰》，接近一个月后，写信给主管《文学评论》的许觉民"，则此信当写于 1979 年 4 月 20 日。

致Y（一封）①

Y②：

　　我们两懒相逢，应该说是相离，天下就至少少了一点事——不打搅邮差，又是也多了一点事，譬如我这次写信，无法直接寄你，竟须麻烦第三者。其实过失不是在我，我离开四川，到了这里③许久，一直没有报告你，等到我后来写信给你的时候，你大概接不到了，因为未见回音，后来才知道你已搬了住处。可是你现在住在什么地方呢？听说你在写长篇小说，很高兴；其内容性质可得闻乎？……现在书出版不容易，出版了又不容易看到。我在香港出版的那两本小书④，我来这里后，似乎已给你寄了，你可曾见到？这两本小书在这里市上早已卖完，现在来源断了，从此绝迹。暑假以来半年没有写一行稿子了，生活和心绪不安定，是其原因。……荒嬉了半年，眼看一九四〇年又完了，即日起当重开始用功，多读书，多思索，间或写一点东西。……

之琳　十二月七日

---

　　① 此信原载《文艺阵地》第6卷第1期，1941年1月10日出刊，原题"文阵消息（四）"。据发表时间和信中所说"眼看一九四〇年又完了"推断，写此信的"十二月七日"当是1940年12月7日。

　　② 收信人"Y"可能是时为《文艺阵地》编者的叶以群。

　　③ "这里"当指昆明的西南联大——卞之琳1940年2月结束在四川大学教务后，转赴西南联大外文系任教。

　　④ "两本小书"指《慰劳信集》和《第七七二团在太行山一带》，这两书都由挂名在香港的明日社于1940年出版。

致杨匡汉（三封）

第一封（1982 年 7 月 6 日）[①]

匡汉同志：

　　来信收到，谢谢。乔木同志《诗六首》发表后，"外界反映极佳"，理所当然。我孤陋寡闻，在个别老朋间也听到称赏，只是我还没有读到评论文章。大家下笔困难，大概原因在于作者是领导同志，怕有别具用心的"捧场"嫌疑。我也有此俗虑。但我当应命试试看，就诗风、诗艺写一两千字，能否写出，还没有把握。更没有把握在 7 月 15 前交稿。我明日即照院部安排去大连休养一个月，当把"诗六首"带去再反复阅读，如终能及写出短评，当邮寄给你。

　　祝好。

卞之琳　7 月 6 日

第二封（1982 年 7 月 21 日）[②]

匡汉同志：

　　乔木同志《诗六首》我带来大连重读，接着朱寨同志为你带来口信催我写稿，我起了草稿，再搁过几天，现在终于清理出来，约六千字，题名《读胡乔木〈诗六首〉随想》，不谈《诗六首》多么好，只谈诗思、诗艺上好在哪里，给我们的启发在哪里，不知道合用不合用。我原想烦你们设法请乔木同志自己先看一看，后来一想，乔木同志谦虚，那就一定不让发表了，虽然我在文中也不是一味吹捧。稿就只此一份，草稿太

[①] 此信辑自杨匡汉《又向长亭寻断魂——〈诗探索〉草创琐忆》，收入吴思敬主编《〈诗探索〉之路》，学苑出版社，2020 年 12 月出版，第 46 页。杨匡汉（1940—　），上海宝山人，时任中国社会科学院文学所研究人员，诗歌评论家。

[②] 《又向长亭寻断魂——〈诗探索〉草创琐忆》在发表于搜狐网时附录了此信的照片（https://www.sohu.com/a/440740651_680940），本书编者据此录存，录入参考了杨文中的信件释文（《〈诗探索〉之路》，第 47 页），并有所订正，不出校记。

乱，清理出来就只能扔弃了，请注意保存。这里邮寄挂号信件不便，恰好刘世德同志在这里参加《红楼梦》讨论会，二十三日直接回北京，我当托他带给你。如你们急于要见稿，就麻烦你一下，等他一到后就上他家去取吧。你们如觉得可用，有什么意见，还可以寄航空信告诉我，因为我要八月五日才离开这里，付排后我还想自己看一看长条清样，以便可以再修改。你夏天不出外吗？

祝好。

卞之琳　七月二十一日

辽宁大连　棒棰岛宾馆九号楼 309 号

第三封（1983 年 4 月 30 日）[①]

……胡乔木同志已将校样寄回，并特为写《读后》一文，希望能在《诗探索》同时发表。这篇文章非常重要，不长，约千余字，如能及时发表，对新诗界和"诗探索"声誉与前途都有重大意义。我今日上午有事，不能来你处面谈，请派同志带我的那一份校样，前来一商为感。

---

① 此信不完整，辑自杨匡汉《〈诗探索〉草创期的流光疏影》［载《诗探索》2011 第 2 辑（理论卷），九州出版社，2011 年 6 月出版，第 11 页］。杨文提到胡乔木四月十九日（按，当在 1983 年）"写了《〈随想〉读后》"，"二十七日又有改动"，而卞之琳在"'星五早'""写来一短信"，即此信。查该年 4 月 27 日为周二，则杨文所说"星五"当为 1983 年 4 月 30 日。

致英子（六封）①

第一封（一九三四年十一月十五日，北平）

英子：

　　恕我也这样不客气了。读你的信很觉得愉快，很想进一步读你的文章，因为还没有留意到你发表的作品。我自然是喜欢文艺的，近来却总想多读些历史、哲学等，无奈事实上现在还办不到。心绪乱，我现在除为某处译一本传记外，不大做什么工作，得暇便找熟朋友"撩［聊］天"，虽然我是不会说话的人，而且又说的一口南腔北调。此外还有一种嗜好，也很平常，就是爱读朋友们的信，可是自己却最怕写信，临了也照例祝一声好。

卞之琳　十一月十五日

　　再者：沈、章二先生 [1] 已代为致意，如有函件，当为转达。

北平北海三座门十四号章宅 [2]

[1] 指沈从文、章靳以。——卞注
[2] 即《文学季刊》及其附属创作月刊《水星》的所设编辑部。——卞注

第二封（一九三四年十二月二十八日，北平）

英子：

　　从徽州来信已收到。上次接得稿件后，至今才作复，至歉！剪寄来的文章都看了，因为你故乡不安靖，暂为保存，过些日子给你寄上海去，

---

　　① 这六封信辑自《英子文友书简·英子书信集》，王坦、王行编，安徽人民出版社，2005 年 5 月出版，第 6—15 页。信件排序及每封信的书写时间和地点均为原书所加，写信年月日为汉字，此处不改换。信末卞之琳注释为原书所有（原书为当页注，此处改为随信尾注）。第一封信的手稿后被收入《上海鲁迅纪念馆藏中国现代作家手稿选》，上海鲁迅纪念馆，上海人民美术出版社，2016 年 8 月出版。关于英子，参阅本书所收卞之琳《致〈英子书信集〉编者王坦、王行》。

我觉那几篇都没有"老画师"好，这一篇本已排好校好，预备登一月号"水星"，现在因为篇幅关系，连同其他二篇一起抽出了，但下期一定可以刊出，你的文章大致都很好，但我以为你应当注意一点：要深刻，不要流于 sentimentality[1]（注意这些字的意义）；不知你以为如何。再谈。敬贺新禧

弟之琳　十二月廿八日

[1] 第二封信的 sentimental，过去常译为"感伤"，不妥，现在较普遍译为多愁善感的"滥情"，与我所说"感情浮于外"一致。——卞注。

第三封（一九三五年一月二十一日，北平）

英子：

信一连又接到了两封，又拖延了这么久才复。原因是：生活乱、编刊物占去了大部分的时间和精神，而这并非我的职业。我的职业是按月译书，这一向正在赶，因为上月份译少了。[1]

你的文章都看过了，现在一起寄还你。我上次所说的话恐有不足处，我的意思很平常，感情是文艺作品的生命，感情浮于外才是 sentimental。

至于你的诗"秋风之恋"，恕我不客气的说，实在要不得。除了"北国"、"南方"、"十月的风"，"沙漠地"，"驼铃"，"牧人"、"梦"、"忧郁"，"记忆"，就没有旁的材料可写吗？除了戴望舒式一起一转，加几个疑问，加几个虚字收尾，如"的"、"哪"，……就没有旁的安排可设吗？我觉得材料倒不限新旧，但没有新的安排则没有存在的价值，我希望你不要做这一路诗。比较起来我觉得你朋友那首诗好一点，但第四节"而当此彤云密布，朔风怒吼于天空……"则太平庸了。

"老画师"已排校完了，下月初总可在"水星"上见到。出版时当即寄你。

我也喜欢朋友多，承你介绍王莹女士，很高兴，只是我懒写信的脾气你一定很清楚了，怕常有糊涂处，特先在你那边存一个歉意。[2]

你寄巴金信未见到，寄出没有？信可由此间转，丽尼我不认识，听靳

以说姓郭名安仁。

之琳问候　一月廿一日

[1] 就是信四、五中所说的为中华文化教育基金会编译委员会特约译美国①斯特莱切的《维多利亚女王传》，这是我当时生活资料的主要来源，因忙于编刊物，老不能按月译出一定的字数，积欠久了，不得已才在三月底编完一卷（半年，六期）《水星》，只好把编务交给靳以一人兼担，如后数信所说的，去日本京都（当时那里生活水平比北平还便宜）赶译。——卞注。

[2] 这使我恍然为什么王莹遗札里有一句话对我表示不满（编者注：见王莹的第二十一封信），原来英子给我"介绍王莹女士"，我也知道她不是庸俗的知名影星，我回答说"我也喜欢朋友多"，"很高兴"，只是我懒写信。怕可能耽误了，请英子先给她打一个招呼，所以她误会我有意冷落了她，使她不愉快。她在"文化大革命"中被害了，早无法向她致歉，而我自己不仅写信疏懒成习，而且当时我与一般青年女友交往总有点怕自惭形秽，不免生怯，因而坐失了与这位不同凡响的女同志结识和受教育的机会（王莹当时已是地下党员，英子介绍她可能就是想给我思想上作点帮助），自己也非常抱憾。——卞注。

第四封（一九三五年四月九日，日本京都）

英子：

许久没有写信给你了，真对不住。

我因为在北平生活烦乱，身体又坏，终于把"水星"事务交给靳以负责，自己到日本来住了。现在与一友人同住京都东北郊一日人家中，一切都还方便。前几天曾到东京去玩过一次，回来后正想开始译书、读书修养②的生活。这里环境倒还清静，只是天气总是阴寒，我的心情因此仍然不大好，未来时老是向往，来后又怀念旧地了。

听说你要回徽州家乡，现在或许已回去了吧？生活如何？常写文章不？你那篇写家乡情形的文章，因为夹在信里，无意中带到了这里，正

---

① 里顿·斯特莱切是英国人，卞之琳作为斯特莱切的《维多利亚女王传》的译者，作注时应该不会写错斯特莱切的国籍，所以此处"美国"很有可能是《英子文友书简·英子书信集》编排时的失误。

② 此处"修养"通作"休养"。

想寄还给你，那知道从东京回来后即①遍觅不得，看样子连同其他一些信件一起上了警署吧，过几天当去交涉要回来。[1]

你上次说杭州某报有我的译文，想系转载，因我从未有稿子寄去，我的译稿大多在大公报文副发表，去年也寄过一二篇给上海"文学"及"人间世"。这半年内想把为中华文化基金会译的"维多利亚女王传"赶完，再译一长篇小说。[2]

祝好

之琳　四月九日

[1] 事情是这样的：当时在法西斯统治下的日本，对中国进步、爱国留学生，经常有专责便衣警察分工监视。我的原北京大学同学吴廷璆，后转学京都帝大的历史系，当时还不是中共党员，就也受这种无形管制（他现仍在天津南开大学任教授）。他精通日语，在京都帝国大学一位老助教家里楼上租有两间屋子。我去京都赶译书就是为利用这个方便。我坐船到神户，我这位朋友（吴廷璆）接我去京都，想不到在火车上就发现监视他的那个便衣也就在车上，因为不明我从国内去那里"闲住"的动机，神经过敏，以为我衔有什么政治使命，经吴为我向他介绍了一下，因为我与党派都毫无牵涉，也就不以为意，没有警惕我竟受到警方注意，被误认有重大嫌疑的人物，随即跟吴趁春假去东京观光，同时看望暂住东京市内的巴金和住叶山海滨的梁宗岱夫妇。几天后我一个人先赶回京都，一到住处就被当地警署传询二三小时，回去后才发现留在住处的提箱里一些照片和信件不翼而飞了。后来我才知道我这一下还连累了巴金，害他在警署关了一夜，曾拿我的照片到梁宗岱住家也调查过。被暗中搜去的信件等物，包括英子的信、稿，后来我不记得要得回来。——卞注。

[2] 即纪德的《赝币制造者》，我回国后到1936年下半年才实现。我1935年夏从日本回来到北平，把《维多利亚女王传》译稿交了，就到济南省立高中教书，如信六所说；后再经与中华文化基金会编委会送纪德小说译样申请，经批准成约。1936年夏辞去济南高中教职，转经青岛休冬闲海滨旅馆翻译，年底译完，次年初又回北平交稿，后全稿在抗战中被他们丢失。——卞注。

---

① 此处"即"疑是原书误认误排，或当作"却"。

第五封（一九三五年四月二十一日，日本京都）

英子：

靳以转来你的两封信，我写给你的，已寄他，托他转给你，因为当时我不知道你家乡的通讯处。

我来日本已一月，中间曾到东京去玩过几天，最近才安定下来，继续为文化基金会译"Queen Victoria"，因为反欠他们几万字，现在正在赶。原想来此后生活安定一点，除了译书外，可以看看书，有兴致时试写些散文，可是到现在为止，还没办到这一点。长此下去，恐怕连修养[①]身体的目的也不能达到。

"水星"现在由靳以负责，你有文章可以寄给他看。

我给商务的两本小书，一本是杂凑的译品集，另一本是何其芳、李广田和我三个人的诗合集，你要看，我当然可以送，不过真会出版吗? 我还不能相信，我书运不佳，这几年里曾逢到两次出版书的预告也登出了，出版期也很确定了，结果还是"摧"[吹] (?)[②]了。

京都比较僻静，适于闲住，可惜我心绪总是很乱，没有法子享清福。我住在东北郊，帝大背后。从住屋的三面窗子里都可以望见山，有的很近，这里是日本人家，同住的还有我的一个熟朋友，虽然我还没有学日文，一切大致还方便。

你在家乡大约住多久? 环境想必很好，常写文章不?

之琳　四月二十一日

第六封（一九三五年十二月二十二日，济南）

英子：

我实在懒得不可救药，平时总是忙，一空就想东跑西跑，什么书都没有兴致看，信更怕写，虽然天天希望得到朋友们的来信。我来此教书已近半年，这种生活我二年前刚从学校毕业时已领教过，可是摆脱了二

---

① 此处"修养"通作"休养"。

② 此处是原书编者认为"摧"字似有误，乃随文加" (?)"表达疑义。

年，现在又压在我身上了，真没有法子。北方情形已不堪向①，平津完了，这儿济南也就快了。学校因学生响应北平学生运动[1]，正提早放寒假，我日内就要回南，可惜你已经不在上海。明春如无意外，当再来。假期内来信可寄江苏海门汤家镇。匆匆，不多及，祝好。

之琳　十二月二十二日

[1] 指"一二·九"运动，我在寒假里回南到家乡探看我当时还都在的父母，路经上海，英子已经不在那里了，后来就一直失去了联系。——卞注。

---

① 此处"向"字疑是原书误认误排，当作"问"。

致张白山（一封）①

白山同志：

郑文②我们在组里讨论过，我个人也提过意见，如果改不好，你们认为不能刊登，就请你们直接退回给她。直捷了当，说明你们的看法，有何不可？通过我拐一个弯，反而会引起误会。不好。

我一直睡眠不好，长途飞行，回来后疲劳还没有消除，又派到了接待英国作家阿尔特里奇的差使，所里和组里的工作一时还管不过来。

德国作家代表大会，在我想来不值得怎样报导。即使请人写报导也需要等一些日子，因为有些发言还需要翻译出来，究研③一下。

敬礼！

卞之琳　六月二十七日

---

① 此信据原信照片录存，原信未署年份，据信中内容，可确定写于 1961 年。本年卞之琳与张光年于 5 月 12 日乘飞机前往德意志民主共和国，列席东德作家大会并访问各地一月。6 月 26 日，应中国人民对外文化协会邀请来我国访问的英国作家阿尔德里奇（按，即信中所说阿尔特里奇）和夫人抵达北京，卞之琳参与了接待工作。张白山（1911—1999），福建福安人，作家、文学研究者，1955 年调入中国科学院文学研究所工作。

② 此处"郑文"可能指郑敏的某篇学术文章。郑敏（1920—2022）是西南联大的学生诗人，1948 年赴美国留学，1955 年归国到中国科学院文学研究所从事英国文学研究，1960 年调入北京师范大学外语系工作。

③ 此处"究研"疑是卞之琳笔误，或当作"研究"。

致张鸿雁（一封）①

张鸿雁同志：

人民文学出版社转来 9 月 22 日信，读悉。所询问题，答复如下：

（1）我记忆力虽已大差，离延安出发去成都的日子是 8 月中旬，却还记得的，张曼仪治学非常认真，说是 8 月 14 日，可能是据我过去告诉她的，而且还另有所据。尹在勤那本"评传"②资料中有许多不可靠处，不知何所据而硬说是 8 月 8 日。我曾听沙汀说尹书中有些不确切处，曾告诉他而他还不肯改正。我有这本书，还没有全读，就发现页 43 上说何跟沙汀和鲁艺的一些同学，随贺龙将军出发去晋西北前线（其实还经晋察冀到冀中平原）是"1939 年春天"，明明是"1938 年底前"之误。这些地方最好参考沙汀写的有关材料（请你查对沙汀著作，我记不清他有没有提到这次的行期）。

（2）我 1939 年从西安搭便车（卡车），经罗江留下找广田，在那里还会见翔鹤，方敬，还记得清楚，可是我说在那个学校歇了一夜，现据你说广田说是 8 月 20 日至 8 月 27 日，当然是我记错了，广田有日记可凭。只是广田日记中说 8 月 6 日方敬来，问起我为何要去香港，我却一点不记得怎样来这个传闻。我当时听说川大校长易人，将搬去峨嵋山，想改去昆明是事实。我离罗江去成都是改坐人力车，还是记得的，符合广田日记所说，我还记得路经广汉还停了一夜。

关于其芳延安和到前方之行，除根据其芳自己所写和沙汀所写的材料以外，最近在成都四川教育出版社出版的方敬、何颖③伽著《何其芳散记》

---

① 此信原载《文教资料》1994 年第 3 期，第 25—26 页。信中提到的"最近在成都四川教育出版社出版的方敬、何颖伽著《何其芳散记》"出版于 1990 年 4 月，据此可基本确定此信当写于 1990 年 10 月 10 日。张鸿雁（1964— ），江苏徐州人，1981 年考入南京师范大学中文系，1988 年考取徐州师范学院研究生，研究卞之琳，后来成为画家。

② 此处当指尹在勤所著《何其芳评传》，四川人民出版社，1980 年 4 月出版。

③ 此处"颖"疑是原刊误排，当作"频"。

是关于其芳的最可靠资料。其中（页 72）说其芳在北平几年"不愿出入于风雅的文学沙龙"正好驳斥了李辉《萧乾传》里说我和其芳在朱光潜家里非正式文艺集会上朗诵诗，其芳比我还活跃的妄测（万县《何其芳研究》某期上也有人据此以误传误），其实我在国内从不朗诵诗，其芳虽与朱光潜也相识，也为他主编的《文学杂志》交过稿，据我记忆所及，则连到朱先生家里都没有去过。

我们都上年纪了，几十年前的事情，也难免有些记错，进行学术工作，应多方核对事实为第一（次）[①]要著。

匆复，祝写作顺利。

卞之琳　十月十日

[①] 此处括号中的"次"字为原刊所加，疑为收信人整理过录时因怀疑"第一要著"有误而作的更正，实际上原文"第一要著"无误。

致张君川（一封）①

君川兄：

去年到上海开会，承您和戏剧学院盛情接待，非常感激，回京后一直忙乱，连写信道谢都没有顾得来，实在抱歉！

今年一月底接莎士比亚研究会秘书处寄来会员登记表并嘱交会费四元，因是小数目，还得上邮局汇寄，想托便人带交，后来有事覆上海社会科学院文学研究所裘小龙同志信，顺便托他就近代为垫付，九月底他来北京开会，我才将现款交他，但是又忘记把早已填就的一张登记表寄出和交他带去了，今在信件中发现，只好附此麻烦转交。当时还曾接到《莎士比亚研究》编辑部来信催稿，说要在二月十日前寄出，我又忙于赶工作和对付头绪繁多的冗事，未能及早作覆，约在八月间又接通知，得悉第三期已经编就，将于明年提早出版，见目录预告，内容丰富，十分钦佩，只可惜拙稿还未写就赶交凑热闹，感到歉疚。

特别不可恕的是：三月间曾接尊函，催索拙稿《莎士比亚悲剧四种》译者引言，因正赶译完最后一大悲剧和校改全部已出版和未发表过的译本，还未着手写序文，无法履行去年早作出的诺言，又惭愧又过意不去，竟也迟迟未作覆，迁延至今，已超过半年，真不知怎样道歉才好！您也上了年纪，想能原宥我这种疏懒。

现在我已经勉强把译者引言写出初稿，暂时搁一搁，重新统一核校一遍《悲剧四种》（二十多年前即已列入《外国文学名著丛书》），下月初旬统一校看完了，才修改序稿。我是理当也极愿给《莎士比亚研究》第三期的，无奈赶不上，现在此间中央戏剧学院莎士比亚研究中心要在明年第一季出莎士比亚专刊，今年十二月中旬编出，要我写稿，我只好把这篇

---

① 此信据原信照片录存，参考了宫立辑录整理的《断章：卞之琳佚简里的交游史》，《传记文学》2018 年第 7 期，第 125 页—129 页，并有所订正，不出校记。张君川（1911—1999），山东惠民县人，1934 年 7 月毕业于清华大学外文系，戏剧理论家、翻译家。

修改出交他们了，还得请您和《莎士比亚研究》编辑部多多原谅。其实我对过去自己的看法也已有许多不满处，现在文思枯窘，只能在文中主要为自认还不无道理的一些论点，略加阐释和概括，没有什么新意，也不值得占《莎士比亚研究》的宝贵篇幅。这不是客气话，是实话，人老了，实在不中用了，您虽然不象我，还富有朝气，却当然会容易了解我的苦衷。我不象年轻人，不再盼能有多大成就，但求能尽一份心力，把工作告一段落而已。

明年上海莎士比亚纪念戏剧节什么时候举行？但愿春暖后，身体和工作情况能容许我南下一睹盛况（今年我们外国文学所十一月中旬在杭州主持的七天会议，我已决定不参加了），希望届时能和你把晤。

你说身体也欠佳，近来见好吗？念念。在《莎士比亚研究》第三期目录中还见有大文，可见笔健如昔，可喜可贺。愿你保重身体以便多作出贡献！

之琳　十月三十日 ①

再者：请告知莎士比亚研究会，我的工作单位不是中国社会科学院文学研究所，是中国科学院 ② 外国文学研究所。

我的住址是：北京干面胡同东罗圈十一号 2402 室

---

① 据信封，此信写于 1985 年。宫立也在《断章：卞之琳佚简里的交游史》中考证出此信写于 1985 年，并回顾了此信写作的背景，可参看。

② 此处"中国科学院"当是卞之琳笔误，应是中国社会科学院。

致张曼仪（四封）^①

第一封（1979 年 1 月 28 日）

……事实证明，我写诗要说受影响，那么主要是直接从我国旧诗词和西方诗来的。至于和"五四"以后的新诗传统关系，那么我的诗风可以说是曾介乎闻、徐的《新月》（原为刊名）派和戴望舒为首的《现代》（原也为刊名）派之间（我和这三位都有程度不同、迟早不同的私人交往）。我最早期，确如你所说，对 Verlaine 诗的 intimacy 和 suggestiveness 是意识到的，但同时对 Baudelaire 写巴黎景色中的老人、穷人、盲人等小人物（正如你在《诗选》介绍语中正确指出过的）也曾给过我启迪。……

第二封（1979 年）

……至于《远行》（今年这里一个师范学院编一部诗选，征求我自己意见，也坚持要选上这一首），你参照我修改过程而作出的用意象、用字、以至求格律完整上，分析得很对，有的出我自己意外的精到。这首诗我怎么改自己还是不满意，一则因为内容上第二节后三行说"让辛苦酿成了醋眠……"这种 conceit 太着痕迹，二则语言上第二节第三行为了把押韵"偷偷"两字作行尾进行跨行（enjambment）总有点站不住、不自然，而第二行"已烂醉"去了"经"字在白话里也总别扭，三则格律上从第二节第三行到第三节，由原来二单音组（顿）收尾，变成了三单音组占主导

---

① 这四封信均为节录，第一封是收信人明确提及的信件节录，后三封则很可能是卞之琳在张曼仪所写关于卞之琳的论文上所作的批注和补充说明，并非严格意义上的书信，但因它们也是卞之琳本人关于其创作的自述，故此也将其视作信件节录，一并过录在此。第一封信辑自张曼仪《"当一个年轻人在荒街上沉思"：试论卞之琳早期新诗（1930—1937）》（《八方文艺丛刊》第 2 辑，1980 年 2 月 10 日出版，第 163 页），第二封信辑自张曼仪著《卞之琳著译研究》（香港大学中文系，1989 年 8 月出版）第一章注释 37（第 57 页），第三封信和第四封信辑自《卞之琳著译研究》第三章注释 6（第 117 页）和注释 10（第 117—118 页）。据收信人张曼仪介绍，第一封信写于 1979 年 1 月 28 日，第二封信写于 1979 年，后两封信的写作时间不详，很可能也是写于 1979 年。张曼仪，香港大学中文系教师，著有《卞之琳著译研究》等。

地位（"一大缸"、"都浸遍"、"已烂醉"、"也干脆"），致使全诗调子不统一。……

第三封（写信日期不详）

　　……我在抗日战争中后期读过阿拉贡的"抵抗运动"诗集 Le Crève Coeur；1949 年春回到北京后，北京大学法语专业的一位年轻同事给我看他试〔译〕的《法兰西进行曲》，我据原文给他稍加一点工，后来发表出来，算是他和我合译。同时我也就又读了几首阿拉贡的诗，如此而已。诚如你所说，如果我五十年代初期写诗受过一点阿拉贡的影响或有点什么和他相通处，主要是在 Literature of commitment 这一点上，在我自己早已生厌的所写那些抗美援朝诗方面。……

第四封（写信日期不详）

　　……我喜欢他（指奥登——编者）的 Refugee Blues 等一些 light verse，但没有译过它们（我倒译过几首 Edward Lear 的 Nonsense Verse，从没有拿出去发表，它们令我想起小时候在家乡听惯的一首江南民歌——可能是序曲——"四句头山歌两句真／还有两句吓杀人／癞蛤蟆出扇〔翅膀〕飞东海／小田鸡〔青蛙〕出角削〔抵〕杀人"）。……

致张香还（一封）①

香还同志：

谢谢来信。我实在没有多大文学成就，但也常接不相识读者来信（还常附有稿件），因为一直忙乱（除了"文化大革命"期间），堆积太多，无法一一处理，虽然深感歉疚，亦无可如何。今见来信中提到我最近发表的《冯文炳选集》序中的一点问题并谈及一些使我感到亲切的往事，我想赶紧抽空答复一下，以免一搁置，终又不了了之。

我听说有人开了受废名影响的作家名单，自己在序文中也就试举知名与不知名的几个熟人的例子。"我的另一位老朋友"既是不知名（人又客居异国，所写的几篇"至今耐读的散文化小说或称小品"过去也只有我知道，现在也只有外边刊物上有过转载）所以不举名，并非让人猜谜，只是信手拈来，想以此表明废名自有无形的广泛影响。其实师陀有没有受过废名的影响，我并无把握。倒是沙汀最近读了我这篇序文，写信告诉我，鲁迅在三十年代曾说过他的一篇小说习作有废名气，因此这也就成为他在"文化大革命"中挨批的一条罪状。

从文先生病了一年多，近来已能在自己的小房间里走走，堪以告慰。

抗战胜利后，承你节衣缩食，买我在上海文化生活出版社出版的几本"西窗小书"，我现在听说了深感不安。我得顺便告诉你，封面上小四方块里这四个字却不是沈先生写的，而正是出于上面提到的"我的另一位老朋友"（女朋友）的手笔。这里无密可保，但纯属过去无关紧要的私事，也不必张扬。

你说沈先生曾写信告诉你，我写稿子，一笔不苟，我原先还不知道。我现在写稿子已经力不从心了。我手抖了二十多年，不但早不能用毛笔写字，现在用圆珠笔也就写成这个样子，而且常写错写漏字。此刻写这

---

① 此信辑自张香还文《记卞之琳》（《文汇报》2011年10月25日第11版"笔会"），据收信人所说，此信写于1984年。张香还（1929— ），江苏苏州人，当代作家、学者。

封信，也就请恕我草草。

　　祝好。

卞之琳　六月二十八日

　　又：

　　中国社会科学院文学所和外国文学所是两个所，你写给我的信寄文学所，所以转到我手里，已过了一些日子。

致章洁思（一封）①

南南：

很高兴接到你的信，我现在手抖得几乎完全不能写字，但是我还是亲笔跟你谈几句。上次你和你母亲来看我，我因年前一次晚间在院门房处取报纸信件回楼，在三四层间畸角处摔倒磕破头，流血不止，到医院急疗，幸尚未伤及颅骨，缝了六、七针，以后家里人不让我下楼，没有能下楼来送别。

我一直还没有写过追念你父亲的文字，只记得一年我到上海由巴老陪去你父亲的坟头敬过一束花。我一直想写一点当年你父亲坐镇北海前门东侧三座门十四号《文学季刊》编辑部的热闹情况，苦于记忆的头绪乱了，现在你写了二万字的年谱，好，希望接我信后即复印一份寄我，使我能核正一些细节。我精力不济，想把大致情况，写个千字文流水帐也罢。祝好，问候你们全家人。

之琳　6 月 18 日

回信不由外文学所交，直接寄

邮编 100010

北京东四东罗圈 11 号北楼 2402 室②

又：如你写的年谱已寄舒乙同志，请即函告他复印一份寄上列地址。

---

① 此信辑自章洁思《卞之琳先生》（《文汇读书周报》2012 年 4 月 20 日第 5 版），章洁思（1944—　），现代作家靳以（本名章方叙）之女，编辑、作家，"南南"可能是她的乳名或爱称，卞之琳是她的父执辈，所以复信用其乳名或爱称。

② 章洁思抄录该函在《文汇读书周报》发表时对此处的具体住址作了模糊处理，此据信件照片复原。另，同一作者发表于《上海文学》2019 年第 7 期的《1994，我的北京之行——兼怀卞之琳、陈荒煤、赵朴初、邹荻帆、绿原等先生》也抄录了此函，住址系依原件抄录。在该文中章洁思说"1994 年 11 月，为了父亲的追思会，我和母亲来到北京"，曾"看望父亲的老朋友卞之琳"，"之后，我与他通信，曾为了父亲的辞世四十周年向他约稿"。此信应是卞之琳给她的回信，则此信可能写于 1995 年 6 月 18 日。

致赵毅衡（一封）①

毅衡：

昨天接读来信，得悉 San Diego 加大 tuition scholarship 误了报名时间，深为惋惜。明年再试试吧。

至于 Fulbright Award，我最初见到得此来中国的身份也是高的，看来你应征，除非你别有门路（外国也有这种"关系"门路，只是比我国目前的后门要好得多），看来是没有希望。我介绍年轻人，为了成全他们的出国好事，尽可以拔高成绩，这无非是以我个人的信誉冒险，但是我要为你谎报身份（不是研究生，而就是研究工作者），这可是犯错误。为了明知希望绝微而出此，我们都太不值得。所以信还未寄，暂定星期三（四月一日）下午三点请你来面谈一次（暂定除非临时有事，我一定在家等你）。那时候你的论文我也看完了，现在已看了五分之三。你如能写好全稿（不作为毕业论文），可设法出一本书，同时有空试用英文改写了，将来出国也不愁没有机会。

院部现在比文化大革命前更是一个衙门。外国文学所不要公费出国名额，我想决无此事，星期二我再到所里去问问。前些时忽然考英文，只找了我所研究生一个人去，我院研究生负责人也说不知怎么回事，同学也有意见，被找去考的同学本人也莫名其妙。

之琳　三月二十九日上午

---

① 此信据原信照片录存，赵毅衡师从卞之琳攻读英美文学，毕业于中国社会科学院研究生院获硕士学位是在 1981 年，据此可初步确定该信当写于 1981 年。赵毅衡（1945—　），广西桂林人，英美文学专家、文艺理论家。

致周良沛（便笺信函各一封）①

【便笺】

陈梦家编《新月诗选》事先没有跟我打招呼，我在出书后才见到，一直很不舒服，他不知为什么不选臧克家首先在《新月》杂志上发表的诗，这倒便宜了克家，使他一直免戴过"新月派"的帽子。陈选四首我的诗中，只有你没有收的《寒夜》一首我自己最较满意（以改了一两字的《纪历》文本为准）。

卞

良沛同志：

接到《诗库·卞之琳卷》及同辑各卷各一本（未见包括冯至卷的上辑）已经很久，读到你在《诗刊》上发表的序言当然更久了，最近你要冯至转告我对所选本人一卷提订正意见以便再版，就在书本上圈圈划划，在草写和修改几篇应景纪念文字中见缝插针搞了些时日，今天辞谢了没有去开一个纪念讨论会，才在备寄的订正书外给你写几句话。

你一手拿起编《诗库》的工程，我当然佩服你的魄力；你不吝选我的诗作入《库》，我是感激的，但恕我直说，也有憾于你在大刀阔斧下难免也有点粗枝大叶。可能也是一种洁癖的毛病、固执的毛病，记得你当年在《文汇月刊》上发表的《印象》一文中讲我拒应约稿、反复修改稿子的事情，虽然夸张了，倒还是有趣的逼真漫画化。

当然，你编我这《卷》，事先不跟我打个招呼，我是有意见的（但因为朋友好意，还不至于发火），现在也就因此平空增加了不少麻烦。懒得抄写上两三张纸的校订、补注，我就涂在一本书上，请你费神清理了交出版社付排。

---

① 这两封信笺辑自周良沛《永远的寂寞——痛悼诗人卞之琳》一文的附录，原文和附录刊载于《新文学史料》2001年第3期，第89—90页，便笺未注明写作时间，疑与信函写于同一时期。

你根据的材料，《雕历》自序中因断章乱义了，引用了有不符史实处，四川出版社有两本辞典，徐州师院的那一本是我自己写的，是大致可靠的，只是不够 up to date，其中文句你摘引了，与下文脱节，也有搞乱了事实处。你与香港大学张曼仪相识，她在 1989 年在香港大学中文系出版的专著关于我的《著译研究》材料最全、最可靠，你应多考虑。

这些都是事实与文本上的问题。你怎么评（当然评析得别有道理），怎样选，也自有你取舍的自由，不应由我干涉。但还是听听我的意见好。张编香港三联书店《中国现代作家选集》丛书中我那一本，编选中曾反复征询我意见，彼此是有歧见的，但是书不是我的自选集，最后我总是由她作主。日本诗人秋吉久纪夫编译我诗成一集 120 首，扩大了我愿意暂保留的覆盖面，还是首先征求我意见的，还要我写一篇日译本序（书于今年初出版了精印的 × 字迹不汪有——编者）本①，前两年以同样装帧，先后出版了他编译的《冯至诗集》和《何其芳诗集》都在东京日曜美术社出版）。入选诗，以诗集出版先后为序，还是以诗发表（写作）时间先后为序，我曾向秋吉提供意见，你这本入选诗次序，不知更动有没有困难，我在书上只填补写作年月日，基本上略去了"选自"某集。你还可考虑。

《天安门四重奏》现在只有你这本收入了，也就听之，张选本，秋吉选本我都没有让收。此诗首节两行，原文并非运用 poetic licence，不合文法，是合法的省略法，张在《研究》中有解释，可参考。《魔鬼的夜歌》，我觉得太难入耳（入目）②，我现在恳求你饶了我，不选入正文，只在序里提一提。这确如张在《研究》中所说，转受徐志摩从英国浪漫派引来"哥特式"（Gothit③）诗风（例如徐志摩《塚中的岁月》等诗）影响下写的，还有《群鸦》也是不觉中受徐诗影响，只是定稿后（即《纪历》另外一辑

---

① 此处"（书于今年初出版了精印的 × 字迹不汪有——编者）本"，疑原刊排印有误。其中"书于今年初出版了精印本"是下之琳的夹注，可能下之琳原信有模糊不清处，所以《新文学史料》的编者又在此处夹注"（有的字迹不清）"，但编者的这个夹注却被刊物排乱了。

② 此处括号里的"入目"二字，可能是下之琳的随文夹注，也可能是《新文学史料》编者的随文订正。

③ 此处单词拼写有误，应为"Gothic"。

文本）自感不觉得太难堪了。我只请求你在再版中删了这一全篇；我不另推举一些我自认可选的诗。

有事了，我先写到这里。下次再谈。字写得很小（手抖写大了易成鬼划①符），书页上的字更难认（但愿能为再版修正用），伤你目力，伤排校同志目力，致歉！顺祝秋安。

卞之琳　十月八日，（92）

又：诗应以写作（发表）时间先后排列为宜，上半卷各诗时间颇多颠倒（特别是 1930 年所作穿插在 30 年代中期作品中，太不妥了），已在书目录上注出，不知能改变序列否？又及。

---

① 此处"划"通作"画"。

致周实（一封）①

周实同志：

　　最近写出散文一篇，题为《三座门大街十四号琐忆》，已经编入将于年底出版的本人文集。为答谢《书屋》经常惠寄刊物，特此寄上。如你们决定选用此文章，请在年底我的文集出版之前，否则就不方便了。

　　（女儿青乔代笔）

　　祝好！

卞之琳　　2000.5.17

---

① 此信据原信影印件录存，影印件见周实的《卞之琳先生》一文，收入其《老先生》集，华夏出版社，2015 年 4 月出版，第 18 页。周实（1954—　　），湖南长沙人，时任《书屋》杂志编辑。

致周湘蓉（一封）^①

周湘蓉同志：

忝为俱乐部顾问，未尽绵力，却已两次受赠新书，请向俱乐部同仁和席殊同志本人致谢、致歉。现却又有一事相扰：近见报章介绍山东画报社新出《张家旧事》一书，可否代为邮购一部？书款、邮费，书到即照付。

手抖甚，不能写字，草草祝好。

卞之琳　991008^②

通讯地址仍为邮编100010，北京东四东罗圈……^③

又：我一人在家时，通电话有困难。

---

① 此信据原信照片录存。收信人周湘蓉为席殊书屋工作人员，卞之琳曾担任过席殊好书俱乐部的顾问。

② 此处"991008"当为写信时间，即1999年10月8日。

③ 此处原信所写详细住址被模糊处理了。

致周扬（一封）^①

周扬同志：

寄来朱企霞文章，我刚看过。我认为第一段和末段（"呜呼！……"）虽有感情，与全文不相干（一般化，空话），删后可给《新文学史料》发表。他和其芳、广田以及我在北大同过学，是个才子，未发现有什么政治问题。其中有些自我吹嘘，那不要紧，有一、二点事实不确，例如说其芳离开南开中学即回成都，实去山东莱阳，又说曹葆华是万县人，实为乐山人，我加以更正了。他在日本住过，照日本语法，称其芳和其他人都称"君"，我想不如改为"同志"。其中说姓张的朋友说鲁迅注意北京几个刊物，这倒是新史料（按张即张光人，胡风，其实不必避提，那就听之。）是否你再需看一下，否则我直接转送《新文学史料》？

卞之琳

---

① 此信据"现代文献中国"之《周扬文献史料汇编·书信卷（二）》所收原信影印件（见第25—26页）录存，原编是内部出版物，影印件标出写信时间为1982年4月2日。朱企霞（1904—1984），祖籍安徽泾县，现代作家。此信所说"朱企霞文章"可能指《忆早年的何其芳同志》，刊于《新文学史料》1982年第4期。

自峨眉山寄上海某先生（一封）^①

××：

　　在北边走了一年，虽得了不少见闻，于创作上，并未直接得什么大收获。个人经验无什么惊心动魄处可说。通讯报告一类的文字，我曾在去年十二月底有系统的写过一篇，不足三万字，在桂林出版的《文艺战线》上发表，我今夏才看见第三期开始登了三分之一，以后还不曾见过。这篇文字我自己很不喜欢。在延安和在前方途中还写过一些故事小说，零星发表出来，似还能吸引读者，当初打算写足二十篇这种东西（有些像散文诗，有些像小说，有些只是简单的小故事，有些则完全是访问记），凑一本小书叫《游击奇观》，现在因为失去了兴趣与自信力，取消了这个计划。现在又想写些诗，都叫"慰劳信"。前几天总算还了一笔心愿，写全了一篇算是历史：《第七七二团在太行山一带》。这篇写的是这一团参加抗战一年半的经过，完全纪实（虽然其中想必有错误的地方），因为事迹本身颇多动人与有趣的地方，令人读起来或不太觉得枯燥。我在这个团里曾随军作客了一个多月，各方面还算熟悉，从政治主任借给我看的日记又得了很大的帮助。稿子现在整理与修改中。本文约有四万字，另附录一万字，地图（我自己画的）五六幅，照片（我自己照的）一二十张。……

　　我预备这一年内好好的读些书。现住山中一小庙内，除星期日外，相当清净，宜于埋头。不过过几天又得搬下山去。

之琳　十一月七日

---

① 此信原载上海《大美报》1939 年 12 月 8 日第 8 版"浅草"副刊，原题《寄自峨眉山》，现题为本书编者改订，写信人署名"之琳"，写作时间当为 1939 年 11 月 7 日。该刊编者特加"编者按"云："卞之琳先生自陕北返川后，现住峨眉山，在四川大学教课。这是他最近寄与上海某先生的一封信。""某先生"可能是卞之琳的好友芦焚（师陀）。

自昆明寄上海某先生（一封）①

××：

你的信都收到，可是我两次从昆明寄你和西渭、××的信似乎都不曾收到。得你第二次来信后我就预备赶寄稿子，新的还没有，想把旧译而未发表的阿左林文章抄寄，奈空袭频烦，生活不安定，没有机会一口气抄出，直到今天才抄齐，可以寄出了。……我在这里已经上课，只是有时上不成。十月十三日联大师院遭殃时，我就在院中的防空壕里，周围二十至六十米半径内落了七八颗炸弹，相当险，住房差几尺就要直接中弹。我计划再写两个短篇小说（同性质的已写了四篇）②以后就想慢慢计划写一个中篇或长篇小说。巴金已于前数日飞渝。我们这里说要搬家，事实上一时难实现，所以还有长机会看看云南特别美的云霞。

昆明，十月二十七日。

① 此信原载《正言报》1940年11月26日第8版"草原"副刊，原题《文艺工作者近况》，依次选登了卞之琳、杨刚、巴金三人的书信，收信人均以××代替，很可能是此时正主编该副刊的芦焚，写信时间当为1940年10月27日。现题为本书编者改订。

② 此处所说已写的四篇小说应该包括《红裤子》《石门阵》，但另外两篇篇名不详。卞之琳1941年在《大公报》（香港）发表了小说《一元银币》（5月10—21日连载），在《光明报》（香港）"鸡鸣"副刊发表了小说《一二三》（9月19—25日连载），与此信中"再写两个短篇小说"的说法相吻合。

致××（一封）①

写诗的生活果然最好要广，可是还要深入才行。勇气以外，耐性也重要。在一位作家的修养上，生活以外，读书也重要。

有些新诗（除了自由诗）大多不但有韵，且有格律。有些韵只合乎方言的，有些是通韵，或只是假韵，大多大致因为押得复杂（地位），在中国不大习惯，因而看不出来。格律也不是说字数一律，那很死板，宁可说各行的顿或逗相称。至于读起来好听不好听，那是要看怎样个读法。中国的诗向来是遵照歌唱的节奏，西洋诗有一部分照歌唱的节奏，大部分却照说话的节奏。中国新诗用白话（至少底子是白话），虽然也可以有歌唱的节奏，主要也当是用说话的节奏。可是用说话的节奏读起来，可决不是大吼，大嚷，而是自然一点的，当然不能完全像说话一样的自然，像话剧里说台白。格律虽然会限制诗思，善用者反而会整饰文字，使纳入轨道，使不致散漫无力。

诗总是艺术，并不就等于感情、想像，不一定如水泻一般一挥而就的才是好诗。从素材的②艺术品一定得该经过有形无形的艺术过程。

青年诗人最好不要读许多愚昧的所谓诗论，而先读外国原作诗，或就从英文诗着手，就从 Golden Treasure 顺次□③细读下来，然后再读其余。一方面也不妨用现代人眼光读读中国旧诗。新诗除了借鉴于西洋诗，要借鉴于旧诗也未尝没有。只是读旧东西不是第一步所必要罢了。

---

① 此信原载《燕京新闻》1945 年 3 月 28 日第 3 版"副叶"，原题《诗简》，署名"卞之琳"，后来又发表于重庆《正气日报》1945 年 7 月 29 日"新地"副刊第 14 期，题目和署名同此。

② 此处"的"似是卞之琳的笔误或原报误排，从上下文看，当作"到"，《正气日报》本已改正为"到"。

③ 此处原文字迹模糊不清，《正气日报》本为"序"。

致《华夏诗报》主编（一封）①

主编同志：

　　谢谢你们长期惠寄《华夏诗报》，只因我年来手抖日甚，且常写错写漏字，连写一纸便条都得一改再改，迄未修书道谢或妄提浅见，深以为歉，尚祈见谅。

　　来信写"干面胡同"没有错，我1962年以来，一直无缘离此高飞远举，只有朋友家和我不甚相熟的龙冬这孩子写文章误说我住北边与此胡同并行的"史家胡同"（那是北京有名的胡同。听说凌叔华故居也就在此，只是我不知是几号。新中国成立后，臧克家曾一度在此胡同住过。"文化大革命"后，还有艾青，还有李何林，我都去过他们家里。"文化大革命"中，华国锋、乔冠华曾比邻在此安家。现在巷北面南，还并排在两三个门边嵌有灰石嵌刻金字标志"四合院"，里边住了新人，常接待外国贵宾，附闻）。

　　龙冬这孩子当然是聪明、善良的，将来也可能是写文章的能手。目前却像多少沾染了时髦的低级趣味，为文爱耍花招，不够认真。他最近在《香港作家》上发表的有关我的那段文字，我早就在内地出版的繁简两种字体版的《中华儿女》这个刊物上见过。我了解他对是我尊敬的，但是弄巧成拙，我曾当面向他抗议，指出过许多失实以至无中生有的捏造。后来好像在以后出的一期上改正了。现见《香港作家》第19期上，他只改了自以为最有趣、而不知道是最侮辱人的、不知从何处捡拾来的诽谤话，说我在"三年困难"期间，捡人家丢掉的烟蒂头来吸。他承认是根据张冠李戴的传闻，还有多处与事实不符或正相反的地方，说我住"史家胡同"，即是一例（这本来无关紧要，但已害得你们怀疑本来写的正确的信

---

　　① 此信原载广东《华夏诗报》1992年第7期，信前有导语"一篇错误的报道引出的——卞之琳'补趣'"，《香港作家》改版号第25期（总第48期）转载，1992年10月15日出刊，题目改为《补趣》。此据《香港作家》本录存，现题为本书编者改订。

址了）。还有，我从干校回到本单位后，一天，扫院子捡到了一粒丁香花籽。回到家里，我把它埋入阳台一角的土里，第二年出了芽，长了，再过了六、七年居然开了成簇的紫花。龙冬却把这说成是丁香花的枝子，"回来一插就活下来，现今已长成小树了，年年都开花。"当然，这也无足轻重，但事实却比这类的歪曲更有趣，我自己已如实写入《漏室鸣》一文，已被选入香港三联书店 1990 年出版的张曼仪编的《中国现代作家选集·卞之琳》页 94—97。也可参阅香港大学中文系《中国文史丛书》之二、1989 年出版的张曼仪著《卞之琳著译研究》附录（四）《年表》218页。较有严重错误的是他至今还硬说我继续抽烟。我于 1943 年开始吸烟成习，由最初的每日 3 支香烟到后来长期每日 40 支。1980 年开始听朋友劝戒，屡戒屡吸，终于在 1986 年（？）见报载：以黔间用专列火车运官倒香烟的特大丑闻，一怒而不戒自绝。有关的简单的自述，已见香港《诗》双月刊 1991 年冯至专号发表的《忆"林场茅屋"、答谢冯至》一文末段的一句插话。

　　我读了上述《香港作家》第七版上重刊的龙冬此文，当即想给主编陶然兄去信，说准备写小块文章《订误补趣》给他们。随后开了一个头，越写越自感啰嗦，确会令人生厌，更顾虑这样会挫伤文学习作上显得颇有前程的小青年的积极性，随即搁置了，想不予置理。今接来信，又迫切感到明白的事实，还是及时更正，不让以误传误为好。例如一位写《萧乾传》的有才气的热心写作青年，凭生动的想像，描述 1937 年初在北平编《文学杂志》的朱光潜家里，每周定期闲谈小集（当时也没有用"沙龙"这个外来名词），说我和何其芳朗诵自己的诗作。我当时确是偶尔参加过小集，却从不朗诵自己的诗作；还说何其芳在这方面比我更活跃，其实何其芳当时连去都没有去过。而现在个别的何其芳研究文章竟误以为这是历史事实了！所以我接来信，一方面赶快建议你们不要转载龙文，一方面还是决定提起精神，重新挣扎着为陶然他们写几句。如终能以"补趣"而不以"订误"为主调写出一文，当然还是给《香港作家》为宜。

　　匆祝编安

卞之琳　7 月 22 日晚

致《外国文学研究》编辑部（一封）①

《外国文学研究》编辑部：

　　《外国文学研究》季刊已经五周年了。到目前为止，这还是国内唯一的不靠翻译外国文学作品以广招徕的外国文学定期刊物，也是国内唯一的让老中青外国文学工作者各抒己见，畅所欲言的外国文学公开刊物。本人挂名"顾问"之列，对刊物从未认真关切，甚至对刊物上发表的重要文章、提出的重要问题，也未抽空阅读，考虑，十分惭愧。题字不敢当，而且手抖多年，早不能用毛笔甚至钢笔写字，现仅用圆珠笔，特写一信，遥致祝贺。

卞之琳　一九八三年六月于北京

---

① 此信辑自《外国文学研究》1983 年第 3 期，第 5 页，原题《卞之琳同志贺信》，现题为本书编者改订。

致《文学创作》编者（一封）①

××先生：

十一月间信今天（十二月九日）才收到，却正好赶上我集中写信的日子，果②到半个月大致也得等到今天才覆。每次接到相识或不相识的友好寄赠刊物以及征稿信件，我照例有稿即寄，没有稿则连信也不覆，因此有许多刊物过了几期都不再来了。只有少数几种还经常光降，其中就有《文学创作》，专凭这点我也该说几句道谢话了，何况今天又接到了垂询生活的来信。

实在我最懒得写信，倒全非为了摆架子。也实在忙。三年来我一直在联大外文系教书，平时课虽不多，也颇占时间与精神。这一学年起我新担任了翻译课，还感觉兴趣，只是一讲起了头，就有许多话要说，在每星期两小时的时间里实在说不完，现在索性只讨论课卷里的问题，而仅是课卷里的问题又五步一楼十步一阁的叫人应接不暇，探索不尽。下学期我新开了一个冷僻的选课，"亨利·詹姆士"（虽然晚了半年，也算是对于这位大小说家百年诞辰的一点小小纪念），现正预备讲稿。至于暑假，我已利用了三个，再加上两个学期课余的时间，写完了一部长篇小说的初稿（连空格约四十万字），现在也还没有工夫整理修改，决定推延到明年暑假才动手，预计到明年底改完第一遍。倒是前些日子，作为消遣，把废名《桥》里的两章译成了英文，一位英国同事③见了怂恿我把全书译出，怕暂时也还没有时间。也出于这位朋友的怂恿我从自己的《十年诗草》里译出了一二十首诗，前天刚告了一个段落，我感觉一轻松，又可以专

---

① 此信辑自桂林出版的《当代文艺》第1卷第4期"作家生活自述特辑"，1944年4月1日出刊，第32页，署名"卞之琳"，写信时间当为1943年，题目为本书编者所拟。从信中所说情况来看，卞之琳这封信应是回复《文学创作》编者约稿的，而《文学创作》以及发表此信的《当代文艺》两刊的主编都是熊佛西，所以卞之琳的这封信很可能是写给熊佛西的，而熊佛西则将它发表在自己主编的另一刊物《当代文艺》上了。

② 从上下文看，此处"果"字或当作"早"，原刊可能因形近而误排。

③ 这位"英国同事"可能是时在西南联大任教的 Robert Payne（中文名白英）。

玩小说了（我已经整四年没有写诗）。

最近我答应给贵阳文通书局编一套翻译小书，以文学为主，兼及哲学、美学等类，希望译文还多少是艺术品，也希望丛书跟一本理想的刊物一样的自有其个性。最初几本大致是：

（法）班雅明·贡思当：《阿道尔夫》（中篇小说）

（丹）索伦·基尔克加尔特：《一个女优的危机》（论艺术与修养）

（英）维吉妮亚·乌尔孚：《一个自己的房间》（论女子与小说）

（美）凯塞玲·坡忒：《开花的犹大树》（短篇小说集）

（法）安特列·纪德：《长篇小说写作日记》

其中第二种由冯至先生译，第四种由林秀清女士译，第三种译者人选未定。第一第五两种都是我自己战前的旧译稿。《阿道尔夫》曾发表于上海出版的《西洋文学》，到最近我才搜集到全文，虽然徐仲年先生最近已有该书译文的单行本出版，我赞同一些朋友的意见，认为这种小小的经典不妨有几种译本行世。纪德那本日记，我原以为跟我译的《赝币制造者》一起沦陷在香港了，前不久才知道我竟忘了在成都还有一个副本。现在我想在这本小书以后加上"写作后记"（从《日记》全集里摘译出纪德在那部小说出版以后说的一些话）和"小说中论小说"（从那部小说里摘译出那些谈小说的地方），再加上一篇我自己写的《纪德对于小说的理论与实践》。这都是很费工夫的，一时怕实在也办不到。

这里生活真不大易。我这间并不怎样好的房间上半年每月只要二百元房租，现在涨到了一千零五十元。米价前些日子一度涨到四千元一石，现在最低也得三千元以上，桂林朋友给这里稿费总没有法子给足千字斗米的价格吧？话虽如此，把物欲减低了，大家也还勉强对付过去。专心工作也可以排除一部份生活上的烦恼。我还是决定非到万不得已不去兼差，也谢绝演讲，也不写杂文。

写到这里字数怕不止五百了，一举两得，这不仅是覆了信，也算交了应征报告生活情形的稿子，如果还不太迟。

匆覆，祝好。

　　　　　　　　　　　　　　　　　　弟之琳　十二月九日

致香港某杂志社主编（一封）^①

不久以前，中国著名诗人和翻译家卞之琳先生，致函本社主编^②，对香港流行的一些关乎卞先生生平的不确事实作了澄清。我们觉得这是现代文学史上的珍贵资料，也是海外无数关心卞之琳先生的读者们渴望知道的。故此特别摘要转载如下。^③

卞之琳先生在信中说：

"我是中国社会科学院外国文学研究所研究员（相当于大学教授），不是'顾问'。

我从没有用过'H.C'这个笔名。^④

抗战期间，我在昆明西南联合大学主要是教英文学专业的文学翻译，也开过各一学期的'亨利·詹姆士'和'小说艺术'的选修课，却没有讲过'纪德'。

我一九四七年去英国，既非'讲学'也非'上学'。我是英国文化委员会（British Council）邀我去的，以所谓'旅居研究员待遇'（Travelling fellowship）住在英国一年，自愿住牛津，但并未'入'牛津大学，只是与牛津大学拜理奥学院（Balliol College）取得联系，每周在固定日期去那里的教师席（High Table）作客一次，平时就是自己搞自己的工作（其实主要还是修改我后来自己作废的一部长篇小说）。

一九四九年返国后，我先在北京大学西语系教文学课程三年，

---

① 此信辑自《文学和文学家的故事》，香港广角镜出版社有限公司，1981年出版，第155—156页。收入该书时，标题为《卞之琳先生自述生平》。

② 此处所说的杂志社可能是《广角镜》，主编可能是时任其总编的李国强。

③ 以上一段话，是原刊编者按语。

④ 李立明著《中国现代六百作家小传》（香港波文书局，1977年10月出版，第50页）中写道"卞之琳，笔名季陵、HC"，舒兰所著《北伐前后的新诗作家和作品》（台湾成文出版社，1980年6月出版，第211页）沿用了这一说法。

一九五三年才转为北京大学文学研究所研究员（后改隶中国科学院，一九六四年从文学研究所分出外国文学研究所（又转属该所），主要从事外国文学研究工作，翻译是附带的。

我译 *Hamlet* 基本上沿用田汉旧译名，叫《哈姆雷特》；〔*King Lear*〕，照孙大雨恢复较近原音的译法，叫《里亚王》。

我还得补充一个说明，正如我在《雕虫纪历》序文中所说，我极大多数诗都不是写真人真事。这首《还乡》也是如此，有点像写小说。所以不要把它看得太死了，以为就真是写我自己大学毕业回家乡。事实上 1933 年我并没有回南。我过去确是常走沪宁铁路，沿线熟悉，常州附近确有'奔牛站'，但我不是这一带人（我祖籍是南京东南的溧水县，也不在铁路线上）。"

编后记

记得是 2010 年 11 月中旬的一天，我突然想起那年的 12 月 8 日是卞之琳先生百年诞辰，同月 2 日则为卞先生的十周年忌辰，而学界与诗坛似乎忘记纪念卞先生了。于是我与主持清华大学社会科学高等研究所的汪晖兄商定，12 月 4 日在清华大学中文系举办一个小型的"卞之琳先生纪念座谈会"。由于准备比较匆促，只就近邀请了卞先生的女儿卞青乔女士和一些京津的专家学者与会，而人少正可以畅所欲言，所以一整天的讨论颇为尽兴。为了推进对卞之琳的研究，我和博士生陈越在会前合作编选了一份《卞之琳佚文书札辑校录》，提交与会的专家学者参考。这个《卞之琳佚文书札辑校录》，可以说是这本《卞之琳集外诗文辑存》的发端，陈子善兄得到座谈会的消息，热情地要去《卞之琳佚文书札辑校录》选刊在《现代中文学刊》上。随后得到卞青乔女士的授权，我和陈越遂在 2016 年正式启动了《卞之琳集外诗文辑存》的辑录和编校工作。

最为烦难的当然是辑录工作。辑录工作主要是陈越做的。经过多年锻炼，陈越已成为最善于搜寻散佚文献的"圣手书生"。他充分利用网上的各种现当代文献数据库，发掘出卞之琳先生的不少零散诗文，并随时注意新出版物和网络上披露的信息，尤其对新披露的书简信息特别敏感，时有出乎意料的收获。如此随获随录，渐积渐多，到 2020 年已辑录出厚厚一大本《卞之琳集外诗文辑存》，几近于卞之琳先生一生所写文字的二分之一，远远超过我的最初预想。就此而言，说陈越君是卞之琳之"功臣"亦不为过。陈越在辑录的过程中，也随手提出了一些初步的校订意见供我参考。由于诸事纷扰，这部辑录稿在我手头积压了三年，今年前半年我才抽出空对全稿做了统一的编排和校注，交北京大学出版社出版。北大是卞之琳先生的母校，他最热心的读诗和写诗岁月就是在北大度过的，如今《卞之琳集外诗文辑存》由北大出版社推出，也是前定的缘分吧。

感谢卞青乔女士的信任和授权。20 世纪 80 年代后期，我常应卞先生之命去干面胡同与老人聊天，从此与卞先生成为忘年交，也认识了卞青乔女士。卞先生晚年曾经把他亲校的著述交给我而有所瞩望焉，青乔女士后来也无保留地信任我和陈越来为卞先生辑编遗文。惭愧的是纷扰不断、难以专心，拖了这么久才编成此稿。也很感谢诸多友朋热心为本书的辑录提供帮助。如卞先生的外甥施祖辉先生在 2010 年末得知我们筹办"卞之琳先生纪念座谈会"的消息，立即主动提供其母亲精心保存的卞先生中学作文稿，次年又从卞先生的家书中精心选择了 51 封复制给我，这些都是极为珍贵的文献；龚明德先生和廖久明兄则热情帮助我们找到了卞之琳先生为何其芳的《论周作人事件》一文所写的编者按，此文此按载 1938 年 5 月成都《工作》半月刊第 5 期，我们遍查各大图书馆，都找不到此期刊物，后来拜托乐山师范学院的廖久明兄转请四川师范大学的龚明德先生，龚先生立即全文拍照了他独家收藏的此期刊物传来，终于使这则简短而又重要的编者按得以收入此书；贵州师范大学的袁洪权兄和研究生卯旭阳，则在最近为我们传来了卞之琳在贵阳《大刚报》文艺副刊"阵地"第 155 期（1945 年 6 月 14 日）上发表的为何其芳诗集《云》所写序文的照片及过录稿，使我们得以在最后阶段将此序补入书稿中；中南大学的易彬兄也主动传来他所整理的卞之琳致彭燕郊书信 12 封……这些友朋闻讯帮忙、千里书传，让人铭感难忘。

散佚在旧书报刊上的卞之琳诗文及他写给友朋的书简，肯定还有不少遗珠，此书只是一个初步的汇集，而仍有补充的余地；本书的校与注，容有不当或未妥之处，希望读者和学者批评指正。

解志熙 2023 年 9 月 17 日谨记于清华园蒙民伟人文楼